JL 02/24

SANCTUAIRES

Clélie Avit est née en 1986 en Auvergne. Anciennement professeur de physique-chimie, elle se consacre désormais pleinement à l'écriture et à l'enseignement de la danse. Elle a gagné en 2015 le prix Nouveau Talent de la Fondation Bouygues Telecom avec *Je suis là*.

Paru au Livre de Poche :

JE SUIS LÀ
LA SAGA DES QUATRE ÉLÉMENTS
1. Les Messagers des Vents
3. Gardiens des Feux

CLÉLIE AVIT

Sanctuaires

La Saga des quatre éléments ✳✳

ÉDITIONS DU MASQUE

© Éditions du Masque, 2016, un département
des Éditions Jean-Claude Lattès.
ISBN : 978-2-253-08303-0 – 1re publication LGF

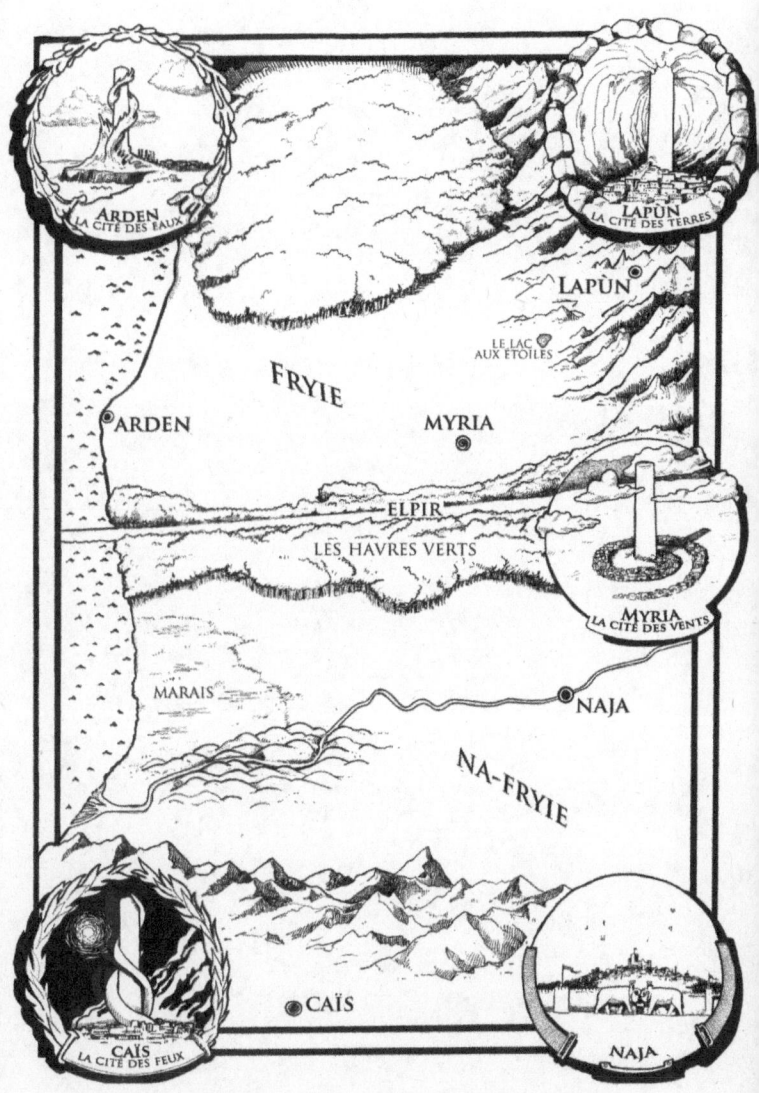

1

Le brouillard était d'une opacité terrifiante, pourtant Ériana restait sereine. Son absence d'émotion la déroutait bien plus mais, avec tout ce qui s'était produit récemment, elle n'en faisait plus cas. Elle appela Setrian et cessa d'avancer pour être certaine d'entendre sa réponse. La brume était si dense qu'elle aurait pu engloutir la moindre parole.

Les doigts de Setrian la frôlèrent en même temps que le son de sa voix. Si elle avait été angoissée, le geste l'aurait détendue, mais elle ne se sentait absolument pas en danger.

— Je suis juste là. Pas de raison de s'inquiéter. Quoique avec ce brouillard…

Setrian laissa sa phrase en suspens, comme chaque fois qu'ils avaient abordé la question. Ses yeux parcoururent les alentours, indiscernables, sans y trouver de réponse. Ériana n'en avait aucune à fournir non plus. La seule chose qu'ils savaient et qu'ils avaient finalement mis peu de temps à reconnaître était qu'ils étaient définitivement perdus.

Ils étaient sortis des tunnels le matin même, laissant le dernier souterrain derrière eux. La brume les avait surpris presque aussitôt sauf qu'ils n'avaient pas réalisé que le brouillard s'épaississait progressivement. Lorsque, plus tard dans la matinée, Ériana avait enfin levé le regard, elle n'avait pu retenir un cri de surprise. Le battement de cœur qui avait suivit avait été le seul à trahir un quelconque affolement.

Des cinq membres de l'équipe de l'Est, il ne restait plus qu'eux deux. Jaedrin, Noric et Desni avaient disparu dans la brume, ou du moins, c'était l'hypothèse qu'ils avaient émise. Depuis, Setrian et elle continuaient à avancer comme s'ils savaient véritablement où aller.

Sauf qu'aucun des deux n'en avait la moindre idée.

— Messagers... marmonna-t-elle.

— Pardon ?

Malgré sa proximité, la silhouette de Setrian était à peine visible. Il combla le dernier pas pour se rapprocher et elle plongea dans le bleu étincelant de ses yeux. Aucune brume ne pourrait jamais lui faire oublier à quel point leur couleur lui était précieuse.

— Je disais juste que, pour des messagers, nous sommes bien loin de savoir nous guider, soupira-t-elle.

— C'est vrai que si Judin nous voyait, il pourrait rire.

— Je ne sais pas vraiment si la situation prête à rire, mais je donnerais beaucoup pour savoir où nous sommes. Ou plutôt pour être *certaine* de savoir où nous sommes.

— Tu as une idée, n'est-ce pas ?

Le sourire qui avait illuminé le visage de Setrian venait de laisser place au sérieux. Ériana avait déjà longuement réfléchi. Elle n'entrevoyait qu'une seule solution.

— La Vallée Verte.

— C'est ce qu'il me semble aussi, renchérit Setrian après un court silence. Cette brume me rappelle celle que l'on a vue avec la faction des Terres, sauf qu'à ce moment-là elle ne couvrait que le fond de la vallée et pas le sentier même.

— Mais elle nous avait appelés.

Elle n'avait pas besoin de confirmation, elle savait qu'il partageait son souvenir.

Au début du printemps, lorsqu'ils étaient passés en sens inverse pour parvenir à Lapùn, l'étroit sentier qui menait à la Vallée Verte avait retenu leur attention. Même plus que leur attention. Ériana se souvenait d'avoir lutté intérieurement pour ne pas s'y précipiter, détournant difficilement son corps de l'inexplicable appel. Setrian avait connu les mêmes sensations, en raison d'un lien dont ils n'avaient pas encore pris conscience à ce moment-là.

— Le seul doute est que je ne ressens aucun appel semblable à ce qu'on a pu éprouver la dernière fois, continua Ériana en reprenant sa marche hasardeuse. Nous avançons et… et c'est tout. Il faut se rendre à l'évidence, nous ne sommes absolument pas maîtres de nous-mêmes. Nos énergies sont comme…

— Engourdies, acheva Setrian.

Encore une fois, il ressentait exactement la même chose qu'elle.

— Mais engourdies pour une bonne raison, je pense, poursuivit-il. Ni toi ni moi n'entrevoyons de danger. Nous n'avons pas la sensation de choisir où nous rendre mais nous n'avons pas non plus l'impression d'être piégés. Quelqu'un nous guide, c'est évident. Notre *inha* messager nous semble endormi parce qu'un messager agit sur nous.

Ériana s'accorda un instant pour réfléchir. Elle avait encore du mal à appréhender tout ce qui concernait le *inha*.

— Pourtant, lorsque tu te sers de ton énergie sur moi, je ne suis pas engourdie.

— Lorsque je guide tes pensées pour t'apaiser, tu te laisses généralement faire. D'ailleurs, tu n'as jamais vraiment essayé de me bloquer. Sauf pour mon *inha'roh* au moment du tremblement de terre.

La tristesse dans sa voix fit écho en elle. Le séisme de Lapùn, diversion catastrophique provoquée par le *Velpa* pour s'emparer d'un précieux artefact, avait forcé toute la population à fuir la cité de Quartz. Malgré le danger, Ériana avait choisi d'aller récupérer *Dar*. Malheureusement, la jeune apprentie Mesline l'avait dérobé sous ses yeux et Ériana était restée impuissante. Mais c'était davantage leurs réactions mutuelles qui l'avaient désarçonnée. L'une comme l'autre s'étaient épargnées en dépit de l'indécision qui planait à ce moment-là. Elles étaient arrivées à une entente de circonstance. Chacune détenait un artefact, celui dont elle avait le plus besoin.

Ériana passa la main dans son dos pour sentir le renflement dans son sac. *Eko*, l'artefact des Vents, était soigneusement roulé dans ses vêtements. Elle avait cependant la certitude qu'il faudrait bien plus qu'une chute pour provoquer la moindre rayure sur la surface lisse de la sphère de verre. Elle savait aussi que Mesline ferait preuve de la même délicatesse avec *Dar*, non parce que la jeune fille était méticuleuse mais parce que leurs vies en dépendaient. Un lien encore assez flou les unissait toutes les deux. Ou plutôt toutes les trois, car la vie de Gabrielle y était également rattachée.

En pensant à son amie, Ériana eut un pincement au cœur. La cité des Eaux où se rendait Gabrielle était à l'opposé de celle des Terres, à des jours et des jours de marche. Il était tout simplement impossible de contacter l'équipe de l'Ouest, ils avaient donc choisi de s'y rendre à leur tour. La distance aurait pu les décourager, mais trop d'informations devaient être communiquées. La prophétie avait été décryptée, l'importance des artefacts venait d'émerger. Et les trois prétendantes avaient un rôle à jouer.

— Tu penses à autre chose ? reprit Setrian.

Même dans la brume, la voix de Setrian agissait comme un signal lumineux. Cela était déjà le cas avant qu'ils reconnaissent ce qu'ils partageaient. Ça l'était davantage depuis qu'ils avaient accepté leurs sentiments l'un envers l'autre.

— Cette histoire de *inha* engourdi, répondit-elle. Je me disais que notre impossibilité à créer un *inha'roh* y était sûrement liée.

— Pardonne-moi, c'était tellement évident que je n'ai pas pensé à te le dire. Le contact par la pensée est généralement la première chose à subir cet engourdissement lorsque l'on agit sur quelqu'un contre sa volonté. Pour y échapper, il suffit de bloquer et tout est réglé. À partir du moment où l'on sait quoi bloquer.

Ériana soupira intérieurement. Elle avait l'impression de ne rien connaître de sa propre énergie. Sans parler du fait qu'elle avait maintenant deux éléments à gérer, prodige inconnu à Myria.

— Ne te sous-estime pas, dit Setrian en comprenant son malaise. Tu es capable de projeter ton *inha* autant que moi. Tu as juste besoin d'y être initiée. Quoique l'impulsion reste ton instrument de prédilection. Ton arc aussi, bien entendu.

— Donc je peux te bloquer si tu utilises ton *inha* messager sur moi ? reprit-elle.

— Dans ce cas, c'est mon énergie qui s'engourdit momentanément. Même si je n'ai pas besoin de ça pour que mon esprit s'engourdisse en ta présence.

Sans la brume, il l'aurait vue rougir. Il lui était encore difficile de verbaliser ce qu'elle ressentait et Setrian trahissait les mêmes hésitations. Heureusement pour eux, leur *inha* messager leur permettait de communiquer sans avoir besoin d'utiliser les mots. Ces moments étaient ce qu'ils avaient de plus intime. Ériana était heureuse d'être messagère rien que pour ces échanges de pensées.

— Je pourrai t'apprendre, continua Setrian, sans montrer qu'il avait perçu sa courte absence. Je suis surpris que Judin n'ait pas pris le temps de t'enseigner la technique.

— Judin était bien trop occupé pour me voir régulièrement. Je ne parle même pas de toutes les séances annulées au moment où il a été désigné Grand Mage.

— Alors je m'en chargerai, conclut Setrian. Une fois que nous aurons de nouveau accès à nos énergies.

Il avait pris la peine d'ajouter cette précision, mais il aurait pu s'en passer. Elle détestait ne pas ressentir son *inha* dans sa totalité. C'était comme si elle pouvait voir ses jambes sans réussir à les faire bouger, comme si ses mains étaient vivantes sans qu'elle puisse en agiter les doigts.

Elle voulait savoir quand elle pourrait de nouveau le sentir. Son *inha* faisait partie d'elle. Sans lui, elle se sentait nue, vulnérable. Elle releva les yeux sur le brouillard. Quelque chose lui disait que cette brume pourrait l'aider à trouver une réponse.

2

— Ériana ? Setrian ?
— Arrête, Jaedrin, ça ne sert à rien. Nous les avons perdus depuis trop longtemps.
— Je sais, Noric, mais…
— Fais-leur confiance.

Comme toujours, Noric savait trouver la meilleure façon de parler. Jaedrin baissa la tête, honteux de ne pas avoir cru en ses amis.

— Tu as raison. Ils trouveront une solution.
— Et nous devons en trouver une, nous aussi, s'inquiéta Desni en sautant du rocher sur lequel il était perché. Avec ce brouillard, nous nous sommes

éloignés du chemin. Si on peut parler de chemin, vu que l'on ne fait que traverser un éboulis.

— Concrètement, cela ne consiste toujours qu'à passer de rocher en rocher, non ? ironisa Jaedrin.

Leurs regards se tournèrent vers le sommet de la montagne ou plutôt vers ce qu'ils estimaient être la sortie du territoire des Terres. La brume bouchait les environs, même si elle était déjà moins épaisse que lorsqu'ils avaient remarqué l'absence de Setrian et d'Ériana.

— Juste au moment où nous aurions eu besoin de messagers, pesta Jaedrin.

— Je pense que leurs aptitudes ne sont plus efficaces, dit Noric.

— Comment ça ?

— Tu crois réellement que deux *Aynetiel* n'auraient pas été capables de retrouver leur chemin jusqu'à nous ? Non, quelque chose d'étrange est à l'œuvre ici. Nous étions cinq et nous avons été séparés. La question est pourquoi, mais je ne suis pas sûr que chercher la réponse nous aide à trouver notre chemin. Toutes nos tentatives de *inha'roh* ont été…

Noric se raidit soudain. Les deux autres l'imitèrent.

— Vous avez entendu ?

— On dirait… commença Jaedrin.

— Un jappement, conclut Desni.

Un frisson les parcourut tous.

— Un loup ? reprit Jaedrin.

— En pleine montagne, ce ne serait pas surprenant, répondit Noric.

— Nous avons au moins une idée de la direction à prendre, maintenant, grimaça Desni.

Jaedrin fixa ses acolytes à tour de rôle. Les deux mages étaient plus âgés que lui, plus expérimentés, mais il avait appris à les respecter pour bien davantage que leurs aptitudes. Ils étaient devenus des amis.

Desni reprit aussitôt la tête du groupe. Sans Setrian, il restait le plus apte à les guider, même s'il fallait désormais concilier deux objectifs : trouver un moyen de rejoindre le col et s'éloigner le plus possible des jappements.

— C'est étrange, dit-il en enjambant un rocher volumineux, on dirait que cet animal est seul. Je ne suis pas animalier, mais les loups sont plutôt du genre à se déplacer en meute, non ?

— Jlamen ne vit pas en meute, intervint Jaedrin.

— Le loup de Setrian ? Il appartient à une famille de mages. Je ne suis pas sûr que ce soit le meilleur exemple.

— Dans tous les cas, si celui-ci est seul, c'est une chance. Je ne tiens pas à en affronter une dizaine au milieu du brouillard.

— Et tu ne voudrais pas non plus les affronter au milieu d'un éboulis, mais nous y sommes quand même, dit Desni. Quand je vous ai laissés tout à l'heure, j'ai repéré un passage pour couper au travers, toutefois il va y avoir un moment délicat. Certains blocs étaient trop gros, je n'ai pas réussi à voir au-delà mais j'ai eu l'impression qu'ils délimitaient la fin de l'éboulis.

— Ce n'est peut-être qu'une impression, dit Jaedrin avec appréhension.

17

— Tu préfères redescendre ?

Si le brouillard n'avait pas été si dense, Noric et Desni l'auraient vu blêmir. Son appréhension de la hauteur était mise à rude épreuve, quoique la brume aidât, d'une certaine façon. Le jappement suivant lui fit immédiatement délaisser ses vertiges et il se retourna comme s'il espérait voir quelque chose. En vain. Tout n'était que blanc. Si le loup qui les suivait avait un pelage aussi clair que Jlamen, le distinguer serait impossible. Espérant que l'animal soit noir ou, plus simplement, que lui et son éventuelle meute ne les atteignent jamais, Jaedrin commença à grimper sur le rocher que les autres avaient déjà franchi.

Un autre jappement lui parvint aux oreilles, encore plus proche que le précédent. En haut, Desni grommela avec mécontentement.

— Que se passe-t-il ?

— Je ne pensais pas que nous étions déjà arrivés là.

Le protecteur était bien trop défaitiste pour rassurer Jaedrin. Il s'était arrêté, Noric à ses côtés. Les deux avaient le menton levé vers quelque chose que Jaedrin ne parvenait pas encore à distinguer. Quand il arriva à leur hauteur, sa bouche s'ouvrit de stupeur. Desni n'avait pas menti. Les rochers étaient énormes et formaient une barrière dans le flanc de la montagne.

— Qu'est-ce qu'on fait ? demanda Jaedrin à voix basse.

— Nous ne pourrons pas escalader ceux-ci. Leur surface est trop lisse.

Jaedrin ne put retenir son soulagement car même si les jappements du loup donnaient l'impression de se rapprocher, il n'avait aucune envie de tenter une ascension à ce moment-là.

— Mais nous le ferons dès qu'un chemin semblera accessible, poursuivit Desni en virant pour longer les blocs verticaux.

Jaedrin resta muet, les mots lui ayant volé le peu de calme qu'il était parvenu à rassembler. Il riva son attention sur ses pieds, dans l'espoir de les garder le plus longtemps possible en contact avec le sol, et se perdit dans le rythme imposé par Desni, chaque accélération coïncidant avec un nouveau jappement. Puis il buta soudain dans le sac de Noric et sentit l'énergie de son confrère lui frôler l'esprit.

— *Desni cherche un passage.*

Jaedrin releva les yeux. La brume s'était éclaircie et le peu de lumière qui filtrait au travers lui permettait de distinguer les formes angulaires sur leur gauche. Les rochers semblaient rugueux, mais la perspective de les escalader était toujours aussi peu alléchante. De plus, rien ne donnait la moindre indication sur la fin éventuelle de l'éboulis. Retenant un soupir de lassitude, Jaedrin remarqua quelque chose de bien plus intéressant.

— *Il n'y a plus de bruit*, dit-il au travers du *inha'roh*.

— *Plus aucun*, confirma Desni. *Ce qui peut signifier deux choses. Soit le loup nous a définitivement abandonnés, soit il nous a enfin trouvés.*

— *Pourquoi ai-je l'impression que c'est ta seconde supposition qui est vraie ?*

Desni n'eut pas le temps de répondre. Un nouveau jappement surgit de derrière eux, bien plus proche que tous les autres.

— Courez ! s'écria Noric.

Jaedrin s'élança en avant mais ses pas furent rapidement réduits. Les pierres imbriquées entre les rochers roulaient sous ses pieds. Il y avait trop peu de plantes auxquelles se raccrocher. À plusieurs reprises, il se retrouva à genoux. Ses mains s'écorchèrent contre la pierre, son souffle se fit rauque. Il pouvait entendre ceux, saccadés, de Noric et Desni qui, malgré la situation, trouvaient encore le moyen de chercher les passages les plus aisés.

— Par ici !

Jaedrin se figea en voyant d'où le protecteur les appelait. Il était perché sur l'un des blocs qu'ils cherchaient à contourner depuis le début.

— C'est la seule solution, Jaedrin ! Tu dois grimper ! Regarde Noric, suis-le et place tes mains et tes pieds aux endroits où il place les siens.

La terreur le submergea aussitôt. Il n'avait pas encore posé un seul doigt sur la pierre que ses membres s'étaient déjà paralysés. Ses mains devinrent moites et sa respiration s'accéléra. Le jappement dans son dos eut cependant raison de sa frayeur et l'appel de Noric, qui paraissait terriblement instable sur la paroi, lui remit les esprits en place.

— L'encoche, Jaedrin ! Là ! Juste au-dessus du rocher où tu te tiens. Sers-t'en comme départ ! Le reste se fera naturellement.

— Naturellement ? s'égosilla Jaedrin, qui ne reconnut pas sa propre voix.

Tremblant, il plaça son pied là où Noric le lui avait indiqué. Le guérisseur était déjà monté plus haut, libérant les emplacements. Ses doigts transis par la peur mirent quelques instants à s'accrocher autour de la petite arête mais dès qu'ils se serrèrent, Jaedrin poussa pour atteindre la prise suivante.

Du haut du rocher, Desni l'encourageait sans pouvoir lui donner d'indication et Noric était concentré sur sa propre ascension. Jaedrin prêtait de toute façon peu d'attention à ce qui lui était conseillé, préférant se sentir rassuré que vraiment aidé. Sans la présence des deux mages, il aurait déjà abandonné.

Lorsque le jappement se fit entendre juste en dessous de lui, il se plaqua contre la paroi. Comme étranger à lui-même, il commença à tourner lentement la tête. Il savait que l'acte était stupide, mais il ne pouvait s'en empêcher. La voix de Desni lui parvint enfin aux oreilles, intimidante.

— Jaedrin ! Non ! Ne regarde pas en bas !

Au moment où le protecteur terminait sa phrase, il était trop tard. Jaedrin n'était monté que de sa propre hauteur, mais c'était assez pour lui. Son souffle se figea dans ses poumons, ses doigts se crispèrent, réduisant considérablement leur capacité à le maintenir contre la paroi du rocher.

Au jappement suivant, il sursauta. Sa dernière prise lui échappa et il chuta en arrière. L'impact contre le sol lui expulsa des poumons le peu d'air qu'il lui restait. Sa main heurta un rocher à proximité. Ses oreilles se mirent à bourdonner. Heureusement, le sac encaissa la majeure partie du choc.

Par réflexe, Jaedrin se recroquevilla sur lui-même. Les voix de Noric et Desni semblaient lointaines. Le jappement, en revanche, était plus proche que jamais.

Quand une forme pâle se détacha de la brume, Jaedrin ne put retenir une grimace. Le loup était d'un blanc immaculé, ils n'auraient eu aucune chance de le repérer dans le brouillard. Mais lorsque les deux iris bleus se rapprochèrent de lui, il eut une sensation familière et malgré la terreur qui le parcourait encore, il ouvrit lentement la bouche pour prendre une inspiration.

— Jlamen ?

Sa peur s'envola aussitôt. De par son pelage luisant et son regard intense, Jlamen était reconnaissable entre tous et le loup, qui avait entendu son nom, s'attelait déjà à lui lécher la joue. Jaedrin resta néanmoins perplexe. La présence de l'animal était incompréhensible. Jlamen aurait dû être à la Tour des Vents. La famille Huyeïl n'avait pu l'emmener pour sa mission.

— Tout va bien ?

Noric achevait la descente du rocher par un saut beaucoup plus contrôlé que le sien. Jaedrin prit le temps d'inspecter ses membres pour répondre. Sa main était écorchée et le sang pulsait fort sous la peau. Une de ses chevilles commençait à protester, son dos aussi, mais rien ne semblait très grave. Noric tendit la main pour l'aider à se lever, jetant des regards inquiets en direction du loup.

— C'est Jlamen, le loup de Setrian, dit Jaedrin.

— Comment est-il arrivé ici ?

— Je n'en ai aucune idée.

Desni, toujours perché en haut du bloc, les interpella. Noric expliqua la situation avec une certaine hésitation. Il semblait encore peu convaincu.

— Tu es sûr ? demanda Desni

— Absolument, répondit Jaedrin, assez fort pour être entendu.

— C'est quand même curieux.

— Ce loup est bien plus que curieux. C'est lui qui a retrouvé Ériana à l'automne.

L'argument sembla suffisant pour rassurer les deux autres.

— Mais ça n'explique toujours pas ce qu'il fait ici, reprit Noric.

— Peut-être que Judin nous l'a envoyé ? proposa Jaedrin.

Le Grand Mage de la Tour des Vents aurait effectivement pu être à l'initiative de cette rencontre. En tant qu'ami proche des Huyeïl, et avec l'aide d'un mage animalier, il aurait tout à fait pu intimer au loup de rejoindre l'équipe de l'Est, et ce par n'importe quel moyen. Peut-être que le loup transportait même un message en remplacement des *inha'roh* impossibles à cette distance. Jaedrin inspecta le cou de l'animal mais n'y trouva rien. Il commençait presque à se demander si le loup n'était pas venu par lui-même. Cela n'aurait pas été si déroutant que ça.

— Jlamen ?

La voix féminine les fit tous sursauter. La brume transformait la moindre présence en ennemi potentiel. Même si Jlamen prouvait le contraire et que la personne qui s'approchait d'eux venait d'appeler le loup par son nom, il n'en restait pas moins que la voix n'était pas celle d'Ériana et qu'au vu des réactions de chacun, elle leur était inconnue.

— Jlamen, où es-tu ?

Jaedrin scruta la brume pour tenter de distinguer quelque chose. Dans le silence de la montagne, ils pouvaient percevoir des bruits de pas sur les rochers. La femme grogna et trébucha à plusieurs reprises, puis sa silhouette émergea devant eux. Jlamen s'éloigna pour aller à sa rencontre. La femme accorda une caresse distraite à l'animal, son attention focalisée sur ses pieds. Jaedrin ne parvenait toujours pas à l'identifier. Puis elle releva brusquement les yeux.

— Ah ! Tu les as retrouvés. Tu m'épateras toujours.

La voix fraîche et lumineuse apportait comme un rayon de soleil à la brume, chassant le brouillard qui finissait de se lever. Ce fut là que Jaedrin la reconnut.

— Tebi ?

En découvrant le prénom, Noric se détendit. Jaedrin ne pouvait pas lui reprocher la posture défensive qu'il avait gardée jusqu'alors. Le guérisseur n'avait jamais eu l'occasion de voir la jeune femme, seulement de l'entendre. Tebi était contactrice des Vents, elle avait servi de lien entre la Tour d'Ivoire et l'équipe de l'Est et c'était au cours d'un *inha'roh* groupé qu'ils avaient établi le contact.

— Qu'est-ce que tu fais ici ? demanda Jaedrin en la dévisageant ouvertement.

La dernière fois qu'ils s'étaient croisés, il avait trouvé la jeune femme timide et peu engagée à parcourir le territoire des Vents. Comme lui, finalement, mais la mission de l'équipe de l'Est avait renversé les choses. Tebi semblait accuser les mêmes changements. Elle affichait force et détermination, comme si elle avait traversé des épreuves considérables en seulement quelques jours.

— Je suis là pour vous, répondit Tebi. Après notre *inha'roh*, j'étais assez inquiète et Jlamen est apparu comme surgi de nulle part.

— Il venait certainement de Myria.

— Judin me l'a envoyé. Il portait un message pour moi.

Le Grand Mage y était donc pour quelque chose. En revanche, l'utilisation d'un tel stratagème pour communiquer montrait à quel point la situation était désespérée. Trop de distance, trop d'incertitudes aussi.

— Quel message ? intervint Noric.

Tebi salua le guérisseur de la tête, peu surprise d'une demande aussi directe sans présentation préalable.

— Il m'encourageait à vous retrouver, même s'il comprenait que je veuille rentrer à Myria. Je pouvais m'en remettre à Jlamen pour me guider. Ce loup est tout simplement extraordinaire.

Jlamen s'était assis un peu plus loin et les regardait comme s'il attendait une décision. L'attitude du loup avait toujours surpris Jaedrin. Il se souvenait des descriptions d'Ériana et de ses propres expériences en compagnie de la famille Huyeïl. N'importe qui voudrait se réfugier dans le pelage blanc de l'animal et pourtant, il savait que les crocs étaient prêts à défendre, dans l'instant, un de ses maîtres attaqué.

— Rien d'autre ? poursuivit Noric comme s'il attendait une information particulière.

Le léger mouvement de tête de Tebi déclencha le soupir du guérisseur. Jaedrin aurait pu faire de même. Si le Grand Mage de leur communauté n'avait pas fourni d'autres instructions c'était qu'il n'en avait pas les moyens. Soit parce qu'il ne savait pas quoi dire, soit parce qu'il avait eu peur que le message ne tombe entre de mauvaises mains.

Judin ne savait rien de leurs découvertes et un second *inha'roh* groupé serait pure folie. Peut-être qu'ils tenteraient de nouveau quelque chose en traversant le territoire des Vents, mais Jaedrin préférait garder cette solution de fortune pour les cas désespérés. Dans la situation présente, mettre Judin au courant des détails n'aurait consisté qu'en cela : le mettre au courant des détails. L'équipe de l'Est avait pris suffisamment de recul sur toutes les informations récoltées. C'était à eux d'agir. Ils communiqueraient leurs intentions lorsqu'ils en auraient la possibilité. En attendant, ils devaient rejoindre le territoire des Eaux, même si cette décision impliquait de ne pas passer par Myria

— Où sont les autres membres de l'équipe ? demanda Tebi.

Noric désigna le rocher derrière eux. À présent que la brume s'était levée, dévoilant peu à peu les montagnes sur lesquelles ils progressaient à l'aveugle depuis le matin, ils pouvaient nettement distinguer Desni, toujours perché sur le bloc rocheux. Le protecteur fit un signe de la main. Jaedrin se demanda ce qu'il faisait encore là-haut.

— Et Ériana et Setrian ?
— Nous les avons perdus.
Tebi écarquilla les yeux puis sembla se reprendre.
— Dans la brume ?
— Très certainement, mais nous ne savons pas à quel niveau.
— Maintenant que ce brouillard s'en va, vous devriez pouvoir les retrouver.

Jaedrin examina attentivement Tebi. La contactrice ne semblait pas avoir conscience de la gravité de la situation.

— On dirait que ce brouillard ne t'a pas gênée, souleva-t-il.

— Il n'y en avait pas jusqu'à ce que je commence à bien me rapprocher de vous, répondit-elle. Tu vas me dire que deux messagers ne seraient pas capables de retrouver leur chemin jusqu'à nous ?

Elle désignait les montagnes autour d'eux. Jaedrin ne voyait rien d'autre que des pierres. Si Setrian et Ériana s'étaient trouvés à proximité, il les aurait forcément aperçus.

— Quelque chose nous fait penser qu'ils ne peuvent plus se servir de leurs capacités.

— Le brouillard y serait pour quelque chose ? demanda-t-elle, presque moins surprise de cette supposition.

Tebi semblait effectivement avoir bien grandi. Elle n'avait eu besoin que de peu d'informations pour se faire un avis sur le problème. Il était curieux de savoir comment elle était parvenue à cette conclusion.

— Tu as une explication à nous donner ?

— Pas spécialement, répondit-elle. C'est juste que, maintenant que je sais où vous êtes, j'ai l'impression que cette brume n'était pas autour de vous par hasard.

— C'est exactement ce à quoi nous pensions, dit Noric.

Il devint évident que Tebi attendait davantage d'explications. Malheureusement pour elle, Noric n'ajouta rien.

— Qu'est-ce que vous comptez faire ? demanda-t-elle devant son silence.

— Continuer à avancer, répondit Noric.

— Vous les abandonnez ?

Jaedrin partagea immédiatement son indignation et sa surprise. Il savait qu'il n'était pas le mieux placé des trois membres restants pour prendre une décision, mais il aurait voulu que Noric ne la prenne pas seul. Il savait aussi que le guérisseur avait raison. Comme Tebi l'avait mentionné, deux messagers devraient finir par s'en sortir.

— Ils sauront nous rejoindre. Nous devons continuer à avancer.

Tebi s'apprêta à l'en dissuader mais s'interrompit d'elle-même. Son regard passa successivement de Jaedrin à Noric et monta même le long du rocher où patientait toujours Desni.

— Vous ne comptez pas rentrer à Myria.

Les trois compagnons hochèrent la tête.

— Dans ce cas, il va falloir me dire où vous allez, parce que je viens avec vous.

3

— Nous nous rendons à Arden.

— La Cité d'Émeraude ? s'exclama Tebi. C'est à des jours et des jours de marche ! Et vous n'êtes pas près de mettre la main sur des chevaux vu la distance qui vous sépare du premier village du territoire des Vents.

Ils avaient déjà abordé ce problème lorsque l'équipe était au complet. Emmener des chevaux dans les souterrains était tout simplement impossible et le territoire des Terres n'en possédait pas non plus à foison. Jaedrin avait ironisé sur la situation en disant qu'ils arriveraient à Arden pour le prochain automne alors qu'ils étaient encore au cœur du printemps. Il commençait à se demander si sa moquerie n'allait pas se vérifier. Trouver des montures serait envisageable d'ici une vingtaine de jours, mais il faudrait les renouveler régulièrement ou alors leur imposer un rythme lent. Rien de très encourageant.

— Nous verrons en avançant, dit-il, légèrement défaitiste. Il faut juste savoir par où passer. Sans Setrian, ça risque d'être compliqué.

— Setrian ne connaissait que l'est du territoire, souleva Noric. C'est pour ça qu'il a été intégré à cette équipe. Il n'en aurait pas su plus que nous sur les directions à prendre.

— Ces informations n'étaient pas dans le livret que lui a passé Judin à notre départ ?

— Si jamais elles s'y trouvent, Setrian est le seul à y avoir accès.

Jaedrin soupira. Jusqu'à présent, ils s'étaient tous reposés sur les compétences de Setrian. L'absence de leur Aynetiel leur faisait cruellement défaut.

— Ne t'inquiète pas, reprit Noric en lui posant une main sur l'épaule. Desni se souvient de la plupart du trajet que nous avons effectué. Dès que nous serons suffisamment près de Myria, nous pourrons tenter un *inha'roh* avec la Tour des Vents et Judin nous fournira les informations nécessaires pour nous rendre à Arden.

— J'ai l'impression que les *inha'roh* sont chaque jour plus dangereux.

— Il faudra prendre le risque, on ne peut pas avancer sans connaître le chemin.

— On peut aussi faire un détour par Myria, tenta-t-il.

— Pas question, nous perdrons trop de temps. Dois-je te rappeler que les vies d'Ériana et de Gabrielle sont en jeu ? De même que celles d'une grande partie de notre population ? Nous ne pouvons pas nous le permettre.

— Qu'est-ce qu'on attend, alors ? demanda Tebi.

— De retrouver le chemin, répondit Jaedrin, passablement énervé.

— Il est ici, cria Desni qui n'était pas resté inactif durant cet échange. Juste derrière moi. Pour le rejoindre, vous pouvez escalader le rocher ou…

— Il n'est pas question que je repasse par là ! coupa Jaedrin.

Le brouillard avait eu un avantage, il avait caché à quel point la pente était abrupte. Maintenant qu'il voyait clair, Jaedrin se demandait comment il pouvait rester aussi serein.

— Tu ne m'as pas laissé finir, reprit Desni. Vous pouvez aussi contourner ces deux blocs. Il y a un passage étroit un peu plus bas que je n'avais pas vu. C'est exigu, mais c'est soit ça, soit vous escaladez.

La proposition ne l'enchantait toujours pas, mais c'était mieux que de se risquer à nouveau sur la paroi du rocher. Même sur le sentier, Jaedrin resta nerveux. Ils auraient vraiment dû se faire accompagner par des mages des Terres ou au moins un messager, malheureusement avec tous les événements survenus à Lapùn, aucun n'était disponible. Ils savaient juste qu'une faction les attendait à la frontière. Mais dès qu'ils l'eurent atteinte, ils comprirent que quelque chose n'allait pas.

Les membres de la garde en poste aux frontières étaient très doués pour se fondre dans l'environnement rocailleux, cependant, l'immobilité générale du site était inquiétante. Noric et Desni appelèrent plusieurs fois autour d'eux. Le silence fut leur seule réponse.

— Si vous cherchez quelqu'un, intervint Tebi à voix basse, je serais surprise qu'il soit encore là. Je suis passée tôt ce matin. Personne ne m'a interceptée.

Maintenant que Tebi le disait, Jaedrin se demandait comment il avait pu être stupide au point de n'avoir pas envisagé cette éventualité. La jeune

31

femme était forcément passée par la frontière pour les atteindre.

— Tu en es certaine ? demanda Noric.

— Je pense que je m'en souviendrais si un groupe entier de mages et de gardes des Terres m'avait demandé ce que je faisais là.

— Tu es sûre de n'avoir rien vu du tout ?

— Je n'ai entendu que le cri de rapaces qui volaient par là-bas. C'était assez effrayant d'ailleurs. La présence de Jlamen a dû les dissuader de s'approcher trop près de moi.

— Des rapaces, tu dis ?

Elle acquiesça en désignant l'endroit où elle avait aperçu les oiseaux. Un regard suffit à Desni et Noric pour se mettre en route vers la zone qu'elle avait pointée.

— Qu'est-ce qu'ils font ? demanda-t-elle avec inquiétude.

— L'endroit que tu as montré est celui où se trouve le poste de frontière, répondit Jaedrin, resté auprès d'elle.

— Il y a une habitation là-bas ? Je ne vois rien.

— Si je n'avais pas vu des hommes entrer et sortir de la paroi, je n'aurais jamais cru qu'un baraquement y était creusé.

— Tu veux dire qu'ils vivent *dans* la montagne ?

— Tu as beaucoup de choses à découvrir sur le territoire des Terres.

Tebi ne releva pas la remarque et il lui en fut reconnaissant. Son attention était rivée sur Noric et Desni, qui venaient de disparaître au travers d'une porte si bien dissimulée qu'elle ressemblait à une simple faille dans la roche. Puis le *inha'roh* de Noric se frotta à son esprit. Desni y était inclus.

— *Je pense que le* Velpa *est passé par là.*

— Comment ça?

— *Tu pourrais venir voir, mais ça présenterait peu d'intérêt. Je peux te décrire si tu veux.*

Jaedrin serra les poings.

— Quelque chose ne vas pas? demanda Tebi à côté de lui.

Il lui fit un geste pour lui dire d'attendre juste un instant.

— *Laisse-moi deviner*, reprit Jaedrin au travers du *inha'roh. Il n'y a plus une seule personne en vie dans cette faction.*

— *On dirait qu'un tremblement de terre a également secoué cette partie de la montagne.*

— *Donc il y avait un traître à cet avant-poste.*

— *C'est ce que Desni essaie de trouver.*

Au même moment, le *Ploritiel* sortit de la montagne pour descendre en contrebas, disparaissant derrière un rocher. Il en émergea quelques instants plus tard en faisant signe.

— *Il est ici.*

— *Comment le sais-tu?* demanda Jaedrin. Comment sais-tu que c'est bien lui?

— *L'homme porte un uniforme des Terres, il n'a pas l'allure d'un membre de la garde mais plus celle d'un mage. Sa gorge est tranchée. Il est le seul à avoir une telle blessure. C'est pour ça que des rapaces volent par ici.*

Jaedrin aurait voulu crier de rage mais se retint. À chaque fois qu'ils pensaient avoir pris un peu d'avance sur le *Velpa*, le groupuscule montrait à quel point son étendue était grande. Jamais la communauté des Vents n'avait songé au fait que le *Velpa* ait pu se constituer à Lapùn. Vu les difficultés qu'avaient les communautés à dialoguer entre elles, le groupe devait exister depuis une durée qu'ils n'avaient jamais envisagée et sur une surface qu'ils n'avaient jamais osé imaginer.

C'était une autre des raisons pour lesquelles ils devaient se dépêcher d'atteindre Arden. Le *Velpa* s'y était peut-être déjà implanté.

— *Allez, partons*, dit Noric avec résolution.

— *Que fait-on pour les corps ?* demanda Desni.

— *Rien. Cela prendrait beaucoup de temps et vous savez comme moi que ce temps est trop précieux pour être passé à s'occuper des morts. Quant à celui qui est dehors, il peut y rester. Il n'a que ce qu'il mérite. Je suis simplement inquiet pour la surveillance du territoire, mais nous n'avons aucun moyen de contacter la Tour des Terres. Seule Ériana aurait pu en être capable, et encore…*

Le *inha'roh* se terminait amèrement. Jaedrin se tourna vers Tebi et celle-ci pâlit en entendant ses explications. Les autres les rejoignirent peu après et Desni reprit la tête du groupe en désignant la pente descendante. Rien n'en donnait vraiment l'impression, mais ils basculaient enfin dans le territoire des Vents.

— Quelque chose ne va pas ? demanda Tebi en chuchotant.

— J'ai l'impression de les trahir.

— Qui ça ?

— Ériana et Setrian.

La contactrice laissa passer un court silence avant de reprendre.

34

— Je te comprends. Ça nous coûte à tous de les laisser ici, mais quelque chose me dit qu'ils n'y restent pas par hasard.

— Je ne sais pas si le hasard y est pour quelque chose, répondit Jaedrin, mais je commence à ne pas l'apprécier du tout.

4

Ériana se réveilla d'un bond. Ses yeux mirent un certain temps à s'habituer à l'obscurité de la grotte qu'ils avaient trouvée. Leur maigre feu n'était plus qu'un tas de braises rougeoyantes.

Elle frissonna en repoussant la couverture. Le plafond était si bas qu'elle parvenait juste à tenir debout. Elle attrapa quelques branches, les rares qu'ils avaient pu ramasser dans l'environnement rocailleux, et les jeta sur les braises avec espoir. Il faudrait aller en chercher plus.

Derrière, Setrian ne bougeait pas. Il était allongé sur le côté, légèrement recroquevillé sur lui-même. Sa tête était appuyée sur son coude et son autre bras reposait sur la couverture dont elle venait de se dégager. Il s'était endormi en l'enlaçant. Le contact avait été plein de douceur, et surtout beaucoup plus facile qu'au cours des derniers jours où ils n'avaient pas été seuls. Le voir ainsi lui donnait envie de se lover contre lui, mais le rêve qu'elle avait fait était bien trop perturbant pour qu'elle ose fermer de nouveau les yeux.

Elle écouta sa respiration, lente et fluide, jusqu'à ce que la sienne se soit calmée. Dans son rêve, elle avait couru à toute allure et son cœur s'en était souvenu au réveil. Elle se demandait d'ailleurs si ce n'étaient pas les battements frénétiques qui l'avaient tirée du sommeil.

À l'extérieur, il faisait encore nuit mais le brouillard opaque ne semblait pas s'être dissipé. Elle n'apercevait aucune étoile et une certaine humidité lui effleurait les joues. Ou alors était-ce autre chose ?

Presque prise à la gorge par cette sensation, elle se retourna d'un coup. Setrian était toujours immobile sous les couvertures, leurs sacs n'avaient pas bougé et les braises se consumaient lentement. Même avec le peu de lumière, les cheveux de Setrian scintillaient. Leur couleur blanche, associée aux reflets argentés, était comme une seconde source de lumière dans la grotte. Ériana examina une mèche des siens. Leurs reflets bleutés étaient tout aussi surprenants.

Le bruit d'une goutte d'eau réveilla soudain en elle un besoin qu'elle tentait de mettre en sourdine. Cette soif permanente avait cependant eu un intérêt. C'était en partie grâce à elle que le lien entre les prétendantes et les artefacts avait été identifié. Mais le vide provoqué par celui des Eaux était insatiable. Elle osait à peine imaginer ce que lui imposerait celui des Feux.

Elle tâtonna jusqu'à repérer la petite source. L'aspérité dans la roche ressemblait à ces autres canaux creusés par les mages des Terres et elle y plongea les mains. C'était cette commodité qui avait fini de les décider, à la nuit tombée. Dans le territoire, il y avait tellement de galeries, naturelles ou de la main des bâtisseurs, qu'ils avaient eu amplement le choix. C'était un miracle que le brouillard se soit levé juste le temps de leur laisser choisir un abri.

Un autre courant d'air humide lui glissa sur la joue. Ériana stoppa son geste et tourna son regard vers le fond de la grotte, plissant les yeux pour voir au travers de la pénombre. Ils n'avaient pas pris la peine d'inspecter les lieux en profondeur. Setrian avait supposé que les murs s'arrêtaient après quelques virages et Ériana avait accepté l'hypothèse, trop fatiguée pour protester.

Elle avait su qu'ils prenaient des risques. Les habitudes développées pendant toutes ses années de traque avaient été fort utiles à la mission de l'équipe de l'Est. En plein milieu d'un sanctuaire dont la communauté des Terres délaissait l'importance, elle les avait mises de côté. Elle commençait déjà à le regretter.

L'une des raisons du choix de cet abri était que, de ce qu'elle avait découvert des mages animaliers des Terres, ce genre de grotte ne pouvait pas cacher d'animal. Mais elle avait aussi appris à se fier à son instinct, bien avant de rencontrer la communauté friyenne.

Et là, son instinct lui disait que quelque chose se trouvait au fond de cette grotte et qu'elle se devait d'aller vérifier.

Elle jeta de nouveau un regard vers Setrian, comme si elle voulait s'excuser. S'il avait été réveillé, il se serait farouchement opposé à cette inspection solitaire. Elle aurait utilisé le même argument qu'à

37

chaque fois et il aurait abdiqué devant sa résolution car il aurait aussi su qu'elle disait vrai. Elle était entièrement capable de se défendre, avec ou sans *inha*.

Retournant discrètement près de lui, elle poussa les sacs pour avoir accès à son arc et à son carquois. Elle en sortit deux flèches, une qu'elle passa à sa ceinture, l'autre qu'elle garda en main. Setrian lui en voudrait s'il se réveillait avant qu'elle ne soit revenue, mais il avait le sommeil suffisamment profond pour ne se rendre compte de rien.

Grâce aux braises et au petit bois, elle enflamma la torche qui leur avait été fournie pour les souterrains. La lumière était assez importante pour qu'elle puisse se déplacer sans encombre mais pas assez pour qu'elle discerne le fond de la grotte. Après le premier virage la coupant définitivement de leur petit campement, elle prit une grande inspiration. Si la grotte se prolongeait, Setrian n'aurait aucun moyen de l'entendre en cas d'alerte. Elle pouvait toujours compter sur un *inha'roh* mais ne savait pas si elle serait capable de l'établir alors qu'il dormait.

La grotte ressemblait plus à une galerie qu'à une simple niche. La communauté avait fait de ses montagnes un immense réseau souterrain dont la majeure partie était oubliée. C'était d'ailleurs ce désintérêt qui avait permis au *Velpa* d'accéder à Lapùn sans être repéré.

Alors qu'elle continuait à avancer, la galerie se rétrécit légèrement. Puis le plafond s'abaissa d'un coup pour revenir à sa hauteur habituelle après quelques pas. Les *Lithaïl*, bâtisseurs des Terres, savaient dialoguer avec la roche pour connaître ses points forts et ses faiblesses. Ériana avait appris à en accepter les irrégularités comme une façon de respecter la nature. Malgré la manière dont les choses avaient tourné à Lapùn au cours des dernières décennies, il y avait un équilibre touchant entre la montagne et ses habitants.

Un petit gargouillis lui parvint aux oreilles et elle s'accroupit. Un ruisseau jaillissait de la roche, s'écoulant plus loin dans la galerie. Elle le suivit jusqu'à le voir disparaître sous la paroi. L'eau était comme sortie de nulle part pour y retourner.

Elle plaqua son oreille contre la roche. Un tumulte intense y résonnait. Elle s'imagina la cascade souterraine avec un sourire, abandonnant l'idée d'aller voir plus loin. L'humidité persistante devait venir de là. Mais son instinct lui disait de poursuivre. Elle se retourna sans grande conviction, encore partagée par ce qu'elle voulait vraiment faire.

— Bonsoir, Ériana.

Elle encocha aussitôt sa flèche. La torche tomba à ses pieds mais resta allumée. Plus surprise qu'effrayée, Ériana laissa passer quelques instants. Sa stupeur laissa place à de la suspicion et elle réajusta sa visée.

— Bonsoir, Ériana, répéta le vieil homme qui se tenait devant elle.

Elle fit rapidement aller sa flèche de gauche à droite pour vérifier si l'homme était bien seul. Même s'il paraissait affaibli par l'âge, sa voix dégageait une puissance qu'elle ne tenait pas à mettre à l'épreuve. Elle n'éprouvait cependant aucune peur.

Il était presque aussi grand qu'elle, le dos à peine voûté. Ses courts cheveux gris recouvraient un crâne clairsemé. Ses mains, son front et son cou étaient ridés. Il portait une tenue à la fois typique de Lapùn mais aussi plus longue et volumineuse. Elle était certaine de ne l'avoir jamais croisé, pourtant, quelque chose lui inspirait le contraire.

— Comment connaissez-vous mon nom ? demanda-t-elle une fois certaine qu'ils étaient seuls.

L'homme fit un pas en avant en souriant. Ériana recula simultanément, regrettant d'avoir relâché la tension de son arc. Elle savait qu'elle ne tarderait pas à entrer en contact avec la paroi et vira légèrement de côté.

— Parce que je te connais, répondit-il.

Stupéfaite, elle hésita à appeler Setrian pour lui demander de l'aide, sans curieusement en ressentir le besoin. Son regard oscilla entre l'homme et la galerie à plusieurs reprises.

— Laisse-le dormir, il en a besoin, poursuivit-il.

Elle s'étonna de la remarque puis se ravisa. L'homme devait savoir qu'elle n'était pas seule. Sa condescendance était toutefois curieuse. Il n'essayait pas de mettre Setrian à l'écart, il était vraiment sincère en lui souhaitant du repos.

— Qu'en savez-vous ? demanda-t-elle, presque agressive.

Il leva les sourcils et soupira, comme s'il commençait à se lasser. Lorsqu'il la regarda à nouveau, toute trace d'impatience avait disparu.

— Je vous ai fait errer dans cette brume toute la journée, je pense qu'il a tenté d'utiliser son *inha* de messager. Ses tentatives ont toutes échoué, il a dû gaspiller une incroyable quantité d'énergie. Il a besoin de reprendre des forces.

Ériana retint sa respiration. C'était cet individu qui avait créé la brume dans laquelle ils s'étaient perdus. Il était celui qui les avait séparés du reste de l'équipe. Une myriade de questions vola dans son esprit. Elle n'en retint qu'une seule.

— Qui êtes-vous ?
— Tu ne le sais pas encore ?

Un très léger sourire, assorti d'une pointe de déception, s'afficha sur le visage du vieillard. Il ferma les yeux un instant et Ériana entendit son prénom résonner de façon très familière dans la galerie. L'homme n'avait pas ouvert la bouche.

— Vous êtes... commença-t-elle, les yeux écarquillés.
— Dar.

Elle ne s'était pas trompée. Voilà pourquoi elle avait eu l'impression de connaître le vieillard sans l'avoir croisé. Elle ne l'avait jamais vu. Mais elle l'avait entendu.

— Comment est-ce possible ? balbutia-t-elle. *Dar* est un objet, un artefact. De plus, il est en possession de Mesline et elle n'est certainement pas restée dans la Vallée Verte.

— Je sais exactement où se trouve mon contenant, répondit le vieil homme en examinant Ériana des pieds à la tête comme s'il la voyait pour la première fois.

— Votre contenant ? Vous parlez de *Dar* ? Enfin, de l'artefact ?

— Je parle du sablier qui retient mon âme.
— Votre âme... répéta Ériana, dubitative.

Beaucoup de choses dans la communauté friyenne lui échappaient encore, mais celle-ci était plus déroutante que toutes les autres.

— Tu ne dois pas donner le moindre sens à ce que je dis, je suppose, ajouta-t-il devant son hésitation.
— C'est la seule chose dont je sois certaine, répondit-elle en fronçant les sourcils.

L'homme se mit alors à sourire avec compassion et Ériana sut qu'elle était en sécurité. Elle détendit enfin ses doigts qui étaient restés serrés autour de l'arc.

— Comment pouvez-vous être *Dar* ? demanda-t-elle en relâchant le bras.
— Tu parles de l'artefact ou de moi ?
— Vous répondez souvent aux questions par des questions ?
— Tu poses beaucoup trop de questions.

Ériana modifia immédiatement l'idée qu'elle commençait à se faire de cette rencontre. Avec sa dernière réponse, l'homme avait davantage pris le ton d'un instructeur que de quelqu'un se jouant de sa patience. Quelque chose en lui faisait d'ailleurs écho à Judin.

— Je parle de la façon dont un artefact peut être un homme, dit-elle en choisissant soigneusement ses mots.

Il sourit en remarquant sa prudence puis se baissa lentement. Il était légèrement en arrière, comme si la paroi lui prodiguait un appui confortable. D'un geste, il lui indiqua de se mettre à l'aise et elle s'assit par terre. La petite flamme entre eux illuminait le visage de l'homme, lui rappelant étrangement les cheveux de Setrian. Il y avait comme un scintillement sur les joues ridées.

— Il faut plutôt voir les choses dans l'autre sens, répondit-il.

— Je dois donc réfléchir à la façon dont vous pouvez être un artefact ?

— C'est exactement ça.

— Mais si vous êtes *Dar*, je veux dire, l'artefact, qui existait le premier ?

L'homme grimaça et Ériana se mordit les lèvres en réalisant qu'elle venait à nouveau de poser des questions. Elle était également surprise de sa propre réaction. Elle avait l'impression de redevenir apprentie alors qu'elle ne connaissait cette personne que depuis quelques instants.

— Dar est mon prénom, répondit-il. L'objet existait avant moi mais il n'avait pas de nom. Il n'était qu'un artefact, un simple concentré d'énergie, de toutes les énergies, y compris la nature réductrice. C'est pour cela que mon âme a été insufflée dans l'artefact.

Elle prit un moment pour encaisser la réponse ainsi que toutes ses implications, sans parvenir à leur donner la moindre crédibilité.

— Je dois en déduire que vous avez bien plus des soixante-dix ans que je vous donne.

Il inclina légèrement la tête, reconnaissant son effort pour éviter les questions directes.

— Je ne peux en revanche pas dire de quand vous… hésita-t-elle.

— D'il y a bien longtemps, répondit Dar.

— Je pourrais certainement avoir plus de précisions.

— Du moment où la première prophétie des prétendantes a été établie.

Ériana fronça les sourcils. Elle connaissait la prophétie des prétendantes. Jaedrin la lui avait révélée au début de l'hiver. Depuis, elle avait eu l'occasion de l'entendre à maintes reprises : au cours de l'audition à laquelle elle avait participé, pendant les entretiens avec la prophète des Terres qui avait fini par la déchiffrer, et toutes ces autres fois où les phrases avaient résonné dans son esprit.

— Cette prophétie est née il y a seulement quelques années, fit-elle remarquer.

— Erreur ! lança Dar en la faisant sursauter. La prophétie dont tu parles est la conséquence de la première.

— Vous êtes prophète ? demanda Ériana. Je veux dire, se corrigea-t-elle, je n'imaginais pas que vous étiez prophète.

— Je ne suis pas prophète.

Dar avait pris soin d'éviter la question qu'elle avait sous-entendue. Elle laissa de côté sa curiosité. S'il ne voulait pas fournir cette information pour l'instant, c'était qu'elle n'avait pas encore assez d'importance.

— Donc la prophétie que je connais, celle des prétendantes, celle sur laquelle s'est basée la communauté des Vents, n'est qu'une conséquence de cette première prophétie.

— Exactement. Voudrais-tu connaître cette première prophétie ?

— Je croyais que je posais trop de questions.

Un rictus glissa sur les lèvres de Dar.

— Ils t'ont bien choisie, murmura-t-il.

— Je suis curieuse de savoir qui m'a choisie, répondit-elle, confuse.

— La communauté des Vents.

— Ah… Les choix étaient évidents. Et ce ne sont pas vraiment eux qui m'ont choisie. Ce sont plutôt les événements qui ont montré que nous étions les prétendantes.

— Tu crois vraiment que les choses fonctionnent dans cet ordre ?

Elle ignora la question rhétorique. Elle était trop curieuse de connaître la suite.

— Si la communauté des Vents avait choisi trois autres femmes, ou même rien qu'une seule, différente de vous trois, tu penses que tous ces événements ne se seraient pas produits ?

— Je n'en sais rien, répondit Ériana.

— Erreur !

— Comment ça, erreur ?

— Tu sais mais tu ne veux pas l'admettre.

Ériana prit le temps de préparer ses mots.

— Je pense que si vous me faites réfléchir à cette éventualité, c'est justement qu'elle est envisageable. Je ne suis pas prophète et je ne peux pas prétendre l'être, alors je m'en remets à mon instinct.

— Et ton instinct te donne une réponse.

— La réponse est surtout que, dans le cas où cela aurait été possible, j'aurais pu ne pas être liée à tout ça.

— J'ai l'impression que tu regrettes.

Ériana baissa la tête. La prophétie des prétendantes, ainsi que tout ce qui tournait autour, dépassait tout ce qu'elle avait jamais imaginé. Sa vie avait pris une direction particulière depuis que les Huyeïl l'avaient trouvée. Mais sa vie avait toujours été particulière, et ce dès sa naissance. Son appartenance au peuple friyen l'avait destinée à autre chose qu'une existence tranquille. Rencontrer les Huyeïl lui avait permis de découvrir qui elle était.

— Non, je ne regrette pas, dit-elle enfin.
— Parfait. Digne d'une Anathé.
— Pardon ?
— Anathé. C'est le nom de tes ancêtres. Ton prénom vient de là.

Ériana ouvrit grand les yeux et en oublia les règles imposées.

— Vous connaissez mes ancêtres ?
— J'ai dit que je datais de la première prophétie, donc oui, je connais tes ancêtres. Je viens d'une époque qui a existé il y a environ trois mille ans.
— Trois mille ans… répéta-t-elle, épatée. Dites-moi comment est-ce qu'il est possible que vous soyez devant moi.
— Je ne suis pas devant toi.

Elle se demanda si Dar parlait par énigmes et fit tournoyer toutes les possibilités dans son esprit.

— Vous êtes avec Mesline, conclut-elle après un instant de réflexion. Vous êtes dans le sablier. Votre… âme est dans le sablier.
— Mon âme est momentanément hors de ce sablier, corrigea Dar.

— Parce que je peux vous parler et que vous pouvez me répondre ?

— Parce que l'artefact n'est mon contenant que si je le désire.

— Et là, vous ne le désirez pas. Il est trop loin ?

Dar hocha la tête. Ériana tenta de démêler toutes les informations qu'elle venait de recevoir. Le scintillement sur les joues du vieil homme attira de nouveau son attention.

— Comme vous n'avez visiblement pas l'intention de me dire pourquoi… commença-t-elle.

— Je n'en ai pas *encore* l'intention, intervint Dar.

— … je vais supposer que je suis en train de parler à votre âme, poursuivit-elle en ignorant l'interruption.

— Plus exactement, tu parles au mélange de mon âme et de mon *inha*.

— Ce qui explique l'apparence que vous prenez.

Dar acquiesça silencieusement.

— Mes ancêtres d'il y a trois mille ans étaient capables de détacher l'âme d'un corps et de la mettre dans un autre contenant, souffla-t-elle. C'est prodigieux !

— Tes ancêtres d'il y a trois mille ans ont éradiqué le *inha* réducteur, répondit Dar en levant un sourcil.

— Mais ils n'avaient pas pensé au fait que quelqu'un tenterait de le réveiller, rétorqua-t-elle.

Le regard de Dar se ternit.

— Si. Ils savaient.

La réponse la laissa sans voix pendant quelques instants puis l'indignation prit le dessus.

— Mes ancêtres savaient que nous serions dans cette situation trois mille ans après leur temps ! s'exclama-t-elle.

— Tout le monde savait que vous seriez dans cette situation. C'est ce qu'annonçait la première prophétie.

— Alors pourquoi n'ont-ils rien fait pour l'empêcher ?

— Oh si, justement, ils ont pris des mesures.

Ériana secoua la tête. Si les mages d'il y a trois mille ans avaient agi pour éviter la catastrophe du *inha* réducteur, les effets n'avaient clairement pas été visibles.

— Tu dois te demander lesquelles, poursuivit Dar.

— Je me demande *effectivement* lesquelles.

Elle avait suffisamment insisté sur le mot pour faire entendre à Dar qu'elle était lasse de jouer les apprenties. Quelque chose dans son regard dut manifester sa détermination car le vieil homme se redressa légèrement. Son visage était désormais bien plus sérieux, comme s'il s'était inspiré de la résolution qu'elle venait d'afficher.

— Je suis ici pour t'apprendre à utiliser ton *inha*, dit-il.

— J'ai déjà appris à l'utiliser.

— Pas celui des Terres.

— Si. Rivinen me l'a enseigné, répliqua-t-elle en se gardant d'ajouter que ses tentatives avaient été maladroites.

— Rivinen est certainement un *Aynetaïl* talentueux mais il ne sait pas de quelle nature est le *inha* qui coule en toi.

— Mon *inha* regroupe deux éléments, coupa-t-elle. Mage Judin a fait ce qu'il a pu pour les Vents, de même que Setrian. Rivinen s'est chargé de celui des Terres.

— Erreur !

Ériana soupira. Sa patience avait des limites.

— Bon, il y a peut-être davantage de personnes qui m'ont aidée. Et mon apprentissage n'est pas terminé, j'en suis consciente.

— L'erreur n'était pas dans tes instructeurs, ni à quel stade d'apprentissage tu en es.

— Alors je ne vois pas où elle peut être ! s'écria-t-elle, à bout.

Dar semblait hésiter à lui donner la réponse. Elle le vit déglutir et fermer brièvement les yeux comme s'il cherchait à s'excuser.

— L'erreur est dans le nombre d'éléments. Tu en regroupes quatre.

5

Ériana prit deux profondes inspirations avant d'ouvrir la bouche puis se ravisa. Jusqu'ici, elle avait fait confiance à son instinct et avait cru, ou du moins admis, tout ce que lui disait le vieillard. Qu'il était Dar, qu'elle était en train de parler à son âme et que

49

ses ancêtres l'avaient détaché de son corps afin qu'il puisse lui enseigner l'art de manipuler son *inha* des Terres. Mais le fait qu'elle détienne quatre éléments la dépassait réellement.

— J'ai envie de vous dire : erreur ! répondit-elle.

— C'est exact, mais tu sais que tu as tort.

— Je me demande bien à quel moment mon esprit a emprunté la mauvaise direction, railla-t-elle.

Avec sa manière de contourner les questions, Dar commençait à l'embrouiller. Elle se trouvait d'ailleurs toujours étrangement sereine alors que la panique aurait pu la gagner depuis un long moment déjà.

Soudain, tout s'éclaircit dans son esprit. Elle avait déjà eu ce genre de sensations, les fois où Setrian se servait de son *inha* pour la guider vers des pensées plus calmes. Dar ne pouvait être que messager. Un échange avec Setrian à Lapùn lui revint alors, ce moment où ils avaient évoqué le fait que la voix dans la montagne puisse provenir d'un messager des Terres.

— Vous êtes *Aynetaïl*, réalisa-t-elle à voix haute. C'est vous qui nous avez guidés, ou plutôt perdus dans la brume. C'est vous qui êtes à l'origine de l'appel que j'entends depuis mon entrée dans le territoire, comme vous me l'avez prouvé tout à l'heure.

— Exact, répondit Dar en souriant. Tu as mis beaucoup de temps pour me trouver, mais tu y es parvenue.

— Je ne sais pas si vous parlez de l'artefact ou de votre âme, souleva-t-elle.

— Je parle des deux.

Mettre le sablier en sécurité avait été leur mission et avait effectivement pris du temps. Croiser le chemin du vieillard, en revanche, n'était pas de leur propre initiative.

— J'admets que vous ayez pu m'influencer puisque je détiens l'élément des Terres.

— Pas seulement, coupa Dar en souriant en coin.

— Pas seulement, répéta-t-elle pour le satisfaire.

Elle voulait vraiment savoir comment il lui était possible de renfermer le *inha* des quatre éléments, mais elle tenait à avoir une précision avant toute chose.

— De quelle façon avez-vous procédé pour influencer Setrian ?

Son interlocuteur sembla désarçonné. Non pas parce qu'elle avait été directe, mais plutôt parce qu'il ne s'attendait pas à cette question. Dar posa ses doigts sur ses lèvres comme pour rassembler ses pensées puis répondit enfin.

— Il ressent ton *inha*, j'ai pu l'influencer à travers toi. Mais je me demande s'il ne t'aurait pas instinctivement suivie sans que j'aie à prendre cette précaution.

— Je ne comprends pas.

— Ce garçon partage bien plus que ton énergie. Il partage également ton cœur. C'est souvent bien suffisant.

— Je voudrais savoir comment vous êtes au courant de ça.

— La première prophétie, dit-il simplement.

— Cette première prophétie commence à m'intriguer.

Elle n'avait que faire du texte exact. Elle savait qu'elle ne lui trouverait pas le moindre sens sans la présence d'un prophète. Il leur avait fallu les talents d'Hélène, de son frère et de leur maître pour déchiffrer celle des prétendantes.

— J'aimerais comprendre ce qui vous fait croire que cette prophétie parle de nous et de nos... partages.

— Cela rejoint les mesures prises par vos ancêtres, pour être plus précis. À l'époque où je vivais, puisqu'on ne peut pas dire que je vive réellement à l'instant où je te parle, cette prophétie est arrivée au milieu de tout un tas d'autres. Il y avait bien plus de prophètes qu'aujourd'hui et les quatre Tours regorgeaient de transcriptions. Je crois qu'il leur a fallu une bonne dizaine d'années pour la traduire. Mais quand ils en ont saisi les implications, toute la communauté a décidé d'agir.

— Quelle communauté ? demanda Ériana.

— Les quatre, plus exactement. La prophétie que nous détenions parlait du réveil du *inha* réducteur, que nous venions à peine d'éradiquer, et de l'existence d'une arme pour le contrer. Cette arme était présentée comme étant une femme qui détiendrait les quatre *inha*. L'idée nous dépassait tous, de la même façon qu'elle doit te paraître improbable.

Ériana opina vigoureusement, heureuse de ne pas être la seule déconcertée.

— Nous avons réuni les quatre conseils, continua Dar. Les prophètes de chaque élément insistaient sur le fait que si la prophétie nous était parvenue à notre époque, c'était que nous pouvions faire quelque chose. Cela nous a pris encore cinq ans avant de décider de la façon dont nous pourrions vous aider. Comme il était évident que nos descendants ne sauraient pas comment t'enseigner la manipulation des quatre *inha*, les communautés ont choisi de t'envoyer un instructeur pour chaque élément.

— Je croyais que vous ne saviez pas comment la cohabitation des quatre éléments était possible, l'interrompit Ériana.

— Je n'ai pas dit que nous savions. J'ai dit que nous avions compris que tu aurais besoin d'un apprentissage rapide et efficace. La prophétie précisait que l'arme ne serait pas initiée, qu'elle aurait besoin de protection. C'est d'ailleurs là qu'il entre en jeu, dit Dar en jetant un coup d'œil vers l'entrée de la grotte, mais j'y reviendrai plus tard. Nous avons donc trouvé un moyen pour te garantir les connaissances de chacun des *inha* messagers. Pour le reste, nous avons décidé de te faire confiance pour découvrir comment assembler les quatre.

— La prophétie disait que je serais messagère ?

— C'était la seule chose qui était claire ! s'exclama Dar en riant presque. J'étais *Aynetaïl* au conseil des Terres à cette époque. Ça a été l'une des premières particularités décryptée après l'identification du problème. Mes confrères des trois autres Tours étaient aussi euphoriques que moi à cette idée. Je dois même dire que nous étions plutôt fiers que le destin ait choisi notre nature pour contrer l'énergie réductrice.

— Je ne suis pas sûre que le destin ait choisi quoi que ce soit.

— Moi non plus, avoua Dar, mais les choses sont ainsi. Une fois que tout a été transcrit et que nous avons compris comment t'aider, il a fallu trouver les quatre instructeurs. Cette partie n'a pas été aussi facile que prévu.

Dar baissa les yeux. Elle s'attendait à ce qu'il révèle qui seraient ses instructeurs mais fut déçue dès qu'il reprit, défaitiste :

— Tant bien que mal, nous avons trouvé un messager pour chaque élément. L'identité de chacun est restée secrète. Je ne sais pas qui sont les trois autres, je sais seulement qu'ils ont été difficiles à trouver. Je me suis proposé sans hésiter. Je n'avais aucune famille, le conseil avait tous les mages possibles pour me remplacer, il valait mieux que ce soit moi.

Vu l'apparence scintillante de Dar et le fait qu'elle ne s'adresse qu'à son âme, Ériana avait déjà saisi que de devenir instructeur à des milliers d'années impliquait de quitter son époque, ses proches et sa vie. Les quatre messagers s'étaient sacrifiés pour elle.

— Je ne sais pas si je dois vous remercier, dit-elle doucement.

— La réponse est non, dit Dar. Ne nous remercie pas. Ça a été notre choix et nous l'assumons. Enfin, pour ma part, c'était le mien, et je suis heureux de pouvoir contribuer à la survie de notre communauté. Les Friyens d'il y a trois mille ans n'étaient pas vraiment enchantés d'apprendre que le sort de leur descendance était entre leurs mains. Du moins, ils auraient préféré que le destin ne s'acharne pas sur leur progéniture. Nous sortions de la guerre du *inha* réducteur. Apprendre qu'un second affrontement allait survenir nous a tous anéantis.

54

Ériana s'imaginait facilement le désespoir dans lequel avaient dû sombrer ceux qui étaient au courant de la prophétie. Elle, elle avait déjà eu le temps de dépasser ce désespoir. Elle avait accepté. Dès qu'Hélène, la prophète des Terres, l'avait désignée comme moyen de contrer l'énergie réductrice, elle avait assumé son rôle. Elle ne savait pas du tout si elle réussirait, encore moins si elle en sortirait vivante, mais si elle pouvait lutter, elle le ferait.

— J'ai donc un maître pour chacun de mes éléments. Depuis le premier jour du printemps, les Vents, les Terres, les Eaux et les Feux cohabitent en moi. Ça explique les remarques de Noric sur le fait que mon *inha* ait été réduit au quart.

— Ton guérisseur est *Setiel*. Il ne perçoit que l'élément des Vents, confirma Dar. Un *Setaïl* de ma communauté a sûrement vérifié l'existence des Terres en toi, n'est-ce pas ?

— C'est le cas, dit Ériana en hochant la tête. Mais personne n'a pensé au fait que je puisse en détenir d'autres. En posséder deux était déjà suffisamment déconcertant. Rajouter les derniers ne nous a pas traversé l'esprit. Pourtant, les autres artefacts m'appellent.

— Mes confrères t'attirent eux aussi ?

Le regard de Dar venait de s'illuminer. Ériana comprit que les trois autres instructeurs messagers étaient le seul lien que Dar avait encore avec son époque. Ses yeux se mirent à briller puis il cligna des paupières pour chasser l'éclat. Celui de ses joues persista cependant.

— *Eko* ne m'appelle plus vraiment, dit-elle. Je crois qu'il y a eu une sorte de reconnaissance entre nous. Après tout, j'appartiens initialement aux Vents. Peut-être que j'ai déjà reçu son instruction.

— Je ne ressens pas ça, non, il est juste au courant que tu existes, dit Dar en secouant la tête. Mais… *Eko*… Le nom me dit quelque chose.

— C'est l'artefact des Vents. Il ressemble à une sphère de verre. Je l'ai dans mon sac, si vous voulez.

Le vieillard lui lança un regard avide, presque implorant.

— Il faut que je retourne là-bas, par contre, dit-elle en désignant derrière elle.

— Non, laisse faire, attends qu'il soit réveillé. Je n'ai pas l'intention de t'instruire tout de suite. J'ai encore plusieurs choses à te dire. À vous dire, même. Il faudra qu'il vienne.

À nouveau, Dar parlait de Setrian avec compassion. Pour quelqu'un qui n'avait pas eu de famille, Ériana le trouvait très chaleureux.

— J'aimerais vraiment que vous m'expliquiez ce que Setrian vient faire dans la prophétie.

— À vrai dire, j'aimerais moi aussi, dit soudain une voix dans l'obscurité.

Le vieil homme sursauta tant qu'Ériana eut peur pour lui. Elle se rassura en se rappelant qu'il était une âme et pas un corps, l'aspect presque éthéré de Dar finissant de la convaincre.

Setrian avança jusqu'à se retrouver à quelques pas d'elle. Il tenait une petite torche dans la main, mais Ériana remarqua qu'elle était éteinte, précaution qu'il avait dû prendre avant d'arriver jusqu'à eux. Elle se leva pour le rejoindre et il l'attrapa immédiatement par le bras pour la placer derrière lui, agissant comme une barrière entre elle et Dar qui les regardait avec curiosité.

— Qui est-ce ? chuchota-t-il.

— Il prétend être Dar.

Les yeux de Setrian s'arrondirent avant de se plisser.

— *Dar* est un objet.

— C'est ce que nous croyions.

Elle afficha une expression déterminée et, en voyant sa surprise, devança ses questions.

— Tu me fais confiance ?

— Bien sûr.

— Alors laisse-le t'expliquer.

Il l'examina encore un peu puis abdiqua.

— Réveille-moi, la prochaine fois. Il me semblait que j'avais été clair en te disant que je ne voulais plus que tu t'éloignes de moi à mon insu.

— Tu dormais. Et initialement, je n'étais allée qu'inspecter le fond de cette grotte.

— Et je te retrouve avec un homme en plein milieu de la nuit, ironisa-t-il.

— Si tu observes l'homme en question, tu réaliseras bien vite que la seule chose susceptible de t'inquiéter est son étrange allure scintillante.

Setrian jeta un regard de côté. L'aspect étincelant de Dar sembla le surprendre, mais pas autant que sa présence.

— Comment est-il entré ici ?

— Je crois plutôt que c'est : comment est-il sorti de son artefact. Une autre des questions que j'ai à lui poser.

— Cet homme est vraiment un sablier ?

57

— Viens, il t'expliquera mieux que moi, dit-elle en s'écartant.

Il se décala et la laissa passer devant. Il savait qu'elle pouvait se défendre, qu'elle contrôlait parfaitement ce qu'elle faisait. Sa main était toutefois restée près du couteau à sa ceinture.

Ériana se rassit au sol et lui indiqua de faire de même. Malgré tout, il se plaça de façon à être prêt si la situation le nécessitait, gardant une attitude défensive. Toujours immobile, Dar cachait difficilement sa malice.

— Enchanté de te voir enfin, protecteur, dit-il après un long moment de silence.

— Je suis messager, répondit Setrian.

— Je sais que tu es messager, mais tu protèges également cette jeune femme, si je ne me trompe pas.

— Qui êtes-vous ?

— Ne cessez-vous donc jamais de poser des questions ? dit Dar en fixant Ériana.

Elle se contenta de sourire.

— Comme je l'expliquais à votre amie, je suis un messager des Terres dont l'âme a été enfermée pendant trois mille ans dans un artefact, afin de pouvoir lui transmettre l'instruction nécessaire à l'utilisation des *inha* qui l'habitent.

Dar avait habilement résumé la situation. Devant la confusion de Setrian, il prit néanmoins le temps de détailler chacun des points qu'Eriana avait déjà eu l'occasion de découvrir. Les entendre une seconde fois était d'ailleurs très intéressant. Elle réalisait à quel point certains aspects étaient encore vagues.

Le fait qu'elle détienne les quatre éléments ne sembla pas surprendre Setrian. Il avoua avoir envisagé cette possibilité une ou deux fois sans y accorder beaucoup de crédit. En revanche, la possibilité de séparer une âme d'un corps le subjuguait.

— Comment ont-ils fait ? demanda-t-il.

Ériana remarqua que Dar n'avait pas corrigé Setrian sur le fait de poser des questions directes. Cette attention n'était destinée qu'à elle.

— Ce serait bien trop compliqué à expliquer, dit Dar. Créer un artefact était quelque chose d'extrêmement simple à mon époque. Mais déverser la totalité de mon *inha* dans un objet a été bien plus difficile. Sans parler du fait qu'il fallait que j'y ajoute mon âme. Je préfère ne pas revenir sur les sensations que la migration a engendrées.

Setrian sembla se satisfaire de la réponse et enchaîna :

— Si votre âme est dans l'artefact, comment se fait-il qu'elle soit devant nous en ce moment ?

— C'est une histoire de désir, je crois, intervint Ériana.

— Cet homme nous parle juste parce qu'il en a envie ? s'étonna-t-il. J'ai du mal à croire quelque chose d'aussi simple. Si nos ancêtres étaient assez doués pour enfermer une âme dans un autre contenant qu'un corps, il doit y avoir bien plus que le simple souhait d'entretenir une conversation avec nous. Je me trompe ? lança Setrian à l'attention de Dar.

Une fois de plus, le vieil homme sourit en coin.

— Toi aussi, ils t'ont bien choisi.

— Qui m'a choisi, et pourquoi ?

59

— Doucement, trop de questions.

— Alors reprenons la première. Est-ce que je me trompe ?

— Non, tu ne te trompes pas.

L'échange était si dynamique qu'Ériana avait du mal à le suivre. Comme à son habitude, Setrian semblait intégrer, assembler et comprendre les idées avec une facilité étonnante. Ses capacités de messager y étaient pour quelque chose mais il était très perspicace. Ériana aurait donné beaucoup pour être capable d'autant de discernement.

— Le processus de maintien d'une âme dans un artefact demande de l'énergie. J'ai mon propre *inha* pour subvenir à ma conscience permanente, mais une seule année aurait suffi à me faire totalement disparaître. Vos ancêtres ont trouvé un moyen de me réapprovisionner en énergie. De nous réapprovisionner, devrais-je dire. Ce moyen était de garder un lien avec un lieu regorgeant du *inha* de notre élément. Pour ma communauté, le choix a été évident. La Vallée Verte était idéale. Sauf qu'ils n'avaient pas prévu que leurs descendants finiraient par la délaisser.

— Où sont les autres instructeurs ? Sont-ils tous autant en sécurité que vous ?

Setrian était tout en tension. Ériana posa une main sur son genou. Elle était encore débutante pour ce qui était de guider les pensées des autres, mais elle savait que son contact suffirait à le détendre.

— Dar n'a pas connaissance des autres messagers retenus dans les artefacts, dit-elle. Nous étions justement en train de parler d'*Eko* quand tu es arrivé. D'ailleurs, maintenant que tu es réveillé, je vais pouvoir aller le chercher. Je ne devrais pas en avoir pour longtemps, ajouta-t-elle à l'adresse de Dar.

— Ce n'est pas nécessaire, dit Setrian en l'attrapant par le bras pour lui éviter de se lever. J'ai *Eko* avec moi. Quand j'ai vu que tu n'étais plus là, je t'ai cherchée. Mon *inha* était encore un peu engourdi, mais comme ton arc avait lui aussi disparu, il ne m'a pas fallu longtemps pour comprendre que tu étais partie dans les profondeurs de cette grotte. J'ai pris nos sacs, au cas où.

Setrian se mit debout et disparut dans l'obscurité avant de revenir avec deux sacs aux épaules. Ériana attrapa le sien et plongea les mains au fond. Elle trouva aussitôt ce qu'elle cherchait et tendit le lourd paquet à Dar. Le vieil homme l'attrapa avec délicatesse.

Ériana fixait également l'artefact. Depuis qu'elle l'avait en sa possession, elle n'avait pas souvent eu l'occasion de le sortir. Avoir retrouvé l'objet n'avait jamais fait partie de leur mission. Ils se consolaient d'avoir remis la main dessus bien que *Dar* leur ait échappé.

La sphère de verre reposait maintenant sur les genoux de Dar. C'était curieux de se dire que l'artefact d'une communauté était présentement en train de tenir celui d'une autre. Le moment semblait presque cérémonieux. Ériana et Setrian gardèrent le silence.

— Elle n'est pas à l'intérieur, dit soudain Dar. L'âme du messager des Vents renfermée dans cet objet est actuellement à l'endroit où il peut se ressourcer. J'ai d'ailleurs l'impression que ça fait un moment qu'il ne s'y est pas rendu.

— Y aurait-il un moyen de savoir exactement où se trouve *Eko* ? demanda Setrian.

De nouveau, le nom de l'artefact sembla intriguer le vieil homme. Il ferma les yeux et posa ses mains sur la sphère. Ériana supposa qu'il essayait de dialoguer avec son confrère.

— Je ne peux pas communiquer avec lui, dit-il en faisant sombrer ses espoirs. Nous ne sommes pas du même élément. C'est déjà stupéfiant que je réussisse à savoir qu'il n'est pas dans son artefact. Peut-être une des nombreuses subtilités qui n'ont pas été dévoilées aux instructeurs.

Ils soupirèrent en même temps. Tout comme elle, Setrian était en train de se dire qu'ils devraient rejoindre chacun des instructeurs le plus tôt possible. Encore un objectif supplémentaire. Heureusement, celui-ci ne les détournerait pas de leur but. Ils avaient déjà entrepris de traverser la moitié de la Friyie.

— Mais ce prénom m'interpelle vraiment, murmura Dar. *Eko...* Je suis certain de l'avoir déjà entendu quelque part.

L'homme semblait perdu dans ses pensées. Ériana en profita pour récupérer l'artefact. Les nuages qui y tournoyaient étaient plus blancs que d'habitude. Leur mouvement lent était apaisant. Les Vents donnaient vraiment l'impression d'y être emprisonnés, sans en souffrir pour autant. La façon dont ils se courbaient évoquait même le symbole des Vents.

— Je suis tellement rassuré, chuchota Setrian.

Ériana releva les yeux vers lui. Elle savait qu'il ne parlait pas de Dar. L'homme avait cessé de l'inquiéter après seulement quelques échanges de paroles.

— Tout se précise, continua-t-il. Ce qui gravite autour de toi devient moins flou. Il nous reste encore de nombreux points à éclaircir, mais je trouve que c'est déjà une belle avancée.

Elle s'approcha de lui pour l'embrasser, laissant *Eko* rouler entre ses genoux pliés. Au même instant, Dar poussa un cri.

— Je sais! Je sais qui est *Eko*! Ah, mais pourquoi n'y ai-je pas pensé plus tôt? Vraiment, je me demande comment j'ai pu oublier une telle chose!

— Trois mille ans à rester enfermé dans un sablier peuvent expliquer de légers défauts de mémoire, suggéra Setrian, apparemment déçu d'avoir été interrompu.

— Je n'ai pas passé les trois mille ans dans l'artefact, jeune homme. Peut-être juste un millier.

— Je pense quand même que ce serait suffisant. Alors, où se trouve *Eko*?

— Quelque part entre la Friyie et la Na-Friyie.

Ériana grimaça sans retenue. La frontière séparant les deux espaces allait de l'extrémité ouest du territoire des Eaux à l'extrémité est du Territoire des Terres.

— C'est très… vague, finit-elle par dire.

— J'ai dû mal m'exprimer, reprit Dar en voyant son air désolé. Je peux sûrement vous aider à y voir plus clair.

— J'apprécierais beaucoup.

Il paraissait très satisfait de lui-même. Elle avait envie de lui dire de se dépêcher, mais il semblait perdu dans d'agréables souvenirs. Elle ne voulait pas le priver d'un moment de bonheur.

— Je me demande bien ce qui existe entre Friyie et Na-Friyie, murmura-t-il en lui lançant un regard malicieux.

Setrian s'apprêtait à répondre, mais Ériana l'interrompit en plaçant la main sur son bras, lui faisant comprendre que c'était à son tour de répondre.

— La forêt des Havres Verts, dit-elle.

C'était dans cette forêt qu'elle avait rencontré la famille de Setrian. Le lieu, originellement dangereux, était désormais un endroit chargé de souvenirs.

— Je me demande si on ne pourrait pas réduire encore un peu cet espace, poursuivit Dar.

Ériana prit son temps. La forêt des Havres Verts servait de barrière naturelle pour tenir éloigner les Na-Friyens de la communauté friyenne. Cela permettait de protéger les territoires des Eaux, des Vents et des Terres. Celui des Feux se situait bien au sud de la Na-Friyie. Ériana ne savait pas s'il s'y trouvait un rempart similaire.

À la frontière nord, les Havres Verts avaient une réputation suffisamment lugubre pour que personne n'ose s'y aventurer. Une seconde barrière, énergétique, avait toutefois été mise en place. Un mur étincelant d'un jaune liquoreux. Cette barrière n'était rien d'autre qu'un mur de *inha*. Le lieu était idéal pour servir de source d'énergie.

— *Elpir*, dit Ériana. Eko se trouverait dans *Elpir*. Mais… ce bouclier est aussi long que les Havres Verts ! s'exclama-t-elle.

— Et c'est là que je défaille, avoua tristement Dar. Je ne peux que vous dire qu'Eko devrait se trouver dans cette barrière d'énergie.

— Comment pouvez-vous en être sûr ? demanda Setrian.

— Je trouvais que le prénom m'était familier, je viens de comprendre pourquoi. Au cours des réunions entre les conseils des quatre communautés, mes confrères messagers et moi-même avons beaucoup échangé, notamment puisque notre nature serait celle de la femme qui détiendrait les quatre éléments. Je me souviens que nous étions tous à Myria, dans cette splendide Tour d'Ivoire...

— Les conseils s'étaient réunis à Myria ? interrompit Setrian.

— Oui, dans votre Tour des Vents. Vraiment majestueuse, cette paroi blanche avec juste votre élément en guise de décoration. Notre Tour de Quartz fait presque fade à côté.

— Détrompez-vous, le rassura Ériana. Lapùn est une cité magnifique.

— Peut-être... Quoi qu'il en soit, nous étions basés à Myria lors de ces réunions et je passais beaucoup de temps en compagnie de mon confrère des Vents et de sa famille. Je me suis longtemps demandé si les âmes utilisées pour les autres artefacts étaient celles de mes homologues messagers, mais je vois qu'il n'en est rien. En tout cas pas pour les Vents. Eko était le fils cadet du mage *Aynetiel* du conseil. Un jeune garçon remarquable.

— Ils auraient utilisé un enfant pour être mon instructeur ?

— Eko n'était plus vraiment un enfant, il avait dix-sept ans. Mais je viens de me souvenir qu'il était très malade en plus d'être un génie. Ses prouesses d'*Aynetiel* étaient spectaculaires. Encore meilleures que les vôtres, ajouta Dar en désignant Setrian. Sa candidature était certainement idéale pour le conseil, qui ne voulait pas se passer de son père. Vous voyez, il dirigeait l'équipe en charge de trouver une solution à l'alimentation énergétique d'*Elpir*. Il me semble qu'il parlait de guider l'énergie depuis la nature jusqu'au bouclier. Je ne sais pas si cela a abouti.

— C'est le cas, approuva Setrian. Chaque personne demandant à le traverser doit laisser une offrande de *inha*.

— Vraiment très intelligent, ce confrère, murmura Dar plus à lui-même qu'à Setrian. Mais même avant cela, *Elpir* était un concentré d'énergie inimaginable. Mon confrère avait dû proposer le lieu avant même que son fils n'entre dans la partie. Je comprends maintenant mieux pourquoi réunir les quatre âmes a pris du temps. J'irais même jusqu'à supposer que c'est le garçon en personne qui s'est proposé pour devenir instructeur. Son père a dû s'opposer à cette idée, même s'il savait que son fils était condamné. Les guérisseurs se battaient depuis des années pour le délivrer de cette terrible maladie, mais en vain. Eko a dû jouer avec les sentiments de son père pour que celui-ci accepte, misant sur le fait que son âme résiderait la majeure partie du temps dans *Elpir*.

Ériana serra les poings. Elle avait accepté son rôle pour contrer le *inha* réducteur, elle savait qu'elle y risquait sa vie mais elle avait espoir d'en sortir indemne. Qu'un garçon de dix-sept ait eu à se sacrifier la mettait hors d'elle. Malade ou pas, il aurait mérité de vivre.

— Cela ne sert à rien de vous rebeller contre sa participation à cette mission, dit Dar en la fixant sévèrement. Eko a fait son choix, tout comme j'ai fait le mien. Il en va de même pour les deux autres. Ne les dévalorisez pas sous prétexte que nous nous sommes sacrifiés. Nous allions tous mourir un jour ou l'autre. Je pense que les deux autres âmes avaient une vie justifiant leur participation.

Elle savait que Dar avait raison, mais ne pouvait pas s'empêcher de regretter leur mort prématurée. Elle réalisa alors qu'à leur place, elle aurait probablement agi de la même façon et cette pensée l'apaisa légèrement. Elle était après tout elle-même en train de se sacrifier pour la survie de la communauté friyenne.

— Pardonnez-moi, dit-elle après un court silence. Je ne voulais déshonorer personne.

— Ne vous méprenez-pas, Ériana. Vos émotions font de vous la personne que vous êtes. J'ai d'ailleurs cru comprendre que c'étaient elles qui vous permettaient d'être performante avec votre *inha*.

— Impulsive, intervint Setrian en souriant.

— Exactement. Vous le tenez de vos ancêtres, ne vous en plaignez pas ! ajouta Dar. C'est bien mieux que d'être passive. Non pas que vous soyez passif, jeune homme, lança-t-il à Setrian. Vous avez juste des facilités déconcertantes, mais je crois aussi que nous y sommes pour quelque chose.

Ériana avait encore du mal à intégrer tout ce que Dar lui révélait sur ses ancêtres. Setrian avait été surpris en entendant le nom d'Anathé. Il n'avait pas le souvenir d'une famille de mages le portant à la Tour des Vents. Dar n'avait pas eu d'explications à donner sur cette étrangeté.

— Nous en revenons donc à votre rôle dans cette prophétie, dit-il en se positionnant face à Setrian.

— Le « qui m'a choisi et pour quoi », compléta Setrian.

— En ce qui concerne le « pour quoi », je crois que la réponse est simple. Vous devez la protéger, je ne peux pas être plus clair.

— Protéger Ériana ? souleva Setrian. Je trouve qu'elle se débrouille très bien toute seule, si vous voulez mon avis.

— Je suis plutôt d'accord, cet arc n'avait pas été prévu par mes confrères prophètes et pourtant, elle sait le manier avec une agilité redoutable. Mais tant qu'elle n'aura pas été instruite par les quatre messagers, sa vie sera malheureusement en danger.

— Vous voulez dire que le *Velpa* tentera de la tuer ? demanda-t-il, brusquement sérieux.

— Bien évidemment ! Ils ont d'ailleurs déjà essayé une fois sans savoir qu'ils avaient vraiment intérêt à le faire et je sais qu'ils ne manqueront pas de recommencer dès qu'ils auront compris quel est son rôle dans la prophétie.

— Vous pensez qu'ils vont le découvrir ? s'inquiéta Setrian.

— Les prophètes des Terres auxquels vous avez fait appel ne sont pas les seuls à pouvoir décrypter cette prophétie. La communauté des Vents était peut-être à cours de *Belahkthiel*, mais ce n'est pas forcément le cas des autres. Vous vous doutez bien que le *Velpa* ne s'est pas limité aux seuls territoires des Vents et des Terres, tout de même.

— C'est ce que nous craignions, avoua Setrian.

— Bien mieux que de craindre, il serait temps de savoir. Alors vous pouvez d'ores et déjà estimer qu'Ériana sera leur prochaine cible. Cette charmante demoiselle sait se défendre, je n'en doute pas un instant. Elle saura très bientôt réagir parfaitement contre un mage des Terres et si vous trouvez rapidement Eko, il en sera de même pour les Vents. Je sais que son instruction a déjà été bien entamée, mais elle n'est en aucun cas suffisante.

À contrecœur, Ériana acquiesça. À aucun moment il n'avait été clairement dit qu'elle avait terminé son apprentissage. La mission de l'équipe de l'Est s'était insérée en plein milieu. Seules les techniques de combat qu'Hamper, un soldat de la Garde des Vents, lui avait enseignées étaient abouties.

— Comment faire en attendant de trouver les deux autres artefacts et les messagers qui les habitent ? demanda Setrian en gardant son aplomb d'une façon qu'Ériana trouvait remarquable.

— Servez-vous de votre tête, jeune homme ! Vous êtes intelligent ! Ils ont tout fait pour que vous le soyez. En plus, vous êtes en lien avec elle, ça ne devrait pas être trop difficile !

Setrian écarquilla les yeux. Ériana aurait pu faire de même si Dar ne lui avait pas déjà suggéré l'appartenance de Setrian à la prophétie. Elle n'appréciait guère que tout ce qui gravite autour d'elle ait été dicté par un texte datant de trois mille ans, mais si les décisions de ses ancêtres pouvaient l'aider, elle n'allait pas les ignorer.

— Ce qui nous fait revenir au « qui l'a choisi », souleva-t-elle.

— D'après ce que je vois, dit Dar, il est plus que probable que Setrian descende directement de la lignée de l'*Aynetiel* du conseil d'il y a trois mille ans. Mon confrère n'avait pas seulement Eko comme enfant. Il avait également une fille, son aînée. Quand je les ai connus, elle était enceinte. Setrian lui ressemble énormément.

— Ça n'explique pas cette histoire de choix, dit Setrian.

— La prophétie prédisait que la prétendante aurait besoin d'aide. Il était juste précisé qu'il s'agirait également d'un messager. Vous imaginez de nouveau notre joie en apprenant ce détail. Nous avons donc décidé d'influencer l'avenir pour fournir le meilleur potentiel à ce messager.

— Les prophéties me dépassent… murmura Ériana.

— Les prophéties existent pour être utilisées, releva Dar sur le ton d'un parfait instructeur. Mon confrère des Vents avait les deux enfants les plus doués de la Tour d'Ivoire. Vous vous doutez que sa fille était *Aynetiel* elle aussi. Je ne serais pas surpris que sa descendance ait compté au moins un messager. L'un de vos parents est *Aynetiel*, n'est-ce pas? demanda Dar à Setrian.

— Mon père. Il s'appelle Hajul Huyeïl.

— Ce nom de famille ne me dit rien, mais les noms s'égarent parmi les générations. En trois mille ans, il y en a eu de nombreuses. Et beaucoup d'enfants aussi. Mais vous ressemblez tellement à sa fille que je ne peux que nous féliciter. Notre stratagème a parfaitement fonctionné.

— Quel stratagème ?

— Nous devions garder une lignée de messagers les plus talentueux possibles. Je ne pense pas me tromper si je dis que vous et votre père étiez les plus doués lors de vos apprentissages ?

Encore sous le choc de telles révélations, Setrian se contenta de hocher la tête et Dar sourit.

— Il me semble que l'arrière-grand-père de mon père était Grand Mage de la Tour d'Ivoire à son époque, dit-il soudain, comme si sa mémoire venait tout juste de se raviver.

— Rien d'étonnant à cela. C'en est même rassurant.

— Vous avez dit que j'étais en lien avec Ériana, reprit Setrian après un court silence. Votre stratagème incluait-il cette particularité ?

Dar les fixa alternativement puis soupira.

— C'est la seule chose qui m'échappe, avoua-t-il. Ce lien m'est inexplicable. Mais encore une fois, je n'ai peut-être pas été mis au courant de cette subtilité. Mon confrère a peut-être trouvé une idée après que j'ai été enfermé dans l'artefact. Tout est envisageable. Après… peu importe pourquoi ce lien existe, il est là et il est plutôt utile !

— Parce que vous avez pu vous en servir sur nous ? sourit Setrian.

Ériana comprit qu'il parlait de la brume dans laquelle Dar les avait volontairement égarés.

71

— Entre autres, répondit celui-ci en esquissant un sourire. Mais surtout parce que vous êtes capable de ressentir chaque fluctuation de *inha* en elle. C'est exceptionnel. Je n'ai jamais entendu parler de deux mages pouvant être en lien d'une telle façon.

— Je ne suis pas encore mage, dit Ériana.

— Vous le serez dès que j'aurai fini votre instruction, dit Dar.

— Cela signifierait que quelqu'un d'autre pourrait savoir ? tenta-t-elle avec espoir.

— Je ne veux pas vous bercer d'illusions alors je préfère ne pas m'aventurer. Vous pourrez toujours demander aux âmes enfermées dans les autres artefacts. Elles auront peut-être une idée.

La réponse était peu optimiste, mais Ériana ne s'avoua pas vaincue. Il lui faudrait explorer toutes les possibilités. Ce n'était cependant pas une priorité. Comme l'avait dit Dar, l'existence du lien était suffisante.

— Comment avez-vous réussi à nous perdre dans la brume ? demanda Setrian. Je veux dire, en dehors du fait que vous ayez agi sur Ériana et moi-même grâce aux Terres. Vous n'avez pas pu influencer nos amis de la même façon ! La brume y était certainement pour quelque chose.

— Jeune homme, voilà trois mille ans que j'occupe mon temps à maintenir cet épais brouillard sur la Vallée Verte afin de vous y perdre, vous et vous seuls. Égarer vos amis dans la brume était enfantin pour moi. Je n'ai rien fait d'autre que faire vibrer les pierres vous entourant pour en libérer l'humidité et augmenter la densité du nuage dans lequel vous progressiez. Ils se sont perdus comme des débutants.

— Vous les avez maintenus dans le brouillard longtemps après nous avoir séparés ?

— Juste le temps d'être sûr qu'ils ne rebrousseraient pas chemin pour vous retrouver.

— Mais comment avez-vous pu nous voir ? s'étonna Setrian.

— Je ne vous ai pas vus, déclara Dar. C'est la première fois que je vous vois. Mais je vous ai sentis. Vous avez des pieds, vous marchez sur la pierre et sur la terre. Je ressens la pierre et la terre. Je vous ressens.

— Mais d'autres personnes arpentent les montagnes !

— L'énergie de cette jeune femme est celle que je guettais depuis trois mille ans, dit Dar en désignant Ériana. Son énergie se reflète en vous. Il n'était pas très compliqué de scinder votre groupe en deux. Vous deux vers la Vallée Verte, les trois autres, le plus loin possible de vous.

— Ne me dites pas que vous les avez envoyés se perdre définitivement dans la montagne…

— Rassurez-vous, le sentier n'était jamais très loin. Quand j'ai arrêté d'alimenter le brouillard, ils étaient juste à côté.

Setrian se détendit légèrement. Ériana s'était elle aussi inquiétée pour les autres membres de l'équipe de l'Est, particulièrement Jaedrin. Dar, lui, semblait parfaitement serein. Elle lui avait accordé sa confiance pour tout le reste, elle pouvait la lui accorder pour ce détail.

73

— Je pense que le temps des questions est terminé, annonça Dar. Peut-être pourrions-nous commencer cette instruction ?

Ériana échangea un regard avec Setrian. Elle sentit une pression sur sa main. Elle n'avait même pas remarqué qu'il l'avait prise dans la sienne.

— Tout se passera bien, je ne te lâcherai pas des yeux, dit-il en étreignant ses doigts.

— En l'occurrence, il est certain que vous ne le risquerez pas ! s'exclama Dar.

Setrian se tourna vers le vieil homme, interrogatif.

— Cette instruction va malheureusement être très passive pour cette jeune femme.

— Et je peux savoir en quoi elle consiste ? demanda Setrian en donnant l'impression qu'il n'allait pas du tout apprécier la réponse.

Pour la première fois, Dar sembla déstabilisé.

— Il s'agit d'un transfert.

6

Gabrielle remit la mèche aux reflets roses derrière son oreille pour tenter de garder son visage dégagé. Le vent marin faisait valser ses cheveux devant ses yeux, l'empêchant de voir où elle mettait les pieds.

Le sable était un véritable calvaire, mais comme pour tout, elle avait fini par s'habituer.

Il avait déjà fallu accepter l'idée qu'Arden n'était pas seulement à un jour de marche. Lorsqu'ils avaient aperçu la cité des Eaux pour la première fois, l'ensemble de l'équipe de l'Ouest avait soufflé de soulagement. Quand ils avaient compris qu'il leur faudrait encore plusieurs jours pour atteindre l'éclat scintillant, Gabrielle s'était effondrée. Le fait de se passer de chevaux lui échappait encore mais elle avait depuis longtemps arrêté de demander pourquoi. Ce n'était pas elle qui prenait les décisions.

Elle n'était qu'une des trois prétendantes, éloignée de la Tour des Vents le temps d'en découvrir plus. C'était Hajul Huyeïl, l'un des meilleurs messagers de Myria, qui dirigeait le petit groupe de cinq. Il avait sous sa responsabilité sa femme et guérisseuse, Armia, ainsi que leur fille, Lyne. La jeune contactrice n'avait pas encore terminé son apprentissage mais ses talents étaient déjà très prometteurs. L'équipe comptait également un protecteur, Val.

Gabrielle savait que son rôle n'était pas de prendre part à la mission. Elle s'était résignée à traverser le territoire des Vents et celui des Eaux dans l'unique but d'être en sécurité. Ses compétences de mage artiste ne la mettaient pas à la tête du groupe. Celles, plus physiques, qu'elle avait développées avec la Garde des Vents, pourraient en revanche se révéler utiles. Elle préférait cependant ne pas avoir à s'en servir. Il en était de même concernant la dague à sa ceinture.

— Puis-je vous aider ?

Gabrielle releva si brusquement la tête qu'elle trébucha dans le sable. Elle se retint au bras de Lyne qui venait juste de s'arrêter et découvrit un homme enveloppé dans une toge émeraude. Le tissu s'enroulait autour de lui depuis ses mollets jusqu'à son cou, donnant l'impression d'une spirale colorée où trônait un visage bruni par le soleil. Ses yeux étaient d'un bleu très pâle tirant sur le vert. Gabrielle cligna des paupières le temps de réunir ses mots.

— Ça me semblerait être une excellente idée, répondit-elle en se redressant.

— Il ne vaudrait pas mieux attendre mon père ? dit Lyne.

— Bien sûr que si, mais je n'allais pas laisser cette personne nous regarder alors que nous serions restées muettes en attendant que Hajul nous rejoigne.

L'homme les observa à tour de rôle, à la fois déconcerté et amusé. Il sembla finalement opter pour une attitude mitigée et se contenta de sourire.

— Vous n'êtes pas libres de vos mouvements, dit-il.

Gabrielle fut surprise par les mots employés. La liberté existait de fait dans la communauté des Vents, et personne n'aurait songé à la remettre en cause. Leur interlocuteur semblait signifier le contraire.

— C'est le cas de certaines personnes chez vous ? demanda-t-elle.

— J'en suis la preuve, répondit l'homme en s'inclinant légèrement.

Gabrielle n'eut pas le temps d'ajouter quoi que ce soit, une main se posait déjà sur son épaule. Elle reconnut le contact de Hajul Huyeïl, qui indiquait d'une simple pression de doigts qu'il prenait le contrôle de la situation.

— Nous souhaiterions avoir accès à la cité d'Émeraude, dit Hajul.

— Très bien, suivez-moi.

— Combien de temps pour y parvenir ?

— Assez peu.

L'homme fit un geste de main les invitant à avancer puis se détourna. Gabrielle emboîta le pas au reste de l'équipe. Personne ne parlait, même Lyne, pourtant du genre à se perdre en bavardages.

Hajul n'avait pas encore pris la peine de partager le contenu du livret que Judin lui avait fourni. Il avait seulement précisé que les mœurs de la communauté des Eaux semblaient très différentes des leurs. Il avait ajouté qu'il préférait ne pas établir de conclusions hâtives avant d'avoir vu par lui-même. Les informations dont disposait la Tour d'Ivoire étaient anciennes et sûrement obsolètes. À en croire l'expression de son visage, le contenu du livret n'était peut-être pas si erroné que ça.

Gabrielle prépara un *inha'roh* pour entrer en contact avec lui. Son énergie frôla Hajul et il se tourna, interrogateur, vers elle. Gabrielle jeta un bref regard vers l'homme en vert.

— *Une remarque particulière ?* demanda Hajul.

— *Il me fait peur. Il y a quelque chose d'étrange chez lui.*

— *Le fait qu'il nous propose son aide ? Il est vrai qu'il est la toute première personne que nous croisons depuis des jours. Il y a de quoi être surpris.*

77

— *Ce n'est pas ce dont je parle. Il dégage quelque chose... Je n'arrive pas à le décrire. Il n'a pas l'air d'être mage, mais il n'est clairement pas un membre de la Garde des Eaux non plus.*

— Non, tu as raison, il n'appartient pas à la Garde. Il appartient à un autre... service de la cité.

— *Service ?*

Hajul sembla hésiter. Elle le vit résister à l'envie d'attraper le livret dans sa poche.

— Le rôle de cet homme est de nous guider jusqu'à Arden, expliqua Hajul.

— *Nous voyons la cité depuis des jours ! J'ai l'impression de connaître cette Tour par cœur à force de la regarder et de m'en servir comme point de repère pour avancer. Nous n'avons pas besoin d'un guide. Nous avons plutôt besoin d'eau.*

— Je suis d'accord pour l'eau, mais je t'assure que nous avons besoin d'aide pour entrer dans Arden.

— *Cette cité serait-elle une forteresse ?*

Hajul ne répondit pas. Ses yeux suivaient l'homme en vert. Gabrielle en profita pour observer une fois de plus l'immense tour qui se dressait devant eux. Elle avait râlé au sujet de l'édifice, mais celui-ci la subjuguait. À côté, la Tour d'Ivoire faisait figure de simple bâtiment.

Arden se situait à la frontière entre le sable et la mer lorsque celle-ci était à sa hauteur maximum. Les marées qu'ils avaient eu l'occasion de découvrir récemment la laissaient au milieu d'un écrin de sable. Lorsque l'eau monterait à nouveau, elle en entourerait une bonne moitié, cette partie d'ailleurs légèrement surélevée.

Gabrielle était pressée de découvrir tout cela de plus près. Elle tenait aussi à comprendre de quoi la Tour d'Émeraude était faite. De loin, l'édifice lui avait semblé presque aussi blanc que la Tour d'Ivoire. De près, son aspect devenait rugueux et moucheté, ressemblant aux carapaces qu'elle avait ramassées dans le sable.

Le plus époustouflant, et ce qui donnait son autre nom à la cité, restait la gigantesque spirale qui semblait partir de la base de la Tour pour grimper jusqu'à son sommet. Le tout donnait la sensation qu'une immense vague se projetait sur le monument. Étrangement, cette spirale semblait faite d'eau, pourtant, elle était colorée de ce vert profond. Gabrielle était pressée de rencontrer les artistes des Eaux pour découvrir comment ils avaient pu mettre au point une telle apparence. Peut-être avaient-ils également travaillé avec les illusionnistes. Elle ne voyait de toute façon pas comment il pouvait en être autrement.

— *Arden n'est pas à proprement parler une forteresse,* dit Hajul en la sortant de sa rêverie.

— *Pourquoi ce « à proprement parler » ne me rassure-t-il pas ?*

— *Tu as déjà compris que la communauté des Eaux a une certaine façon de traiter avec la liberté, n'est-ce pas ?*

— *Je ne sais pas réellement ce que j'ai compris. J'ai juste remarqué la façon dont cet homme nous a parlé.*

— *Cet homme n'est pas libre de ses mouvements.*

— *Qu'est-ce que ça signifie exactement ?* demanda-t-elle en reconnaissant les termes.

— *Il est au service de la Tour des Eaux.*

79

— *Nous sommes au service de la Tour des Vents*, fit-elle remarquer.

— *Mais nos services ne se monnaient pas de la même façon.*

— *Vous voulez dire qu'ils ne sont pas rémunérés ?*

— *En quelque sorte.*

Gabrielle réfléchit à ce qu'elle connaissait de sa propre communauté. Le fonctionnement de la Tour d'Ivoire était simple. Les apprentis ne percevaient aucune rémunération avant d'être secondés et elle était maigre lorsqu'elle voyait enfin le jour. Le statut de mage donnait en revanche droit à un paiement conséquent variant selon l'endroit où le mage résidait et les missions accomplies. S'il vivait à la Tour, le montant était moins élevé que s'il vivait à l'extérieur. Tout était très logique.

— *La Tour d'Émeraude prend en charge la totalité de leurs dépenses ? Même personnelles ?*

— *Je crois que ces personnes n'ont pas de dépenses, qu'elles soient personnelles ou non*, répondit sinistrement Hajul.

— *Mais comment font-ils pour vivre ?*

— *Ils servent.*

Les poings de Hajul s'étaient serrés. Gabrielle sentit sa propre mâchoire se crisper.

— *Vous voulez dire que cet homme est un serviteur ?*

— *Je pense que tu as trouvé un terme plus élégant pour éviter de parler d'esclavage*, répondit Hajul après un moment de silence.

Elle avala difficilement sa salive. La chaleur lui donnait soif, mais c'était surtout ce qu'elle venait de réaliser qui l'étranglait.

— *Donc la Tour des Eaux utilise des serviteurs pour aider les gens à rentrer chez eux ?*

— *Je crois qu'il n'y a pas que la fonction de guide qui soit attribuée à ces personnes.*

— Ça semblerait presque logique, reconnut Gabrielle à contrecœur.

— *Je ne serais d'ailleurs pas surpris s'il existait douze métiers de... serviteurs.*

Elle remarqua l'hésitation de Hajul et le choix final de ses mots. Le nombre qu'il avait évoqué retint son attention.

— Douze ?

— *J'ai dit que cet homme était un guide. Pourquoi, d'après toi ?*

Tout se mit en place dans sa tête en un instant. Elle fixa à son tour l'homme en vert.

— Ne me dites pas que... Non. Ce n'est pas possible.

— *Si, c'est parfaitement possible. Ce serviteur est un mage. Il est même messager.*

7

Gabrielle ne chercha plus aucun contact, verbal ou pensé, jusqu'à ce qu'ils soient enfin arrivés dans la cité. Elle comprit l'utilité de leur guide improvisé lorsqu'ils franchirent l'enceinte d'Arden. Le protocole à respecter pour pouvoir entrer était impressionnant.

— Je suis Erkam, dit le serviteur une fois qu'ils eurent récupéré les affaires qu'ils avaient dû sortir de leur sac pour que les gardes les inspectent.

Apparemment, la présence d'Erkam leur avait évité d'en vider la totalité. Aucun insigne des Vents n'avait été vu. Chaque membre se présenta rapidement, se limitant à son prénom. Hajul avait déjà informé Erkam qu'ils devaient se rendre à la Tour d'Émeraude, le serviteur n'avait posé aucune question, comme s'il n'y accordait aucune importance. Gabrielle avait plutôt eu l'impression que son indifférence relevait davantage d'une habitude que d'un réel désintérêt.

Erkam les conduisit au travers d'Arden avec élégance, désignant de temps à autre des fontaines particulièrement remarquables. La cité semblait en regorger plus que nécessaire. Le travail était à chaque fois fin et précis. Les mages artistes étaient forcément derrière la majorité des œuvres.

— Comment appelez-vous les mages qui fabriquent ces fontaines ? demanda-t-elle en passant à côté de ce qui devait être le vingtième bassin depuis leur entrée dans la cité.

Erkam la fixa avec perplexité comme s'il attendait une précision. Elle désigna l'œuvre d'art qu'ils venaient de laisser derrière eux. Il sembla enfin comprendre ce dont elle parlait.

— Celles-ci ne sont pas réalisées par les mages de la Tour.

— J'aurais pourtant cru.

— Ce sont les serviteurs qui sculptent les fontaines de l'extérieur, dit Erkam avec une certaine hésitation.

— Que font les mages artistes, alors, s'ils ne les sculptent pas ? demanda-t-elle en réalisant que Hajul devait avoir raison d'imaginer douze sortes de servitude.

— Les *Theratae* ont leurs propres fontaines.

Gabrielle plissa les yeux d'incompréhension. Si les serviteurs et les artistes des Eaux accomplissaient les mêmes choses, elle ne voyait pas pourquoi leur communauté s'évertuait à les différencier.

— Je crois que nous avons oublié comment fonctionne la hiérarchie à Arden, intervint Hajul en prenant le ton d'un vieil habitant de la communauté.

Gabrielle tendit l'oreille pour enfin entendre les explications qu'elle souhaitait mais Erkam ne répondit pas et continua à avancer. Hajul sembla moins surpris qu'elle de cet étrange silence.

— Pourriez-vous nous éclairer à ce sujet ? poursuivit-il.

— Tout à fait, dit Erkam en les faisant s'engager dans un passage très fréquenté. Notre Grand Mage ainsi que le conseil des Douze dirigent l'ensemble de notre communauté. Les mages des Eaux mettent leurs talents au service de la population.

Gabrielle soupira. Tout ce qu'Erkam décrivait faisait partie des choses évidentes.

— Et les serviteurs ? insista Hajul.

— Les serviteurs des Eaux mettent leurs talents au service de la population.

83

— Quelle est la différence avec les mages, alors ? s'exclama Gabrielle qui ne pouvait plus retenir sa curiosité.

— La famille dont ils sont issus.

Erkam la dévisageait ouvertement. Il ne savait clairement plus quel statut lui associer. Gabrielle, elle, resta sans voix. Hajul et Val échangèrent un regard.

Elle s'apprêtait à demander davantage de précisions quand une lueur l'éblouit soudain. Elle leva immédiatement sa main devant ses yeux et détourna la tête pour pouvoir continuer à marcher. Elle s'arrêta malgré tout.

Ce qu'elle découvrait au travers de ses doigts lui fit baisser la main avec une rapidité enthousiaste. Ils étaient enfin arrivés au pied de la Tour des Eaux. Elle se ravisa en voyant qu'un immense bassin entourait l'édifice. Ils en étaient encore à une certaine distance. Mais le reflet du bâtiment dans l'eau semblait mettre la Tour à portée de main.

— Comment fait-on pour y accéder ? demanda-t-elle avec stupéfaction.

De nouveau, Erkam l'observa, incrédule. Elle désigna maladroitement la Tour pour tenter de se faire comprendre.

— À pied, répondit-il.

— Mais... comment ?

Erkam lui fit signe de se mettre à sa hauteur. Sa confusion s'évapora, aussitôt remplacée par de la honte. Ce qu'elle avait pris pour un gigantesque bassin n'était qu'une place légèrement inondée. Une fine couche d'eau recouvrait le sol dont la pierre, d'un gris verdâtre, donnait une impression de profondeur. Si elle avançait, ses bottes seraient à peine mouillées.

— C'est superbe ! s'exclama Lyne à côté d'elle.

— Absolument prodigieux, murmura Armia, qui s'était elle aussi rapprochée.

Hajul et Val prenaient connaissance de l'artifice en silence. Erkam s'était encore avancé.

— Pardonnez-moi, je n'avais vraiment pas fait attention, dit-elle, gênée.

— C'est tout à fait normal. De là où vous étiez, l'effet était saisissant. Il faut être au plus près pour le découvrir. Ou alors avoir grandi ici.

Erkam avait encore fait un pas en avant et Gabrielle se plaça à côté de lui. La Tour donnait à nouveau l'impression d'émerger de l'océan. Soudain, des colonnes d'eau jaillirent du sol. Gabrielle sursauta, mais ce ne fut rien comparé à Lyne et Armia. Val s'était momentanément crispé mais se détendit rapidement. Hajul cachait difficilement un sourire d'admiration.

— Nos jets d'eau sont la fierté de nos *Theratae*, dit Erkam en pointant une des colonnes liquides.

L'eau qui avait recouvert la place était à présent rassemblée en une quantité innombrable de cylindres verticaux. La pierre grise et verte luisait de l'humidité persistante.

— Nous pouvons en profiter pour avancer, si vous le voulez bien.

Erkam n'attendit pas leur réponse et s'engagea entre deux rangées de colonnes. Le reste de l'équipe se précipita dans son sillage. Au fur et à mesure qu'ils traversaient la place, les cylindres liquides changeaient d'aspect. Les colonnes devenaient cônes puis spirales pour de nouveau se fondre en colonnes.

— Pourquoi ne sommes-nous pas passés lorsque la place était inondée ? demanda Lyne dont les yeux ne cessaient d'aller de gauche et de droite.

— Nous aurions pu, mais cela aurait été inconfortable. Il suffisait juste d'attendre un peu pour que le passage se fasse.

— Les colonnes restent longtemps ? continua la jeune fille en faisant glisser sa main au travers d'une des spirales aquatiques.

— Le temps que nous traversions.

— Mais comment savent-ils si nous sommes passés ?

— Grâce au *inha*.

Gabrielle, qui avait suivi l'échange d'une oreille distraite, se concentra à nouveau sur ce que disait Erkam.

— Il faut un *inha* des Eaux pour activer l'apparition des colonnes. Si vous ne disposez pas de cette énergie, vous ne pouvez pas passer.

L'énergie de Hajul lui frôla l'esprit en urgence. Elle accepta le *inha'roh*.

— *Que personne ne dise que nous sommes des Vents.*

Le lien s'effaça aussi rapidement qu'il était apparu.

— J'ai compris que vous n'étiez pas de la cité en vous voyant arriver, poursuivit Erkam. Nous recevons souvent des visiteurs de notre contrée. Le territoire des Eaux est si vaste que beaucoup n'ont même plus connaissance des mœurs de notre belle Arden. Je vous ai proposé mon aide pour franchir la

Garde à l'entrée car notre protocole est très minutieux. Quand vous m'avez dit vouloir vous rendre à la Tour, je savais que vous seriez bloqués en arrivant sur la place. Vous ne pouviez pas connaître le signal à donner pour déclencher le processus des colonnes, même si vous êtes mages. Seuls les messagers et les passeurs le connaissent. C'est pour ça que je suis resté avec vous.

— C'est vôtre rôle ? demanda Hajul.

— Oui, je suis passeur.

— Vous êtes messager, plutôt, non ?

Erkam continuait à avancer mais Gabrielle décela un léger contretemps dans ses pas à l'instant où Hajul fit sa remarque.

— Je suis passeur, répéta-t-il.

Le ton de sa voix se voulait neutre. Gabrielle ne s'y laissa pas tromper. Il y avait clairement de l'amertume au milieu des mots.

— C'est donc la profession de toutes les autres personnes habillées comme vous autour de cette place ?

— Oui. Nous, passeurs, sommes répartis soit à l'intérieur de la cité, soit à l'extérieur. J'étais en mission à l'extérieur aujourd'hui, c'est comme ça que j'ai pu vous rencontrer.

Gabrielle regarda derrière elle. Maintenant qu'elle y prêtait attention, il y avait effectivement une demi-douzaine d'autres silhouettes semblables à Erkam disséminées autour de la place. Certaines étaient accompagnées et commençaient à s'engager entre les colonnes d'eau. D'autres patientaient stoïquement.

— Il n'y a pas l'air d'y avoir grand monde qui ait besoin de traverser, souleva-t-elle en regardant à nouveau devant elle.

— La plupart des personnes souhaitant avoir accès à la Tour sont mages ou serviteurs. Ils n'ont pas besoin de nos services puisqu'ils connaissent la projection à réaliser pour passer. Ce sont essentiellement les familles des apprentis et les mages qui n'ont pas suivi leur instruction ici qui requièrent nos compétences. Je suppose que c'est pour cela que vous êtes ici.

Les membres de l'équipe se jetèrent des regards inquiets. Au milieu de toutes les nouveautés, ils n'avaient pas eu le temps d'élaborer une stratégie, même par *inha'roh*.

— Nous souhaiterions parler avec un des membres du conseil, dit Hajul. Peut-être même votre Grand Mage si cela est possible. Nous comprendrions que ce ne soit pas forcément évident.

— Je ne saisis pas très bien votre démarche, répondit Erkam en s'arrêtant.

C'était la phrase la plus proche d'une question que le serviteur ait formulé depuis qu'ils l'avaient croisé. Ils venaient d'arriver juste en bas de la Tour. Les deux gigantesques battants de la porte d'entrée étaient ouverts, accessibles par quelques marches. Deux gardes étaient postés de chaque côté. Le hall d'entrée de l'édifice semblait similaire à celui de la Tour des Vents.

Erkam commença à gravir les escaliers, suivi du reste de l'équipe. Il s'immobilisa de nouveau en arrivant à la porte.

— Je ne saisis toujours pas votre démarche, répéta-t-il, suspicieux.

Ses yeux allaient d'un membre de l'équipe à l'autre. Ils s'arrêtèrent un certain temps sur Gabrielle, comme s'il tentait de l'associer à quelque chose en particulier, puis se fixèrent sur Hajul.

— Erkam, commença Hajul en se voyant dévisagé, vous semblez bien trop intelligent pour ne pas comprendre ce qui se passe.

— Vous êtes messager et vous donnez vraiment l'impression d'avoir suivi votre apprentissage dans la Tour, dit Erkam en fronçant les sourcils. Pourtant, les fontaines ne se sont pas déclenchées quand vous vous êtes avancé.

La neutralité d'Erkam contrastait avec la finesse que Hajul avait mise dans ses mots. Le serviteur sembla hésiter encore un moment, serrant les poings comme s'il tentait de résoudre un problème difficile.

— Gardes, interceptez ces personnes.

8

— Erkam ! Que faites...

Hajul fut brusquement interrompu par l'apparition d'une lance dans son champ de vision. Un violent courant d'air fit valser la lame dans la direction opposée. Au même moment, un des gardes chuta en arrière.

Val venait d'attraper Lyne par le bras et de la placer derrière lui. Armia les rejoignit immédiatement. Gabrielle hésita à sortir sa dague. Son instant de flottement lui coûta un coup brutal dans l'épaule. Elle trébucha dans les escaliers et Val la retint juste avant que sa tête ne heurte les marches. Hajul les contacta tous par *inha'roh*.

— *À mon signal, l'air le plus puissant que vous ayez jamais conçu!*

Gabrielle hocha la tête même si Hajul, de dos, ne pouvait pas la voir. Elle savait que les autres avaient également approuvé. Ce n'était pas comme s'ils avaient réellement le choix. Les trois gardes des Eaux encore debout se rapprochaient et, derrière eux, d'autres silhouettes semblaient s'amasser.

Hajul leva la main et Gabrielle s'empara du *inha* des Vents. Ses talents artistiques ne l'avaient pas souvent obligée à manipuler d'aussi grandes quantités d'air; elle préférait les courants subtils et acérés pour tailler et polir les pierres précieuses, mais sa formation avec la Garde des Vents lui avait donné suffisamment d'aise pour être capable de se défendre.

Elle projeta violemment l'air dont elle avait réussi à prendre le contrôle. D'après les sons, les quatre autres membres de l'équipe avaient été tout aussi efficaces qu'elle. Le vent s'éloignait d'eux avec une puissance démesurée.

Au moment où la bourrasque allait percuter les gardes, un mur d'eau compact apparut. Le contact des deux masses provoqua une détonation assourdissante.

Les concentrés d'éléments se disloquèrent comme du verre, les arrosant tous d'une pluie fine. Pendant un instant, le bruit de l'eau retombant au sol fut la seule chose perceptible au milieu du silence, puis une voix agressive résonna.

— Ne bougez plus ! N'utilisez plus vos *inha* ! Nous contrerons chacune de vos tentatives. Vous êtes en nombre inférieur.

Une fois le rideau de pluie dissipé, Gabrielle constata qu'une bonne dizaine de personnes avaient rejoint les soldats qui encadraient la porte. D'après leurs vêtements, certains étaient également de la Garde. Les autres devaient être des mages. Sinon, elle ne voyait pas comment le mur d'eau qui avait intercepté leur tempête aurait pu naître.

— Nous ne sommes pas ici pour nous battre, intervint Hajul.

Gabrielle chercha des yeux l'homme qui s'était adressé à eux. Massif, il donnait l'impression de n'être rien d'autre qu'un soldat excellemment entraîné. L'unique virgule sur son uniforme émeraude le prouvait. Il était Premier de la Garde.

— Ça, c'est à moi de le décider.

— Nous n'avons fait que nous défendre devant vos armes, contra Hajul. Ma famille et moi n'avons pas l'intention de vous nuire.

— Vos intentions me sont parfaitement égales. Passeur ! hurla l'homme.

Du coin de l'œil, Gabrielle vit Erkam se rapprocher du soldat. Elle n'arrivait pas à savoir s'il avançait timidement ou résolument. Il aurait pu rentrer deux de ses bras dans chacune des manches de l'uniforme du

Premier. La moustache et la barbe rousses ne rendaient pas le soldat moins agressif. Au contraire, la façon dont ses lèvres se serraient ne présageait que le pire.

— Passeur, quel est ton nom ?

— Erkam.

— Je pense comprendre pourquoi tu as dit à mes soldats d'intervenir, mais j'ai besoin de tes arguments.

L'échange entre les deux hommes était étrange, comme si l'autorité de l'un sur l'autre n'était pas clairement définie.

— Ils ne connaissent rien de notre cité. Ce sont de parfaits étrangers.

— Cela n'est pas suffisant, rétorqua le Premier en le fixant sévèrement.

— Celui aux cheveux blancs est messager mais les fontaines ne se sont pas déclenchées en sa présence alors que je suis certain qu'il a reçu une instruction digne de ce nom.

— Ça, c'est déjà plus intéressant. Est-ce que quelqu'un ici peut expliquer la façon dont ils ont fait voler vos boucliers ?

Le Premier s'était retourné et s'adressait maintenant à ceux qui se trouvaient derrière les soldats. À voir la réaction de Val, Gabrielle comprit qu'au moins l'un d'entre eux était protecteur. Une femme se faufila au milieu des gardes. Elle arrivait tout juste aux épaules du Premier et portait le même genre de toge qu'Erkam.

— Nos boucliers ont été inefficaces.

— Tu en es certaine ?

— Certaine.

La femme lança un regard à Val avant de retourner à sa place. Elle aussi avait reconnu sa nature.

— Alors qui peut m'éclairer ? hurla le garde.

Les soldats n'avaient pas sourcillé mais toutes les personnes postées derrière eux s'étaient raidies. Certains se balançaient nerveusement d'un pied sur l'autre. D'autres dévisageaient ouvertement les membres de l'équipe de l'Ouest.

— Si vous me laissez parler, je pense que… commença Hajul.

— Je ne vous autorise rien du tout ! cria le soldat.

— Si, laisse-le parler.

Le Premier pâlit. Tous ceux qui s'étaient réunis derrière et autour de lui s'écartèrent avec une vélocité remarquable. Le garde fit un pas en arrière et s'inclina avec élégance.

— Mage Plamathée, dit-il avec douceur.

Gabrielle détourna ses yeux du Premier pour s'intéresser à la personne qui marchait vers eux. Sa bouche s'ouvrit d'admiration.

Une femme vêtue entièrement de blanc avançait ou plutôt flottait dans leur direction. La longue robe soulignant ses courbes depuis son cou jusqu'à ses genoux se répandait au sol telle une flaque d'eau. Le tissu autour de ses pieds frémissait à chacun de ses pas, provoquant comme de petites vagues. Ses bras longs et fins étaient eux aussi recouverts de l'étoffe fluide, qui se serrait au niveau des poignets et arrivait presque jusqu'aux doigts. Pas un cheveu ne s'échappait du chignon brun autour duquel brillait un bijou vert. Son teint était légèrement hâlé mais rien de comparable au visage d'Erkam ou des gardes.

— Crayn, dit la femme avec une voix aussi mélodieuse qu'un ruisseau, je te remercie.

Elle posa gracieusement une main sur la tête du soldat et celui-ci se redressa. Le regard qu'ils échangèrent en disait long sur la nature intime de leur relation. Gabrielle avait du mal à s'imaginer comment une femme si douce et harmonieuse pouvait s'être attachée à la brute qui les avait interceptés.

— Bonjour, étrangers. Je suis Plamathée, Grand Mage de la communauté des Eaux.

Les cinq membres de l'équipe s'inclinèrent. Gabrielle n'avait pas vraiment réfléchi avant de le faire et elle supposa qu'aucun des autres non plus. La femme inspirait un profond respect. Après s'être relevé, Hajul fit un pas en avant pour montrer qu'il avait l'intention de parler. Son mouvement déclencha une réaction chez la totalité des gardes.

— Je veux juste répondre, dit-il sereinement.

Gabrielle salua son courage. Elle n'aurait jamais pu en faire autant si une demi-douzaine de personnes l'avait menacée de cette façon.

— Je vous écoute, répondit la mage.

Elle avait à peine écarté le bras de sa cuisse et les gardes s'étaient remis dans leur position initiale. Ils n'en restaient pas moins d'une vigilance redoutable.

— Ne pourrions-nous pas nous rendre dans un endroit où nous serions moins entourés ? demanda Hajul.

— Pour qui te prends-tu de demander une faveur pareille ? s'écria le Premier.

— Crayn, appela doucement la femme. Ils arrivent certainement d'un long voyage.

Elle les examinait attentivement. Son regard s'arrêta un long moment sur Gabrielle. Ses yeux étaient d'un vert assez clair et contrastaient avec la couleur de sa peau. Gabrielle comprit la raison de cet intérêt soudain. La mage était *Theratae*.

— Mais il reste un mystère à élucider, car je ne me permettrai pas de mettre mes sujets en danger. Jeune femme, appela-t-elle en direction de Gabrielle, vous êtes une artiste, n'est-ce pas ?

Gabrielle hocha la tête.

— Pourquoi ne réussis-je pas vraiment à en être certaine ?

— Parce que... hésita Gabrielle en cherchant d'abord l'autorisation auprès de Hajul, qui lui confirma d'un signe de tête. Parce que nous venons du territoire des Vents.

La stupéfaction s'empara de tous.

— D'après ce qu'Erkam me fait comprendre, vous êtes messager, reprit la mage à l'adresse de Hajul. Et vous, protecteur, dit-elle en s'adressant à Val.

Gabrielle resta perplexe. À aucun moment elle n'avait vu quiconque en dehors du Premier s'adresser à la femme. Ils avaient dû communiquer par *inha'roh*.

— En revanche, j'aimerais être éclairée sur la nature des deux dernières personnes.

— Je suis guérisseuse, dit Armia. Et voici ma fille, Lyne, apprentie secondée contactrice.

— Une apprentie *Rohatiel*, releva la mage. Intéressant. Cette nature n'est plus aussi fréquente chez nous que par le passé.

95

L'emploi du terme exact de la nature de Lyne les interloqua mais il était logique qu'un Grand Mage soit au courant de ce genre de détail sur les autres communautés. La seconde précision était également surprenante. Chaque territoire semblait avoir son lot de problèmes. À Myria, les prophètes se faisaient rares. Ici, il s'agissait des contacteurs.

— Pourrions-nous avoir un entretien avec vous ? tenta Hajul.

La femme l'observa longuement, comme si elle cherchait à lire à travers lui. Le Premier s'avança vers elle et murmura quelque chose à son oreille. Elle lui répondit d'une voix tout aussi basse puis se tourna vers l'équipe.

— Étant donné vos capacités et la façon dont nos boucliers sont inefficaces sur vous, je ne peux me permettre de vous réunir tous dans la salle d'audience. Je vais donc prendre quelques mesures d'ici à ce que votre présence soit expliquée. Un seul d'entre vous sera autorisé à me parler et ce en présence de ma garde rapprochée. Les autres membres de votre groupe seront emmenés en cellule le temps de gérer tout cela. Vous serez également neutralisés par l'*empaïs* pour plus de sécurité.

— Nous comprenons parfaitement, répondit Hajul.

— Lequel d'entre vous souhaiterait s'entretenir avec moi ? J'avoue que j'aurais une préférence pour la *Theratiel*, mais je crois bien que vous êtes à la tête de cette équipe.

— Exactement. Gabrielle n'aurait pas toutes les informations nécessaires. Il serait capital que je sois celui qui m'adresse à vous.

Le Premier chuchota à nouveau quelque chose à l'oreille de la mage. Pendant ce temps, Lyne s'adressait à sa mère à voix basse.

— Je ne connais pas ce mot, *empaïs*. De quoi est-ce qu'elle parle ?

Gabrielle réalisa que la jeune fille ne devait effectivement pas avoir connaissance de ce terme. L'existence de la matière n'était jamais soulevée en public et n'était révélée que lorsque l'apprenti devenait définitivement mage.

L'échange chuchoté entre la mage et le Premier dura encore un moment puis la femme fronça les sourcils et nia de la tête.

— Le Premier de la Garde Crayn s'inquiète de vos aptitudes, qui semblent être les plus avancées, dit-elle en s'adressant à Hajul. Il préférerait qu'une autre personne s'entretienne avec moi, mais je viens de refuser sa suggestion. Montrez-moi que je n'ai pas tort en prenant cette décision.

Hajul acquiesça et mit lentement sa main dans une de ses poches. Tout aussi lentement, il en ressortit une bague bleu et blanc et la passa à son doigt. Puis il tendit sa main devant lui. Un homme se glissa au milieu des soldats pour y déposer une matière visqueuse. Il patienta un instant puis tenta de retirer l'insigne du doigt de Hajul. La bague resta en place.

— Enfilez vos insignes, dit Hajul au reste de l'équipe.

Gabrielle fut tout aussi rapide que lui. Elle portait également une bague et l'alchimiste, car c'était généralement les mages de cette nature qui manipulaient le précieux liquide, entreprit d'y verser l'*empaïs*. Il passa ensuite vers Armia, qui venait de boucler un bracelet à son poignet puis vers Lyne, qui terminait juste de nouer le bandeau dans ses cheveux.

Val fut le plus long mais sa nature de protecteur l'excusait. Son insigne était une robe complète qu'il passa par-dessus ses vêtements. La blancheur du tissu fit paraître terne la robe de la Mage des Eaux. Gabrielle remarqua alors le même moucheté que les coquillages sur cette dernière. Myria gardait son privilège de pureté incomparable.

— Je ne me sens pas bien, murmura Lyne.

— C'est normal, répondit Gabrielle. C'est l'effet de l'*empaïs*. Surtout la première fois. Tu aurais dû l'expérimenter ton premier jour de désignation. Je suis désolée, les sensations ne sont pas des plus agréables mais elles s'estompent en peu de temps. Ou du moins, tu t'y habitueras.

— Je ne sais pas qui pourrait s'habituer à avoir son *inha* bloqué.

La remarque de Lyne était très pertinente et Gabrielle s'étonna une fois de plus de l'intelligence de la jeune fille. Elle n'avait pas été désignée secondée en avance pour rien.

— Je vous retrouve d'ici peu en salle d'audience, reprit la Mage à l'attention de Hajul. En attendant, je vous confie au Premier Crayn. Ne me faites pas regretter de vous avoir fait confiance.

De nouveau, les personnes ayant assisté à l'événement s'écartèrent pour la laisser passer puis s'éclipsèrent à leur tour, ne laissant que quelques soldats, le Premier Crayn et Erkam avec eux.

— Maman, appela à nouveau Lyne, pourquoi est-ce qu'ils nous emmènent en cellule ?

Armia se contenta de secouer doucement la tête pendant que le Premier distribuait des ordres. Un des soldats s'approcha de Hajul pour l'emmener, seul. Juste avant de disparaître dans le grand hall, le messager lança un regard ferme à Val.

— Maintenant, suivez-nous, dit Crayn.

9

La cellule où ils furent emmenés ne méritait pas son nom. La pièce ressemblait davantage à un lieu de stockage. Les murs étaient faits de cette matière calcaire qu'ils avaient pu voir partout et il y avait de quoi s'asseoir.

Quand Hajul revint, il était accompagné d'Erkam, visiblement perturbé par la situation. Son regard passait d'un membre à un autre comme s'il ne savait quoi penser. Gabrielle tenta un sourire, le serviteur détourna les yeux.

— C'est bon, nous sommes libres, dit Hajul. Et pas seulement de nos mouvements, ajouta-t-il en regardant Erkam. Notre nouvel ami a encore beaucoup de mal à se faire à notre façon de fonctionner, mais je suis certain que vous saurez le mettre à l'aise. Erkam nous accompagnera durant notre séjour à la Tour d'Émeraude.

Armia souffla de soulagement en prenant son mari dans ses bras et Lyne se mit à sauter sur place. Val restait plus sobre, à l'image de Gabrielle. Elle avait encore du mal à croire que tout s'était arrangé autour d'une simple discussion.

— Je vais tout vous expliquer, dit Hajul en les devançant, mais je le ferai une fois que nous serons dans nos quartiers.

— Nos quartiers ? releva Armia.

— Le conseil nous a attribué deux chambres dans la Tour.

— Comment se fait-il que nous restions à Arden ? intervint Val en chuchotant.

Gabrielle s'était posé la même question et, visiblement, le protecteur éprouvait des réserves aussi prononcées que les siennes.

— Dans la chambre, répondit Hajul en secouant la tête.

— Est-ce qu'ils vont nous laisser l'*empaïs* ? demanda Armia en soulevant son poignet.

— C'est l'un des points négatifs de notre séjour ici.

— Quoi ? On va garder ça encore longtemps ? s'exclama Lyne.

— C'est en pourparlers avec Plamathée.

Gabrielle observa la bague à son doigt. Le symbole miniature n'était quasiment plus visible au travers de la pâte visqueuse, qui avait durci depuis son application. Elle gratta vainement la surface, sachant pertinemment qu'il n'y avait aucun moyen de se défaire de la matière sans son antidote. Elle n'avait jamais vu ce précieux liquide. Seuls certains alchimistes en avaient connaissance. Elle pourrait passer à côté sans réaliser qu'il s'agissait de la substance capable de les délivrer.

Ils suivirent Erkam dans les escaliers de service, selon les indications de Plamathée qui tenait à mettre le conseil au courant avant de les laisser arpenter la Tour à la vue de tous. L'entretien n'avait eu lieu qu'en sa présence et celle de sa garde.

En arrivant à leur étage, Gabrielle fut surprise de voir à quel point l'environnement lui semblait familier. Le couloir ressemblait à s'y méprendre à ceux de la Tour des Vents. Erkam avança jusqu'à la première porte sur leur droite.

Assez désabusée par le manque de nouveautés, Gabrielle fut cependant étonnée en découvrant la chambre qui lui était allouée avec Val. Le mobilier était neutre et prévisible mais les couleurs surprenantes. Tout était dans les tons de gris pâle, beige et bleu. Quelques notes d'un vert profond rappelaient la gigantesque spirale qui donnait son nom au bâtiment. Ils n'avaient pas de vue directe sur l'océan, mais il suffisait de se pencher un peu pour apercevoir l'étendue turquoise. Erkam les laissa pour s'occuper de la famille Huyeïl, dont la chambre était adjacente.

— Qu'est-ce que tu en penses ? demanda-t-elle à Val.

— Que Hajul doit avoir beaucoup de choses à nous dire.

— On devrait quand même les laisser s'installer avant de les rejoindre.

— Ils ne devraient pas en avoir pour longtemps. Nous n'avons qu'un sac, après tout.

Comme pour confirmer ce qu'il venait de dire, quelqu'un frappa à la porte puis Lyne se glissa à l'intérieur de la chambre.

— Mon père vous dit de venir.

La jeune fille semblait assez énervée d'avoir à faire passer le message de vive voix. Les *inha'roh* faisant partie d'elle depuis son enfance, aller d'une pièce à une autre juste pour demander à quelqu'un de faire la même chose en sens inverse lui paraissait futile.

— Nous arrivons, répondit Gabrielle. Lyne? appela-t-elle avant que la jeune fille ne quitte la chambre. Tu n'as pas tort de dire que personne ne pourrait vivre avec son *inha* bloqué, mais il va falloir t'y habituer quelque temps.

Lyne s'appuya contre la porte entrouverte, les yeux dans le vide.

— C'est comme si on m'avait coupé un bras et que j'avais encore la sensation qu'il était là.

— Je comprends, dit Gabrielle. C'est exactement la façon dont je l'ai décrit lors de mon premier essai.

— Parce qu'il y en a plusieurs?

— La première mission de chaque mage qualifié est toute particulière. Pendant huit jours, ton insigne est recouvert d'*empaïs*, et tu dois effectuer des tâches sans avoir la possibilité d'accéder à ton *inha*.

— Mais comment est-ce qu'on est censé faire?

— Ça, c'est à toi de voir. Notre conseil a estimé que de commencer notre carrière de mage sans la possibilité d'utiliser notre énergie était un excellent entraînement.

— Si c'est un entraînement, pourquoi ne nous le font-ils pas faire pendant l'apprentissage ?

— Je m'étais posé la question, mais je t'assure qu'ils ont choisi le moment idéal.

— De toute façon, je me demande si j'aurai l'occasion de vivre ça, soupira Lyne.

— Qu'est-ce que tu veux dire ?

La jeune fille souffla à nouveau puis releva un visage radieux. Son sourire semblait cependant peu sincère.

— J'aurai déjà eu l'occasion d'expérimenter cet *empaïs*, alors ça ne sera pas la même leçon d'humilité. J'aurai aussi appris tant de choses que je me demande si la fin de mon apprentissage sera vraiment intéressante. Et… si mes amis seront encore mes amis quand nous rentrerons à Myria.

— Tes amis le resteront toujours. Ceux que tu estimes en tout cas. Ce n'est pas parce que Ériana est à l'autre bout de la Friyie que je l'oublie.

Gabrielle se mordit la lèvre. Armia et Hajul avaient demandé d'éviter de parler de l'équipe de l'Est en présence de leur fille.

— Mon frère me manque…

— Nous devrions y aller, dit Val.

— Tu as raison ! s'exclama Lyne en redressant la tête comme si sa tristesse s'était dissipée en un instant, mais Gabrielle n'était pas dupe.

Ils la suivirent jusqu'à la chambre qu'elle partageait avec ses parents. L'espace était aménagé sensiblement de la même façon ; un troisième lit avait été rajouté à côté des fenêtres.

— Qu'est-ce qu'on fait encore ici ? demanda Gabrielle dès que la porte fut refermée.

— Plamathée a été intriguée par ce que je lui ai révélé, répondit Hajul. Elle souhaite que nous restions le temps d'y réfléchir.

— Pourquoi faudrait-il réfléchir ? L'existence du *Velpa* n'est pas suffisante ?

— Justement, c'est très suffisant. Plamathée et le Premier Crayn ont des suspicions sur une organisation secrète depuis quelque temps. Apparemment, il s'agirait de serviteurs qui souhaiteraient se rebeller.

— Avec la façon dont ils sont traités, on ne peut pas leur en vouloir, souleva Gabrielle.

— C'est exactement ce que je lui ai dit, mais d'après elle ce serait plus qu'une simple contestation de statuts. Surtout qu'elle m'a avoué qu'elle y serait plutôt favorable.

— C'est une bonne nouvelle ! s'exclama Lyne qui, malgré son jeune âge, était tout à fait capable de saisir les enjeux.

— Plamathée a peur de la réaction du conseil et de certains mages, c'est pour ça qu'elle hésite.

— Elle est le Grand Mage de cette tour, s'étonna Lyne. Enfin, la Grande Mage. On doit dire comment ?

— Techniquement, le Grand Mage, mais comme il n'est pas très élégant de s'adresser à une femme de cette façon, nous disons Mage, tout simplement. Plamathée inspire de toute façon un tel respect que je m'inquiète peu du terme utilisé pour la désigner.

— Et malgré cela, elle n'arrive pas à imposer sa décision ? demanda Gabrielle.

— Changer une telle coutume est l'œuvre de toute une vie. Je ne doute pas que Plamathée se montrera à la hauteur de cette épreuve, mais elle sait pertinemment que tout le monde ne sera pas d'accord et qu'elle risque beaucoup.

— Elle pourrait être destituée de son statut ?

— Je crois surtout qu'elle pourrait être destituée de sa vie.

Gabrielle resta bouche bée. Val rompit le silence.

— Ils oseraient la tuer ?

— Si c'est bien une révolution dont il s'agit, sa mort passerait pour un effet collatéral des affrontements qui pourraient avoir lieu. Pour l'instant, elle ne fait que lancer le débat de façon régulière, mais rien n'aboutit. Une partie du conseil s'y oppose farouchement ; l'autre a peur de la première et n'ose pas se prononcer. Plamathée est isolée face à tout ça. Les seules personnes en qui elle a vraiment confiance sont les soldats de sa garde rapprochée.

— Et le Premier Crayn, ajouta Gabrielle.

— Elle a de la chance d'avoir cet homme de son côté, confirma Hajul. J'ai eu la possibilité de parler avec lui avant que Plamathée ne me reçoive. Il sait exactement tout ce qui se trame au conseil. Crayn est un atout considérable et je crois que s'il n'était pas là, Plamathée ne serait plus de ce monde.

— Quelqu'un a déjà essayé de l'éliminer ?

— À plusieurs reprises, mais les tentatives ont été timides et vaines. Crayn les trouve presque ridicules, mais si vous aviez vu son regard, il n'y avait à mon avis rien de ridicule dans ses intentions envers ceux qui mettraient Plamathée en danger.

— Ça n'explique toujours pas pourquoi nous devons rester ici, dit Val en recentrant la conversation.

— Quand elle a su au sujet du *Velpa* et de leur envie de raviver l'énergie réductrice, certains détails ont intrigué Plamathée. Crayn aussi a participé à l'entretien et je peux vous dire qu'il était très intéressé. Apparemment, il se pourrait que les objectifs de ceux qui veulent renverser le pouvoir passent par un retour aux anciens temps, avant que le système des serviteurs n'ait été mis en place. Et ce temps est aussi celui où le *inha* réducteur a été éradiqué.

— Il y a un lien entre les serviteurs et le *inha* réducteur ? demanda Val.

— Aucun de façon directe, mais le conseil des Eaux de l'époque estimait visiblement que si. Plamathée a eu le temps de m'expliquer la naissance de ce statut. Ça m'a permis de comprendre un peu mieux ce dont a parlé Erkam tout à l'heure.

Hajul sembla réfléchir à la meilleure façon de leur présenter les choses.

— Lorsque le *inha* réducteur a été supprimé, l'énergie a été ôtée des mages volontaires. Pour les autres, les opposants, vous savez très bien ce qu'il est advenu d'eux. Mais les familles de ces opposants, elles, continuaient à vivre et à s'agrandir. Le conseil des Eaux a eu peur que les membres de ces familles, qui s'étaient vu arracher un cousin, une sœur, un parent, ne se révoltent. Ils ont donc créé le statut de serviteur. À partir de là, toutes les familles associées à un opposant ont été répertoriées. Il s'en est suivi ce qu'ils ont appelé le Temps de l'*empaïs*. Chaque mage de ces familles voyait l'accès à son *inha* partiellement réduit. C'est comme ça que des messagers sont devenus passeurs, comme Erkam. L'uniforme qu'ils portent est enduit d'une fine quantité d'*empaïs*. Je n'ai pas tout saisi mais ce tissu diminue les capacités d'un mage. Tous les descendants de ces familles subissent le même traitement.

— C'est affreux, murmura Armia.

— C'est ce que j'ai dit à Plamathée, elle en est parfaitement consciente.

— Et cela expliquerait le fait que cette organisation secrète veuille raviver le *inha* réducteur, pour rétablir l'honneur de ces familles ? demanda Val.

— En m'entendant parler du *Velpa*, c'est ce à quoi elle a pensé.

— Et vous, vous en pensez quoi ?

Val s'était adressé à l'ensemble de l'équipe. Il avait même inclus Lyne dans sa remarque.

— Je dis que c'est possible, répondit la jeune fille

— Moi également, dit Armia. Mais rien ne prouve que cette rébellion soit en lien direct avec le *Velpa*.

— Lien direct ou pas, Plamathée souhaite étudier ce que nous avons à lui apporter, dit Hajul. Je pense que nous pourrions également en apprendre plus sur le *inha* réducteur. Nous avons accès à leur bibliothèque et il existe apparemment de nombreux manuels sur le sujet que nous pouvons consulter. Avec l'*empaïs*, le conseil nous laissera vaquer à nos occupations. Plamathée s'excuse, mais elle pense sincèrement qu'elle ne réussira pas à nous en débarrasser. Et il y a aussi une autre contrainte, nous ne sommes pas autorisés à quitter la cité.

— Je ne vois pas trop où nous pourrions aller, fit remarquer Gabrielle. Nous perdre dans les dunes ? Je n'en avais pas vraiment l'intention.

— C'est plus une façon de nous inciter à rester près d'elle, je pense. Et surtout une manière de faire croire au conseil qu'elle nous contrôle.

— Qu'exige-t-elle encore de nous ? demanda Val.

— Elle souhaite voir Gabrielle. Elle est très curieuse d'échanger avec une artiste d'un autre élément. Elle tient également à s'entretenir régulièrement avec nous au sujet du *Velpa*. Voir si nous avons des informations utiles. J'ai l'impression qu'elle pourrait nous faire davantage confiance qu'à son conseil.

— C'est quand même curieux, dit Val. La Mage d'une autre communauté est prête à dialoguer avec nous mais pas avec ses propres sujets ?

— La rébellion l'effraie. Dans un sens, nous sommes les seuls à ne pas avoir de camp à choisir.

La remarque de Hajul était logique. Ils n'étaient ici que pour informer la communauté des Eaux, mais ils arrivaient au beau milieu d'un autre problème qui pouvait éventuellement être lié au leur. Rester leur permettrait peut-être d'en découvrir plus.

— Pour le reste, nous sommes libres d'aller où bon nous semble, conclut Hajul.

Gabrielle porta les doigts à son autre main, effleurant l'anneau bleu et blanc qui y scintillait. Libre n'était pas le mot qu'elle aurait utilisé.

10

Setrian revint dans la grotte, les bras chargés du petit bois qu'il avait pu trouver aux alentours. Il en déposa la majorité à l'entrée et garda quelques morceaux. En passant près de la source souterraine, il remplit la gourde laissée sur le chemin de la sortie.

Dès qu'il eut franchi le premier virage de la galerie, la torche calée dans la paroi lui prodigua assez de lumière pour lui permettre d'avancer sereinement. Après un passage plus sombre, il arriva vers la seconde et la dépassa. Il n'eut que quelques pas à faire dans le noir avant d'apercevoir la lueur du feu faiblissant. Il y jeta aussitôt le bois qu'il portait.

— Comment va-t-elle ? demanda-t-il en arrangeant plus soigneusement les branches.

Depuis qu'ils n'étaient que tous les deux, ni Dar ni lui ne se confondaient en politesses. La moindre action était associée à Ériana ; son bien-être, leur unique préoccupation. Elle était allongée à côté, sa couverture en guise de matelas. Celle de Setrian reposait plus loin.

En dépit du peu de lumière, les reflets bleutés chatoyaient dans les cheveux d'Ériana. Il aimait leur couleur mais le vert de ses yeux lui manquait. Cela faisait plus de sept jours qu'elle ne les avait pas ouverts, même dans les moments où Dar la faisait à moitié émerger de sa transe. Le transfert n'en finissait pas.

Lorsque le vieil homme avait expliqué de quelle façon se déroulerait l'apprentissage accéléré, Setrian s'était immédiatement interposé. Les souvenirs qu'il avait des transferts étaient rares, il n'en avait même qu'un seul. Celui de Matheïl, un apprenti prophète de la Tour des Vents grâce à qui ils avaient pu découvrir l'existence du *Velpa*.

— Aussi bien qu'elle le peut, répondit Dar, assez fatigué.

Depuis le début du transfert, le scintillement de l'âme s'était estompé, mais le plus inquiétant était la façon dont elle devenait transparente. Chaque fois qu'il revenait de ses expéditions, Setrian craignait de découvrir qu'elle avait entièrement disparu.

— Combien de temps avant la fin? dit-il en approchant la gourde des lèvres d'Ériana.

— Je ne sais pas exactement où elle en est, mais il ne doit pas lui rester grand-chose à intégrer.

— J'ai encore beaucoup de mal à comprendre comment vous pourrez rester en vie après ce transfert.

— Je ne suis pas vraiment *en vie*.

Setrian glissa un bras sous la tête d'Ériana et la releva pour qu'elle puisse boire. Ses lèvres agirent par réflexe, un des miracles du vrai transfert, celui de leurs ancêtres.

— C'est impressionnant tout ce qui a été perdu au fil des années, soupira-t-il en reposant la gourde. Le transfert d'Abelin sur Matheïl a tué Abelin. D'après ce qu'Ériana m'en a raconté, celui d'Évandile sur Mesline a fait de même. Certes, Abelin et Évandile étaient dans un état de faiblesse indéniable, mais, même si vous n'êtes pas vraiment en vie, comment pourrez-vous encore exister après une telle épreuve ?

— Le transfert utilisé par tes ancêtres était bien plus puissant que tu ne l'imagines. Nous l'utilisions pour accélérer certaines formes d'apprentissage. Oh, rassure-toi, nous ne nous en servions pas sur les enfants. Ils devaient toujours apprendre par eux-mêmes. Mais nous en utilisions de temps à autre la technique sur des confrères. Cela évitait de perdre du temps.

— Je trouve que c'est assez long, se lamenta Setrian.

— Parce qu'elle a tout à apprendre. Lorsque nous transmettions un seul enseignement, cela était résolu dans la demi-journée.

— Vous pouviez transférer uniquement ce que vous souhaitiez ?

— Tout à fait. Ce n'est qu'une façon de gérer le *inha* parmi tant d'autres.

Setrian glissa sa main dans les cheveux d'Ériana, les caressant lentement tout en observant son visage endormi. Il rêvait de la voir sourire. Sa voix aussi lui manquait, sa façon d'aborder les choses. Elle n'était inconsciente que depuis sept jours et, déjà, c'était comme si son monde avait perdu sa saveur.

— Donc quand elle se réveillera, elle saura parfaitement maîtriser son *inha* des Terres, murmura-t-il comme pour ne pas la réveiller.

— Parfaitement, je ne sais pas. Disons qu'elle saura le maîtriser autant que moi, plaisanta Dar.

— Si vous faisiez partie du conseil, j'ai peu de doutes.

— Merci pour le compliment, dit Dar en inclinant la tête.

— Ce n'était pas un compliment, davantage un constat. Je suis incapable de savoir ce que mes ancêtres associaient à quelqu'un de doué. Les connaissances se sont tellement diluées avec le temps. Je suis peut-être à peine plus talentueux que le pire des apprentis de votre époque.

— Range ta modestie, jeune homme, tu n'as rien à envier à ceux dont tu es issu. Tu as hérité de leurs talents. Les seules choses qui se sont perdues sont les connaissances, pas les aptitudes.

— Et c'est ce que vous êtes en train de communiquer à Ériana ? Des connaissances ?

— Je lui transfère tout ce qu'elle a à savoir sur la façon de manipuler les Terres. Ses aptitudes, elle les avait bien avant que je ne croise votre chemin. Elle est née avec.

— Vous avez dit qu'elle était de la lignée des Anathé. Ces personnes-là aussi avaient des aptitudes plus développées que les autres ?

— Pas particulièrement. Les Anathé étaient une famille intelligente mais pas spécialement plus douée. Je pense qu'Ériana a hérité de leur esprit d'initiative et de combativité. D'après ce que tu m'en as expliqué, la façon dont elle a échappé aux mercenaires durant toute son enfance est remarquable.

— Je crois que sa mère a beaucoup aidé, aussi.

— Cette femme devait être d'une ingéniosité effarante pour ce qui était de protéger sa fille. L'instinct maternel y était sûrement pour beaucoup, mais je ne serais pas surpris si elle possédait bien davantage qu'une simple intelligence.

— La mère d'Ériana était na-friyenne, je vous rappelle.

— Oui, oui, c'est ce que tu m'as dit. Mais *inha* ou pas, c'est elle qui a élevé Ériana, et sa fille s'en est sortie seule pendant des années sans avoir conscience de ses capacités. C'est suffisant pour dire qu'elle était largement plus intelligente que la moyenne.

Ériana n'avait que très rarement évoqué sa mère. En vérité, elle s'était même limitée à la façon dont elle lui avait permis de s'échapper et les quelques artifices développés pendant son enfance pour dissimuler la couleur de ses cheveux. Elle n'avait jamais parlé de son père puisqu'elle ne le connaissait pas.

— Quand nous serons rentrés à Myria, dit Setrian, j'essaierai de chercher ce qui existe sur la lignée des Anathé.

— N'aie pas trop d'espoir, cela serait vraiment surprenant que les registres datant de trois mille ans soient encore conservés. Ah, je sens que c'est bientôt terminé. Je vais avoir besoin de toi, jeune homme.

— Comment auriez-vous fait si je n'avais pas été là ? interrogea Setrian.

— Nous savions que tu serais là, répondit Dar en haussant les épaules.

— La prophétie prédisait que je serais déjà entré dans sa vie ?

— Ce n'était pas aussi clair, mais il était certain que dès la mise en place de la prophétie, elle disposerait de son protecteur. Comme nos transferts n'interviendraient qu'après sa révélation dans la prophétie, il nous semblait évident que tu serais déjà à ses côtés.

— Et s'il m'était arrivé quelque chose ? poursuivit Setrian pour tenter de chercher la faille dans le raisonnement de ses ancêtres.

— S'il t'était arrivé quelque chose, c'est que tu n'aurais pas été celui qui lui était destiné.

Setrian imagina sa vie sans Ériana. Il échoua. Ils étaient indéniablement liés l'un à l'autre, bien au-delà de cette connexion étrange dont personne ne pouvait expliquer la raison.

— Que dois-je faire ? dit-il en se redressant.

Dar s'approcha. Setrian pouvait presque voir au travers de lui.

— Quand elle se réveillera, elle ne te reconnaîtra pas. Ne t'affole pas, ça ne sera que temporaire. Elle aura froid, soif et elle voudra aller dehors. Tu dois refuser chacune de ses demandes.

— Pardon ? s'indigna Setrian.

— Réfléchis aux trois points que je viens de citer et prouve-moi que tu es aussi intelligent que je l'imagine.

Setrian s'accorda un instant pour peser les mots de Dar.

— Elle va chercher un contact avec les autres éléments.

— Et elle ne doit en aucun cas y parvenir, répondit Dar en hochant la tête. Cela pourrait anéantir tous les efforts que nous venons de fournir. Pourquoi crois-tu que je vous ai attirés dans une grotte ? Elle vient d'assimiler l'élément des Terres en moins de sept jours. Pour un apprenti normal, il aurait fallu plus de dix ans. Son *inha* doit rester au contact de la Terre pendant encore deux jours.

— Pourquoi ne pas nous l'avoir expliqué avant de lancer le transfert ?

— Parce qu'elle aurait refusé de le faire.

Setrian connaissait Ériana. Il n'y avait qu'une raison pour laquelle elle aurait refusé.

— Quelqu'un est en danger, dit-il.

— Oui, toi.

Setrian prit une profonde inspiration.

— Merci de ne pas le lui avoir dit.

— Ah, tu vois que j'avais raison ! s'exclama Dar. Maintenant, écoute-moi bien. J'ai dit qu'elle ne te reconnaîtrait pas. De toute façon, il n'y aura plus de lumière puisque tu auras éteint les flammes. Elle ne te reconnaîtra pas et tu lui refuseras chacun de ses besoins qu'elle estimera vitaux. Dans sa tête, elle ne sera concentrée que sur les Vents, les Eaux et les Feux. Ce sera la seule chose qui occupera son esprit. Elle sera persuadée que, sans ces trois éléments, elle mourra. Je suis très sérieux quand je dis qu'elle fera tout pour tenter d'y accéder.

— Par tout, vous entendez quoi exactement ?

— Eh bien, d'abord, elle essaiera de s'en prendre à toi. Heureusement, tu as déjà éloigné tous les objets pouvant servir d'arme. En revanche, elle aura accès à son *inha*. Même si deux jours sont encore nécessaires pour achever le transfert, elle saura déjà le manipuler d'une façon remarquable. La seule chose dont elle aura besoin est d'être en contact physique avec les Terres.

— Comment vais-je pouvoir me défendre contre cet élément ?

— Trouve un moyen, répondit Dar. Ce n'est pas comme si tu avais le choix.

115

— Très bien, dit fermement Setrian. Ensuite ?

— Ensuite, elle tentera de te persuader, de t'amadouer. D'une façon peut-être même assez douloureuse. Le seul avantage, c'est que, ne te connaissant pas, elle ne pourra pas utiliser ce qu'elle sait déjà de toi. Mais les mots sont parfois des armes redoutables. Concentre-toi sur le fait de devoir la garder dans cette grotte. Oublie ce qu'elle te dit à l'instant où elle le prononce.

— J'espère y parvenir, murmura Setrian.

— Je te fais confiance. Tu ne serais pas là, sinon.

Setrian releva le menton et fixa Dar. Il pouvait apercevoir la paroi de la grotte à travers ses yeux.

— Où serez-vous pendant ce temps ?

— Tu seras seul, répondit Dar en soutenant son regard. Je peux ne pas réapparaître, trop fragilisé, comme je peux venir vous saluer une dernière fois.

Setrian hocha la tête, résolu.

— Y a-t-il autre chose que je devrais savoir ? demanda-t-il.

— Oui, mais je pense que tu t'en doutes déjà.

— Vous avez dit qu'elle ferait tout pour tenter d'accéder aux éléments. Je pense savoir quel sera son ultime recours pour satisfaire ses besoins.

— Effectivement, ce n'est pas très difficile de saisir ce dernier point. Mais Setrian, tu ne dois pas lui en tenir rigueur. Elle ne sera pas elle-même. Ne lui en veux pas d'essayer de le faire. Pour Ériana, tout ce qui se mettra entre elle et les éléments sera l'ennemi le plus dangereux jamais rencontré.

— Comment pourrais-je lui en vouloir ? s'exclama-t-il.

— Je t'assure que ces deux jours ne passeront pas sans que tu aies au moins une fois envie de la voir morte.

Setrian se sentit pâlir. Il ne pouvait pas envisager un monde sans Ériana, encore moins s'il en était la cause. Dar attira son attention en remuant une main presque transparente.

— Rappelle-toi une chose. Elle ne sera pas elle-même, mais elle essaiera par tous les moyens, *tous*, de te tuer.

11

Le murmure s'estompa et le silence s'imposa lorsqu'il eut fini de piétiner les flammes. L'odeur des braises et les battements de son cœur étaient les seules choses lui prouvant qu'il était encore vivant.

Un mouvement lui parvint sur sa gauche. Ériana se réveillait. Il s'approcha d'elle à l'aveugle. Ériana gémit faiblement, comme si elle émergeait d'un rêve, puis souffla profondément. Setrian crut l'entendre s'étirer. Elle interrompit son mouvement.

— Il y a quelqu'un ?

Percevoir enfin le son de sa voix déclencha un soubresaut dans sa poitrine.

— Oui, Ériana, je suis là, répondit-il en s'agenouillant à côté d'elle.

Il trouva sa main et l'aida à s'asseoir. Sa peau était chaude. Le contact le fit momentanément douter. Et si Dar s'était trompé ? Si le transfert n'avait pas les effets prédits ? Ériana se laissait faire, même si elle grognait doucement.

— Tu te sens bien ?

— Qui êtes-vous ? demanda Ériana en se figeant.

Ses espoirs s'effondrèrent. Dar avait eu raison. Il décida de persévérer.

— C'est moi, Setrian.

— Je ne connais pas de Setrian.

Les mots lui firent plus de mal qu'il ne l'avait imaginé. Il se remémora les derniers conseils de Dar. Ériana n'était plus elle-même. L'effet n'était que temporaire. Mais la certitude dans la voix d'Ériana venait de l'ébranler.

— Si, tu me connais, répondit-il, mais tu ne sais pas que c'est moi.

— Ce que vous dites n'a pas de sens.

— Tu es ici pour un transfert. Dar m'a dit que tu ne te souviendrais pas de moi en te réveillant.

— Je ne connais pas de Dar non plus.

— Tu comprends au moins de quoi je te parle avec le transfert ?

— Qui êtes-vous ?

— Je viens de te le dire. Setrian.

— Et je vous ai dit que je ne connaissais pas de Setrian ! Alors que faites-vous ici ?

— Je suis là pour te protéger.

— Si vous êtes là pour me protéger, alors allumez un feu, qu'on puisse voir quelque chose.

— Je ne peux pas.

— Pourquoi donc ? On ne va pas rester dans l'obscurité, c'est ridicule.

Il l'entendit se lever et l'imita aussitôt. Il devait rester alerte. Elle ne pouvait pas quitter la grotte.

— Je n'ai aucun combustible et il y a eu un éboulement en amont de la galerie, inventa-t-il à la hâte.

Son argument sembla la faire réfléchir. Un soulagement intense le parcourut jusqu'au moment où elle se mit à parler à nouveau.

— C'est faux.

— Pardon ?

— Il n'y a pas d'éboulement dans la galerie.

— Comment peux-tu le savoir ?

— Je le sens. C'est tout. Laissez-moi passer, je vais m'en occuper, dit-elle en le poussant.

— Tu vas t'occuper de quoi ? répliqua-t-il en s'interposant.

— Du feu. Et puis j'ai soif, aussi. Il faut que je trouve de l'eau.

— Ériana, je suis vraiment désolé, je ne peux pas te laisser partir.

Il avait attrapé sa main en disant cela. Elle la retira brusquement. Le geste lui déchira le cœur mais pas autant que ce qu'elle ajouta.

— Cessez de m'appeler par mon nom, je vous répète que je ne vous connais pas. Je me demande vraiment qui vous êtes pour avoir ordre de me protéger. À aucun moment Mage Judin ne m'a parlé de quelqu'un devant rester ainsi avec moi. Il sait

119

que je suis capable de me défendre. Laissez-moi passer.

L'allusion à leur maître messager le blessa profondément, de même que l'intonation dont elle venait d'user. Elle était capable de se souvenir du Grand Mage de Myria mais pas de lui. Elle tenait à passer et allait tout mettre en œuvre pour le faire. Malgré la peine qu'il ressentait à l'idée de la contredire, Setrian répondit fermement :

— Non.

Il aurait dû s'attendre à sa réaction.

Malgré l'obscurité, Ériana identifia l'endroit où se situait sa joue et lui asséna un coup de poing fulgurant. Leurs grognements furent simultanés, elle s'était forcément fait mal. Le coup le fit trébucher en arrière alors qu'elle se dirigeait déjà vers la sortie. Reprenant rapidement son équilibre, il se concentra pour la repérer et bondit sur elle. Ses bras trouvèrent sa taille plutôt que son buste. Ils tombèrent tous les deux au sol.

— Lâchez-moi ! Qu'est-ce que vous faites ? s'écria Ériana en se débattant.

— Je ne peux pas te laisser sortir, tu dois rester ici ! répondit-il en évitant ses mains.

Il la maintenait plaquée au sol, les genoux autour de ses jambes. Ériana continuait de lutter. Il enfouit son visage au creux de son dos pour rester hors de portée. Son odeur lui envahit les narines, le déconcentrant momentanément.

Elle dut sentir le relâchement dans ses bras car elle en profita pour se retourner. Il bascula et reçut un premier coup de pied dans le genou, puis un second plus haut. Il laissa s'échapper un cri tout en félicitant Hamper d'avoir aussi bien instruit Ériana.

Quand il reprit ses esprits, elle était déjà debout et il lança aveuglément ses mains en avant. Ses doigts se refermèrent autour d'une de ses chevilles. Ériana chuta en avant.

Son éclat de voix lui fit regretter son geste, mais quand elle lui projeta son pied en plein visage, il se rappela encore une fois les conseils de Dar. Il ne devait pas se retenir.

Alors qu'une drôle de chaleur coulait sur ses lèvres, il attrapa son pendentif et serra les dents de concentration. Une bourrasque poussa Ériana loin de lui, l'envoyant rouler jusqu'à la paroi. La distance n'était pas importante, mais l'inertie soudaine fut suffisante pour la désarçonner un court instant. Il entreprit de l'immobiliser sous une masse d'air.

À peine se relevait-il qu'une pierre lui percuta violemment le crâne. Une autre, son épaule. Une troisième frôla son visage et il comprit. Ériana utilisait l'élément des Terres pour faire s'effriter le plafond de la grotte.

Il se jeta sur le côté pour à la fois se rapprocher d'elle et s'isoler du plafond qui continuait à se disloquer. Atterrissant plus près que prévu, il la sentit remuer sous la masse d'air avec laquelle il la bloquait. Elle ne disait rien mais grinçait étrangement. Le grognement suivant ne pouvait signifier qu'une chose. Elle se concentrait pour aller plus loin.

— Arrête ! cria-t-il. Tu vas nous tuer !

— Je vais *vous* tuer !

Sa rage lui fit presque peur. Alors que le sol commençait à trembler sous eux avec férocité, il se précipita sur elle et la souleva. Il devait à tout prix la maintenir hors de portée de la roche s'il voulait éviter la catastrophe. Il était également inquiété par les Vents qu'elle pourrait déclencher de façon impulsive pour le faire tomber. Mais ses pieds restèrent fermement ancrés dans le sol. Elle ne devait pouvoir traiter qu'un seul élément à la fois.

Ériana faisait tout pour lui échapper et retourner au sol. Ses pieds le touchaient parfois et Setrian la rehaussa jusqu'à lui enserrer les cuisses. Dès que ses jambes décollèrent définitivement du sol, le grondement s'arrêta et le soulagement le gagna.

Un instant après, le séisme reprit.

Setrian jura à voix haute. Le plafond était haut mais en l'élevant ainsi, il permettait à Ériana de l'atteindre. Et d'après la façon dont elle gesticulait, la voûte rocheuse était devenue son nouvel objectif.

Les pierres continuaient à tomber, cette fois autour d'eux. Ériana ne voulait pas se blesser en même temps. Un énorme tremblement les fit vaciller et il réalisa qu'elle n'avait absolument pas besoin des Vents pour lui faire perdre l'équilibre. À ce rythme, ils allaient finir par terre en moins de temps qu'il n'en fallait pour le dire.

Il tenta de la faire basculer et y parvint en la lâchant presque entièrement. Elle lui tomba avec force dans les bras, comme recroquevillée contre son buste, sauf qu'elle faisait tout pour se défaire de lui. Ainsi positionnée, aucune partie de son corps ne pouvait atteindre la roche. Ils étaient saufs.

Mais la roche continuait à s'effriter, les heurtant même eux, désormais. Les dégâts étaient faits sans qu'elle ait plus besoin d'intervenir. Le grondement devint soudain intense et un gros bloc se détacha, faisant encore davantage trembler le sol sous son impact. Perdu au milieu du vacarme, Setrian n'était même plus capable de suivre ce qui se passait. Il avait l'impression que la grotte entière se réduisait en poussière.

Dans ses bras, Ériana s'acharnait toujours à lui échapper. Il aurait voulu lui dire d'arrêter, répéter qu'elle devait rester dans la grotte pour sa propre sécurité. Il aurait voulu la rassurer, lui murmurer qu'il n'était pas un étranger mais bien plus. Au lieu de ça, il cria dans un dernier élan :

— Si je meurs, tu meurs avec moi !

Le rugissement de la montagne redoubla et Setrian sentit son sang se glacer. Le bruit provenait de quelque part sur sa gauche. Puis les pierres cessèrent de tomber, le sol tremblant une dernière fois sous ses pieds, et le silence s'installa. Ériana s'était enfin immobilisée.

— *Maintenant*, il y a un éboulement à l'entrée de cette grotte, cracha-t-elle avec haine.

12

— Qu'est-ce que tu as fait ? hurla-t-il.

Sans aucun remords, il la lâcha brutalement pour chercher la paroi de la grotte, puis, avec précaution, avança en direction de la sortie. Après une dizaine de pas, son genou heurta la roche et il eut à peine besoin de lever le bras pour toucher le premier bloc devant lui. Avec un soupir, il fit glisser ses doigts. Ériana avait bel et bien bloqué la sortie.

Un très bref scintillement retint son attention. Il se pencha en avant et pesta quand son front heurta douloureusement la pierre. La fine lumière qu'il apercevait au travers des blocs devait être la torche qui brûlait toujours dans la galerie. C'était un miracle que le souffle de l'éboulement ne l'ait pas éteinte.

Désespéré, il enfouit son visage entre ses mains. Ils étaient bloqués à l'intérieur. *Ériana* les avait bloqués à l'intérieur. Elle ne l'avait pas écouté et maintenant, l'unique façon de sortir était de démêler cet éboulement, pierre par pierre, jusqu'à ce qu'ils aient aménagé une issue.

Si les blocs rendus instables par la manœuvre ne les écrasaient pas d'ici là.

Seul point positif, Ériana était isolée des Feux et des Vents. C'était en grande partie ce qu'il avait cherché à faire mais il ne s'était pas imaginé un tel emprisonnement. Elle devait encore rester au contact des Terres pendant deux jours. Ils en étaient entourés, presque comme dans un tombeau.

— Nous ne pouvons plus sortir, dit-il, bien plus énervé qu'il ne l'aurait souhaité.

— Je n'avais pas besoin de cette précision, répondit Ériana sur le même ton.

— Tu peux faire quelque chose ? lança-t-il dans l'espoir que son *inha* des Terres puisse enfin servir à quelque chose de positif.

— Je... je n'arrive pas à savoir, avoua-t-elle après un court silence.

Elle avait déjà essayé de trouver un moyen. Setrian avait senti sa tentative. Il en avait perçu le reflet en lui. Dépité, il commença à reculer.

— Qu'est-ce que vous faites ? lança-t-elle.

— Je vais me reposer.

Une douleur lancinante lui pulsait dans le nez et d'autres parties de son corps étaient meurtries. Sa blessure au visage semblait bénigne. Dormir un peu pourrait lui faire du bien.

— Nous sommes bloqués au fond d'une galerie et la seule chose qui vous intéresse c'est de vous reposer ? s'écria-t-elle.

— Nous devons rester dans cette grotte. Dans deux jours, tu sauras certainement comment nous sortir d'ici, alors en attendant, j'aimerais en profiter pour me reposer, puisque nous n'avons rien de mieux à faire.

À tâtons, Setrian rassembla les affaires qui s'étaient dispersées pendant leur altercation. Le séisme paraissait moins important que ce qu'il avait cru. La conformation de la grotte avait dû amplifier les sons et l'obscurité l'avait désorienté. Il réunit les couvertures et s'enroula dans une des deux, rapprochant les vivres de lui. Sa nervosité ne décroissait cependant pas et, après un moment, il comprit pourquoi.

En bouchant le passage vers la sortie, Ériana les avait coupés de la source d'eau. C'était à la fois un réconfort car elle n'avait ainsi aucun moyen de satisfaire ce besoin, mais Setrian redoutait la déshydratation. Elle avait quand même droit à quelques gorgées régulières. Il attrapa la gourde et la secoua. Il restait un peu de liquide à l'intérieur.

— Je peux en avoir ?

Il sursauta. Il ne l'avait même pas entendue arriver.

— Il en reste à peine, dit-il en pesant ses mots. Nous devons nous rationner. Tu penses en être capable ?

— Est-ce que j'ai vraiment le choix ?

Pour toute réponse, il lui tendit la gourde et l'entendit déglutir deux fois.

— Prends-en moins la prochaine fois, nous sommes deux.

— Très bien.

Elle avait répondu doucement en déposant la gourde. Pour la première fois, il avait la sensation qu'elle redevenait celle qu'il connaissait. Il avança lentement sa main et ses doigts entrèrent en contact avec ses cheveux. Elle détourna la tête.

— Il y a une autre couverture, dit-il en attrapant la seconde. Tu la veux ?

Elle la saisit sans rien dire puis s'éloigna, trébuchant sur les pierres qui jonchaient le sol.

— J'ai froid, murmura-t-elle une fois assise.

— Nous ne pouvons pas faire de feu.

— Je sais, mais j'ai quand même froid.

Setrian sentit une larme couler sur sa joue. Sa surprise fut presque aussi grande que sa tristesse. Il ne voulait rien d'autre que la serrer contre lui pour lui tenir chaud et s'endormir ainsi.

Dévasté, il se recroquevilla sur lui-même, prenant soin de garder la gourde contre son ventre. Il détestait avoir à se méfier d'elle mais elle devait le haïr. Il tenta d'ignorer la douleur qui lui meurtrissait la poitrine, bien différente des souffrances physiques qu'il ressentait, et ferma les yeux.

Il aurait tout aussi bien pu les garder ouverts. L'obscurité restait identique.

Quand il se réveilla, il ne comprit d'abord pas où il était. Ses souvenirs refirent surface après quelques instants. Ses muscles protestèrent de la position dans laquelle il s'était endormi. En dehors de ses mouvements, aucun autre bruit ne remplissait la grotte.

— Ériana ?

Devant l'absence de réponse, il s'affola. Elle n'aurait pas déjà pu trouver le moyen de traverser l'éboulement, mais il ne pouvait être sûr de rien. Déterminé, il projeta son *inha* autour de lui et reconnut la saveur de celui d'Ériana à seulement quelques pas.

— Ériana ? appela-t-il à nouveau en s'approchant d'elle.

Par réflexe, il avait posé la main sur son épaule. Pour une fois, elle ne s'en défit pas. Elle ne montra pas non plus qu'elle appréciait le contact.

— Laisse-moi, je me concentre.

Sa familiarité nouvelle le surprit. Il retira doucement sa main.

— Qu'est-ce que tu essaies de faire ? Nous sortir de là ?

— Je cherche de l'eau. Il n'y en a pas assez pour nous deux. J'ai bien vu que tu n'avais pas bu.

Sa considération le toucha, mais il savait que l'appel de l'élément des Eaux se cachait derrière sa volonté.

— Tu ne te souviens toujours pas de qui je suis ? tenta-t-il une ultime fois.

— Non, mais puisque nous sommes enfermés ici tous les deux, je me suis dit que tu serais plus utile si tu étais encore en vie.

Il remarqua qu'elle avait parlé d'utilité et pas d'envie. C'était ce que Dar avait dit. Tout ce qui se mettait entre elle et ses besoins serait considéré comme ennemi. L'éboulement remplaçait momentanément Setrian, mais il n'avait pas pour autant perdu son statut de danger potentiel.

— Tu n'es pas encore initiée à l'élément des Eaux, comment peux-tu le ressentir ?

— Comment sais-tu que je détiens cet élément ? demanda-t-elle avec suspicion.

— Dar nous l'a expliqué. Tu ne te souviens pas non plus ? Je sais que tu détiens chacun des quatre éléments, continua-t-il devant son silence. Je sais d'où tu viens, comment tu es arrivée à Myria, quelle est ta nature. Je sais exactement tout ce que tu as fait depuis le début de l'hiver parce que nous avons passé ce temps ensemble.

— Ensemble ?

De toutes les informations qu'il avait fournies, celle qu'elle avait isolée l'étonnait.

— J'ai commencé par être ton responsable à la Tour d'Ivoire, expliqua-t-il. Puis je…

Il hésita. Il n'avait jamais vraiment identifié le moment exact où était née son affection pour elle. Il s'était toujours dit qu'elle l'avait envoûté dès leur première rencontre, mais à cette époque, la présence d'Évandile avait rendu les choses confuses.

— Puis il y a eu cette mission concernant le *Velpa*. Nous faisons partie de la même équipe, toi et moi. Tu es la prétendante qui nous a été assignée.

— Je sais pertinemment qui je suis, tu n'as pas besoin de me l'expliquer. Mais il y a une erreur dans ce que tu viens de dire. Mon équipe ne comptait aucun messager.

— Alors tu te souviens de l'équipe, mais pas de moi… murmura-t-il.

— Après, continua-t-elle sans montrer qu'elle l'avait entendu, si tu appartiens effectivement à mon équipe et que je l'ai oublié, ça semble assez évident que nous ayons passé du temps ensemble. Mais ça ne justifie pas le fait que tu saches tout sur moi.

Il y était. Ce point de non-retour où il allait devoir avouer ce qu'il éprouvait à une personne qui n'avait absolument pas envie de l'entendre. Il tenta de se convaincre encore une fois qu'elle n'était pas elle-même, que ce qu'elle dirait n'aurait aucune influence sur lui mais dès l'instant où il prononça les mots, il savait qu'il ne s'était jamais rendu aussi vulnérable.

— Je t'aime, Ériana.

Le silence qui suivit le laissa dans une attente insupportable. Il avait envie de se justifier, d'apporter une foule d'arguments pour provoquer même la plus petite réaction chez elle. S'il ne l'ébranlait pas avec cet aveu, il savait qu'il n'y parviendrait avec aucun autre. L'absence de réponse le broyait de l'intérieur.

— Ah, ça y est. Enfin !

Son exclamation le fit légèrement sursauter. Il retint ses larmes. Elle avait plus qu'ignoré son aveu : elle venait littéralement de le réduire au néant.

— De... de quoi parles-tu ? réussit-il à dire, la gorge serrée.

— De l'eau.

— Quoi, de l'eau ? répéta-t-il.

— J'ai réussi à faire arriver de l'eau jusqu'à nous.

— Mais tu n'as pas encore été instruite pour cet élément !

— Je n'ai pas eu à me servir de mon *inha* pour savoir qu'il y avait de l'eau derrière cette paroi ! Écouter suffit !

Son ton était sans appel. Elle ne lui faisait absolument pas confiance.

— J'ai essayé d'utiliser les fissures de la montagne pour l'amener jusqu'à nous, s'expliqua-t-elle. Mais j'ai à peine eu le temps de me mouiller les lèvres que la pierre se resserrait déjà d'elle-même.

Setrian évalua les avantages de sa tentative. Cela pouvait se retourner contre lui mais sans eau, ils ne survivraient pas.

— Je vais chercher la gourde, dit-il. Tu resteras concentrée le temps que je la remplisse.

Lorsqu'il revint avec la gourde, elle prit sa main pour lui indiquer l'endroit d'où allait sortir l'eau. Il repoussa les sensations que déclenchait ce contact.

Ils n'étaient que deux êtres s'accordant une courte trêve le temps de s'en sortir.

— Là, normalement, dit-elle, la mâchoire crispée.

Il sentit l'eau lui couler sur les doigts et oublia momentanément toute la rancœur qu'il avait accumulée. Il avait presque envie de la prendre dans ses bras pour la féliciter mais préféra plaquer l'ouverture de la gourde contre la paroi. Le bruit de l'eau gouttant au fond lui fit remonter un agréable picotement dans la gorge. Il n'avait pas réalisé à quel point il avait soif.

Ériana dut s'y reprendre à plusieurs fois pour achever de remplir la gourde et, après les trois gorgées qu'il lui autorisa, elle s'endormit, épuisée. La tâche lui avait coûté en énergie. Pour autant, il ne devait pas se relâcher. Ériana avait trouvé un moyen d'anéantir tous ses efforts s'il n'y prêtait pas attention. Il passa sa couverture sur ses épaules et s'assit devant la source improvisée. Quelque chose lui disait qu'Ériana n'avait pas encore utilisé toutes ses armes.

13

— Où est Jlamen ?

Jaedrin se pressa davantage contre Tebi pour entendre sa réponse. Il savait que ce n'était pas nécessaire, que le claquement des sabots du cheval qu'ils partageaient ne couvrait absolument pas leurs voix, mais il avait comme l'impression qu'il valait mieux ne pas parler trop fort. Quelque chose dans le paysage qu'ils traversaient le mettait mal à l'aise. Heureusement, la perspective de pouvoir s'en éloigner plus rapidement que s'ils avaient été à pied le rassurait.

Ils avaient pu se procurer trois chevaux quelques jours plus tôt. La présence de la ferme avait été surprenante et l'allure de son propriétaire repoussante, mais ils ne s'en étaient pas plaints. Le seul problème auquel ils étaient confrontés depuis était leur progression hasardeuse sur les sentiers, car les indications qui leur avaient été fournies avaient de grandes chances d'être erronées. Ou alors ils ne les avaient pas respectées.

— La dernière fois que je l'ai vu, il était quelque part sur notre droite, répondit Tebi en jetant un regard en direction des arbres.

— Il nous suit. C'est plutôt rassurant.

— Je préférerais que ce soit nous qui le suivions.

Quand ils avaient levé le camp au matin, Jlamen avait eu un comportement étrange. Il s'était interposé devant les chevaux, avait même grogné et jappé agressivement. Seule Tebi avait réussi à l'apaiser et à lui faire comprendre de rester à distance du groupe. Elle avait suggéré de le laisser passer devant, étant donné qu'ils étaient égarés dans une zone inconnue, mais Desni avait indiqué qu'il préférait suivre le sentier.

Jaedrin comprenait l'insistance de Tebi. Jlamen l'avait guidée vers eux, sans même connaître les lieux. Le fait d'avoir deux des messagers les plus talentueux de Myria comme maîtres expliquait certainement sa prouesse, mais aucun ne savait jusqu'à quel point s'en remettre au loup. Pour l'instant, leurs pas les menaient indéniablement vers le sud alors qu'ils auraient dû se rendre à l'ouest.

Le chemin qu'ils suivaient était très peu emprunté tout en constituant leur seul espoir. Depuis le matin, il s'était rétréci et rapproché de la rivière en fond de vallée et ils progressaient désormais dans un étroit vallon, où le sentier longeait la berge du torrent. De chaque côté, les montagnes s'élevaient, menaçantes.

Au-devant, Desni immobilisa sa monture. Son cheval avait montré des signes de nervosité lorsqu'il avait été sellé, surtout lorsque Jlamen s'était manifesté de façon inattendue. Depuis, tout semblait être rentré dans l'ordre. En s'arrêtant à côté de lui, Jaedrin se crispa. Ce qu'ils avaient tous redouté venait de se réaliser.

Le vallon prenait fin sous leurs yeux. Les montagnes s'achevaient brutalement, comme tranchées. La pente, terriblement abrupte, descendait jusqu'à une immense plaine. En contrebas, l'ocre de la terre laissait rapidement place au vert sombre d'une longue forêt. Jaedrin ne s'approcha pas davantage, son vertige serait forcément mis à l'épreuve.

— Il ne nous reste plus qu'à faire demi-tour, dit-il en soupirant. Nous n'aurions jamais dû écouter ce fermier.

— Nous n'allons pas faire demi-tour.

Jaedrin se tourna vers Desni. Celui-ci affichait un calme vraiment remarquable alors qu'ils avaient perdu plusieurs jours en suivant une fausse piste.

— Le chemin s'arrête, objecta Jaedrin. Tu comptes nous faire passer par la montagne ? dit-il en désignant celle, infranchissable, sur leur droite.

— Non, nous allons passer par là.

Jaedrin ricana en voyant Desni montrer le vide devant eux puis blêmit quand il comprit que le protecteur était sérieux.

— Tu veux notre mort ?

— Approche-toi un peu plus, dit Desni à Tebi, qui tenait les rênes.

— Tu sais bien que j'ai le vertige ! coupa Jaedrin.

— Si tu veux que je t'explique pourquoi nous allons descendre par là, il va falloir que tu acceptes, s'impatienta Desni.

— Je... je préfère descendre de cheval, d'abord.

Il savait que le petit surplus de hauteur ne changerait rien au dénivelé monumental qu'il s'apprêtait à affronter, mais il se sentirait plus en sécurité à terre. Tebi l'aida à descendre tout en gardant les rênes dans une main puis, lentement, Jaedrin s'approcha du bord.

Sa première impression fut que le sentier s'arrêtait de façon nette au sommet de ce qui n'était ni plus ni moins qu'une falaise. Sa tête se mit aussitôt à tourner mais une main sur son épaule le fit sursauter. Tebi s'était aussi approchée. Elle l'invita à s'asseoir et, progressivement, les battements de son cœur ralentirent.

En réalité, le sentier ne s'arrêtait pas au bord du vallon. Il virait immédiatement sur la droite et dévalait la pente en une interminable succession de zigzags. Jaedrin se demanda comment il était possible d'y tenir debout sans tomber. Tebi semblait peu inquiète pour lui. En revanche, y faire passer les chevaux serait un souci.

— Tu te sens un peu plus rassuré ? demanda Tebi après un moment.

— Peut-être…

— Desni, je pense qu'il faudrait y aller avant que Jaedrin ne change d'avis !

Le protecteur acquiesça tout en continuant à parler à Noric. Jaedrin avait l'impression que l'intervention de Tebi avait été savamment mise au point pour le convaincre d'emprunter cette voie.

Il leur fallut peu de temps pour se préparer à la descente. Le problème des chevaux avait été résolu pendant que Jaedrin négociait avec son vertige. Les animaux auraient les yeux bandés. Tous en guideraient un, à l'exception de Jaedrin, qui resterait aux côtés de Tebi.

— Et pour Jlamen ? dit-il en cherchant autour de lui.

— Je pense qu'il est déjà prêt à y aller, répondit-elle en pointant le doigt un peu en contrebas.

Le loup blanc était assis sur le sentier, la langue sortant de sa gueule. Il les regardait sereinement, son attitude contrastant avec celle du matin où son agressivité les avait presque effrayés.

— Il semble ne plus en vouloir à Desni ou à son cheval.

— C'était le problème, selon toi ?

— On aurait pu croire qu'il n'avait aucune intention de les laisser passer.

— C'était peut-être le cas. Nous aurions dû le suivre dès le départ…

— Il n'a protesté que ce matin, souleva Jaedrin. Je ne suis pas persuadé qu'il s'agisse d'une histoire de direction.

— À quoi penses-tu ?

— Je ne sais pas vraiment mais... Le fermier qui nous a vendu les chevaux ne t'a pas semblé étrange ?

— Étrange, peut-être, mais je n'ai eu aucun mal à comprendre pourquoi il était seul ! Les lieux étaient ignobles. Peut-être que ses chevaux étaient malades et que c'est pour cela qu'il nous les a laissés si facilement.

Jaedrin avait déjà envisagé cette possibilité, mais c'était une autre idée qui retenait son attention. Elle semblait ridicule, pourtant le comportement de Jlamen avait fini de le convaincre.

— J'ai l'impression que le cheval de Desni nous regarde, avoua-t-il.

— Il a des yeux, répondit Tebi, désabusée.

— On dirait qu'ils ont une qualité humaine, se corrigea-t-il.

Tebi fixa l'équidé puis fut interrompue par Desni. Il était temps de se remettre en route. Jlamen ne se rapprocha que lorsque les yeux des chevaux furent bandés, ce qui confirma encore son sentiment à Jaedrin. Puis il prit la tête du groupe comme s'il connaissait les lieux et entreprit de descendre la pente, gardant toutefois ses distances.

— Tu penses encore à ce cheval ? chuchota Tebi.

— Il vaut mieux que je pense à lui plutôt qu'à la pente, non ?

La contactrice sourit. Il n'arrivait même pas à croire qu'il était capable de plaisanter au beau milieu d'une descente où il aurait tout à fait pu s'évanouir.

— Comment as-tu fait ? demanda-t-il sans lâcher le chemin des yeux. Comment as-tu pu me convaincre ?

— Je t'ai seulement conseillé de t'asseoir. Tu as fait le reste seul. Desni se doutait de ce vers quoi nous arrivions depuis un moment, nous en avions discuté par *inha'roh*. Comme tu étais derrière moi, il espérait que tu ne verrais pas trop tôt la fin du vallon. Il m'a demandé de t'occuper pendant qu'il réfléchissait à comment nous faire passer. Il doutait sérieusement qu'un sentier puisse exister.

— Si ses doutes s'étaient révélés exacts, je crois qu'il n'aurait jamais réussi à me faire descendre. Comment t'y serais-tu prise ?

— Je t'aurais poussé et j'aurais vu jusqu'où tu serais allé avant de t'arrêter !

Il ne réussit pas à rire, mais décrocha néanmoins un petit sourire.

— Regarde, nous en sommes déjà à la moitié.

Tebi désignait le vallon d'où ils venaient. Ils avaient effectivement parcouru une bonne partie de la pente. Les lacets étaient très serrés et permettaient une descente rapide. Puis elle s'employa à le distraire le plus efficacement possible jusqu'à ce qu'ils arrivent enfin au pied de la montagne.

— Ce n'était pas si compliqué, s'amusa-t-elle en voyant sa surprise d'y être parvenu.

Elle dénoua le bandeau de leur cheval et Jaedrin chercha Jlamen. Le loup semblait avoir disparu. À force de balayer les environs, il le repéra enfin, courant en direction de l'immense forêt s'étirant devant eux, comme s'il voulait y trouver refuge.

— Il nous faudra la traverser tôt ou tard, soupira Jaedrin.

— De quoi parles-tu ? demanda Tebi.

— Cette forêt. Nous n'avons pas le choix, il nous faudra passer au travers.

— Ne t'inquiète pas, nous y serons en sécurité.

La certitude de Tebi ne réussit pas à le mettre en confiance. Les arbres projetaient une ombre trop sinistre à son goût.

— Ne me dis pas que tu n'as pas compris où nous étions ! s'exclama-t-elle.

— À vrai dire, j'aimerais te répondre qu'il nous reste seulement trois jours pour arriver à Myria, mais comme nous avons largement dévié vers le sud, je dirais qu'il nous reste bien plus.

— Jaedrin, soupira Tebi en cachant son rire. Cette forêt... Elle ne te dit vraiment rien ? Ce sont les Havres Verts ! Enfin... la portion la plus à l'est de notre territoire, ajouta-t-elle avec une petite grimace.

14

En l'entendant remuer, Setrian se redressa contre la paroi de la grotte. Ériana se réveillait, il aurait préféré qu'il en soit autrement. Chaque moment d'éveil était plus douloureux que le précédent. Il tentait d'appliquer ce que Dar lui avait conseillé. Il y parvenait de moins en moins.

— Setrian ?

L'entendre l'appeler par son nom le bouleversa à nouveau. Dès qu'elle sortait du sommeil, c'était la première chose qu'elle prononçait. Sachant désormais quelle litanie allait suivre, il soupira amèrement. Dans l'hypothèse où Ériana aurait un infime instant de lucidité avant d'être de nouveau submergée par le transfert, les mots qu'elle lui lancerait ensuite seraient aussi acérés que la lame d'un couteau. Elle avait découvert sa nouvelle arme et s'en servait avec une efficacité redoutable.

Setrian ne répondit pas. Il savait Ériana suffisamment intelligente pour ne pas avoir à s'assurer de sa présence de cette façon. Ils étaient à quelques pas l'un de l'autre, l'éboulement de la grotte les empêchait toujours de sortir.

Avec l'obscurité, sa notion du temps était perturbée. Dar avait parlé de deux jours. Il avait l'impression de les avoir déjà dépassés.

— J'ai soif.

Setrian soupira à nouveau. Il était à bout. Ériana n'avait qu'une seule chose en tête, avoir accès aux éléments autres que les Terres. Il savait que le transfert était responsable de cette irrésistible envie mais chaque instant était une torture supplémentaire. Cependant, décliner ses demandes lui coûtait de moins en moins. Ériana le blessait tant qu'il n'avait presque plus aucun remords à l'idée de la contrer.

— Tu as bu il y a trop peu de temps, répondit-il.

— J'ai dormi.
— Pas assez.
— Qu'est-ce que tu en sais ?
— Je suis resté éveillé.

D'après son silence, Ériana avait abandonné, quoique un peu trop rapidement. Il l'entendit se rapprocher des rations restantes et la laissa faire. Il avait la gourde avec lui.

— Tiens, mange quelque chose, dit-elle en revenant vers lui.

— Je n'ai pas faim, répondit-il en repoussant la main entrée en contact avec son épaule.

— Cesse tes caprices. Nous sommes deux à devoir survivre ici.

— C'est vrai, je te suis plus utile vivant qu'à moitié affamé, railla-t-il.

Elle recula et il fut presque satisfait de l'avoir enfin prise de court.

— Pour quelqu'un qui prétend être attaché à moi, je trouve que tu ne fais pas preuve de beaucoup de patience.

Elle avait raison, il avait perdu patience. Il avait cru pouvoir éviter l'horrible expérience que Dar avait évoquée. Le vieil homme n'aurait pas dû le mettre en garde contre Ériana. Il aurait dû le mettre en garde contre sa propre conscience. Ce n'était pas Ériana que Setrian voulait voir morte, c'était lui-même.

Ce transfert était devenu bien plus qu'une instruction, c'était devenu une véritable épreuve. Il avait l'impression que le moindre geste, la moindre parole, avait des conséquences démesurées sur la personnalité déviée d'Ériana. Il était là pour la protéger, d'elle-même et de ses envies. Tout ce qu'il réussissait à faire était de la faire douter de lui.

Il n'était pas digne d'être son protecteur. Il avait failli.

De toutes les paroles qu'il avait reçues en pleine face depuis qu'Ériana avait choisi d'utiliser les mots plutôt que son *inha*, aucune n'avait été aussi forte, aussi brutale, aussi violente que cette propre pensée. Ériana avait besoin de lui et il était incapable de répondre à ce besoin.

Il serra les dents et les poings, comme si le fait de se raidir pouvait figer ses pensées. Son effort, qu'il savait vain, ne passa pas inaperçu.

— Que se passe-t-il ? demanda-t-elle.

— Je suis désolé, murmura-t-il en abandonnant toute prétention.

— Non, c'est moi qui suis désolée. Je n'aurais pas dû te parler ainsi.

— Je suis également responsable. Mais n'en parlons plus.

Son meilleur bouclier restait le silence, sa meilleure arme consistait à l'imposer à Ériana. Elle sembla comprendre son souhait et ne répondit pas. Il l'entendit attraper une couverture et se rouler dedans. Un étrange bruissement lui parvint aux oreilles. Il réalisa qu'elle tremblait.

L'intérieur de la grotte n'était pas particulièrement humide malgré l'eau qui circulait dans la montagne. Les parois étaient de bons remparts, leur accordant un confort que Setrian aurait bien voulu agrémenter par davantage de chaleur. Surtout qu'en raison du transfert et de l'appétence pour l'élément des Feux,Ériana en ressentait doublement les effets.

— Tu as froid ? demanda-t-il.

— Oui.

— Viens.

Il acceptait le fait d'être trop faible pour agir comme un protecteur parfait, mais pas encore au point de se résigner à l'abandonner.

Ériana se leva, traversa le petit espace qui les séparait puis tâtonna pour s'asseoir à côté de lui. Il glissa ses bras autour d'elle, assez surpris qu'elle se laisse faire, puis poussa un profond soupir. Le corps d'Ériana le réchauffait, sa présence était un vrai délice. Mais il ne devait pas oublier ce qu'elle était capable de faire.

Il la serra fort et brièvement, comme pour se souvenir de l'empreinte qu'elle laisserait, puis s'écarta un peu, rendant l'espace moins intime tout en lui permettant de profiter de sa chaleur.

— Pourquoi t'éloignes-tu ?

Il laissa parler le silence pour lui.

— La dernière fois... reprit-elle.

Il avait envie de lui dire de se taire et, en même temps, le son de sa voix était un rayon de lumière dans le noir.

— La dernière fois, tu as dit que tu m'aimais, acheva-t-elle avec une légère indécision.

Elle n'avait jamais été aussi directe. Il sentait enfin quelque chose de différent, comme si elle saisissait l'information plutôt qu'elle ne l'utilisait contre lui.

— Montre-moi, murmura-t-elle.

Sa demande était si inédite qu'il en resta d'abord interloqué. Puis, lentement, il se tourna pour être face à elle, remerciant l'obscurité de lui éviter d'avoir à la regarder dans les yeux. Il dégagea ses mains et les posa sur ses épaules pour l'attirer doucement vers lui. Leurs fronts entrèrent délicatement en contact et il se concentra.

L'impossibilité de la chose le percuta alors soudain. Il ne pouvait pas utiliser son *inha* pour guider Ériana vers les pensées qu'elle avait d'eux. Le défaut de mémoire occasionné par le transfert ne lui laissait pas cette possibilité.

— Je ne peux pas, dit-il en relâchant la tête en avant.

— Pas de cette façon, c'est certain. Mais tu peux me raconter, peut-être ?

Synthétiser en mots tout ce qui existait dans son esprit lui semblait inconcevable, mais il essaya quand même. Son récit fut d'abord décousu, puis ses phrases se firent plus harmonieuses, plus souples, comme si l'avancée dans l'histoire qu'ils avaient partagée le rendait plus serein. Lorsqu'il termina sur leurs derniers jours à Lapùn, son cœur battait la chamade. Tout cessa quand il reprit conscience de l'endroit où ils étaient.

Dans le silence, Ériana bougea doucement. Il avait presque oublié qu'elle était aussi près, ou alors ils avaient dû se rapprocher pendant son récit.

— Je... je crois me souvenir.

Setrian réduisit son souffle. Dar n'avait pas précisé de quelle façon se terminerait le transfert. Il avait d'ailleurs la sensation que le vieil homme ne le savait pas lui-même. Si Ériana avait l'impression de retrouver la mémoire, il devait la laisser agir à son rythme.

Son pouls s'accéléra. Elle venait encore de se rapprocher. Il pouvait maintenant sentir son odeur. Il s'imagina la couleur de ses yeux.

Délicatement, Ériana posa ses lèvres sur les siennes. Il ne put se retenir et fit immédiatement glisser ses bras autour d'elle, laissant ses mains s'arrêter dans le creux de son dos. Le baiser avait une saveur particulière étant donné la situation, mais il en avait tellement envie qu'il n'osait la repousser pour lui demander à quel point elle avait recouvré la mémoire. Il s'y perdit, abandonnant toute idée de mettre fin à ce moment délicieux.

Ériana bougea légèrement pour se positionner plus près. Setrian la laissa faire, émerveillé par les émotions qu'il était enfin autorisé à ressentir. À cet instant, il se pardonna ses faiblesses. Une fois que tout serait terminé, Ériana comprendrait pourquoi il avait dû agir ainsi. Elle comprendrait pourquoi il s'était parfois emporté et même opposé à chacune de ses demandes. À voir la façon dont elle l'embrassait, elle avait d'ailleurs déjà dû comprendre.

Elle le poussa contre la paroi, un peu moins délicatement qu'il l'aurait voulu. La pierre était froide, mais il n'en avait que faire. L'autre moitié de son corps était en ébullition, toute son attention rivée sur Ériana. Il était surpris de l'intensité avec laquelle elle se pressait contre lui. Il y avait comme une faim irrésistible qu'il n'arrivait pas vraiment à identifier.

Ériana laissa glisser ses baisers vers sa joue puis son cou, se perdant momentanément dans le creux de son épaule. Ce fut à ce moment-là qu'il comprit que quelque chose n'allait pas.

Ériana ne se comporterait jamais de cette façon. Elle avait mis des jours à accepter ses sentiments envers lui, elle ne pouvait pas agir ainsi aussi soudainement.

L'humidité dans son dos fut la seconde chose à piquer son intérêt. Mais ce qui lui fit comprendre ce qui se passait réellement fut le bruit de l'eau qui coulait contre la paroi.

D'un geste brusque, il repoussa Ériana aussi loin que possible. Il s'était laissé piéger. Elle avait gardé une main contre sa poitrine, l'autre en contact avec la roche, et avait profité de leur baiser pour accéder à la source improvisée. Désormais, c'était tout un ruisseau qui sortait de la pierre. Il se jeta sur elle alors que le sol recommençait à trembler.

— Comment as-tu osé ? hurla-t-il par-dessus le grondement de la montagne.

Il l'immobilisa sous son poids. À présent, il n'avait que faire du transfert et de toutes ses précautions. Elle avait utilisé contre lui ce qu'il avait dévoilé et s'en était servi de la façon la plus indigne possible. Elle lui avait laissé croire qu'elle avait recouvré la mémoire. Qu'elle ait pu l'embrasser sans réellement savoir qui il était le mettait dans une rage foudroyante. Si elle disait ne pas se souvenir de lui, cela signifiait qu'elle venait de se livrer à un parfait inconnu dans le seul but de satisfaire sa soif.

— Comment as-tu pu faire ça ? lui cria-t-il en plein visage. Et arrête ce séisme, tu vas juste finir par nous tuer tous les deux !

Soit elle était d'accord avec ce qu'il venait de dire, soit le répit faisait partie de sa stratégie. Ériana s'immobilisa sous lui. Avec la poigne qu'il maintenait sur ses bras et la pression qu'il mettait pour l'empêcher de se lever, il savait qu'elle le resterait tant qu'elle n'utiliserait pas à nouveau les Terres.

— Je ne t'ai rien fait, dit-elle. Tu as tout fait tout seul.

— C'est moi qui t'ai embrassée, peut-être ?

— Tu aurais pu m'en empêcher !

Il savait qu'elle avait raison. Sa rage l'aveuglait. Oui, il aurait pu l'en empêcher.

Il aurait *dû* l'en empêcher.

Il était autant en colère contre lui-même que contre elle. Dar l'avait prévenu mais il s'était laissé emporter par ses sentiments. Il avait raconté exactement tout ce qu'ils partageaient. Ces renseignements lui avaient permis d'échafauder sa nouvelle tactique. Une étrange sensation le parcourut alors et il reconnut le reflet du *inha* d'Ériana. Elle allait se servir de son énergie.

Il se cramponna à elle. Il n'avait pas l'intention de se laisser faire.

Extérieurement, rien ne se passa. À l'intérieur, la sensation monta en lui, le submergeant. S'ils avaient été en pleine journée, il était sûr que sa vue se serait momentanément assombrie. Puis l'élan d'énergie diminua pour redevenir la petite flamme qu'il percevait toujours d'Ériana.

— Setrian ?

— Je t'interdis de m'appeler ainsi.

L'appel lui avait fait l'effet d'un coup de poignard. Elle essayait encore de l'amadouer. La colère lui embruma l'esprit et il se leva, la libérant de son étreinte.

— Vas-y! hurla-t-il. Cette source est à toi! Bois! N'écoute pas ce que te conseillent les gens qui t'aiment! Ruine les efforts que nous faisons tous pour te protéger!

— Mais qu'est-ce que...

Sa voix mélodieuse était une torture insoutenable. Il l'attrapa violemment par le bras pour la forcer à se lever, ne la lâchant que lorsqu'elle fut sur ses pieds.

— Arrête de chercher à me piéger et va boire. Je te laisse juger par toi-même quand il sera bon d'arrêter. J'ai échoué dans mon rôle de protecteur. J'abandonne. J'espère que Dar pourra trouver une solution.

— Setrian, de quoi parles-tu?

La grotte s'illumina soudain. La clarté était faible, mais permettait d'y voir suffisamment pour distinguer leurs silhouettes. Ériana le regardait avec stupéfaction. Elle donnait aussi l'impression d'avoir peur.

Il recula brusquement. Celle avec qui il avait partagé ces deux atroces journées n'avait jamais manifesté de la peur.

— Je viens de faire comme à Lapùn, dit-elle en frémissant. Un rai de lumière passait au travers de cet éboulement, j'ai fait en sorte que les cristaux dans la pierre le reflètent.

Setrian secoua la tête. Elle n'avait pas compris la raison de l'effroi qui venait de s'afficher sur son visage.

— Tu es... commença-t-il.

— Enfin, Setrian, qu'est-ce que tu as ? Le transfert est terminé !

Décontenancé, il l'observa. Il avait devant lui son Ériana, celle qu'il avait toujours connue et qui semblait ne garder aucun souvenir de ce qui s'était passé.

— Je ne me souvenais pas que la galerie s'était obstruée, poursuivit-elle, suspicieuse. C'est Dar qui a fait en sorte que l'on reste enfermés ?

Elle fit un pas vers lui, il recula simultanément. Elle n'avait vraiment aucun souvenir de ce qui avait eu lieu. Mais il ne pouvait pas lui mentir.

— J'ai échoué, murmura-t-il.

— Qu'est-ce que tu racontes ? Je sais que le transfert a eu lieu, je ressens chaque fragment de *inha* des Terres autour de moi et je sais comment l'utiliser. Tu le sens toi aussi, n'est-ce pas ? À travers le reflet.

— J'ai échoué dans mon rôle de protecteur, s'obstina-t-il.

— Mais enfin... plaida-t-elle, clairement dépassée par ce qu'il disait.

— Laisse, Ériana.

Pouvoir enfin l'appeler par son prénom réveilla en lui trouble et confusion, mais Dar avait dû faire une erreur. Il n'était pas celui qui lui était destiné. Il ne pouvait plus assumer ce rôle.

En deux jours, il l'avait haïe, même brièvement, il avait souhaité ne plus l'entendre parler, même si le son de sa voix déclenchait une foule d'émotions en lui. Il avait terminé en lui offrant la possibilité de réduire tous les efforts de leurs ancêtres à néant.

Il l'aimait, il en était certain, mais l'amour n'était pas assez puissant pour faire face au *Velpa*. Ériana avait besoin de quelqu'un de sûr et d'infaillible à ses côtés. Il n'était pas cette personne.

— Il va te falloir combien de temps avant de nous aménager un chemin vers la sortie ? demanda-t-il en détournant les yeux.

— Je ne peux pas le dire. Tu sais très bien que je vais simplement pouvoir identifier les pierres à bouger afin de créer suffisamment d'espace pour passer.

Non, il n'en savait rien. Pourtant, il aurait dû savoir. Son ignorance était une raison de plus pour laquelle il n'était plus autorisé à assumer son rôle.

— Alors il faut faire ça rapidement, dit-il en se dirigeant vers l'entrée de la grotte.

— Pourquoi aussi vite ? s'étonna Ériana en lui emboîtant le pas.

— Parce que je dois aller chercher celui qui sera digne de te protéger.

Ériana le força à s'arrêter. La clarté permettait enfin à Setrian de plonger dans ses yeux. Elle attendait des explications. Lentement, elle attrapa sa main et laça ses doigts dans les siens. Il s'en défit aussitôt.

— Tu ne te souviens de rien, dit-il, mais je sais parfaitement ce qui a eu lieu pendant ce transfert. J'ai mis ta vie en danger. Dar, ou nos ancêtres, ou peu importe qui, a dû se tromper. Je ne peux pas être celui qui assurera ta sécurité. N'essaie pas de m'en dissuader, coupa-t-il en la voyant chercher à intervenir. Je dois trouver la personne qui te correspond.

— Mais tu es la personne qui me correspond! s'écria-t-elle.
— Plus aujourd'hui.

15

Ériana le fixa encore un instant avant de se concentrer à son tour. Elle n'arrivait toujours pas à se faire à l'idée que c'était elle qui les avait emprisonnés ici. Les souvenirs des deux derniers jours lui étaient inaccessibles. Elle aurait donné n'importe quoi pour savoir. Depuis qu'elle avait repris conscience, Setrian agissait de façon étrange. Il était persuadé qu'il ne pouvait plus être son protecteur. Pourtant, elle était convaincue qu'il était bel et bien cette personne. Elle le sentait au plus profond d'elle. Comment pouvait-il délaisser ce signe les liant l'un à l'autre ?

À cette pensée, une douleur lui perça la poitrine. Dès la fin du transfert, elle n'avait eu qu'une envie, se jeter dans ses bras. Setrian avait refusé chaque contact, s'éloignant dès qu'elle faisait un pas vers lui. Il s'était définitivement passé quelque chose, elle en avait le cœur net.

Pour l'instant, Setrian s'était rapproché de l'éboulement et avait posé ses mains dessus. Elle l'imita, projetant son énergie des Terres de façon tout à fait naturelle. Elle ressentait la pierre, pouvait repérer chaque fluctuation de *inha*.

— Il ne faut surtout pas bouger ce rocher, dit-elle, presque surprise de sa découverte.

Setrian la dévisagea, peut-être de la façon la plus sincère depuis qu'elle avait repris conscience.

— Celui-ci est sans risque, continua-t-elle en pointant un bloc plus petit sur sa gauche.

Setrian hocha la tête et plaça ses mains sur le rocher, dont une qu'il glissa dans l'interstice sur le côté. Quand le simple fait de tirer vers lui ne le fit pas bouger, il donna une impulsion plus forte. La pierre pivota sans s'extraire de l'enchevêtrement.

— Peut-être que tu pourrais utiliser les Vents, suggéra-t-elle en examinant le reste de l'éboulement.

— Tu as une idée précise de la façon de procéder ?

— Non, aucune. Mais tu es un mage, tu sauras trouver une solution.

Elle avait émis une certaine réserve. Elle ne doutait pas de ses compétences mais quelque chose avait été ébranlé et elle ne pouvait plus se permettre autant de transparence.

— N'y a-t-il pas un moyen de soulever légèrement les pierres qui entourent celle-ci pour la débloquer ? proposa-t-elle en montrant les endroits dont elle parlait.

— Je peux essayer. Mais il faudrait que je fasse ça sans déséquilibrer les autres. Je ne veux pas que tout s'effondre.

— Je t'arrêterai à l'instant où cela deviendra trop risqué.

Elle se faisait confiance. Elle était *Aynetaïl*, désormais. Et après tout, elle avait la vie de Setrian entre ses mains.

Laissant une partie de son *inha* surveiller l'ensemble de l'éboulis, elle fit glisser un flux vers la pierre que Setrian tenait. Réaliser de concert les deux manœuvres était une nouveauté mais elle se laissa emporter par les énergies. Puis elle réalisa que la manipulation serait bien plus efficace si elle était elle aussi en contact avec la pierre.

Yeux fermés, Setrian était déjà en train d'utiliser les Vents, faisant subtilement vibrer l'air pour aménager un peu d'espace autour du rocher. Elle n'osa le déranger et se déplaça jusqu'à poser ses mains sur les siennes. Il sursauta et elle sentit ses mains se crisper. En temps normal, il aurait fait glisser ses doigts sur sa paume pour la rassurer ou lui montrer qu'il était conscient de sa présence. Aujourd'hui, tout avait basculé.

Meurtrie, elle s'immergea dans sa manipulation.

L'éboulement était stable. Elle savait qu'il le resterait tout au long de l'opération et même une fois que le rocher serait ôté. Elle comprenait maintenant ce que signifiait le terme « englober » qui avait souvent été utilisé au cours de son apprentissage. Mais plus qu'englober, elle préférait dire qu'elle se laissait submerger. C'était la différence fondamentale qu'elle venait de saisir. Les mages d'aujourd'hui disaient commander le *inha* de leur élément, les ancêtres parlaient de se mettre à sa disposition. Au final, l'effet était le même, mais la façon de l'aborder était plus subtile chez leurs ancêtres. Il y avait une forme de respect plus soutenue.

Un léger soubresaut dans son *inha* la poussa à se focaliser à nouveau sur la tâche à accomplir et elle réalisa avec joie que, même au milieu de ses égarements, elle avait réussi à aider Setrian à déplacer le rocher. D'après ce qu'elle ressentait, il leur restait un tout petit effort à fournir. Ses pupilles perçurent alors une lueur au travers de ses paupières closes.

Elle n'eut pas le temps de réfléchir à sa provenance. Figée sur la pierre comme sur l'ensemble des blocs, elle ne réussit pas à garder son équilibre lorsque Setrian arracha enfin le rocher. Ils partirent tous les deux à la renverse. Le bloc chuta au sol, épargnant miraculeusement leurs pieds.

Quand elle tourna les yeux sur sa gauche, Setrian fixait le plafond de la grotte, essoufflé. Ses cheveux blancs remuaient au même rythme que sa respiration. Des gouttes de sueur perlaient sur sa tempe.

— Comment se fait-il que nous voyions aussi clair ? s'exclama-t-il. Ça ne peut pas être la torche que j'ai laissée là il y a deux jours, même ton *inha* ne peut accomplir autant.

Ériana se redressa d'un coup. Un second bloc, encore essentiel à l'équilibre de l'éboulis, bloquait une partie du passage, mais elle en était certaine, il y avait une source de lumière naturelle juste derrière l'amas de pierre.

Un courait d'air frais lui frôla le visage. Elle jeta un regard vers Setrian et reconnut son expression des moments où il utilisait son *inha*. Setrian était des Vents et ne pourrait jamais le nier. Il avait grandi au contact de cette énergie aérienne. Son lien avec l'élément était presque touchant.

Elle le vit prendre une profonde inspiration avant de se redresser. Le sourire qui s'était propagé sur ses lèvres se dissipa dès qu'il rouvrit les yeux, comme s'il venait à nouveau de comprendre quelque chose de terrible. Puis il se leva, tendit une main pour l'aider et se plaça face à l'éboulis.

— *Concentre-toi. Je suis sûr qu'à nous deux nous pouvons trouver d'où vient cette lumière.*

Elle ne savait pas pourquoi il avait préféré le *inha'roh* à un échange de vive voix mais il avait raison. Entre le lien qu'il partageait avec les Vents et celui qu'elle avait établi avec les Terres, ils avaient les moyens de comprendre ce qui se trouvait de l'autre côté.

— *Il y a une rupture dans l'énergie de la montagne*, dit-elle après un certain temps. *C'est sûrement dû à l'éboulement que j'ai provoqué.*

— *L'air semble provenir de deux endroits à la fois.*

— *Il y avait une autre galerie ?*

— *Non. Cette rupture, tu peux m'en dire plus ?*

— *L'éboulement a laissé une empreinte, ou plutôt un vide derrière lui. Toute la pierre qui s'est effondrée…*

Elle renvoya son *inha* dans la paroi. Elle ressentait clairement une interruption à un endroit où il aurait pourtant dû y avoir une continuité d'énergie.

— *Je crois qu'il y a une ouverture au-dessus de la grotte.*

Il rompit le *inha'roh* et lui lâcha la main. Perdue dans sa concentration, elle n'avait même pas pris le temps d'en profiter.

— Tu peux nous amener un peu plus de lumière ? demanda-t-il.

Elle s'exécuta, la manipulation ne lui demandant presque aucun effort. Elle commençait à se demander si Dar n'avait pas fait partie des *Aynetaïl* contribuant à l'éclairage de l'ancienne coupole de Lapùn. Elle trouvait sa manière de réorienter les cristaux bien trop aisée.

— Il faudrait s'occuper de celui-ci, maintenant, dit-elle en désignant un rocher plus à droite.

Setrian se déplaça pour y accéder. Leurs épaules se heurtèrent mais il ne fit que murmurer une excuse.

Elle connaissait Setrian, chacune de ses décisions était le fruit d'une réflexion soutenue. S'il agissait ainsi, c'était qu'il avait ses raisons. Mais elle avait beau s'en convaincre, la situation n'en restait pas moins douloureuse.

Retenant un profond soupir, elle cala ses mains sur le même rocher que lui et ferma les yeux. Elle ne pouvait plus se perdre dans son regard, mais elle pouvait au moins se perdre dans son *inha*. Et elle s'immergea dans le mélange de leurs énergies en espérant sortir d'ici au plus vite.

— Ériana ?

Elle ouvrit brusquement les yeux. D'après les flammes vives et le bois crépitant, elle n'avait pas dormi très longtemps. Son cœur s'emballa à l'idée que Setrian lui adresse enfin la parole d'une façon aussi douce. Ses espoirs s'effondrèrent en découvrant celui qui l'appelait.

— Dar... murmura-t-elle, déçue.

— On ne peut pas dire que tu sois ravie de me revoir.

Ériana se frotta le visage pour se réveiller davantage. Elle n'avait même pas besoin de regarder autour d'elle pour savoir que Setrian n'était toujours pas rentré. Il avait dit partir récupérer du petit bois alors qu'ils n'en avaient pas besoin. Le monticule déjà constitué était largement suffisant. Mais aucun de ses arguments n'avait porté.

— J'espérais que ce serait quelqu'un d'autre, avoua-t-elle. Et je ne m'attendais pas à vous revoir non plus.

— Ton messager serait-il parti à l'aventure ?

Elle lança un regard noir au vieil homme dont l'aspect scintillant était le seul indice lui rappelant qu'elle avait devant elle une âme et non un être humain. Elle n'était pas d'humeur à plaisanter.

— Où est-il ? reprit Dar, plus sérieux.

— Parti chercher du bois.

— Au beau milieu de la nuit ?

— Il faisait encore jour quand il y est allé.

— Et tu ne t'inquiètes pas pour lui ?

Ériana sentait la lutte interne entre sa peine et sa colère. C'en était trop pour elle.

— Est-ce que je donne l'impression d'être calme ? s'écria-t-elle. Est-ce que mon état ressemble à quelque chose se rapprochant de la sérénité ? Je *suis* inquiète ! Je voudrais le retrouver par tous les moyens, mais je sais qu'il ne le veut pas !

Un bruit perçant résonna soudain, remplissant la grotte d'un sifflement aigu.

— Ériana ! Ça suffit ! Tu vas nous rendre sourds.

Ériana regarda autour d'elle, plaquant ses mains sur ses oreilles. D'après l'expression alarmée de Dar, elle était à l'origine du bruit qui lui semblait curieusement familier. Tous les mages des Terres pouvaient faire vibrer la pierre de façon à lui faire émettre un son. Elle venait d'accomplir l'artifice sans s'en rendre compte.

Suivant les consignes de Dar, elle inspira profondément pour se calmer. Le sifflement cessa.

— Il va falloir que tu apprennes à te contrôler ! dit-il en la fixant sévèrement. Et que tu m'expliques pourquoi ton protecteur n'est plus ici avec toi !

— Setrian n'est plus mon protecteur.

— Pardon ?

— Je ne sais pas ce qui s'est passé au cours du transfert, mais quand j'ai repris conscience, il s'était mis en tête qu'il n'en était plus digne. Il a refusé de m'expliquer. Depuis, il ne parle que d'aller chercher la personne qui me correspond.

En temps normal, l'expression de Dar aurait pu la faire rire.

— Qu'est-ce qui lui a pris ? dit-il, hébété.

— J'espérais que vous pourriez me l'expliquer, soupira-t-elle.

— J'ai peut-être une idée, mais je ne pourrais rien avancer.

— Vous êtes sûr ?

— Setrian est le seul à savoir ce qui s'est passé pendant ces deux derniers jours. Je l'avais mis en garde, mais quelque chose a dû se produire. Il n'a rien voulu dire ?

— Absolument rien. Il maintient seulement qu'il ne peut pas être celui que les ancêtres ont désigné.

157

Je lui ai dit que cela m'était égal, que je n'avais peut-être même pas besoin d'être protégée…

— Tu *as* besoin d'être protégée, coupa Dar.

— Peut-être, continua Ériana, mais ça n'explique pas sa réaction.

— Ça n'explique même rien du tout. Calme-toi. Il va revenir.

— Je sais qu'il va revenir, rétorqua-t-elle. Il ne serait jamais parti sans son sac. Et malgré tout, je sais qu'il ne m'abandonnerait pas. Même s'il s'obstine à dire qu'il l'a déjà fait.

Dar resta pensif.

— En dehors de ça, comment te sens-tu ?

Elle avait envie de répondre qu'elle était dévastée, que l'attitude de Setrian la bouleversait, mais elle savait que Dar n'était pas venu lui parler de ça. Si le vieil homme avait conservé suffisamment d'énergie pour réapparaître, c'était sûrement pour évoquer le transfert. Elle devait se concentrer sur le sujet.

— Tout est encore un peu neuf pour moi, répondit-elle. Je fais des choses sans m'en rendre compte. Le plafond, par exemple.

D'un simple geste, elle réorienta tous les cristaux pour qu'ils captent la lumière du feu, illuminant la grotte aussi clairement qu'en plein jour.

— Ou alors ce sifflement, poursuivit-elle avec gêne. Je suis désolée pour cet incident.

— Ne t'excuse pas, je savais déjà que tu étais impulsive. Je ne t'avais simplement pas vue à l'œuvre. Et je commence à me dire que ce son n'était peut-être pas une mauvaise idée, il fera revenir ce messager plus vite.

Autant elle était anéantie par l'attitude de Setrian, autant Dar cachait difficilement son amertume. Elle avait envie de prendre la défense de Setrian mais n'en avait même pas la force.

— Qu'as-tu fait consciemment ? poursuivit Dar.

— Le contact avec le *inha* des Terres est presque aussi naturel que de respirer. Je n'ai jamais rien ressenti de tel avec celui des Vents.

— C'est normal, tu n'y es pas encore vraiment initiée. As-tu utilisé les Terres pour autre chose que vous éclairer ?

— Il a bien fallu que je nous sorte de l'éboulement que j'avais moi-même provoqué.

À voir sa surprise, Dar n'avait pas encore pris la peine de sonder l'énergie de la galerie. Elle expliqua l'effondrement puis la façon dont ils s'en étaient sortis. Dar resta silencieux, approuvant la manière dont ils avaient procédé.

— C'est parfait, le transfert a fonctionné à merveille, conclut-il après qu'elle eut terminé son récit. Tu verras, tu découvriras tout au fur et à mesure.

— Vous n'allez pas m'expliquer ce que je suis capable de faire ?

— Tout viendra en temps voulu. Ton *inha* des Terres est là, au fond de toi, il ne te reste plus qu'à t'en servir. Tu n'as pas besoin de moi pour apprendre.

— Vous voulez dire que cela viendra naturellement ?

— Naturellement n'est pas le terme que j'aurais utilisé. Tu le sentiras, tu sauras quelle est la marche à suivre sans que quiconque ait besoin de t'aider. Tu as tout en toi, ma mission est remplie.

Ériana hésitait à poser la question qui lui brûlait les lèvres.

— Vous allez… disparaître ?

— Très bientôt, oui. En attendant, je serai dans l'artefact.

— Pourquoi ne pas rester dans la Vallée Verte ?

— Quel intérêt ? Je t'ai rencontrée et j'ai pu te transmettre mon savoir. Mon âme n'a plus aucune raison de rester attachée à ce lieu. Je vais utiliser mes dernières ressources et m'effacer progressivement. Cela fait plus de trois mille ans que j'attends ce moment. Je dois avouer que je suis content qu'il soit enfin arrivé. Si tu avais passé cette éternité à errer entre un objet et un sanctuaire, tu comprendrais.

— Je pense que je n'ai pas besoin d'en faire l'expérience pour savoir que j'apprécierais aussi ce jour.

— T'aurais-je transmis un peu de sagesse en plus de mes connaissances ? souleva-t-il avec un léger sourire.

— Je pense que la vie que j'ai menée jusqu'ici a laissé sur moi des empreintes, répondit-elle en laissant son regard errer dans les flammes.

— Sers-t'en, dit Dar en se penchant vers elle.

— Me servir de quoi ?

— De toutes ces empreintes.

Ériana déglutit péniblement. L'une des empreintes qu'elle affectionnait le plus était sa rencontre avec Setrian.

— Si elles me laissent la possibilité de les utiliser, murmura-t-elle.

— Tu sauras trouver une solution. Tu sais quelle est la prochaine étape ?

— Nous devons nous rendre dans la cité des Eaux. Au plus vite.

Le vieil homme hocha la tête, satisfait. Au milieu du transfert, il avait glissé quelques informations, dont une, vraiment surprenante, au sujet d'*Elpir*. Les ancêtres avaient laissé s'égarer beaucoup de connaissances.

— Cela nous permettra également de chercher *Eko*, continua-t-elle. Setrian ne connaît pas le territoire des Terres mais il va sûrement vouloir passer la frontière puis nous orienter vers le sud.

— Cherche au fond de toi, répondit Dar.

Elle sourit à ce conseil. Dar lui avait transmis son savoir et ses connaissances. S'il avait glissé l'information capitale au sujet du bouclier, il devait sûrement avoir laissé la mémoire d'un chemin entre la Vallée Verte et la barrière d'énergie. Il lui fallut seulement une inspiration pour trouver l'information, comme si elle avait toujours été là.

— Je sais comment nous y rendre. C'est parfait.

— *Eko* était des Vents, son sanctuaire doit se trouver dans la portion d'*Elpir* située dans votre territoire.

L'apparence de Dar était légèrement moins opaque que lorsqu'ils avaient débuté leur conversation. C'était le signe qu'il devait retourner dans l'artefact.

— J'ai encore un petit détour à faire avant de me rendre dans mon sablier, dit-il devant son air inquiet, mais il va falloir que je parte. Ériana, tous les espoirs de tes ancêtres reposent sur toi. Tu dois absolument être initiée aux autres éléments. Trouve les sanctuaires des trois âmes, c'est là que tu les rencontreras. Reste ouverte à leur appel. N'oublie pas, ce sont elles qui te guideront et non l'inverse. La réussite de ce plan repose sur ton instruction complète. Ta survie également, tu le sais très bien. Sans les artefacts, tu dépériras. Mais avec les artefacts, tu garantis également au *inha* réducteur d'exister. C'est là tout le problème avec cette prophétie. Pour sauver la Friyie, il faut la mettre en danger. Tu dois me promettre qu'à l'instant où tu détiendras le savoir des quatre éléments, tu feras tout ce qui est en ton pouvoir pour contrer cette nature destructrice.

— Ai-je vraiment le choix ? soupira Ériana.

— Je crois que tu as pris ta décision.

Dar avait raison. Elle avait déjà accepté son rôle.

— Vous avez parlé d'un détour à faire ?

— Un léger contretemps, ne t'en soucie pas.

L'expression de Dar démentait le caractère léger du contretemps mais le vieil homme ne semblait pas disposé à donner plus d'explications.

— Je ne sais comment vous remercier, dit-elle.

— Ce n'est pas à toi de dire une telle chose. C'est nous tous qui te remercions d'exister. Nous savions parfaitement dans quelle situation tu serais. J'espérais pour ma part rencontrer une jeune femme forte, j'en ai découvert une courageuse.

Ce furent les dernières paroles qu'elle entendit de lui avant qu'il ne s'efface. Elle ne savait pas sous quelle forme Dar se mouvait et avait du mal à concevoir un tel acte. Elle avait en revanche obtenu un renseignement en ce qui concernait ses propres déplacements et elle avait hâte d'atteindre *Elpir*.

Pour cela, Setrian et elle devraient se mettre en route dès le lendemain matin. Si elle n'était pas aussi fatiguée et si Setrian avait été là, elle aurait insisté pour qu'ils partent à l'instant. Mais elle avait besoin de repos et celui contre lequel elle aurait voulu se blottir n'était toujours pas revenu.

Son inquiétude l'empêcha de s'assoupir jusqu'à ce qu'elle entende des bruits de pas. Feignant de s'être endormie, elle projeta son *inha* et reconnut celui de Setrian. Elle n'eut plus besoin de prétendre très longtemps et sombra rapidement, son sommeil si lourd qu'elle ne sentit pas la main lui caressant les cheveux ni le léger baiser posé sur sa joue avant que Setrian ne s'enroule à l'opposé d'elle, dans sa propre couverture.

16

Gabrielle sursauta en sentant une main sur son épaule. Elle tourna la tête pour découvrir Lyne qui s'excusa d'un sourire avant de redevenir plus sérieuse.

— Mon père demande si tu peux le rejoindre.

— Tout de suite ? s'étonna Gabrielle à voix basse, en baissant les yeux sur l'ouvrage qu'elle avait commencé à feuilleter.

— Pas forcément, mais pas trop tard non plus. Apparemment, Plamathée voudrait s'entretenir avec vous.

— J'ai encore quelques livres à parcourir. Tu peux lui dire que j'arriverai bientôt.

Lyne hocha la tête puis la laissa seule. La jeune fille semblait s'être habituée à faire passer les messages de vive voix mais pas forcément à supporter l'*empaïs*.

Gabrielle se pencha à nouveau sur son livre, cherchant le paragraphe qu'elle lisait avant que son esprit ne s'égare. La bibliothèque de la Tour des Eaux offrait une vue trop spectaculaire pour lui permettre de rester concentrée très longtemps. Chaque fois qu'elle venait consulter un ouvrage, elle passait la moitié de son temps à regarder au-dehors.

Le lieu était empreint de beauté. Au sein du bâtiment, la bibliothèque se situait au même endroit que celle de la Tour des Vents. Il y avait même une antichambre similaire, mais toute comparaison s'arrêtait là.

À Myria, la bibliothèque avait très peu de fenêtres. Il y régnait une ambiance studieuse, peu agréable. La bibliothèque d'Arden était tout l'inverse, sauf en ce qui concernait le silence. Grande particularité, il n'y avait pas de réserve. La totalité des ouvrages était à disposition, sans restriction. Les lieux n'étaient pas scindés en pièces successives mais consistaient en une immense salle boisée, seul endroit de la Tour où Gabrielle avait vu la matière végétale sur les murs, sûrement en raison de la conservation des livres.

Les rangées d'étagères étaient organisées en diagonales, accentuant la profondeur du lieu. Le haut plafond avait permis aux bâtisseurs de construire un second étage en balcon. Un peu partout, de petits escaliers en colimaçon permettaient d'accéder à ces coursives qui donnaient l'impression d'être suspendues.

Gabrielle s'y était aventurée, la première fois. D'en haut, elle avait réalisé à quel point le travail des artistes des Eaux était remarquable. Les balcons surplombaient la zone principale de la bibliothèque, celle autour de laquelle étaient agencées les tables mises à disposition.

L'endroit le plus magnifique était l'espace au sol dans lequel était gravé le symbole des Eaux. Une dalle blanche en forme de cercle, faite de cette même matière mouchetée que la majorité des parois du bâtiment, était ornée d'une spirale vert émeraude rappelant la décoration extérieure de la Tour. Gabrielle avait toujours trouvé le symbole des Vents parfaitement adapté à son élément. Elle avait pensé exactement la même chose en découvrant celui des Eaux.

Le symbole vert donnait l'impression d'être réellement fait d'eau alors qu'il ne s'agissait que d'une pierre translucide. Elle avait cru comprendre que cet aspect était dû aux mages illusionnistes.

Jusqu'à cette découverte, elle n'avait pas vraiment prêté attention aux insignes des Eaux. La majorité des gens qu'elle avait croisés semblaient être serviteurs et étaient donc revêtus de cette robe turquoise qui leur descendait jusqu'aux chevilles. Pour beaucoup, un second tissu leur couvrait la tête.

Erkam avait expliqué qu'il s'agissait de leur uniforme complet. Gabrielle avait bien compris que le tissu supplémentaire n'était là que pour cacher les

165

reflets des cheveux prouvant leur capacité à manipuler le *inha*. Le conseil ancestral des Eaux avait pris des mesures intolérables pour empêcher ces personnes de montrer leur véritable potentiel.

Gabrielle lâcha son livre pour regarder dehors. Dès son entrée dans la bibliothèque, ce qui l'avait le plus marquée avait été la lumière. Le début de la pièce était éclairé par des lampes où brûlait une huile parfumée, mais très vite une source naturelle prenait le dessus. C'était là que Gabrielle s'asseyait chaque fois, près des immenses vitres donnant directement sur l'océan.

La paroi vitrifiée montait aussi haut que le plafond. Elle s'arrondissait d'un côté à l'autre, suivant la courbe de la Tour, inondant la pièce d'une agréable clarté. Lorsque les éléments se déchaînaient à l'extérieur, Gabrielle avait la sensation d'être perdue au milieu de l'orage. Heureusement, aujourd'hui, les nuages étaient rares.

Quand quelqu'un se racla discrètement la gorge, elle sursauta à nouveau. Elle s'attendait à retrouver Lyne mais fut surprise en découvrant Val. Le protecteur s'était déjà assis à côté d'elle. De tous les membres de l'équipe, il était celui qui avait le plus de mal à cacher son origine des Vents. Le conseil des Eaux ayant tenu à ce qu'ils conservent l'*empaïs* de façon permanente, l'insigne de Val lui permettait peu de discrétion. Sa robe blanche tranchait avec les vêtements portés par les mages dans la Tour, à l'exception peut-être de Plamathée.

— Du mal à rester concentrée ? chuchota-t-il en désignant l'océan du menton.

— Cet endroit est absolument magnifique, tu ne trouves pas ?

— Il est splendide, mais notre Tour me manque aussi.

Elle acquiesça silencieusement. Elle avait l'impression d'avoir quitté Myria il y a des années, pourtant ils n'étaient partis qu'à la fin de l'hiver et l'été n'était même pas encore là.

— Notre territoire n'a rien d'aussi spectaculaire que cette immense étendue d'eau, mais effectivement, je donnerais beaucoup pour y être déjà rentrée.

— Notre mission n'est pas terminée, dit Val à voix basse.

Il n'avait pas ajouté cela pour le lui rappeler. Elle le savait pertinemment, c'était d'ailleurs pour cela qu'elle venait à la bibliothèque chaque matin. Mais elle passait finalement peu de temps à se renseigner sur le *inha* réducteur. Depuis son premier jour à la Tour des Eaux, elle n'avait parcouru que des livres de prophéties, bien à l'opposé de ce qu'elle était censée faire.

— Que se passe-t-il ? demanda-t-il en voyant son regard se ternir.

Elle referma son livre d'un coup sec. Val ne devait pas la voir en train de chercher d'autres renseignements que ceux concernant la mission initiale.

— Il semble que Hajul veuille nous réunir pour rencontrer Plamathée, dit-elle pour l'éloigner du sujet. Peut-être devrions-nous le rejoindre, poursuivit-elle en commençant à se lever.

— Rassieds-toi, chuchota Val en l'interrompant d'un geste. Tu n'as pas besoin de me mentir. Je sais ce que tu fais.

167

Elle hésita un moment, une main sur la chaise, l'autre toujours posée fermement sur le livre.

— Je ne vois pas de quoi tu parles.

— Arrête, ça fait assez longtemps que nous passons nos journées ensemble, je commence à te connaître. Avec le nombre de livres dans cette bibliothèque et le fait qu'aucun ne soit en accès restreint, il y a bien longtemps que tu aurais dû te lasser. D'ailleurs, ajouta-t-il en se tournant sur sa droite, tous les manuels concernant le *inha* réducteur se trouvent là-bas.

Elle soupira. Il lui avait fallu peu de temps pour identifier les livres dont parlait Val. Elle en avait consulté une demi-douzaine et les avait transmis à Hajul pour voir s'il pourrait en tirer une utilité.

— Tu as trouvé quelque chose au sujet de la prophétie ?

Sa question la désarçonna. Elle s'était attendue à ce qu'il la réprimande de perdre ainsi son temps, mais il venait de poser sa main sur le livre, le tirant doucement vers lui.

— Tu veux dire que... tu ne vas pas en parler à Hajul ?

— Hajul sait pertinemment ce que tu fais, répondit-il en ouvrant le manuscrit. Je crois qu'il n'y a que Lyne qui ne se soit pas intéressée à cette bibliothèque et à ce que tu y fais.

— Depuis quand est-ce que vous m'espionnez ? s'indigna-t-elle.

— Gabrielle, personne ne t'espionne ! Du moins pas au sein de l'équipe.

Elle grimaça. Il était tout à fait probable que le conseil des Eaux ait mis en place une surveillance plus poussée que la simple présence d'un passeur.

— Alors comment savez-vous ce que je fais ?

— Nous partageons la même chambre, répondit Val. Tu ramènes certains livres. Ce n'est pas très compliqué de comprendre.

— Tu fouilles dans mes affaires ?

Elle s'attira quelques regards sévères de mages travaillant aux alentours. Elle avait un peu trop haussé le ton et s'excusa d'un hochement de tête. Certains l'ignorèrent rapidement, trop accaparés par ce qu'ils étudiaient, d'autres la fixèrent plus longuement. Parmi ceux-ci, elle reconnut un homme qu'elle avait souvent croisé dans la Tour.

— Je ne fouille pas dans tes affaires, répondit Val, mais si tu continues à ne pas prêter assez attention à celles que tu laisses à la vue de tous, dit-il en désignant la pile de livres à côté d'elle, il va y avoir davantage de personnes qui vont s'intéresser à nous alors que c'est exactement ce que nous cherchons à éviter.

Val lança un regard au serviteur dont elle remarquait trop souvent la présence.

— Cet homme est un veilleur, dit-il.

— Un quoi ?

— Un veilleur. C'est le terme qu'ils utilisent pour désigner les serviteurs *Ploritae*.

— Tu veux dire qu'il est protecteur des Eaux ?

— Serviteur-protecteur, corrigea Val. Donc veilleur. Il veille à la sécurité plutôt que de réellement protéger.

169

— Pour moi, ça revient au même, dit Gabrielle en lâchant l'homme des yeux pour ne pas paraître suspecte.

— Pour moi aussi, je suis même peiné pour lui, mais beaucoup moins quand il te regarde fixement pendant aussi longtemps.

Val ne lui disait pas cela pour démontrer une quelconque affection. Il agissait ainsi par habitude, c'était dans sa nature de protéger. Elle était toutefois soulagée de le savoir auprès d'elle, y compris dans la chambre qu'ils partageaient. Elle n'avait pas encore osé lui dire qu'elle ne se sentait pas toujours en sécurité sans lui.

— Peut-être devrions-nous partir ? suggéra-t-elle.

— Non, ça n'en serait que plus suspect. Montre-moi plutôt ce que tu as trouvé.

Faisant comme si elle s'était levée pour simplement s'étirer, Gabrielle se rassit nonchalamment puis ouvrit le livre à la page où elle s'était arrêtée. La dernière phrase sur laquelle elle avait buté n'avait toujours pas de sens.

— La moitié des termes sont en vieux friyen, expliqua-t-elle. C'est assez difficile pour moi de traduire ce passage. Tu penses que tu pourrais m'aider ?

— Je ne suis pas assez compétent pour ça. Les plus aptes seraient les contacteurs et, de toute façon, il te faudrait l'aide d'un prophète. Il reste très peu de *Rohatae* dans cette Tour et je ne pense pas qu'il serait très utile de nous adresser à Lyne.

— Je n'ai pas non plus envie de demander à l'un d'entre eux, commenta Gabrielle en inclinant la tête pour désigner discrètement les mages qu'elle avait identifiés comme prophètes.

— Hajul compte en parler à Plamathée. Elle aurait peut-être quelqu'un à nous recommander.

— En espérant qu'elle ne se trompe pas de personne. Nous ne sommes pas des invités que tout le monde souhaite voir rester.

— D'où la façon dont cet homme nous regarde encore. Non, l'interrompit-il en la voyant bouger. Garde les yeux sur le livre, fais comme si tu m'expliquais quelque chose.

Elle s'exécuta sans demander d'explications, lisant une partie déjà déchiffrée, relevant régulièrement les yeux vers Val comme s'ils avaient une réelle conversation. Si elle n'avait pas vu son regard s'incliner légèrement, elle aurait vraiment pu croire qu'il l'écoutait, mais elle le savait suffisamment doué pour s'attarder sur ce qui se passait en fait derrière elle.

— Poursuis de cette façon, dit-il en ramenant son regard sur elle. Il est en train de partir.

Du coin de l'œil, elle vit le serviteur s'éloigner. Val ne pouvait plus le voir sans se retourner.

— Il sort de la bibliothèque, chuchota-t-elle en s'assurant que l'homme avait bien franchi les portes. Que nous veulent-ils, d'après toi ?

— Plamathée voit en nous un bon prétexte pour rétablir l'ordre naturel des choses à Arden. Nous dérangeons, ce n'est pas plus compliqué.

— Il faut que nous quittions cette cité, murmura Gabrielle en vérifiant que personne ne pouvait les entendre.

— Mais nous devons d'abord savoir si l'artefact des Eaux est en sécurité. Je pense d'ailleurs que c'est à ce sujet que nous rencontrons Plamathée aujourd'hui.

— Hajul aurait réussi à la convaincre ?

— J'aimerais beaucoup, mais je crois malheureusement que ce n'est pas le cas. Il a vraiment insisté pour que tu sois présente à cet entretien.

— Tu n'y es pas convié ? s'étonna-t-elle.

— Si, mais tu es celle qui doit impérativement y assister.

Elle ne voyait qu'une seule raison pour que le messager souhaite autant sa présence.

— Il compte lui dire que je suis une des prétendantes à la prophétie, n'est-ce pas ?

— C'est pour cela que j'ai insisté, répondit Val en confirmant ses soupçons. Cette Tour a des espions partout. Dès que Hajul aura révélé ce détail, nous pouvons être sûrs que d'autres seront au courant. Si ceux qui sont à l'origine de la contestation apprennent que tu peux potentiellement contrer le *inha* réducteur qu'ils cherchent à ranimer…

Il ne termina pas sa phrase. Gabrielle avait de toute façon compris depuis un moment. Elle n'en voulait pas à Hajul de choisir de révéler son appartenance à la prophétie. S'il en arrivait là, c'était qu'il n'avait pas réussi à convaincre Plamathée avec les seuls arguments conseillés par Mage Judin. Elle sentait néanmoins la peur l'envahir progressivement. Elle devait se ressaisir, mais pour cela, elle avait besoin d'aide.

— Tu vas rester avec moi ? demanda-t-elle à Val.

— Aussi longtemps que je le pourrai.

17

Ils trouvèrent Erkam dès leur sortie de la bibliothèque.

— Nous pouvons retourner seuls à notre chambre, dit Val.

— Je ne suis pas là pour vous ramener à votre chambre, répondit Erkam en inclinant la tête.

Gabrielle se demandait si les serviteurs n'avaient pas de douleurs à devoir s'incliner à longueur de temps. Le geste était bien plus qu'une habitude, il montrait à chaque fois la soumission de celui qui l'exécutait.

— Cesse de te prosterner comme ça devant nous, murmura-t-elle entre ses dents. Tu es mage au même titre que nous.

— Gabrielle ! s'exclama Val en baissant ensuite la voix. C'est exactement ce à quoi je pense quand je te dis d'arrêter de montrer qui nous sommes et les coutumes que nous représentons.

— Mais je n'en peux plus de voir Erkam nous saluer chaque fois qu'il nous parle !

— Cela ne m'enchante pas non plus, mais je préférerais qu'il continue plutôt que de te savoir en danger.

Erkam n'avait rien perdu de l'échange. Son regard allait de Val à Gabrielle comme s'il tentait de donner un sens à ce à quoi il assistait. Val lui évita d'avoir à tirer les mauvaises conclusions.

— Nous sommes contre ce système de servitude et nous approuvons le projet de Plamathée. J'apprécierais beaucoup que tu n'aies plus à t'incliner et si tu le souhaites, lorsque nous serons seuls, tu pourras t'en passer et t'adresser à nous comme aux confrères que nous sommes, mais en attendant, j'aimerais que tu oublies ce que je viens de dire.

Il était évident que Val avait laissé à Erkam le soin d'imaginer ce qui pourrait arriver s'il ne respectait pas sa demande. Gabrielle était moins sceptique que lui au sujet du passeur. Elle lui faisait confiance. Elle l'avait déjà aperçu plusieurs fois en train de lancer des regards noirs à certains mages qu'elle avait compris être contre la réhabilitation des serviteurs.

— Val, dit-elle en l'attrapant par le bras, Erkam est de notre côté. Il ne répétera rien. De toute façon, ce n'est pas comme s'il venait d'apprendre quelque chose d'inédit. Tous ceux qui savent d'où nous venons doivent se douter de notre avis sur ce système arbitraire.

Il l'observa un instant avant d'accepter son jugement. Le plus surpris fut finalement Erkam, qui avait bien du mal à cacher son désarroi.

— Cet uniforme cache tes talents, reprit Gabrielle, mais il ne cache pas qui tu es. Il n'est pas très compliqué de voir que tu aimerais être de nouveau maître de ton *inha* dans son intégralité. Le nôtre est bloqué depuis seulement quelques jours. Je n'ose même pas imaginer ce que je ressentirais s'il était restreint, même en partie, depuis qu'il s'était révélé à moi.

Erkam la fixait intensément, comme s'il la découvrait pour la première fois. Le serviteur avait encore du mal à accepter qu'elle soit aussi importante que n'importe qui d'autre dans l'équipe. Il avait assimilé le fait qu'elle ne prenne pas les décisions à celui d'être soumise à un autre mage. Elle avait dû lui expliquer que c'était Hajul qui dirigeait l'équipe pour l'unique raison qu'il fallait bien que quelqu'un le fasse.

— Où dois-tu nous emmener ? intervint Val.

— Dans le bureau de Mage Plamathée. Si vous voulez bien me suivre.

L'organisation de la Tour des Eaux était à tel point similaire à celle des Vents qu'ils auraient pu rejoindre les bureaux du conseil sans guide. Sauf que le chemin qu'ils empruntèrent pour y parvenir n'était pas celui que Gabrielle aurait utilisé. Erkam les fit encore passer par l'escalier de service.

— Mage Plamathée ne souhaite pas que les autres membres du conseil soient au courant de votre entrevue.

Gabrielle et Val échangèrent un regard. Le protecteur parut soudain soulagé et convaincu de la confiance qu'ils pouvaient avoir en Erkam. Si Plamathée avait donné cette justification au passeur, c'était qu'elle le pensait elle aussi de leur côté. Quand ils arrivèrent dans le couloir du conseil, Erkam les fit entrer dans une première antichambre.

L'une des rares différences structurelles que Gabrielle avait pu remarquer avec la Tour d'Ivoire était la taille des pièces. Dès que l'on poussait une porte, tout était toujours plus vaste, comme si les bâtisseurs des Eaux avaient voulu rappeler l'immensité de l'océan. Le bureau de Plamathée devait faire deux fois celui de Judin, sans compter l'antichambre dans laquelle ils patientaient.

Erkam les laissa s'asseoir puis retourna vers la porte. Il l'ouvrit juste un instant avant que Hajul s'apprête à entrer. Gabrielle avait l'impression que le passeur l'avait su à l'avance.

— Où sont Lyne et Armia ? demanda-t-elle.

— Avec les guérisseurs des Eaux, répondit Hajul. Les confrères d'Armia semblent être les moins hostiles à notre présence. Ils sont intrigués par nos connaissances. Je crois qu'ils se sont réunis avec des *Otae*. Les plantes cultivées ici ne sont pas les mêmes que dans notre territoire, les remèdes sont donc légèrement différents.

— Lyne va cruellement s'ennuyer.

— Je préfère qu'elle soit avec sa mère plutôt qu'avec les derniers *Rohatae* de cette Tour. Je les ai croisés la dernière fois, ils m'ont paru légèrement suspicieux.

Val eut un regard inquisiteur en désignant Erkam. Hajul fit preuve de la même nonchalance que Gabrielle. Il avait lui aussi confiance en Erkam.

— Je pense que je te demanderai quelques services bientôt, ajouta-t-il en se tournant vers le serviteur.

Cette fois-ci, Erkam cacha difficilement sa surprise.

— Je... Quels services voudrez-vous que je vous rende ? Je pense bien que vous ne souhaitez pas simplement me demander de vous guider quelque part.

— Cette robe que tu portes, dit Hajul, est-ce que tu peux l'enlever ?

176

— Bien sûr ! Comment ferais-je sinon ?

La remarque était la chose la plus proche d'un avis personnel dans la bouche du passeur. Gabrielle eut envie de le féliciter mais se retint. Hajul semblait avoir une idée bien précise en tête.

— Ce tissu sur tes cheveux également, n'est-ce pas ? Il n'est là que pour en cacher les reflets.

— C'est exact, dit Erkam en dénouant le long rectangle bleu et vert, révélant des cheveux châtains aux reflets violets.

— Comment l'*empaïs* fait-il pour avoir encore de l'emprise sur les serviteurs une fois qu'ils ont quitté leurs vêtements ?

Erkam se figea, le long foulard pendant entre ses doigts. Il regarda de chaque côté, comme pour s'assurer qu'ils étaient bien seuls. Gabrielle ne voyait pas pourquoi il prenait cette peine. L'antichambre était déserte et les fenêtres leur garantissaient un anonymat total puisqu'elles donnaient sur l'océan.

— Je ne suis pas sûr que...

— Erkam, insista Hajul, comment font-ils ?

Le passeur attrapa une broche sur son épaule et la dégrafa. Le long tissu bleu et vert commença à se défaire, laissant apparaître une tenue plus légère et confortable en dessous. L'uniforme se portait par-dessus des vêtements, comme Gabrielle l'avait déjà supposé.

Erkam noua le tissu autour de sa taille et commença à déboutonner sa chemise, puis il se retourna. Dès qu'il fut de dos, Gabrielle aperçut le dessin au-dessus de son omoplate droite. Le symbole des Eaux y était tatoué dans une encre semblant mélanger un bleu profond et un blanc laiteux.

— Qu'est-ce que c'est ? demanda-t-elle avant que Hajul n'ait eu la chance de le faire.

— Leur manière de nous contrôler en permanence.

— Je croyais que votre uniforme était suffisant.

— Nous pouvons enlever notre uniforme, mais nous ne pouvons pas ôter ça.

Erkam avait orienté sa tête sur le côté, comme s'il espérait voir le tatouage. Sans un jeu de miroirs, il en était incapable. Gabrielle ne put s'empêcher d'y poser les doigts, entraînant un frisson chez le passeur.

— Pardon, s'excusa-t-elle rapidement.

— Ce n'est rien, répondit Erkam en renfilant sa chemise. Ce n'est pas douloureux, seulement étrange. L'encre utilisée pour le tatouage est un mélange de celle que nous récoltons dans certains animaux marins. Quant à cette sorte de chose blanche qui s'y mêle, vous aurez compris qu'il s'agit d'*empaïs*.

— Pourquoi s'embêtent-ils avec des uniformes, alors ? demanda-t-elle, sidérée de voir jusqu'où le conseil des Eaux allait pour garder les serviteurs sous son autorité.

— Pour nous repérer facilement.

La porte donnant sur le bureau de Plamathée s'ouvrit, les faisant tous se retourner. Le Premier Crayn leur fit signe de le rejoindre. Il lança un regard à la fois curieux et sévère à Erkam, qui remit rapidement en place le dernier rectangle de tissu sur ses cheveux.

Juste avant de passer la porte, Hajul retint Gabrielle.

— Je sais que Val t'a mise au courant de ce que je compte dire à cet entretien, mais je voulais m'assurer que tu étais toujours d'accord. Si tu ne veux pas, nous pourrons trouver une autre solution.

— Il n'y en a pas d'autre, répondit-elle.

Hajul savait qu'elle n'aurait jamais osé refuser. Il n'avait agi ainsi que par politesse, mais elle lui en était reconnaissante. La mission de l'équipe de l'Ouest était de gérer le problème du *Velpa*, pas de s'inquiéter pour les prétendantes. Néanmoins, chaque fois qu'elle y réfléchissait plus sérieusement, tout semblait toujours finir par s'enchevêtrer.

— Merci d'avoir répondu à ma requête aussi rapidement, Plamathée, dit Hajul une fois que tous furent entrés.

Gabrielle ne s'était pas trompée. Le bureau de Plamathée aurait pu en englober trois à Myria. Les couleurs se partageaient entre le blanc granuleux de la matière calcaire omniprésente et les quelques panneaux de bois sombre des armoires. Un immense tapis gris recouvrait le sol, le symbole des Eaux d'un vert émeraude vif contrastant avec le reste de la pièce, l'aspect liquide dû au travail des *Oblitae* toujours aussi surprenant.

— Je vous en prie, répondit Plamathée en désignant les chaises qui avaient été déplacées par Erkam dès qu'il avait refermé la porte. Votre demande m'avait l'air urgente, je ne voyais rien qui puisse m'empêcher d'y répondre.

La Mage fit signe au Premier Crayn de s'installer lui aussi. Le soldat nia de la tête et se posta près de la porte, à côté d'Erkam. Plamathée lui adressa un sourire affectueux en s'asseyant à son bureau.

— Je voulais revenir sur ma demande de récupérer l'artefact des Eaux, dit Hajul.

Plamathée l'interrompit d'un geste.

— Vous m'avez déjà expliqué vos raisons, mais je me vois toujours dans l'obligation de vous refuser cette requête. De plus, le Grand Mage de votre communauté ne me demande que de mettre mon artefact en sécurité, pas de vous le donner, et je peux vous assurer que c'est déjà le cas.

— Pourrions-nous au moins aller vérifier cela nous-mêmes ?

— Veiller à la sécurité de cet objet passe par le fait de ne pas le rendre accessible à n'importe qui, je pense que vous pouvez le comprendre.

— Vous savez que nous ne sommes pas n'importe qui.

— *Je* le sais, oui. Mais certains membres de mon conseil ne veulent même pas essayer de vous croire. Leur dernier argument était que vous pouviez tout à fait appartenir à ce groupe, le *Velpa*, et que vous étiez ici pour les aider à renverser le système et ramener le *inha* réducteur.

Même si elle savait qu'elle était en présence de la personne la plus importante de la communauté des Eaux, Gabrielle ne put retenir son indignation.

— Ils s'imaginent ça ? Qu'ils aillent à Myria pour voir ce que le *Velpa* a fait de notre Grand Mage avant que Judin ne soit nommé !

— Gabrielle, rassieds-toi, ordonna Hajul. Plamathée, je sais que votre conseil hésite. Mais pour ceux qui ne vous trahissent pas déjà, il y a une chose qu'ils ne souhaitent pas, indépendamment de renverser les statuts, c'est de voir le *inha* réducteur ravivé.

— C'est là que vous avez tort. Selon eux, empêcher la révolution, c'est anéantir la possibilité de réveiller cette énergie. Solutionner le premier résout le second.

— C'est un gros problème. Vous devez leur faire comprendre que si le *Velpa* est lié à cette révolution, ce qui semble être plus que probable, leur objectif n'est pas de faire en sorte que les serviteurs deviennent de nouveau des mages à part entière. Leur unique but est de créer un *Geratiel* et qui sait, par la suite, un mage réducteur dans chacun des éléments.

À ces mots, Plamathée, qui s'était levée et arpentait l'espace derrière son bureau, s'arrêta. Gabrielle se tourna elle aussi vers Hajul. C'était la première fois qu'elle l'entendait mentionner cette éventualité, sans parler du fait qu'il comptait récupérer l'artefact.

— Plamathée, vous ne vous en doutiez vraiment pas ? demanda Hajul. La prophétie des prétendantes est venue à nous, mages des Vents, car la personne dont elle parle est native de notre territoire, ce qui implique que le mage réducteur en soit également originaire. Mais une fois l'éveil réalisé, vous ne pensez vraiment pas qu'il serait possible de faire de même avec les trois autres éléments ? Je ne sais pas en quoi consiste exactement cette manipulation, mais je suis persuadé qu'il suffirait de peu pour que les mages des Eaux puissent créer leur propre *Geratae*. Votre communauté est en danger, Plamathée. Vous avez les moyens de la sauver.

La Mage resta silencieuse. Gabrielle encaissait elle aussi tout ce que Hajul venait de dire. Elle n'avait jamais pensé au fait que la nature réductrice puisse être réimplantée dans les autres communautés.

— Hajul… commença Plamathée, toujours en leur tournant le dos. Ce que vous dites n'est que supposition. Ce livre où les instructions étaient données pour réveiller le *inha* réducteur, ce livre que vous avez perdu et qui est tombé entre les mains du *Velpa*, il n'était désigné qu'aux mages des Vents. Je serais bien surprise que ma propre communauté puisse transcrire toutes ces instructions et les adapter à notre élément.

Gabrielle penchait de nouveau du côté de Plamathée. Les circonstances étaient bien trop hasardeuses pour qu'une telle chose ait lieu.

— Très bien, reprit Hajul. Dans ce cas, je vais vous parler de quelque chose qui sera bien moins qu'une supposition. Que pensez-vous qu'il se produira si le *Geratiel* enfin créé par le *Velpa* a un enfant avec une personne dotée du *inha* de votre élément ?

— Rien ne force un enfant à être de la même nature qu'un de ses parents, répondit Plamathée après un instant de réflexion.

— Mais la possibilité existera en lui ! Dès lors que le premier *Geratiel* sera créé, si ce n'est pas déjà le cas, la nature réductrice sera potentiellement acquise pour chacun de ses descendants.

— Même dans l'hypothèse où cela serait possible, il n'y aurait qu'un risque sur deux ! s'écria Plamathée. Ces enfants pourraient tout à fait être des Vents !

— Et qu'envisagez-vous de faire s'ils se révèlent être des Eaux ? Les tuer dès qu'ils manifesteront une étincelle de *inha* ? Votre conseil ne pourrait jamais se décider à un pareil infanticide. Les membres s'opposeront les uns aux autres. La population participera forcément au débat. Ce n'est pas une révolution que vous auriez sur la conscience, mais une véritable catastrophe ! Vous accepteriez de prendre le risque de mettre votre communauté en danger ? Un sur deux, Plamathée. Un sur deux ! Est-ce que l'accès à un artefact vaut ce risque ?

Cette fois, le moral de Gabrielle sombra définitivement. Elle se trouvait stupide de n'avoir jamais envisagé cette éventualité. En même temps, les communautés n'avaient pas été en contact depuis des générations. Les derniers enfants issus de croisements entre éléments devaient remonter à des millénaires. Certaines archives parlaient de ces temps où les mages des quatre éléments se côtoyaient, provoquant des naissances aux *inha* aléatoires.

— Je pense que ce serait l'une des rares fois où le conseil réussirait à se mettre d'accord, répondit Plamathée à voix basse.

— Et vous accepteriez cela ? demanda Hajul.

La Mage lui lança un regard noir. Il était évident que, au fond d'elle, elle ne pourrait jamais cautionner un tel acte. Elle n'aurait jamais la force de surmonter les émotions liées au meurtre d'enfants dont la nature ne se serait même pas encore révélée, seulement leur détention du *inha* des Eaux.

— Peut-être que nous pourrions utiliser l'*empaïs*, comme nous le faisons pour les serviteurs ? proposa-t-elle en détournant le regard.

— Pour vous retrouver dans la même situation qu'aujourd'hui, mais avec encore plus de danger ? Écoutez-vous, Plamathée, vous ne croyez pas ce que vous dites. Vous vous sentez isolée, et c'est bien normal. Votre conseil vous tourne le dos, vous ne savez plus quelle décision est la bonne. Mais vous n'êtes pas seule ! Regardez autour de vous ! Votre Premier est là. Vous avez même confiance en un passeur, Erkam. Je suis sûr qu'aucun de vos prédécesseurs n'osait accorder un regard aux serviteurs de cette cité. Vous êtes forte, Plamathée. Vous pouvez prendre vos propres décisions et agir en tant que Grand Mage. C'est votre rôle. Ils vous ont désignée pour ça.

— Personne ne m'a désignée.

Hajul s'interrompit de lui-même, pris de court. Ses sourcils se froncèrent et son regard alla jusqu'à Crayn, toujours posté derrière eux.

— Comment ça, ils ne vous ont pas désignée ?

Plamathée s'effondra dans sa chaise en même temps qu'elle éclatait en sanglots, le visage dissimulé derrière ses mains.

— Messager Huyeïl, dit Crayn en s'avançant vers eux. Vous ne savez pas de quelle façon nos Grands Mages viennent à prendre leur poste ?

Hajul faisait aller son regard du Premier à la Mage. Gabrielle fixait Erkam comme s'il pouvait lui donner la solution avant que Crayn ne le fasse.

— Les Grands Mages des Eaux le sont de naissance, avoua le Premier, après ce qui sembla être une éternité. Depuis que le statut des serviteurs a été créé, c'est la même famille qui dirige notre communauté. Plamathée était le seul enfant du précédent

Grand Mage. C'est comme ça qu'elle est arrivée à ce poste.

Un lourd silence s'abattit sur la pièce. Gabrielle observa à nouveau la femme en robe blanche derrière son bureau. Plamathée était en train d'essayer de se redresser tout en essuyant ses larmes, se redonnant l'allure imposante qu'elle lui avait toujours associée.

— Alors, ils n'accordent aucune importance à ce que vous avez à dire, conclut Hajul, dépité. C'est pour cela que votre projet de rétablir les serviteurs n'aboutit pas. C'est le conseil qui dirige la communauté, pas vous.

— Voilà, Hajul, c'est exactement ça, répondit Plamathée en se tournant face à eux, le regard rouge et la mâchoire crispée. Alors, même si j'étais d'accord pour vous donner accès à la pièce où se trouve l'artefact des Eaux, le conseil ne vous l'autoriserait jamais.

Elle continuait à essuyer les larmes qui coulaient à présent silencieusement sur ses joues, reprenant son calme. Gabrielle admirait la force dont elle faisait preuve.

— Vous détestez votre conseil, n'est-ce pas ?

La question de Hajul les surprit tous, quoique après les arguments qu'il avait utilisés pour tenter d'ébranler la Mage, Gabrielle n'en attendait pas moins de lui. Plamathée hocha la tête, apparemment trop stupéfaite pour parler.

— Cela ne vous dérangerait pas de faire quelque chose allant à l'encontre d'une de leurs décisions ? poursuivit-il.

À nouveau, Plamathée acquiesça en silence, avec toutefois plus d'hésitation, comme si elle cherchait à savoir où il voulait en venir.

— En nous permettant d'entrer dans cette fameuse pièce, vous rempliriez…

— Hajul, vous avez épuisé toutes vos chances, coupa Plamathée. Vous oubliez que *je* ne suis pas d'accord pour vous y faire pénétrer.

— Dois-je comprendre que si vous l'étiez, vous n'hésiteriez pas à le faire ?

La Mage se mordit les lèvres. Gabrielle vit un sourire commencer à s'étirer sur les lèvres de Hajul. Le messager était doué. Il ne pouvait avoir aucune influence énergétique sur Plamathée, déjà en raison de l'*empaïs*, de surcroît parce qu'ils n'étaient pas du même élément, mais les réflexes étaient difficiles à éteindre. Hajul avait planifié la totalité de l'échange.

— Donc il ne me reste plus qu'à vous convaincre de changer d'avis. Gabrielle ?

Hajul s'était tourné vers elle et l'invitait à se lever. À un moment au cours de l'entretien, elle avait fini par se demander pourquoi elle avait été conviée. Les arguments semblaient suffisants pour réussir à mettre Plamathée de leur côté en ce qui concernait l'artefact. Mais lorsqu'elle avait compris que la Mage n'avait pas autant d'influence que prévu, tout s'était soudain expliqué. Hajul avait anticipé cette rencontre au-delà de ce qu'elle aurait cru imaginable.

Gabrielle se mit lentement debout. Plamathée la fixait avec incompréhension. Elle sentait aussi les yeux de Val sur elle, mais avec un côté plus encourageant.

— Mage Plamathée, dit-il en se levant, voici l'une des prétendantes à la prophétie. Si vous ne lui donnez pas la possibilité d'accéder à l'artefact, alors je trouverai moi-même un moyen de le faire.

18

Gabrielle se tourna vers le *Ploritiel*, aussi ahurie que Plamathée. Elle avait demandé à Val de rester avec elle pour se sentir en sécurité, mais jamais elle n'aurait pensé qu'il irait aussi loin. Pourtant, quelque chose dans l'aplomb du protecteur, et aussi dans l'attitude de Hajul, lui faisait penser que tout cela faisait partie du plan.

Un bruit de métal les fit tous se retourner. Crayn venait de dégainer son épée et les fixait tous les trois. Ses intentions ne laissaient aucun doute.

— Qu'est-ce que vous entendez par là ? demanda le soldat.

— Du calme, Crayn, dit Hajul en mettant ses mains en évidence. Val ne menaçait personne.

— Ses paroles étaient pourtant assez claires.

— Val, tu voudrais bien t'expliquer rapidement pour nous sortir de là ? murmura Gabrielle alors que

Hajul tentait toujours de convaincre le Premier. Quand je t'ai demandé de rester avec moi, ce n'était pas pour que je me sente encore plus en danger.

Au clin d'œil que Val lui lança, elle sut qu'il n'avait jamais eu l'intention de la laisser dans cette situation très longtemps. Il pivota face à Plamathée et s'inclina. Elle crut voir Erkam dans ce mouvement et se demanda si cela n'était pas aussi prévu pour influencer la femme.

— Mage Plamathée, Gabrielle est une amie très précieuse à nos yeux. En choisissant de vous révéler son identité, nous mettons sa vie en danger. Je vous prie de bien vouloir écouter nos arguments jusqu'au bout.

La Mage hésita un moment puis fit signe à Crayn de rengainer son arme. Le soldat ne cacha pas son désaccord mais s'exécuta. Seul Erkam n'avait pas bougé.

— Si vous les formulez moins agressivement, je suis certaine que je pourrai vous écouter.

— Encore une fois, pardonnez-moi, nous sommes tous très attachés à Gabrielle.

— Venez-en aux faits. J'ai l'impression que nous avons suffisamment perdu de temps comme ça. Je commence à me dire que votre insistance pour que cette artiste soit présente faisait partie de votre stratégie.

— Navré d'avoir dû vous malmener, dit Hajul, mais je devais utiliser tous mes atouts avant de vous révéler celui-ci. Vous comprenez certainement la situation dans laquelle nous sommes.

— Je ne pense pas en connaître tous les détails, soupira Plamathée, mais si cette jeune femme peut contrer le *inha* réducteur, alors je suppose que les membres du *Velpa* doivent vouloir l'éliminer.

— C'est exactement ça. Et si nous avons raison d'estimer que le *Velpa* existe déjà dans votre cité en s'étant infiltré dans la rébellion concernant les statuts, alors elle est en plus grand danger depuis que nous sommes arrivés à Arden.

— Rien ne prouve encore que ce soit le cas, souleva la Mage.

— Rien ne prouve l'inverse non plus, intervint Val. Mais le fait que plusieurs serviteurs nous surveillent à longueur de journée nous fait plutôt penser que nous avons raison.

— Des serviteurs ? s'étonna Crayn en avançant vers eux, cette fois sans la moindre menace.

— J'étais avec Gabrielle à la bibliothèque avant de venir ici. Un veilleur la suit presque en permanence. Il en est de même pour chacun des membres de notre équipe.

Le soldat semblait sincèrement surpris, de même que Plamathée, qui avait légèrement blêmi.

— Je suis désolée, le conseil a dû prendre cette initiative sans m'en informer. Je pensais qu'il leur serait suffisant de vous savoir sous l'influence de l'*empaïs*.

— Ne vous excusez pas, dit Hajul. Nous avons bien compris que les décisions de votre conseil n'étaient pas forcément les vôtres. Maintenant, si nous pouvions revenir à Gabrielle.

La Mage la dévisagea comme si elle la voyait pour la première fois. Pourtant, elles avaient déjà eu l'occasion de discuter autour de leur nature commune.

— Alors comme ça, vous pourriez tous nous sauver ? demanda Plamathée.

— C'est une éventualité, répondit Gabrielle. Mais pour cela, il faut que je... récupère... l'artefact.

Elle avait hésité à dire qu'elle voulait seulement s'assurer de la sécurité de l'objet, mais maintenant que Hajul avait usé toutes leurs armes, elle sentait qu'elle devait tenter le maximum.

— En quoi l'artefact pourrait-il vous aider ? continua Plamathée, endossant à la perfection son rôle de Grand Mage.

Gabrielle n'en avait absolument aucune idée, mais elle devait essayer de convaincre la Mage.

— Quand nous avons quitté Myria à la fin de l'hiver, notre mission était de vous prévenir de la menace du *Velpa*.

— C'est ce que votre Grand Mage a inscrit dans la lettre qu'il m'a adressée. Il n'a parlé de l'artefact que comme d'un objet à mettre en sécurité, au cas où. Même si je ne vois pas pourquoi.

— Vous prenez vous-même des précautions pour mettre cet objet à l'abri, souleva Gabrielle.

— *Erae* est l'incarnation du *inha* de notre élément. En tant que mage artiste, je me dois de lui accorder toute son importance.

— C'est tout à fait honorable de votre part et j'aimerais vous en féliciter, mais je vous assure que nous avons besoin de cet artefact. Plamathée, n'avez-vous vraiment aucun moyen de nous le donner ?

— Allez-vous enfin me dire pourquoi ? Rien dans vos arguments ne m'explique pour quelle raison je devrais mettre entre vos mains un objet qui représente l'énergie de toute ma communauté !

Gabrielle se tourna vers Hajul. Elle savait qu'il serait le plus à même de répondre. Jusqu'à tout à l'heure, elle n'avait même pas su qu'il comptait récupérer l'artefact.

— Votre bibliothèque est d'une richesse insoupçonnée, Plamathée, pour une communauté qui prétend vouloir éviter à ses serviteurs de réveiller le *inha* réducteur.

— Qu'est-ce que vous entendez par là ? rétorqua la Mage.

— Voici un des manuels que Gabrielle a trouvé au sujet de cette énergie, répondit Hajul en sortant un livre qu'il avait caché sous sa veste. Je pensais qu'il n'y avait rien de très utile à l'intérieur si ce n'est un récit historique sur la façon dont l'énergie réductrice a été supprimée. Mais j'y ai trouvé quelque chose d'intéressant. Je dirais même d'alarmant.

Il fit une pause, comme s'il attendait l'autorisation de poursuivre. Il s'assurait surtout d'obtenir la pleine attention de Plamathée.

— Ce livre regorge de témoignages, reprit-il. Je pardonnerai à Gabrielle de ne pas les avoir tous lus, car effectivement, il y a de quoi se lasser rapidement. La plupart des personnes y expliquent la façon dont leur *inha* réducteur leur a été ôté. Beaucoup décrivent les sensations au cours de la suppression, d'autres parlent du vide ressenti à l'issue de la manipulation. Parmi tout cela, un récit en particulier a retenu mon attention. C'est le seul témoignage d'un mage ayant été acteur de la suppression. Bien évidemment, ce mage a lui-même été séparé de son *inha* par la suite. Nous savons tous que le dernier mage réducteur de chaque élément a dû se sacrifier pour que l'énergie disparaisse totalement.

— Et qu'explique cette personne ? s'impatienta Plamathée.

— Elle raconte qu'ils étaient trois dans son cas, à faire défiler les confrères de leur nature devant eux. Je peux même vous dire que cela a eu lieu dans votre salle d'audience, mais jusque-là, il n'y a rien de surprenant. Le détail important, en revanche, est la façon dont les mages se ressourçaient pour continuer à détruire le *inha* réducteur. Celui qui témoigne explique que la destruction du *inha* d'un *Geratae* prenait un certain temps et aussi beaucoup d'énergie. Entre chaque personne, il était obligé d'être en contact direct avec un objet.

Hajul s'arrêta cette fois-ci comme s'il espérait que Plamathée puisse ajouter quelque chose.

— Si vous voulez que je réagisse, il va falloir me décrire cet objet.

— Il s'agit d'une spirale se rétrécissant légèrement à son extrémité haute, du même vert que votre symbole. Il y a un dessin, poursuivit-il en tournant le livre pour que la Mage le voie.

— Cela ressemble à *Erae*, dit Plamathée en cherchant l'approbation du Premier, qui jeta également un coup d'œil au croquis.

— Le problème, c'est que le mage n'utilise pas le terme d'*Erae*, il parle juste d'un artefact. C'est là que j'ai besoin de votre confirmation. Êtes-vous certaine qu'il s'agit d'*Erae* ?

— C'est bien notre artefact, approuva Plamathée. Même s'il ne désigne pas l'objet par ce nom, je vous assure qu'il parle de lui.

— Dans ce cas, *Erae* serait une source d'énergie et même bien plus que cela. J'ai l'impression que cet artefact a eu un rôle direct à jouer dans la suppression du *inha* réducteur. Le mage n'a pas très bien réussi à décrire ce qui se produisait en lui à chaque fois qu'il supprimait le *inha* de quelqu'un, mais il a utilisé cette tournure : « L'objet nous recompose à chaque fois comme s'il absorbait ce que nous venions de détruire, j'ai l'impression que l'artefact cherche à conserver une trace de notre passé. » Si j'en crois ce que dit ce mage, l'artefact des Eaux a gardé une partie du *inha* réducteur en lui.

— Ça expliquerait pourquoi votre artefact était nécessaire au réveil du *inha* réducteur, et c'est donc pour cela que vous voulez récupérer celui de ma communauté, conclut Plamathée.

La Mage se leva et se dirigea vers les fenêtres, les mains serrées dans le dos, en pleine réflexion.

— Votre artefact des Vents vous a été dérobé, dit-elle en restant dos à eux. Que pensez-vous que les membres du *Velpa* en aient fait ?

— Qu'ils l'utilisent pour éveiller un *Geratiel*, répondit Hajul en refermant le livre.

— Pensez-vous qu'ils ont réussi ?

— Si c'était le cas, nous serions malheureusement déjà au courant.

— Pourquoi n'y sont-ils pas parvenus, d'après vous ? poursuivit Plamathée toujours sans se retourner.

— D'après ce que je viens de découvrir dans ce livre, il semblerait logique que, pour réveiller une nature qui appartenait aux quatre éléments, le *inha* des quatre éléments soit nécessaire. Donc que les *quatre* artefacts soient nécessaires.

— Pourtant, on ne parle que de créer un mage réducteur des Vents.

— Ce mage réducteur serait des Vents uniquement parce que son *inha* de naissance appartient à cet élément. Mais la nature a été éradiquée pour chacune des communautés. Elle aurait donc besoin de ces quatre communautés pour être de nouveau recomposée.

— Il y a une certaine logique dans ce que vous dites.

Gabrielle avait également repéré cette logique, et celle-ci la bouleversait. Dans un sens, cette nouvelle information, si elle était exacte, leur laissait un répit supplémentaire. Le *Velpa* devait réunir tous les artefacts pour espérer éveiller l'énergie réductrice. La communauté des Vents avait envoyé une équipe dans chaque territoire pour s'assurer que le message de la menace serait transmis. Mais les autres équipes ne connaissaient pas ce détail au sujet des artefacts.

— Hajul, interrompit Gabrielle en voyant que la Mage restait pensive, il faut impérativement prévenir les autres.

— Nous ne pouvons pas, répondit-il gravement. Pas tout de suite.

— Mais comment pourront-ils savoir qu'ils doivent récupérer les artefacts ?

— Gabrielle, depuis combien de temps sommes-nous ici ?

Elle resta perplexe devant la question. Elle ne voyait aucun rapport avec ce dont elle parlait.

— Une dizaine de jours, il me semble.

— Neuf, plus exactement. Il nous a fallu neuf jours pour réaliser que les quatre artefacts étaient nécessaires à l'éveil du *inha* réducteur. Je peux compter sur Setrian et sur ceux qui l'entourent pour découvrir cette information. Ils en sont peut-être déjà conscients depuis longtemps sachant que leur voyage était moins long que le nôtre.

— Vous faites confiance à votre fils à ce point ? Je veux dire… C'est un énorme hasard que j'aie choisi ce livre et que vous soyez tombé sur le passage qui vous a intrigué.

— Ils ont peut-être trouvé cette information d'une autre façon. Et s'ils ne l'ont pas trouvée, nous la leur donnerons.

— Quand ça ?

— Dès que nous aurons récupéré *Erae*, nous nous mettrons en route pour le territoire des Terres.

— Encore faut-il qu'elle nous autorise à prendre cet artefact, marmonna Gabrielle en désignant la Mage d'un bref regard.

— Je ne vous y autorise pas.

Plamathée s'était enfin retournée. Son visage était ferme et résolu. Gabrielle sentit tous ses espoirs s'écrouler les uns après les autres. Si Plamathée ne voulait pas les aider, il allait falloir trouver un moyen de dérober l'artefact, comme Val l'avait déjà évoqué.

— En tant que Mage de la communauté des Eaux, je ne peux vous autoriser l'accès à la pièce où se situe notre artefact.

Gabrielle jeta un regard à Val. Le protecteur ne semblait pas aussi inquiet qu'elle.

— Mais en tant qu'amie, si vous voulez bien que je me présente à vous comme telle, je ferai tout pour que vous vous en empariez.

19

Ériana ferma les yeux pour se concentrer. Les images du chemin à suivre pour rejoindre *Elpir* défilèrent dans son esprit comme s'il s'agissait de ses propres souvenirs.

— Par ici, dit-elle en désignant la montagne sur leur droite.

— Tu es certaine ?

— *Elpir* est juste derrière, répondit-elle. Une galerie devrait nous permettre de l'atteindre.

— Reste ici, je vais voir.

Setrian s'éloigna en direction des arbres et elle en profita pour souffler un peu. Depuis qu'ils avaient quitté la Vallée Verte, c'était elle qui les avait guidés, assumant pour la première fois son rôle de messagère. La tâche lui coûtait peu, les souvenirs de Dar étant assez limpides, mais l'attitude de Setrian était bien plus éreintante. Son insistance à vouloir trouver la personne digne de la protéger devenait vexante.

— Je crois que j'ai repéré quelque chose, appela-t-il. Tu peux venir ?

La scène se répétait inlassablement. Elle donnait une indication, Setrian partait en éclaireur, puis elle allait vérifier. Ils avaient au moins pu quitter la vallée sans encombre, Dar ayant fini de dissiper la brume pour eux. Puis la chasse aux galeries avait commencé.

L'aspect le plus délicat à maîtriser dans le transfert était que les souvenirs de Dar n'étaient pas des certitudes. Le premier embranchement les avait laissés inquiets. Peser chaque pensée demandait du temps mais aussi un bon discernement entre mémoires et vérités. Il y avait trop de passages souterrains pour s'autoriser à s'y perdre.

Repérant la meilleure voie pour rejoindre Setrian, Ériana se faufila au milieu des arbres. La pente était jonchée de pierres mais elle ne glissa pas. Son lien avec l'élément des Terres lui avait fourni une assurance et une stabilité très confortables. Ses réflexes restaient cependant bien présents et elle s'agrippa aux branches. Quand Setrian tendit la main afin de l'aider à franchir un dernier obstacle, elle l'attrapa sans réfléchir. Le contact fut si étrange qu'elle se demanda si elle n'aurait pas dû le refuser.

— Alors, laquelle ?

Setrian désignait un endroit derrière lui. Elle soupira en comptant cinq ouvertures dans la paroi de la montagne. Cinq potentielles galeries à examiner.

— Pourquoi s'obstinaient-ils à creuser autant ? s'énerva-t-elle. Il n'y avait pas tant d'habitants dans cette partie de la Friyie !

— Je me suis posé la même question, mais je commence à me demander si ces passages n'étaient pas un moyen de surveiller la frontière avec la Na-Friyie.

— *Elpir* est là pour éviter ce genre de problème, dit-elle en regardant successivement les cinq ouvertures.

— *Elpir* n'a pas toujours existé. Quand Friyie et Na-Friyie ne faisaient qu'un, il n'y avait aucune raison de délimiter quoi que ce soit.

Désabusée, Ériana fixa la première ouverture. Elle était capable d'écouter Setrian et de fouiller sa mémoire, ou plutôt celle de Dar, en même temps. Elle lui fit signe de continuer.

— Quand la grande guerre a…

— Quelle grande guerre ? coupa-t-elle.

— Celle du *inha* réducteur, nos ancêtres l'ont appelée ainsi. Donc quand la grande guerre a éclaté, une partie de la population a décrété qu'elle en avait assez. Malgré la suppression du *inha* réducteur, beaucoup tenaient désormais à vivre loin de toute forme d'énergie. Ces personnes sont devenues les Na-Friyens.

— C'est comme ça que la Na-Friyie est née ? murmura Ériana en passant à la seconde ouverture. Je ne savais pas. Qui y est allé ? Des personnes sans *inha*, je suppose.

— Pour une grande majorité, oui. Mais quelques mages également. C'est pour cela qu'il reste encore des personnes comme toi en Na-Friyie. La lignée des Friyens ne s'est pas éteinte avec la séparation.

— Et *Elpir* ? Comment a-t-il vu le jour ?

— Au début, les deux populations vivaient en harmonie en respectant la frontière. Mais rapidement, un système de troc s'est mis en place. Certains Na-Friyens voulaient conserver des privilèges friyens sans être ennuyés par l'énergie de façon constante. Au moment où le trafic a inclus des êtres humains, les dirigeants ont réagi. Il y a d'abord eu une répression en Na-Friyie, la frontière a été surveillée de chaque côté. Puis ils se sont rendu compte que la paix ne pourrait plus être maintenue longtemps s'ils ne séparaient pas définitivement les deux territoires. C'est à ce moment-là qu'*Elpir* est né.

— Tout s'explique, alors. Plus personne ne se doute de l'existence de la Friyie.

— Détrompe-toi, répondit-il. Certains peuvent encore être au courant. Les dirigeants de la Na-Friyie pourraient avoir transmis l'information à leurs successeurs. Mais si c'est le cas, ce qui me surprendrait, cela ne concernera qu'une poignée de personnes. Comparé à la population qui doit à présent exister, ce nombre sera vraiment minime. L'ignorance a été cultivée avec le temps et chaque génération a oublié un peu plus. D'ailleurs, ce n'est pas un hasard si la barrière a été entourée des Havres Verts.

— Cette forêt a été créée en même temps ? demanda Ériana en fixant la troisième ouverture.

— Je ne sais pas vraiment. Peut-être qu'elle existait avant et qu'ils s'en sont servi. Ou alors des mages ont fait en sorte de la rendre plus dense et moins accueillante. Il fallait maintenir les Na-Friyens éloignés d'*Elpir*.

— Le stratagème fonctionne à merveille, répondit pensivement Ériana. Durant toute mon enfance, je n'ai croisé qu'une dizaine de personnes qui s'y étaient aventurées, et c'était seulement en lisière. Mais à l'automne passé, quand tu m'as trouvée, les mercenaires semblaient n'avoir aucun mal à s'y déplacer.

— Nous ne sommes pas inquiets. *Elpir* repousse naturellement tous les Na-Friyens.

— Et si ces personnes sont des descendants des Friyens ?

— Alors ils peuvent franchir la barrière, comme toi, sous réserve d'en connaître l'incantation. Mais tu viens de me dire que personne ne s'aventure dans les Havres Verts.

— C'était juste une question... répondit-elle en se concentrant sur la quatrième ouverture.

— À quoi est-ce que tu penses ?

— J'étais en train de me demander pourquoi les Na-Friyens nous persécutaient toujours. Les descendants comme moi, je veux dire. Quel est l'intérêt pour eux ? Nous sommes si peu nombreux.

— À moins qu'ils se cachent tous aussi bien que toi, dit Setrian.

— S'ils savaient que toute une population existe de l'autre côté des Havres Verts...

— Même s'ils savaient, *Elpir* nous protégerait.

— Je me... Ah ! C'est celle-ci !

Ériana désigna la quatrième ouverture et en prit immédiatement la direction.

— Qu'est-ce que tu allais dire ? demanda Setrian en lui emboîtant le pas.

— Je me demandais si ma mère serait toujours en vie si elle avait su pour *Elpir* et qu'elle me l'avait fait traverser.

Setrian resta muet le temps d'atteindre la galerie. Ériana lui en était reconnaissante. Elle ne tenait pas vraiment à penser à sa mère ni à ce qui aurait pu être différent aujourd'hui. De toute façon, cette dernière n'aurait jamais pu franchir *Elpir*, mais peut-être aurait-elle pu survivre.

— Comment te sens-tu ? demanda-t-il en s'arrêtant devant l'entrée.

Il lui tendait une torche qu'il venait d'enflammer. D'après son regard, il était clair qu'il ne parlait pas de galerie, ni de sa mère. Il était déjà passé à autre chose.

— Les Feux ne m'appellent pas particulièrement, répondit-elle. Au contraire de l'eau.

Il hocha la tête et la laissa pénétrer la première. L'espace était trop étroit pour leur permettre de marcher côte à côte. Setrian se cala derrière elle, le plus près possible pour pouvoir profiter de la lumière. Celle d'Ériana n'avait plus d'huile depuis la veille. Ils espéraient que celle de Setrian tiendrait jusqu'à leur arrivée au bouclier.

— Tu veux boire ? chuchota-t-il, comme s'il avait peur de déranger la montagne.

— Non, ça ira. Je contrôle ce besoin.

— Ça fait un moment que tu ne t'es pas autorisée une gorgée.

— J'ai dit que je me contrôlais.

Il se tut. Elle s'en voulut d'avoir été aussi sèche.

— Pardonne-moi, dit-elle en levant un peu la torche pour distinguer la hauteur du plafond.

— Non, tu as raison. Tu sais exactement ce que tu fais.

— Je n'ai pas dit ça, répondit-elle en se retournant. Je me fonde sur ce que je ressens pour prendre mes décisions, bien plus que sur ce que ma raison me dicte.

— C'est de là que tu tiens ton impulsivité, sourit Setrian.

Elle avait envie de lui sourire en retour, de lui dire que seule une personne qui la connaissait parfaitement pouvait tenir ce genre de discours, mais elle savait qu'elle perdrait son temps si elle essayait. Elle se détourna et reprit sa marche.

— Tu appréciais cette impulsivité jusqu'à il y a peu, murmura-t-elle sans qu'il puisse l'entendre.

Le trajet se poursuivit en silence. Ériana s'arrêta à chaque embranchement pour vérifier les directions. Pour l'instant, elle était persuadée qu'ils pouvaient suivre la galerie principale sans avoir à s'inquiéter. De plus, l'espace s'était élargi, leur permettant de marcher côte à côte. Ils auraient même pu être quatre de front sans problème. Le plafond s'était lui aussi un peu élevé.

Le silence de la montagne les engloutissait ; même leurs pas semblaient étouffés. Ériana y trouvait un certain réconfort. Son lien avec l'élément des Terres la guidait et la rassurait sur le fait qu'ils étaient en sécurité. Mais cette assurance s'ébranla lorsqu'un grognement leur parvint sur leur droite, dans l'embranchement qu'Ériana venait de délaisser.

Setrian l'attrapa aussitôt par le bras et se plaça devant elle. Le grognement devenait de plus en plus fort.

Elle regarda dans la direction qu'ils devaient suivre. Il restait encore un certain chemin à parcourir avant d'arriver à l'extérieur de la montagne. S'ils se mettaient à courir maintenant, ils auraient peut-être une chance d'échapper au danger qui se rapprochait d'eux.

— De quoi crois-tu qu'il s'agisse ? chuchota-t-elle à Setrian.

— À l'entendre, je pense que...

La galerie avait dû déformer les sons car l'animal arriva plus tôt que prévu. Setrian eut un mouvement de recul qui la projeta en arrière. L'ours qui venait de surgir était terrifiant.

À sa masse et à sa taille, c'était à se demander comment il avait pu tenir dans l'étroit passage. Ériana regarda à nouveau derrière elle.

— *Si nous partons maintenant, nous pourrons peut-être le distancer*, lança-t-elle par *inha'roh*.

Setrian était en train d'approuver quand un son entre pétillement et craquement les interrompit. Ériana ne reconnut pas le bruit tout de suite, puis son cœur s'emballa.

La torche de Setrian venait de s'éteindre.

203

20

Leurs respirations se réduisirent au plus infime des mouvements.

— *Il faudra bien partir à un moment*, dit Setrian. *Avec un peu de chance, l'obscurité le gênera autant que nous.*

— *J'ai la nette impression qu'il ne sera pas le plus désavantagé.*

En entendant l'animal approcher, elle sut qu'elle avait raison. L'ours devait avoir l'habitude de se déplacer dans le noir. Lentement, elle défit l'emprise de Setrian pour le tirer en arrière. Il leur restait encore de quoi reculer. Il hésita un instant avant de se laisser faire.

— *Jusqu'où comptes-tu aller ?* demanda-t-il alors qu'elle le ramenait le plus silencieusement possible vers elle.

Elle aurait aimé répondre « jusqu'à la sortie », mais ils en étaient bien trop loin et la course pour semer l'animal était désormais impossible. Dans l'obscurité, ils ne réussiraient ni à se repérer, ni à rester discrets et elle n'avait aucun moyen de les éclairer en réorientant les cristaux depuis l'entrée de la galerie, trop éloignée. Pour l'instant, il fallait mettre Setrian hors de portée de l'ours qui continuait à grogner. Un seul coup de patte, même à l'aveugle, et il avait de grandes chances d'être défiguré, dans le cas où il en sortirait vivant.

Dans son dos, son sac heurta la paroi plus tôt qu'elle l'aurait souhaité. Leurs possibilités se réduisaient en même temps que l'espace. Seuls leurs *inha* restaient accessibles, mais ils pouvaient se mettre en danger. Ériana n'envisageait même pas l'idée de faire chuter un bloc de pierre sans savoir où l'ours se trouvait réellement. Quant à déclencher un autre séisme, cela aurait été pure folie. Setrian aurait également du mal à créer une masse d'air suffisamment puissante pour repousser l'animal. Il fallait trouver autre chose.

Une idée se fraya alors un chemin dans son esprit. Elle se décala sur sa gauche.

— *Qu'est-ce que tu fais ?* s'inquiéta-t-il.

— *J'essaie quelque chose*, dit-elle en plaçant une main sur la paroi. *À mon signal, baisse-toi au plus près du sol.*

Le fait qu'il ne lui demande pas pourquoi prouvait la confiance qu'il avait en elle. Il n'en restait pas moins soucieux car il se rapprocha jusqu'à la toucher. Elle le sentit attraper un pan de sa tunique. Il avait l'intention de la tirer elle aussi vers le bas, même s'il ne savait pas encore ce qu'elle comptait faire.

— *Maintenant !*

À l'instant où elle donna son signal, un sifflement aigu retentit dans la galerie. Setrian s'agenouilla et l'entraîna avec lui. Par-dessus le son strident, ils pouvaient entendre les hurlements de l'ours qui s'était redressé sur ses pattes arrière.

— *Je vais tenter de maintenir le sifflement jusqu'à ce que nous soyons assez éloignés pour…*

— *Pour quoi ?* coupa Setrian. *Tu espères le distancer ?*

— *Cet animal a grandi dans le silence et l'obscurité. Ça devrait le distraire suffisamment.*

— *Ériana, je ne remets pas en doute tes capacités à maintenir ce son insupportable jusqu'à ce que nous partions d'ici. J'ai juste l'impression que cela ne le dérange plus tant que ça.*

Setrian avait raison. Les grognements avaient diminué. Elle lâcha la paroi, faisant mourir le sifflement. Désormais, ils n'entendaient plus qu'un grondement sourd bien plus agressif. Si elle n'avait pas su qu'il s'agissait d'un ours, elle aurait pu croire qu'un séisme se préparait.

— *Au moins, nous savons exactement où il est à présent*, dit Setrian. *Tu penses pouvoir de nouveau nous couvrir pour que nous ayons plus de place pour bouger ?*

— *Qu'est-ce que tu comptes faire ?*

— *La même chose que ce à quoi tu as pensé.*

En ajoutant sa dernière phrase, Setrian avait tiré sur la sangle de son arc. Elle était surprise qu'il ait su exactement où se trouvait le lien de cuir.

— *Je dois enlever mon sac*, dit-elle. *Mais pour maintenir le sifflement, je dois garder une main en contact avec la paroi. Tu vas devoir m'aider à faire les deux en même temps.*

— *J'y arriverai, ne t'inquiète pas pour ça. Ensuite, tu sais ce qu'il te reste à faire.*

L'ours grogna à nouveau. Il donnait l'impression de s'être encore rapproché, mais la galerie déformait les sons au point qu'elle ne savait plus si l'animal se trouvait devant eux, sur leur droite ou sur leur gauche. Ériana réalisa alors que leur prédateur avait un énorme avantage sur eux : son odorat. Si seulement ils avaient eu un mage *Sintiel* avec eux...

— *J'ai peur de ne pas réussir,* avoua-t-elle.

— *Tu fermes les yeux la moitié du temps, ne me dis pas que tu as besoin de lumière pour décocher une flèche !*

Une fois de plus, il anticipait exactement la façon dont elle comptait procéder. La foi qu'il avait en elle était aussi touchante qu'ébranlante.

— *Je vais avoir besoin de recul pour que l'impact ait suffisamment de force.*

— *Je ferai en sorte que tu en aies.*

— *Comment comptes-tu t'y prendre ?*

— *Ne t'inquiète pas pour ça.*

— *Si, j'ai le droit de m'inquiéter !*

Setrian sembla se résigner. Un autre grognement retentit dans la galerie.

— *Je vais le distraire,* dit-il.

— *Je refuse que tu te mettes en danger pour moi.*

— *Tout comme je ne pourrai jamais supporter qu'il t'arrive quoi que ce soit.*

— *Je ne réussirai jamais à le blesser suffisamment pour qu'il ne puisse plus bouger,* reprit Setrian, *mais je ferai en sorte d'éviter qu'il avance. Toi, tu commenceras à partir dans la galerie.*

— *Comment saurai-je quand tirer ?*

— *Je te le dirai.*

— *Promets-moi que tu ne seras pas dans mon axe.*

— *Je ne suis pas stupide à ce point.*

— *Non, mais je sais jusqu'où tu es capable d'aller.*

Elle savait très bien que, si la situation le nécessitait, Setrian n'hésiterait pas à risquer sa vie pour elle. Elle avait toujours espéré que cette éventualité ne se présenterait jamais. Elle ne voulait pas avoir à l'envisager aujourd'hui.

Quand il ne répondit pas, elle l'attrapa par sa veste. Au lieu de toucher le tissu, ses mains tombèrent sur les sangles de son sac à dos, lui offrant une poigne encore plus ferme.

— *Je t'interdis de mourir ici.*

Avant qu'il ne puisse la repousser, elle l'attira à elle pour l'embrasser. Tout aussi rapidement, elle se défit de ses lèvres, non sans avoir remarqué la passion avec laquelle Setrian avait commencé à lui répondre. L'instant suivant, sa main se plaquait sur la paroi de la montagne, déclenchant à nouveau le sifflement aigu.

La réapparition brutale du son perturba l'ours assez longtemps pour permettre à Setrian de l'aider à enlever son sac. Ses mains glissèrent sur elle avec une facilité déconcertante, comme s'il connaissait parfaitement sa physionomie.

Une fois le sac à terre, elle attendit encore un peu avant de rompre le contact avec la roche. Elle ne pouvait pas courir pour prendre du recul et laisser efficacement ses doigts sur la pierre. Sans le sifflement, les rugissements de l'ours devinrent encore plus effrayants. Un bruit de métal lui indiqua que Setrian venait de sortir son couteau. Son cri et celui de l'ours se mêlaient et elle comprit qu'il tentait de poignarder l'animal.

En un instant, elle avait désanglé son arc et attrapé une flèche. Avant même d'avoir pu l'encocher, un son mat, suivi d'un cri bien humain cette fois, lui parvint aux oreilles.

— Setrian ! hurla-t-elle.

Tout bruit cessa. L'angoisse la saisit. Le silence n'était entrecoupé que par la respiration rauque de l'ours qui se rapprochait.

Elle comprit soudain son erreur. En parlant de vive voix, elle avait signalé sa position, mais ce serait aussi sa meilleure ouverture. L'ours restait apparemment immobile en cherchant la direction dans laquelle aller et Setrian n'était plus dans son axe. Elle ignora la panique qu'elle ressentait à l'idée qu'il ne soit pas simplement inconscient ou trop blessé pour lui répondre et banda l'arc.

Projetant son *inha* des Terres autour d'elle, elle tenta de repérer la structure de la galerie pour ne pas viser de biais et décocha la flèche dans l'instant qui suivit. Le rugissement de l'ours lui prouva qu'elle avait trouvé sa cible, mais d'après la frappe sourde de ses pattes contre le sol, une seule flèche n'était pas suffisante, ou alors la partie visée n'était pas vitale.

Ériana décocha immédiatement une deuxième flèche. La pointe métallique s'auréola d'une lueur bleue, matérialisant son *inha* des Vents. De nouveau, la flèche pénétra la chair de l'ours, sans le blesser mortellement. Elle devait impérativement viser la tête ou le cœur, et ne pouvait gâcher ses flèches de façon aussi aléatoire.

— *Ériana*, résonna une voix dans son esprit.

— *Tu es en vie...* soupira-t-elle, soulagée.

— *Il en faut plus que ça pour me désarmer*, dit Setrian avec difficulté. *Mais il m'a bien assommé et je crois que certaines de ses griffes ont trouvé assez de chair à écorcher. Plus important, pourquoi lui est-il toujours en vie ?*

— *Il est trop imposant pour qu'une seule flèche le blesse réellement. Je dois viser une zone vitale, mais je ne sais pas comment faire dans le noir.*

— *J'ai bien une idée, mais je sens que tu ne vas pas aimer.*

Avant qu'elle ne puisse protester, il lui expliqua son plan. Il avait raison, elle ne l'aimait pas du tout, mais ils n'avaient plus le choix. « *Fais attention à toi* » fut la seule chose qu'elle réussit à dire avant ce qu'elle espérait être sa dernière tentative.

D'après les bruits, Setrian venait de se relever et recommençait à poignarder l'ours. À en juger par les cris de l'animal, il parvenait progressivement à le tourner face à elle. C'était la partie la plus simple du plan, car il avait encore la possibilité de garder ses distances.

— *Là, je pense qu'il est face à toi.*

Ériana ne décocha pas sa flèche tout de suite, elle ne devait pas. L'animal avait beau être parfaitement dans son axe, elle n'avait aucune idée de l'endroit où se situait son cœur. Au lieu de ça, elle projeta son *inha* pour repérer celui de Setrian.

Elle le trouva rapidement, à une vingtaine de pas d'elle. En se concentrant, elle parvint à identifier la petite flamme, source de l'énergie parcourant le corps de Setrian. Cette flamme brillait dans son esprit mais aussi devant ses yeux. Elle ajusta sa visée.

Soudain, la flamme bleue monta en hauteur et les rugissements se firent féroces. Setrian avait sauté et s'était agrippé à l'ours.

Son plan était plus que périlleux. Désormais, il devait se recroqueviller autour du cœur de l'animal pour lui montrer où celui-ci se trouvait. Elle n'attendait plus que son signal.

Le *inha'roh* lui effleura l'esprit, lui faisant momentanément perdre sa concentration.

— *Vas-y !*

— *Tu me promets qu'à l'instant où je tire tu te laisses tomber par terre !*

— *C'est ce qu'on a convenu.*

Elle n'aimait pas sa réponse, mais elle devait lui faire confiance.

Elle prit une inspiration pour se concentrer à nouveau et retrouva la flamme de son *inha*. L'instant d'après, la flèche volait droit vers sa cible. Setrian avait dit connaître par cœur l'énergie qu'elle dégageait lorsqu'elle tirait à l'arc. Il saurait repérer le moment où se laisser chuter.

Un corps humain tomba, puis une flèche transperça des chairs. Des rugissements emplirent toute la galerie et le corps de l'ours heurta lourdement le sol, sa rage se transformant en détresse. Ériana ne savait pas quel organe était touché, mais leur plan avait fonctionné.

Les grognements reprirent un court instant, féroces, hargneux, puis tout cessa.

— *C'est terminé. Je viens d'abréger ses souffrances.*

Elle plaça sa main sur la paroi pour avancer jusqu'à Setrian. En arrivant au milieu de la galerie, elle le chercha du bout des doigts et trouva son dos. Il se retourna d'un mouvement et la serra contre lui sans lui laisser le temps de dire quoi que ce soit. De toute façon, elle n'avait plus besoin de parler. Le sentir contre elle était suffisant.

— Nous devons nous remettre en route, murmura-t-il.

Quand il s'écarta rapidement, elle comprit que l'incident ne l'avait pas fait changer d'avis. Il se croyait toujours indigne d'être auprès d'elle, pourtant, cette lutte prouvait l'efficacité avec laquelle ils pouvaient se protéger l'un l'autre. Elle se demandait également si le fait d'être dans le noir ne lui faisait pas revivre ce qui s'était produit au cours du transfert. Elle restait persuadée qu'il s'était passé quelque chose, même s'il s'entêtait à lui dire que non.

— Très bien, répondit-elle, choisissant de ne pas aborder une fois de plus le sujet. Tu es sûr que tu peux marcher ?

— Je n'ai aucune blessure qui m'empêche d'avancer. Les écorchures sur mon bras sont désagréables, mais rien d'insupportable. Quant au mal de tête, il passera. Je dois te faire sortir d'ici.

— C'est plutôt moi qui dois te faire sortir de là.

— Tu as raison. Tu es mage des Terres maintenant.

Elle savait qu'il l'avait compris dès la fin du transfert, quand elle leur avait permis de franchir l'éboulement. Mais à la façon dont il venait de le dire, il paraissait en saisir enfin toutes les implications.

Dans un sens, elle était heureuse d'être enfin apte à manipuler une énergie dans son intégralité. Elle pouvait ainsi se défendre de façon consciente et pas seulement impulsive. Mais le fait que cette énergie soit des Terres lui donnait l'impression de s'éloigner de Setrian.

Elle avait l'étrange sensation que c'était exactement ce qu'il venait de comprendre.

21

— Toujours aussi splendide... murmura Ériana en levant les yeux vers le ciel.

Elle n'avait vu *Elpir* qu'une fois mais son souvenir en restait terriblement vif. Les sensations la submergeaient comme si elle le découvrait pour la première fois, retrouvant le jaune liquoreux et scintillant. Un mélange d'eau, d'air et de lumière. Surtout de lumière, pourtant le bouclier n'éclairait pas les alentours.

Un léger courant d'air lui agita les cheveux et elle en identifia immédiatement la source. Sur sa gauche, Setrian avait le menton levé et les yeux clos.

— Que fais-tu ? demanda-t-elle une fois la brise disparue.

— Mon offrande, répondit-il en ouvrant les yeux. Souviens-toi, à chaque traversée, nous laissons un soupçon de *inha*.

— Dois-je en faire une similaire ?

— Tu n'es pas encore mage des Vents, ce n'est pas nécessaire.

— Et il y a aussi un autre détail, ajouta-t-elle en observant *Elpir*.

— Lequel ?

— Nous n'allons pas vraiment le traverser.

Setrian se tourna vers la barrière, dubitatif.

— Maintenant que nous y sommes, je commence à être sceptique, dit-il. Dar était-il vraiment certain qu'*Elpir* nous permettrait d'aller plus vite ? Mon père n'a jamais parlé d'une telle chose et quand nous le traversions, nous ne ressentions rien de tel.

— Encore une fois, tu traversais *Elpir*. Ce n'est pas notre but.

— Et comment est-on censé procéder ?

— C'est le seul inconvénient, soupira-t-elle. Dar ne m'a pas communiqué les détails.

Elle avait beau fouiller la mémoire du vieil homme, elle ne trouvait rien expliquant comment se servir du bouclier pour se déplacer plus rapidement. Depuis leur sortie de la galerie, les informations lui échappaient. Heureusement, ils avaient débouché presque immédiatement sur les Havres Verts et n'avaient eu qu'à filer en direction du sud. Mais désormais, tout s'arrêtait là. Ils devaient emprunter *Elpir* pour aller plus vite, sans avoir aucune idée de la façon de faire.

— Tu ne lui as pas demandé ?

— À ce moment-là, il y avait des choses plus importantes dont nous devions parler. Il a dû décider de me faire confiance.

Elle aurait aimé que Setrian fasse de même.

— Il commençait déjà à s'effacer, poursuivit-elle, et m'a dit qu'il avait un détour à faire avant de retourner dans l'artefact.

Setrian ne releva pas la remarque. C'était assez étrange puisque ses habitudes le poussaient généralement à discuter de chaque nouvelle information. Elle avait l'impression qu'il savait de quoi elle parlait.

— Tu sais de quoi il s'agissait ? tenta-t-elle.
— Non.

Rares étaient les occasions où Setrian se contentait d'une réponse aussi brève, mais son esprit était sûrement accaparé par le problème qu'ils avaient sous les yeux.

— Tu as une proposition à faire ? demanda-t-elle en continuant à regarder le mur de lumière comme si elle allait soudain pouvoir y lire la solution.

— Je vais déjà commencer par réciter l'incantation que nous utilisons généralement. Dès qu'*Elpir* nous aura acceptés, nous avancerons tous les deux à l'intérieur mais là, il faudra être rapide. Je te rappelle qu'il n'est pas bon de rester trop longtemps immobile. *Elpir* consomme notre énergie.

— Peut-être que la solution me viendra lorsque nous y serons, dit-elle. Essayons. Au pire, nous ressortirons. C'est possible, non ?

— Seule notre quantité de *inha* nous empêche d'emprunter *Elpir* à une trop grande fréquence. Il faut prendre le temps de se régénérer entre chaque passage.

— Comment le bouclier sait-il si nous sommes sortis ou non ?

— Grâce à notre *inha* et à celui dont il est lui-même composé. Il ressent les énergies qui le pénètrent comme celles qui le quittent. Mais je vois bien que tu penses à autre chose. Où veux-tu en venir ?

— Tu dis qu'*Elpir* sait combien de *inha* entrent… Et si ces *inha* sont liés ?

Setrian fronça les sourcils. Soit il commençait à s'impatienter, soit il avait compris ce qu'elle comptait faire.

— Je ne pense pas que ce reflet nous unissant fasse croire à *Elpir* qu'il n'a affaire qu'à une seule personne. Et dans cette hypothèse, il percevra une personne entrant et quoi ? Une demie qui sort ? Ça n'a aucun sens.

Elle avait dit cela sans vraiment réfléchir. Heureusement, il restait encore une piste à explorer.

— Je pourrais rester plus longtemps que toi. Je dispose de plusieurs éléments, j'ai peut-être une plus grande quantité de *inha* que toi.

— La dernière fois que Noric a donné son avis sur la question, il a dit que ton *inha* des Vents avait été réduit au quart. Le guérisseur des Terres disait également que ton *inha* terrestre existait en moins grande quantité que ce qu'il avait l'habitude de voir. Ton énergie n'est pas plus importante que la mienne.

Encore une fois, il avait raison. Elle n'avait plus le choix.

— On entre tous les deux et on ressort en même temps si la solution ne me vient pas immédiatement. J'attendrai ton signal pour savoir quand il faudra y aller.

Setrian la regardait avec incertitude, comme s'il sentait qu'elle ne lui disait pas tout. Il sembla finalement se décider puis se remit face au mur de lumière. Elle l'écouta réciter l'étrange incantation puis un filament se détacha de la paroi jusqu'à le toucher. Ils étaient autorisés à passer.

Ériana pénétra la première. Ses pupilles se rétractèrent brusquement, ses yeux inondés d'un jaune éblouissant. Sa langue capta une saveur à laquelle elle ne pouvait rien associer. Sa peau frémit du contact à la fois piquant et langoureux. Seuls son odorat et son ouïe restaient inactifs, le mur absorbant sons et fragrances.

Alors qu'elle profitait des sensations, une pression sur sa main la fit regarder de côté. Setrian désignait l'espace derrière lui ; ils devaient déjà s'en aller. Elle fit non de la tête, lui demandant encore un instant pour voir si une idée lui venait. Il lui serra à nouveau les doigts et elle abdiqua.

Les sons les assaillirent dès qu'ils furent sortis. Les Havres Verts n'étaient pas particulièrement bruyants, mais en comparaison avec l'intérieur d'*Elpir*, il y régnait une véritable cacophonie. La fine pluie qui avait commencé à tomber au matin provoquait autant de bruit qu'une averse d'orage. Pourtant, les gouttes étaient rares et clairsemées.

— Alors ? demanda Setrian en la lâchant.

— Rien. Je n'ai pas eu le temps de sentir quoi que ce soit. Il faut réessayer.

Setrian hésita un peu, comme s'il vérifiait quelque chose, puis récita l'incantation une deuxième fois. Elle prêta très attention aux mots, elle pourrait avoir besoin de les connaître.

Cette fois-ci, elle se concentra instantanément sur le fait d'avancer en direction d'Arden, se représentant le chemin qu'ils avaient à parcourir. Elle ne savait si l'image aiderait, mais c'était sa seule idée. De nouveau, Setrian lui fit signe beaucoup trop tôt. Elle tenta de résister mais se sentit faiblir en même temps. Il était évident qu'ils allaient devoir sortir rapidement.

— Je dois y retourner, dit-elle dès qu'ils eurent quitté le bouclier.

— Pas tout de suite, il faut te ressourcer.

— Mais je peux comprendre !

— Tu dois récupérer un peu d'énergie, souffla Setrian.

— Nous n'en avons pas le temps.

— Tu n'as pas besoin de me rappeler ce qui se passera si nous n'atteignons pas rapidement Arden ! s'écria-t-il d'une voix si forte qu'elle faillit reculer. Si tu découvres de quelle façon nous pouvons réussir, je pense qu'un court moment passé à nous reposer ne représentera pas grand-chose !

Malgré cette vérité et l'irritation évidente de Setrian, un besoin irrésistible la poussait à retourner dans *Elpir*. Tout son être brûlait de l'envie d'y aller. Sa peau en frémissait à l'avance, ses pupilles se contractaient déjà et sa bouche salivait. Elle avait du mal à retenir son corps d'avancer de lui-même. Elle avait l'impression que quelqu'un prenait le contrôle de ses sens.

Les sensations réveillèrent soudain en elle un souvenir récent et son souffle se coupa. L'expression de Setrian se transforma également, toute colère disparue. Il ressentait le même besoin. Leur connexion prenait possession d'eux.

— Eko ? murmura-t-il sans vraiment attendre de confirmation.

— Je ne vois que ça, répondit-elle, presque sans voix. Tu le sens toi aussi ?

— Oui. Mais pourquoi est-ce que nous ne l'entendons pas ?

Elle s'accorda un instant de réflexion. Il était vrai qu'elle avait toujours perçu un appel, mais lorsque son instinct l'avait poussée à aller jusqu'au fond de la grotte de Dar, elle n'avait plus entendu de voix.

— Peut-être parce nous sommes déjà là ?

Son hésitation était plus qu'étrange. Dans la Vallée Verte, elle avait suivi une intuition et était partie arpenter la grotte sans la moindre frayeur. Devant *Elpir*, tout son corps voulait avancer, mais au fond d'elle persistait une certaine réticence.

— J'ai l'impression qu'Eko est là sans être là, finit-elle par avouer tout en sachant que ses propos devaient paraître incohérents.

— N'oublie pas que je ressens la même chose que toi, dit doucement Setrian en cherchant à la rassurer. Pour ma part, j'ai l'impression qu'Eko est très loin de nous, sûrement parce qu'il se trouve dans une autre portion d'*Elpir*, comme te l'avait dit Dar.

Elle se souvenait parfaitement des paroles du vieil homme, mais ne pouvait se convaincre d'une explication aussi simple. Il y avait une autre raison, encore inaccessible. Si seulement l'âme d'Eko acceptait de se manifester plus fermement…

— Setrian, si le bouclier nous permet de nous déplacer plus vite, à nous, humains, tu penses vraiment qu'une âme ne pourrait pas faire de même, voire de façon encore plus efficace ?

Il se redressa en fixant le mur lumineux.

— Alors il n'est pas dans le bouclier, conclut-il, dépité.

— Mais il nous appelle, tu le sens bien.

— Il n'est pas *entièrement* dans le bouclier ?

— Il serait dans l'artefact ?

Elle ôtait déjà son sac pour en sortir la sphère de verre. Les nuages vaporeux qui y dansaient habituellement étaient presque transparents, comme s'ils

219

s'apprêtaient à disparaître. Mais dès que ses doigts entrèrent en contact avec la surface, elle sut que quelque chose n'allait pas.

— Eko n'est pas là non plus, du moins pas... *entièrement*, hésita-t-elle.

Setrian resta encore plus interloqué, ses yeux allant de la sphère à Ériana.

— Je sais qu'Eko n'est pas là, dit-elle plus fermement en devinant son indécision.

— As-tu déjà *su* qu'il y était ?

Elle lui lança un regard noir mais son sérieux montrait qu'il ne se moquait pas. Il cherchait des réponses. Malgré la distance qu'il avait mise entre eux depuis quelques jours, il souhaitait toujours l'aider le plus possible. Elle ravala sa rancœur et laissa ses émotions de côté. Elle avait déjà accepté qu'il ne veuille plus être son protecteur. Elle pouvait au moins profiter de son intelligence et de son soutien en attendant qu'il change d'avis.

— Pas vraiment, répondit-elle, en tout cas pas dans ces termes. Pour moi, personne n'avait jamais été enfermé dans cet objet avant que nous rencontrions Dar. Je ne pouvais pas savoir qu'Eko s'y trouvait. Mais aujourd'hui, je suis certaine que son âme n'est pas ici.

— Alors elle est forcément dans *Elpir*.

— Nous ressentons pourtant l'inverse.

— Ce n'est peut-être pas le bon moment, proposa simplement Setrian.

— Pour mon instruction ?

— Je ne vois pas d'autre explication. Souviens-toi, nous étions déjà passés à proximité de la Vallée Verte et nous avions eu ces sensations d'appel. Pourtant, nous n'y sommes pas allés cette première fois. Peut-être qu'il s'agit de la même chose avec Eko.

— Peut-être...

Elle n'arrivait pas à savoir exactement pourquoi, mais elle avait la sensation que les choses n'étaient pas aussi simples. Son corps lui dictait d'avancer dans le bouclier, son instinct lui disait que quelque chose n'allait pas. Pour autant, rien ne lui refusait l'accès à *Elpir*. Elle savait de toute façon qu'il était impératif de l'utiliser pour se rendre à Arden.

— Si Eko voulait t'appeler, poursuivit Setrian, il le ferait sans réserve. Si tu sens que tu ne dois pas y aller, ne le fais pas.

— Mais nous avons besoin d'*Elpir* !

— Nous trouverons un autre moyen.

Elle soupira. La solution était juste sous leurs yeux mais ils ne pouvaient pas s'en servir. Elle trouvait le destin trop cruel.

Alors qu'elle piaffait intérieurement, toutes les sensations s'effacèrent. Plus rien ne la poussa à avancer, plus rien ne la fit non plus douter. Setrian se figea d'une façon similaire.

— Mais... dit-elle en secouant la tête. Ça n'a aucun sens !

— Cela rejoint l'hypothèse que ça ne serait pas le bon moment.

— Ou alors Eko serait retourné dans l'artefact ? dit-elle en observant la sphère qu'elle serrait toujours dans ses mains. C'est impossible !

Frustrée, elle soupira amèrement. Les larmes s'amoncelaient sous ses paupières. Elle avait compté sur le transfert pour convaincre Setrian qu'ils n'étaient pas des étrangers, lui prouver qu'il devait rester son protecteur. Cette possibilité venait d'être anéantie. Son désespoir n'en finissait plus de grandir.

— Calme-toi, chuchota Setrian.

Elle rouvrit brusquement les yeux et le découvrit à moins d'un pas d'elle. D'après son regard, il utilisait son *inha* mais elle ne comprenait pas pourquoi. Rien n'aurait dû le pousser à projeter son énergie à moins qu'un danger ne se soit présenté. Elle chercha une raison autour d'eux et la découvrit aussitôt.

Les branches des arbres les plus proches volaient en tous sens, balancées d'un côté à l'autre de façon anarchique. Chaque feuille qui s'en était détachée tourbillonnait dans un violent courant d'air. D'après la lueur de son pendentif, Ériana comprit qu'elle en était la cause. Ses émotions avaient parlé pour elle et Setrian tentait d'en contrer les effets.

Elle expira longuement pour apaiser son énergie. Les arbres s'immobilisèrent à nouveau.

— Eko n'est nulle part, dit-elle une fois certaine que tout s'était arrêté.

— Eko est quelque part mais nous ne savons pas où, corrigea-t-il. En attendant, penses-tu que l'on puisse emprunter *Elpir* sans crainte ?

Elle vérifia au fond d'elle. Elle ne ressentait plus rien. Plus aucune appétence, plus aucune méfiance. Elle hocha la tête, résolue.

— Je veux y rester plus longtemps, cette fois-ci.

— Ce n'est pas une bonne idée.

— Ce sera ma dernière tentative de la matinée, dit-elle en espérant que cela le satisferait.

Malgré tout ce qui prouvait le contraire, elle espérait quand même établir un contact avec Eko tout en trouvant le moyen de voyager grâce à *Elpir*. Quand Setrian entama l'incantation, elle la récita mentalement avec lui. Le filament jaune avait à peine donné son autorisation qu'Ériana entrait déjà dans le bouclier. Aucune sensation d'appel ne lui parvint et, déçue, elle se concentra sur le déplacement.

Comme les fois précédentes, Setrian pressa ses doigts beaucoup trop tôt à son goût. Elle secoua la tête pour lui demander du temps. Il commença à la tirer en arrière. Elle résista. S'ils sortaient, il ne lui laisserait jamais la possibilité d'y retourner dans la foulée. Elle devait rester, voir si un fragment des mémoires de Dar faisait de nouveau surface.

Quand Setrian tira à nouveau, plus fort, elle pivota pour échapper à son emprise. Déséquilibré, il trébucha en arrière et tenta de l'attraper pour l'entraîner, avec lui, hors du bouclier. Elle se décala juste à temps pour l'éviter mais chuta tout de même de côté. Une douleur lui transperça alors le corps puis s'effaça tout aussi vite. Elle roula en arrière, rageuse que Setrian ait réussi à lui faire quitter *Elpir*.

Mais lorsqu'elle rouvrit les yeux pour exiger une dernière tentative, Setrian n'était plus là. Il n'y avait d'ailleurs ni son sac ni le tas de vêtements où elle avait reposé *Eko*. Seules restaient la forêt et la pluie qui tombait à présent agressivement.

22

Setrian chuta lourdement sur le dos. L'impact lui coupa la respiration et il roula sur le côté pour inspirer plus profondément. Le manque d'air associé à la sortie du bouclier rendait l'épreuve plus étourdissante qu'en temps normal.

Malgré le choc, sa seule préoccupation était de savoir si Ériana allait bien. Elle avait commencé à faiblir dans le bouclier mais avait voulu y rester malgré son insistance. Heureusement, il lui semblait l'avoir vue tomber elle aussi. Il espérait qu'elle ne lui en voudrait pas trop d'avoir précipité la sortie ainsi. Il supporterait facilement sa colère s'il la savait en sécurité.

— Ériana ?

Derrière lui, rien ne se faisait entendre. Devant, *Eko* reposait sur un tas de vêtements, le sac renversé à côté. Le silence d'Ériana s'expliquait si, comme lui, elle faisait le point sur les parties de son corps meurtries par la chute. Lui n'avait rien, et il souhaitait très fort qu'il en soit de même pour elle.

Ériana ne répondant toujours pas, il roula sur le dos pour l'avoir dans son champ de vision.

— Mais… ! s'exclama-t-il en bondissant sur ses pieds.

L'espace était vide. Ériana avait disparu.

— Non, se corrigea-t-il à voix haute comme pour se convaincre. Ériana est encore dans *Elpir*. Elle a dû trébucher sans sortir du bouclier.

Il récita l'incantation aussi vite qu'il le put et pénétra dans le mur de lumière. Un regard lui suffit à comprendre qu'Ériana n'y était pas. Dès qu'il fut sorti, il l'appela à pleins poumons. Peut-être sa chute l'avait-elle assommé et Ériana était-elle partie repérer un endroit où se reposer.

Toujours sans réponse, il projeta son *inha* autour de lui. La manipulation lui laissa une douleur diffuse au niveau du ventre et des picotements dans les doigts. Il était entré et sorti d'*Elpir* de trop nombreuses fois ; son énergie accusait le coup. Il maintint néanmoins sa projection jusqu'à être sûr de l'effrayante vérité.

Ériana n'était nulle part à proximité.

Paniqué, il tenta un *inha'roh*. Rien ne se produisit en dehors d'une nouvelle torsion dans son ventre et son angoisse redoubla. Soit Ériana était trop loin pour qu'il la ressente, soit son *inha* s'était éteint. Il délaissa immédiatement la seconde possibilité. Ils étaient en lien au travers du reflet ; il savait qu'Ériana était en vie, ou du moins, qu'elle n'était pas morte.

Appréhender le fonctionnement du reflet leur était encore impossible. Ils avaient même abandonné toute perspective d'y parvenir, chaque discussion ne les laissant que plus confus. Depuis qu'il ne s'estimait plus digne de la protéger, il se contentait de dire qu'il *savait* ou qu'il *ne savait pas*, comme lorsque Ériana avait soutenu qu'Eko n'était plus dans l'artefact. C'était grâce à cela qu'il l'avait crue. Ils expérimentaient le même genre d'incompréhensibles certitudes.

Il ne restait qu'une seule explication : Ériana était trop loin. Et l'évidence le frappa si soudainement qu'il eut presque envie de rire.

— Tu as trouvé, murmura-t-il. Tu sais comment utiliser *Elpir*. Peut-être es-tu déjà près d'Arden...

Il s'autorisa un sourire puis décida d'attendre son retour. Dans le bouclier, le voyage était accéléré, mais pas instantané. Si Ériana avait entrepris le début du trajet, il faudrait qu'elle songe à rebrousser chemin, si rebrousser était vraiment le terme. S'il ne l'attendait pas, ils risquaient de se perdre et il refusait de s'éloigner d'elle tant qu'il n'aurait pas trouvé son véritable protecteur.

Au fond de lui, cette décision lui coûtait toute sa force. Le fait qu'Ériana maintienne qu'il l'était encore le détruisait mais il s'était fait une raison. Leurs sentiments ne devaient pas les détourner d'une nécessité bien plus importante. Ériana devait être protégée, par quelqu'un qui en était digne et cette personne n'était plus lui. Il devait trouver ce protecteur. En attendant, il serait encore là. Ensuite... Mieux valait ne pas penser à la suite.

Pour s'occuper, il commença à ranger les affaires éparpillées au sol, préparant leurs deux sacs. Ériana n'accepterait jamais d'attendre, malgré l'insistance dont il comptait faire preuve si jamais elle lui en laissait l'occasion. Les sacs prêts, il s'allongea par terre. La pluie fine qui s'était mise à tomber au matin venait juste de s'arrêter, laissant quelques rais de lumière se glisser au milieu des nuages. Si Ériana ne revenait pas de sitôt, il pouvait en profiter pour rétablir son énergie. Confiant, il s'autorisa à fermer les yeux. Et alors qu'il sentait le sommeil le gagner, des sons comme il n'en avait pas entendu depuis bien des jours l'éveillèrent.

Des voix humaines. Des coups de sabot. Et d'autres bruits plus flous, comme des impacts réguliers précédés d'un sifflement.

Setrian se redressa brusquement, s'attendant à voir surgir un groupe de cavaliers. Quand personne ne se montra, il tendit l'oreille et perçut de nouveau le son d'une voix. Ses réflexes ressurgirent et, d'un geste, il attrapa leurs affaires pour courir se cacher dans les arbres, prenant néanmoins le temps de laisser une indication au sol, au cas où Ériana sortirait du bouclier. Le morceau de branche choisi avait une forme de flèche qu'elle comprendrait forcément.

Mais Ériana ne sortait toujours pas. Il en était presque soulagé, préférant la savoir en plein voyage dans *Elpir* plutôt que face à un groupe de cavaliers dont il ne connaissait pas l'identité. Les bruits persistaient, les impacts devenaient plus lourds. Son inquiétude et sa curiosité allaient d'ailleurs grandissant. Et malgré le fait qu'il aurait dû patienter pour ne pas manquer Ériana, Setrian se faufila finalement en direction des sons.

Attentif, il réalisa qu'il longeait *Elpir*. Les voix devenaient plus fortes, mais il n'y avait toujours personne. Il sortit de l'ombre avec précaution. À proximité du bouclier, les arbres disparaissaient, laissant place à une fine allée au milieu de la forêt. Si des chevaux empruntaient ce couloir, il les verrait forcément, mais le passage lui aussi était désert.

Soudain, à quelques pas de lui, une main traversa le bouclier. Setrian n'eut besoin que d'un instant pour voir qu'il ne s'agissait pas de celle d'Ériana. La main, gantée de noir, resta immobile avant de se mettre à pivoter comme si elle tentait de se frayer un passage plus important.

Craignant que quelqu'un ne surgisse, Setrian retourna se mettre à couvert. Seul un Friyen pouvait traverser *Elpir* mais quelque chose lui disait que la situation était plus compliquée. La personne s'obstinait clairement à ne pas achever le trajet.

Intrigué, Setrian finit par ressortir des arbres et observa la main qui continuait à s'agiter énergiquement. Quand celle-ci disparut brusquement, il fit un bond.

— Ça avance bien !

L'éclat de voix le fit se baisser, pourtant, il était toujours seul. La voix ne pouvait normalement pas venir de l'autre côté d'*Elpir*. Le bouclier masquait les sons, les odeurs et tous les éléments venant de l'intérieur en plus d'empêcher de voir au travers. Mais l'inquiétante apparition de la main remettait tout en cause.

Avec prudence, il s'approcha de l'endroit d'où elle avait surgi et resta stupéfait. La main avait laissé une fissure dans le mur de lumière. *Elpir* avait été percé.

L'ouverture n'était pas plus grande que la taille de son pouce, mais Setrian prit le risque d'y placer un œil.

La première chose qu'il aperçut fut le dos d'un vêtement noir puis, lorsque celui-ci s'éloigna, un cheval monté par un homme aux bottes boueuses. La bête remua légèrement, révélant d'autres silhouettes, mais l'ouverture était trop étroite pour qu'il en distingue davantage.

Déconcerté, Setrian recula le temps de sonder sa mémoire. Les Havres Verts étaient peu arpentés. Ces hommes devaient être des mercenaires téméraires mais *Elpir* les désorientait de toute façon. Celui qui avait fait passer sa main était forcément na-friyen, ce qui expliquerait que le reste de son corps n'ait pu suivre.

Mais Setrian doutait. Le mercenaire n'aurait même pas dû pouvoir glisser un cheveu dans *Elpir*. Les illusionnistes avaient tout fait pour empêcher les Na-Friyens de voir le bouclier, faisant croire à une forêt infinie et détournant les personnes de leur chemin. La barrière devait être fragilisée, peut-être par le manque de passages et donc d'offrandes de *inha*. Cela pourrait aussi expliquer comment les sons pouvaient la traverser. Sauf qu'une ouverture aussi étroite ne pouvait en laisser passer autant.

Setrian se décala pour prendre du recul et son pouls s'accéléra. Plusieurs ouvertures similaires s'alignaient en direction de l'ouest. Il les dépassa les unes après les autres. Leur taille s'accroissait et il se baissa pour ne pas être vu.

Ses jambes s'arrêtèrent d'elles-mêmes lorsqu'il réalisa que la dernière ouverture était aussi grande que son bras. De l'autre côté, un homme criait des ordres sans reprendre son souffle. Mais l'explication de la provenance des sons n'était désormais plus ce qui le troublait le plus.

Elpir s'interrompait.

Setrian secoua la tête comme si sa vue avait pu lui faire défaut.

Là où aurait dû se trouver le mur lumineux, il ne restait plus qu'un voile transparent, rendant totalement visible le côté na-friyen des Havres Verts. Le bouclier ne retrouvait son apparence naturelle qu'un peu plus loin. Les larmes lui montèrent aux yeux lorsqu'il comprit d'où venait cette faiblesse. Plus loin, des arbres chutaient par dizaines, expliquant les bruits sourds qu'il avait perçus.

La forêt était en train d'être détruite.

Comme si cela n'était pas suffisant, cinq personnes faisaient face à ce qui restait d'*Elpir*. Elles semblaient mettre toute leur énergie à essayer de traverser le bouclier. Leurs uniformes sales firent grogner Setrian.

Ce n'étaient pas de simples mercenaires mais des soldats, et au vu du campement qui était installé à la place des arbres, toute une armée attendait qu'ils y parviennent.

23

Les dents serrées, Setrian observa les cinq soldats tenter de percer le bouclier. Ils y arrivaient pour l'instant jusqu'au poignet et semblaient y mettre une force démesurée. Derrière eux se dressait une impressionnante quantité de tentes. Des soldats circulaient entre elles, pour la plupart armés de haches et de scies. Des chevaux tractaient troncs et branches vers le fond du campement. Au loin, une nuée s'agitait vers les arbres encore debout.

— Commandant ! Un message !

Un jeune soldat approchait en courant. Il s'arrêta devant l'homme massif que Setrian avait vu avant que son regard ne soit happé par ses terribles découvertes.

— Que nous veulent-ils encore ?
— Je ne sais pas, Commandant. Le messager qui nous l'a transmis vient de s'écrouler. Les hommes essaient de lui faire reprendre connaissance.

Le Commandant déplia le papier et le parcourut rapidement.

— Faites-le venir.
— Je crains qu'il ne soit pas en état de…
— Même s'ils doivent le porter, qu'ils l'amènent, je veux lui parler.

Le soldat hocha la tête et s'éloigna rapidement.

— Irina ! hurla le Commandant.

Setrian crut d'abord qu'il s'était trompé. Une femme n'avait rien à faire au milieu d'une telle armée. Mais quand il vit la silhouette féminine s'approcher, il sut qu'il avait bien entendu. La femme ne portait ni uniforme ni arme et était vêtue d'une robe et d'un manteau dont le capuchon était relevé sur sa tête.

— Irina ! Est-ce que vous avez eu vent de ça ? cria le Commandant quand la femme fut à sa hauteur.

— Vous n'avez pas besoin de parler aussi fort, je suis devant vous.

231

L'homme grogna quelque chose d'incompréhensible mais baissa d'un ton.

— Saviez-vous que nous allions abandonner cette zone ? Et apparemment pour partir vers l'ouest et y faire la même chose !

— Je l'ai appris à mon réveil.

— Vous auriez pu m'en avertir !

— Quelle différence cela aurait-il fait ? Que ce soit de ma bouche ou de celle d'un messager, l'information reste la même.

— Alors pourquoi perdre du temps à nous envoyer cet homme ?

— Parce qu'ils savent qu'il pourrait vous être utile.

— Les personnes de votre genre ne sont d'aucune utilité pour nous si elles y sont contraintes. Et vous réceptionnez très bien ces messages vous-même.

— Je ne suis pas là pour ça, répondit la femme sur un ton menaçant.

— J'aimerais bien savoir pourquoi vous êtes là, maugréa le Commandant.

— Comme vous le savez déjà, ma présence ici permet de faire le lien entre votre maître et le mien. Donc si je transmets à mes supérieurs que vous refusez de coopérer, le message sera aussi communiqué aux vôtres. Vous ne voudriez pas que ce soit le cas, tout de même ?

L'homme grinça des dents puis se détourna.

— Nous partons dès que possible, dites à vos collègues de se préparer.

— Ce sera fait, répondit la femme.

— Non, attendez, je vais l'envoyer, lui. Gardez votre énergie pour plus tard.

Le Commandant désignait une forme avachie entre deux soldats. Setrian comprit qu'il s'agissait du messager. Sa tête et son corps étaient couverts de la boue dans laquelle il avait dû être traîné.

— Redressez-le !

Les soldats hissèrent le corps flasque. L'un d'eux lui attrapa les cheveux et lui tira la tête en arrière.

— Vous voyez, nous le connaissons déjà, celui-ci, dit Irina en se rapprochant.

— Son visage me dit effectivement quelque chose, remarqua le Commandant.

— Il est venu ici avec nous. C'est le messager que j'ai choisi lorsque vous m'avez dit avoir un mot à communiquer à vos supérieurs.

— C'est comme ça qu'il a pu retrouver son chemin vers nous aussi vite ?

— Malgré toutes les précautions que nous prenons pour que cet homme ne puisse pas utiliser ses capacités, ses réflexes existent toujours en lui.

— Vous en êtes certaine ?

— Commandant, l'*empaïs* est utilisé par mes pairs depuis des générations et son efficacité n'a jamais été remise en cause. Mais cet homme a toute une éducation derrière lui, et je pense aussi qu'il tient plus que tout à rester en vie.

En entendant le terme friyen, Setrian se raidit. Seul un mage qualifié pouvait le connaître.

— Il faudrait d'ailleurs que je vérifie l'état de son insigne. Messager, où le portes-tu ?

La légère nuance de vert que Setrian avait discernée sur le front de l'homme s'expliqua soudain. Il était mage et même messager, pas seulement en raison de la course qu'il avait dû mener. Il l'était de nature.

Sans réfléchir, Setrian projeta son *inha* et ressentit deux réponses. La première émana du mage qui ne tenait même plus sur ses jambes, la seconde de quelqu'un qui se tenait juste à côté.

C'était l'ultime confirmation dont il avait besoin. La femme prénommée Irina était mage elle aussi. Cependant, les réponses énergétiques perçues étaient ternes et vagues, comme si leur essence s'était déformée. Ce n'était pas dû à *Elpir*. Le bouclier laissait parfaitement circuler le *inha* d'un côté à l'autre, l'une des rares choses à passer sans contrainte.

La seule explication plausible était que les deux mages appartiennent à un autre élément que les Vents. Le reflet d'Ériana ne lui conférant pour l'instant que la sensibilité des Terres, le messager devait être *Aynetaïl*. Épuisé, celui-ci semblait d'ailleurs peu disposé à révéler où il portait son insigne. Partageant la même nature, Setrian savait que la plupart du temps, ceux-ci se situaient au niveau des membres supérieurs. Il examina les poignets de l'*Aynetaïl* et y vit étinceler un bracelet.

— Je le trouverai tôt ou tard, de toute façon. Alors, où le portes-tu ?

Irina commença à lever la main. Le Commandant interrompit son geste de façon brusque et la fixa dans les yeux.

— Après. Il va d'abord leur dire qu'ils doivent revenir.

— Je pourrais très bien le faire par *inha'roh*, rétorqua Irina.

— Comme je l'ai dit, gardez votre énergie, vous en aurez besoin. Vous et tous les autres membres du *Velpa*. Toi, cracha le Commandant à l'attention du messager, dépêche-toi d'aller prévenir les deux de l'autre côté. Dis-leur que nous partons à l'instant pour l'ouest. Nous avons une barrière à détruire.

Devant l'immobilité du messager, le Commandant l'attrapa par sa veste et le jeta sur ce qu'il restait d'*Elpir*. À force de voir les cinq soldats s'évertuer à percer le bouclier, Setrian fut presque surpris de le voir traverser sans problème. Mais le Commandant avait parlé du *Velpa* et cela était beaucoup plus préoccupant.

— Je te surveille, messager, lança Irina.

— Faites quand même en sorte de ne pas le tuer, dit le Commandant.

— Cela ne dépend que de lui et du comportement qu'il aura en arrivant devant mes collègues. Léona est très irritable en ce moment.

— Bah, faites ce que vous voulez, ce sont vos histoires, après tout. Vous cinq ! Arrêtez, ça ne sert plus à rien. Allez prévenir les autres. Nous levons le camp.

Le Commandant s'éloigna en direction des tentes, accompagné d'Irina. La zone à proximité du bouclier se vida progressivement et Setrian put enfin se rapprocher de l'*Aynetaïl* qui gisait au sol, quasiment inerte.

— Eh ! Réveille-toi ! murmura Setrian en le tirant sous les arbres.

L'homme balbutia quelque chose d'incompréhensible. Le Commandant n'avait clairement pas à s'inquiéter du sort du messager, qui semblait sur le point de mourir. Son insigne pendait à son poignet, maintenu fixe en un endroit par une pâte blanchâtre.

— Que... Qu'est-ce que... articula enfin l'homme.

— Je suis un mage des Vents et je suis de ton côté, lança Setrian sans préambule. Je sais que tu es à bout, mais dis-moi ce qui se trame ici. Qui est cette Irina ?

— Une contactrice... des Terres.

— Elle appartient au *Velpa* ?

Le messager hocha la tête.

— Que fait-elle ici avec toute cette armée ? Pourquoi sont-ils en train de détruire *Elpir* ?

— Ils veulent passer... au travers.

— Dans quel but ? s'affola Setrian.

— Passer... au travers.

Le messager délirait, il ne pourrait plus rien tirer de lui. Mais lorsqu'il grimaça en tentant de reprendre la parole, Setrian le redressa un peu.

— Il y en a... d'autres... Il faut... les aider.

— D'autres ?

— Comme moi.

— D'autres mages ?

L'homme ne répondit pas.

— Tu viens de Lapùn ? demanda Setrian en espérant le garder conscient s'il lui parlait d'un endroit qu'il connaissait.

— Pas... les autres.

— D'où viennent les autres ? D'ailleurs dans le territoire ?

— Les aider... répéta le messager en suffoquant.

L'homme se crispa soudain et Setrian s'écarta. Le messager commençait à convulser. Il lui fallut un instant pour comprendre que quelqu'un venait de s'introduire dans l'esprit de l'*Aynetaïl*. Setrian paniqua à l'idée que celui qui y fouillait puisse découvrir son existence, mais l'homme avait lâché son dernier soupir.

Il entendit alors des voix et regarda au travers du bouclier dont les alentours étaient toujours déserts. Cette fois, les gens approchaient du côté friyen. Sûrement ceux que le messager était censé prévenir. Il ne pouvait rester là, et courut se réfugier plus loin. Il était juste en train de dissimuler son énergie quand deux formes surgirent.

— Léona, tu l'as tué.

— Je n'en suis pas sûre. Je n'ai pas eu le temps de chercher quoi que ce soit.

— Tu as peut-être raison. Qu'est-ce qu'on en fait ?

— Je n'ai pas envie de me salir les mains. On enverra quelqu'un en arrivant au campement.

— Nous sommes sur le départ, comme te l'a dit Irina, je doute qu'un officier accepte de te prêter un de ses hommes pour transporter un corps.

— Eh bien tu demanderas à un autre prisonnier de le faire pour moi.

— Léona, il faudra que l'un de nous deux soit présent de toute façon.

— Très bien, Ernest, je m'en occuperai. Sauf si tu as envie de t'en charger avant moi.

— Ne t'imagine rien.

Les deux mages s'éloignèrent et Setrian resta tapi le temps de leur passage au travers du bouclier. Lorsqu'il revint vers lui, le bracelet du messager était tombé par terre, l'*empaïs* rendu inactif du fait du décès de son porteur.

Setrian fixa l'insigne. Du côté na-friyen, les soldats s'activaient déjà. S'il voulait agir, c'était maintenant. Il avait encore trop peu d'informations et sa seule source venait de mourir. Avec l'efficacité des soldats, le camp serait levé d'ici la mi-journée. Ce n'était pas assez pour trouver des réponses.

De plus, Ériana n'était toujours pas réapparue. Peut-être était-elle déjà arrivée au territoire des Eaux sans moyen de revenir en arrière. Il pouvait y avoir une multitude de raisons pour lesquelles elle n'avait pas encore rebroussé chemin, s'il lui était réellement possible de le faire. Il ne pouvait pas l'attendre indéfiniment. Et finalement, son plan le ferait arriver au même endroit puisque le Commandant avait dit partir en direction de l'ouest. Il mettrait simplement plus de temps que s'il avait utilisé *Elpir*.

Il restait encore un détail qui le faisait hésiter, bien plus que tout le reste. Malgré tous ses doutes sur ses capacités de protecteur, il s'était juré de veiller sur Ériana. L'abandonner à un tel moment la rendait vulnérable. Mais il pouvait avoir confiance en elle. Elle saurait agir seule. Jusqu'à l'hiver dernier, elle survivait tout en étant pourchassée. Ses habitudes et ses réflexes ne l'avaient jamais vraiment quittée et elle avait en elle toutes les ressources nécessaires pour atteindre Arden.

Révulsé à l'idée de ce qu'il comptait faire, Setrian commença à déshabiller le cadavre. Puis une idée le frappa soudain. Il ne pouvait pas laisser *Eko* en pleine forêt, sans surveillance. Il retourna à la hâte près des sacs et attrapa l'artefact, roulé dans les vêtements d'Ériana, vérifiant que la branche qu'il avait laissée au sol était toujours là. Elle comprendrait. En tout cas, il l'espérait.

Setrian se déshabilla ensuite lui-même et enfila les vêtements du messager, les débarrassant de la boue qui avait commencé à sécher. Pour finir, il prit le bracelet de l'*Aynetaïl* et le glissa à son poignet, enfouissant son propre insigne dans une poche. Il jeta ses vêtements au loin en direction des sacs en prenant soin de garder la veste d'Ériana où se trouvait *Eko*.

Ériana chercherait sûrement une explication à sa disparition. Il espérait qu'elle verrait le cadavre et les failles dans *Elpir*. Son intuition lui disait que le camp aurait déjà été levé depuis longtemps. Cette étape était d'ailleurs bien amorcée. Il ne pouvait plus patienter.

L'artefact dissimulé, Setrian s'avança vers la brèche dans *Elpir*. Il avait pensé franchir le bouclier à un autre endroit et rejoindre le camp par la forêt, mais ignorait si les prisonniers transitaient habituellement par là. Il préférait ne prendre aucun risque et s'en tenir à son plan initial.

Une fois devant le mur transparent, il prit une profonde inspiration. L'incantation était devenue inutile. La traversée lui fit légèrement bourdonner les oreilles mais rien de plus et Setrian se hâta en direction de ce qui restait du campement.

Empruntant une allée au milieu des tentes qui s'affaissaient les unes après les autres, il resta le plus discret possible. Quelques soldats lui lancèrent cependant des injures. Il se contenta de baisser la tête et d'accélérer le pas. Les soldats semblaient habitués à ce que les prisonniers aient peur.

Il était en train de contourner une tente encore levée lorsque son corps en percuta un autre. *Eko* lui échappa des bras et il se baissa en s'excusant à voix basse. La personne heurtée fit de même, d'un ton si discret et apeuré qu'il releva les yeux.

C'était une jeune fille à peine plus âgée que Lyne et il se prit aussitôt d'affection pour elle. Ses cheveux avaient de légers reflets orangés. Il était évident qu'elle était mage et prisonnière. Elle s'excusait encore, les larmes aux yeux.

— Ce n'est rien, murmura-t-il en récupérant *Eko* et en vérifiant que l'objet était toujours bien enroulé dans le vêtement.

La jeune fille sanglotait, terrorisée et gelée.

— Je suis arrivé ici seulement tout à l'heure, poursuivit-il discrètement pour la tirer de sa détresse. Avec le messager qui nous fait partir d'ici, précisa-t-il. Je ne suis pas sûr de savoir où sont nos tentes.

Perplexe, la jeune fille le dévisagea avant de pointer un endroit derrière elle.

— Elles ont déjà été démontées. Les caisses sont là-bas. Tu veux que j'y range tes affaires ? hoqueta-t-elle en désignant ce qu'il tenait dans les bras.

— Je vais m'en occuper moi-même. Tu m'y emmènes ?

Elle sembla hésiter puis repartit en sens inverse, un peu plus déterminée. Setrian la suivit, imitant la façon dont elle baissait la tête et les légers saluts qu'elle adressait autour d'elle tout en gardant les yeux rivés sur le sol. Setrian relevait les siens de temps à autre. Il détestait la façon dont certains soldats les regardaient.

— Ce sont ces caisses, dit-elle en s'arrêtant. Dépêche-toi. Si Léona te voit, tu es fichu. Nous sommes censés être dans les charrettes de convoyage.

— Qui ouvre ces caisses ? demanda-t-il en remarquant l'absence de verrous.

— Nous tous, et si tu ne te dépêches pas, tu vas finir par le faire seul, le pressa-t-elle en jetant des regards incessants autour d'elle.

— C'est exactement ce que je cherche.

Il ouvrit la caisse la plus proche, ignora le regard ahuri de la jeune fille qui tordait le bas de sa robe entre ses doigts et souleva la tente pliée pour glisser *Eko* dessous. Il s'était à peine remis debout qu'une gifle le renvoya au sol.

— Qu'est-ce que vous faites encore là, tous les deux ?

La jeune fille poussa un petit cri et Setrian leva les yeux sur une femme qu'il avait déjà eu l'occasion d'entendre. Léona était un peu plus âgée que lui, ses cheveux bruns lui tombaient jusqu'à la poitrine et ses sourcils froncés renforçaient l'air menaçant de son regard vert foncé. Setrian s'empressa de remettre le nez par terre.

— Pardonnez-moi, Mage Léona, j'étais en retard.

— Je le vois bien ! La question est *pourquoi* ? Cette gamine t'a retardé ?

— Non, non, elle n'y est pour rien. Elle n'a fait que me montrer le chemin. Je... je suis arrivé il y a peu de temps et comme les tentes sont toutes démontées, je me suis perdu.

— Ce qu'il dit est vrai ? cracha la mage sur sa gauche.

Setrian, qui n'osait relever la tête de peur de mettre Léona encore plus en colère, pria pour que la jeune fille approuve, ce qui fut apparemment le cas. Lorsque la mage l'attrapa par les cheveux pour le redresser, ils n'étaient plus que tous les deux.

— Alors, maintenant, pourquoi étais-tu en retard ?
— Je devais vous prévenir, répondit-il en grimaçant.
— Me prévenir de quoi ?
— Mage Ernest m'a envoyé m'occuper du corps du messager.

Elle relâcha son emprise. Setrian souffla en laissant sa tête retomber en avant.

— Dans ce cas, dépêche-toi de rejoindre les autres. Mais je te conseille de ne plus être en retard. Pour la peine, tu monteras ma tente à la prochaine escale.

Setrian resta par terre jusqu'à ce que Léona soit hors de vue. La jeune fille s'était cachée un peu plus loin et il la rejoignit en courant.

— Je t'avais dit de ne pas prendre autant de temps ! siffla-t-elle entre ses dents.

Pour toute réponse, Setrian lui tendit le vêtement dans lequel il avait auparavant enveloppé *Eko*. Elle le regarda avidement, comme si une autorisation était encore nécessaire. Setrian le lui mit directement dans les mains avant de l'attraper par le bras.

— Montre-moi où aller, je ne sais même pas où nous sommes censés nous rendre.
— Ma parole, mais tu es vraiment arrivé aujourd'hui ?
— C'est ce que je t'ai dit tout à l'heure.

— Je ne te faisais pas confiance. Mais maintenant, je te crois. Après la façon dont tu m'as permis d'échapper à Léona, je te dois bien ça. Et… merci.

Elle venait de passer le vêtement sur ses épaules. Setrian eut un pincement au cœur en se souvenant de la dernière fois où il l'avait vu sur Ériana.

— Voilà, nous sommes arrivés, dit-elle en désignant une charrette où s'entassaient déjà de nombreuses personnes. Au fait, je m'appelle Tilène. Tout le monde m'appelle Til. Et toi ?

Du coin de l'œil, Setrian vit à quel point le camp avait été levé rapidement. Ils seraient partis d'ici peu. Il avait bien fait de se dépêcher.

— Setrian.

Elle saisit la main qu'il lui tendait, serrant plus fort qu'il ne s'y était attendu puis monta dans la charrette. Setrian se faufila au milieu des autres. Tous, sans exception, avaient des reflets dans les cheveux. Mais ce qui réunissait davantage les prisonniers était l'expression d'abattement et de résignation qui se lisait sur leurs visages.

— Eh ! chuchota quelqu'un sur sa droite.

Setrian mit un certain temps à comprendre que c'était à lui qu'on s'adressait. Le prisonnier qui le fixait était assez trapu.

— Til vient de dire que tu es arrivé avec le messager. Est-ce qu'il va bien ?

Setrian secoua la tête, le prisonnier comprit et ferma les yeux comme s'il faisait une prière avant de héler un autre détenu.

— Aric !

L'autre se tourna en entendant son nom. Quand il aperçut le visage de son ami, il sortit un bâton de sa poche. De là où il était, Setrian ne voyait pas très bien, mais il avait l'impression que du tissu était enroulé autour d'un petit morceau de bois.

— Ne bouge pas, dit le premier prisonnier à Setrian en attrapant sa manche. C'est toi qui nous l'as dit, donc c'est de toi qu'on prend le signal.

L'homme se pencha sur le bras de Setrian et posa ses dents sur la chemise. Il tira d'un coup sec puis termina de détacher le morceau de tissu avec les doigts, le faisant passer à Aric.

— Un nœud pour une vie, c'est Aric qui a eu l'idée. Ça permet de se souvenir, dit l'homme d'une voix grave. Je suis Brom, ajouta-t-il en empoignant la main de Setrian.

— Setrian.

Brom baissa les yeux et Setrian commença à paniquer en voyant le bracelet volé au messager se mettre à bouger. L'*empaïs* était censé immobiliser les insignes sur leur porteur et Brom n'avait pas manqué ce détail.

— Tu as l'air d'être quelqu'un d'intéressant, Setrian, reprit-il avant de se détourner vers un autre détenu.

Setrian soupira discrètement. Les prisonniers n'étaient peut-être pas si résignés que ça.

Autour, les dernières tentes finissaient d'être démontées et les soldats s'alignaient dans les rangs. Tout respirait l'ordre et l'efficacité. Il avait toujours du mal à comprendre les objectifs d'une telle armée, associée au *Velpa* de surcroît.

— Setrian, dis-nous un peu d'où tu viens, dit soudain Brom, assez fort pour que tous l'entendent.

— Lapùn, répondit-il pour rester près du personnage qu'il s'était créé.

— Tu as grandi en Friyie ?

L'étonnement de Brom était sincère et Setrian comprit ce qui l'avait dérangé en montant dans la charrette. Quand il avait projeté son *inha*, il n'avait obtenu que de faibles réponses. La différence d'éléments pouvait être responsable, mais au vu du nombre de personnes, au moins une devait appartenir aux Vents. Sauf qu'aucun n'en portait l'insigne. Il n'avait autour de lui que des personnes non initiées et pourtant adultes. Til, la plus jeune, s'était d'ailleurs subitement intéressée à lui lorsqu'il avait mentionné la cité de Quartz.

— Oui, répondit-il. Pourquoi ?

— Parce que nous sommes tous de Na-Friyie.

24

— Tu n'aurais pas osé…

Ériana lâcha des yeux le cadavre dont les reflets des cheveux s'estompaient peu à peu et se tourna vers la paroi transparente, seuls restes de la présence du bouclier. Malgré l'obscurité naissante, il n'était pas difficile de voir les arbres abattus au loin derrière.

Depuis qu'elle était sortie d'*Elpir*, après des heures à réfléchir sur la façon dont elle avait bien pu réussir à s'y déplacer, elle était revenue à son point de départ et avait suivi les indications de Setrian. D'abord la branche au sol, puis les sacs abandonnés et les vêtements parsemés entre les arbres.

Puis les découvertes sordides avaient commencé. Le corps nu et sans vie, le bouclier percé, les traces d'un gigantesque attroupement qui s'était tenu de l'autre côté.

Et maintenant, cette certitude que Setrian s'était lancé, seul, dans une quête où elle ne pouvait pas le rejoindre et encore moins l'atteindre car chaque *inha'roh* restait sans réponse.

Une question subsistait : pourquoi avait-il emporté *Eko* avec lui ? L'endroit semblait dangereux. Elle lui faisait confiance, tout comme il avait dû croire en elle, mais elle restait perplexe sur ce choix. Depuis que son comportement avait changé, elle avait craint que Setrian ne se perde au milieu de ses émotions, lui qui était toujours si rationnel.

Ce qui était certain, c'était qu'il comptait sur elle pour continuer leur mission. Elle devait se remettre en route pour Arden, surtout qu'elle en avait à présent trouvé le moyen. Avant, elle prendrait quand même le temps de dissimuler le corps du mage. Ainsi, il ne resterait aucune trace de leur passage.

Si, il resterait quelque chose. Leurs empreintes de pas. Elle ne pouvait pas effacer celles à proximité de la brèche car elle effacerait en même temps celles des autres personnes ayant transité et elle ne pouvait se permettre une erreur aussi grossière. Elle pouvait en revanche s'occuper des siennes et de celles de Setrian, à l'endroit où ils s'étaient tenus.

À contrecœur, elle retourna près des sacs et les réunit pour n'en garder plus qu'un sur les épaules. Sans réfléchir à la façon de procéder, elle manipula son *inha* des Terres pour faire disparaître les traces. Un simple geste de la main au-dessus du sol charria la poussière en même temps que la terre se nivelait. Elle se demanda si son *inha* des Vents ne s'était pas glissé au milieu, puis elle se mit face à *Elpir* en se promettant de s'arrêter pour dormir.

Elle ne savait pas combien de temps lui prendrait le voyage jusqu'à Arden, mais elle préférait mettre toutes les chances de son côté et arriver à la cité avec suffisamment d'énergie pour affronter n'importe quelle situation. Leur rencontre avec la communauté des Terres l'avait échaudée. Elle espérait que celle avec les Eaux serait moins problématique. Elle comptait aussi beaucoup sur le fait que l'équipe de l'Ouest soit déjà arrivée.

Si ce n'était pas le cas, elle improviserait. Dans le cas inverse, elle aurait une foule d'informations à leur donner. Elle pourrait aussi attendre le reste de sa propre équipe. Noric et Desni seraient certainement surpris de la voir et elle s'imaginait déjà la mine déconfite de Jaedrin quand il apprendrait comment elle s'y était prise.

Elle se représentait aussi l'expression qu'ils auraient en apprenant pourquoi Setrian n'était plus avec elle.

Elle ouvrit brusquement les yeux. Quelque chose n'allait pas.

Elle s'était endormie près du bouclier scintillant qui n'éclairait pourtant pas les alentours. La chose était encore assez inconcevable, comme tout ce qui concernait *Elpir*. Quand elle avait découvert comment s'y déplacer, elle avait ri. La solution était d'une facilité presque stupide. Peut-être la raison pour laquelle Dar n'avait donné aucune précision à ce sujet.

Il lui avait quand même fallu décortiquer la chute faite à cause de Setrian pour finir par comprendre qu'il suffisait d'avancer transversalement dans le bouclier plutôt que de le traverser. Mais pour l'instant, le bouclier lui importait peu. Elle s'était réveillée parce que son *inha* s'agitait.

L'étrange sensation, assez inhabituelle, la secoua à nouveau. Elle connaissait celle qui lui montait dans le dos quand quelqu'un la regardait, les frissons à l'arrière de sa nuque lorsque quelqu'un se rapprochait. Jamais elle n'avait expérimenté le fourmillement diffus qui lui donnait envie de fuir à toutes jambes.

Elle prit le temps d'examiner ce qui lui arrivait et aperçut alors une très légère lueur à son cou. Son pendentif, caché sous ses vêtements, émettait la lumière caractéristique de son lien avec ses éléments. Une fois de plus, elle avait utilisé son *inha* de façon inconsciente. Comme aucune brise ne lui frôlait le visage, les Terres avaient dû entrer en action.

À peine en eut-elle pris conscience que toutes les sensations cessèrent. La lueur s'estompa mais pas sa vigilance. L'impulsion était trop présente pour être ignorée. En un nouveau réflexe, Ériana posa ses mains au sol et remercia silencieusement Dar quand une faible pulsation lui parvint. Il y avait bien quelque chose d'anormal dans l'énergie parcourant la terre.

Elle percevait un rythme étrange, chaotique, comme si des pierres heurtaient le sol de façon irrégulière. C'étaient ces vibrations qui avaient fait écho en elle, la faisant émerger du sommeil même si, pour l'instant, elles étaient encore très lointaines.

Toutes découvertes mises à part, elle n'en restait pas moins perplexe. Non pas d'avoir perçu ces fluctuations alors qu'elle dormait, mais plutôt du fait de leur existence. Elle n'avait pas la moindre idée de ce qui avait pu les déclencher. Une chose était sûre, elle était désormais trop loin des montagnes pour qu'un éboulement en soit la cause.

Elle garda la main en contact avec le sol jusqu'à ce que les perturbations cessent. Le sommeil la regagna difficilement.

Quand elle se réveilla à nouveau, il faisait jour. Cette fois, ce furent ses sens qui la tirèrent de ses rêves. Il y avait du mouvement à proximité, des bruits de sabots et des voix humaines. Elle ne pouvait pas espérer réciter l'incantation et entrer dans *Elpir* avant de voir surgir les nouveaux arrivants. La rencontre était inévitable.

D'un mouvement leste, Ériana se dissimula derrière un arbre, l'arc fermement empoigné mais encore détendu, une flèche encochée au cas où. Les chevaux se rapprochaient, leurs cavaliers ayant apparemment choisi de devenir silencieux. Il ne s'agissait peut-être que d'habitants du territoire des Vents ou de mages qu'elle connaissait. Mais ils pouvaient tout aussi bien appartenir au *Velpa*.

Quelle que soit leur origine, Ériana faisait confiance à son arc et à ses deux éléments pour la tirer d'affaire. Son impulsivité lui permettrait de gagner du temps pendant que les connaissances de Dar la feraient agir. Un élément pour en épauler un autre, peut-être juste le temps de réciter l'incantation et de fuir dans le bouclier. Elle était la seule à savoir comment utiliser *Elpir* pour se déplacer aussi vite. Personne ne la retrouverait jamais une fois qu'elle y serait entrée.

Les cavaliers continuaient d'approcher. Ériana avait laissé son sac et son manteau par terre dans l'espoir de tenter leur curiosité et de découvrir leurs visages. Elle restait dos à l'arbre, à l'affût, préférant ne se dévoiler que dans l'ultime cas où son arc se révélerait indispensable.

D'après les sons, tous étaient descendus de cheval. Trois cavaliers s'éloignaient à l'opposé alors qu'un quatrième se rapprochait des sacs. Ériana se pencha discrètement et entrevit une silhouette féminine. Elle vérifia que sa flèche était bien encochée et plaqua de nouveau son dos contre le tronc. Pour l'instant, la femme n'était pas une menace, mais si elle appelait à l'aide Ériana se retrouverait face aux trois autres. Même avec la confiance qu'elle avait en ses capacités, elle ne se donnait pas longtemps si les quatre inconnus étaient des mages.

Elle se pencha à nouveau brièvement. Grande, des cheveux courts, des reflets roses. Aucun insigne visible. Il était clair qu'elle ne pouvait rien associer à cette personne sinon qu'elle s'apprêtait à ouvrir le sac à dos gisant au sol.

En la voyant défaire les liens, Ériana serra les dents. Elle avait laissé les carnets de Setrian sur le dessus pour y avoir facilement accès. Les livrets étaient la première chose sur laquelle la femme allait tomber. Ériana ne pouvait pas prendre ce risque. Elle sortit de l'ombre.

La femme parcourait déjà le premier livret mais ne la remarqua pas. Voir d'autres mains que celles de Setrian sur la couverture de cuir mit Ériana hors d'elle. Elle banda son arc, sa flèche pointée droit dans le dos de la femme.

— Lâchez ça, dit-elle d'une voix menaçante.

Elle n'eut pas besoin de le répéter deux fois. La mage posa le carnet au sol et baissa les bras pour montrer qu'elle ne l'avait plus en main.

— Maintenant, éloignez-vous du sac.

La femme fit deux pas de côté, restant de dos, la tête légèrement inclinée. Ériana se demandait pourquoi la mage n'avait pas encore utilisé ses talents. Peut-être estimait-elle avoir un adversaire à sa taille. Ériana décida de ne pas lui faire croire l'inverse.

— Si vous essayez de vous retourner, je vous promets que vous serez morte avant d'avoir pu voir quoi que ce soit.

Elle gardait son timbre bas tout en ajustant sa visée sur la femme, qui avait encore fait un pas de côté. Elle n'avait pas beaucoup de temps. Si les autres cavaliers étaient mages, leur collègue les avait certainement prévenus par *inha'roh*. Elle pouvait seulement la garder sous pression le temps de se rapprocher d'*Elpir*.

— Que cherchiez-vous ? continua-t-elle en se déplaçant vers le bouclier.

— Un artefact.

Ériana se figea. Les seuls à savoir qu'elle détenait *Eko* étaient les membres de son équipe, qui ne comportait que des hommes, et quelques mages des Terres qui, s'ils avaient pris la décision de rejoindre les Vents, ne seraient certainement pas aussi loin dans leur avancée. Puis elle se ravisa. D'autres savaient, et ces personnes étaient du *Velpa*.

— Que voulez-vous faire avec cet artefact ? grogna-t-elle d'une voix qu'elle ne reconnaissait même pas.

— Il ne vous appartient pas.

Ériana fut prise de court. La femme avait répondu avec certitude et conviction. Le *Velpa* s'estimait légitime détenteur des artefacts.

— Pas plus qu'à vous.

— Je suis des Vents, rétorqua la mage.

— Quelle coïncidence ! ironisa Ériana.

Les mots s'étaient presque étranglés dans sa gorge. Le *Velpa* comptait des mages d'au moins deux éléments, et l'ensemble de l'équipe de l'Est était tombée d'accord sur le fait que rien n'avait dû empêcher le groupuscule de rallier les autres territoires.

Elle avait devant elle un des membres du *Velpa*. C'était la seule explication. Aucune femme en dehors de Naëllithe et d'Hélène n'était au courant du fait qu'elle avait *Eko* avec elle. Celle qui lui tournait le dos ne pouvait pas être une alliée.

Son instant d'hésitation laissa le temps à celle-ci de se retourner. Ériana la vit commencer un mouvement de tête qui ne pouvait être que celui d'une manipulation de *inha*. Aussitôt, sa flèche quitta l'arc. Lorsqu'une vive bourrasque la dévia, Ériana fut déstabilisée en même temps. Heureusement, ses réflexes la remirent sur ses pieds en un battement de cœur, et elle encocha une nouvelle flèche, visant au hasard l'une des trois silhouettes qui accouraient vers elle. Elles étaient certainement à l'origine de la tempête qui l'avait fait basculer.

Ériana décocha sa flèche alors que la femme se relevait encore. De nouveau, et malgré l'énergie avec laquelle la pointe était guidée vers ses adversaires, un violent courant d'air la fit dévier. Ériana lança son bras devant elle pour parer la bourrasque. La flèche manqua de justesse un de ceux qui se précipitaient vers elle. Ses chances s'amenuisaient à chaque instant.

Alors qu'elle encochait désespérément une troisième flèche, une voix l'interrompit :

— Ériana ! Arrête ! C'est nous !

Elle retint son geste au dernier moment, manquant de tirer sur le jeune homme qui lui faisait face. Le soulagement la submergea tant qu'elle s'écroula à terre. Elle avait cru l'espace d'un instant que tout était fini, qu'elle n'aurait jamais sa chance contre quatre membres du *Velpa*.

Le visage familier se rapprocha du sien. Des cheveux aux reflets jaunes, une mâchoire fine et un air juvénile, des yeux marron où coulaient des connaissances aussi nombreuses que redoutables, renfermant certainement une bonne moitié de tous les livres de la bibliothèque de la Tour d'Ivoire.

— Jaedrin, murmura-t-elle, partagée entre l'envie de rire et celle de se jeter dans les bras de son ami.

Noric et Desni approchèrent à leur tour. Elle ne savait en revanche toujours pas qui était la femme qui se relevait, mais ils semblaient bien la connaître.

— Ériana, dit Jaedrin en la prenant dans ses bras.

La voix la réchauffa, lui faisant réaliser à quel point elle s'était sentie seule depuis la veille, même depuis la fin du transfert. Setrian l'avait quittée seulement lorsqu'elle s'était perdue dans *Elpir*, mais il l'avait abandonnée bien avant cela. La distance qu'il avait maintenue entre eux lui avait pesé, malgré sa résolution d'accepter son comportement.

— Ériana, reprit Jaedrin en souriant, il va falloir que tu nous expliques comment tu as pu arriver ici en même temps que nous tout en étant à pied. Mais avant, où est Setrian ? J'ai quelque chose d'important à lui dire.

La dernière phrase de Jaedrin la ramena suffisamment à elle pour ne pas la laisser aller à ses émotions. Elle releva la tête, fixa le contacteur dans les yeux puis tourna son regard vers *Elpir*.

— Setrian est parti. En Na-Friyie.

25

Jaedrin resta calme. Tant qu'il semblait ne pas saisir ce qu'elle avait voulu dire. Ou alors il avait développé une nouvelle façon de rester serein qui n'allait pas avec ce dont elle se souvenait de lui.

— Setrian est parti en Na-Friyie, répéta-t-elle.

— Tu veux dire qu'il est allé récupérer quelque chose à l'avant-poste de ses parents ? Il est vrai que nous n'en sommes pas si loin.

— Non. Setrian est en Na-Friyie avec une armée qui comprend des mages et qui cherche à percer *Elpir*.

Sa phrase suffit à mettre en alerte tous les autres membres de l'équipe, y compris la femme qui avait fouillé dans les sacs. Elle était relativement jeune mais paraissait avoir déjà traversé de nombreuses épreuves. Se retrouver par terre après avoir été attaquée ne lui semblait pas si nouveau que ça.

Jaedrin tenta d'intervenir mais Ériana l'interrompit de la main. Elle se tourna vers la jeune femme qui la regardait avec admiration et se demanda si elle serait capable de fixer avec autant de révérence celle qui avait voulu la tuer, même à tort.

— Je suis désolée de t'avoir prise pour un membre du *Velpa*, commença la mage.

Ériana s'était apprêtée à dire exactement la même chose mais se retint, la laissant s'expliquer.

— Quand j'ai compris que le sac était celui de Setrian, j'ai tout de suite pensé qu'il lui avait été volé. De ce que Jaedrin m'en avait dit, Setrian et toi étiez en arrière. Vous n'auriez jamais pu arriver ici avant nous. Avec les mages croisés pendant la nuit, j'ai cru que tu étais du *Velpa*. À voir la difficulté avec laquelle nous avons réussi à rester vivants, j'ai préféré prévenir les autres par *inha'roh* en attendant qu'ils viennent m'aider.

— J'ai l'impression de te connaître... dit Ériana en réalisant que le timbre de sa voix ne lui était pas tout à fait inconnu.

— Nous nous sommes déjà parlé, sourit la jeune femme.

— Pourtant, je n'ai pas le souvenir de t'avoir vue.

— J'ai uniquement dit que nous nous étions parlé. L'indice fut suffisant. Ériana sourit à son tour.

— Ravie de te voir enfin, Tebi.

— C'est un immense privilège de rencontrer la prétendante à la prophétie, répondit la jeune femme en serrant la main qui lui était tendue.

— L'une des prétendantes, souleva Ériana.

— La prétendante qui a notre sort entre ses mains, si tu préfères.

— Vous avez croisé des membres du *Velpa* pendant la nuit ? poursuivit-elle.

— Ils étaient trois, répondit Jaedrin. Nous étions plus nombreux, mais chacun était d'un élément distinct.

— Ça ne me surprend pas, dit Ériana. Quel était le dernier ?

— Les Eaux.

Jaedrin venait de confirmer ce à quoi ils avaient tous pensé depuis un moment. Le *Velpa* regroupait effectivement toutes les communautés de la Friyie.

Pour l'instant, ils n'avaient pas rencontré de mages des Feux, peut-être en raison de la distance avec le territoire reculé, mais elle n'en doutait plus : le *Velpa* réunissait les quatre éléments.

— Que faisaient-ils là ? reprit-elle.

— Nous n'avons pas pris le temps de leur poser la question, répondit Jaedrin. Mais d'après les traces laissées derrière eux, Desni pense qu'ils allaient dans la même direction que nous.

— Vous étiez quatre mages des Vents contre trois mages d'éléments différents, comment avez-vous fait ?

— Comme nous le pouvions. Ils ne s'attendaient pas à nous trouver sur leur chemin. Je ne te cache pas que ça a été difficile, mais nous nous en sommes sortis.

— De quelle façon ?

Jaedrin la fixait intensément, comme s'il voulait lui communiquer la réponse sans parler. Il pouvait utiliser un *inha'roh* pour cela, mais elle sentait plutôt qu'il voulait se passer des mots. Cette attitude ne lui ressemblait pas. Jaedrin n'était pas aussi résolu, habituellement. Quand elle l'avait connu à Myria, il était craintif. Au départ de leur équipe, il avait montré de grandes réticences. Jaedrin n'était pas bâti pour le genre de mission qui leur avait été confié, pourtant, il avait été choisi et il était là, face à elle, transformé.

— Au milieu de la furie des trois éléments mélangés, je me souviens d'un crâne fendu, d'une dague dans un cœur et d'un corps enseveli.

Cette fois, elle en était certaine, Jaedrin s'était considérablement endurci. Au début de l'hiver, il n'aurait jamais pu tenir un tel discours sans flancher. Aujourd'hui il décrivait la finalité d'une scène de combat sans éprouver le moindre remords.

— Qui a envoyé la dague ? demanda-t-elle en choisissant de ne pas faire de remarque.

— Noric, mais je crois qu'il a fallu le *inha* de Desni et de Tebi en plus du sien pour la faire entrer au bon endroit. Avec l'humidité de l'air, le mage des Eaux et celui des Vents s'en sortaient particulièrement bien. Seul celui des Terres était légèrement à l'écart, et peut-être aussi assez mal initié. Il a essayé de faire se dérober le sol sous moi mais a fini par y tomber lui-même. Si tu avais entendu ses cris, je crois que même les Terres criaient avec lui.

— Tu as dit que c'était en pleine nuit ?

— Oui, pourquoi ?

Ce que décrivait Jaedrin faisait étrangement écho à ce qu'elle avait ressenti pendant son sommeil. La pulsation qui l'avait réveillée pouvait provenir du fait que les Terres avaient détruit un de leurs propres mages. Elle n'en était pas certaine, mais ça semblait être une explication valable.

— Ériana, je sens que tu ne nous dis pas tout. Et j'aimerais vraiment que tu en dises plus sur Setrian.

— C'est quelque chose que j'ai ressenti cette nuit.

— Tu as perçu le tumulte dans l'énergie des Vents ? Avec ce que nous avons manipulé, ça pourrait être plausible, mais nous étions loin d'ici. Quand tout s'est arrêté, nous avons immédiatement repris la route. Si les trois mages étaient envoyés en éclaireurs, nous ne voulions pas rester près de leurs cadavres, même de nuit.

— Pas celle des Vents, coupa Ériana en secouant la tête. Celle des Terres.

— Je croyais que tu avais encore du mal à ressentir cet élément ?

— Je n'ai plus aucune difficulté à manipuler ce *inha*. J'ai été totalement initiée. Je suis *Aynetaïl*, désormais.

— Je ne veux pas te contredire, mais tu n'en étais pas du tout à un stade aussi avancé quand nous avons été séparés.

— Justement, il s'est passé beaucoup de choses depuis.

C'était à son tour de s'expliquer. Elle n'avait plus rien à demander à l'équipe de l'Est en dehors de la curieuse présence de Tebi.

— Je pense que nous pouvons en profiter pour faire une pause, lança Noric. Parmi les affaires que nous avons trouvées sur les membres du *Velpa*, il y avait pas mal de vivres et je les ai récupérés. Ils s'apprêtaient à faire un très long voyage. Je pense vraiment qu'ils partaient pour le territoire des Eaux. Je suis également tombé sur des choses très intéressantes, comme ceci.

Noric sortit deux longs tubes transparents d'une poche. Le premier contenait une pâte blanchâtre, le second un liquide argenté reproduisant l'effet d'un miroir sur les parois. Ériana reconnut les deux. Elle n'avait pas besoin de se demander ce que le *Velpa* pouvait faire avec de l'*empaïs* et son antidote.

— On dirait que tu n'es pas surprise, souleva Noric.

Il était temps de tout dire. Ériana prit une profonde inspiration et entama son récit, sans toutefois trop s'attarder sur l'attitude de Setrian envers elle. Personne ne fit de remarque mais elle lut l'incompréhension dans les yeux de tous. Lorsqu'elle en arriva à la faiblesse énergétique d'*Elpir*, Desni lui fit décrire plusieurs fois ce qu'elle avait vu. En tant que *Ploritiel*, il était le plus apte à comprendre.

— Alors l'armée a coupé tous les arbres, répéta Jaedrin. Cette même armée dans laquelle Setrian s'est engagé.

— Je ne crois pas qu'engagé soit le terme exact, dit-elle en laissant ses émotions de côté. Je pense plutôt qu'il a pris la place d'un des mages qui y appartenait et, vu l'état dans lequel il était, je ne suis pas persuadée qu'il avait les faveurs de l'armée.

— Comment as-tu pu saisir tout ça ? s'étonna Jaedrin.

— Setrian a laissé des signes. Il a fait en sorte de me guider progressivement.

— En tant que messager, c'est naturel, dit Noric. Tu es donc certaine qu'il est parti avec cette armée en Na-Friyie... Tu ne penses pas qu'il s'agit d'autre chose ?

Le guérisseur émettait les mêmes doutes qu'elle, sauf qu'elle avait eu le temps de se faire une raison. Même si Setrian mettait de la distance entre eux pour lui permettre de rencontrer son véritable protecteur, elle savait qu'il était avant tout entré dans cette armée pour comprendre ce qui s'y passait.

— Non, il voulait savoir. À sa place, je crois que j'aurais fait pareil.

Elle le réalisa à l'instant où les mots sortaient de sa bouche. Ses dernières traces de rancœur envers Setrian et la solitude dans laquelle il l'avait laissée s'effacèrent.

— Comment te sens-tu ?

Elle ne savait plus combien de fois Noric lui avait posé la question. Sa nature de guérisseur l'incitait à s'assurer du bien-être des autres. Mais elle avait l'impression qu'il ne parlait pas de sa santé.

— Je crois que je n'ai pas trop le choix.

— Nous avons toujours le choix, répondit Noric alors que les autres se levaient pour retourner près des chevaux. Regarde tout ce qui est arrivé avec la décision de partir pour Arden. Nous comprenons enfin cette histoire de réduction de ton *inha*. Nous savons à présent que tu détiens les quatre éléments et que tu dois y être initiée. Nous avons même un moyen de rallier rapidement la cité d'Émeraude !

Noric désignait *Elpir* sur sa droite. Jaedrin et Desni étaient en train de défaire leurs affaires des chevaux. Les animaux ne subissaient pas les effets du bouclier, ils n'avaient aucun moyen d'être transportés vers Arden. Ils devaient les laisser derrière eux. Apparemment, Jaedrin n'en était pas mécontent.

— Mais j'ai perdu Setrian en même temps, murmura-t-elle.

— Nous le retrouverons.

Elle ne doutait pas qu'ils recroiseraient Setrian. Elle appréhendait seulement la façon dont cela arriverait.

— Vous êtes sûrs de ne pas vouloir vous reposer davantage ? demanda-t-elle en regardant les autres.

— Je crois que la découverte de ce nouveau moyen de nous déplacer nous a redonné des forces. Et tu dois être impatiente d'avancer. Je pense aussi que maintenant qu'elle a accepté le fait que nous préférions

261

qu'elle retourne à Myria pour transmettre nos messages à Judin, Tebi ne veut pas perdre de temps. Elle a trois jours de cheval. Elle est restée seule si longtemps. Heureusement, elle a Jlamen avec elle.

Ériana avait appris la présence du loup avec surprise. Pendant son récit, il était même venu se frotter contre elle. Ériana s'était réfugiée un instant dans le pelage blanc mais les yeux bleus lui rappelaient trop ceux de Setrian. Par la suite, le loup était resté auprès de Tebi jusqu'au moment où celle-ci était retournée près des chevaux. À partir de là, elle ne l'avait plus vu.

Tebi était la seule d'entre eux à préparer sa monture au départ. L'impossibilité d'utiliser les *inha'roh* lui pesait certainement, mais depuis qu'ils savaient que le *Velpa* pouvait être dans les environs, ils essayaient de garder les longs contacts de pensée pour les cas d'urgence. D'ici quelques jours, elle pourrait rapporter à la Tour d'Ivoire les éléments qu'ils avaient appris. Judin serait soulagé de recevoir toutes ces informations.

— Qu'est-il arrivé à Jaedrin ? demanda Ériana lorsque ses yeux tombèrent sur lui. Je le trouve... changé.

— Tout le monde n'a pas eu une enfance comme la tienne, répondit Noric. Jaedrin n'a jamais eu à se défendre ou à survivre comme tu l'as fait. Quand nous avons été séparés de vous, Jaedrin avait déjà commencé à en mesurer les conséquences. Mais plus les jours passaient, plus il comprenait que ce n'était qu'une question de temps avant qu'il n'ait à se défendre seul.

— J'oublie qu'il n'a pas suivi d'instruction avec la Garde des Vents, réalisa Ériana.

— De nous quatre, seuls Tebi et lui n'avaient jamais posé les mains sur une arme. Avec ce qu'elle a vécu pour nous communiquer son premier message, Tebi a eu largement le temps de s'endurcir. Sans parler de son choix de nous rejoindre. Jaedrin a toujours été protégé, à Myria. En partant pour Lapùn, il comptait sur Setrian pour l'aider, de même que sur toi. Hier, pendant le combat contre le *Velpa*, il s'est retrouvé seul. Nous autres étions concentrés ailleurs. Jaedrin a compris que c'était sa vie ou celle du mage devant lui.

Les premières fois où Ériana avait provoqué la mort de quelqu'un, elle l'avait fait indirectement. À cette époque, elle était vraiment très jeune et les mercenaires ne la pourchassaient pas encore si inlassablement. Mais dès que le trafic de Friyens avait repris, elle avait dû se résoudre à utiliser tous les moyens en sa possession. Le jour où une de ses flèches avait tué sa première victime, elle avait eu juste un instant de regret. Si elle n'avait pas achevé le mercenaire, elle aurait été faite prisonnière.

— Tu te sens prête à y aller ?

Encore une fois, Noric se montrait bienveillant et elle hocha la tête. Desni avait profité de leur discussion pour faire le tri dans les affaires de Setrian. Ils ne conserveraient que les livrets, Tebi rapporterait le reste avec elle. Ériana se rapprocha de la contactrice déjà prête à partir.

— Est-ce que tu pourrais faire passer un autre message ?

263

— Tout ce que j'ai à dire n'est-il pas suffisant ? plaisanta Tebi.

— J'aimerais que tu trouves le garçon na-friyen qui est arrivé à la Tour. Friyah. Est-ce que tu peux lui dire que je vais bien ?

— Tu veux que je lui mente ?

— Non ! s'offusqua Ériana.

— Dans ce cas, je ne peux pas lui dire que tu vas bien. Ériana, tu es entourée d'hommes dans cette équipe. Ils ne voient pas ce qu'une femme peut saisir en un simple regard. Ils voient les blessures physiques. Ils entendent les faits que tu leur apportes. Ils ne lisent pas sous les mots que tu prononces. Seule la bonne personne est capable de faire ça.

— Pourtant, Noric...

— Noric est guérisseur, il s'inquiète par principe. C'est peut-être celui qui remarque le plus facilement que quelque chose ne va pas. Mais il ne sait pas quelle en est la raison. Il va toujours te la demander. Il repère ton mal-être mais ne se l'explique pas. En tout cas, pas un mal-être de ce genre.

Le regard de Tebi était plein de douleur. La contactrice avait perdu un être cher au cours d'un affrontement avec le *Velpa*. Setrian n'était pas mort, mais Ériana avait la sensation de l'avoir perdu. Tebi comprenait parfaitement ce qu'elle ressentait. Elle aurait voulu que la *Rohatiel* reste avec eux. Une présence féminine lui manquait. Raison de plus pour atteindre Arden dans les plus brefs délais et retrouver Gabrielle.

— Je lui dirai que tu es en vie, ça ressemblera davantage à la vérité.

26

— Tout le monde se souvient de sa mission ?

Gabrielle hocha la tête, imitant les autres. Chaque membre de l'équipe connaissait son rôle dans l'opération. Tous avaient été mis à contribution, même Erkam, en qui ils avaient désormais toute confiance. Val avait été le plus réticent à accepter que le passeur soit mis dans la confidence, mais Erkam en avait déjà entendu beaucoup trop. De plus, Hajul était convaincu qu'il ne pourrait que les aider, de même que Plamathée.

La Mage de la communauté des Eaux était elle aussi incluse dans leur complot nocturne. Elle n'attendait plus que le signal d'Erkam pour entrer en action. La première partie du plan consistait à échapper à la vigilance des deux veilleurs que le conseil des Eaux leur avait insidieusement assignés.

Jusqu'ici, l'équipe de l'Ouest avait fait mine d'ignorer la surveillance dont ils étaient l'objet. Ils restaient cependant alertes, prenant garde à ne rien révéler dans des lieux trop fréquentés, et avaient pu remarquer que les veilleurs se déplaçaient toujours par paires, comme si la limitation de leur *inha* nécessitait la présence de deux serviteurs pour un seul *Ploritae*.

La relève avait lieu quatre fois par jour dont une fois en début de nuit. C'était sur cette relève qu'ils comptaient pour amorcer la première partie de leur plan.

Comme convenu, Erkam quitta la chambre des Huyeïl le premier. Gabrielle le regarda fermer la porte avec une discrétion instinctive. Son statut de serviteur lui avait appris à se rendre invisible, sauf lorsque sa présence était indispensable. Elle tourna ensuite les yeux vers Lyne. La jeune fille serrait le bout de sa tunique entre ses doigts sans s'en rendre compte. Son regard errait dans le vide, mais Gabrielle savait qu'elle n'était absolument pas distraite. Au contraire, Lyne se repassait en tête chaque point de sa mission. C'était elle qui se glisserait dans la salle où était conservé l'artefact des Eaux.

Les autres membres de l'équipe devaient faire en sorte que personne à la Tour ne puisse les soupçonner. Pour cela, il leur fallait créer trois diversions. Armia et Hajul s'occuperaient des veilleurs. Val et Gabrielle assureraient leurs arrières au cas où. Plamathée attendrait Lyne à l'étage des bureaux du conseil. Lyne ne serait seule que quelques instants, le temps d'entrer dans la pièce, de dérober l'artefact, et d'en ressortir.

Gabrielle trouvait Armia et Hajul vraiment sereins alors que leur fille se trouvait mêlée à un vol organisé. Comme toujours, la famille Huyeïl était prête à tout pour vaincre le *Velpa*. Ils s'étaient déjà investis dans la prophétie des prétendantes en choisissant de retrouver Ériana. Ils avaient été séparés de leur fils et ils allaient transformer leur fille en le plus recherché des brigands du territoire des Eaux. Pourtant, l'idée ne leur semblait pas si catastrophique

que ça. Gabrielle n'avait qu'une façon d'expliquer leur calme. Ils avaient toute confiance en Lyne, qui acceptait son rôle avec une maturité remarquable.

Un léger coup à la porte les fit se retourner mais aucun ne fut surpris. Erkam passa la tête dans l'entrebâillement et s'adressa à eux d'une voix claire qui pourrait être parfaitement entendue dans le couloir.

— J'ai oublié de vous dire que le conseil voudra s'entretenir avec vous demain.

— Dans l'après-midi ? demanda Hajul.

— Plutôt dans la matinée. Et je devais aussi…

Erkam entra à nouveau dans la pièce. Une fois la porte refermée derrière lui, il commença immédiatement à se déshabiller.

— Ceux qui prennent la relève sont arrivés, murmura-t-il à la hâte. Ils discutent avec les deux autres. Ça nous laisse le temps de la préparer.

Erkam ôta le long tissu émeraude l'entourant de même que celui, plus court, qui lui recouvrait les cheveux. Lyne attrapa le premier et l'enroula autour de ses jambes comme on le lui avait déjà montré. Erkam prit le relais, lui passant le reste par-dessus le buste, les bras et les épaules. Sa main experte effectua les nœuds et les croisements de l'uniforme. Il lui tendit ensuite le tissu court qu'elle noua autour de sa tête en prenant soin de dissimuler son insigne fixé dans ses cheveux par l'*empaïs*.

Sous leurs yeux, Lyne se transformait en passeuse des Eaux. Gabrielle avait cependant du mal à croire que les veilleurs du couloir se feraient berner.

— Je trouve toujours qu'elle est plus petite qu'Erkam, dit-elle.

— J'ai passé les trois derniers jours à marcher courbé, répondit le passeur. Cet uniforme a au moins l'avantage de cacher le maximum de choses, y compris l'artefact qu'elle doit récupérer. Ça suffira à faire croire que c'est moi, surtout que ça n'est indispensable que pour les veilleurs qui vous surveillent. Dès qu'elle aura quitté l'étage, elle sera considérée comme n'importe quel autre serviteur.

Erkam avait raison mais Gabrielle ne pouvait s'empêcher de s'inquiéter. Même s'ils avaient la Mage des Eaux de leur côté, de même que son Premier de la Garde, ils n'étaient finalement que cinq plus un serviteur à devoir franchir le système de protection autour de l'artefact.

— Montre-moi comment tu atteins le pli dont je t'ai parlé, dit Erkam en ajustant une dernière fois l'uniforme.

Lyne s'exécuta, effectuant une série de mouvements en apparence très confus, mais unique moyen d'accéder à une zone de l'uniforme conçue pour transporter des objets. Erkam hocha la tête avec satisfaction puis se tourna vers Hajul.

— Elle est prête.

Hajul déposa un baiser sur le front de sa fille. Lyne échangea un regard avec sa mère avant de se diriger vers la porte, Erkam juste derrière elle.

Il ne pouvait plus sortir de la chambre puisque Lyne se faisait passer pour lui, mais son rôle ne s'arrêtait pas là. Lyne ouvrit la porte et se retourna comme si elle voulait parler à sa famille, ne laissant que ses épaules et sa tête dans la chambre. Elle fixa Erkam dans les yeux et hocha discrètement la tête tout en restant muette alors qu'Erkam prenait une inspiration.

— Encore désolé pour cet oubli, dit le passeur d'une voix forte. Je vous retrouve demain matin

Lyne eut un bref moment d'hésitation puis recula et ferma la porte, moins discrètement que le faisait habituellement Erkam mais ce détail échappa aux veilleurs. Le passeur revint vers eux, la vision légèrement trouble, une grimace sur le visage. L'*empaïs* de son tatouage rendait ses *inha'roh* douloureux et assez compliqués.

— C'est bon, Plamathée sait que nous sommes en place, dit-il en décrispant la mâchoire.

— Bien, répondit Hajul. Gabrielle, Val, c'est à vous.

Gabrielle sortit la première, avec autant de naturel que possible. En attendant que Val la suive, elle jeta un coup d'œil à l'autre bout du couloir. Deux serviteurs y patientaient comme si de rien n'était. Ils agissaient certes souvent de cette façon, mais les deux veilleurs étaient très alertes.

Gabrielle et Val retournèrent à leur chambre, silencieux. Hajul et Armia devaient quitter la leur pour les jardins de la Tour. Depuis trois jours, ils s'employaient à conserver cette routine pour se débarrasser d'un veilleur. Il fallait maintenant s'affranchir du second.

— Ce plan ne me dit rien qui vaille, soupira Gabrielle.

— Il pourrait être pire.

— On ne pourrait vraiment pas inverser les rôles ?

— Pas question. Tu te charges de feindre un affreux mal de tête et je m'occupe du veilleur. Avec un peu de chance, il partira même chercher un guérisseur et nous aurons un double témoignage.

Gabrielle hocha la tête, déçue de ne pas avoir réussi à convaincre Val, et s'agenouilla par terre. Elle plaça ses doigts sur ses tempes, prenant de profondes inspirations pour préparer son cri.

— Tu devrais réussir à les convaincre facilement, plaisanta Val.

Gabrielle grimaça ironiquement avant de pousser un hurlement de douleur. Son cri l'étonna elle-même puis se transforma en sanglots. Val, sembla lui aussi surpris de sa performance mais il se précipita comme prévu dans le couloir. Quand il revint, accompagné d'un mage et du serviteur qui les surveillait, elle feignit une nouvelle douleur tout en continuant à gémir.

— Que lui arrive-t-il ? demanda le veilleur.

— Je ne sais pas, répondit Val avec affolement. Elle m'a dit avoir mal et tout d'un coup, elle s'est mise à crier.

— Est-elle sujette aux maux de tête ? s'enquit le mage.

— Je ne crois pas, même si ça fait déjà plusieurs jours qu'elle se plaint de douleurs.

— Il faut l'amener au troisième étage, chez les *Setae*. Leur *inha* ne pourra pas l'aider, mais nous avons quelques remèdes qui pourraient apaiser sa douleur. Serviteur, je sais que ces mages sont des Vents, va prévenir ceux qui les accompagnent.

Gabrielle se retint de sourire devant le hasard qui s'offrait à eux. Le guérisseur allait les faire descendre chez les *Setae* pendant que le veilleur irait chercher Hajul et Armia. Les témoignages seraient parfaits.

— Ils ne sont pas dans leur chambre, intervint Val. Il n'y a que leur fille et je suis sûr qu'elle dort. Ne la dérangez pas pour ça, ajouta-t-il pour éviter que le serviteur ne découvre Erkam à la place. Peut-être qu'ils sont allés aux jardins des *Otae*, comme hier...

Le guérisseur ordonna au veilleur de les trouver. Il était évident que ce dernier obéissait à contrecœur.

Val avait laissé traîner sa phrase comme s'il n'y accordait plus d'importance. Il se pencha au-dessus de Gabrielle et l'entoura de ses bras, inquiet. Son expression était presque troublante.

— Ils devraient pouvoir t'aider, dit-il. Je t'emmène. Je trouverai bien le chemin.

— Ne soyez pas stupide, jeune homme, coupa le mage. Je viens également avec vous. Il vaut mieux que je sois là, à moins que vous ne préfériez que mes confrères perdent un temps précieux à découvrir ce que je viens moi-même de comprendre ?

Gabrielle fut tellement surprise qu'elle manqua d'interrompre ses gémissements.

— Que... Qu'avez-vous compris ? s'alarma Val sans plus avoir besoin de feindre.

— Son mal de tête est dû à l'*empaïs*. Je suis moi-même *Setae* et nous traitons souvent les serviteurs pour ce genre de migraines. En vérité, ils passent une grande partie de leur vie à les combattre. Ils n'en ont qu'une petite quantité comparé à celle qui vous a été appliquée, je le vois bien sur son insigne, poursuivit le mage en désignant une des mains que Gabrielle continuait à plaquer sur ses tempes. Pour elle, cela doit faire trop et depuis trop longtemps.

Val était si abasourdi que Gabrielle eut du mal à se retenir de rire. Aucun d'eux n'avait pensé au fait que les symptômes qu'elle simulerait pourraient correspondre à un mal bien défini. Ils étaient partis sur une simple migraine et se retrouvaient avec une cause bien plus importante qui pourrait éventuellement jouer en leur faveur.

— Jeune homme, vous pouvez la porter ?

Gabrielle se laissa faire en cachant son sourire lorsque Val la prit dans ses bras.

— Ne t'inquiète pas, Gabrielle. Tout ira bien, chuchota-t-il. Je ne te lâcherai pas. Je te garderai avec moi jusqu'en bas.

De nouveau, elle retint son rire. Val devait être assez mal à l'aise. Ils étaient devenus d'excellents amis et elle savait qu'elle pouvait mettre sa vie entre ses mains, tout comme elle appréciait vraiment de l'avoir auprès d'elle. Mais feindre davantage était toujours délicat. Alors qu'ils se dirigeaient tous vers l'escalier, elle profita du fait que le mage soit devant eux pour approcher ses lèvres de l'oreille de Val.

— Je vais devoir maintenir cet état pendant combien de temps ?

— Ça semblerait un peu étrange si tu n'avais soudain plus mal à la tête, mais je vais voir si je peux en apprendre plus sur les effets de l'application prolongée de l'*empaïs*. C'est une sacrée chance que nous avons eue d'apprendre ça.

— Jeune homme, appela le guérisseur au-devant, je sais que vous en mourez d'envie, mais cessez de lui parler. Je peux vous assurer que la seule chose qu'il lui faut, c'est être au calme pour lutter contre la douleur.

— Vous êtes certain que vous trouverez quelque chose ? demanda Val en reprenant sa voix affolée.

— Son énergie est sous pression avec l'*empaïs*. Il empêche la libre circulation de son *inha*. Les migraines sont le seul moyen que son énergie a trouvé pour évacuer cette pression. Nous pouvons contrer ces migraines.

— Quand cesseront-elles ?

— Ça peut prendre des jours, tout comme elle peut être sur pied d'ici demain matin.

— J'espère que ce sera demain matin, dit Val. Et pas plus tôt, dit-il le plus doucement possible.

Gabrielle comprit le message. La perspective d'une nuit dans l'aile des guérisseurs ne la réjouissait pas, mais cela servait le plan. Quand ils arrivèrent au dortoir, Val l'allongea doucement avant de s'asseoir à côté d'elle. Elle avala le remède qui lui était tendu et fut surprise de sentir un léger apaisement dans sa tête. L'*empaïs* avait effectivement un effet sur elle.

— Il faut la laisser, maintenant, dit le guérisseur.

— Je ne partirai pas d'ici, déclara Val.

Le mage se contenta de hausser les épaules et Gabrielle soupira de soulagement. Leur alibi était sauf. Leur nervosité allait néanmoins grandissant. Quelque part au-dessus d'eux, Lyne dérobait un artefact.

27

— J'ai hâte de savoir si le plan a fonctionné, murmura Gabrielle.

— Certes, mais tu vas devoir marcher moins vite, siffla Val entre ses dents. Je te rappelle que tu sors d'une nuit de convalescence !

Elle marmonna quelque chose d'inaudible et remercia Val de ne pas chercher à savoir. Elle était déjà assez ennuyée d'avoir dû autant patienter chez les guérisseurs. La chambre des Huyeïl ne lui avait jamais semblé aussi lointaine.

— Il va falloir attendre un certain temps avant de pouvoir recommencer, si Lyne a échoué, dit-elle.

— Ne spécule pas.

— Je ne sais pas pour toi, mais je trouve que les mages de cette Tour ne sont pas particulièrement inquiets.

— Ils ne sont peut-être pas encore au courant.

Le reste du trajet se déroula en silence. L'atmosphère qu'ils trouvèrent en arrivant à destination était similaire. Il était évident que quelque chose n'allait pas.

— Elle n'a pas réussi ? demanda-t-elle à Hajul qui restait muet.

— Si, répondit-il simplement. Et nos diversions ont parfaitement fonctionné. Personne ne nous soupçonnera.

Gabrielle resta interloquée. Le succès de la mission ne semblait réjouir personne.

— Quel est le problème ? lança Val.

Hajul poussa un profond soupir en désignant un endroit derrière lui. Gabrielle ne l'avait pas encore remarquée, mais Lyne était allongée dans son lit, sous une montagne de couvertures alors que la température était douce dans la pièce. Sa nuit avait dû être éprouvante. Armia était auprès d'elle, particulièrement soucieuse.

— Tout s'est déroulé comme prévu, commença Hajul. Lyne est revenue avec *Erae*. Plamathée a distrait les gardes qui surveillaient la salle et l'alerte a été lancée juste après. Lyne a même trouvé la chose trop facile. Comme nous nous étions débarrassés des veilleurs, Erkam a pu récupérer son uniforme et repartir discrètement. Tout le monde était sauf.

— Alors où est le souci ?

— Une sécurité supplémentaire entourait l'artefact.

— Quelle sécurité ? s'étonna Val. Les boucliers des Eaux sont inactifs sur nous.

— Je le sais, soupira Hajul. Lyne a pu entrer sans souci. Elle est ressortie tout aussi facilement. Le problème n'était pas la salle. La dernière sécurité était sur l'artefact.

— Il aurait été recouvert d'un autre genre de bouclier ?

— Aucune idée, mais il a agi sur elle.

Le regard de Val devint sévère alors que Gabrielle tentait encore de comprendre.

— J'aurais besoin de voir l'artefact pour le confirmer mais si Lyne a été touchée, alors le bouclier n'était pas formé de *inha* protecteur, mais réalisé à bases de plantes ou d'autres substances. Ce genre de bouclier n'a pas pour objectif d'empêcher le vol. De plus, Lyne n'a eu aucun souci à prendre l'artefact avec elle et à le ramener jusqu'ici. Comme elle a dit, c'était presque trop facile.

— Que fait ce bouclier ? demanda aussitôt Hajul.

Val se mordit les lèvres comme s'il hésitait à répondre. Hajul blêmit. C'était l'une des rares fois où il semblait aussi démuni. Gabrielle déglutit difficilement en comprenant que la situation était bien plus inquiétante que ce qu'elle avait cru au départ.

— Il est conçu pour désarmer celui qui le touche. Pas dans l'instant, mais sur le long terme. En touchant *Erae*, Lyne a activé le bouclier sur elle-même.

Hajul s'effondra dans le fauteuil juste derrière lui.

— Que veux-tu dire exactement par désarmer ? chuchota Gabrielle. Lyne est malade ?

C'était la seule chose qu'elle parvenait à envisager, d'après la présence insistante d'Armia auprès de sa fille. La guérisseuse ne les avait d'ailleurs même pas salués à leur arrivée.

Val ne répondit pas. Ses poings étaient crispés, de même que sa mâchoire. Il regardait de biais, tout en donnant l'impression de vouloir apporter une réponse.

— Val ! s'impatienta-t-elle à voix basse. Soit tu me dis immédiatement ce qui arrive à Lyne, soit je vais directement demander à sa mère !

Dans son élan, elle avait été un peu trop agressive. Val releva un visage blessé.

— Je n'en ai aucune idée ! Et tu peux aller demander à Armia, mais si elle est encore là-bas c'est qu'elle n'a aucune solution non plus !

À ces mots, Armia tourna la tête. Son visage blême prouva en un instant que ce que Val disait était vrai. Elle ne pouvait apporter ni explications ni remèdes. Dans son fauteuil, Hajul était tout aussi inerte. Gabrielle commença à frissonner. Hajul était normalement infaillible. Quelle que soit la situation, il était le pilier sur lequel ils pouvaient tous s'appuyer. Si ce pilier faiblissait, elle n'osait imaginer ce qu'il adviendrait d'eux.

— Mais... On doit pouvoir faire quelque chose pour Lyne, non ? tenta-t-elle d'une voix tremblante. Tu es *Ploritiel*, Val, tu devrais pouvoir...

— Tu l'as dit, coupa-t-il. Je suis *Ploritiel*, pas *Ploritae*. Ce bouclier a été établi par des mages des Eaux et en collaboration avec d'autres natures. Que puis-je y faire ?

Gabrielle recula d'un pas tant ses paroles étaient véhémentes. Val réalisa qu'il était allé trop loin et son visage s'adoucit.

— Pardonne-moi, je me laisse emporter. Je n'ai pas l'habitude de ne pas comprendre la nature d'un bouclier. J'aurais besoin de parler avec Lyne pour ça et je pense que ce n'est pas le moment. Mais peut-être que je pourrais examiner l'artefact ?

À ces mots, Hajul désigna l'armoire derrière lui. Une très faible lueur bleutée s'en échappait. Gabrielle pencha la tête pour en deviner davantage. La couleur se rapprochait du vert.

— Il est ici, dit Hajul en soupirant.

— Je croyais qu'Erkam devait le récupérer, s'étonna-t-elle en se rapprochant de l'armoire.

Elle était en train d'ouvrir en entier le battant lorsque le cri alarmé de Hajul l'immobilisa.

— Ne t'en approche pas ! Nous ne savons pas comment fonctionne ce bouclier.

— Papa… maugréa une voix près de la fenêtre.

Tous se retournèrent d'un même mouvement vers le lit de Lyne. Armia commença à caresser fébrilement le front de sa fille et Hajul s'approcha d'elles.

— Garde tes forces, murmura-t-il.

— Je t'assure que ce n'est que lorsque je l'ai touché, répondit Lyne.

— Nous n'en sommes pas encore certains.

— Et nous ne le serons certainement jamais, soupira-t-elle. Alors soit tu me fais confiance, soit je me lève pour attraper cet objet sans ta permission.

En entendant la vigueur de Lyne, Gabrielle se demanda si la jeune fille était vraiment atteinte par les effets du bouclier. Mais lorsque sa mère se décala légèrement, son teint maladif la convainquit. Lyne était presque aussi blanche que les murs de la chambre.

— Laisse-moi y aller, papa.

Hajul se résigna, certainement parce qu'il savait que sa fille finirait par lui prouver qu'elle avait raison. Avec sa femme, il l'aida à se lever. Lyne semblait extrêmement fatiguée. Gabrielle les suivit des yeux jusqu'à l'armoire, puis Lyne se détacha de ses parents pour saisir l'objet.

En dehors des livres consultés, aucun d'eux n'avait eu un aperçu réel de l'artefact, mais les dessins étaient très représentatifs. *Erae* était une spirale, large à sa base. La matière s'apparentait à un verre translucide émeraude, sa surface parsemée de multiples éclaboussures solides, comme si des gouttes de verre y avaient été projetées.

Lyne tenait l'objet par l'un des arceaux. Quand elle le tendit devant elle, tout en restant à distance des autres, Gabrielle vit qu'un liquide coulait à l'intérieur du verre, très certainement de l'eau. L'écoulement semblait perpétuel et conférait à l'artefact son aspect luminescent.

Dans la lumière émeraude, Lyne paraissait encore plus malade. Elle attendit quelques instants puis retourna poser l'objet dans l'armoire. Dès que cela fut fait, sa mère l'attrapa par le bras et l'amena à nouveau jusqu'au lit.

— Maman… se plaignit-elle. Je vais bien.

— Cesse de mentir.

— Bon, d'accord, je ne vais pas bien, corrigea Lyne. Mais je peux encore marcher, bouger, respirer et j'ai terriblement faim.

— Je ne suis pas sûre que manger soit la meilleure chose à faire.

— Quelle serait la meilleure chose à faire, alors ?

Armia se tourna vers Val, implorante. Celui-ci secoua la tête.

— Maintenant que je l'ai vu, je sais que même si j'avais accès à mon *inha*, je n'aurais aucun moyen d'analyser ce bouclier. J'y suis complètement aveugle.

— Mais s'il est des Eaux, souleva Gabrielle, comment a-t-il pu avoir une influence sur Lyne ?

— Comme je t'ai dit, ce bouclier n'est pas comme les autres. Il a été établi avec des mages d'autres natures, dont ceux manipulant les végétaux, et n'a eu aucun effet sur Lyne. La plante utilisée, en revanche, si.

— Mais vous êtes guérisseuse, Armia ! Vous pouvez certainement faire quelque chose !

— Je ne peux que traiter les symptômes, sans compter le fait que je n'ai pas assez de remèdes, soupira Armia. Il me faudrait l'accès à mes capacités pour comprendre exactement de quoi il s'agit.

Gabrielle serra les dents. Cet *empaïs* commençait sérieusement à l'énerver.

— On a peut-être un moyen de s'en débarrasser ! s'exclama-t-elle soudain en échangeant un regard avec Val.

— Vous avez l'antidote ? demanda Armia avec avidité.

Anéantir les espoirs d'Armia lui broya le cœur, mais elle s'empressa de s'expliquer :

— La meilleure solution serait que Plamathée s'en procure pour nous, mais si elle n'y est pas parvenue ces derniers jours, elle ne réussira pas mieux cette fois-ci. Non, il s'agit d'une information découverte par hasard cette nuit.

— Le guérisseur qui s'est occupé de Gabrielle lorsqu'elle a feint sa migraine a associé ses symptômes avec l'application intense et prolongée de l'*empaïs*, expliqua Val. Peut-être pourrions-nous jouer sur ce détail pour faire diminuer la dose qui nous est attribuée et même la faire définitivement supprimer.

— J'en doute fort, dit Hajul, mais ça vaut la peine d'essayer. Lyne doit être auscultée.

— Est-ce que Plamathée est au courant ? demanda Gabrielle.

— Nous sommes les seuls à savoir. Les symptômes se sont déclenchés après qu'Erkam a quitté la chambre. Lyne se sentait déjà faible à ce moment-là, mais elle ne lui en a pas parlé. Elle a juste dit qu'elle préférait garder l'artefact. Erkam n'a pas insisté. C'est quand nous sommes arrivés qu'elle nous a expliqué. Ça n'a fait qu'empirer pendant la nuit.

— Peut-être qu'un guérisseur des Eaux pourrait l'ausculter ?

— Il va falloir trouver quelqu'un de confiance dans cette Tour... Plamathée pourrait peut-être nous aiguiller.

Le regard de Hajul se perdit vers l'extérieur. Gabrielle l'imita. Au-dehors, les nuages s'amoncelaient dans le ciel, menaçant Arden d'un nouvel orage. L'horizon était si flou qu'elle ne parvenait pas à distinguer le ciel de l'océan.

— Je n'ai aucune chance d'atteindre directement le bureau de Plamathée, mais je vais aller chercher Erkam, lança-t-elle.

— Je viens avec toi, dit Val.

Hajul sembla à peine surpris de leur décision, mais il ne semblait pas non plus soucieux ou réjoui. C'était ce qui la déstabilisait le plus. Ils étaient en train de perdre leur guide, leur unique moyen d'accomplir leur mission. Ils ne pouvaient se le permettre.

— Nous ferons vite, Hajul.

— Je ne suis pas mourante, marmonna Lyne depuis son lit. Juste un peu fatiguée. Ah, et il paraît que je serai bientôt aussi pâle que les cheveux de mon frère. Tant mieux, j'aurai l'impression qu'il est avec moi !

L'enthousiasme exagéré de Lyne ne réussit pas à rassurer Gabrielle. Quelque chose dans le regard de Val la gênait, sans parler de son silence forcé.

Apparemment le genre de bouclier qui recouvrait *Erae* ne lui était pas totalement inconnu.

Une fois seuls dans le couloir, elle s'interposa devant lui. Dans son champ de vision, elle aperçut deux silhouettes et reconnut les veilleurs assignés à la surveillance du matin. Sa patience arrivait à bout.

— Ils ne nous laisseront jamais tranquilles, ceux-là ! pesta-t-elle à voix basse en faisant mine de prendre Val dans ses bras.

— Gabrielle, qu'est-ce que tu fais ?

— Je maintiens les faux-semblants pour te demander ce que toi, tu fais !

— Mais...

— Tu sais quelque chose sur ce bouclier, alors pourquoi ne le dis-tu pas à Hajul et à Armia ?

Le visage de Val se transforma et il laissa passer un instant de silence.

— Parce que je ne veux rien avancer avant d'en être sûr.

— Tu as une solution et tu ne veux pas leur en faire part ?

— Ce n'est pas une solution que j'ai, Gabrielle.

— Alors de quoi s'agit-il ?

Val ne répondit pas, mais il n'en avait pas besoin. Ses yeux parlaient pour lui. S'il n'avait pas de solution, alors il s'agissait d'une sentence. Elle repoussa son désespoir le plus loin possible.

— Raison de plus pour tenter de prouver que tu as tort ! dit-elle en l'orientant vers l'escalier de service.

— Les veilleurs ne nous laisseront jamais passer par là sans alerter la Garde ! s'exclama-t-il.

Elle savait qu'il avait raison. Les deux silhouettes commençaient déjà à se mouvoir. Elle devait rapidement trouver une idée. La plus saugrenue lui sauta à l'esprit.

— Pas s'ils me voient faire ça, dit-elle en prenant une inspiration.

— Qu'est-ce qui pourrait bien les obliger à faire demi-tour ?

— Pardonne-moi d'avance.

Sans attendre, elle plaqua Val contre le mur et l'embrassa. Le protecteur fut plus que surpris et tenta de reculer, mais elle se pressa davantage contre lui.

— Il va falloir que tu joues le jeu si tu veux que ces deux-là nous ignorent ! souffla-t-elle.

— Vu la façon dont ils approchent, je n'ai pas vraiment l'impression que ça fonctionne, s'énerva-t-il.

— Alors fais en sorte que ça marche !

Elle lui embrassa doucement l'oreille et il se raidit. Il voulait chercher des solutions, mais ils n'avaient plus le temps. Sans lui demander son consentement, elle passa un bras au creux de ses reins. Quand Val lui attrapa la taille, elle sut qu'il avait enfin choisi d'agir et se détendit un peu.

Même au travers des vêtements, elle pouvait sentir ses muscles se contracter. Tout en répondant à ses baisers, il faisait glisser ses mains le long de son dos. Leurs épaules se soulevaient régulièrement avec de profonds soupirs, mais ils restaient suffisamment alertes pour deviner ce qui se passait derrière eux et ce qu'elle entendit ne la rassura pas.

Les veilleurs approchaient. Leur petit manège n'était pas suffisant. Rendre les choses encore plus intimes sans dépasser les limites du convenable était délicat. Ils étaient tout de même dans une aile de la Tour, même si totalement au bout et donc assez isolés.

Val trouva le courage avant elle et l'attrapa par la taille pour échanger leurs places. Gabrielle se sentit à son tour plaquée contre le mur alors que Val continuait à l'embrasser, cette fois avec passion. Elle ne put retenir un gémissement au moment où sa tête tapa contre la paroi. Elle espéra que les veilleurs l'avaient mal interprété.

— Pardon, murmura Val entre deux baisers.

Elle aurait voulu lui répondre mais il ne lui en laissa pas le temps, pressant à nouveau ses lèvres contre les siennes. Leur respiration s'était accélérée, et lorsque Val commença à lui embrasser le cou, Gabrielle s'autorisa à ouvrir très légèrement les yeux.

Les deux veilleurs s'étaient arrêtés en plein milieu du couloir, hésitants. Il ne manquait pas grand-chose pour qu'ils acceptent enfin de les laisser en paix. Alors que Val remontait pour avoir de nouveau accès à sa bouche, Gabrielle laissa une de ses jambes passer entre les siennes, et, de l'autre, lui enserra la cuisse. Le soulagement la gagna enfin.

— C'est bon, ils nous tournent le dos, murmura-t-elle avec un sourire.

Sans arrêter le mouvement de ses lèvres, Val l'attrapa soudainement par les cuisses pour la jucher sur lui. Gabrielle poussa un petit cri de surprise en ouvrant grand les yeux. Les deux veilleurs haussèrent les épaules, apparemment résignés à les laisser tranquilles.

— Si tu veux bien ouvrir la porte, chuchota Val.

À la fois amusée et concentrée sur les veilleurs, elle n'avait même pas remarqué qu'il l'avait déplacée vers la porte de service. Elle tâtonna jusqu'à trouver le loquet et ils s'engouffrèrent dans le petit escalier.

Val la tenait toujours en hauteur dans ses bras et il laissa la porte se refermer d'elle-même. Ils savaient que le montant ne ferait aucun bruit, le mot d'ordre des serviteurs était toujours la discrétion. Gabrielle commença à rire doucement en pensant à la façon dont ils avaient réussi à échapper à la vigilance des veilleurs lorsque Val la plaqua à nouveau contre le mur, cette fois-ci beaucoup plus délicatement.

Elle pensait qu'il comptait se servir de l'appui pour la reposer au sol, mais il resta pressé contre elle, les yeux enfin ouverts, la fixant bien trop intimement pour un simple jeu. Puis il approcha son visage et l'embrassa à nouveau.

Gabrielle ne sut comment réagir. Elle ne comprenait pas pourquoi il continuait à l'embrasser alors qu'ils étaient enfin libres d'aller retrouver Erkam et Plamathée.

— Qu'est-ce que tu fais ? s'exclama-t-elle soudain en détournant la tête.

Il recula brusquement, la faisant presque tomber par terre.

— Pardon ! s'excusa-t-il en s'agenouillant pour l'aider à se relever. J'ai réagi par... Enfin... Je veux dire... Je n'ai pas pensé...

— Tu n'as pas pensé ? répéta-t-elle, perplexe.

La lumière était faible dans l'escalier. Les murs blancs prenaient une teinte rougeâtre, mais elle était certaine que le visage de Val s'empourprait lui aussi.

— Je crois que peu importe ce que je dirai, ça n'aura aucun sens, s'excusa-t-il en soupirant.

Un moment de silence passa. Ils devaient se hâter et trouver Erkam, mais elle tenait à comprendre exactement ce qui venait de se produire avant de laisser la situation s'enliser dans un mauvais quiproquo.

— Écoute, Val, je... ce qui vient de se passer, avant d'entrer ici, je veux dire, ce n'était que pour leur échapper.

— Je le sais, l'interrompit-il. Désolé, ça ne se reproduira plus.

— Je t'ai peut-être fait croire que... C'est à moi d'être désolée, dit Gabrielle. Je n'aurais pas dû répondre...

Il s'écarta et regarda l'escalier, comme s'il voulait s'y précipiter. L'attitude de Val était insensée. Il aimait déjà quelqu'un.

— J'ai dû me laisser emporter, dit-il après un certain temps.

— Je trouve que tu te laisses facilement emporter, aujourd'hui, plaisanta-t-elle.

— Pardonne-moi, j'ai fait une erreur.

— Je ne dirai rien, absolument rien, le rassura-t-elle. Et si jamais ça se sait, je pourrai toujours dire que c'était pour remplir la mission. N'aie crainte, je garderai le secret.

— Non, Gabrielle.

— Mais je ne ferai que dire la vérité ! s'étonna-t-elle sans pouvoir comprendre son refus.

— Ta vérité. Pas la mienne.

Il releva enfin les yeux et elle y vit une peine démesurée. Elle hésita à le prendre dans ses bras mais renonça finalement. Leur humeur était déjà assez étrange sans qu'elle y ajoute un contact supplémentaire.

— Je croyais que quelqu'un t'attendait à Myria, dit-elle finalement.

— C'est le cas.

— Je te promets que je n'en parlerai pas !

— Pourtant, j'aimerais que tu le fasses.

Elle se figea. Ses derniers doutes se confirmaient. Val lui avouait ses sentiments d'une façon assez peu commune. Sauf qu'elle ne pouvait pas les lui retourner.

— Mais je sais très bien que tu ne le feras pas, reprit-il en l'empêchant de parler. Tu respectes trop les autres. Même si tu ne la connais pas, je sais que tu ne voudras pas lui faire de mal. C'est ce que j'aime chez toi. Tu parles beaucoup, même trop parfois, poursuivit-il avec un sourire, mais au cours de ce voyage, j'ai commencé à comprendre que mes journées ne seraient pas aussi belles si je n'entendais plus le son de ta voix. Je sais, tu vas me dire que c'est ridicule, que je n'ai aucune raison de tomber amoureux de toi. Pourtant, c'est ce qui est arrivé.

Il déglutit, détournant les yeux un court instant. Gabrielle tenta de saisir l'opportunité mais il l'interrompit avant qu'elle n'y parvienne.

— Je sais que tu n'éprouves pas la même chose. Je ne sais pas s'il y a quelqu'un dans ton cœur, tu ne t'es jamais livrée à moi sur ce sujet. Je n'attendais pas que tu le fasses. J'espère simplement que ce qui s'est passé aujourd'hui ne changera rien entre nous. Je promets que ça ne se reproduira plus.

Gabrielle resta sans voix. Elle n'avait plus aucun argument à avancer, plus aucune question à poser. Val avait tout dit. Tout aurait aussi bien pu ne jamais arriver. Il avait hésité à entrer dans son jeu car il avait su qu'il profiterait de ce contact d'une façon bien plus intime.

En y accordant réflexion, elle remarqua d'ailleurs qu'à partir du moment où il avait accepté la ruse il ne l'avait plus lâchée. Il avait même pris le risque de se mettre à nu lorsqu'ils avaient enfin été seuls. Elle ne savait plus quoi dire. Elle était terriblement gênée.

— Je t'en supplie, plaida-t-il, ne prends pas cet air. Ne sois pas désolée pour moi. Fais comme si rien ne s'était passé.

— C'est un peu difficile, dit-elle en inclinant la tête sur le côté. Tu viens de me faire comprendre que je n'ai jamais été aussi aveugle de toute ma vie. Je crois vraiment qu'il faudrait que j'apprenne à me taire plus souvent et à écouter ce qui se passe autour de moi.

Elle avait espéré détendre l'atmosphère et quand Val sourit doucement, elle sut qu'elle y était parvenue.

— Maintenant, nous devrions aller chercher Erkam, dit-il en montrant l'escalier. Je suis désolé qu'on ait perdu du temps.

— Si tu veux te rattraper, trouve-moi plutôt où il loge.

— Au cinquième étage.

— Comment le sais-tu ? s'étonna-t-elle.

— Appris au détour d'une conversation. À la différence de toi, j'écoute plus souvent les gens parler que je ne parle moi-même, la taquina-t-il.

— Et aurait-il glissé dans quelle aile et quelle chambre il se trouve ?

— S'il a donné ce détail, je ne l'ai pas entendu. Mais nous devrions croiser quelqu'un qui saura. C'est déjà surprenant que nous n'ayons vu personne ici.

Ce hasard était d'ailleurs très appréciable. Elle n'aurait pas su comment réagir si un étranger était arrivé au beau milieu des aveux de Val.

— Rendons-nous au cinquième étage, ensuite nous trouverons un serviteur pour nous aiguiller. D'ici là, on aura bien le temps d'inventer une excuse.

— Un autre mensonge ? soupira Val. Je commence à m'en lasser, même s'ils sont pour la plupart nécessaires. Quoique je viens de m'affranchir d'un d'eux... ajouta-t-il en lui lançant un regard discret.

En entendant sa dernière remarque, elle rougit. Pour le reste, il avait raison. Les faux-semblants n'en finissaient plus. En partant pour le territoire des Eaux, elle n'aurait jamais cru avoir à dissimuler autant de choses. La seule différence était que Val avouait se lasser de ces techniques. Elle n'était pas certaine de partager son ressenti.

— Dépêchons-nous, dit-elle en passant devant lui. Quant aux mensonges... Je crois que je m'en lasserai le jour où nous en aurons dit plus que les membres du conseil de cette Tour.

28

Trouver Erkam fut plus rapide que prévu et ils le ramenèrent aussitôt à la chambre des Huyeïl. Quand ils pénétrèrent dans la pièce, rien n'avait changé. Lyne était toujours allongée, Armia à son chevet. Hajul fixait le vide avec une insistance effroyable. Cette fois-ci, il se leva en les voyant entrer et salua Erkam.

— Je peux la voir ? demanda le passeur.

Hajul désigna le lit. Armia se décala à peine, mais il y avait suffisamment de place autour pour que tout le monde puisse apercevoir Lyne.

— Il faut qu'un guérisseur vienne, dit Erkam en secouant la tête.

— Pas seulement, coupa Armia. Un *Otae* aussi. J'ai besoin de savoir quelle plante a été utilisée pour ce bouclier.

— C'est forcément une espèce qui vous est inconnue, soupira Erkam. Mais j'essaierai de trouver un *Otae*. L'idéal serait un alchimiste et un protecteur, même si quelque chose me dit qu'aucun *Ploritae* ne pourra nous renseigner sur la nature exacte du bouclier. Il a dû être conçu il y a si longtemps !

— Je connais le principe, intervint Val. La plante a été intégrée au bouclier. Quand Lyne est entrée en contact avec le bouclier, celui-ci ne l'a pas atteinte mais la plante, si. Reste à savoir de quelle plante il s'agit et quels en sont les effets.

— D'où la nécessité de trouver un *Otae*, reprit Armia. Et peut-être même un alchimiste si cette plante a été transformée. Vous connaissez quelqu'un en qui nous pourrions avoir confiance ?

Le passeur ferma les yeux pour s'accorder un instant de réflexion.

— J'ai bien un ami qui pourrait, mais comme vous pouvez vous en douter, si c'est un ami, il n'est que serviteur. Je pense quand même que je devrais en parler à Mage Plamathée avant. Est-ce que vous l'avez prévenue ?

— Le conseil fait tout pour nous empêcher de la rencontrer, fit remarquer Gabrielle, c'est pour ça que je suis venue vous chercher. Vous pouvez la contacter ?

— Je peux essayer, mais je doute qu'elle ait ouvert son énergie de façon à percevoir mon *inha'roh*. Hier soir était une exception et je n'ai aucun moyen de forcer le contact.

— Si on déclenche un conflit, vous pensez que ça la fera intervenir ?

— Je vous demande pardon ?

Gabrielle jeta un regard vers Lyne. La jeune fille était toujours aussi pâle ; les traits de son visage donnaient l'impression qu'elle n'avait pas dormi depuis des jours. Même si elle ne semblait pas gravement malade, il était impératif de trouver un remède.

— Nous n'avons aucun moyen de demander à voir Plamathée. Le conseil nous en empêche. Si je provoque un événement perturbant la tranquillité de la Tour, est-ce que le conseil sera assez déstabilisé pour nous convoquer avec Plamathée ? Ils l'ont déjà fait pour Armia parce qu'ils trouvaient qu'elle passait trop de temps avec ceux de sa nature. Si je vais remuer les serviteurs, est-ce que le conseil jugera nécessaire de se réunir en compagnie de leur Grand Mage ?

Erkam arrondit les yeux à la proposition qu'elle venait de faire. Il était à la fois effrayé et intrigué.

— En règle générale, les Douze ne prennent pas la peine de prévenir Mage Plamathée pour des troubles de l'ordre. Ils gèrent les affaires eux-mêmes.

— Ils ne prennent pas la peine ou ils ne veulent pas ? demanda Gabrielle en levant un sourcil.

— C'est une excellente question... répondit Erkam à voix basse.

— À quoi sert Plamathée, au juste, dans cette Tour ? s'exclama-t-elle, à bout de patience.

— Vous l'avez entendu vous-même, elle n'a pas autant de pouvoir qu'elle le devrait. Mais si c'est vous, mages des Vents, qui causez le chambardement, je suppose qu'ils estimeront nécessaire de la convoquer à la session. Surtout pour l'ébranler et remettre ses décisions en cause.

Erkam avait raison. Malgré tout, Gabrielle n'avait aucun doute sur la façon dont Plamathée mènerait la session. La Mage était forte, elle saurait se défendre. Cela ne serait pas la première fois qu'elle serait jugée par son conseil. L'affaire serait même minime comparée à la révolution des statuts pour laquelle elle luttait.

— Très bien, conclut-elle avec vigueur. Si Plamathée ne répond pas à votre *inha'roh*, je redescends au cinquième étage.

Erkam n'était pas convaincu mais le regard désespéré d'Armia et celui, plus ferme, de Hajul semblèrent venir à bout de ses hésitations. Il grimaça un moment puis soupira. Gabrielle n'avait pas besoin d'explications pour comprendre que le *inha'roh* avait échoué.

— Val, tu viens avec moi. Vous aussi, Erkam.

— Qu'est-ce que vous allez faire de moi? s'inquiéta le passeur.

— Je suis également curieux de savoir ce que tu veux faire, intervint Hajul.

— Faites-moi confiance, je sais comment semer la panique chez les serviteurs. Erkam, je vais avoir besoin de votre aide, pas de votre angoisse. Il ne vous arrivera absolument rien. La seule chose que j'attends de vous est que vous nous débarrassiez de cet artefact, parce qu'avec ce que je compte déclencher il y a de grandes chances pour que nos quartiers soient plus que surveillés.

— Mais on ne peut pas le laisser s'approcher d'*Erae*, fit remarquer Val.

— Et pourquoi ne le pourrait-on pas? Comment font les serviteurs qui s'occupent de cet artefact? Plamathée nous a déjà dit qu'en plus des deux gardes postés à l'entrée de la pièce il y avait toujours un serviteur qui venait nettoyer la salle chaque matin.

— Ce sont les préparateurs qui assurent cette fonction à tour de rôle, dit Erkam.

— Les quoi? demanda Gabrielle avec lassitude.

— Les assistants serviteurs des alchimistes.

— Peu importe qui ils sont, ils peuvent toucher l'artefact sans problème, n'est-ce pas?

— Je... je pense. Je ne me suis jamais intéressé à leur tâche.

293

Gabrielle mit de côté la réflexion qu'elle s'était apprêtée à faire. Elle ne voulait pas se fâcher avec le passeur.

— Ça n'explique toujours pas comment tu veux qu'il prenne *Erae*, reprit Val.

— Quel est l'uniforme des préparateurs ? demanda-t-elle à Erkam.

— Le même que le mien, bredouilla-t-il. Ils ont juste d'étranges gants en plus.

— Qu'est-ce que vous entendez par « étranges » ?

— Il y a un long morceau de tissu au niveau du poignet. En règle générale, ce tissu est enroulé autour de leurs bras, mais je vois souvent ceux chargés de la salle de l'artefact revenir avec les deux morceaux déroulés. Quand je leur demande de quoi il s'agit, ils disent que c'est pour leur sécurité, mais ils n'en savent pas plus.

— Par sécurité... répéta Gabrielle, songeuse. Donc pour se protéger.

— Je suppose.

— Ces morceaux de tissu sont de quelle couleur ?

— Pourquoi toutes ces questions ? demanda Erkam.

— Erkam... s'impatienta-t-elle.

— Ils sont de la même couleur que notre uniforme.

— Il s'agit du même tissu ? poursuivit Gabrielle.

— Il y a de fortes chances.

— Je ne veux pas fonder mes conclusions sur de la chance. S'agit-il du même tissu ?

Même s'il ne voyait toujours pas où elle voulait en venir, Erkam prit le temps de réfléchir. Il savait bien qu'elle était des plus sérieuses et même si les autres partageaient ses incertitudes, il saisissait l'urgence de la situation.

— Je me souviens d'un préparateur qui disait avoir perdu ses gants. Son collègue lui a conseillé d'utiliser son turban à cheveux le temps de s'en procurer de nouveaux.

— Donc il s'agit du même tissu. Passez-moi votre turban.

Erkam abandonna toute idée de la contredire ou de lui en demander davantage. Dès qu'elle eut le tissu entre les mains, Gabrielle s'en entoura les paumes et se dirigea vers l'armoire. Elle entendit l'inspiration de Val qui s'apprêtait à l'interpeller et le devança en attrapant l'artefact émeraude d'un geste rapide.

— Les gants des préparateurs les immunisent contre ce bouclier. C'est pour ça qu'ils ne subissent aucun effet, au contraire de Lyne qui n'avait aucune protection. L'*empaïs* contenu dans le tissu bloque momentanément l'énergie du bouclier. Je n'aurai rien, Val, rassure-toi.

Elle se dirigea vers Erkam, restant cependant à une certaine distance.

— Cet emplacement que vous aviez montré à Lyne, est-ce que, si j'y dépose l'artefact, il sera totalement enroulé dans l'uniforme ?

— En principe, oui, répondit Erkam, mais le tissu bouge. Il se peut que mes vêtements le frôlent de temps à autre.

— Alors on va laisser *Erae* dans votre turban. Vous n'aurez qu'à dire que vous l'avez perdu. Les alchimistes vous en referont un et vous nous le passerez. Ce sont bien eux qui mettent au point vos uniformes, n'est-ce pas ?

— Comment le savez-vous ? s'étonna Erkam.

— Ce sont eux qui nettoient l'artefact et c'est la seule nature qui dispose d'un accessoire supplémentaire dans son uniforme. Seules les personnes impliquées auraient eu l'idée d'y glisser la protection. Ils font passer ça pour un simple détail alors qu'il s'agit en fait du moyen de toucher *Erae* sans subir les effets du bouclier et de la plante qui le compose.

— Tu peux me dire comment tu as pu deviner tout ça ? demanda Val.

Gabrielle fit signe à Erkam d'isoler la partie de son uniforme où elle pourrait déposer l'artefact.

— Plamathée ne nous a pas prévenus pour ce bouclier parce qu'elle n'est pas au courant. Elle nous a même dit qu'elle n'avait jamais touché l'objet de sa vie. Pourtant, elle en est plus ou moins la gardienne officielle, mais c'est le conseil qui s'est octroyé cette tâche. Les alchimistes plus précisément, et sous ordre des protecteurs, très certainement. Par contre, elle savait pour les serviteurs qui avaient la possibilité et même l'obligation de toucher *Erae*. Lyne a eu besoin d'un seul contact avec l'artefact pour tomber malade alors que chaque préparateur de cette Tour l'a déjà fait au moins une centaine de fois sans avoir le moindre problème. Ils sont protégés par le tissu recouvert d'*empaïs*.

— Mais Lyne a elle aussi de l'*empaïs* sur elle. Pourquoi cela ne l'a-t-il pas protégée ? demanda Armia.

— Lorsque Lyne a pris *Erae*, l'*empaïs* était sur elle. La matière ne l'a protégée en rien, il l'a même rendue plus vulnérable. Les préparateurs qui touchent l'artefact l'enroulent dans un tissu avant de le soulever. Dans ce cas, l'*empaïs* est sur *Erae*. C'est l'artefact qui voit son énergie bloquée. Il aurait fallu que Lyne l'attrape avec l'uniforme et ne le touche pas.

— Si seulement nous l'avions su plus tôt, murmura Armia.

— Ne sois pas si défaitiste, intervint Hajul comme s'il tentait de se convaincre lui-même. Notre fille est forte. Elle s'en remettra. Dès que nous aurons contacté Plamathée, elle nous enverra quelqu'un qui pourra identifier cette plante.

— Mais tant que j'aurai encore l'*empaïs*, je ne pourrai rien faire pour elle !

— C'est aussi une des choses que j'espère résoudre par la même occasion, dit Gabrielle. Avec l'information que nous avons appris cette nuit, je devrais pouvoir nous débarrasser de l'*empaïs*. Mais je crois que nous avons assez parlé. Vous deux, venez avec moi.

Val et Erkam échangèrent un regard avant de la suivre. Ils n'avaient pas la moindre idée de ce qu'elle comptait faire mais c'était en les gardant dans l'ignorance qu'elle espérait obtenir les meilleures réactions. Son plan serait beaucoup moins crédible si elle les prévenait.

— Erkam, *Erae* est bien caché ? Vous êtes sûr qu'il ne vous touche pas non plus ?

Le passeur acquiesça en désignant l'endroit où se trouvait l'artefact. Si elle ne l'avait pas su, elle n'aurait jamais deviné que quelque chose y était dissimulé.

— Comment comptes-tu nous faire descendre au cinquième étage sans alerter ces deux-là ? demanda Val alors qu'ils sortaient dans le couloir.

Gabrielle jeta un œil vers les escaliers centraux. Les veilleurs s'y tenaient toujours, vigilants. Quand ils les avaient vus revenir en compagnie d'Erkam, ils avaient compris qu'ils s'étaient fait manipuler.

— Erkam est avec nous, ça devrait leur suffire.

— Je n'en suis pas si sûr. Ils viennent dans notre direction.

Effectivement, les deux silhouettes vertes approchaient à grands pas. Ils s'écartèrent sagement, montrant qu'Erkam était la personne à qui s'adresser. L'un des veilleurs les dévisagea pendant que son confrère échangeait avec Erkam et s'attarda sur l'uniforme de Val avec une pointe de jalousie. Malgré la tâche qui leur était confiée, il était évident que les veilleurs les enviaient.

Gabrielle se raidit en sentant une main passer autour de la sienne. Elle tenta de se défaire de ce contact avec Val, mais il l'en empêcha. Quand les deux veilleurs retournèrent à leur poste, à moitié convaincus, il s'excusa du regard et la lâcha.

— Nous ne sommes plus obligés, murmura-t-elle en suivant Erkam, qui avait repris le chemin des escaliers de service.

— C'était nécessaire, répondit-il à voix basse. Ça nous a évité d'autres questions.

— Val, tu sais ce que je... Enfin, je ne veux pas que tu souffres.

— Si tu penses que te tenir la main me fait souffrir, tu te trompes.

— Je leur ai dit que je vous emmenais à la bibliothèque, coupa Erkam en ouvrant la porte de l'escalier. Ils n'étaient pas très heureux que vous ayez échappé à leur vigilance tout à l'heure. Apparemment, vous auriez trouvé des arguments… convaincants !

— Mais c'est à l'entresol du premier étage ! s'exclama Gabrielle en ignorant la seconde remarque. Nous devons aller au cinquième !

— Je le sais bien, mais je ne voyais pas quoi dire d'autre ! J'ai passé ma vie à baisser la tête et à faire ce qu'on me disait. Je n'ai pas votre talent pour ce qui est de raconter des mensonges !

Gabrielle se sentit personnellement visée et ils poursuivirent leur descente en silence. En arrivant au cinquième étage, Erkam ne prit pas la peine de les laisser sortir les premiers comme il aurait normalement dû le faire. Sa colère servirait parfaitement le tumulte qu'elle comptait déclencher, mais Gabrielle s'en voulait. Elle savait qu'elle agissait pour son bien, pourtant Erkam ne le voyait pas de cette façon.

Le passeur s'arrêta devant sa chambre et leur demanda avec froideur de patienter. Autour d'eux, nombre de serviteurs transitaient, le regard bas. Rares étaient ceux qui relevaient les yeux pour voir qui étaient ces deux personnes immobiles.

Erkam ressortit quelques instants plus tard en hochant la tête. L'artefact était à l'abri. Dans les dortoirs des serviteurs, chacun avait un petit espace personnel. Erkam avait précisé que le sien pourrait contenir l'artefact et que la lumière émise ne serait pas un souci. Elle espérait qu'il avait raison.

Un autre serviteur sortit à son tour. Il soupira en enroulant le turban vert autour de sa tête, ajoutant une triste mine de plus dans le couloir déjà terriblement sinistre.

— Qui est-ce ? demanda-t-elle à Erkam.

— Un camarade de chambre. Il est gardien.

— Et qu'est-ce qu'un gardien ? poursuivit-elle, frustrée.

— Un serviteur animalier.

— Ce double vocabulaire commence sérieusement à m'énerver.

— Nous ne pouvons pas faire les mêmes projections que les mages, se défendit Erkam.

— Si, vous le pouvez ! rétorqua-t-elle. Si on vous enlève cet uniforme et ce tatouage, vous possédez exactement les mêmes capacités que n'importe lequel de vos confrères dans cette Tour ! Arrêtez de vous rabaisser à ce point !

— Je ne me rabaisse pas. C'est ce que nous sommes.

— Ce que vous êtes... Oui, effectivement, vous n'êtes qu'une bande de lâches qui baissent la tête à la moindre occasion ! Regardez-vous, toujours à vous cacher derrière un uniforme, incapables d'agir par vos propres moyens !

— Gabrielle ! s'exclama Val, outré.

Elle se tourna vers lui avec fureur, laissant son regard s'adoucir seulement un instant, espérant qu'il comprendrait ce qu'elle comptait faire en s'emportant de cette manière.

— Laisse-moi finir ! Ils ont besoin de l'entendre. Jamais une telle chose ne pourrait exister à Myria car nous avons bien trop le sens et le goût de la liberté. Ils se laissent faire comme s'ils n'accordaient aucune valeur à leur vie. C'est pitoyable.

— Je vous prierais de vous adresser à nous d'une autre façon, dit Erkam.

— Tiens, qu'est-ce que je disais ? Il meurt d'envie de me faire ravaler mes mots mais ne le fait pas. Il est trop soumis pour ça. Je pourrais lui demander de se tuer, peut-être même le ferait-il. J'ai tort ? Est-ce que j'ai tort ? Est-ce que quelqu'un ici peut me dire que j'ai tort ?

Sa voix résonna dans le couloir. Toutes les silhouettes vertes s'étaient immobilisées. La plupart regardaient encore par terre. Ceux qui avaient les yeux levés l'évitaient.

— Pas de réponse ? continua-t-elle un peu plus fort. Vous seriez tous prêts à mourir si je vous le demandais ?

Devant l'absence de réaction, Gabrielle commença à s'inquiéter. L'intérêt de cette mise en scène était d'inclure le maximum de serviteurs et de créer assez de contestation pour alerter le conseil. Si aucun n'osait y prendre part, son plan allait échouer avant même d'avoir vraiment commencé. Elle n'avait plus qu'une seule solution.

— Toi, là-bas ! appela-t-elle en désignant le gardien déjà croisé. Viens par ici.

L'homme s'approcha à pas feutrés. Elle entendait à peine le froissement du tissu de son uniforme. Il venait juste de terminer d'accrocher son turban dans ses cheveux quand elle s'était mise à crier. L'extrémité en était mal attachée. Elle l'attrapa et tira dessus sans ménagement, mettant à nu la tête du gardien, révélant une chevelure brune aux reflets d'un rouge profond. La couleur était si belle qu'elle l'hypnotisa un moment, puis elle reprit ses esprits.

— Tu as deux solutions. Soit tu me reprends ce turban des mains, soit tu vas sauter par cette fenêtre.

— Gabrielle, murmura Val. Tu es certaine ?

Son doute était palpable. D'après son regard, il avait compris ses intentions mais il hésitait sur les moyens qu'elle avait choisis. Le gardien, lui, restait stoïque, les yeux rivés au sol. Le silence était d'une lourdeur étouffante.

— Je ne vais quand même pas devoir te pousser moi-même ? s'écria-t-elle, à court d'idées pour essayer de déclencher une réaction.

Elle avait cru que sa menace serait efficace en moins d'un instant, mais le gardien n'avait toujours pas bougé. Comme il regardait par terre, elle ne pouvait pas lire l'expression de son visage. Elle commença à enrouler le turban autour de sa main, comme si elle était réellement détendue, quand Erkam le lui arracha des doigts.

Il avait tiré avec une telle force qu'elle fut déséquilibrée. Val la rattrapa au dernier moment. Elle eut juste le temps d'échanger un regard avec Erkam pour comprendre qu'il avait enfin saisi le but de l'altercation, mais son regard peiné montrait qu'elle avait touché un point sensible et qu'elle avait peut-être perdu une partie de sa confiance.

— Reprends-le, dit Erkam au gardien effrayé.

— Mais... Tu viens de contrarier un mage.

— Je n'ai contrarié personne. Elle t'a laissé un choix, je l'ai fait pour toi.

— Mais je n'ai rien le droit de lui prendre ! C'est dans le règlement.

— On se fiche du règlement, coupa Gabrielle. Vos cheveux sont magnifiques, arrêtez de les cacher.

La douceur avec laquelle elle venait de s'adresser à lui émut le gardien au point qu'il accepta enfin de la regarder dans les yeux, même s'il restait muet.

— Vous pourriez tous ôter vos turbans, poursuivit-elle.

Il y avait une bonne trentaine de personnes dans le couloir. Parmi elles, cinq arrachèrent immédiatement le tissu qui leur recouvrait la tête. Elle les associa aussitôt avec la rébellion qui commençait à naître à Arden et mémorisa leurs visages. Leur identité pourrait leur être utile.

Une quinzaine hésitèrent avant de faire de même. Restaient une dizaine d'autres, immobiles. Au milieu des tissus qui se défaisaient, Gabrielle aperçut un mouvement à l'opposé du couloir, près de l'escalier central. Elle ne put retenir un petit sourire. Enfin quelqu'un était allé chercher de l'aide.

Alors que ceux qui s'étaient découverts commençaient à discuter entre eux, une voix résonna depuis l'escalier. Les mages avaient été bien plus rapides qu'elle ne l'avait prévu. Sans attendre, Gabrielle se tourna vers Val, le fixa un instant dans les yeux avant de fermer les siens et de s'écrouler au sol.

— Qu'est-ce que c'est que cette histoire ? entendit-elle une voix s'écrier. J'aurais dû me douter que les mages des Vents seraient mêlés à cette rébellion ! Remettez vos turbans, que je ne revoie plus un seul de vos cheveux ! Et retournez immédiatement à vos tâches ! Quant à vous deux, vous allez me suivre ! Qu'est-ce qui lui arrive ?

Gabrielle comprit que le mage qui s'époumonait au milieu du couloir s'adressait à présent à Val.

— Elle... Elle vient juste de s'évanouir, répondit Val en faisant trembler sa voix. Après la nuit qu'elle a eu, c'est peut-être normal. Le guérisseur lui avait conseillé de se reposer.

— Quel guérisseur ? Non, ne me dites rien ! Vous vous exprimerez devant le conseil et notre Grand Mage. J'espère que vos arguments seront solides, sans quoi je me ferai un plaisir de veiller à votre inconfort ! Passeur, vous nous accompagnez.

Gabrielle trouvait la menace peu crédible mais elle ne doutait pas de lui. Certains membres du conseil n'hésiteraient pas à lui faire regretter la mini-révolution qu'elle avait tenté de déclencher. Mais finalement, elle s'en moquait. Ils avaient obtenu ce qu'ils voulaient : ils allaient voir Plamathée.

— Erkam a raison, tu sais mentir à la perfection, murmura Val en l'attrapant pour la soutenir contre lui. Tu es terriblement douée pour ce qui est de feindre un évanouissement.

Gabrielle ne put retenir un sourire, mais elle le chassa rapidement. Elle avait encore tout un conseil à affronter et un message à faire passer à Plamathée. Ce n'était pas avec un sourire que Lyne allait guérir.

29

À sa grande déception, Gabrielle n'assista pas à la session exceptionnelle du conseil. Elle avait trop bien feint et même lorsqu'elle fit mine de se réveiller dans le dortoir des guérisseurs, ils refusèrent de la laisser se lever. Quand Val entra avec deux gardes et un mage, certainement du conseil, elle sut qu'elle était enfin autorisée à bouger. La présence des deux soldats n'était cependant pas anodine.

— Je ne sais par quel miracle notre Mage a été convaincue de votre innocence dans cette altercation. Je crois qu'un de mes confrères y est pour beaucoup. Il paraîtrait que vous présentez les symptômes d'une exposition trop prolongée à l'*empaïs*. Nous allons réduire votre dose à tous, la vôtre y compris. Néanmoins, vous resterez sous surveillance jusqu'à nouvel ordre.

Gabrielle avait envie de répondre que cela ne la changerait pas beaucoup.

— Puis-je remonter dans ma chambre, alors? demanda-t-elle.

— Vous ne serez plus dans votre chambre, mais dans les cellules.

— Vous allez nous mettre en cellule? s'égosilla-t-elle.

— Vous seule. Les autres pourront continuer à vaquer à leurs occupations sans problème.

La situation était loin d'être débarrassée de tout problème, mais elle se retint de le faire remarquer.

C'était déjà un progrès si la quantité d'*empaïs* était diminuée. Ce n'était en revanche pas suffisant pour Armia, qui avait besoin d'un accès complet à son *inha* pour guérir sa fille.

— Quand dois-je y aller ? soupira-t-elle.
— Maintenant.

Elle fut à peine surprise. Le conseil des Eaux n'était pas du genre à perdre son temps. Ils venaient de régler son cas avec efficacité.

Dès qu'elle fut debout, les deux gardes se positionnèrent de chaque côté d'elle. Leur allure était sévère et redoutable. Elle se demandait s'ils n'avaient pas été choisis spécialement pour cela. Val la fixa longuement. Il n'avait pas ouvert la bouche et n'avait apparemment pas le droit de le faire. Mais son regard était parlant. Il était mort d'inquiétude.

— Quand pourrai-je voir mes amis ?

Le membre du conseil savait qu'elle s'était adressée à lui mais il ne réagit pas. Elle se répéta et, devant le silence, abandonna.

La cellule était celle dans laquelle ils avaient patienté à leur arrivée à Arden. Comme la première fois, elle trouvait que la pièce ne ressemblait en rien aux geôles qu'elle s'était toujours imaginées à Myria. Les murs étaient certes jaunis par le temps mais, bien que spartiate, la pièce offrait un certain confort. Elle doutait fort que les cellules de la Tour des Vents disposent d'un fauteuil et de chaises, sans parler d'une fenêtre.

— Vous resterez ici, dit le mage. Vos repas vous seront apportés. Je crois que quelqu'un est en train de rassembler vos vêtements pour que vous puissiez vous changer. Pour les commodités, vous vous adresserez aux gardes devant la porte.

Gabrielle grimaça. Elle devrait ranger sa pudeur. Mais ce n'était pas ce qui l'inquiétait le plus.

— Est-ce que je pourrai parler à mes amis ?

— Peut-être.

— Ils pourront vraiment venir me voir ? s'étonna-t-elle, hébétée.

— Quand nous en saurons plus.

— Je croyais que mon cas était réglé.

— J'ai dit que notre Mage avait été convaincue par votre perte de contrôle. Néanmoins, si vous avez perdu le contrôle, c'était forcément sur des positions déjà bien arrêtées en vous.

— Qu'est-ce que vous voulez dire ? demanda-t-elle en fronçant les sourcils.

— Vous avez encouragé des serviteurs à se rebeller. Sans *empaïs*, vous ne l'auriez peut-être pas fait, mais l'*empaïs* ne vous empêche pas de penser. La perte de contrôle s'est faite sur une idée qui existait déjà dans votre esprit.

— Et c'est pour ça que vous ne voulez pas que je parle aux personnes qui m'accompagnent ?

— Oh, je sais très bien qu'ils partagent tous la même opinion que vous ! Votre communauté n'a pas eu recours aux serviteurs et vous êtes contre notre mode de fonctionnement. Mais nous sommes convaincus du bien-fondé de ce système.

— Alors pourquoi ne pas les enfermer ici avec moi ?

— Ce ne sont pas cinq mages des Vents qui vont bouleverser l'équilibre d'une communauté à laquelle ils n'appartiennent même pas.

— Je n'aurais pas appelé ça un équilibre, rétorqua Gabrielle en abandonnant toute velléité de garder son calme. Votre système, comme vous l'appelez si bien, est en train de s'effondrer, pièce par pièce, juste sous vos yeux. Et vous êtes trop aveugle pour vous en rendre compte. L'issue de cette rébellion ne peut être que positive, si cette rébellion existe !

Le mage ricana en la voyant s'enflammer, ce qui la mit dans une rage encore plus grande.

— Cessez de prétendre ne pas connaître la rébellion, dit-il. Je sais très bien que vous y êtes associés.

Gabrielle se mordit les lèvres. Parmi toutes les recherches qu'ils avaient effectuées, ils s'étaient intéressés de près à la rébellion. Si les membres du *Velpa* y étaient liés, ils devaient trouver comment ceux-ci comptaient procéder. Leurs tentatives d'approche n'avaient pas dû passer inaperçues. Pourtant, ils avaient délaissé ces recherches depuis quelques jours car trop concentrés sur le vol d'*Erae*.

— Je ne vois pas de quoi vous voulez parler, répondit-elle.

— Vous savez pertinemment de quoi je parle. C'est une étrange coïncidence que notre artefact le plus précieux nous soit dérobé au moment où vous vous trouvez dans notre Tour.

— Encore une fois, je ne comprends rien à ce que vous dites.

— Cessez de feindre. *Erae* a disparu cette nuit. Tout porte à croire que vous n'y étiez absolument pour rien mais permettez-moi d'en douter.

Afin d'appuyer leurs alibis, Plamathée avait déclaré le vol de l'artefact dès que Lyne était revenue à sa chambre. À ce moment-là, tous les membres de l'équipe de l'Ouest étaient sous la surveillance d'un mage ou d'un serviteur qui avait pu témoigner en leur faveur, à l'exception de Lyne. Gabrielle était cependant surprise que le conseil ait déjà pris le temps de s'occuper de ce vol malgré le tumulte qu'elle avait déclenché au cinquième étage. Comme pour tout le reste, les Douze étaient d'une grande efficacité. Elle commençait à comprendre pourquoi Plamathée se trouvait dans l'impossibilité d'accomplir quoi que ce soit.

— Et je peux vous demander ce qui vous fait croire que nous détenons cet objet ?

— À l'instant où je vous parle, vos chambres sont fouillées. Cela ne devrait pas nous prendre longtemps. D'ailleurs, j'entends qu'on vient et je ne serais pas surpris si on m'annonçait qu'*Erae* a été trouvé dans vos affaires.

Gabrielle dissimula sa satisfaction autant qu'elle le pouvait. Le mage allait être terriblement déçu. Un garde chargé de vêtements approcha alors et les lui tendit tout en lui parlant à voix basse. Lorsque le mage s'emporta soudain, le soldat déguerpit. Le mage jeta les affaires au sol avec un air menaçant.

— Nous le trouverons. Où que vous l'ayez caché.

Gabrielle fit mine de ne toujours rien comprendre et c'en fut trop pour le mage. Il se jeta sur elle, la poussant violemment contre le mur. Par réflexe, elle chercha sa dague à sa ceinture, oubliant qu'elle lui avait été ôtée dès son entrée dans la Tour. Son seul réconfort était de savoir que l'homme ne pouvait pas la tuer. Il aurait bien trop de mal à justifier sa conduite.

— Où est *Erae* ? demanda-t-il en appuyant sur sa gorge.

— Je... je ne sais pas.

Gabrielle tenta de glisser ses doigts sous ceux du mage pour se libérer. Ses poumons commençaient déjà à crier de douleur et elle remua les jambes pour le frapper. Elle était cependant trop concentrée sur sa respiration pour faire davantage que l'incommoder.

— Où est *Erae* ?

À chaque mot, le mage pressait davantage sur sa gorge. S'il continuait, il allait la lui broyer avant de l'étouffer. Soudain, il sembla hésiter. Des bruits de pas leur parvenaient des escaliers qui menaient à sa cellule. Elle ne savait pas qui descendait, mais peu importait, elle aurait un instant de répit.

— Vous dites un mot de ce qui se passe ici et je vous promets que votre ami protecteur n'aura pas autant de chance que vous.

Terrorisée, Gabrielle trouva la force d'acquiescer. Il recula, la laissant s'effondrer par terre avant de lui jeter un des vêtements pour qu'elle se couvre le cou. Elle obéit sans protester, trop heureuse de pouvoir à nouveau respirer. La voix de l'homme l'atteignit au milieu de ses suffocations, confuse.

— Mage Plamathée ? Que faites-vous ici ?

— Je venais vous voir.

Gabrielle soupira de soulagement, gardant la tête baissée pour cacher les traces rouges. Une autre personne semblait accompagner la Mage.

— Dites-moi en quoi je pourrais vous être...

— Il suffit ! coupa Plamathée. J'ai accepté de faire enfermer cette personne mais je n'ai jamais parlé de faire quoi que ce soit à ses compagnons de voyage. Alors vous voudrez bien m'expliquer pourquoi, quand je me suis rendue dans leurs chambres pour expliquer la situation d'une façon plus réglementaire, j'ai été surprise d'y voir des gardes !

Gabrielle réussit enfin à relever les yeux et, au travers des larmes, reconnut Val, au bord de l'angoisse. Elle simula un sourire pour lui faire croire que tout allait bien. Il n'était pas dupe, mais elle ne comptait pas lui expliquer la façon dont elle avait été traitée. Les menaces du mage étaient trop prégnantes.

— Et que fait cette jeune femme par terre ? poursuivit Plamathée.

Le regard du mage croisa le sien le temps de lui rappeler les conditions de son silence. Gabrielle avait toutefois du mal à mettre de l'ordre dans tout ça. L'homme était du conseil. Il voulait récupérer l'artefact et, jusque-là, cela avait du sens. Cependant, il avait une façon assez violente de s'y prendre.

— Elle est seulement abattue par sa situation, dit-il. Quand je lui ai donné ses vêtements, elle s'est mise en colère. Je pense que c'est encore une perte de contrôle. Il faudrait vraiment faire quelque chose. À ce rythme, je me dois d'insister pour vous demander de sortir d'ici au plus vite. Qui sait ce qui pourrait se produire si elle se mettait à vous attaquer ?

— Cette mage est sous l'influence de l'*empaïs*, je ne risque absolument rien, rétorqua Plamathée. À moins que vous pensiez qu'elle puisse me blesser avec le mobilier de cette pièce et, là encore, je pense être totalement capable de me défendre. Malgré ce que vous et le reste du conseil semblez croire, mon père a pris le temps de m'enseigner ce qui était nécessaire. En voudriez-vous une démonstration ?

Le mage resta coi, stupéfié par une telle proposition.

— Mage Plamathée, réussit-il à dire après un court silence. Je vous assure que votre conseil a toute confiance en vous.

— Et vous êtes le pire menteur que je connaisse, mais un menteur qui a parfois assez d'intelligence pour faire le bien de sa communauté. C'est uniquement pour cela que vous faites encore partie du conseil. Maintenant, j'attends toujours des explications au sujet des gardes dans la chambre de notre invitée.

— Ils allaient simplement lui chercher des vêtements, se justifia le mage.

— Et ils avaient pour cela besoin de retourner sa chambre ?

— Ils ont peut-être eu du mal à les trouver.

— Ça peut sembler logique s'ils ne sont pas dans la bonne pièce.

— Je vous demande pardon ?

Plamathée avança jusqu'à se retrouver presque contre le mage. Elle était plus grande que lui : il était obligé de lever le menton pour la regarder dans les yeux.

— Les gardes ont fouillé les deux chambres de nos hôtes, reprit-elle. Se seraient-ils perdus ?

— Je suppose qu'ils ne devaient pas savoir dans quelle pièce cette personne dormait, répondit-il en déglutissant.

— Ce protecteur a plutôt eu l'impression qu'ils cherchaient quelque chose en particulier.

— Comme je vous l'ai dit, il s'agissait de vêtements.

— Ou peut-être de l'artefact qui a disparu pendant la nuit ? suggéra Plamathée. Nos hôtes ont été innocentés ce matin par des témoignages ! Il est inadmissible que vous les dérangiez pour ça !

— Sauf votre respect, seuls les quatre adultes étaient innocentés, souleva l'homme en faisant un pas en arrière. La jeune fille n'a aucun alibi.

— Si, elle en a un. Le passeur que je leur ai assigné, Erkam, m'a confirmé l'avoir vue deux fois dans la soirée, elle n'avait pas bougé de son lit.

— Erkam peut avoir développé des liens avec cette famille. Il n'est pas digne de confiance.

— Je crois qu'à moi seule appartient la responsabilité de désigner les gens de confiance dans cette Tour ! Et je suis au regret de vous dire que vous commencez à vous en éloigner. De plus, cette jeune fille n'est qu'apprentie secondée. Comment espérez-vous qu'elle puisse contourner le bouclier d'*Erae* ? Elle ne connaissait même pas l'existence de l'*empaïs* avant son arrivée à Arden !

Gabrielle échangea un bref regard avec Val. Apparemment, Plamathée avait réussi à parler avec les Huyeïl. Elle se demanda si la Mage avait déjà pu leur conseiller des serviteurs pour les aider à comprendre ce qui arrivait à Lyne.

— Vous savez pour le bouclier ? s'étonna le mage du conseil.

— Il y a beaucoup de choses que vous pensez que j'ignore, répondit froidement Plamathée. D'ailleurs, je vais de ce pas m'entretenir avec un groupe d'alchimistes. J'ai besoin de savoir ce qu'il risque d'advenir de l'artefact.

— Laissez-nous faire, Mage, ne vous encombrez pas de ces tâches.

— J'en ai assez de vous laisser faire. Malgré nos dissidences, je tiens à la même chose que vous : la sécurité de mon peuple. Je souhaite autant que vous découvrir qui nous a volé l'artefact, mais je vous ordonne désormais de le faire selon *mes* règles. À compter d'aujourd'hui, le conseil n'a plus le droit d'attribuer une seule mission sans mon autorisation.

— Mais, Mage Plamathée, vous allez crouler sous les demandes !

— Je préfère crouler sous les demandes que sous les mensonges. Je suis restée trop longtemps ignorante de ce qui se passait dans ma propre Tour. Il est temps que cela change. À présent, sortez d'ici.

Le mage se dirigea vers la porte, la tête légèrement inclinée. Plamathée redressa davantage le buste, comme si elle reprenait du pouvoir rien qu'en le voyant sortir ainsi. Une fois qu'il fut dehors, elle ordonna aux deux gardes de rabattre la porte. Quand les soldats s'inquiétèrent de sa sécurité, elle alla refermer la porte elle-même.

— Gabrielle ! appela Val en se précipitant vers elle à l'instant où ils furent isolés. Tu es sûre que tout va bien ?

— Parfaitement, mentit-elle. Je me suis juste énervée. Je ne savais pas si vous aviez réussi à contacter Plamathée et à lui expliquer pour Lyne.

— Ne vous inquiétez pas, dit Plamathée, ce protecteur s'en est très bien sorti. Erkam et lui ont fait un travail remarquable au cours de l'interrogatoire du conseil.

Gabrielle questionna Val du regard. Il se mit à sourire.

— Erkam est stupéfiant. Malgré l'*empaïs* qui l'emprisonne, il a réussi à guider l'interrogatoire de façon que je puisse glisser des indices dans mes réponses et faire comprendre à Plamathée qu'elle devait venir nous voir le plus rapidement possible.

— Comment a-t-il pu faire ça ?

— Il est messager, c'est dans sa nature.

— Tu as réussi à le convaincre qu'il pouvait le faire ?

— Je crois que ta prétendue perte de contrôle a eu plus d'effets que tu ne pensais.

Elle n'avait rien espéré de plus que de pouvoir croiser Plamathée, mais si elle était parvenue à accomplir davantage, c'était une chance qui ne pouvait être ignorée.

— Vous avez vu Lyne ? demanda-t-elle à la Mage.

— Oui, répondit gravement Plamathée. Je n'ai pas menti à mon confrère du conseil en lui disant que je voulais m'entretenir avec des alchimistes. Je ne sais pas ce qui a pu arriver à votre jeune amie, mais nous allons le découvrir. Il me faudra juste un peu de temps avant de trouver des gens qui pourraient venir l'ausculter.

— Vous êtes certaine qu'un serviteur *Otae* pourrait trouver la nature de cette plante ?

— Il le pourra, mais ensuite, il faudra en parler à un alchimiste, puis à un protecteur, et enfin, Armia devra s'entretenir avec un guérisseur des Eaux et espérer avoir suffisamment accès à son *inha* pour résoudre le problème de sa fille.

— Ça fait énormément de gens à contacter... soupira Gabrielle.

— D'où la nécessité que je m'en occupe tout de suite. Gabrielle, poursuivit la Mage après un temps de silence, je suis désolée de n'avoir pu vous éviter la cellule. Je promets de tout faire pour vous en sortir rapidement, mais je crains qu'il ne vous faille patienter. Le conseil est en train de s'assurer que vous aurez tous une dose réduite d'*empaïs*. Ils sont rassurés par votre détention.

— Laissez-moi ici, si c'est nécessaire.

Val l'aida à se mettre debout et elle en profita pour lui chuchoter à l'oreille :

— Je sais qu'Armia et Hajul vont être trop concentrés sur la santé de Lyne pour penser à autre chose. Je suis enfermée ici et ne peux plus agir. Il ne faut pas oublier l'unique raison qui nous a fait rester dans cette cité. Nous devons trouver ceux qui appartiennent à la rébellion et découvrir à quel point le *Velpa* s'est impliqué dedans. Tu es le seul qui puisse encore le faire.

Val hésita un instant avant d'acquiescer. Elle savait qu'il était inquiet pour elle mais elle s'en sortirait très bien dans cette cellule. Les journées seraient simplement longues. Peut-être qu'avec moins d'*empaïs* et un comportement exemplaire elle pourrait demander à avoir de quoi s'occuper. Cela faisait une éternité qu'elle n'avait pu réaliser quoi que ce soit d'artistique. Mais elle doutait sérieusement qu'une telle faveur lui soit accordée, surtout vu la façon dont elle avait été traitée.

— Tu es sûre que tout va bien ? demanda Val.

Elle avait envie de répondre que non. Elle voulait révéler que le mage du conseil reviendrait certainement pour lui demander où était *Erae*. Mais si elle le faisait, Val serait en danger.

— Certaine, répondit-elle avec un sourire forcé.

— Nous devons y aller, dit Plamathée en attirant leur attention.

Dès qu'ils furent sortis, Gabrielle ôta le vêtement qui lui recouvrait le cou pour se masser la gorge. Elle eut à peine le temps de se remettre que d'autres pas se faisaient déjà entendre. Plamathée pouvait avoir oublié de mentionner quelque chose, mais ce fut un serviteur qui pénétra dans la cellule. L'inconnu retira son étoffe verte d'un geste sec, comme s'il se préparait à une lutte. Gabrielle sentit l'angoisse monter en elle. L'interrogatoire allait continuer.

30

Setrian s'épongea le front avec sa manche. Comme chaque soir, il fallait établir le camp pour la nuit. Les prisonniers montaient les tentes des mages en plus des leurs. Dès le début, il avait insisté pour se charger, seul, de celle de Leona et d'Ernest. Les prisonniers n'avaient pas été très difficiles à convaincre, les deux mages étaient connus pour leur impatience.

La situation lui convenait donc parfaitement malgré la fatigue que la tâche engendrait. Il devait veiller à ce qu'*Eko* demeure caché, faisant toujours en sorte qu'il reste quelques tapis dans la caisse pour l'y dissimuler. Aucun mage ne mettait son nez dans les malles mais il préférait ne pas prendre de risques.

— Tu veux de l'aide ?

À l'entrée de la tente, Brom lui tendait un tapis. Setrian en avait déjà étalé plusieurs. Avec ses muscles et son air costaud, le Na-Friyen le tenait entre ses mains comme s'il s'agissait d'un simple vêtement.

— Celui-ci va par là, répondit Setrian en désignant une zone sur sa droite.

— Je me demande bien pourquoi tu fais autant d'efforts pour les satisfaire... Tu pourrais bien les placer n'importe comment, ils ne le remarqueraient même pas.

Setrian haussa simplement les épaules. Il ne pouvait pas révéler que l'agencement des tapis lui permettait de cacher un objet précieux. La première fois qu'il avait monté la tente de Leona, il lui avait fallu un certain temps avant de trouver comment disposer le tout sans éveiller les soupçons.

— Comment va Aric ? demanda-t-il en attrapant le tapis suivant.

— Il va s'en remettre.

— Il n'a pas vu un guérisseur ?

— Tu crois vraiment que ces mages prennent la peine de s'occuper de nous ? Non, la seule personne qui a vu Aric est la prisonnière que tu nous as envoyée, qui n'a malheureusement plus accès à son *inha*, mais qui en sait assez pour nettoyer des blessures plus efficacement que moi.

— Elle ne s'est pas fait prendre ?

— Pour l'instant, non.

Setrian frissonna en se souvenant de l'état d'Aric la dernière fois qu'il l'avait vu. Aric s'occupait de la tente d'Irina en compagnie d'autres prisonniers. Celle-ci avait manifesté son impatience avec violence. Setrian s'était alors juré de ne plus jamais assister à une séance de punition au fouet. Malheureusement, le châtiment semblait être une habitude dans le bataillon et en être témoin, une obligation. En huit jours, il avait déjà été appliqué trois fois.

— Brom ! appela discrètement une voix depuis l'entrée de la tente.

Ils se retournèrent pour découvrir Tilène, la jeune fille qui avait aidé Setrian lors de son incursion dans l'armée. De loin, elle lui rappelait toujours autant sa sœur.

— On se voit ce soir, comme d'habitude, chuchota Setrian pour signifier à Brom de partir.

— Sois discret, il ne faut pas que tu sois repéré.

— Je sais très bien ce qui peut m'arriver et dépêche-toi, sinon tu en risques autant.

Près de l'entrée, Tilène gigotait nerveusement. Elle avait eu le courage de venir les prévenir que des mages approchaient, transgressant la nouvelle interdiction de se mélanger entre prisonniers friyens et na-friyens en dehors des moments de service imposés. Brom et Setrian contournaient cette règle à longueur de temps.

La voix de Leona flotta dans les airs à peine quelques instants après leur départ. Elle parlait avec

Ernest et ils s'apprêtaient apparemment à rejoindre leur tente ou à mesurer l'avancée du montage. Setrian avait déjà eu à subir leur colère lorsqu'ils estimaient qu'il n'allait pas assez vite. Heureusement, il n'avait jamais été réprimandé autrement que par la parole.

Il se hâta d'étaler les tapis de l'entrée. En général, Leona et Ernest l'ignoraient pendant qu'il finissait, à condition que le maximum soit déjà fait. Setrian recula et s'inclina pour les laisser entrer.

— Bonsoir, mage Leona.

L'absence de réponse était normale. Leona ne lui accordait presque jamais d'attention, mais ce soir, il sentait qu'elle l'observait plus attentivement que d'habitude.

— Que se passe-t-il ? demanda Ernest.

— Rien de bien particulier, répondit Leona, à nouveau indifférente.

Les deux mages s'assirent sur les matelas déjà préparés à côté de leurs effets personnels. Setrian reprit son travail, restant cependant attentif. Être dans la tente de Leona lui permettait d'en découvrir plus sur la présence du *Velpa* au sein du bataillon.

— Si seulement le Maître nous avait laissés partir seuls, souffla-t-elle. Se déplacer avec cette armée est pesant.

— Tu sais très bien que le Maître veut que nous coopérions avec eux, dit Ernest en s'allongeant. Sans nous, ils n'arriveront pas à faire tomber *Elpir* aussi rapidement qu'ils le souhaitent.

Setrian tendit l'oreille. Cela faisait déjà plusieurs fois que Leona mentionnait un maître dont l'identité restait un mystère. L'homme semblait décider de tout, même si ses subordonnés étaient parfois en désaccord.

— Ces soldats nous considèrent comme des outils, c'est insupportable. Je suis lasse d'utiliser mon *inha* pour déraciner des arbres.

— Je ne suis pas certain qu'ils te considèrent comme tel, souleva Ernest. Après ce que tu as fait à celui qui avait osé le formuler ainsi, je crois qu'ils ont tous compris ce dont nous étions capables.

— Leurs regards me dégoûtent. J'ai l'impression d'être une proie. Cela devrait être l'inverse.

Le ton de Leona était devenu glacial. Ernest se redressa lentement et attrapa une mèche de ses longs cheveux noirs.

— Ils n'ont certainement jamais vu une femme telle que toi, dit-il langoureusement en se rapprochant d'elle.

Setrian soupira doucement. Il aurait voulu que Leona parle davantage de son maître. Il déposa le tapis suivant en le laissant un peu trop claquer au sol et fut heureux d'entendre Leona décliner l'invitation d'Ernest.

— Pas ce soir. Je ne suis pas d'humeur, dit-elle en repoussant la main qui s'attardait dans son cou.

— Cela fait déjà trois soirs que tu n'es pas d'humeur.

— Mon corps est parfaitement d'humeur, mais dois-je vraiment t'expliquer pourquoi ma tête ne l'est pas ? rétorqua-t-elle en posant sa main sur son ventre.

— Je vois. Peut-être demain, alors.

— Je ne pense pas, dit Leona en se retournant. Encore quelques jours.

— Tu es certaine ?

— Sais-tu ce que la grossesse signifie ? cracha Leona avec hargne. Je ne veux rien de ça ! Le bouclier sera bientôt percé. Les derniers membres du *Velpa* qui opèrent en Friyie nous auront rejoints d'ici peu. Je veux être apte à remplir mes missions, même si ça passe encore par une collaboration avec cette armée ou avec les membres des autres éléments.

Setrian traîna dans la pose du dernier tapis. Leona pouvait encore divulguer des renseignements précieux. Il venait en tout cas d'en capter un. Le *Velpa* comptait se réunir à l'ouest du territoire en rejoignant le bataillon. Mais rien d'autre ne transpira plus que l'altercation du couple qui ne montrait aucun attachement. Setrian en était d'ailleurs écœuré.

Les discussions intimes dont il avait été le témoin lui avaient rappelé sa relation chaotique avec Évandile. Il comprenait maintenant pourquoi sa sœur et sa mère s'étaient montrées réservées. Il s'était laissé manipuler, bien au-delà de ce que tout le monde s'était imaginé. Depuis qu'il avait rencontré Ériana, il avait compris le vrai sens du partage. Pour elle, il était capable de tout, y compris de s'éloigner pour lui permettre de survivre. Son absence lui permettrait sûrement de rencontrer son véritable protecteur. Ériana était leur seul espoir, elle devait à tout prix rester vivante.

Leona n'accepta pas plus qu'un baiser dans le cou avant de s'écarter d'Ernest. Le mage soupira en la laissant faire. Il n'avait pas été aussi délicat quelques jours plus tôt. À ce moment-là, Setrian n'avait pas terminé sa tâche et avait été témoin d'un ébat à la fois passionnel et violent. Il n'était jamais allé aussi vite pour terminer sa besogne.

— Je vais voir où en sont les autres, grogna Ernest en sortant de la tente. Repose-toi si tu es fatiguée.

Sans interlocuteur, Leona ne lui était plus d'aucun intérêt. Déçu, Setrian vérifia une dernière fois que tout était fini et s'inclina.

— Puis-je m'en aller ?

Quand il releva les yeux, Leona le fixait de cette même étrange façon qu'à son entrée.

Jusqu'à présent, pour un membre du *Velpa*, il l'avait trouvée très transparente. Ses sautes d'humeur étaient toujours prévisibles, sa véhémence si facile à anticiper qu'il y avait échappé la plupart du temps. Mais à l'instant, quelque chose venait de changer.

Leona ne l'observait pas seulement, elle le mesurait des pieds à la tête, comme si elle cherchait en lui un moyen d'atteindre un but précis. Setrian détourna les yeux pour ne pas paraître suspect. Jamais un prisonnier n'aurait osé soutenir le regard de Leona. Il resta cependant confus, ne comprenant pas ce que Leona pouvait bien lui trouver.

— D'où viens-tu, prisonnier ?

Sa question le surprit tant qu'il la dévisagea sans retenue. Leona ne flancha pas mais il perçut une légère raideur dans sa mâchoire. Et à voir l'obstination dans son regard, il ne s'agissait nullement d'hésitation mais bien de calcul savamment préparé. Elle attendait clairement quelque chose de lui.

— De Lapùn, mentit-il.

— Connais-tu Irina ?

Sa perplexité redoubla. Leona ne s'était jamais adressée à lui de façon aussi directe et personnelle. Il y avait forcément un objectif derrière tout ça, sans quoi jamais elle ne se serait intéressée à lui. Ses efforts pour paraître naturelle étaient cependant trop faibles pour l'œil aiguisé de Setrian. Il hésita. Se lancer dans un tel jeu était dangereux mais il ne pouvait laisser passer pareille occasion d'entrer un peu plus dans les rouages du *Velpa*.

— Je ne l'ai jamais croisée à Lapùn.

— C'est normal, répondit Leona en secouant la tête. Que sais-tu sur elle ?

Cette fois, Setrian n'eut aucun besoin de mentir. D'autant plus qu'il sentait que moins il en saurait, plus Leona serait disposée à s'engager dans cette folle manigance qu'il pressentait venir.

L'inimitié de Leona pour Irina n'était un secret pour personne sans que quiconque en connaisse les raisons. Les deux femmes restaient courtoises et coopératives lorsqu'il s'agissait du travail. Pour le reste, elles passaient la plupart de leur temps dans des zones opposées. La tente de Leona était proche des prisonniers alors qu'Irina faisait toujours monter la sienne près des soldats.

— C'est elle qui prend les décisions et qui sert de relais entre les mages et les soldats du bataillon, répondit-il.

L'expression de surprise de Leona le fit se mordre la joue. Il était clair qu'elle n'en avait pas attendu autant. Ses chances d'en savoir plus sur les desseins de la mage venaient d'être considérablement réduites. Mais quand une petite moue satisfaite s'afficha sur le visage de Leona, il sut qu'il avait fourni exactement la bonne réponse.

— Tu m'as l'air bien intelligent pour un simple prisonnier, dit-elle en plissant les yeux. Ton éducation friyenne y est sûrement pour beaucoup. Ce sera bien mieux que ces imbéciles de Na-Friyens qui encombrent nos tentes.

Setrian s'empêcha de serrer les poings. Il devait garder son attitude ouverte et soumise.

— Tu ne sais donc que le nécessaire au sujet d'Irina, poursuivit-elle. C'est parfait.

Il mourait d'envie de demander en quoi son ignorance était parfaite mais se retint. Leona semblait plongée en pleine réflexion.

— Le seul inconvénient reste ton élément si jamais elle a eu la lubie de mettre des boucliers sur sa tente. Mais je suis quasiment persuadée qu'elle ne se donne pas cette peine. Elle se croit si… intouchable.

Le raisonnement de Leona prenait petit à petit forme mais Setrian n'en voyait toujours pas l'objectif réel. Elle faisait d'ailleurs soigneusement attention à ses mots, comme si elle ne voulait pas révéler la véritable raison d'une telle manœuvre.

Il avait en tout cas saisi l'essentiel. Elle lui demanderait de se rendre dans la tente d'Irina. Pour l'instant, il ne savait pas pourquoi, mais cela lui importait peu. Il pourrait par la même occasion se renseigner sur le *Velpa*.

— Dans les jours qui viennent, je veux que tu observes Irina.

Il s'attendait à en entendre plus et patienta stoïquement. Mais le silence commença à s'éterniser et Leona se leva pour aller fouiller dans ses affaires, le laissant planté au milieu de la tente, confus.

— Eh bien ! s'exclama-t-elle en se retournant. Que fais-tu encore là ?

— Pardonnez-moi, hésita-t-il, mais que dois-je exactement observer ?

— Je te croyais intelligent, commença à s'agacer Leona. Tu dois observer Irina.

— Pardonnez-moi encore une fois, mais que dois-je observer chez elle ?

— Je commence à regretter de t'avoir choisi.

Setrian s'apprêta à objecter mais Leona le devança.

— Ton intelligence est un atout autant qu'un défaut. J'ai déjà dit que tu savais tout ce qui était nécessaire. Alors tu observes Irina et tu observes tout chez elle. Depuis le moindre cheveu mal placé jusqu'au nombre de fois où elle ira parler au Commandant. Je veux que tu absorbes le moindre détail. Tu seras mes yeux.

La demande était aussi incongrue qu'impossible à remplir. Entre le voyage, les services et les tentes, trouver assez de temps pour discerner quelque chose d'intéressant chez Irina relèverait du miracle. Il se retint de mentionner à Leona qu'elle s'en sortirait bien mieux par elle-même. Il s'autorisa toutefois une remarque qui lui épargnerait bien des efforts, à défaut de le protéger d'une remontrance cinglante.

— Ce serait plus simple si j'étais affecté directement à sa tente.

Leona le foudroya du regard et, pour une fois, il garda le menton levé. Il tenait plus que tout à surveiller Irina comme on le lui demandait, mais pas de façon stupide. Leona était loin d'être aussi compétente qu'elle l'imaginait. Elle montait un plan sans penser à la meilleure façon de l'exécuter. Être ainsi prise en défaut semblait la mettre dans une colère froide. Elle se rapprocha de Setrian jusqu'à ce que l'espace entre eux soit le plus infime possible. De si près, il pouvait sentir chacune de ses expirations sur sa peau.

— Sors de là. Et ne me déçois pas.

Il cacha un sourire de victoire et s'inclina avant de reculer jusqu'à l'extérieur. Depuis son infiltration dans le bataillon, jamais il ne s'était senti aussi fort. Leona venait de lui donner de l'importance et surtout, elle venait d'accéder à une de ses demandes.

Elle n'avait pas refusé sa suggestion. Elle était simplement hors d'elle de ne pas y avoir pensé ellemême. Car il était certain qu'elle ferait en sorte qu'il soit affecté à la tente d'Irina, même s'il n'avait pas la moindre idée de la façon dont elle comptait s'y prendre.

31

Une fois sorti, Setrian prit la direction de sa propre tente, celle qu'il partageait avec cinq autres mages prisonniers. Ils faisaient partie des rares détenus ayant grandi en Friyie et se montraient peu bavards. Tous les autres étaient comme Aric ou Brom, originaires de Na-Friyie, et, sûrement parce qu'ils avaient été pourchassés, ils avaient développé une plus grande résistance à l'oppression.

Setrian trouvait ses camarades de tente terriblement défaitistes. Aucun n'était prêt à réagir ni à se révolter alors qu'ils étaient finalement ceux qui pouvaient accomplir le plus, malgré l'*empaïs* sur leurs insignes. Heureusement, parmi les Na-Friyens, Setrian avait trouvé de solides alliés. Dépourvus d'insignes, c'étaient leurs vêtements qui étaient recouverts de la matière bloquante. Setrian avait aussi entendu parler de tatouages mais les artistes étaient peu nombreux dans le *Velpa* et de toute façon, aucun prisonnier na-friyen n'avait été initié à son *inha*.

Enfin libéré de son service, il se demanda s'il ne devrait pas déjà mettre en application les ordres de Leona. Il n'arrivait toujours pas à réaliser sa chance. Une mage l'envoyait consciemment en épier une autre. Ce qu'il avait cherché à accomplir depuis le début était non seulement facilité, mais en plus justifié par l'ennemi.

Il n'avait cependant pas envie de voir Irina tout de suite. Cette femme était d'une violence et d'une méchanceté démesurées. Il en avait eu la preuve avec Aric, qui avait le malheur d'appartenir à l'équipe s'occupant de la tente d'Irina. La mage gérait les retards avec le même genre de châtiments que pour un outrage ou une insubordination, quoique celles-ci fussent rares. Récemment, le fouet n'était devenu qu'une extension de son bras.

Lorsqu'il arriva à sa tente, trois de ses occupants s'apprêtaient à la quitter. Ils semblaient s'être empressés de manger, apparemment convoqués ailleurs. Le regard qu'ils lui lancèrent ne fut que dégoût et jalousie. Setrian ne comprenait pas comment ces hommes, dans la même situation que lui, pouvaient le haïr à ce point.

— Eh, tête blanche ! Tu veux manger quelque chose ?

Le dernier prisonnier, resté à l'intérieur, était l'exception. Tous deux étaient les seuls à avoir les cheveux blancs et s'étaient affublés de ce surnom alors que leurs reflets différaient : ceux du prisonnier étaient bleutés à l'inverse des perles argentées qui se glissaient dans ceux de Setrian.

D'après son insigne, l'homme était des Vents. Setrian avait continué à masquer ses véritables origines tout comme ses intentions. Il ne savait pas encore vraiment à qui faire confiance du côté friyen.

— Que s'est-il passé avec Leona pour qu'elle te renvoie déjà ? Tu n'as pas mis ses affaires au bon endroit dans la tente ? Elle était simplement de mauvaise humeur ?

— Je ne sais pas à quoi ressemble Leona quand elle est de bonne humeur, répondit simplement Setrian en s'asseyant en face de son compagnon de fortune.

— Tu n'as pas tort. Je crois que je n'ai jamais vu cette femme sourire. En même temps, ce n'est pas comme s'il y avait beaucoup de raisons de sourire dans cette armée. Nous ne faisons que voyager le jour et nous arrêter la nuit. Je crois que je préférais presque quand nous étions postés devant le bouclier.

— Je ne peux pas savoir. Je suis arrivé lorsque vous avez levé le camp.

— Ah, c'est vrai.

Setrian commença à manger en silence, concentré sur l'échange qu'il venait d'avoir avec Leona, quand il se rendit compte que le prisonnier ne l'avait pas lâché des yeux.

— Tu n'as pas quelque chose à faire ? demanda-t-il.

— Si, mais ça peut attendre. Je n'aurais jamais cru pouvoir trouver une occasion aussi belle de te parler sans que les trois autres nous espionnent.

Setrian cacha sa stupéfaction en avalant ce qu'il avait en bouche. Il ne voulait pas être mêlé à une quelconque dispute au sein des prisonniers. Il avait pour l'instant réussi à se fondre autant que possible dans le groupe et ne voulait pas attirer l'attention. Il avait trop besoin de rester discret.

— Tu dois faire attention, tête blanche.

— Je suppose que tu veux parler de quelqu'un en particulier ? émit-il, sur ses gardes.

— Tu supposes bien, mais tu n'es pas assez prudent.

Le mage fouilla sous sa manche et en sortit un morceau de tissu que Setrian reconnut aussitôt. Il s'agissait de son propre insigne. Setrian fourra ses mains dans ses poches pour vérifier, même s'il savait le geste inutile. Le cercle de tissu blanc orné du symbole bleu des Vents, dépourvu de tout *empaïs*, ne pouvait qu'être le sien. Il se demandait à quel moment il avait pu être négligent au point de le perdre.

— Je te l'ai pris pendant que tu dormais, expliqua le prisonnier. Donc je sais que tu mens, que tu n'es pas des Terres mais des Vents. Que ton *inha* n'est pas bloqué, chose assez exceptionnelle dans ce bataillon. Et je crois même que tu es messager et que tu es de la famille Huyeïl.

Setrian resta bouche bée. Lui qui avait tout fait pour dissimuler son identité ne parvenait pas à savoir comment il avait pu être percé à jour.

— Rassure-toi, tu n'as commis aucune erreur, si ce n'est de laisser cet insigne dans ta poche. Il va falloir que tu le mettes en lieu sûr.

— Ce sera fait, répondit Setrian en attrapant l'insigne pour le glisser sous ses vêtements. Une fois que j'aurai trouvé cet endroit.

— Je te fais confiance, tu ne reproduiras pas deux fois la même erreur. Ta famille est trop talentueuse pour se permettre ce genre de bêtise.

— Comment savez-vous qui je suis ?

Le mage pointa ses propres cheveux puis ceux de Setrian avec un sourire.

— Malgré tout ce qu'on en dit, c'est surtout dans notre territoire que l'on trouve des cheveux de cette couleur avant d'atteindre la vieillesse. Et puis je t'ai observé. Tu tires davantage plaisir à respirer qu'à poser tes mains sur le sol. Un mage des Terres ne prendrait jamais la peine de profiter de l'air sur son visage comme tu le fais chaque matin, sans parler des moments où nous sommes transportés en charrette. C'est aussi quelque chose auquel il faudra que tu prêtes attention.

— C'est noté, dit Setrian. Mais comment avez-vous pu en déduire mon nom ? Je ne me souviens pas de vous avoir jamais vu à Myria.

— Tu étais trop jeune quand j'étais encore basé à la Tour, pourtant je suis passé de nombreuses fois par l'avant-poste de tes parents. Quand je t'ai vu entrer dans notre tente le premier soir, tes yeux et tes cheveux m'ont semblé familiers. Je n'aurais jamais pu oublier un tel regard. Même à quatre ans, tu étais déjà déterminé à montrer ce que tu savais faire.

— Alors vous connaissez ma famille ?

— Connaître est un bien grand mot. Je vous ai plutôt croisés. Mais peu importe, j'avais surtout besoin d'être sûr que tu étais ce garçon avant de te parler. Je ne fais pas confiance aux trois autres. Ils sont jaloux de ce que tu as.

— De ce que j'ai ? s'exclama Setrian.

— Oui, de ce que tu as. Essentiellement l'attention de Leona. Je ne sais pas ce qui se passe entre la mage et toi, mais il va falloir faire en sorte qu'elle te punisse un peu, sinon ces trois-là risquent fort de régler ton cas d'une façon assez dramatique. Ils ont déjà essayé de m'en parler. Je leur ai dit que j'étais trop vieux pour m'impliquer dans ce genre de plan.

— Quel genre de plan ? Et pourquoi s'en prennent-ils à moi ? Nous sommes tous prisonniers du *Velpa* !

— Certes, mais eux le sont depuis bien plus longtemps que toi. Tu comprendras pourquoi ils sont aussi résignés. Tu arrives ici plus en forme qu'eux, plus jeune, et tu as les faveurs de Leona.

— Mais de quelles faveurs parlent-ils ? s'emporta Setrian. Ils étaient contents que Leona me désigne pour m'occuper de sa tente. La seule chose plus atroce à leurs yeux était de faire celle d'Irina et je crois qu'aucun d'eux n'en a la charge.

— C'est malheureusement moi qui en ai écopé, avec quelques Na-Friyens sous mes ordres, si je peux le dire ainsi. Mais Irina n'est pas ce dont je veux te parler. Les trois personnes qui partagent notre tente, celles que tu estimes être dans le même camp que toi, n'y sont plus.

— Tu veux dire qu'ils se sont mis du côté du *Velpa* ? demanda Setrian avec effroi.

— Non plus. Ils ne sont nulle part ailleurs que dans la souffrance et l'envie de s'en sortir. Sauf qu'ils ont trop perdu espoir pour croire en une évasion. Quand tu leur as dit que tu gérerais la tente de Leona, ils ont espéré que la mage te punirait aussi souvent que possible. Mais il n'en a rien été, bien au contraire. Tu es le seul d'entre nous qui n'a reçu aucun châtiment depuis que tu es arrivé.

Setrian se souvenait parfaitement des derniers soirs où, à tour de rôle, chacun de ses compagnons de tente était rentré tard et maltraité.

— Ils donneraient n'importe quoi pour reprendre leur place, poursuivit le mage. Y compris disposer de toi ou, en tout cas, te rendre incapable de bouger pour accomplir tes tâches. Si tu es inutile au *Velpa*, personne ne s'occupe de toi, les mages t'oublient et tu meurs lentement. Quelqu'un arrive pour te remplacer quelques jours après et on passe au suivant.

Setrian savait parfaitement de quoi parlait son confrère. Il le voyait avec Aric. Les membres du *Velpa* n'avaient rien à faire de son état de santé.

— Mais pourquoi agiraient-ils ainsi ? Je suis prisonnier comme eux !

— Comme je te l'ai déjà dit, ils ne voient pas les choses de cette façon. Tu as encore de l'espoir. Pour eux, la seule option qui leur reste est de survivre aux côtés du *Velpa*. Ça ne veut pas dire qu'ils sont d'accord avec ce qu'ils font, mais ils y voient leur seule chance.

— C'est insensé... murmura Setrian.

— Je crois qu'il n'existe plus grand-chose de sensé depuis que le *Velpa* nous a dérobé l'artefact.

Setrian était en train d'attraper un autre morceau de pain. Il arrêta son mouvement. Seul un petit nombre de personnes étaient au courant du vol d'*Eko*.

— Comment savez-vous pour l'artefact ?

— C'est Mage Judin qui me l'a dit.

Setrian fronça les sourcils. Il ne comprenait pas comment l'homme pouvait être au courant d'un détail aussi important, surtout venant de la bouche même de leur Grand Mage.

— J'appartiens à l'équipe qui a été envoyée dans le territoire des Feux. Judin n'a pas révélé qui constituait les autres équipes, mais quand je suis passé avec la mienne au niveau de l'avant-poste de tes parents et que j'ai vu des traces récentes, je me suis dit qu'il se pouvait très bien que les Huyeïl en fassent partie. Ça semblait logique, vu la composition des équipes, cela impliquait juste de vous séparer, toi et ton père. Pour quel territoire es-tu parti ?

— Les Terres, répondit Setrian. C'est pour ça que j'ai choisi ce mensonge pour dissimuler mon identité. J'ai suffisamment appris pendant mon séjour à Lapùn pour être capable de répondre à quelques questions. J'essaie quand même de les éviter la plupart du temps.

— Avec tes talents de messager, je ne doute pas que tu y parviennes, même sans utiliser ton *inha*.

— Alors, les trois autres membres de votre équipe se trouveraient parmi nous ? C'est impossible, il n'y a qu'une seule personne des Vents à part nous.

Le mage secoua tristement la tête.

— Nous n'avons pas eu à marcher six jours en Na-Friyie que le *Velpa* croisait déjà notre chemin. Le guérisseur de mon équipe a été tué pendant la lutte. Le protecteur et la messagère ont été emmenés je ne sais où. Pour ma part, j'ai immédiatement été envoyé dans cette armée.

— Je suis désolé.

Setrian cacha difficilement son amertume. Mage Judin avait enfin trouvé le courage d'envoyer une équipe pour le territoire des Feux. Sa tâche avait été anéantie en seulement quelques jours.

— Je suppose que vous n'avez pu contacter personne...

— Encore une fois, tu supposes bien. Nous appliquer l'*empaïs* leur a pris moins d'un instant une fois qu'ils nous avaient immobilisés. De toute façon, je ne suis pas spécialisé dans la distance donc il m'aurait fallu l'aide des autres. Je leur aurais fait dépenser une incroyable quantité d'énergie pour y parvenir et nous aurions tous été vulnérables. Tu sais très bien ce qui se passe si on abuse des *inha'roh* groupés.

— En réalité, je ne sais pas, répondit Setrian en découvrant l'information avec méfiance. Le contacteur de mon équipe nous en a fait pratiquer deux.

— Deux *inha'roh* groupés sont encore acceptables. Au-delà du quatrième, cela commence à devenir problématique pour ceux qui constituent les sources d'énergie.

— Ça doit être pour ça que Jaedrin ne m'en a pas parlé.

— Jaedrin Troh est le *Rohatiel* de ton équipe ?

Setrian hocha la tête. Le mage connaissait visiblement Jaedrin mais n'en révéla pas plus.

— Si ces *inha'roh* étaient importants, il savait qu'il n'avait pas le choix.

— C'était le cas, répondit Setrian.

— Maintenant, reprit le mage avec un regard des plus sérieux, tu veux bien m'expliquer comment quelqu'un d'aussi talentueux que toi a pu se faire avoir par le *Velpa* ?

Setrian essaya de résumer la mission de l'équipe de l'Est, racontant les événements liés au *Velpa* et la façon dont ils avaient pu récupérer *Eko*. Il survola le moment où ils avaient été séparés et expliqua pourquoi il s'était immiscé dans l'armée. À aucun moment il ne mentionna Ériana. Même s'il avait confiance en celui à qui il s'adressait, il préférait dire le minimum.

— Tu veux dire que tu as *Eko* ici avec toi ? chuchota le mage.

— Oui, répondit Setrian d'une voix tout aussi basse.

— Il faut croire que tu l'as caché dans un endroit bien plus sécurisé que ta poche, sinon je l'aurais déjà trouvé.

— Il est à l'endroit idéal.

— Très bien, laisse-le là-bas et ne me dis surtout pas où ! Moins j'en saurai, mieux ce sera. Il est temps que j'y aille, reprit le mage. Irina va s'impatienter. C'est moi qui dois lui apporter à manger ce soir, vu que le prisonnier na-friyen qui s'en charge habituellement est trop malade pour le faire. Cache cet insigne et continue à dissimuler ton *inha* comme tu le fais déjà. Je sais à quel point il doit t'être difficile de ne pas y avoir recours de façon naturelle, mais tu dois maintenir les apparences. Au fait, tu ne m'as pas vraiment expliqué quel était ton but en intégrant cette armée, mais je suppose que tu veux comprendre ce qui se trame.

Setrian hocha la tête.

— Comme je suis dans la tente d'Irina, reprit le prisonnier, je peux essayer de prêter attention à ce qu'elle dit, mais elle est vraiment attentive, elle ne dit jamais rien de bien important si nous sommes là. Que comptes-tu faire quand nous serons arrivés là où ils veulent nous emmener ?

— J'ai une mission à mener, répondit Setrian qui ne put que réaliser sa double chance d'avoir en plus des oreilles à l'intérieur de la tente d'Irina.

— Tu es bien un Huyeïl, fidèle à ses principes. Je suppose que ça implique de t'évader de ce bataillon. Sache que je ne serais pas contre t'aider et t'accompagner par la même occasion. Tu peux compter sur moi sans problème.

Setrian ne savait pas pourquoi il émettait encore des réserves à se confier totalement à la seule personne qui savait réellement qui il était. Le mage était au courant de sa véritable identité depuis déjà plusieurs jours et n'avait rien révélé. Pourtant, il n'arrivait pas à se convaincre de tout dire. Ce n'était pas qu'il n'avait pas confiance, mais certaines informations étaient plus en sécurité lorsqu'elles restaient secrètes.

Le prisonnier lui adressa un bref sourire avant de sortir de leur tente. Le jour commençait à tomber. Setrian avait de la chance, il allait pouvoir profiter d'un peu de repos avant de rejoindre les Na-Friyens. Brom lui avait bien rappelé qu'une réunion aurait lieu ce soir.

Prenant garde à ne pas s'endormir, il laissa son esprit errer vers ses compagnons d'équipe. Avoir appris l'existence de celle des Feux lui avait ramené les souvenirs de la sienne. Il se demanda si Ériana les aurait par hasard retrouvés ou si elle était déjà arrivée en territoire des Eaux. Au plus profond de lui, il percevait le reflet de son énergie. Lueur vive au milieu de son océan de tourmente, c'était la seule chose qui le rassurait.

Et alors que le campement n'avait jamais été aussi calme, un hurlement déchira le silence.

32

Malgré sa volonté de discrétion, Setrian se leva et sortit de la tente. Les cris dans le campement n'étaient pas chose rare. Ils étaient d'ailleurs souvent féminins. Mais cette fois, le hurlement était celui d'un homme dont la note aiguë laissait présager le pire.

Setrian n'était pas le seul à avoir été intrigué. Nombre de prisonniers autour de lui s'étaient figés et d'autres sortaient encore des tentes. Quelques soldats de passage montraient eux aussi de la curiosité.

Le hurlement se répéta une seconde fois et la perplexité de tous redoubla. Le cri provenait des tentes du *Velpa* et apparemment de celle d'Irina. L'espace d'un instant, Setrian espéra qu'il s'agissait d'Ernest, mais il savait qu'il n'avait aucune chance. Seul un prisonnier pouvait être traité de la sorte.

Instinctivement, il se mit en marche avec la petite foule qui commençait à se mouvoir. Il refusa d'abord l'hypothèse qui se frayait un chemin dans son esprit, puis, comme pour confirmer ses doutes, une silhouette fut projetée à l'extérieur de la tente.

La nuit était à présent tombée, les quelques feux répartis aux intersections entre les allées créées par les tentes ne permettaient pas d'y voir assez clair, mais les cheveux blancs de celui qui se trouvait étalé au sol ne laissaient aucun doute quant à l'identité de leur propriétaire.

Contre toute attente, la première personne à sortir de la tente fut Leona. Irina suivit quelques instants après. Toutes les deux étaient dans une rage monstrueuse.

Le prisonnier aux cheveux blancs poussa sur ses mains pour se redresser. Son flanc gauche était entaillé, certainement la raison du cri qu'ils avaient tous entendu. Alors que Leona inclinait la tête, Irina frappa violemment le sol avec son pied droit. La terre fit irruption sous le ventre du prisonnier, lui donnant un coup puissant au niveau de la poitrine et du bas-ventre, avant de retourner à sa position initiale comme si rien ne l'avait perturbée. L'homme ne put même pas grogner tant l'impact lui coupa le souffle.

Les deux mages des Terres paraissaient totalement indifférentes à l'audience qui s'était créée. Setrian ne comptait pas moins d'une trentaine de spectateurs et il se doutait que d'autres restaient dans l'obscurité. Il y avait autant de prisonniers que de soldats, mais tous savaient qu'ils ne seraient pas réprimandés pour cet écart dans leurs tâches. Les membres du *Velpa* considéraient chaque châtiment comme une leçon destinée à tous.

Le prisonnier, affalé par terre, tourna la tête de côté. Son regard croisa celui de Setrian un instant seulement avant qu'une autre manipulation – de Leona ou d'Irina, il n'arrivait à l'identifier – ne l'oblige à se remettre à genoux. La terre répondait à leurs ordres avec une facilité déconcertante.

— Cet homme comptait s'en prendre à l'une des nôtres, gronda Leona en le désignant. Il est temps de vous montrer à tous ce que de telles représailles impliquent !

Leona exhiba un couteau pour que tous puissent voir. Du sang coulait le long de la lame, certainement une conséquence de la première blessure infligée.

Setrian ne comprenait pas ce qui avait poussé son confrère aux cheveux blancs à s'en prendre à

Irina. Il avait su mieux que quiconque à quel point ils étaient encore incapables d'agir – il venait même de lui proposer son aide. L'homme était clairement terrorisé et ne semblait donner aucun sens à ce qui lui arrivait. Setrian grinça des dents en réalisant que tout ce manège n'était qu'une mascarade imaginée par Leona dans un but précis. Il était pressé de savoir lequel.

— Attends, intervint soudain Irina. J'aimerais savoir s'il avait des complices.

Irina avait dû être convaincue par le manège, ou alors elle y avait adhéré. Quoi qu'il en soit, elle semblait déterminée à rechercher l'existence d'autres prisonniers réfractaires. Son regard passa sur Setrian sans s'attarder. Il y avait beaucoup trop de captifs dans le campement pour espérer les trouver d'un simple coup d'œil. Leona, elle, fixait Setrian avec bien trop d'attention.

— De quel territoire viens-tu ? demanda Irina, sa violence pointant déjà dans la voix.

La question était parfaitement inutile. De par son insigne bleu et blanc plaqué sur son crâne, il était évident que l'homme venait de Myria. Mais Irina aimait se donner en spectacle.

— Des Vents, gémit-il.

— Leona, trouve-moi un *Rohatiel*.

Leona s'éclipsa dans la foule, non sans avoir jeté un autre regard à Setrian. Pour qu'elle insiste ainsi, c'était que la situation devait le concerner, mais il ne voyait pas en quoi. Le prisonnier, lui, tremblait de toutes parts, pressentant ce qui arrivait, et quand Setrian comprit pourquoi, son sang se glaça.

Si un *Rohatiel* s'introduisait dans son esprit, il pourrait découvrir tout ce dont ils avaient parlé dans la tente au cours de la soirée, son identité serait révélée et tout aurait été fait en vain.

Setrian serra les poings. Irina était une femme intelligente. Bien plus que Leona. La jalousie de cette dernière était presque risible. Mais quand elle revint, accompagnée, Setrian commença à paniquer. Le moment où tout allait échouer se rapprochait et il ne pouvait absolument pas intervenir sans se mettre à nu.

Le prisonnier l'avait compris lui aussi et remuait les lèvres en direction de Setrian. Au milieu de la confusion et de l'amusement de certains soldats, il n'y avait plus grand monde qui lui prêtait attention. Lorsque Setrian comprit ce que l'homme essayait de lui faire entendre, il crut d'abord qu'il s'était trompé. Puis sa raison reprit le dessus.

Des larmes de rage lui montèrent aux yeux. Il se pinça les lèvres, cherchant une alternative, mais son confrère lui lança un regard sévère.

C'était la seule issue possible et ils en étaient tous les deux conscients.

Il restait néanmoins un inconvénient à cette solution. La présence d'un complice serait ouvertement révélée, même s'il n'existait pas à l'origine. Irina aurait la preuve qu'elle cherchait. Il y avait effectivement des prisonniers qui n'étaient pas ce qu'ils prétendaient être dans son campement. Elle n'aurait juste aucune idée de qui.

Il était évident que garder son identité secrète était la priorité. Setrian n'osait même pas imaginer ce qui lui arriverait si Irina découvrait qu'il était en fait mage des Vents et qu'il disposait encore de son *inha*. Il ne ferait jamais le poids face aux membres du *Velpa* et à un bataillon aussi important. Un *Rohatiel* sonderait à son tour son esprit et y découvrirait la stratégie qu'il avait mise en place. Ses pensées dévoileraient au fur et à mesure tout ce qui concernait les missions des équipes.

Il n'avait pas le choix.

Setrian serra poings et lèvres en hochant discrètement la tête. Le prisonnier aux cheveux blancs sembla se détendre. Leona était en train d'expliquer la situation au *Rohatiel*. Heureusement pour lui, il s'agissait encore d'un mage qu'il ne reconnaissait pas. Le mystère autour de l'identité et de la provenance des membres du *Velpa* ne cessait de s'accroître.

Discrètement, Setrian détacha son collier de son cou. La manipulation qu'il s'apprêtait à faire, gourmande en énergie, pouvait provoquer un éclat de lumière trop visible. Il rangea la gemme dans sa poche et effleura son insigne. Le bandeau de tissu pourrait l'aider à se concentrer, mais il n'avait aucun moyen de l'enfiler sans paraître suspect. Il lui faudrait procéder autrement.

Serrant sa gemme entre ses doigts, il pria pour que personne ne voie le trouble dans ses yeux. Puis il s'empara du *inha* de l'air à proximité du prisonnier et commença à le compacter pour l'immobiliser.

Le *Rohatiel* se rapprochait déjà. Sa victime continuait à manifester de la terreur, mais elle n'était désormais que feinte. Setrian sentit des larmes couler sur ses joues en même temps qu'il puisait dans ses réserves d'énergie.

Le prisonnier cessa de respirer avant que les mains du *Rohatiel* n'entrent en contact avec les cheveux blancs. Setrian maintint la pression de l'air jusqu'à être certain que sa tâche était accomplie. Les larmes lui coulaient à présent sur le menton.

La cohue qui s'ensuivit lui parut lointaine. Sa manipulation lui avait coûté en énergie, le détachant presque de son corps. Le *Rohatiel* était désemparé, Irina dans une rage sans nom. Elle avait sa preuve mais ne savait pas qui était responsable.

Setrian tenta d'imiter les autres prisonniers autour de lui. C'était plutôt facile, tous étaient choqués. Il croisa le regard de Brom, à l'opposé de lui dans la foule. Dans l'obscurité et avec la fatigue, il n'arrivait pas à savoir ce que Brom pensait de ce qui venait de se produire.

Quand Irina hurla pour que tous les prisonniers s'agenouillent et soient sondés à leur tour, Leona et le *Rohatiel* s'interposèrent. Ils ne pouvaient pas fouiller autant d'esprits sans risquer d'y perdre la vie. La tâche demandait trop de *inha*. Ils pourraient tout au plus en sonder un tous les deux jours, sans parler du fait qu'ils en seraient bien incapables pour ceux n'étant pas de leurs éléments.

Irina s'énerva en lançant une main par-dessus son épaule, pestant qu'il lui manquait désormais un prisonnier à la charge de sa tente.

L'éclat vif dans les yeux de Leona eut raison de la torpeur de Setrian. La nausée qui le submergea soudain aussi. Leona était arrivée à son but. Elle avait un moyen de placer Setrian auprès d'Irina. Elle cachait si difficilement sa victoire qu'Irina fronça les yeux et se retourna vers la foule.

Tous s'immobilisèrent.

— Je veux celle-ci, dit-elle avec une grimace de dégoût en montrant Tilène.

Leona ouvrit la bouche pour protester mais n'eut ni le courage ni le temps de le faire. Irina retournait déjà dans sa tente.

Profitant du mouvement général, Setrian reprit le chemin de la sienne, jetant un dernier regard en arrière. Des soldats se saisissaient déjà du cadavre pour le dégager du passage. La gorge serrée, Setrian se jura de ne plus rien révéler à qui que ce soit.

33

Cette fois, Setrian n'eut pas besoin de lutter contre le sommeil. Après la tragédie du début de soirée, il lui était impossible de fermer les yeux sans revoir le visage de l'innoncent qu'il avait dû tuer.

Lorsque le moment arriva, il quitta sa tente, ignorant les mines curieuses de ses camarades, et prit la direction des quartiers na-friyens. La nuit était profonde mais le campement encore agité. Setrian ôta l'insigne des Terres de son poignet. À cette heure, rares étaient les mages du *Velpa* qui venaient chercher un prisonnier, mais il arrivait aux soldats de s'y rendre. S'ils apercevaient l'insigne, ils comprendraient aussitôt qu'il n'avait rien à faire là.

Il glissa le bracelet dans sa poche et sentit à nouveau son propre insigne. Il aurait dû le dissimuler depuis longtemps, peut-être dans la malle où se trouvait *Eko*, mais il n'arrivait pas à s'en convaincre. Se séparer de son insigne lui était inconcevable. Il faudrait pourtant bien qu'il le fasse.

La dernière précaution à prendre pour son passage clandestin chez les Na-Friyens était ses cheveux. Il commençait à comprendre ce qu'avait enduré Ériana lorsqu'elle avait dû dissimuler ses origines. Heureusement, Brom l'attendait avec un manteau à capuche, comme les soirs précédents.

— C'est agité, dit Brom en lui tendant le vêtement.

— Avec sa crise de tout à l'heure, Irina a mis tout le monde sur les nerfs…

Brom garda le silence jusqu'à sa tente. Celle-ci était initialement prévue pour cinq. Cette nuit, elle était bondée. Au fond, Setrian repéra Aric, allongé sur le ventre, encore blessé de sa dernière punition. Tilène et une autre femme étaient auprès de lui, entourées de beaucoup d'autres.

— Il ne manquait plus que toi, dit Brom en s'asseyant.

Setrian retira son manteau. Tous les regards s'attardèrent sur ses cheveux argentés. Il savait qu'il attirerait facilement l'attention, mais les prisonniers comptaient sur lui d'une autre manière. Il aurait aimé que ces gens cessent de le fixer comme s'il était leur unique espoir. Il se demandait si Ériana ressentait la même chose lorsque les gens lui répétaient qu'elle pouvait contrer le *inha* réducteur.

— Pour ceux qui ne connaissent pas encore Setrian, le voici, commença Brom à voix basse. C'est le mage prisonnier qui a accepté de nous aider. Il est des Terres, si ça peut en aiguiller certains. Pour les nouveaux, ça pourra peut-être vous donner une idée de l'élément auquel vous appartenez.

Setrian prit une inspiration. Il n'arrivait pas à croire qu'il se trouvait là alors que l'un des siens avait péri par sa main quelques heures plus tôt. Le risque était plus grand que jamais. Mais c'était justement pour lutter contre ce genre d'injustices qu'il se devait de continuer.

Il salua de la tête les nouveaux venus. Grâce à son *inha*, il en identifia un comme étant des Vents mais ne l'annonça pas. Si jamais il avait eu des doutes pour ce qui était de révéler ses véritables origines, la leçon de ce soir l'avait définitivement convaincu.

Grâce au reflet d'Ériana, il en désigna un des Terres. Pour les deux derniers, il était incapable de déterminer leur élément, mais quelque chose lui disait qu'ils se rapprochaient davantage des Feux que des Eaux. Puis il prit le temps de compter combien ils étaient.

— Seize… murmura-t-il. C'est trop. Beaucoup trop. Il faut cesser de recruter, dit-il en se tournant vers Brom. Autant de personnes au même endroit, ça va devenir suspect. Et le vide qu'ils laissent dans leur propre tente également. Surtout au même moment.

— J'y avais pensé, répondit Brom, mais j'avais besoin que tu me le confirmes.

Depuis la naissance de leur amitié de circonstance, Brom le considérait comme le chef du groupe. Il aurait préféré que ce ne soit pas le cas. Il était las des responsabilités, il avait déjà eu une équipe à guider dans un territoire totalement inconnu. Mais les prisonniers étaient pour la plupart inconscients de ce qu'ils étaient capables de faire, tout comme Ériana lorsqu'il l'avait rencontrée. Ces gens comptaient sur lui et sur son jugement. Il ne pouvait pas les abandonner.

— À partir de ce soir, commença-t-il, je vous demande à tous d'arrêter de parler de ce groupe à d'autres prisonniers. Nous sommes suffisamment nombreux.

— Nous ne serons jamais assez nombreux pour distraire le *Velpa* et nous enfuir ! s'emporta un homme à voix basse.

Setrian fixa celui qui était intervenu. Il portait des vêtements tout à fait banals, son pantalon déchiré maladroitement recousu. Il était grand, assez musclé, mais rien de comparable avec l'ossature massive de Brom. Ce prisonnier devait plus souvent assister les soldats que les membres du *Velpa*.

Dans un sens, l'homme avait raison, mais Setrian préférait réduire le nombre de personnes au courant de ce qu'il voulait accomplir.

— Il faut que vous ayez conscience que certains prisonniers estiment que le *Velpa* n'est plus forcément un ennemi, expliqua-t-il. Plus nous serons nombreux, plus nous courrons le risque de faire entrer dans ce groupe quelqu'un avec cet état d'esprit. Je ne veux pas prendre ce risque et je sais qu'aucun d'entre vous ne veut le prendre non plus.

— Comment peuvent-ils penser ça ? murmura une femme sur sa droite.

— Ça s'appelle le désespoir, répondit Setrian. Quand je suis arrivé dans ce camp, j'ai cru que vous étiez tous résignés, mais je m'étais trompé. Vous voulez vous battre, vous voulez partir d'ici, vous voulez vous évader.

— Mais ceux d'entre nous qui ont essayé n'y sont jamais parvenus ! intervint un autre. Ils n'en sont d'ailleurs pas revenus vivants. Leurs corps ont été empilés avec le reste des arbres abattus.

— C'est parce que leurs actions étaient isolées et mal planifiées. J'ai l'intention de m'enfuir, et je sais que chacun d'entre vous aussi. Mais il faut que vous compreniez qu'il est impératif d'attendre d'être à destination pour le faire.

Setrian fixa chaque personne pour vérifier qu'il avait bien été entendu. Un des hommes qu'il avait vu vaciller prit la parole. Il tremblait de façon continue.

— Pourquoi ne pas le faire pendant la journée alors que nous nous déplaçons ? Nous pourrions prendre le contrôle des charrettes ! Et la nuit ? Personne ne nous verrait partir !

— Ce que vous proposez montre à quel point vous manquez de préparation. Si nous réussissions à nous débarrasser des deux soldats qui gèrent chaque charrette, il faudrait ensuite échapper aux cavaliers, sans parler des membres du *Velpa* qui n'auraient qu'un geste à faire pour nous empêcher de continuer. Vous avez vu ce dont est capable Irina rien qu'en donnant un coup de pied par terre. Imaginez un peu ce qu'il pourrait se produire si elle y mettait vraiment de la volonté. Quant à s'évader pendant la nuit, c'est ridicule. Il y a des sentinelles partout. Vous n'êtes pas assez entraînés pour les désarmer.

— Alors, entraîne-nous ! dit Tilène.

La jeune fille s'était rapprochée afin de mieux entendre. Pour éviter d'attirer l'attention, ils parlaient tous à voix basse et un prisonnier restait à l'extérieur en guetteur. Brom s'était également arrangé pour aménager une seconde sortie dans la tente, au cas où.

— Je te l'ai déjà dit, Til, soupira Setrian, je ne vois pas quand nous le pourrions et encore moins avec quoi. Nous n'avons pas la moindre arme pour nous défendre. Dès qu'ils le peuvent, les mages vérifient que nous n'avons rien d'autre que nos vêtements, ou un insigne en ce qui me concerne.

— Je peux nous trouver des armes, dit-elle. Les soldats pour lesquels je travaille souvent sont dans la forge mobile.

— Et ils sauront tout de suite que c'est toi qui as volé si quelque chose disparaît.

— Pas si ce quelque chose ne les intéresse plus.

Setrian s'interrompit. Un léger sourire s'était dessiné sur les lèvres de Tilène. Il sentait qu'elle avait attendu le moment où elle pourrait contribuer avec beaucoup d'impatience.

— Explique-toi.

— Ça fait déjà deux fois que, quand le soir arrive, je dois transporter les rebuts des outils du défrichage. Je les emmène d'un chariot à un autre. Je me demande vraiment à quoi ça sert, mais j'ai l'impression que ça deviendra une sorte de matière première pour les forgerons une fois que nous serons arrivés. Il y a des tas de haches, de scies et plein d'autres objets qui sont inutilisables là-dedans. Les soldats se fichent complètement de ce qu'il advient de ces outils. Les forgerons n'en ont pas grand-chose à faire non plus, ils se contentent de faire fondre le métal.

Setrian commençait à voir où elle voulait en venir, il savait cependant que les autres avaient besoin d'explications supplémentaires.

— Continue, dit-il.

— Il est certain que je ne peux pas faire disparaître des sacs entiers. De toute façon, ces sacs sont tellement lourds que j'ai du mal à les porter en temps normal, alors les ramener jusqu'ici serait impossible. Mais chaque jour, je peux récupérer un objet à l'intérieur. Tout ce qui nous intéresse c'est d'avoir de quoi nous défendre. Je me fiche de savoir si c'est avec une hache, un reste de scie ou avec un simple bout de métal que je tuerai Irina. Tout ce que je veux, c'est la voir morte.

Setrian avait déjà compris que Tilène haïssait Irina. Apparemment, sa mère aurait été décapitée en exemple, démonstration destinée à faire régner la peur. Si l'objectif avait été atteint chez certains, Tilène n'en faisait pas partie. Elle s'était juré de tuer Irina.

— C'est une idée intéressante, dit-il. Il faudrait trouver un endroit pour dissimuler ces armes. J'ai une proposition, mais chacun devra faire très attention. Qui ici assiste un prisonnier friyen au montage des tentes des mages ?

Cinq personnes levèrent la main, Aric y compris. Son état était encore trop fragile. Parmi les quatre autres, il y avait trois femmes et le prisonnier qui tremblait en permanence. Setrian n'était pas sûr que de lui confier des objets métalliques soit une bonne idée. Ni lui ni Aric ne s'offusquèrent lorsqu'il leur annonça qu'ils n'auraient pas à s'occuper de cette tâche. Il s'adressa donc aux trois femmes.

— À quelles tentes êtes-vous affiliées ?

Par chance, elles en couvraient trois différentes et il put leur expliquer comment dissimuler les objets dans les malles à condition de ne pas se servir de tous les tapis. À la façon dont elles lui souriaient, Setrian comprit qu'il pouvait avoir confiance en elles. Elles étaient déjà en train de réfléchir à la manière de procéder.

— J'ai du mal à croire qu'aucun d'entre vous ne sache se servir d'une arme, reprit Setrian en portant son regard sur l'assemblée. Vous avez forcément cherché à échapper aux mercenaires un jour ou l'autre !

— Tout le monde n'a pas eu la possibilité de se battre, dit Aric. Certains ont appris à manier ce qu'ils trouvaient, ce qu'ils avaient sous la main. D'autres non. Je fais partie de ceux qui se sont cachés, mais je crois que la douzaine de fois où j'ai échappé aux mercenaires n'était due qu'à la chance.

— La chance est le résultat de tes capacités, c'est une arme comme une autre. Réfléchis à la façon dont tu t'en es sorti.

Aric resta pensif avant de reprendre la parole.

— Toutes ces fois où j'ai réussi à leur échapper, j'ai pu le faire en trouvant un ruisseau et en y marchant pendant des jours pour qu'ils ne puissent pas suivre mes traces. C'est une chance d'avoir trouvé ces cours d'eau.

— Non, je ne crois pas, répondit Setrian avec un léger sourire.

Aric faisait partie des personnes dont il n'avait pu identifier l'élément. Il appartenait donc aux Feux ou aux Eaux mais il venait de lui fournir un indice supplémentaire.

— À chaque fois, tu trouvais un ruisseau ? Et tu savais à l'avance que, si tu y marchais suffisamment longtemps, les mercenaires ou les soldats ne pourraient pas t'atteindre ? Combien de temps y restais-tu à chaque fois ?

— Souvent toute une journée, répondit Aric.

— Et tu n'avais pas froid ? Tes pieds n'étaient-ils pas gelés si ces poursuites avaient lieu en hiver ?

— Il y en a effectivement eu en hiver, mais non, je n'avais pas spécialement froid. Je pense que j'étais trop effrayé pour avoir froid. Je marchais très vite, aussi.

La confirmation était là. Setrian sourit doucement.

— Tu es des Eaux, Aric. Lors de chaque danger, ton *inha* a été capable de te mener vers l'eau. Un ruisseau ou n'importe quelle rivière qui pouvait te faire rester en vie. Et, autre particularité, l'eau ne t'a jamais blessé. N'importe qui d'autre n'aurait pas pu tenir plus de quelques instants dans un ruisseau en plein hiver. Mais toi, tu as pu. L'eau ne t'a pas refroidi, elle s'est adaptée à toi. Ou plutôt, ton *inha* a fait en sorte de manipuler celui de l'eau pour qu'elle soit assez chaude.

La bouche d'Aric s'était arrondie de stupéfaction. Setrian se tourna vers les autres.

353

— C'est de ça que je parle quand je dis que vous savez comment vous défendre. Sans arme à votre disposition, votre *inha* est forcément intervenu.

— Mais nous n'avons pas accès à notre *inha* ! Et nous ne savions même pas que nous le manipulions à ce moment-là ! s'exclama un des hommes.

— Aujourd'hui, effectivement, vous ne le pouvez pas. Mais si nous trouvons un moyen de vous le rendre accessible à nouveau, votre énergie saura comment réagir face à une situation désespérée. Je connais une femme comme vous et son *inha* a tout fait pour la protéger. Elle a grandi en Na-Friyie. Elle ne savait pas du tout ce qu'elle était capable de faire, juste qu'elle devait cacher ses cheveux.

— Qu'est-elle devenue ? demanda Tilène, avide.

Setrian hésita. Il ne prenait pas beaucoup de risques en racontant leur rencontre mais il ne voulait pas parler explicitement d'Ériana. Il n'était pas obligé de dire son prénom et pouvait se passer de citer la prophétie des prétendantes.

— Elle s'est approchée du bouclier qui sépare nos deux contrées et a rencontré les mages en poste à la frontière.

— Elle est allée dans les Havres Verts ? s'exclama Tilène.

— Cette femme était comme vous tous, répondit-il en hochant la tête. Elle ignorait l'existence de son *inha*. Pourtant, depuis son enfance, son énergie l'avait aidée. Elle a eu la chance d'apprendre à manier une arme et je peux vous assurer qu'elle devient la personne la plus dangereuse quand elle tient son arc entre ses mains. Mais elle n'a pas choisi cette arme par hasard. Nous avons découvert qu'elle était messagère des Vents et que c'était grâce à ses capacités d'*Aynetiel* qu'elle était toujours capable d'atteindre sa cible. Quand je dis que vous avez en vous les moyens de vous défendre, ce sont de ces détails que je parle. Cherchez dans vos souvenirs. Vous trouverez peut-être l'élément auquel vous appartenez. Peut-être même votre nature si votre *inha* s'est souvent manifesté. C'est *votre* arme. Pour ce qui est de manier celles, plus physiques, que nous allons subtiliser dès demain, il faudra trouver le moyen de vous montrer comment vous en servir mais je peux vous dire que la peur, tout comme votre volonté, suffira à vous faire agir. Une blessure reste une blessure, peu importe la façon dont elle est infligée. Elle est seulement plus ou moins mortelle. Bientôt, je vous montrerai comment être sûr de tuer quelqu'un. Mais pour ce soir, je pense que nous en avons assez dit.

À présent, tous le regardaient avec révérence. Brom se ressaisit le premier et fit signe aux autres de quitter les lieux. Apparemment, la sortie avait déjà été organisée. Les gens s'éclipsaient par groupes de deux, soit par l'avant, soit par l'arrière. Avant que Tilène ne s'en aille à son tour, Setrian l'attrapa par le bras. La femme qui l'accompagnait s'arrêta elle aussi.

— Regardez tout le temps autour de vous mais sans éveiller les soupçons. Je ne me le pardonnerais pas s'il vous arrivait quelque chose. Et… Tilène, sois prudente avec Irina.

La jeune fille hocha vigoureusement la tête avant de partir.

— Fais attention avec Til, murmura Brom. Si tu continues à lui parler comme ça, elle va s'imaginer encore plus de choses.

Setrian soupira. Il savait que la jeune fille éprouvait une certaine attirance pour lui, mais que ses sentiments n'étaient motivés que par l'espoir qu'il représentait. C'était la passion qu'elle voyait en lui qui forçait l'attraction.

— Elle découvrira vite que je ne suis pas celui qu'elle recherche, répondit Setrian.

— Détrompe-toi. À cet âge, il est difficile de comprendre quoi que ce soit.

— Tilène est bien plus mature que les autres filles de son âge. Elle saisira bientôt que ce qu'elle ressent n'est dû qu'à son désir de fuir d'ici au plus vite.

— Je n'ai pas dit qu'elle était motivée par autre chose, seulement qu'elle pourrait faire des erreurs dans le seul but de te plaire. Sa proposition, ce soir, était une tentative.

— Je l'ai bien remarqué, dit Setrian, mais ce qu'elle avançait était judicieux.

— Fais attention quand même. Si elle découvre que tu n'es pas réellement disponible, elle risque de faire une bêtise.

— Comment ça, pas réellement disponible ?

Il était temps de partir. Brom attrapa son manteau et le lui tendit. Le camp était plus calme à présent.

— Quand tu as parlé de cette femme tout à l'heure, cette Na-Friyenne qui est messagère, il m'a paru évident que tu la connaissais davantage. Ne t'inquiète pas, je suis le seul à l'avoir remarqué. Il y a peut-être une des femmes qui l'a noté aussi, mais si c'est le cas, je pense qu'elle gardera le secret.

Setrian se mordit les lèvres. Il savait qu'il n'aurait pas dû parler d'Ériana. Il se reprochait déjà d'avoir dû dire qu'elle était des Vents pour prendre en exemple la façon dont elle utilisait son arc. Heureusement qu'il n'en avait pas divulgué davantage.

— J'espère qu'elle te mérite, reprit Brom alors que Setrian passait le capuchon sur sa tête.

— Qui ça ?

— Cette femme que tu aimes.

— C'est plutôt moi qui ne la mérite pas.

Setrian allait sortir, Brom l'attrapa par le bras.

— Si tu dis ça, c'est qu'elle doit être encore plus exceptionnelle que ce que tu nous as décrit.

— Elle est… merveilleuse.

— Je suis impatient de pouvoir la rencontrer.

Trop submergé par l'émotion, Setrian ne put que hocher la tête. Brom avait parlé comme si l'armée avait déjà été réduite à néant, comme si *Elpir* était de nouveau restauré, que le *Velpa* n'existait plus et que toute cette bataille était loin, très loin derrière eux.

Brom lui serra le bras, cette fois-ci par affection, puis sortit le premier. Setrian le suivit silencieusement jusqu'à l'endroit où ils se séparaient. Brom s'était montré sincère avec lui, et il n'avait pu que se résoudre à se confier davantage, malgré l'horrible exemple de cette soirée. Mais il ne devait pas se laisser emporter par ses sentiments et perdre de vue le but premier qu'il s'était fixé : retourner au plus vite à Myria avec toutes les informations qu'il aurait pu dénicher. En tant que messager, c'était son devoir.

Sa première mission avait été de mener son équipe à Lapùn. Il l'avait remplie. Désormais, l'équipe de l'Est avait un nouveau messager : Ériana. Il lui faisait confiance pour réussir cette mission tout comme il croyait en ses amis pour l'entourer du mieux possible. Elle ne serait pas seule.

Lui, le serait. Mais cela lui était égal tant qu'elle était en sécurité.

34

— Tu viens, Friyah ?
— Non, j'ai une séance d'apprentissage avec…
— On sait, tu vas torturer un bout de bois supplémentaire.
— Hé !
— Je plaisantais ! Tu nous rejoins après ?
— Je ne sais pas si j'aurai le temps.
— Il ne manque que toi à chaque fois. On sait que tu ne te sens pas encore très à l'aise ici, mais nous, on voudrait que ce soit le cas. Alors à tout à l'heure, peut-être !

Friyah regarda son camarade rejoindre le reste du groupe. Au milieu de la cour, dans leurs uniformes bleus, la douzaine d'apprentis de la Garde formait comme un morceau de ciel sur la terre battue. Ils s'éloignaient en direction du dortoir, partant se changer pour arpenter les rues de Myria. Friyah aurait peut-être accepté de les accompagner s'il n'avait pas eu une autre instruction à suivre.

Lorsqu'il arriva à l'atelier de menuiserie, il ne prit pas la peine de frapper. Il savait qu'il ne serait pas entendu. Les odeurs de résine le submergèrent dès qu'il eut refermé la porte. Plusieurs ouvriers étaient encore au travail. À ceux qui l'aperçurent, Friyah rendit leur salut. Les tâches des autres leur demandaient trop de concentration.

Son maître était assis à son bureau en train de parcourir des feuilles. Friyah s'étonna de le trouver avec de quoi écrire dans les mains. Il avait plus l'habitude de voir Boch avec un grattoir, une scie ou une lime.

— Nous ne nous verrons pas aujourd'hui, dit Boch sans relever la tête. Judin a dit qu'il avait besoin de te parler, je crois qu'Hamper vient te chercher directement ici. D'ailleurs, il me semble bien que c'est lui qui arrive.

Friyah se demandait si son maître avait réellement besoin de ses yeux. Boch était toujours au courant de la moindre chose se passant dans son atelier. Effectivement, le Second de la Garde entra à son tour. Hamper était moins à l'aise que Friyah, jetant des regards de droite et de gauche pour éviter de percuter une lame ou un morceau de bois qui dépasserait d'un établi. Il arriva au bureau en soupirant, comme soulagé que rien ne lui soit arrivé en chemin.

— Que veut Mage Judin ? demanda aussitôt Friyah.

— Apparemment, quelqu'un souhaite te parler depuis quelques jours, mais il n'a pas encore eu l'occasion de te la présenter.

Friyah espéra un instant qu'il s'agisse d'Ériana mais si Judin avait insisté sur le fait d'être présenté, il n'y avait aucune chance pour cela. Il était toutefois curieux de savoir qui souhaitait le rencontrer. Personne n'était censé savoir d'où il venait ni comment il était arrivé à Myria en dehors d'Hamper et de Judin. En dehors d'Ériana aussi, mais elle avait quitté la cité depuis un moment et il n'avait pas entendu parler d'un quelconque retour. Judin esquivait chaque fois la question.

— Qui est cette personne ? continua-t-il.

— Aucune idée. On m'a dit de venir te chercher après ton instruction. Ça a déjà pas mal traîné alors je ne voudrais pas tarder.

Friyah salua son maître qui n'avait pas lâché des yeux ses papiers. Celui-ci grommela un simple au revoir et Friyah passa devant Hamper le temps de rejoindre la porte. Une fois dehors, le soldat reprit sa place à l'avant.

— Comment se passe l'entraînement ?

— Ça dépend des jours, répondit Friyah en haussant les épaules. Je suis toujours plus doué avec un arc qu'avec n'importe quoi d'autre.

— Tu devrais en être fier.

— Je le suis, c'est juste que les autres sont un peu jaloux. Mais comme ils sont plus habiles pour le reste, j'essaie de me faire discret.

— Toujours du mal à t'intégrer ?

Friyah ne répondit pas. Hamper connaissait parfaitement les difficultés qu'il rencontrait avec ses camarades d'apprentissage. Ceux-ci cherchaient à le mettre à l'aise autant que possible, mais Friyah n'arrivait pas à s'en faire de véritables amis. Il n'en avait qu'un seul à Myria : Matheïl, l'apprenti prophète avec lequel tout avait basculé.

— Je passe mes journées avec eux, mais…
— Mais ce ne sont pas tes vrais amis, conclut Hamper. Tu devrais pourtant essayer, ces enfants seront un jour ceux qui te défendront sur le champ de bataille, même si je ne te souhaite d'avoir à vivre aucune guerre. Ce sont en tout cas ceux qui assureront tes arrières dès que tu seras sur le terrain et tu feras de même pour eux.

Friyah savait déjà tout ça. Au cours de l'instruction de la Garde, ils s'étaient entraînés de nombreuses fois en équipe. À leur âge, les fausses missions consistaient essentiellement à se rendre d'un point à l'autre de la cour en franchissant un champ d'obstacles. Ils apprenaient à se servir les uns des autres pour y parvenir. Ses camarades étaient souvent contents d'opérer avec lui lors de ces fausses scènes de fuite car ils le savaient doué pour analyser les situations de ce genre.

Grâce à tous ces entraînements, la Garde espérait déceler chez un apprenti une prédilection particulière pour une nature de *inha*. Aucun des membres de la Garde ne pouvait manipuler d'énergie de façon directe, mais un certain nombre y était sensible. C'était le cas d'Hamper, qui pouvait ressentir l'énergie messagère, ou de Fedelm, un autre Second, qui avait un instinct pour l'énergie artistique. Friyah ne savait pas laquelle l'influençait le plus, mais entre son appétence pour la menuiserie et son sens de l'observation, sa sensibilité se porterait forcément sur l'une de ces deux natures.

— Vous avez déjà vécu ça ? demanda-t-il en suivant Hamper dans l'escalier les menant aux cuisines.

— À chaque mission, oui. Et je mets ma vie entre les mains de mes compagnons sans hésitation. Nous avons été formés de la même façon, nous savons que nous ne nous abandonnons pas. Si l'un d'entre nous est blessé, les autres feront tout pour l'aider.

— Et les mages pensent de la même façon ?

— Les mages ne sont pas formés au même genre de lutte que nous. Je ne suis même pas certain qu'ils soient réellement formés à une quelconque lutte. Leur énergie est au service d'un élément et de notre communauté. Ce sont des personnes avec un talent particulier, mais je ne suis pas persuadé qu'ils sachent comment se battre.

— Pourtant, Ériana le sait, elle !

— Ériana le savait avant d'arriver ici, mais tu as raison, certains ont été formés aux techniques de combat. C'est le cas d'une certaine personne avec qui elle est partie, de même que les membres de la famille Huyeïl que tu as pu croiser. Il y en a d'autres, je le sais, mais le combat ne fait pas partie de leur vie comme il fait partie de la nôtre. Après, qu'ils soient hors ou dans un combat, les mages ont sûrement appris à se soutenir les uns les autres.

— Si le *Velpa* existe, c'est bien qu'ils ont arrêté de se protéger entre eux, non ?

Friyah avait baissé la voix parce qu'ils traversaient à présent les cuisines. Il aperçut la chef, Madelie, et lui fit signe. Elle le voyait souvent passer par là lorsqu'il rendait visite à Matheïl.

— Les traîtres existent dans n'importe quel milieu, Friyah. Je crois que tu le sais mieux que quiconque, avec ce qui est arrivé à ta famille. Regarde la façon dont la Tour s'est liguée contre le *Velpa*. Les équipes qui sont parties, la façon dont Matheïl a contribué, toutes ces personnes qui se sont engagées dans ce combat.

— Ils sont pourtant partis sans gardes, fit remarquer Friyah.

— C'est ce que je te disais. Les mages sont impliqués dans une autre forme de lutte que la nôtre. Ils combattent à leur mesure, avec leurs énergies. Nous combattons avec nos armes. Ce qui nous relie, ce sont nos sensibilités éventuelles, mais là encore, nous sommes peu à avoir cette particularité. L'essentiel est que nous travaillions tous ensemble dans le même but : préserver l'harmonie dans notre territoire.

— Je croyais qu'Ériana était partie dans un autre territoire.

— Si nos voisins sont dans une mauvaise passe, nous pouvons les aider, tout comme ils peuvent nous aider eux aussi. La menace du *Velpa* ne se limite pas seulement à notre communauté. Elle englobe certainement les quatre. Les Feux et les Eaux sont trop éloignés pour que nous en ayons la certitude, mais il me semble que la personne que tu dois rencontrer a récolté des informations à ce sujet. Par contre, il faudrait être plus discret maintenant.

Friyah hocha la tête en le suivant dans l'escalier central. Il y avait de toute façon bien trop de bruit pour converser sereinement. Quand ils se retrouvèrent devant le bureau de Judin, Hamper frappa un coup avant de pousser la porte. Le Grand Mage les y attendait, les deux gardes en poste à l'entrée avaient été prévenus.

— Un instant, Hamper. Voilà, messieurs, je prends note de vos remarques, je vous promets que nous essaierons de faire quelque chose.

Friyah dévisagea ceux à qui s'adressait le Grand Mage. Ils étaient vêtus normalement et venaient apparemment de la cité pour formuler une demande. Ils sortirent en les saluant, leur laissant la place d'avancer. Le Grand Mage s'affala dans son fauteuil en soupirant.

— Je me demande si je ne vais pas commencer à imiter Ethan et à prendre un assistant.

— Vous devriez, suggéra poliment Hamper. Vous seriez sûrement moins chargé.

— Ça m'étonnerait beaucoup. Je pense que je trouverais quand même le moyen d'être débordé. Maintenant, c'est de toi que je suis censé m'occuper, Friyah.

— Bonsoir, Mage Judin.

Friyah s'inclina comme Hamper le lui avait enseigné. Tous les apprentis avaient un protocole à respecter. Pour ceux de la Garde, il était encore plus strict.

— Alors, comment se passe l'apprentissage ?

Friyah se demandait pourquoi tous les adultes s'évertuaient à lui poser la même question. Il répondit comme il l'avait fait avec Hamper. Le Grand Mage ne sembla pas s'en étonner. Il savait lui aussi d'où venait Friyah et comprenait parfaitement ses difficultés à trouver sa place.

— La personne que tu dois rencontrer devrait bientôt arriver. Je suis désolé d'avoir tant tardé à vous réunir tous les deux mais j'avais des choses importantes à gérer.

— De qui s'agit-il ? demanda Friyah, incapable de se retenir.

— Elle s'appelle Tebi. C'est une *Rohatiel* que j'ai envoyée il y a un long moment pour essayer de contacter l'équipe de l'Est. Elle est revenue il y a quelques jours avec des informations très particulières.

— Elle a réussi à les contacter ? s'empressa de demander Friyah qui n'avait que faire des détails.

— En partie.

— Elle a vu Ériana ?

Il savait qu'il s'affranchissait largement du protocole avec toutes ses questions, mais Judin lui avait souvent laissé l'occasion de le faire. Le Grand Mage lui avait même déjà demandé quelques services en rapport avec Matheïl qui impliquaient de contourner le règlement.

— C'est à ce sujet qu'elle veut te parler. Ah, je crois qu'elle est là.

Un petit coup résonna à la porte et un des gardes glissa la tête dans l'entrebâillement.

— Mage Tebi est ici, Grand Mage.

— Faites-la entrer, répondit Judin.

Le soldat recula, laissant apparaître une jeune femme aux cheveux très courts et à la mine creuse. Friyah l'observa de la tête aux pieds, certain de ne l'avoir jamais croisée nulle part. La femme semblait extrêmement fatiguée. Friyah se retint de la noyer sous ses questions. Elle donnait l'impression qu'elle pourrait s'écrouler sous leur poids.

— Mage Judin, salua la femme en entrant.

— Merci d'être venue, Tebi. Voici le jeune garçon à qui vous avez quelque chose à dire.

— C'est lui ? demanda-t-elle en désignant Friyah.

Judin hocha la tête et lui fit signe d'approcher avant de se renfoncer dans son fauteuil. Il savait certainement ce que la femme avait l'intention de dire, mais s'il avait tenu à ce que Friyah l'entende sans intermédiaire, c'était que cela avait son importance.

— Bonjour Friyah, dit-elle en souriant. Je suis Tebi. J'ai un message pour toi.

— Comment va Ériana ? demanda Friyah sans détour.

Tebi parut peu surprise, soufflant comme si elle s'était attendue à sa réaction.

— Ériana est... vivante, dit la mage avec une légère grimace.

Friyah laissa passer un certain temps, espérant que Tebi ajoute autre chose.

— C'est tout ? s'exclama-t-il lorsqu'il comprit qu'il n'aurait rien de plus. Ne me dites pas que vous avez fait tout ce chemin juste pour ça ?

— Rassure-toi, j'avais d'autres informations à transmettre, mais elles étaient toutes pour Mage Judin. Ce message t'était destiné uniquement à toi. C'est Ériana elle-même qui me l'a confié.

— Je sais que vous dites la vérité, mais vous ne me dites pas tout ! rétorqua Friyah avec frustration.

— On m'avait prévenue qu'il était intelligent, mais je ne m'étais pas attendue à ça...

Friyah savait qu'il n'en découvrirait pas davantage, mais il pouvait au moins essayer de comprendre.

Il était doué pour analyser les situations, il pouvait mettre ses talents à l'œuvre, ici. Ce n'était rien d'autre qu'un entraînement de plus.

— Elle est en danger, n'est-ce pas ?

Sa remarque interrompit la discussion qui avait débuté entre les trois adultes. Les deux derniers le fixèrent comme s'ils s'excusaient de ne rien pouvoir révéler. Judin donnait, lui, l'impression d'avoir espéré une telle déduction.

— Et je suppose que comme à chaque fois, vous allez me dire que je ne peux rien faire ?

Il avait déjà eu droit à cette réponse en de nombreuses occasions. Résigné, il se prépara à l'entendre une fois de plus. Sauf que Judin le fixait plus étrangement que d'habitude, comme s'il était partagé entre deux avis, les lèvres pincées, ses doigts s'agitant sur les accoudoirs de son fauteuil.

— Eh bien, vois-tu, je crois que cette fois tu vas pouvoir faire quelque chose pour nous.

35

— Judin, vous êtes certain de vouloir faire ça ?

Hamper et Tebi s'étaient affranchis du protocole depuis un bon moment. Judin avait quitté son fauteuil et tous étaient réunis autour de la grande table trônant à l'opposé des fenêtres. Friyah était assis au bout sur une des plus belles chaises, ses pieds touchaient à peine le sol.

Il était resté muet pendant l'explication de Judin. Seuls Tebi et Hamper avaient protesté à plusieurs reprises. Ils avaient fini par écouter le plus sagement possible lorsque le mage avait demandé le silence. Depuis que Judin avait terminé, ils ne cessaient de le contredire.

Friyah restait silencieux, trop surpris par la proposition du Grand Mage. Son esprit analysait déjà tout ce qu'il aurait à effectuer.

— Mais vous n'allez pas envoyer un enfant pour une telle mission ! répéta Tebi pour ce qui devait être la centième fois.

— Friyah a une certaine expérience dans le transport de message, répondit Judin.

— Il n'a que douze ans !

— Son âge n'est absolument pas un problème, au contraire.

— Il est seulement apprenti ! De la Garde en plus ! Il n'a aucun *inha* pour se défendre ! Le groupe du *Velpa* que j'ai surpris en chemin pour arriver à Myria se rendait en direction des Eaux, ça ne fait aucun doute. Et vous voulez l'envoyer droit vers eux ?

— Je ne l'envoie pas vers eux, je l'envoie vers Ériana. Ce garçon a un lien particulier avec elle, il sait comment fonctionne cette flèche et c'est justement son absence d'*inha* qui le protégera. Si jamais il croise ce groupe du *Velpa*, ils ne l'estimeront pas assez intéressant pour s'emparer de lui. Ils penseront qu'il s'agit de n'importe quel autre enfant non doué pour notre énergie.

— Judin, je suis certaine d'avoir reconnu Céranthe et Mesline dans ce groupe. On parle des deux personnes les plus à même de réveiller le *inha* réducteur. Si elles croisent Friyah, je crains qu'elles ne se posent aucune question sur ce qu'elles feront de lui.

— Tebi, si vous croyez que cette décision est facile pour moi, sachez que ce n'est pas le cas. Si vous voyez autre chose, je vous en prie, dites-le-moi.

Friyah continuait à écouter sans rien dire. Il était évident que sa vie était en jeu dans cette mission, mais comme Judin l'avait dit, le fait qu'il n'ait aucun moyen particulier de se défendre constituait justement sa force. Il ne représentait de menace pour personne.

— Je suis déjà entrée en contact avec l'équipe de l'Est, reprit Tebi. Je peux recommencer.

— Regardez la façon dont vous y êtes parvenue, répondit Judin. Vous êtes partis à quatre et vous revenez seule, épuisée, même en comptant sur Jlamen, qui a été un véritable secours.

— Je sais que sans lui, je ne serais certainement plus vivante, répondit Tebi.

— C'est bien pour ça que ce loup partira avec Friyah.

— Ce n'est pas un loup qui devrait l'accompagner, mais un adulte ! Envoyez-moi avec lui, prenez un autre messager compétent dans le secteur ouest et je remplis la même mission que celle pour laquelle vous m'avez envoyée vers Lapùn !

369

— J'ai déjà envoyé un contacteur et un messager pour ça, Tebi. Je l'ai fait pour chacun des deux autres territoires. Vous êtes la seule à être revenue. L'unique particularité que nous ayons en tant que mage est notre *inha*. Mais nos adversaires ont cette même particularité. Ils en connaissent toutes les failles et toutes les faiblesses. Ils savent que nous ne pouvons pas couvrir une telle distance par la pensée, même avec le meilleur *Rohatiel*. Ils savent que les éléments ne peuvent pas interagir les uns sur les autres. Ils savent qu'un trop grand nombre de *inha'roh* groupés finit par tuer les personnes qui y participent. Combien en avez-vous établi avec Endaïl au cours de votre mission ?

Tebi sembla prise de court.

— Six, peut-être plus, murmura-t-elle après un temps de silence.

— Six ? Tebi, vous avez mis la vie d'Endaïl en danger ! Je vous croyais plus intelligente que ça !

— Nous devions remplir cette mission ! se défendit-elle. Il était prêt à faire ce sacrifice ! Il l'a fait d'ailleurs !

Tebi s'était levée, le visage écarlate. Friyah ne comprenait pas comment elle pouvait être autant en colère alors qu'elle semblait si fatiguée.

— Je suis désolé pour ce qui est arrivé à Endaïl, reprit Judin avec peine. Croyez-moi, c'était un de mes collègues *Aynetiel*, sa perte me bouleverse. Mais regardez-vous, vous êtes épuisée. La moindre de vos tentatives de *inha'roh* groupé diminuera encore plus vos capacités. Vous aller vous vider de votre énergie sans vous en rendre compte. Je ne peux pas vous envoyer mourir dans le territoire des Eaux.

— C'est pourtant ce que vous vous apprêtez à faire avec un enfant, maugréa Tebi en se rasseyant lourdement.

— Comme je l'ai dit, son anonymat sera l'atout de Friyah. Il a déjà eu à remplir ce genre de missions, sans aucune préparation. Hajul l'a envoyé vers nous. Il lui a même fait traverser *Elpir* en misant seulement sur une flèche contenant le *inha* d'Ériana.

— De ce que je sais, le trajet entre l'avant-poste des Huyeïl et notre Tour ne prend que trois jours de cheval, rétorqua Tebi. On parle d'un voyage qui en ferait facilement trente, voire plus ! Si seulement vous acceptiez d'envoyer un mage, nous pourrions nous servir d'*Elpir*.

— Je suis certain qu'Hamper saura préparer Friyah à cette mission.

Le soldat était resté en retrait depuis que Tebi avait commencé à s'emporter.

— Pourquoi ne puis-je pas l'accompagner ? demanda Hamper d'une voix plus calme. Je suis moins préoccupé que Tebi en ce qui concerne ses capacités à passer inaperçu, mais je m'inquiète quand même. C'est un long voyage avec un tel message. Maintenant qu'on sait comment utiliser le bouclier pour se déplacer plus vite... Quel dommage que la Garde ne puisse pas s'en servir...

— Ne m'obligez pas à me répéter, Hamper. Je vous ai déjà énuméré toutes les raisons pour lesquelles vous ne pouviez pas quitter cette Tour. Ni vous ni aucun de vos soldats.

— Alors laissez-moi du temps pour m'assurer qu'il soit vraiment prêt.

— Vous avez deux jours. Friyah partira à l'aube. Vous pourrez l'accompagner jusqu'aux remparts de Myria, ensuite, vous reviendrez et continuerez à colporter la rumeur qu'il répandra dès aujourd'hui.

Hamper hocha la tête, à la fois résigné et déçu.

— Friyah, appela Judin en se tournant vers lui, tu n'as absolument rien dit alors que tu es le plus concerné. Si tu ne veux pas remplir cette mission, je le comprendrai et dans ce cas, j'essaierai de trouver un autre moyen.

Friyah fixa les adultes à tour de rôle. Il comprenait parfaitement les raisons de chacun. Mais il avait arrêté sa décision. Il l'avait prise à l'instant où il avait compris qu'Ériana était en danger. Le Grand Mage avait espéré qu'il déduirait tout sans l'aide de personne. Il connaissait sa réponse. Il voulait juste l'entendre de vive voix.

— J'irai dans le territoire des Eaux pour apporter ce message.

Tebi commença à prendre une inspiration, mais Friyah s'empressa de poursuivre :

— Seul. Du moins, avec le loup.

Cela suffit à couper la jeune femme dans son élan, mais son désaccord était toujours visible.

— À force, j'ai l'impression d'être plus messager que soldat, soupira Friyah.

— Tu es peut-être les deux, souffla Hamper.

Hamper lui manquerait terriblement, de même que quelqu'un d'autre dont il aurait beaucoup de mal à se séparer.

— Est-ce que je peux en parler à Matheïl ?

Le Grand Mage sembla hésiter.

— Je crois que même si tu lui mens, ce garçon n'y croira pas un instant. Autant lui révéler la vérité. Je sais que vous partagez un lien précieux et…

Judin s'interrompit en fronçant les sourcils. L'attention de Friyah venait aussi de se détourner vers le couloir d'où provenaient plusieurs voix. Un bruit distinctif de métal le mit sur ses pieds en un bond. Hamper venait de dégainer son épée.

Tebi aussi s'était levée et contournait la table pour se placer devant Judin. Friyah savait son Grand Mage parfaitement capable de se défendre, mais les réflexes d'Hamper et de Tebi exprimaient leur loyauté. Ils ne laisseraient rien arriver à Judin tant qu'ils seraient vivants.

La porte s'ouvrit brutalement. Hamper prit aussitôt une posture d'attaque, prêt à s'élancer sur le premier ennemi qui franchirait le seuil.

Personne ne pénétra. Celui qui avait dû vouloir entrer n'avait pas réussi à faire mieux que d'ouvrir le battant. Friyah savait que des boucliers protégeaient le bureau, mais en pleine journée et avec Judin à l'intérieur, il n'était pas certain que tous soient maintenus. Des grognements et des bruits de lutte s'échappaient du couloir. Les deux gardes en poste restaient invisibles.

Hamper avança lentement, prêt à bondir au premier signe de danger. Friyah le suivit, même s'il n'avait aucune chance contre un adversaire armé. Sa petite taille lui permettrait peut-être de s'approcher et de distraire l'ennemi. Quand ils arrivèrent tous les deux au niveau de la porte, la lutte s'était déplacée en direction de l'escalier central. Une rafale de vent leur fouetta le visage, agitant leurs cheveux, les faisant larmoyer.

Friyah jeta un regard en arrière. Tebi était toujours postée devant Judin. L'un comme l'autre avaient un léger flou dans les yeux.

Un nouveau grognement flotta dans le couloir, de même qu'un autre courant d'air, moins puissant cette fois. Friyah revint sur la scène dont Hamper et lui se rapprochaient. Les deux gardes en tunique bleue étaient en train d'immobiliser quelqu'un au sol.

La personne ne semblait pas très grande et s'évertuait à échapper aux soldats. Friyah savait cette tentative vaine. Les deux gardes de Judin faisaient partie des meilleurs. Personne ne pouvait leur résister.

Enfin, plus près, Friyah vit que les gardes souriaient. Il resta perplexe : ces hommes ne plaisantaient jamais en pareilles circonstances. Puis il croisa le regard de la personne immobilisée au sol et ses yeux s'arrondirent de stupéfaction.

— Matheïl ? Mais… Qu'est-ce que tu fais ?

L'apprenti prophète semblait très accaparé par sa lutte. Il grogna tout de même quelques mots.

— Je dois voir… Mage Judin ! s'écria-t-il en tentant de repousser les gardes avec ses jambes.

Les soldats se mirent à rire devant les gesticulations de Matheïl. Ils ne le maintenaient plus que par les bras. Ils avaient même entamé une petite discussion tout à fait banale pour dédramatiser la situation.

— Matheïl ! dit Friyah un peu plus fort. Arrête ça tout de suite !

L'apprenti prophète cessa soudain de remuer et les deux soldats tournèrent la tête avec un sourire en direction de Friyah. Ils saluèrent discrètement Hamper qui rengainait son épée, partagé entre sérieux et incompréhension.

— Je dois voir Mage Judin, répéta Matheïl, mais ces deux-là m'ont interdit d'entrer. C'est important !

— Tu ne pouvais pas attendre ? demanda Friyah, surpris par le fait qu'Hamper les laisse s'expliquer au milieu du couloir.

— Non, c'est important. Tu ne dois absolument pas écouter ce qu'il te dit ! Tu es en danger !

— Mais de quoi tu parles ?

— Je ne peux pas en parler ici, je dois voir Mage Judin pour lui interdire de faire ce qu'il a l'intention de faire.

Hamper retint un rire et Friyah l'imita. Il ne voyait pas comment Matheïl pourrait interdire quoi que ce soit au Grand Mage. Mais son ami semblait désespéré, et s'il l'était au point de lutter contre deux gardes d'élite, c'était que quelque chose de grave allait se produire.

— Euh... commença Friyah. Est-ce qu'on pourrait...

Aucun des trois soldats n'avait encore rien dit. Ceux qui immobilisaient Matheïl semblaient attendre les instructions d'Hamper. Celui-ci, debout à quelques pas d'eux, surveillait la scène d'un œil alerte.

— Ta préparation commence maintenant, déclara-t-il. Comment gères-tu la situation ?

Il ne fallut qu'un instant à Friyah pour saisir de quelle préparation parlait Hamper. Ils n'avaient que deux jours, et le soldat comptait utiliser la moindre occasion pour le faire réfléchir.

— Avant toute chose, je dois m'assurer que Mage Judin est en sécurité, répondit Friyah.

Il hésita cependant. Il ne pouvait quitter la scène et aller voir par lui-même. En revanche, il y avait quelqu'un dans le couloir qui était plus ou moins à sa disposition. Il lui était simplement inconcevable de pouvoir lui donner un ordre.

— Considère que tu es mon supérieur, dit Hamper.

Friyah hocha la tête et enchaîna :

— Hamper, allez vérifier si le Grand Mage est en sécurité. J'attends votre signal pour continuer.

— Très bien, Premier Friyah.

Friyah rougit en s'entendant appelé ainsi, malgré le regard d'approbation que lui avait lancé Hamper. Pendant ce temps, Matheïl avait repris sa vaine lutte contre les deux gardes.

— Matheïl, ça suffit ! Tant que tu essaieras de leur échapper, tu seras considéré comme un ennemi.

— Mais tu sais très bien que ça n'est pas le cas !

— Eux ne sont pas censés le savoir, rétorqua Friyah en désignant les gardes. Alors arrête de lutter et laisse-les te remettre debout.

Matheïl soupira longuement mais cessa de se débattre. Les deux gardes avaient saisi l'ordre implicite et se redressèrent tout en gardant une main sur chacun de ses bras. Il était évident qu'ils ne faisaient aucun effort particulier pour maintenir Matheïl en place.

— Premier Friyah ! s'exclama Hamper depuis le bureau de Judin. Tout va bien ici !

— Parfait, Second Hamper ! Attendez-nous là-bas, nous vous rejoignons ! Vous deux, ajouta-t-il en se tournant vers les gardes flanquant Matheïl, vous ne le laissez pas s'échapper. Quant à toi, laisse ton *inha* en dehors de ça, lança-t-il en voyant le flou qui s'amassait dans les yeux de son ami.

Quand ils eurent franchi la porte en passant devant Hamper, le soldat fit signe aux deux gardes de relâcher leur prisonnier et de retourner à leur poste. L'entraînement était fini, Friyah redevenait apprenti. Matheïl, lui, était penaud et bien moins énergique qu'il ne l'avait été quelques instants auparavant. Le regard de Judin était d'une sévérité effrayante. Le Grand Mage ne semblait pas du tout amusé par ce qui s'était passé dans le couloir.

— Tu veux bien m'expliquer les raisons de ce comportement ? demanda Judin d'un ton glacial.

Matheïl avait baissé la tête, ses yeux rivés sur le sol. Lorsqu'il les releva enfin, des larmes en coulaient.

— Vous ne pouvez pas envoyer Friyah dans le territoire des Eaux !

Mage Judin continuait à le fixer, avec peut-être plus de compréhension.

— Je suppose qu'une prophétie t'a révélé ce que je comptais faire ?

— Je l'ai vu seul, sur un cheval, avec un loup blanc à ses côtés. Il y avait la mer devant. Quand j'ai compris, je suis venu tout de suite. Vous ne pouvez pas faire ça !

— Et pourquoi ne le pourrais-je pas ?

Friyah avait la sensation que la soirée s'était transformée en séance d'instruction improvisée. C'était maintenant à Matheïl de faire ses preuves.

— Vous avez raison, vous pouvez le faire, se résigna Matheïl. Mais s'il vous plaît…

— Je crois que tu es plutôt venu me demander de ne pas faire partir ton ami.

— Je sais à quel point c'est égoïste, mais je voulais quand même essayer. Vous ne comptiez même pas me le dire, j'en suis sûr !

— Tu te trompes, Matheïl, intervint Friyah. Mage Judin était justement en train de dire que je pouvais t'en parler. Mais je suis content que tu aies eu envie de faire ça pour moi, ajouta-t-il pour atténuer la sévérité de son ton.

L'apprenti prophète le regarda avec un regard empreint d'amitié.

— Bien, je crois que notre entretien est terminé, annonça Judin en claquant des mains. Friyah, tu vas raccompagner Matheïl à sa chambre, je pense que vous avez des choses à vous dire. Mais je ne vous laisse que ce petit laps de temps. Tâchez de l'utiliser à bon escient. Ensuite, Friyah retrouvera Hamper pour poursuivre cette préparation qui m'a l'air d'avoir déjà commencé. Tebi, je ne reviendrai pas sur ma décision. Quant à toi, Matheïl, tu recevras des instructions demain matin sur la façon de rattraper cet écart de comportement. Je sais que cela partait d'une bonne intention, mais il est nécessaire de réfléchir avant d'agir. Quelques jours loin de la Tour en compagnie des *Otiel* te feront le plus grand bien !

Matheïl ouvrit la bouche d'indignation mais resta muet, puis chacun quitta la pièce à tour de rôle.

— Qu'est-ce qui t'a pris ? s'exclama Friyah lorsqu'ils furent enfin seuls.

— Tais-toi et avance, répondit Matheïl en regardant autour d'eux.

Friyah fronça les sourcils. Il n'était pas habitué à ce que son meilleur ami lui parle ainsi. Il obéit cependant, le suivant jusqu'à la chambre du jeune prophète. À peine eut-il refermé la porte que Matheïl se confondait en excuses.

— Je suis désolé, Friyah ! Tellement désolé ! Mais c'est la seule chose à laquelle on a pensé pour t'éviter de partir seul.

— Comment ça *on* ? s'alarma Friyah. Tu veux dire qu'il y a quelqu'un d'autre au courant de ma mission ? Il ne faut pas ! C'est censé rester secret ! C'est avec d'autres prophètes que tu en as parlé ?

— Non, non ! Tu ne comprends rien !

— Oui, je m'en rends compte ! Et je n'aime pas ça du tout ! Alors explique-toi !

Matheïl avait les larmes aux yeux, mais elles ne coulaient pas comme dans le bureau de Mage Judin. Si possible, Friyah trouvait que son ami était encore plus peiné, mais lorsqu'un sourire lui fendit le visage, il resta abasourdi.

— Qu'est-ce qui t'arrive ? demanda-t-il.

— Oh, rien, c'est juste… l'excitation !

— Il n'y avait vraiment rien d'excitant dans cette crise que tu as fait en plein couloir !

— Crois-moi, ça a été une véritable épreuve, soupira Matheïl. Mais ça va mieux maintenant.

— J'ai l'impression, hésita Friyah en regardant son ami se recomposer bien plus rapidement qu'il ne l'aurait imaginé.

— Je suis tellement désolé d'avoir dû faire une telle scène. Au moins, ça t'a permis un certain entraînement.

— Attends, l'interrompit-il. Tu veux dire que tout ça était faux ? Tu n'as pas eu de vision ?

— Si, si, mais je l'ai eue il y a deux jours, répondit Matheïl comme si la chose était tout à fait naturelle.

Friyah ne comprenait plus rien. Il n'avait même plus la force de poser les questions. De toute façon, Matheïl semblait si excité qu'il n'allait pas tarder à tout lui expliquer. Il choisit finalement de s'asseoir par terre et son ami l'imita.

— Je l'ai eue il y a deux jours et je suis immédiatement allé voir Mage Judin, reprit Matheïl. Quand je lui ai expliqué ma prophétie, il m'a dit qu'il avait déjà pensé à cette solution, du moins celle te concernant. Mais pas celle me concernant, moi.

— Parce qu'elle te concerne ?

Friyah ne comprenait pas pourquoi son ami était aussi euphorique alors qu'il venait juste de se faire reprendre par leur Grand Mage. Il était même peiné que Matheïl ne soit pas plus triste de le voir partir. Le voyage jusqu'à la cité des Eaux serait très long, il ne savait pas quand il en reviendrait. Une fois sur place, ce serait aux équipes de l'Est et de l'Ouest de décider de quelle façon elles pouvaient le mettre à contribution.

— Bien sûr qu'elle me concerne, répondit Matheïl, puisque je pars avec toi.

36

Friyah se retourna sur la selle, accordant un dernier regard à Myria. Le balancement régulier de sa monture l'aurait bercé en temps normal, mais l'aube était fraîche et l'excitation à son comble.

Hamper avait secrètement utilisé les deux derniers jours pour revoir avec lui tout ce qui lui serait nécessaire. Les autres apprentis pensaient que Friyah rentrait chez ses parents parce qu'il ne parvenait pas à se faire au rythme de la Tour. L'excuse était plus que crédible. Il était aussi passé saluer Boch, qui avait insisté pour le revoir de temps à autre. Friyah n'avait pas su comment répondre et s'était contenté de rester silencieux. Si les événements le lui permettaient, il serait peut-être de retour avant le milieu de l'été et pourrait reprendre son instruction, mais il avait peu d'espoir.

En cadeau de départ, Boch lui avait donné un carquois plein, les flèches parfaitement adaptées aux dimensions de son arc. Le tout était maintenu autour de son buste par deux sangles. Friyah les avait réglées au petit matin avec fierté. À sa connaissance, la seule autre personne à porter son arme de cette façon était Ériana. Boch avait en revanche eu trop de mal à comprendre comment elle défaisait le nœud, donc le tout était maintenu par une boucle, comme pour le carquois. Friyah tira légèrement sur les sangles pour les réajuster. La sensation était rassurante.

À une heure si matinale, la plaine entourant Myria était presque déserte. Il ne lui fallut pas longtemps pour repérer la petite silhouette sombre assise à côté d'une tache blanche. Jlamen avait quitté Myria en même temps que lui mais le loup s'était élancé au-devant pour atteindre Matheïl. Friyah arrêta sa jument à côté d'eux.

— Ce loup est magnifique ! s'exclama Matheïl.

— Tu l'as déjà dit au moins dix fois depuis hier, soupira Friyah.

— Il fallait qu'on se familiarise avec lui, c'est normal.

— À mon avis, tu n'avais pas besoin d'une demi-journée pour ça. Pendant que tu t'amusais avec lui, moi, j'apprenais à chasser !

— Je suis le mage de cette mission, tu es le garde, chacun sa tâche ! Et ce n'est pas comme si on n'avait pas déjà des provisions pour une éternité.

— Tu pourrais quand même apprendre, répondit Friyah en attrapant le sac que Matheïl lui tendait.

— D'accord, je le ferai. Si on en a le temps. C'est vraiment dommage qu'on ne puisse pas utiliser *Elpir* pour aller plus vite…

— Tu sais très bien que je ne peux pas. Je n'ai pas de *inha*.

— Mais tu l'as bien traversé pour venir à Myria, non ?

— C'était grâce à la flèche d'Ériana et au *inha* qu'elle contenait. Mage Judin a dit qu'il n'y en avait sûrement pas assez pour me permettre de me déplacer dedans. Il préférait ne pas prendre le risque et je t'avoue que je préfère être à cheval plutôt que dans un mur de lumière bizarre.

— Tu as de la chance de l'avoir traversé. Je n'ai jamais pu le faire ! s'exclama Matheïl.

— Je ne suis pas certain que d'aller en Na-Friyie soit aussi extraordinaire que tu l'imagines.

Le sac était désormais en place et Matheïl put monter à son tour, avec l'aide de Friyah.

— C'est bon, tu es bien installé ?

— Je pense. Je suis rarement monté à cheval.

— Tu verras, tout ira bien. Reste bien accroché à moi.

— Je n'avais pas l'intention de faire quoi que ce soit d'autre, répondit Matheïl sur un ton qui montrait à quel point il comptait être prudent.

Friyah avait envie de rire. Il aurait bien voulu dire à Hamper qu'il avait eu raison. Les mages et les gardes n'étaient clairement pas éduqués de la même façon.

— Tu me passes la flèche, s'il te plaît ? C'est celle qui dépasse de mon carquois.

Il sentit Matheïl s'écarter de lui et tirer quelque chose vers le haut. La flèche passa sur sa droite et il l'attrapa. Il était toujours aussi épaté par la lumière qui s'en dégageait, même si sa qualité avait changé. Judin l'avait associée à un nouvel élément. Friyah n'avait pas saisi les détails mais Matheïl, lui, avait compris. C'était ce qui comptait.

— Alors, on part dans quelle direction ? demanda Matheïl.

Friyah fit tourner lentement la flèche sur la paume de sa main. De façon tout à fait prévisible, l'objet s'illumina davantage lorsqu'il fut orienté vers l'ouest.

— Par là, répondit Friyah en montrant la piste sur laquelle ils étaient. On en aura surtout besoin quand on sera arrivés dans le territoire des Eaux.

— J'espère qu'on aura autant de chance à la frontière que Mage Judin le croit.

— Attends ! C'est toi qui as dit qu'on arriverait sains et saufs à Arden ! C'est uniquement pour cette raison que Mage Judin a accepté de nous faire partir tous les deux.

— J'ai eu une vision de notre arrivée, c'est certain, mais je n'ai pas vu ce qui se passerait au milieu.

— Elle ressemblait à quoi, cette vision, déjà ?

— On était tous les deux à cheval, Jlamen était à côté de nous. Tout au fond, il y avait quelque chose de très bleu. Judin m'a dit que c'était certainement l'océan. Je crois aussi qu'il y avait du monde autour, tout était plutôt flou.

— Tu parles comme un livre, dit Friyah en faisant claquer les rênes.

— C'est parce que j'en remplis la plupart du temps ! s'offusqua Matheïl.

— Pardon, tu as raison. Quoi d'autre ?

— Mes cheveux ne brillaient pas. Tu n'avais pas non plus ta mèche argentée.

— Ça fait bizarre de ne plus te voir avec tes reflets colorés, d'ailleurs.

Friyah maintint les rênes d'une main le temps de toucher l'endroit où ses cheveux auraient normalement dû être argentés. Cette particularité développée après son passage dans *Elpir* était maintenant cachée par un artifice tout à fait propre aux mages. Il s'était laissé faire juste avant son départ. Hamper avait lui-même appliqué l'étrange mixture. Judin avait fait de même sur Matheïl, mais en secret. Personne à la Tour ne savait qu'ils étaient ensemble à l'exception du Grand Mage.

Pour tous, en dehors de Judin, Matheïl était en sortie avec des *Otiel*, comme punition de sa crise dans le couloir du conseil. Friyah avait demandé pourquoi Hamper n'était pas au courant. Le Grand Mage avait répondu qu'il mettrait le Second dans la confidence en temps voulu. Friyah avait l'impression que Judin attendait qu'ils soient le plus loin possible pour le faire.

— Tu crois qu'on y arrivera ? demanda-t-il doucement.

— C'est toi qui doutes, maintenant ? Je nous ai vus tous les deux vers l'océan. On était vivants. C'est pas suffisant ?

— Comme tu as dit, on ne sait pas ce qui va se passer le temps d'y arriver. Et tu as aussi dit que c'était assez flou. Et si on croise le *Velpa* ?

— On fait comme on nous l'a appris. Tu utilises tes techniques pour nous faire rester discrets. Je dissimule mon *inha* autant que possible. Au pire, j'ai ce qu'il faut dans mon sac pour aider. Judin a dit que ça ne faisait pas disparaître mon énergie, juste que ça l'étouffait. Si les gens cherchent vraiment, ils verront que j'ai un *inha*, mais ils se diront que je ne sais pas ou que je ne peux pas m'en servir.

— Comment ça s'appelle déjà, cette chose ?

— De l'*empaïs*, je crois. Ça ne fait que deux jours que je sais que cette matière existe, alors ne m'en demande pas trop. Heureusement, j'ai aussi son antidote. La sensation que ça provoque est vraiment étrange. On dirait qu'on t'a coupé le bras alors que tu sais que tu l'as encore...

— Il avait besoin de t'en donner autant ? demanda Friyah en se souvenant des deux fioles pleines que Matheïl lui avait montrées.

— Mage Judin a dit que ça pourrait servir aux deux équipes. C'est un liquide précieux et il n'y a pas d'alchimiste dans les équipes. Il espère que je pourrai le leur donner. Et je suis aussi censé t'apprendre comment t'en servir, au cas où je ne puisse pas me l'appliquer moi-même. Tu te souviens de mon insigne ?

Friyah hocha la tête en frissonnant. Le jour où il avait vu Matheïl avec ce tissu lui recouvrant la moitié du visage, il avait presque eu peur.

L'insigne de Matheïl était un très large bandeau blanc qu'il nouait autour de sa tête en suivant une diagonale bien précise. Le tissu, fermé à la base de son crâne par un nœud, cachait la partie supérieure droite de son visage. L'œil droit était complètement dissimulé sous le symbole des Vents. Matheïl avait insisté auprès des artistes qui le lui avaient confectionné. Un œil pour le monde réel, un autre pour le monde prophétique. Friyah trouvait le tout plus troublant que significatif. Il n'avait pas reconnu Matheïl la première fois qu'il l'avait porté en sa présence.

— Comment pourrait-on oublier un insigne pareil... murmura-t-il avec effroi.

— C'est vrai que tu avais reculé, rit Matheïl. Eh bien cette matière, l'*empaïs*, je dois l'étaler sur le symbole. Elle force l'adhérence du tissu et bloque mon énergie. Pour l'enlever, il faut verser l'antidote dessus et elle se dissout.

— Il ne faudrait pas que tu gardes tout ça sur toi, au cas où ?

Matheïl lui lâcha la taille et fouilla dans une poche avant de faire apparaître le bandeau.

— Tout près, tu vois ! L'*empaïs* et l'antidote sont dans l'autre poche.

— Tu as réussi à faire rentrer cette énorme fiole dedans ?

— Mais non ! Je n'ai que deux petits tubes sur moi. Juste de quoi faire une ou deux applications. Si j'en utilise, il faudra penser à les remplir à nouveau. Mais j'espère que je n'aurai pas besoin de m'en servir…

Leur humeur joviale retomba soudain et Friyah comme Matheïl se retrouvèrent face à leurs responsabilités. Ils partageaient bien plus qu'une simple amitié, désormais, ils partageaient une mission. En deux jours, chacun de leurs maîtres s'était arrangé pour leur fournir le plus d'atouts possibles. Malgré tout, ils souhaitaient n'y avoir jamais recours. Malheureusement, si Judin et Hamper avaient pris toutes ces précautions, c'était qu'elles étaient nécessaires.

— On va suivre cette piste pendant longtemps ?

— Jusqu'à être près de la frontière. Ensuite, on trouvera un moyen de passer discrètement. Judin m'a donné une carte.

— Tu sais lire une carte, toi ?

Friyah ne pouvait reprocher sa remarque à Matheïl. Il avait lui-même été surpris de la facilité avec laquelle il avait assimilé le dessin plié dans la poche de sa veste. Le passage de la frontière avait été la seule réserve manifestée par Judin. Mais Friyah était étrangement confiant, sans réussir à comprendre pourquoi. Il savait qu'il trouverait un moyen.

— Tu me fais plus penser à un apprenti messager qu'à un apprenti de la Garde, dit Matheïl.

— C'est ce que j'ai dit à Mage Judin. Plusieurs fois.

— Et il a répondu quoi ?

La dernière fois qu'il avait fait la remarque, Judin lui expliquait comment utiliser la carte. Friyah se souvenait encore du regard qu'il avait reçu en réponse. Un mélange d'émotions tout à fait contradictoires.

— Que j'avais une mission à remplir et que je ferais mieux d'écouter.

Matheïl éclata de rire et Friyah ne put s'empêcher de sourire. Au moins, il n'était pas tout seul. Et il se demandait si ce n'était pas essentiellement pour ça que Judin avait autorisé Matheïl à venir avec lui, bien plus que parce qu'une prophétie semblait l'avoir décidé.

37

Ériana mit le pied hors d'*Elpir* la première. Elle vérifia que les alentours étaient sûrs puis s'autorisa à extraire le reste de son corps. Depuis la découverte alarmante faite en chemin, ils prenaient davantage de précautions. Il n'était plus question de quitter le bouclier si les environs n'étaient pas déserts.

Sa sortie complète était le signal pour que les autres puissent la rejoindre. Ils devaient s'extraire chacun à leur tour afin d'arriver exactement au même endroit. Le moindre écart dans *Elpir* prenait des dimensions considérables à l'extérieur. Ils ne voulaient pas reproduire les erreurs qui leur avaient fait perdre du temps au début.

Ériana posa son sac au sol pour prendre sa gourde. Elle contrôlait assez bien sa soif, mais le déplacement à l'intérieur d'*Elpir* l'avait réveillée de plus belle. Alors qu'elle buvait, Jaedrin sortit juste derrière elle. Quelques instants après, Noric émergea plus loin sur leur droite, Desni quelque part sur sa gauche. Il était rare qu'ils arrivent aussi près les uns des autres.

Elle tendit sa gourde à Jaedrin le temps que tous la rejoignent. Elle était le point de ralliement. Elle était aussi leur seul messager. Ils s'en remettaient à elle pour ce qui était de les guider, dans la forêt comme ailleurs.

Cela faisait un certain temps que les Havres Verts s'étaient transformés. L'adaptation de la végétation à l'atmosphère marine était très certainement progressive, mais avec leur déplacement accéléré, ils avaient été surpris en tombant sur d'inhabituels résineux.

— J'ai fait un léger détour, dit Noric en arrivant le dernier. Il n'y a rien aux environs. Pas d'armée qui se serait installée dans l'objectif de nous envahir.

Noric avait parlé avec amertume et aussi colère. Tous avaient eu le temps de se calmer après l'effrayante découverte d'il y a trois jours, mais leurs souvenirs n'en restaient pas moins vifs.

— Si seulement nous avions pu faire mieux... soupira Jaedrin.

Trois jours plus tôt, leur progression dans *Elpir* avait été brutalement freinée. Lorsque Ériana avait essayé de faire un pas de plus, ses jambes n'avaient pas voulu lui répondre. Trop interloqués pour chercher davantage, ils avaient décidé de sortir. C'était l'unique fois où ils étaient tous arrivés au même endroit.

Ce qu'ils avaient vu avait aussitôt expliqué cette interruption brutale. Ils se trouvaient devant le même phénomène que celui que Setrian avait découvert à l'est. Une brèche dans *Elpir*.

Tout ce qu'elle avait essayé de leur décrire, tout ce qu'elle s'était représenté à partir du champ vide vers lequel Setrian l'avait guidée, ils l'avaient eu sous les yeux, en taille un peu plus réduite. La faille dans le mur ne faisait que quelques pas de long et l'armée qui s'employait à abattre les arbres était bien moins volumineuse que celle qui semblait avoir occupé le camp à l'est, mais elle accomplissait son travail avec la même volonté.

Ils n'étaient pas restés longtemps à proximité du bouclier, même côté friyen, et étaient revenus légèrement en arrière, le temps de décider quoi faire. Toute l'équipe était aussitôt tombée d'accord : il ne leur était pas possible d'accomplir quoi que ce soit d'important. Ils n'avaient aucun moyen d'anéantir cette armée, encore moins de contrer les mages qu'ils avaient compris être du *Velpa*.

Ériana avait refoulé sa colère en songeant à Setrian. S'il avait été un peu plus patient, il aurait pu choisir d'infiltrer ce bataillon-là, mais il n'avait pu prévoir que l'armée opérait déjà à l'ouest. Et si jamais il l'avait su avant de s'engager dans cette folle mission, alors elle devait en conclure qu'il l'avait définitivement abandonnée.

Ils avaient décidé de ne pas rester dans les parages, de contourner largement la brèche en utilisant la demi-journée de lumière qu'il leur restait et de retrouver le bouclier plus tard. Ériana n'avait accepté cette proposition qu'à la condition de blesser l'armée d'une façon ou d'une autre.

À la tombée de la nuit, ils étaient parvenus à passer du côté ouest du campement.

Leurs possibilités d'attaque étaient réduites, mais avec leurs deux éléments, ils avaient pu causer assez de dégâts pour ralentir les soldats dans leur mission destructrice. Ériana avait utilisé son *inha* des Terres d'une façon insoupçonnée et les trois autres avaient manipulé les Vents pour lui apporter de l'aide. À eux quatre, ils avaient mis le campement dans un tel chaos qu'Ériana s'était momentanément demandé combien de mages du *Velpa* assistaient le bataillon. Ils n'en avaient aperçu que deux, mais ils étaient forcément plus, sans pour autant être très nombreux.

Cela leur avait facilité la tâche. Même avec leur *inha*, les mages mettraient des jours à désentraver les outils et à dégager le campement de tous les troncs et de toutes les bûches qui avaient roulé jusqu'à eux. Sans parler des tentes disloquées pendant le tremblement de terre qu'Ériana avait réussi à créer.

Elle espérait aussi que les morceaux de bois qui avaient volé au-dessus du campement avaient percuté des soldats ou même des mages. Ils n'avaient malheureusement pas eu le temps d'ajuster leur visée ni de redoubler de précision, ayant choisi de retourner rapidement dans *Elpir* pour quitter les lieux. Ils ne s'étaient arrêtés de marcher qu'à l'aube, même si une centaine de pas auraient suffi, préférant mettre le plus de distance possible entre le campement et eux.

— Nous avons fait ce que nous pouvions, estima Ériana en récupérant sa gourde.

— Tu n'es même pas convaincue de ce que tu dis, répondit Jaedrin.

Elle soupira. Au moment où ils avaient lancé la furie de leurs éléments sur le camp, elle avait douté. Et si Setrian se trouvait dans ce campement ? Si ce bataillon était en fait celui pour lequel il l'avait abandonnée ? Elle savait qu'il n'y avait aucun risque pour cela. Une armée ne pouvait pas se déplacer aussi vite qu'eux le faisaient dans *Elpir*. Néanmoins, elle se souvenait d'avoir regardé la couleur des cheveux de chaque personne passant dans son champ de vision, même si elle savait que c'était complètement ridicule.

— Je ne pense pas que nous aurons besoin de réemprunter *Elpir*, annonça Desni. Je suis arrivé plus à l'ouest que vous, un peu en hauteur, et il m'a semblé voir un horizon assez plat. Mais avec le crépuscule, je ne suis pas sûr. Je vais vérifier à nouveau.

— Nous y allons tous, dit Ériana en remettant son sac sur son dos. Nous pourrons peut-être trouver un endroit pour dormir.

Desni avait effectivement raison et elle se félicita de ne pas avoir continué d'avancer trop longtemps. Cela faisait quelque temps qu'elle hésitait sur la façon de procéder à la fin de leur trajet accéléré. Aucun d'eux ne savait si *Elpir* s'arrêtait avec l'océan ou se poursuivait dans l'eau. Ils étaient finalement sortis au bon endroit. Il y avait tout au plus une demi-journée de marche pour atteindre l'océan, un peu moins pour rejoindre le sable qui semblait gris dans le crépuscule.

— Il faudra rester dans la forêt le plus longtemps possible, mais je ne pense pas qu'elle soit très large ici. Nous en serons sortis rapidement. Ensuite, nous prendrons la direction du nord jusqu'à trouver Arden.

Les autres hochèrent la tête. Ils ne discutaient jamais ses directives. Pourtant, elle n'avait pas plus d'idées qu'eux sur l'emplacement exact de la cité. Seule la carte de Setrian était disponible et leur équipe n'étant initialement destinée qu'à se rendre à l'est, la partie ouest était peu détaillée. Ils avaient juste compris qu'Arden se trouvait au bord de l'eau. En dehors de ça, ils ne savaient rien.

Alors que la nuit menaçait de tomber pour de bon, Ériana cessa d'avancer. De ce qu'elle en voyait, l'horizon se fondait dans le ciel. Pour le reste, il y avait encore trop d'arbres.

— Il va falloir retourner en arrière pour établir le camp, dit-elle. Il y avait une zone plus dégagée. Je vous rejoins plus tard.

Ils obéirent docilement. Elle appréciait qu'ils ne lui demandent pas d'explications. Elle n'aurait de toute façon pu en fournir aucune. Lasse, elle s'effondra sur un rocher et passa ses bras autour de ses genoux, le menton posé dessus.

393

— Je peux ?

Elle avait cru que Jaedrin suivrait les autres, mais sûrement n'était-il jamais parti. Elle acquiesça doucement, espérant que ses émotions ne soient pas trop visibles.

— Ne te cache pas, chuchota-t-il une fois assis. On sait tous très bien pourquoi tu t'isoles chaque soir.

Lentement, comme s'il avait peur qu'elle le rejette, il glissa un bras autour de ses épaules. Un souvenir fugace de sa première soirée à la Tour des Vents lui revint alors en mémoire. Setrian l'avait laissée seule et c'était Jaedrin qui l'avait prise sous son aile. Elle lui en avait été extrêmement reconnaissante. Cette soirée y ressemblait amèrement.

— Il ne t'a pas abandonnée, murmura Jaedrin. Il s'est confié une nouvelle mission.

— Je sais, dit-elle d'une petite voix. Et j'aurais pris la même décision à sa place. Mais c'est douloureux. Si tu avais vu ses yeux, la façon dont il me regardait après le transfert. C'était insupportable.

— Tu dois y croire.

— Croire en quoi ? En lui ? C'est déjà le cas. Malgré tout ça, c'est le cas.

— Non, Ériana. Tu dois croire que tu es capable, toi, toute seule, de trouver le sanctuaire des Eaux. Ce n'est pas parce que Dar a dit que quelqu'un devait être là pendant les transferts qu'il faut impérativement qu'il s'agisse de ton protecteur. Si c'est juste pour te nourrir et te donner à boire, n'importe lequel d'entre nous est en mesure de le faire.

— Il n'y a pas que ça, protesta-t-elle. Il y a autre chose, cette chose qui a tout fait basculer entre

Setrian et moi. Je ne veux pas de ça pour vous. Je ne veux pas que vous viviez la même expérience.

— J'ai l'impression que tu ne veux pas vraiment le trouver, ce sanctuaire.

Ériana resta muette. Jaedrin était très perspicace. Cela faisait déjà un certain temps qu'elle se demandait si elle n'allait pas laisser tomber son initiation aux autres éléments en attendant que Setrian revienne. Peut-être que le deuxième transfert se passerait différemment, peut-être que Setrian accepterait de lui dire.

Elle espérait aussi que l'âme contenue dans l'artefact des Eaux pourrait lui expliquer ce qui avait pu se produire dans la Vallée Verte mais elle ne pouvait pas se montrer aussi égoïste. Elle devait maîtriser ses quatre éléments et, pour l'instant, ce n'était le cas que d'un seul dans sa totalité. De plus, au cours du voyage dans *Elpir*, elle n'avait à aucun moment ressenti la présence d'Eko. C'était comme si l'âme s'en était complètement évaporée. Avec toutes les brèches du bouclier, c'était tout à fait possible.

— Je dois le trouver, et je le ferai, dit-elle résolument.

Jaedrin ne répondit pas et serra davantage son bras autour d'elle. Elle posa sa tête sur son épaule et se laissa bercer doucement. Ils auraient à se lever pour retourner au campement donc elle ne pouvait pas espérer s'endormir, mais elle ferma quand même les yeux, cherchant un repos au milieu des ténèbres.

Dès le matin, ils aperçurent le scintillement près de l'eau. Arden semblait proche et loin à la fois. Ériana accéléra le pas autant que possible mais ils mirent quand même trois jours pour s'en rapprocher réellement. Lorsqu'au troisième, ils furent enfin à proximité, la nuit était tombée. Ériana en était presque soulagée. Quelque chose dans la façon dont les remparts étaient protégés la faisait hésiter. Des personnes vêtues d'un tissu émeraude arpentaient les alentours de la cité, comme si elles attendaient quelqu'un. Ériana ne voyait pas comment le conseil des Eaux pourrait être au courant de leur venue.

Heureusement, les silhouettes finirent par disparaître. L'équipe resta tout de même dissimulée en haut de la dune.

— De quoi penses-tu qu'il s'agisse ? demanda Jaedrin. De sentinelles ?

— Trop visibles et trop vulnérables pour ça. Non, je crois plutôt qu'il s'agit d'une certaine forme d'accueil, sauf que je n'arrive pas à savoir laquelle.

— Tu veux dire que ces personnes prennent en charge les visiteurs ?

Ériana haussa les épaules. Elle n'était sûre de rien. Tout ce qu'elle avait compris venait de ses observations depuis le crépuscule. Et ce qu'elle avait vu était simple : très peu de gens, qu'ils semblent être marchands, visiteurs ou simples habitants, étaient entrés ou sortis de la cité sans être accompagnés.

Maintenant que les silhouettes vertes s'étaient retirées, elle se demandait s'ils pourraient entrer dans Arden sans elles. Elle ne se souvenait pas d'avoir déjà vu les portes de Myria fermées, mais étant donné la localisation particulière de la cité des Eaux, peut-être le conseil prenait-il cette précaution chaque soir.

— Ça va être compliqué, murmura-t-elle.
— De ? poursuivit Jaedrin.
— D'entrer dans Arden en évitant les questions.
— Pourquoi faudrait-il qu'on évite les questions ? L'équipe de l'Ouest est certainement passée par là, s'ils n'y sont pas encore.
— Tu as déjà dit que ça ne pouvait pas être le cas, fit remarquer Ériana.
— Je peux me tromper.
— Je t'ai rarement vu te tromper en ce qui concernait ta nature, Jaedrin.
— Je peux réessayer maintenant qu'on est plus près. Ne t'inquiète pas, ce sera bref, personne ne pourra m'intercepter.

Ériana hocha la tête. Avec la distance à laquelle ils étaient de la Tour des Eaux, Jaedrin n'aurait aucun problème à établir un *inha'roh* avec Hajul ou Armia. Sauf qu'il avait déjà essayé plusieurs fois et que, pour l'instant, aucun lien n'avait pu être établi.

— Toujours rien, répondit-il après un certain temps.
— Donc ils ne sont pas là, conclut Ériana.
— Pas forcément. Peut-être sont-ils dans une zone protégée. Un bouclier peut empêcher les *inha'roh*.
— Je sais, Jaedrin, mais nous sommes dans le territoire des Eaux. Je ne vois pas comment un protecteur de cet élément pourrait établir un bouclier contrant les Vents.
— Peut-être que le protecteur de leur équipe les a volontairement isolés. Comment s'appelle-t-il, déjà ?
— Val, intervint Desni.

Les deux équipes ne s'étaient croisées qu'un court moment juste avant leur départ de Myria. Desni se souvenait du prénom de son confrère de l'équipe de l'Ouest. De son côté, Ériana se rappelait surtout avoir prêté attention aux membres de la famille Huyeïl.

— Tu penses qu'il aurait pu avoir un intérêt à établir un tel bouclier ?

— Comme tu l'as déjà dit, cette précaution est étrange. Aucun contacteur des Eaux ne pourrait intercepter leurs *inha'roh*. Seuls ceux des Vents le pourraient et…

— Et s'ils se protègent contre les Vents, compléta Noric, c'est que ce que nous craignions est bel et bien arrivé.

— Nous savons déjà que le *Velpa* est ici, dit Jaedrin. Ça doit sûrement être pour ça qu'ils se protègent derrière un bouclier.

— Si c'est le cas, nous devrions éviter de prendre des risques, conclut Ériana. Plus de *inha'roh*. Desni, tu penses que tu pourrais nous protéger ?

— En déplacement, ça risque d'être compliqué. Ce genre de bouclier est plus efficace si nous restons immobiles. Nous maintenir tous les quatre en mouvement sous une couverture énergétique… Je ne suis pas sûr d'y parvenir très longtemps.

— Donc c'est exclu. Il nous faudra juste être prudents. Je sais que cette vigilance permanente vous pèse, mais nous devons faire attention.

— Tu dis ça comme si tu voulais nous faire partir tout de suite, dit Jaedrin.

— C'est le cas, répondit-elle. Je ne vois pas de meilleur moment pour essayer d'entrer dans Arden.

Nous sommes obligés de passer par cette porte, à moins que l'un d'entre vous en voie une autre. Mais de toute façon, avec cette étendue de sable, les gardes en poste nous repéreront forcément, même de nuit.

— Que proposes-tu exactement ?

— Nous entrons comme si nous étions de simples voyageurs ayant préféré continuer à marcher de nuit pour arriver à Arden le plus tôt possible. Nous cachons nos insignes, notre appartenance à la communauté des Vents. Nous essayons de trouver une auberge et quand ce sera fait, nous nous serons suffisamment fondus dans le reste des habitants pour que personne ne nous remarque.

— Tu ne penses pas qu'on devrait se présenter en tant que mage des Vents ? Si l'équipe de l'Ouest est déjà en contact avec le conseil, ça pourrait nous faciliter les choses.

— Ou ça pourrait les faciliter au *Velpa*. Je n'ai pas envie de leur faire savoir que nous sommes ici.

— Alors comment comptes-tu nous faire entrer dans la Tour et demander une audience avec le conseil ?

— De la façon la plus simple possible. En allant les voir. J'ai les quatre éléments en moi. Seulement, ils ne sont pas tous éveillés au maximum de leur potentiel. N'importe quel mage croira que je suis des Eaux puisqu'ils seront capables de ressentir mon *inha*. Il faudra juste que je m'y rende seule.

— Tu vas aller dans cette Tour sans nous ?

— Tu vois une meilleure solution ?

Elle n'était pas effrayée, elle avait toute confiance en son *inha* des Eaux. Elle ne pouvait pas le sentir, elle avait besoin d'être reconnue par l'artefact pour cela.

Mais les autres pourraient le voir en elle. Tant qu'ils ne lui demandaient pas de s'en servir, elle était en sécurité.

Elle s'était déjà mise debout. Jaedrin fut le dernier à se lever et la fixa dans les yeux. La nuit était claire, elle pouvait sans problème interpréter l'expression de son visage.

— Tu sais très bien que nous n'avons pas le choix, le devança-t-elle.

— Je le sais, mais mon meilleur ami était ton protecteur le plus efficace et depuis qu'il est parti, je te trouve un peu trop téméraire. Ne cherche pas à tout faire seule. Nous sommes là, nous aussi.

Desni et Noric affichaient le même avis. Ils s'étaient engagés dans cette lutte avec elle. Ils partageaient les mêmes valeurs. Elle n'hésiterait pas un instant à risquer sa vie pour eux et ils feraient de même pour elle. Pourtant, elle le leur évitait à la moindre occasion.

— D'accord, mentit-elle en hochant la tête.

Elle se retourna avant de pouvoir lire une quelconque réponse sur leurs visages. Jaedrin pouvait la croire, comme il pouvait avoir compris qu'elle mentait. Avec ses talents pour percevoir les émotions, il en devinait toujours beaucoup trop à son goût.

— J'ai juste une dernière question avant que nous partions.

Elle s'arrêta. Il avait parlé sur un autre ton, ce ton qu'il avait commencé à développer depuis qu'elle les avait retrouvés vers *Elpir*. C'était la voix du nouveau Jaedrin, celui qui avait expérimenté la rage au-delà de la peur, celui qui avait dû se battre pour survivre, celui qui avait dû tuer.

Le sujet de Setrian était clos. Jaedrin voulait parler d'autre chose et elle se doutait de ce qu'il allait demander. Il connaissait d'ailleurs sûrement sa réponse, mais il voulait être sûr qu'ils agiraient tous de la même façon. Une équipe unie, jusqu'au bout, même lorsqu'elle était poussée à l'extrême.

— Que fait-on si les gardes ne nous laissent pas entrer ?

Elle détacha son regard de la cité pour fixer Jaedrin. Desni et Noric se tenaient de chaque côté de lui, droits, sévères, adoptant inconsciemment une posture forte et puissante. Elle les trouvait à la fois beaux et redoutables. Elle savait qu'elle devait dégager la même intensité.

— Ils nous laisseront entrer. De gré. Ou de force.

38

Ils commençaient à descendre la dune lorsque Ériana entendit son prénom. Sa surprise la fit trébucher et, déséquilibrée, elle roula dans la pente. Heureusement, le sable finit par la freiner.

Dès qu'elle fut certaine qu'elle ne descendrait pas plus bas, elle se rassit, ignorant les grains dans sa bouche. Au-delà du malaise consécutif à sa chute, elle se sentait bizarre, comme si son ventre se contractait de lui-même. Son *inha* tanguait, elle en avait presque la nausée. Une lueur verte passa soudain devant ses yeux, la désorientant davantage. Son corps ne put le supporter et elle vomit sur le côté.

Quand elle se redressa, sa tête bourdonnait encore et sa peau était d'une sensibilité extrême. Elle avait l'impression de ressentir le moindre grain de sable sur ses mains, le moindre courant d'air sur ses joues. Elle avait terriblement froid et trouvait la nuit subitement très humide. Puis les sensations s'estompèrent lentement.

Elle n'avait pas besoin de chercher autour d'elle pour savoir que la personne qui l'avait appelée n'était pas physiquement présente mais elle resta quand même alerte, autant que la nausée le lui permettait.

Le timbre était jeune et féminin. Par le passé, son prénom avait déjà vogué ainsi jusqu'à elle sans donner d'indication sur sa source. Elle venait d'en être à nouveau témoin, quoique sous une forme différente.

Derrière elle, Jaedrin, Noric et Desni se hâtaient de la rejoindre. Aucun n'avait crié pour éviter d'attirer l'attention, même s'ils savaient qu'ils étaient encore trop loin pour que les gardes les entendent.

Jaedrin arriva le premier. Elle leva sa main entre eux pour lui intimer de se taire. Elle avait besoin du silence absolu. La voix lui avait semblé provenir de quelque part devant elle, vers la cité. Malgré tout, elle doutait encore, comme si le fait de l'avoir tant attendue lui faisait croire qu'elle l'avait inventée. Il était évident que si l'artefact des Eaux l'appelait, cela se ferait depuis Arden, là où il se trouvait.

Elle tourna la tête d'un coup sur sa droite. Jaedrin se pencha dans la direction qu'elle fixait. Il ne voyait sans doute rien, pas plus qu'elle d'ailleurs. La nuit était claire, on distinguait les premières dunes, mais elle savait qu'elle ne verrait personne.

Elle retint son bras qui voulut s'élancer de côté et ses jambes qui lui ordonnaient de partir vers la droite, au nord. Ses doigts fourmillèrent. Ses muscles se contractèrent pour se détendre l'instant d'après. Son cœur ne sembla pas savoir s'il devait se préparer à pomper le sang avec abondance ou à se reposer calmement.

Une partie d'elle mourait d'envie de marcher vers le nord. L'autre la poussait à rester assise, comme aspirée par le sable.

Les sensations étaient plus que contradictoires mais elle les avait reconnues. Elle ne savait pas si elle devait s'affoler ou souffler de soulagement. Elle avait tant espéré et pourtant, comme Jaedrin l'avait si bien deviné, elle redoutait ce moment.

Son indécision disparut aussi brutalement que les sensations et elle put enfin se détendre. Son esprit s'apaisa.

Sa première pensée claire concerna Setrian. Il était son reflet, il avait forcément perçu ce qu'elle venait de vivre, même s'il se trouvait à des lieues de là. Elle se demanda ce qu'il en penserait, s'il comprendrait ce que signifiaient ces sensations, et espéra vainement que ces deux appels le feraient revenir vers elle.

Quelqu'un tira alors sur sa manche et elle se retourna brusquement, surprise de ne pas être seule. L'appel des artefacts avait tendance à la faire s'isoler

403

mentalement, lui faisant délaisser toute présence autour d'elle à l'exception de celle de Setrian. Elle mit un certain temps à reconnaître Jaedrin qui la regardait, déconcerté.

Noric se tenait à côté de lui, prêt à intervenir. Il n'avait été témoin que de sa chute et malgré l'amortissement du sable, il était en droit de s'inquiéter.

— Que t'est-il arrivé ? demanda-t-il en poussant Jaedrin afin d'entamer son diagnostic.

Elle l'arrêta de la main et Noric recula, méfiant. Jaedrin n'était pas le seul à la trouver trop téméraire.

— Je dois vérifier, insista-t-il.

— Je n'ai rien, répondit-elle.

— Ériana, arrête de…

— C'était l'artefact. Et l'âme. Enfin, tu m'as comprise.

Noric releva ses mains comme si elle venait de le brûler. Il savait qu'il ne pouvait rien faire dans ce cas, absolument rien.

— Tu dois y aller ?

— Non, pas maintenant. L'âme s'est juste manifestée, enfin, je crois. Comme la première fois où nous sommes passés près de la Vallée Verte.

— Tu veux dire que tu sais où se trouve le sanctuaire des Eaux ? demanda Jaedrin.

Ériana désigna vaguement un endroit sur sa droite. Il faudrait qu'elle prenne le temps de sortir la carte pour voir ce qui se trouvait au nord de l'endroit où ils se tenaient, mais elle n'était pas certaine de l'exactitude des dessins. Tout était si vague.

Malgré tout, elle savait qu'elle n'aurait aucun souci à se faire. Dar lui avait dit de se laisser guider. La voix venait simplement de la reconnaître. Elle se demandait en revanche pourquoi elle ne s'était manifestée que maintenant. Cela faisait plusieurs jours qu'ils étaient entrés dans le territoire. Cela faisait même un certain temps qu'ils suivaient la direction du nord. La voix s'était manifestée à l'instant où ils avaient bifurqué nettement sur Arden. Ce n'était peut-être qu'une coïncidence, surtout que l'appel n'avait eu lieu qu'une seule fois, mais Ériana se permettait d'hésiter.

— On continue, dit-elle finalement en désignant la cité qui scintillait de ses lumières nocturnes.

— Tu es sûre que ça va aller ? demanda Noric, encore inquiet.

— Je n'ai fait que tomber dans le sable. Le sanctuaire des Eaux est par là. L'artefact, à Arden. Je dois d'abord trouver l'artefact et faire en sorte de ressentir mon *inha*. Ensuite, je me rendrai au sanctuaire.

— Avec nous, rajouta Jaedrin.

Il insistait encore, mais elle ne pouvait se résoudre à lui mentir une fois de plus, alors elle hocha simplement la tête, espérant que cela le satisferait. Elle ne voulait plus perdre de temps.

Noric l'aida à se relever puis prit la tête. Elle le laissa faire jusqu'à ce qu'ils soient sur la partie plane et repassa devant en arrivant près des remparts, ignorant délibérément la splendide tour qui se dressait à l'opposé. Son regard venait de se focaliser sur les silhouettes qui patientaient aux abords des doubles portes.

Les battants étaient fermés, ne laissant qu'un passage de dimension humaine dans celui de gauche. Elle avait eu raison en soupçonnant le conseil des Eaux de vouloir protéger sa cité. D'après leurs uniformes, les hommes en poste appartenaient à la Garde des Eaux. Les vêtements étaient en tous points semblables à ceux des soldats des Vents, en dehors de la couleur qui se rapprochait davantage d'un vert profond tirant à peine sur le bleu. Ériana compta quatre gardes devant la porte et en soupçonnait autant juste derrière. Il n'y avait aucune trace des personnes qu'elle avait vues errer devant la cité.

Elle glissa sa main dans sa poche pour vérifier que ses insignes s'y trouvaient et les enfonça encore plus profondément, comme si cela pouvait les faire disparaître. L'insigne de Desni était roulé au fond de son sac, sa grande robe blanche ne pouvant être dissimulée ailleurs. Noric avait fait de même avec son ruban. Jaedrin avait rangé le sien dans une des poches de sa veste.

Elle se retourna pour fixer les trois hommes. Chacun avait revêtu son manteau et relevé sa capuche pour dissimuler les reflets de ses cheveux. Seule Ériana avançait tête découverte. C'était ce qu'ils avaient décidé lors de la descente.

Derrière eux se dessinait la dune de laquelle ils avaient émergé. Les gardes les avaient forcément aperçus. Ils avaient peut-être même été témoins de sa chute, mais, dans l'ombre, avaient pu ne pas distinguer grand-chose.

Deux des gardes étaient postés de chaque côté du petit passage. Un autre allait et venait devant pendant que le dernier patientait à côté d'une alcôve dissimulée dans le rempart.

— Votre identité, dit le soldat de l'alcôve.
— Rebecca Grahm, lança-t-elle au hasard.

— La raison de votre présence ici, poursuivit le soldat en attrapant un énorme livret.

Elle avait eu raison de croire que d'entrer dans Arden ne serait pas facile. Néanmoins, si elle s'était mise dans le rôle d'une mage des Eaux, elle devait le jouer jusqu'au bout.

— Dois-je vraiment m'expliquer pour retourner chez moi après des mois de voyage ?

— Vous vivez à Arden ? demanda le soldat sans montrer que sa remarque l'avait déstabilisé.

— J'y vivais il y a quelque temps, j'y reviens aujourd'hui. Et j'aimerais que ça ne prenne pas toute la nuit. Comme vous le voyez, mes compagnons et moi avons préféré continuer à marcher pour arriver le plus vite possible. Nous sommes fatigués.

— Ce sont vos serviteurs ?

Ériana se retint de lui demander de répéter. Même si elle ne comprenait pas réellement la question, elle avait envie de répondre non. Malgré tout, elle sentait que son affirmation leur éviterait les ennuis.

— Oui.

— Vous êtes mage ?

Elle hocha la tête et le regard du soldat oscilla entre elle et les autres derrière elle. Apparemment, quelque chose dans leur style vestimentaire ne lui plaisait pas.

— Il me faut leurs noms.

Elle fit signe aux autres d'avancer. Chacun donna sa fausse identité mais ce fut davantage le fait de les voir prendre la parole que la consonnance des noms inventés qui surprit le garde.

— Nous pouvons y aller ? demanda Ériana avec lassitude.

— Si vous avez vécu à Arden, vous savez que je dois fouiller vos affaires.

— J'avais espéré qu'à une telle heure nous nous passerions des formalités.

— J'obéis aux ordres.

— Vous ne pourriez pas faire une exception ? Nous sommes vraiment épuisés.

— Aucune exception. Encore moins depuis...

— Hé ! Fais attention à ce que tu dis ! lança le garde qui faisait des allées et venues devant le passage.

— Quoi ? Elle est mage. Elle a le droit de savoir. Ils sont tous au courant, à la Tour.

— Mais eux, non, ajouta le soldat en direction de Jaedrin et des autres.

Ériana ne pouvait pas laisser passer une telle occasion. Elle s'interposa tout de suite.

— Que se passe-t-il à la Tour ? Mes collègues pourront me le dire à mon arrivée mais je perdrai moins de temps si je suis déjà au courant.

— Je ne peux pas vous en parler ici, répondit le premier garde. Attendez au moins que nous soyons entrés.

— Je ne fais que ça depuis tout à l'heure, dit Ériana en levant un sourcil.

Le garde fit signe à ses collègues, qui se décalèrent le temps de les laisser passer. Une fois de l'autre côté, Ériana jeta un rapide coup d'œil aux alentours. Devant les portes se dressait une immense fontaine d'où partaient trois rues. Les habitations étaient assez simples mais toutes revêtaient une apparence étrange, comme si des projections blanches recouvraient chaque mur. Une odeur marine lui pénétra les narines, elle l'associa au sel.

— Mage Grahm, il me faut votre sac.

Ériana mit un certain temps à comprendre que le soldat s'adressait à elle. Elle le fixa avec un dernier espoir. Il secoua la tête et elle ôta son sac pour le lui passer.

— Il vous faut mon arc, aussi, peut-être ? ajouta-t-elle sur un ton mordant.

— Non, je n'ai pas besoin de vérifier. Je vous fais confiance. Et je suis certain que vous êtes douée avec.

Elle ne savait pas si le garde disait ça pour lui faire plaisir ou parce qu'il en était vraiment persuadé. Dans un cas comme dans l'autre, elle préférait qu'il s'en tienne là. Elle n'aimait pas confier son arme à des inconnus et ce soldat était loin de lui inspirer confiance.

Lorsqu'il attrapa le sac, il fut surpris par son poids. Ériana lui lança un sourire pour prouver une fois de plus qu'elle n'était pas aussi fragile qu'il se l'imaginait.

— Qu'est-ce que vous transportez là-dedans ? s'exclama-t-il en commençant à défaire les sangles.

— Des vivres, des vêtements et des livres pour ma sœur.

— Vous avez une sœur à Arden ?

— Et je compte bien ne jamais vous la présenter si vous passez votre temps à interroger les gens de cette façon !

— Je l'ai sûrement déjà fouillée, répondit nonchalamment le soldat en sortant le manteau qu'elle avait mis en vrac sur le dessus.

Elle se contenta de marmonner quelque chose en regardant Jaedrin subir le même sort avec un autre soldat. Desni s'était mis en dernier dans la file. Il devait certainement penser à son uniforme de *Ploritiel* qui, même au fond du sac, pouvait à tout moment être dévoilé.

— Ce sont les livres en question ?

Ériana tourna les yeux vers le garde qui s'occupait d'elle. Il avait vidé la quasi-totalité du sac et tenait les livrets de Setrian en main. Tant qu'il n'essayait pas de les lire, elle ne craignait rien. Si, en revanche, il comprenait de quoi le contenu relevait, elle n'était pas certaine qu'ils s'en sortiraient sans affrontement.

Elle hocha la tête, faisant comme si les livrets représentaient peu pour elle. Son indifférence sembla convaincre le soldat qui remit tout à l'intérieur en prenant la peine de respecter l'ordre dans lequel il avait sorti les affaires. Ériana se demandait s'il ne faisait pas exprès de gagner du temps.

Quand il lui rendit son sac, Jaedrin était en train de renfiler le sien et c'était au tour de Noric. Le guérisseur aidait tant bien que mal le soldat en vidant ses poches extérieures. Ériana ne comprenait pas pourquoi il essayait de lui faciliter la tâche. Il n'y avait vraiment rien de compromettant dans le sac de Noric en dehors de son insigne, et Ériana l'avait déjà vu passer au milieu des autres vêtements. Le garde n'avait pas fait attention et c'était tant mieux pour eux.

Le soldat qui s'était occupé d'elle appela alors Desni mais Ériana lui fit signe de rester où il était.

— Vous aviez quelque chose à me dire au sujet de la Tour, dit-elle à voix basse.

— Ah, oui, répondit le soldat, presque déçu qu'elle n'ait pas oublié. Mais d'abord, il me faut la preuve que vous êtes bien mage des Eaux.

— Qu'est-ce que c'est que cette histoire ? Vous ne me croyez toujours pas ? dit-elle en désignant les reflets dans ses cheveux.

— Rien ne me dit que vous êtes celle que vous prétendez.

Ériana se mordit la langue en jetant un regard vers les autres. Jaedrin n'avait rien manqué de l'échange même s'il se tenait assez loin. Noric était en train de ranger ses affaires et c'était à présent au tour de Desni de poser son sac sur la table. Si elle ne trouvait pas une solution pour les sortir de là rapidement, ils allaient devoir entrer de façon peu protocolaire.

Le soldat se racla la gorge. Ce fut à ce moment-là qu'un détail dans son uniforme la percuta. Les trois virgules sur sa manche montraient qu'il était Troisième de la Garde, mais c'était surtout la couleur blanchâtre qui avait retenu son attention.

— Si je vous montre mon insigne, cela vous suffira-t-il ? lança-t-elle pour essayer de gagner du temps.

— Ah, c'est parfait ! s'exclama le soldat qui semblait rassuré. Si vous l'aviez proposé dès le début, je n'aurais même pas eu besoin de fouiller votre sac.

— Désolée, mais la dernière fois que j'ai quitté Arden, les gardes en poste aux remparts me connaissaient suffisamment pour ne pas avoir besoin d'une telle preuve. Alors, pendant que je cherche mes insignes, vous m'expliquez, pour la Tour ?

— L'artefact de notre communauté a été volé, chuchota-t-il. Du coup, les fouilles sont encore plus approfondies que d'habitude. Mais nous savons tous qui l'a volé. Simplement, ils n'ont encore trouvé aucune preuve.

— Ah oui ? dit Ériana, qui avait blêmi en entendant que l'artefact qu'elle voulait elle-même retrouver avait disparu.

— Ce sont ces mages qui viennent d'ailleurs. Ils participent à la rébellion, c'est sûr. Les rebelles ont sûrement voulu déstabiliser le conseil en dérobant *Erae* et ils se sont servis de ces mages pour réussir leur coup.

Ériana cessa de fouiller dans ses poches. Jusque-là elle n'avait eu aucune idée de la façon de nommer l'artefact. Elle se répéta le nom plusieurs fois pour le graver en sa mémoire et l'associa à ceux qu'elle connaissait déjà. *Eko. Dar. Erae.* Elle avait presque hâte de découvrir celui des Feux.

— Je comprends votre surprise. Quand vous êtes partie, la rébellion n'existait sûrement pas.

— Effectivement, répondit Ériana, soulagée que le soldat ait mal interprété son absence. Vous pouvez m'en dire plus ?

— Ce sont les serviteurs qui veulent retrouver un statut de mage. Vous imaginez un peu ? S'ils redeviennent tous mages ? Ça n'aurait aucun sens !

Ériana hocha la tête, faussement intéressée. Ce qui n'avait pas de sens pour elle, c'était ce que lui racontait le garde.

Elle ne comprenait pas le lien entre les serviteurs et les mages, ni cette histoire de statut. En revanche, le regard que lui lançait Desni était éloquent. Le soldat avait déjà fouillé la moitié de son sac. Peut-être qu'il ignorerait le vêtement comme il l'avait fait pour Noric, mais cet insigne-là était bien moins discret.

Ses doigts se crispèrent sur ses gants. Ériana n'avait plus vraiment le choix. Elle espéra que l'obscurité en ternirait le blanc. À la seule clarté orangée des torches à proximité, le bleu du symbole des Vents pourrait peut-être se confondre avec l'émeraude de celui des Eaux. Si l'homme ne vérifiait pas le dessin, elle était sauve.

— Ah, le voilà, dit-elle en serrant seulement un de ses gants dans sa main. Et, ces mages qui viennent d'ailleurs, vous en savez quelque chose ?

— Il paraît qu'ils sont d'un autre territoire. J'ai un ami qui travaille dans la Tour, je crois qu'il m'a dit qu'ils étaient des Vents. quatre adultes et une gamine.

Ériana se figea. Elle était en train d'enfiler l'insigne mais ne pouvait pas laisser transparaître l'effet que lui faisait cette nouvelle. Ce que venait de révéler le garde prouvait que l'équipe de l'Ouest était toujours à Arden. Mais s'ils étaient mêlés à une sorte de rébellion et donc au vol de l'artefact des Eaux, il était encore plus nécessaire de se faire discret.

— Je comprends vos réticences à faire de nous une exception, dit-elle en ajustant le tissu autour de ses doigts. Voilà mon insigne, ajouta-t-elle en agitant sa main devant le garde. Si vous voulez bien dire à votre collègue de nous laisser passer maintenant.

— Il a presque fini avec le dernier sac. Je le laisse terminer. Mais je n'ai pas bien vu votre insigne, s'il vous plaît.

Le message de sa main tendue était clair. Il ne les laisserait pas passer sans avoir vérifié. Ériana fit un rapide calcul. Les trois gardes postés devant le rempart, celui qui fouillait Desni et les deux autres qui bavardaient à côté réagiraient lentement. À eux

413

quatre, ils auraient peut-être assez de talent pour s'en débarrasser, mais ce n'était pas ce qu'elle appelait de la discrétion.

— *À mon signal*, lança-t-elle par *inha'roh*.

Elle plaça sa main dans celle du soldat et dirigea l'autre vers la sangle de son arc. Elle avait encore une chance, celle que le garde confonde les couleurs et les symboles. Quand celui-ci prit une inspiration pour parler, elle sut que c'était fini. Ils n'avaient plus aucun moyen de passer sans avoir recours à la force. Elle était intérieurement désolée de devoir en arriver là.

— C'est bon, je vous laisse tranquille, répondit-il avec un sourire en lâchant sa main.

Ériana s'était apprêtée à tirer sur sa sangle et à émettre son signal. Noric s'était même déjà détourné dans l'optique d'une attaque. Il fit un bruit étrange, comme s'il ne comprenait pas ce qui arrivait. Elle aurait pu faire de même. Vu l'insistance du garde à observer son insigne, elle était persuadée qu'il n'avait pas pu confondre le symbole. Elle releva rapidement sa main devant elle, les couleurs ternies par le manque de lumière, et ne put retenir un cri de surprise.

— Oui, j'ai pensé la même chose en le voyant, reprit le garde. Les couleurs ne sont pas très belles. Mais si vous êtes partie depuis longtemps, c'est peut-être normal. Il me semble avoir entendu des mages en parler. Quelques jours dans notre belle Arden et tout sera redevenu comme avant.

Ériana se contenta d'acquiescer, trop stupéfaite pour dire quoi que ce soit. La blancheur de son gant était toujours intacte. La couleur bleue s'était légèrement altérée mais ce n'était pas ce qui la sidérait le plus.

— C'est bon, laisse-le ! appela le soldat en direction de son confrère.

Ériana détourna les yeux de son insigne. Desni venait de se détendre comme un arc avec lequel on aurait été prêt à tirer. Le prochain vêtement que le soldat s'était apprêté à sortir était sa robe blanche de *Ploritiel*.

Rassurée que la situation tourne en leur faveur, Ériana fit quelques pas de côté pendant que les autres la rejoignaient. Desni remit toutes ses affaires dans son sac à la hâte.

— Bon retour chez vous, lança le garde en la voyant partir.

Ériana se contenta d'incliner la tête et emprunta une rue au hasard, accélérant vivement le pas dès qu'ils furent hors de vue. Les autres la suivirent sans rien dire. Quand elle s'arrêta enfin, ils lui bondirent presque dessus.

— Comment est-ce que tu as fait ? demanda Jaedrin. Tu as développé une nature illusionniste sans nous en parler ?

— Non, répondit-elle presque sans voix en fixant de nouveau le symbole. Je crois que j'ai développé autre chose, mais sans m'en rendre compte.

Elle tendit la main au milieu du petit cercle qu'ils formaient. Chacun se pencha au-dessus, aucun ne parvenant à dissimuler son incompréhension.

— C'est… commença Jaedrin.

— Forcément, coupa Desni. Sinon il n'aurait jamais cru qu'elle était bien d'ici.

— Mais comment est-ce possible ? souleva Noric. Tu aurais dû sentir quelque chose, non ?

Ériana secoua la tête pour faire entendre qu'elle n'avait pas la moindre idée de la façon dont la chose avait pu se produire. Dans un sens, elle se moquait des explications. Elle savait juste que cette nouveauté leur avait permis d'entrer dans Arden sans encombre.

Elle releva sa main devant ses yeux, observant une nouvelle fois la forme qui y était brodée. Une spirale s'étalant entre deux ondulations.

Le symbole des Eaux.

39

Elle fixait intensément le symbole, sans parvenir à y croire. Le phénomène était aussi inexplicable que lorsqu'il s'était produit à Lapùn. Elle sortit immédiatement son autre gant et retrouva la première modification qui avait eu lieu, là où le symbole des Vents avait laissé place à celui des Terres. Dar avait expliqué que c'était sa communion avec l'élément qui avait déclenché la fusion de ses éléments. La même chose avait dû se produire pour les Eaux, sauf qu'elle ne voyait pas à quel moment elle avait pu être suffisamment proche de l'élément ou de l'artefact pour entrer en symbiose avec.

— On la trouve, cette auberge ? demanda Jaedrin, la ramenant à elle.

— Il faudrait, finit-elle par dire en rangeant son gant. Il y a beaucoup de choses dont nous devons parler.

— Au sujet de ces mages qui viennent d'ailleurs, je suppose ?

— Vous avez tous entendu, n'est-ce pas ? demanda-t-elle. Vous pensez qu'ils pourraient être derrière cette rébellion ?

— De ce que j'ai compris, les rebelles se seraient servi d'eux pour accéder à l'artefact. Mais c'est assez illogique. Hajul ne pourrait pas se liguer à une association de rebelles dans un territoire étranger seulement pour récupérer un objet.

— Et s'il pensait que cet objet était important ?

— Alors il aurait fait en sorte de le garder avec lui.

— C'est peut-être le cas... murmura-t-elle. Peut-être ont-ils *Erae* avec eux.

— Pour en être certain, il faudrait les trouver, dit Jaedrin. Et nous ne pourrons pas le faire en restant là. Cherchons d'abord un endroit où passer la nuit.

Pour une fois, Ériana laissa les trois autres agir à sa place. Tout était encore confus pour elle. L'apparition du symbole des Eaux était trop précoce, l'artefact ne l'avait appelée qu'une seule fois. Elle regrettait aussi l'absence de Setrian, qui aurait certainement trouvé une explication.

Noric trouva finalement une auberge. La salle commune était calme : seule la moitié des tables étaient occupées. Les clients saluèrent poliment Ériana pendant que Noric était au comptoir. Des regards les suivirent lorsqu'ils montèrent à l'étage. Ériana fit son possible pour les éviter.

Ils avaient pris deux chambres, malheureusement assez éloignées l'une de l'autre. Ériana partageait la sienne avec Jaedrin.

— Un bain est prêt pour nous dans la pièce au fond du couloir, lui dit-il. Tu devrais en profiter.

Elle venait de poser son sac au sol mais hésitait encore à défaire son arc et son carquois. Elle n'aimait pas s'en séparer dans des lieux inconnus. Elle avait même dormi avec les nuits passées.

— Vas-y, je surveille tout, dit Jaedrin.

Avant l'hiver, elle ne l'aurait jamais cru. Aujourd'hui, elle savait qu'il se servirait de l'arc si la situation le nécessitait. Il possédait aussi une dague et avait montré qu'il savait la manier. Lorsqu'ils avaient semé le chaos dans le bataillon à proximité d'*Elpir*, Jaedrin avait tué un soldat avant que celui-ci ne réussisse à donner l'alerte. C'était à ce moment-là qu'elle avait compris à quel point il avait changé.

Elle détacha son arc et son carquois et les posa sur le lit. Jaedrin s'installa à côté et rapprocha sa main du carquois. Le geste était peut-être inconscient, mais elle était heureuse qu'il l'ait fait. Jaedrin s'était mis en tête de la protéger d'ici à ce que Setrian revienne. Son attitude la touchait profondément, même si le voir agir ainsi lui rappelait celui qui aurait normalement dû être à ses côtés.

Elle trouva rapidement la pièce dont il avait parlé et, une fois déshabillée, plongea dans l'eau presque trop chaude pour elle. Elle ne devait pas traîner, surtout si les autres voulaient eux aussi profiter du temps que l'aubergiste leur avait accordé avant le repas. Elle se lava aussi vite que possible et s'enroula dans le tissu laissé à disposition. Quelqu'un frappa à la porte avant qu'elle ait pu s'habiller. Sûrement Jaedrin.

— Je me dépêche !

Elle se dirigeait vers ses vêtements lorsqu'un cliquetis la fit s'interrompre. Elle était pourtant certaine d'avoir fermé le verrou.

— Je sors bientôt, dit-elle un peu plus fort en attrapant son pantalon.

Le cliquetis se fit plus hargneux et ce fut le signal que quelque chose n'allait pas. Jaedrin n'aurait jamais cherché à déverrouiller la porte alors qu'elle se trouvait encore dans la pièce. De même pour Noric et Desni. Elle tenta aussitôt un *inha'roh* avec eux mais son lien ne trouva aucune réponse. Peut-être Desni avait-il enfin établi ce bouclier de protection, mais son instinct lui disait d'écarter cette solution.

Elle hésita à appeler de l'aide. Si elle criait, celui qui s'évertuait à entrer saurait qu'elle avait compris. Elle devait garder l'avantage de la surprise.

La pièce ne comportait qu'une seule fenêtre. Elle pouvait toujours sauter du premier étage sans risquer grand-chose, mais ce réflexe n'était plus valable. Lorsqu'elle avait eu recours à ce genre de fuites, elle était seule. Aujourd'hui, elle faisait partie d'une équipe. Si elle était en danger, alors les autres aussi. Elle devait impérativement les prévenir.

Un bref regard lui confirma qu'en dehors de la chaise elle ne disposait de rien pour se défendre contre l'intrus qui continuait à lutter avec le verrou. Elle ne pouvait pas non plus espérer se servir de son *inha* des Terres alors qu'elle se trouvait au premier étage, sans lien physique avec l'élément et, de toute façon, elle ne se voyait pas déclencher un énième tremblement de terre sans mettre toute la cité au courant.

Sous impulsion, les Vents lui auraient été utiles, mais tant que son *inha* ne la sentirait pas en danger, il resterait tapi en elle. Le dernier atout potentiel était un miroir accroché au mur. Elle oublia l'effet de surprise qu'elle voulait créer et s'empara de la chaise pour frapper le miroir. La surface se fendit.

Le cliquetis dans la serrure redoubla et Ériana frappa une nouvelle fois. À sa troisième tentative, un morceau de miroir tomba par terre. Il était petit mais suffisamment acéré pour servir d'arme. La porte s'ouvrit à ce moment-là et Ériana s'empara du débris juste à temps pour transpercer les chairs de l'homme qui se précipitait sur elle. Celui-ci recula d'un coup mais la blessure devait être superficielle car il avança à nouveau.

Ériana bondit de côté pour éviter le couteau qu'il tenait. L'homme aurait pu s'apparenter à un soldat de la Garde, mais sans uniforme. Il était entièrement vêtu de noir. Même ses cheveux étaient recouverts d'un tissu. Elle ne comprenait pas pourquoi il s'en prenait à elle, mais elle n'avait pas de temps à perdre en conjectures. Son adversaire s'approchait déjà en faisant aller sa lame d'un côté à l'autre.

Elle passa derrière la baignoire, espérant que l'obstacle ralentirait son adversaire, mais celui-ci mit les pieds dans l'eau sans se poser de questions. Une chose était sûre, il était là pour la capturer vivante, sinon il l'aurait déjà éliminée à son entrée dans la pièce. Ériana, elle, n'avait plus qu'une issue.

Son petit morceau de miroir n'était pas très efficace. Elle ne pouvait que se défendre. Elle sentait pourtant que son adversaire hésitait et que son regard descendait régulièrement plus bas sur elle. Ériana fulmina en réalisant que, dans l'agitation, le linge qui l'entourait était tombé.

C'était une arme qu'elle aurait pu utiliser, mais elle n'avait pas le temps d'élaborer une stratégie. Son *inha* ne semblait toujours pas se manifester et, en apercevant la chaise, elle se dit que celle-ci serait son dernier secours. Quand elle put enfin l'attraper, l'homme parut changer d'avis sur l'objectif de sa mission. Son expression était devenue féroce et il s'élança vers elle.

Malgré tous ses efforts pour garder la chaise en main, il la lui arracha violemment. Le morceau de miroir tomba au sol en même temps et son adversaire s'écrasa contre elle, la plaquant contre le mur. D'un geste brusque, il l'attrapa par la taille et la souleva à sa hauteur. Les pieds d'Ériana touchaient à peine le sol, elle ne tenait que grâce à la pression qu'il maintenait sur elle.

Ériana se demanda comment le bruit n'avait rameuté personne. Elle tenta une inspiration pour appeler à l'aide, mais sa gorge était trop compressée pour émettre autre chose qu'un murmure. Ses tentatives de lutte restèrent vaines également. L'homme continuait à s'appuyer contre elle.

Sa seule défense gisait à quelques pas et elle n'avait aucun moyen d'atteindre les autres fragments de miroir.

Elle sentait la lame froide du couteau dans son dos, pressée entre elle et le mur de façon à ne pas la blesser, mais celle-ci commençait à remuer doucement.

Un bruit assourdissant emplit soudain la pièce. Les yeux de l'homme s'arrondirent en même temps que du sang giclait au visage d'Ériana et que ses cheveux s'envolaient autour d'elle. Une étrange chaleur se répandit sur son ventre puis son adversaire, inerte, chuta en arrière.

Ériana s'effondra au sol. Elle ignora la brûlure de sa peau contre le mur et la coupure provoquée par le couteau pour chercher la raison de ce qui s'était produit. Il n'y avait personne d'autre dans la pièce, pourtant, l'homme était bel et bien mort.

Elle se pencha au-dessus de lui. Un morceau de miroir dépassait de son front. Il était entré par l'arrière de la tête et l'avait traversée. D'autres débris avaient fait de même au niveau de l'abdomen, expliquant la chaleur qu'elle avait ressentie sur elle. Elle baissa les yeux : elle était couverte de sang.

Par terre, plus aucun fragment de miroir ne gisait nulle part. Ils étaient tous enfoncés dans la poitrine, le ventre et le crâne de l'homme à ses pieds.

Son *inha* des Vents s'était réveillé au dernier moment.

Des bruits de pas résonnèrent alors dans le couloir. Ériana délogea sans ménagement le morceau de miroir qui dépassait du front du cadavre. Mais ce fut Jaedrin qui pénétra dans la pièce, lui aussi couvert de sang. Elle accourut vers lui avec soulagement.

— Tu as l'air de t'en être sorti, dit-elle sans chercher d'explications.

— Je pourrais te dire la même chose, répondit-il en fixant le cadavre miroitant.

— Mon *inha* des Vents m'a tirée d'affaire.

— Quoi qu'on en dise, tu es et tu resteras des Vents, quels que soient les ajouts qui ont été faits par cette maudite prophétie.

La fureur de Jaedrin transpirait dans chacun de ses mots. Ériana avait du mal à ne pas s'inquiéter de cette nouvelle personnalité en le voyant couvert de sang et sans le moindre remords.

— Il faut qu'on sorte d'ici, dit-elle. Noric et Desni…

— Ils vont bien, coupa-t-il. C'était toi qu'ils cherchaient.

— Mon *inha'roh* n'a pas fonctionné, poursuivit-elle en attrapant ses vêtements.

— Les miens non plus, mais je crois que quelqu'un peut nous donner une explication. Reste ici, je reviens tout de suite. Ne sors de cette pièce sous aucun prétexte.

Jaedrin la laissa seule avec le cadavre. La baignoire était toujours pleine, l'eau, sale du passage de l'homme avec ses chaussures. Elle essuya sommairement son visage et son corps avant de s'habiller. Elle venait juste de remettre son collier lorsque Jaedrin revint avec Noric, Desni et leurs sacs à dos. Une quatrième personne entra derrière eux, vêtue entièrement de vert. Ériana resta interdite. Elle était certaine de l'avoir déjà vue quelque part.

Le nouveau venu la regardait avec stupeur. Il devait rester du sang sur son visage. Elle attrapa son arc et son carquois, lancés par Jaedrin, et les sangla

423

en un instant. L'inconnu ne lui avait toujours pas adressé la parole.

Elle remarqua alors des taches sombres sur le vêtement vert émeraude, signes d'un autre combat au corps à corps. L'immense toge lui rappelait celles qu'elle avait pu apercevoir sur les gens errant aux alentours de la cité, mais c'était davantage la posture de l'homme qui l'intriguait. Juste à côté, Desni se tenait exactement de la même façon.

— Val ? tenta-t-elle.

— Heureux que tu te souviennes de moi, répondit l'homme avec un sourire furtif. Dès que j'ai su que vous étiez là, je suis immédiatement parti à votre recherche. Je craignais d'arriver trop tard, ce qui est effectivement le cas, mais je vois que vous avez su vous en sortir. Le seul problème reste de quitter les lieux. Il va falloir passer par là, dit-il en désignant la fenêtre.

Ériana grimaça en commençant à se rapprocher. Les brûlures dues à sa glissade le long du mur étaient plus importantes que ce qu'elle aurait cru et l'entaille dans son dos commençait à se réveiller. Val ouvrit la fenêtre et siffla doucement. Un léger son lui parvint en retour.

— Quelqu'un vous attend en bas. Il vous passera des vêtements. Vous le laissez les nouer, c'est assez compliqué. Vous aurez une drôle de sensation en les enfilant. Soyez prudents en sautant, l'étage est assez haut.

Ériana se pencha la première. Un rebord en dessous permettait de limiter la hauteur du saut. Avec l'aide de Val, elle se laissa glisser jusqu'à le sentir sous ses pieds. Puis elle regarda une dernière fois en arrière et sauta. Quand elle atterrit au sol, une main la tira aussitôt sur le côté.

— Tenez, coincez ça ici !

Une silhouette enveloppée dans une étoffe verte s'agitait autour d'elle. Elle était désormais certaine qu'il s'agissait de la même tenue que celle des individus aperçus devant la cité. L'homme glissa le tissu en plusieurs endroits et termina en passant un morceau similaire dans ses cheveux. Ils étaient parvenus à dissimuler l'arc mais l'arme dépassait encore légèrement. Ériana avait catégoriquement refusé de s'en séparer même si, maintenant que tout était recouvert, elle se demandait comment y accéder.

Après avoir sauté, tous furent ainsi vêtus les uns après les autres. Val réarrangea sa propre tenue.

— Tenez-les à la main, murmura-t-il en leur passant les sacs qu'il avait jetés par la fenêtre. Si on vous pose des questions, gardez les yeux baissés et dites que vous transportez les affaires de vos mages.

Val prit immédiatement la tête du groupe. Il semblait connaître le chemin par cœur. Noric et Desni le suivaient de près, Jaedrin juste derrière. Ériana resta auprès de l'inconnu qui fermait la marche.

— Qui êtes vous ? chuchota-t-elle lorsque Val s'arrêta à un croisement le temps de vérifier les alentours.

L'homme la fixa dans les yeux et elle ressentit une certaine familiarité avec lui. Elle projeta alors son *inha* et, contre toute attente, put affirmer qu'il appartenait aux Eaux.

C'était une fois de plus incompréhensible. Elle n'aurait pas dû pouvoir affirmer une telle chose. Personne ne lui avait encore appris à entrer en contact avec cet élément. Son *inha* des Eaux était là, mais elle n'aurait jamais dû pouvoir s'en servir, encore moins en ressentir les effets. Elle n'avait eu aucune proximité avec l'artefact. Elle n'était à Arden que depuis quelques heures mais elle pouvait certifier que cette personne était des Eaux. Encore mieux, elle *savait* que l'homme était messager, mais cette sensibilité entre natures lui avait déjà été expliquée par Setrian et Rivinen.

— Vous êtes un messager des Eaux, dit-elle. Quel est votre nom ?

L'inconnu sembla hésiter.

— Erkam.

— Très bien, Erkam. Je suis Ériana, mais quelque chose me dit que vous le savez déjà.

— L'équipe de l'Ouest m'a parlé de vous et Val m'a donné votre description complète avant d'arriver à l'auberge.

— Est-ce que l'équipe va bien ?

— Autant que possible vu la situation. Mais nous vous expliquerons plus tard. Je suis content de vous rencontrer.

Ériana avait du mal à comprendre comment un parfait inconnu pouvait éprouver un tel soulagement, mais elle supposa que l'équipe de l'Ouest en était responsable. Si Hajul avait fait confiance à ce messager des Eaux, elle lui faisait confiance également.

— Vous vous demandez sûrement pourquoi, ajouta-t-il devant sa perplexité.

— Récemment, ma présence a rarement été désirée, répondit-elle amèrement.

Un temps de silence passa au cours duquel Val leur indiqua à tous de se remettre en chemin. Erkam attendit l'arrêt suivant avant de reprendre la parole.

— Je vais être honnête, votre présence ici est un énorme problème.

— Je ne compte pas rester longtemps, coupa Ériana. Juste le temps de récupérer *Erae*. Mais j'ai cru comprendre qu'il avait été dérobé par des rebelles. Il y avait aussi une histoire selon laquelle l'équipe de l'Ouest y aurait été mêlé.

— Les rumeurs vont vite, grinça Erkam entre ses dents.

— J'en déduis qu'elles sont fondées.

— L'équipe de l'Ouest est effectivement mêlée au vol d'*Erae*. Et Val a infiltré la rébellion. Heureusement pour vous, d'ailleurs, car sans ça vous seriez tous morts à l'heure qu'il est.

Ériana était encore sidérée par ces révélations quand ils arrivèrent dans un lieu plus dégagé. Elle releva alors les yeux sur un splendide édifice blanc et émeraude. Ils étaient au pied de la Tour des Eaux.

Ils n'avaient malheureusement pas le temps de profiter du spectacle et contournèrent la tour en longeant la place miroitante jusqu'à un passage très étroit. Ériana suivit le mouvement et se retrouva brutalement dans l'obscurité.

— C'est bon, nous y sommes, chuchota Erkam par-dessus un bruit de porte.

Val alluma une torche au-devant et un long couloir se révéla à eux.

— Les tenues que vous portez sont celles des serviteurs de la Tour des Eaux, commença-t-il. Je n'ai pas le temps d'expliquer, mais quoi qu'il arrive, gardez les yeux rivés au sol. Si jamais je me fais intercepter, c'est Erkam qui vous guidera. Il a l'habitude.

Ériana approuva comme les autres, ils n'avaient de toute façon pas vraiment le choix. Val semblait sûr de ce qu'il avançait. Il avait l'air de connaître Erkam, ou en tout cas de lui faire confiance. Beaucoup de choses avaient dû se produire depuis l'arrivée de l'équipe de l'Ouest à Arden.

— Vous êtes bien messager des Eaux, n'est-ce pas ? demanda-t-elle lorsque la colonne s'ébranla à nouveau.

— L'autre équipe tient à me désigner de cette façon, mais je crains que, pour le moment, ce ne soit pas encore le cas. Je suis passeur. Serviteur-messager si vous préférez. Contrairement à vous, je ne porte pas cet uniforme pour cacher mon identité. C'est ma tenue de travail.

Elle avait déjà entendu le terme deux fois, avec les gardes aux remparts et avec Val à l'instant, mais elle ne lui donnait toujours aucun sens. Peut-être Erkam voulait-il signifier qu'il était au service de la Tour, mais elle était pourtant certaine qu'il était mage.

— Vous avez une énergie messagère en vous. Vous êtes forcément messager.

— Si je n'étais pas recouvert d'*empaïs*, ce serait le cas.

Son ton défaitiste conclut la conversation.

Le passage obliqua sur leur droite et se transforma en escalier avant de reprendre sa ligne droite. Les murs semblaient faits de la même matière que la place qu'ils avaient contournée. Au bout du couloir, d'autres escaliers apparurent pour les faire remonter, en colimaçon cette fois. Trois autres allées s'éloignaient également.

— Nous ne pouvons pas tous aller au même endroit, dit Val en se tournant vers un des couloirs. Noric, Desni, vous venez avec moi. Jaedrin et Ériana, vous suivez Erkam. Vous logerez dans le dortoir vide mitoyen au sien. Nous vous y rejoindrons dès que possible.

Ériana n'aimait pas l'idée d'être séparée des autres membres de son équipe, mais elle devait avoir confiance en Val. Le protecteur savait ce qu'il faisait. Jaedrin et elle emboîtèrent le pas à Erkam dans la volée de marches menant à un petit dortoir désert.

Alors que jusqu'à présent tout avait semblé similaire à la Tour des Vents, l'étroitesse de la pièce la frappa. Huit lits étaient serrés les uns contre les autres. Il n'y avait ni fenêtre ni mobilier d'agrément en dehors des couchages et des casiers attenants. Ériana laissa à peine le temps à Erkam de refermer la porte derrière eux.

— Maintenant, je veux des explications.

40

Setrian allait et venait entre les tentes où il devait retrouver Brom. Il préférait ne pas rester statique pour ne pas éveiller les soupçons. De plus, une fine pluie tombait depuis la mi-journée : il avait besoin de se réchauffer.

La nuit était déjà là, mais il y avait encore beaucoup de mouvement. Le bataillon s'était arrêté tard, les journées de voyage avaient été rallongées et les temps de pause diminués. Apparemment, le bataillon qu'ils essayaient de rejoindre aurait été frappé par une étrange attaque, aussi courte qu'anonyme. Ils devaient se presser.

Cela ne dérangeait pas particulièrement Setrian, bien au contraire. Ils atteindraient plus rapidement l'ouest du territoire, ce qui lui permettrait de s'échapper de cette armée plus vite qu'il ne l'avait espéré. Grâce à la surveillance d'Irina, il avait déjà réuni beaucoup d'informations sur le lien entre le *Velpa* et l'armée na-friyenne. Certains détails l'empêchaient parfois de trouver le sommeil.

— Setrian! Où es-tu?

La voix grave de Brom, même au milieu de l'activité du campement, était facilement reconnaissable.

— Juste là, j'arrive, répondit Setrian en contournant la tente.

Il tendit la main au prisonnier et celui-ci la serra nerveusement. Il semblait beaucoup moins serein que d'habitude.

— Il y a un problème. C'est Til.

Setrian fronça les sourcils. Cela faisait six jours que Tilène piochait discrètement dans les rebuts d'outils tout en assurant son supplément de service dans la tente d'Irina. Jusqu'à présent, tout avait parfaitement fonctionné. Setrian l'avait même aidée à quelques reprises.

— Que se passe-t-il exactement?

— Tu comprendras mieux en voyant par toi-même.

— Il me faut le manteau.

— Tu n'en auras pas besoin, dit Brom en secouant la tête.

Le sang de Setrian se glaça. Brom comptait l'emmener dans une zone où ils avaient parfaitement le droit d'être tous les deux, côte à côte, sans s'attirer la colère des mages du *Velpa*. Ils étaient peut-être même expressément invités à se rendre dans cet endroit.

— Ils ne vont pas oser, dit-il en blêmissant. Elle n'a que seize ans.

— Je crois que l'âge leur importe peu, répondit Brom en désignant un passage sur leur gauche.

— Ils en ont surpris d'autres avec elles ? demanda Setrian en se mettant à courir.

— Non, elle est seule.

Plus ils avançaient, plus le campement devenait silencieux. Pourtant, ils croisèrent de nombreuses personnes les imitant. C'était d'ailleurs l'une des rares fois où Setrian voyait autant de soldats se rendre sur le lieu réservé aux châtiments des prisonniers.

Chaque soir, lorsqu'ils établissaient le camp, une zone circulaire était dégagée. Un pieu vertical y était planté, deux cercles de métal servaient de menottes. Ils avaient été utilisés les cinq derniers soirs mais chaque fois, seuls les prisonniers étaient présents.

— Je me demande bien pourquoi il y a autant de soldats, marmonna Brom entre ses dents.

— Parce que ce sont eux qui ont dû signaler le… commença Setrian, qui pâlit devant le monde.

Brom et lui se frayèrent un chemin parmi la foule. En arrivant au premier rang de spectateurs, Setrian manqua de s'effondrer. Il s'était préparé à la scène, mais la voir réellement le bouleversait.

Til était à genoux dans la boue, à quelques pas du pieu qu'elle ne pouvait pas déplacer. Ses mains étaient menottées dans son dos, sa tête relâchée en avant. Les larmes se devinaient sur ses joues. Les reflets orangés de ses cheveux n'avaient jamais été aussi faibles. Setrian soupçonna les mages d'avoir appliqué encore davantage d'*empaïs* sur sa robe. Le tissu était plus terne et délavé que d'habitude.

Alors qu'il considérait l'horrible spectacle, un violent coup dans les reins le fit presque tomber en avant. Brom le rattrapa par le bras et Setrian se retourna pour voir qui l'avait frappé. Un groupe de soldats les regardait avec un sourire narquois.

— Écoutez bien, vous deux, que vous reteniez la leçon, dit le plus costaud. Ce que vous faites entre vous, on s'en fiche. Mais quand vous vous en prenez à nos affaires, voilà ce qui se passe.

Setrian tourna les yeux vers ce que désignait le soldat. Il pâlit encore davantage. Habituellement, c'était le mage auprès duquel servait le prisonnier qui assénait les punitions. Ce soir, Irina était simplement postée à côté du Commandant. D'une façon ou d'une autre, elle avait dû se décharger de sa tâche.

Aujourd'hui, celui qui était armé était soldat. Grand et corpulent, son corps n'était que muscles et puissance. La largeur de ses bras égalait facilement la taille de Tilène et le fouet dans ses mains était d'une finesse ridicule en comparaison.

Comme pour prouver sa capacité à manipuler le morceau de cuir, le soldat le fit claquer dans l'air. Le bruit sec les fit tous sursauter. Tilène cacha sa tête entre ses épaules. D'après les traces de boue sur ses genoux, elle avait déjà dû essayer de se détacher, vainement, étant donné le poids du pieu ancré dans le sol.

— Cette prisonnière a été surprise par mes soldats en train de voler des outils, vociféra soudain le Commandant. Sa tente est fouillée à l'instant où je vous parle. Peu importe qu'on y trouve quelque chose ou pas, le châtiment sera le même. Trente coups.

Un murmure se propagea dans la foule. En règle générale, les punitions ne dépassaient pas dix coups. Le Commandant abusait clairement de son autorité, mais si Irina n'intervenait pas c'était qu'elle était d'accord avec sa proposition.

Sauf que, pour Tilène, trente coups de fouet relevaient de la condamnation à mort. Elle était trop fluette pour en supporter autant. Sans assistance ni guérisseur, elle ne serait jamais capable de se remettre d'une telle épreuve.

Le Commandant fit signe au soldat qui s'avança vers Tilène et se mit à défaire les boutons dans le dos de sa robe. Tilène commença à se débattre mais l'homme la gifla brutalement. Elle ne remua plus lorsqu'il abaissa le haut de sa robe mais tenta de s'asseoir pour remonter ses genoux sur sa poitrine. L'homme l'attrapa par les cheveux et la remit à genoux, maintenant fermement son menton dans une main. Il aurait pu lui broyer la mâchoire tant sa poigne était forte. Puis il laissa glisser sa main sur la poitrine de Til pour l'écraser entre ses doigts. Setrian vit Til se mordre la joue pour éviter de crier. Il reconnaissait son courage mais savait que ce courage l'abandonnerait face au fouet.

Le premier coup, accompagné d'un grognement sourd, résonna dans la nuit. Le cri qui suivit les transperça tous jusqu'à leur âme. Le soldat avait mis dans son geste une force démesurée. Tilène n'avait pas pu se retenir. La surprise, associée à la douleur, avait rendu son cri encore plus strident.

Elle n'eut pas le temps de reprendre son souffle avant le coup suivant. Le cuir percuta d'abord son dos, s'enroulant autour d'elle jusqu'à son ventre, lui lacérant le bras au passage. Sa voix étranglée retentit à nouveau.

Le cri suivant s'acheva dans un sanglot. Au quatrième coup, Til tomba face contre terre ; quatre traces rouges lui rayaient le dos. Avant de poursuivre, le soldat la remit sur ses genoux tout en lui murmurant quelque chose à l'oreille.

Le cinquième coup résonna aussitôt, sa puissance telle que Til se retrouva à nouveau étalée au sol. Elle remonta ses genoux sous son ventre pour pousser dessus. Chaque mouvement lui déchirait davantage la peau. Ses gémissements se succédaient à rythme affolant. À peine fut-elle redressée que le sixième coup la prit par surprise, mais elle parvint à rester assise. Setrian se demanda de quoi l'homme l'avait menacée pour qu'elle lutte à ce point.

Ses gémissements se transformèrent en un cri rauque et continu, l'intensité ne changeant que lorsque le fouet entrait en contact avec sa peau. Setrian serrait les poings et les dents, retenant ses propres cris de rage, assez difficilement car les soldats dans son dos ne cessaient de le provoquer en murmurant des obscénités.

— Elle n'est pas un peu jeune pour toi ? lança un des hommes sur un ton révulsant. Ça pourrait être ta sœur. C'est peut-être même le cas.

— Til n'est pas...

Setrian s'interrompit. Il ne pouvait pas répondre aux soldats sans risquer de se compromettre.

— Til ? répéta le soldat. C'est son nom ? Je saurai comment l'appeler alors, lorsqu'elle sera dans ma tente. Hé, vous avez entendu ? On connaît le prénom de notre prochaine soirée ! Et toi, ajouta-t-il en direction de Setrian, je peux t'assurer qu'elle sera bien meilleure que toutes celles que j'ai eues jusqu'ici.

Le soldat débattait déjà de ce qu'il promettait à ses confrères. Setrian n'avait qu'une envie, le frapper jusqu'à ce qu'il se taise. Son *inha* bouillonnait en lui. Il espérait que l'obscurité cachait suffisamment le flou dans ses yeux. S'il se servait de son *inha*, il était mort. Les membres du *Velpa*, vu leur nombre, n'auraient aucun mal à le maîtriser. Sans parler de tous les soldats qui pourraient lui tomber dessus en un rien de temps.

Le cri de Til le ramena à la terrifiante scène devant lui. Elle gisait à présent au sol et ne se relevait pas. Setrian sentit une sueur froide lui parcourir le dos. Il réussit à murmurer une question à Brom tout en tentant d'ignorer les vulgarités que continuaient à proférer les soldats derrière eux.

— Combien est-ce qu'il en reste ?
— Dix-neuf.

Tilène n'avait même pas atteint la moitié du châtiment et elle était déjà trop faible pour se rasseoir. Ses sanglots étaient chaotiques, ses gémissements entrecoupés de hoquets inquiétants. Le soldat s'était arrêté le temps qu'elle se redresse, mais elle ne bougeait toujours pas. Peut-être avait-elle perdu connaissance, ce qui aurait finalement été salvateur. Peut-être que le Commandant estimerait que c'en était assez et qu'il interromprait le châtiment. Setrian avait peu d'espoir.

Le soldat sembla perdre patience et leva le bras pour asséner son prochain coup. Il jeta néanmoins un regard au Commandant pour demander confirmation. Quand ce dernier hocha la tête, Setrian ne put se retenir.

Le lien de cuir commençait déjà à fouetter l'air. Il s'abattit sur le dos de Setrian.

La confusion se répandit dans la foule, de même que du côté du Commandant et d'Irina. Meurtri, Setrian resta recroquevillé sur Til, qui était au bord de l'évanouissement. Le prénom de Léona fut prononcé quelque part sur leur gauche mais il était concentré sur Til.

— Se... Setrian ? murmura-t-elle faiblement, la joue écrasée contre la terre battue.

— Ne t'inquiète pas, répondit-il à voix basse. Je suis là, je te protège.

— Non... Tu ne peux pas...

— Si, je peux.

Tilène ne répondit plus, elle venait de perdre connaissance. Setrian se resserra encore davantage autour d'elle.

Brutalement, quelqu'un le tira par la chemise. Il s'attendait à voir le visage du soldat qu'il venait de défier mais fut surpris de découvrir celui d'Ernest. Le mage était dans une rage sans nom. Il secoua Setrian comme s'il voulait lui disloquer les membres.

— Puisque tu tiens tellement à la protéger, tu vas recevoir le châtiment pour elle !

Le soulagement l'envahit malgré la punition qui l'attendait. Il avait réussi à éviter le pire à Til. Il espérait seulement que quelqu'un s'occuperait d'elle le temps qu'il reprenne suffisamment ses esprits. Il croisa le regard de Brom, qui afficha un mélange de reconnaissance et d'inquiétude. Il aurait certainement voulu en faire autant.

Alors que Brom prenait Tilène dans ses bras sous la surveillance d'Ernest, Setrian sentit quelqu'un lui déchirer sa chemise. Les menottes lui furent passées aux poignets. Le coup suivit immédiatement. Setrian retint son cri. Il ne comptait pas le laisser s'échapper. Mais il avait fait peu d'efforts.

Le coup avait été moins puissant que ce que Til avait pu subir. Pourtant, le soldat n'avait aucune raison de se retenir. Il tourna brièvement la tête pour essayer de comprendre. Ses yeux croisèrent ceux de Leona.

La mage était devenue bourreau. La chose était logique, finalement. La moindre puissance des coups n'était due qu'à son manque de force.

Leona le regardait avec froideur. Elle était furieuse qu'il se soit interposé. Elle fit de nouveau claquer le fouet et Setrian se mordit la langue pour ne pas crier, accusant le coup en crispant ses muscles qui

437

commençaient déjà à souffrir. Le réflexe de contraction engendra une douleur supplémentaire mais il l'ignora et continua à fixer Leona.

Au coup suivant, l'expression de Leona se fit encore plus sévère. Elle baissa son bras et Setrian resta perplexe. Il en restait encore vingt-sept. Elle se pencha vers lui, faisant mine de le faire se redresser, mais en profita en réalité pour murmurer :

— Je me fiche de l'état dans lequel tu seras après, mes ordres sont toujours valables. Et si tu n'y obéis pas, je m'assurerai que cette gamine se réveille au beau milieu d'une tente de soldats sans avoir reçu le moindre soin.

Au cours des derniers jours, il avait commencé à prendre Leona en pitié. Il était clair qu'Irina la méprisait et ne faisait rien pour lui rendre la vie facile. Mais ce qu'elle venait de proférer à l'instant anéantit toute compassion, si jamais il en avait vraiment éprouvé.

Il la haïssait pour ce qu'elle faisait. Il la détestait pour qui elle était, pour cette menace permanente qu'elle maintenait sur lui, car elle avait été claire : s'il ne parvenait pas à rassembler assez d'observations, elle disposerait de lui de la façon la plus simple possible.

Les coups continuaient de pleuvoir. Setrian perdit le compte. Il lui semblait cependant qu'il avait dû dépasser les trente depuis un moment. Il se demandait s'il parviendrait à se retenir de crier encore longtemps. Il sentait de l'eau sur ses joues mais ne savait s'il s'agissait de la pluie qui avait redoublé d'intensité ou de ses larmes.

La douleur devint atroce et eut raison de son silence obstiné. Sa souffrance lui embrouillait l'esprit et il ne connaissait qu'une seule chose pouvant y mettre un peu de clarté. Une seule personne.

Dans un dernier instant de lucidité, il dirigea chacune de ses pensées sur Ériana. Il se représenta ses yeux verts, ses cheveux clairs et les reflets bleus qui y miroitaient. Les sangles de son arc, bouclées autour de son buste, et son regard captivant. La personne la plus forte qu'il ait jamais rencontrée et, pourtant, celle dont il avait dû s'éloigner.

Chaque coup le faisait davantage glisser sur les genoux, mais il n'y prêta plus attention. Sa vue commença à s'obscurcir. Son endurance était tellement mise à l'épreuve qu'il ne remarqua pas le tumulte dans son *inha* ni la nausée qui le prit d'un coup.

Lorsque le fouet arrêta de claquer et que Leona annonça qu'elle avait terminé, les mots lui parvinrent de façon très distante. Il s'autorisa enfin à tourner la tête pour remarquer que plus personne n'était présent. Leona quittait la zone, seule, le fouet à la main, sans lui accorder le moindre regard.

Setrian se laissa tomber à plat ventre, incapable de tenir plus longtemps. Son dos n'était plus que brûlures et lambeaux de peau. Il sentit un léger courant d'air sur ses chairs et se demanda comment son *inha* pouvait être encore assez éveillé pour lui prodiguer un tel réconfort. Peut-être que son esprit divaguait.

Sous lui, la terre moelleuse lui prodiguait comme un matelas et l'eau tombant sur sa peau semblait le meilleur des traitements de guérisseurs. Même Noric n'aurait pas pu faire mieux. Ériana, lui et les autres devaient être arrivés à Arden. Peut-être avait-elle même déjà appris à utiliser son *inha* des Eaux.

Il ferma les yeux pour ne plus penser qu'à elle. Le contact de la terre, le léger courant d'air et la pluie l'y aidaient. Il aurait voulu prononcer son prénom mais il n'en avait plus la force. La douleur devait lui retourner l'esprit car il lui sembla pourtant l'entendre par-dessus le bruit de l'eau gouttant autour de lui.

41

Ériana resta abasourdie par le récit d'Erkam. Finalement, elle aurait presque préféré ne pas savoir ce qui se tramait à la Tour des Eaux. Entre l'accueil méfiant qu'avait reçu l'équipe de l'Ouest et l'état de santé de Lyne qui se dégradait, elle se demandait comment la famille Huyeïl arrivait encore à tenir debout.

— Et qui étaient ces hommes en noir qui nous ont attaqués à l'auberge ? demanda-t-elle.

— Ces vêtements sont portés par certains rebelles.

— Je croyais que Val avait infiltré la rébellion. Pourquoi n'était-il pas en noir ?

— Val ne fait pas partie de cette... catégorie de rebelles.

Ériana fronça les sourcils. En soi, l'idée de se révolter contre les statuts des serviteurs était une bonne idée, mais quelque chose la gênait.

— La rébellion a malheureusement servi à certains mages mal intentionnés, expliqua Erkam devant son incompréhension. C'est la raison pour laquelle Val s'est introduit dans l'organisation. Il voulait découvrir si les soupçons de vos compagnons et de notre Grand Mage étaient fondés.

— Quels soupçons avaient-ils ?

— Le *Velpa* serait derrière cette rébellion.

— Comment est-ce possible ? s'exclama Jaedrin en bondissant sur ses pieds. Comment le *Velpa* pourrait désirer un objectif aussi noble que de libérer une partie de la population alors qu'ils passent leur temps à vouloir anéantir le reste de la Friyie ?

— Vu dans ce sens, je comprends votre perplexité. Sauf que le *Velpa* ne recherche pas la disparition du statut de serviteur. Ils s'en moquent, même, je dirais. Tout ce qui les intéresse est la façon d'y arriver. Les sources de Plamathée nous avaient déjà prévenus que la rébellion se fondait sur l'éveil du *inha* réducteur car c'est lorsque cette énergie a été supprimée que le statut de serviteur a été créé. Certains meneurs pensent que s'ils arrivent à créer un *Geratae*, le conseil aura peur et acceptera d'ôter l'*empaïs* de tous les serviteurs. Ils passent par l'oppression alors que c'est justement ce que nous subissons depuis des millénaires. C'est pour ça que j'ai refusé d'y participer. Seulement, je n'étais pas au courant des véritables desseins de ceux qui nous y invitaient.

— Mais que vient faire Val là-dedans? demanda Ériana. Comment a-t-il pu infiltrer cette rébellion si le *Velpa* y est mêlé? Il a pris des risques inconsidérés! Et si quelqu'un l'avait reconnu? Ou mentionné à un autre membre du *Velpa* par *inha'roh*? Je sais que nous évitons les contacts de pensée à distance parce que nous n'avons ni l'énergie ni la protection nécessaires, mais le *Velpa* doit certainement moins s'inquiéter que nous à ce sujet.

— Les mages dissidents de votre Tour appartenaient tous aux Vents, à ce que j'ai compris. Il en va de même pour nous. Il n'y a que des mages des Eaux dans cette Tour à l'exception de vos deux équipes.

— Mais ils savent pertinemment que Val est des Vents!

— Non, ils ne le savent pas. Val s'est fait passer pour un serviteur. Dès l'instant où il a voulu infiltrer la rébellion, il a demandé mon aide. J'étais assez réticent au début, mais il m'a promis d'essayer de faire sortir un de mes amis de là, alors j'ai accepté.

Ériana n'était pas certaine que Val puisse être d'un quelconque secours, mais l'aide d'Erkam avait sûrement été précieuse.

— Val s'est très rapidement intégré au groupe, continua Erkam. Nous avons dû découper sa robe de *Ploritiel* pour que seul le symbole des Vents reste sur lui. Il a ensuite passé un uniforme de serviteur par-dessus. Personne n'a cherché à tester son *inha*. En même temps, pourquoi le feraient-ils? Depuis, Val a découvert que ceux du *Velpa* comptaient s'en prendre à l'équipe de l'Ouest. Pour l'instant, rien n'a été tenté. Chaque membre est étroitement surveillé par le conseil, sans parler de Gabrielle. Ce soir, en revanche, *votre* équipe était vulnérable.

Ériana était confuse. Leur entrée dans Arden s'était faite sans encombre mais leur anonymat avait été compromis d'une façon ou d'une autre.

— Comment ont-ils su que nous étions là ?

— Les rebelles sont partout, répondit Erkam. Certains ont des amis dans la Garde. Val était en pleine entrevue avec d'autres rebelles lorsque quelqu'un est arrivé en disant que des mages des Vents avaient été aperçus aux remparts. Il est aussitôt venu me trouver.

— Attendez, l'interrompit Ériana. Comment ont-ils pu savoir que nous étions des Vents ? Nous n'avons rien montré qui aurait pu nous exposer.

— Une histoire d'insigne, apparemment. Quand Val a entendu que le groupe était composé d'une femme et de trois hommes, il a d'abord hésité, puis il s'est dit que l'un d'entre vous pouvait être resté à l'extérieur de la cité.

— Seul mon insigne a été vu et il porte le symbole des Eaux ! objecta Ériana.

— Votre insigne n'est pas celui des Vents ?

Ériana resta sur la défensive, ne sachant si elle pouvait se permettre d'en révéler autant.

— Mes insignes sont un peu… particuliers, choisit-elle finalement. Mais, plus important, il me faut *Erae*. Ensuite, nous quitterons cette Tour au plus vite.

— Ça va être un léger problème, grimaça Erkam.

— Je croyais que vous l'aviez en votre possession ?

— C'est toujours le cas, mais le conseil ne cesse de fouiller la Tour et il ne nous restait pas beaucoup d'endroits où dissimuler l'artefact…

— Où est *Erae* ?

Ériana ne reconnaissait pas sa voix mais se souvenait d'une fois où elle avait pu être aussi menaçante. À Lapùn, où elle avait posé exactement la même question au sujet de Dar. Sauf qu'elle avait fait face à un conseil récalcitrant alors qu'aujourd'hui elle n'avait devant elle qu'un mage-serviteur aspirant à les aider.

Elle se détendit pour tenter d'afficher une expression moins sévère. D'après la réaction d'Erkam, elle n'y était pas vraiment parvenue.

— Où est *Erae* ? répéta-t-elle. Il nous faut cet artefact.

— Avec Gabrielle.

Ériana manqua de s'effondrer sur le lit à côté d'elle tant la nouvelle la soulageait.

— Si seulement nous avions su que vous veniez... soupira Erkam. Nous n'aurions jamais pris cette précaution.

— Quelle précaution ? demanda Ériana, soudain suspicieuse.

— Gabrielle n'est en possession de l'artefact que depuis ce soir.

— Ce n'est pas vraiment un problème, dit Ériana. Je vais simplement aller le récupérer.

— Je crains que ça ne soit pas aussi simple, dit Erkam en baissant les yeux. Je ne vous ai pas encore tout dit.

— Je ne vois pas ce qu'il pourrait y avoir de pire que Lyne malade à cause d'un bouclier qu'aucun mage aujourd'hui n'est en mesure d'expliquer. Si, on peut éventuellement rajouter le fait qu'un groupe de mages souhaite raviver une terrible énergie, ironisa-t-elle.

— Effectivement, ce n'est peut-être pas pire, répondit Erkam en ignorant son sarcasme. Nous pouvons toujours utiliser le même moyen pour récupérer *Erae* mais c'est assez compliqué... Gabrielle n'est pas... accessible pour le moment.

Ériana avait cru que s'ils n'avaient pas encore abordé le sujet de sa meilleure amie, c'était que celle-ci était en sécurité. Mais Erkam avait comme émis une sentence.

Trois coups résonnèrent à la porte avant qu'elle ait le temps d'en savoir plus. Il y eut une légère pause puis deux autres coups furent frappés. Le signal qui avait été convenu avec Val. Ce fut cependant quelqu'un d'autre qui entra dans la pièce et Ériana oublia immédiatement tout ce qui concernait l'artefact, le sanctuaire des Eaux et Gabrielle.

Hajul avançait vers eux, vêtu des mêmes vêtements émeraude que tous portaient déjà. Il déroula le tissu qui lui recouvrait la tête et laissa tomber ses longs cheveux blancs. Les reflets argentés étaient si similaires à ceux de Setrian qu'Ériana sentit sa gorge se serrer.

Elle ne pouvait pas perdre son sang-froid et se laisser aller ainsi. Hajul n'était au courant de rien. Ni de ce qu'ils avaient tous traversé ni des choix de son fils. Elle devait les lui exposer. Mais quand elle commença à ouvrir la bouche pour raconter leur périple, elle se retrouva muette.

Contre toute attente, Hajul ne dit rien et s'approcha pour la prendre par les épaules. Ériana se réfugia dans la chaleur de ce contact tout en tentant de geler ses propres sentiments.

— Je suis désolée, murmura-t-elle. Il a choisi de s'engager dans un autre combat.

Les mains de Hajul se crispèrent. Elle attendit que leur pression se relâche avant d'entamer son récit. Hajul l'écouta stoïquement et elle fit de même lorsque vint son tour de l'entendre. Deux messagers en pleine mission, vides d'émotions, voilà ce qu'ils étaient.

— Comment va Lyne ? demanda-t-elle une fois que tout fut dit.

— Noric et Armia sont en train de manipuler leur *inha* pour tenter de la guérir mais je crains qu'ils restent impuissants sans accès complet à leur *inha*.

— Il y avait assez d'antidote ?

— À peine assez pour Armia, répondit Hajul en secouant la tête. Les quantités d'*empaïs* qu'ils nous administrent ont été réduites, mais sont encore importantes.

— Vous n'avez pas pu avoir de l'aide ? Je croyais que la Mage de cette Tour avait trouvé des personnes compétentes.

— La conception de ce bouclier remonte à trop longtemps. Personne ne sait quelle plante a été utilisée. Dès que le mage *Otae* a une idée, son collègue alchimiste l'infirme le lendemain matin suite aux tests effectués pendant la nuit. Armia et moi avons arpenté la bibliothèque sans relâche. Même Gabrielle, qui a réussi à se procurer certains livres, nous a aidés. À moins que nous ne croisions quelqu'un qui aurait vécu au moment où ce bouclier a été conçu, je crains que nous restions totalement impuissants.

Pour la première fois, Ériana voyait Hajul en détresse mais ce qu'il venait de dire faisait écho en elle. Elle avait peut-être une solution à proposer.

— Vous savez quand ce bouclier a été conçu ?

— L'artefact des Eaux n'a reçu son nom qu'après la disparition du *inha* réducteur. Les mages qui ont participé à cette annihilation pouvaient toucher l'objet sans problème. Donc je suppose que c'est arrivé après, peut-être au moment où ils l'ont baptisé *Erae*.

— Alors Erae saura peut-être... songea-t-elle à voix haute.

— Comment l'artefact pourrait-il nous donner la réponse ? s'étonna Hajul. Cela fait des jours que le protecteur et l'alchimiste que Plamathée nous a conseillés sont penchés dessus. La seule chose qu'ils ont réussi à trouver est que le bouclier était à effet unique. Nous pouvons désormais toucher l'artefact sans problème.

— Quand je disais Erae, je voulais parler de l'âme qui me fera subir mon transfert. Elle a été mise dans l'artefact il y a trois mille ans. Elle devrait être au courant de la façon dont elle a été protégée.

— *Eko* n'a jamais eu de tel bouclier.

— *Dar* non plus, mais ça ne veut rien dire.

Elle voyait bien à quel point Hajul était désespéré. Sa fille était gravement malade, à sa place elle serait dans le même état que lui. Mais elle compterait aussi sur ses amis pour lui apprendre à redresser la tête. Et Hajul venait de faire d'elle son égal.

— Vous allez m'emmener voir Lyne et Armia, que je présente à tous cette possible solution, annonça-t-elle. Ensuite, nous irons chercher l'artefact auprès de Gabrielle et Val trouvera un moyen de nous faire quitter la cité. Il est hors de question qu'un membre de votre équipe nous accompagne, cela serait trop suspect. Il faudrait juste que quelqu'un puisse revenir ici, avec le remède, avant la fin de mon transfert...

— Je le ferai, déclara aussitôt Erkam.

Ériana ne perdit pas de temps à savoir pourquoi le serviteur se proposait pour une telle mission. S'il était prêt à le faire sans hésitation, elle ne voulait pas commencer à le faire douter.

— Dans ce cas, préparez vos affaires. Nous partons dès que possible.

— Ériana, l'interrompit Hajul, il reste un problème avec l'artefact. Le mettre entre les mains de Gabrielle a été complexe. C'est uniquement grâce à Plamathée, qui a elle-même fait le déplacement, que nous y sommes parvenus. Les faire se rencontrer à nouveau dans la même soirée sera tout simplement impossible.

— Plamathée est le Grand Mage de cette Tour, non ? Elle peut bien faire ce qu'elle veut.

— Les règles à Arden ne sont pas les mêmes qu'à Myria.

La politique du conseil des Eaux l'intéressait peu, mais tout revenait toujours à Gabrielle et à son inaccessibilité. Ériana fixa Erkam et Hajul à tour de rôle. Aucun n'évitait son regard, mais elle n'aimait pas du tout leur expression.

— Que se passe-t-il exactement avec Gabrielle ?

Erkam se racla doucement la gorge. Ériana s'était attendue à ce que Hajul lui réponde mais il devait être trop pris par la santé de sa fille pour vraiment s'occuper du reste.

— Gabrielle est en cellule depuis huit jours.

— En cellule ? Pour quelle raison ?

— Depuis le vol d'*Erae*, le conseil des Eaux est sur les nerfs.

— Qui a eu l'idée de lui donner l'artefact ?

— Gabrielle l'a elle-même proposée à Plamathée lorsque celle-ci est allée lui rendre visite. Quand Plamathée nous en a fait part, nous n'étions pas tous d'accord, mais je dois reconnaître que c'était finalement une bonne idée. Cacher l'artefact dans la seule pièce qui ne serait jamais fouillée... Nous aurions pu y penser plus tôt.

— Vous êtes certains que Plamathée ne pourrait pas y retourner ?

— Tu pourras le lui demander bientôt, dit Hajul. Nous devons la retrouver dans notre chambre d'ici peu.

— Alors qu'attendons-nous ?

— Que Val se soit débarrassé des veilleurs qui guettent nos allées et venues. Je te rappelle que le conseil nous garde sous surveillance constante. Ces déguisements sont un des moyens de leur échapper. Heureusement pour vous, ils ne vous connaissent pas. Vous pouvez retirer les vôtres.

Ce n'était qu'une suggestion, mais Ériana et Jaedrin se débarrassèrent aussitôt de l'uniforme. Leurs soupirs de soulagement résonnèrent à l'unisson dans le petit dortoir.

— Val ne devrait pas tarder, dit Hajul comme s'il essayait de s'en convaincre.

Effectivement, la porte s'ouvrit sur Val quelques instants après et tous le suivirent. Dans le petit colimaçon où ils furent emmenés, Ériana se retrouva à proximité de Jaedrin.

— J'espère que nous allons trouver un remède pour Lyne, murmura-t-elle.

— Tu penses qu'Erae saura de quoi relève ce bouclier ?

— Elle est notre seule chance.

Au-devant, leurs compagnons s'arrêtèrent soudain.

— Ils sont revenus... soupira Val en refermant discrètement une porte.

— Je vais aller les distraire, dit Erkam.

— Tu es sûr ?

Erkam hocha la tête et frôla Ériana pour sortir. Au passage, leurs mains entrèrent en contact et Ériana eut un mouvement de recul. À voir son expression, Erkam avait ressenti le même fourmillement qu'elle. Ils se dévisagèrent encore un instant, puis Erkam s'éloigna dans le couloir.

Quand il revint pour les faire sortir à leur tour, Ériana le fixa à nouveau mais le passeur semblait avoir oublié leur étrange contact. Peut-être avait-elle inventé cette sensation. Elle n'était plus très sûre.

Le couloir était à présent désert. Ils s'engouffrèrent dans la chambre des Huyeïl aussi vite que possible. Au premier coup d'œil, Ériana saisit la gravité de la situation. Le visage de Lyne était d'une pâleur effrayante. Des spasmes incessants lui secouaient le corps même si elle paraissait dormir.

— C'est encore pire quand une crise la prend en pleine période d'éveil, soupira Hajul. Et pourtant, elle reste parfaitement lucide. Si on écarte la blancheur de sa peau, on croirait presque qu'elle n'est pas malade.

Ériana s'approcha du lit de Lyne. La jeune fille grelottait malgré les multiples couvertures posées sur elle. Armia semblait désarmée et se retourna le temps de saluer Ériana.

— J'ai peut-être une solution, murmura Ériana avec espoir.

— Alors fais ton possible, répondit Armia d'une voix faible.

Déçue de ne pouvoir rassurer Armia davantage, elle retourna auprès des autres. Depuis son entrée, une femme entièrement vêtue de blanc avait retenu son attention. La longue silhouette dégageait une aura puissante. Dès que celle-ci leva les yeux sur elle, Ériana ne douta plus de son identité.

— Je suis enchantée de vous rencontrer, Ériana. Du moins, aussi enchantée qu'il m'est possible de l'être en pareilles circonstances.

— Mage Plamathée, répondit-elle en inclinant la tête.

Une énorme fatigue se devinait sous ses traits tirés. Malgré tout, la Mage lui inspirait un profond respect. Déjà parce qu'elle s'opposait à son conseil en prenant la défense de l'équipe de l'Ouest. Aussi parce qu'Ériana éprouvait une certaine forme d'allégeance. Elle comprit en apercevant les boucles vertes scintillant aux oreilles de la Mage. Plamathée gérait tous les mages des Eaux. Ériana en ferait bientôt partie.

— Hajul vient de m'expliquer qu'il me faudrait récupérer *Erae* alors que j'ai enfin réussi à le mettre

451

entre les mains de Gabrielle, soupira Plamathée sans autre préambule.

— Il me faut cet artefact pour compléter mon *inha*, répondit Ériana. Je ne sais pas si vous connaissez les détails.

— Hajul m'a révélé ceux qui lui semblaient importants.

— Donc vous comprendrez qu'il nous est impératif de récupérer cet objet.

— Je me suis fait à l'idée de le voir quitter cette Tour bien que j'en sois responsable.

— En être responsable ne signifie pas le garder toujours à Arden, fit remarquer Ériana. Votre responsabilité concerne la sécurité de l'artefact. *Erae* n'est plus en sécurité dans la Tour d'Émeraude, c'est votre devoir de nous le confier.

Plamathée leva un sourcil mais ne démentit pas. Ériana vit même un léger sourire au coin de ses lèvres.

— J'ai bien une idée pour retourner aussi vite voir Gabrielle mais il faut que quelqu'un m'accompagne. Quelqu'un que je puisse faire passer pour un guérisseur des Eaux.

Plamathée la fixait avec attention et Ériana approuva silencieusement. En dehors du fait que, dans la pièce, elle seule pouvait prétendre à un tel statut, elle sentait que Plamathée tenait à s'y rendre avec elle.

— J'ai simplement besoin d'une confirmation auparavant, objecta Ériana en tendant une main gantée devant elle. J'aimerais que vous essayiez d'établir un *inha'roh* avec moi.

Plamathée écarquilla les yeux mais se reprit aussitôt et attrapa la main d'Ériana. La voix de la Mage résonna quelques instants plus tard dans sa tête, surprise mais décidée.

— *Vous êtes clairement des Eaux, Ériana, même si je me demande encore comment cet artifice est possible, malgré les informations que Hajul m'a données.*

— *Je ne peux vous expliquer comment il m'est déjà possible de communiquer avec vous par la pensée, mais j'ai bel et bien les Eaux en moi. Je ne pensais pas être en mesure de m'en servir si tôt. Quant à vous expliquer la prophétie nous reliant, Gabrielle et moi, au inha réducteur, cela prendrait trop de temps. J'aurais de toute façon bien du mal à vous dire pourquoi je suis celle qui a été désignée.*

— *Ne vous tracassez pas. Je ne doute pas un instant de votre appartenance à cette prophétie. Vous faites un tel sacrifice… Personne n'accepterait une telle charge. Je sais ce que les autres attendent de vous, je connais parfaitement les discours qu'ils doivent vous tenir. Mais vous avez de la chance, la plupart sont vos amis et voient davantage en vous une femme forte et saine d'esprit qu'un simple pion à utiliser. Ils vous respectent.*

— *Vos sujets vous respectent aussi, Plamathée.*

— *N'en soyez pas si sûre. Je sais que cela vous sera difficile mais lorsque vous serez messagère des Eaux, j'aimerais passer un peu de temps en votre compagnie. Je pense que nous aurions beaucoup à apprendre l'une de l'autre. Deux femmes de pouvoir ensemble… Nous pourrions certainement retourner ce conseil.*

— *Vous n'avez pas besoin de moi pour ça,* répondit sincèrement Ériana. *De plus, je ne vois vraiment pas ce que je pourrais vous apprendre. Mais je serais ravie de m'entretenir davantage avec vous.*

Ériana était flattée que Plamathée l'estime être son égale. Depuis son transfert avec Dar, elle avait eu des difficultés à se positionner face aux autres mages. Elle était cependant consciente de la tâche qui l'attendait. Elle devait contrer le *inha* réducteur. Pour Plamathée, cette mission semblait largement rivaliser avec le statut de mage.

— *J'ai une information qui pourrait vous intéresser,* ajouta-t-elle avant que Plamathée ne rompe le lien. *À notre départ de Lapùn, le Grand Mage du conseil des Terres a changé. Cette personne est aujourd'hui une femme et se nomme Naëllithe. Je suis persuadée que vous gagneriez aussi beaucoup à communiquer toutes les deux.*

— *Quelle merveilleuse nouvelle!* s'exclama Plamathée. *Mais nos deux territoires sont si éloignés. Je crains que cette envie ne soit qu'un rêve.*

Ériana hésita un instant. Certaines informations, qu'elle préférait garder secrètes, pouvaient aussi servir une plus grande cause. Il était peut-être temps de révéler la particularité du voyage dans *Elpir*.

— *Et c'est vous qui pensez ne rien avoir à m'apprendre?* dit Plamathée après son explication.

Ériana ne releva la remarque que par un sourire.

— Merci pour ce que vous faites pour nous, dit-elle de vive voix.

La main de Plamathée se serra davantage autour de la sienne. Elle n'avait plus aucun doute sur la fiabilité et la loyauté de la Mage. Elles avaient une totale confiance l'une en l'autre.

— Bien, reprit Plamathée, je crois que nous avons un artefact à récupérer.

42

Ériana suivait Plamathée dans le grand escalier de la Tour d'Émeraude. La nuit en était déjà à sa seconde moitié ; préparer toute l'équipe à sa sortie avait été long. Se déplacer dans l'édifice en pleine nuit était également plus discret. Plamathée courait moins de risques d'être interceptée par des membres de son conseil.

Alors qu'elles arrivaient au rez-de-chaussée, les autres membres de l'équipe de l'Est prirent un chemin différent. Erkam devait les guider hors de la cité en misant sur sa présence pour passer les remparts sans souci. Ériana avait, elle, ses propres instructions pour quitter la Tour. Ce serait Plamathée en personne qui l'accompagnerait.

Elle avait mis ses cheveux en évidence, de même que le dos de sa main portant son insigne des Eaux. Le symbole des Vents brodé dans la paume était trop petit pour être discerné dans l'obscurité et avec le mouvement. Malgré tout, elle se demandait si l'un des gardes, aux remparts, n'aurait pas pu l'apercevoir. Cela expliquerait la façon dont ils avaient été repérés.

Comme elle s'y attendait, les cellules se situaient sous le rez-de-chaussée de la Tour. Plamathée les fit passer par une petite porte qu'aucun garde ne surveillait. Ériana trouva cela curieux mais ne dit rien à ce sujet.

Le couloir était moins lugubre qu'elle se l'était imaginé, les murs revêtus de cette même matière blanche mouchetée omniprésente. Plusieurs passages s'ouvraient à droite et à gauche. En comparaison avec ce qu'elle avait vu des cellules de Lapùn, Ériana trouvait l'endroit assez banal. Elle ne put s'empêcher de le faire remarquer à Plamathée.

— Ma communauté utilise énormément l'*empaïs*, répondit la Mage. Dès les premiers signes d'une menace, en fait. Les cellules sont devenues inutiles, nous les avons transformées.

— Vous laissez les mages qui utiliseraient leurs talents à mauvais escient en liberté dans votre cité ?

— Sous l'emprise de l'*empaïs*, corrigea Plamathée. Mais je ne le veux plus. C'est certainement grâce à cette négligence que le *Velpa* a pu se frayer un chemin dans ma Tour, sans parler de la naissance de cette rébellion.

— Et votre conseil ne s'en rend pas compte ?

— Je crois que la refonte complète du système leur fait peur. Le statut de serviteur ne serait pas le seul concerné par ces changements. Des jugements plus sévères seraient de nouveau rendus, les cellules devraient être réadaptées. La Garde se verrait confier cette mission de surveillance. C'est un bouleversement conséquent. Sans parler de toutes les vies qui seraient transformées.

— Ne voient-ils pas que cela est nécessaire ?

— Ériana, soupira Plamathée, durant toute mon enfance, on m'a appris que notre système était le meilleur qui soit. Il a fallu que mon père meure et que j'accède à cette position pour commencer à me poser des questions. Nous n'avons pas d'altercations, pas de problème avec les mages, aucun détenu, tout le monde est libre de vivre, avec plus ou moins d'accès à son énergie.

— Ce n'est pas ce que j'appelle la liberté, répondit Ériana.

— Il m'a fallu du temps pour le réaliser.

Plamathée s'arrêta au milieu du couloir. Elle désignait le dernier passage sur sa droite mais ne poursuivit pas, préférant se retourner pour s'adresser à Ériana.

— C'est étrange comme tout semble vous échapper le jour où vous comprenez que ce en quoi vous croyiez vient de s'effondrer. Que tout ce que vous vous imaginiez être le bien se révèle erroné, ou n'est qu'une vision altérée complètement destructrice. J'ai grandi ici, à l'abri des problèmes. Pour moi, ce système était parfait. Mon conseil, en qui j'avais toute confiance, me le prouvait à chaque réunion. Arden est une cité merveilleuse qui prône la liberté, pourtant, tout ici n'est qu'une fausse représentation de celle-ci. Vous devez même trouver que cela se rapproche de l'esclavage.

— Regardez où cela les a menés. Vous avez maintenant une rébellion qui se prépare. C'est la preuve que ce système ne peut fonctionner. Leurs intentions étaient peut-être louables au départ, mais ils n'en ont pas anticipé les répercussions.

— C'est exactement ce que je dois faire comprendre à mon conseil. Ils croient réellement en notre système. Pour eux, la rébellion n'est qu'une chose qui s'éteindra d'elle-même. Un petit groupe de serviteurs, tous sous l'emprise de l'*empaïs*, ne leur fait pas peur. À moi non plus d'ailleurs, mais j'écoute cette rébellion et je sais qu'elle n'existe pas pour rien. Eux n'y voient qu'un léger désagrément.

— Vous ne leur avez pas encore parlé du *Velpa* ?

— Je comptais le faire demain, une fois que vous auriez quitté la cité, mais j'hésite encore. L'équipe de Hajul m'a apporté les derniers éléments confirmant l'existence de ce groupuscule dans ma cité et même dans mon territoire. Val a pris de grands risques pour me fournir ces preuves. Mais j'ai peur pour l'équipe de l'Ouest. Ils sont encore là et ne peuvent pas se défendre comme ils le souhaitent. Je crains de ne pouvoir être d'aucun soutien si jamais le conseil les estime tous dangereux comme ils l'ont fait avec Gabrielle.

— Vous êtes Grand Mage, imposez-vous !

Plamathée soupira longuement.

— Notre système est fondé sur l'héritage, Ériana. Le Grand Mage n'est pas élu, il acquiert son statut par descendance. Avec les problèmes de lignées liées au *inha* réducteur, le conseil des Eaux a tenu à garder une lignée vierge de toute impureté et en a désigné le patriarche comme Grand Mage. C'est ainsi que je suis arrivée ici, parce que mes ancêtres occupaient tous ce poste.

— Je comprends mieux, dit Ériana.

— Qu'est-ce que vous comprenez mieux ?

— Pourquoi vous avez tant de difficultés avec votre conseil. Ils ne vous considèrent que comme une image. L'image d'une lignée pure, comme vous dites. Mais vous êtes forte. Votre père vous a forcément appris à gérer cette Tour.

— Il me l'a appris, mais les mages du conseil s'estiment mieux placés pour décider, et je dois reconnaître qu'ils ont parfois raison.

— Ne dites pas ça, Plamathée, et réfléchissez bien. Est-ce qu'un seul de ces membres serait capable de prendre votre place à la tête de la communauté ?

La Mage sembla considérer cette question avec beaucoup de sérieux. Elle baissa un instant les yeux, comme si elle avait besoin d'intimité pour réfléchir, puis les releva. Elle donnait déjà l'impression d'être transformée.

— Non, je ne crois pas. C'est par ici, dit-elle en désignant le passage sur sa droite.

Ériana fut surprise de découvrir deux gardes devant une porte presque aussi claire que les murs et se demanda s'ils n'avaient pas pu les entendre discuter toutes les deux dans le couloir. Plamathée se plaça devant eux sans rien dire. Quand aucun des soldats ne bougea, elle se racla la gorge.

— Que nous vaut ce second honneur ? demanda enfin un des gardes.

Ériana trouvait la question déplacée. Aucun des soldats n'avait salué la Mage.

Plamathée resta d'abord silencieuse, comme si elle réfléchissait à une façon de répondre. Ériana espérait que la résolution qu'elle avait constatée dans le couloir n'était pas en train de s'étioler.

Le premier garde semblait plutôt satisfait de son insolence. Son regard s'attarda sur Ériana puis passa par-delà son épaule. Il avait repéré son arc.

— Que pensez-vous que je vienne faire ici au beau milieu de la nuit, Quatrième de la Garde ! Cirer vos bottes ou vous transmettre un message de votre mère ?

Ériana ne put retenir un sourire en voyant la surprise béate du soldat. Elle était certaine qu'il n'avait jamais vu sa Mage aussi cynique et sévère en même temps.

— Répondez ! ordonna Plamathée.

— Je… Euh… Non, Mage Plamathée. Je suppose que vous êtes venue rendre visite à la prisonnière.

— Voilà au moins quelque chose qui me prouve que vous avez encore un peu de jugeote. Ouvrez cette porte !

Le second soldat, qui n'avait toujours rien dit, se tourna immédiatement vers la serrure avec son trousseau de clefs. Ériana espérait que Plamathée savourait cette victoire. Malheureusement, le premier garde s'interposa avant que la clef n'ait pu être introduite.

— Vous ne pouvez pas entrer, dit-il en mettant son bras en travers.

— Je vous demande pardon ?

— Vous ne pouvez pas entrer, répéta le garde.

— Je crois que vous n'allez pas rester très longtemps à ce poste, Quatrième de la Garde.

— Je ne peux pas vous laisser entrer, reformula l'homme. J'ai reçu un ordre.

— Ah, nous y voilà ! Et qui donc, dans cette Tour, aurait plus de légitimité que moi pour ce qui est de vous donner un ordre ?

Le garde hésita à nouveau puis il se décala enfin, laissant à son collègue le soin de déverrouiller la porte. Ériana tendit la main aussitôt après.

— Les clefs.

Le soldat les lui donna. L'autre grogna entre ses dents.

— Qui êtes-vous ?

— Cette personne m'accompagne ! s'écria Plamathée. De quel droit vous permettez-vous de poser cette question ?

Plamathée n'attendait aucune réponse, le soldat tenta néanmoins d'en donner une. Sa main se rapprochait aussi de l'épée qui pendait à sa ceinture. Ériana ne lui laissa pas le temps de la sortir et le frappa à la tête pendant que son *inha* des Vents se manifestait impulsivement pour faire chuter son adversaire. Elle le frappa une seconde fois et l'homme s'écroula, inconscient. Elle se tourna alors vers l'autre soldat, transi de peur, et s'excusa en lui réservant un sort similaire.

— Il faudra que vous m'appreniez comment faire ça, murmura Plamathée en regardant les deux corps inertes à ses pieds.

— J'ai eu un instructeur de la Garde à Myria qui serait assez déçu, je pense, de voir que j'ai encore mal après avoir frappé quelqu'un, répondit-elle en se frottant le coude. Une autre personne serait en revanche heureuse de voir que j'ai retenu l'endroit où donner un tel coup. Il se demanderait seulement pourquoi je ne l'ai pas fait plus tôt alors que ces deux imbéciles me laissaient de multiples ouvertures.

— Si jamais je les vois l'un comme l'autre, je leur expliquerai qu'il n'y a aucune raison d'être déçu. La question est de savoir ce que nous comptons faire des corps.

Ériana ne songeait citer ni le prénom de Hamper ni celui de Setrian et souleva le trousseau de clef qu'elle avait dans les mains.

— Nous avons ça. Vous m'aiderez à les mettre dans une des cellules.

— J'aimerais avoir les mêmes réflexes que vous, dit-elle.

— Je ne vous le souhaite pas. J'ai acquis ces réflexes en fuyant les mercenaires qui me pourchassaient. J'aurais préféré ne pas avoir ce genre de ressources et être quelqu'un de tout à fait normal.

Elle n'attendit pas de voir si la Mage avait compris ce qu'elle lui disait et enjamba les deux corps au sol pour pousser la porte.

La pièce n'était pas éclairée et elle dut attraper la torche accrochée dans les escaliers pour avoir assez de lumière. La cellule ne ressemblait en rien à ce qu'elle avait connu à Lapùn. Quelqu'un était recroquevillé au fond.

— Gabrielle ? tenta-t-elle en se rapprochant.

La forme se mit à remuer et une tête émergea de la couverture. En découvrant le visage tuméfié aux lèvres déchirées, Ériana se précipita sur son amie. Gabrielle recula encore plus contre le mur.

— Gabrielle, c'est moi, Ériana. Que... que t'est-il...

Gabrielle la regardait, les yeux emplis d'effroi, pour celui qui pouvait encore s'ouvrir complètement. L'autre paupière avait enflé. Ériana fit glisser ses doigts sur la joue de Gabrielle qui tremblait de toutes parts. Elle sentit un liquide sur sa peau et rapprocha la torche. Ses doigts étaient légèrement rouges du sang qui séchait sur la tempe de Gabrielle. Un faible murmure entrecoupé de sanglots lui parvint aux oreilles. Si elle n'avait pas vu les lèvres de Gabrielle bouger, elle n'aurait jamais cru que c'était son amie qui parlait.

— É... Ériana ?

Ériana tendit la torche à Plamathée et prit Gabrielle dans ses bras. Son amie eut un hoquet de douleur lorsqu'elle lui toucha les épaules et Ériana recula pour retirer la couverture sous laquelle Gabrielle se cachait. Son inquiétude se mua en colère. Les bras de Gabrielle étaient dans le même état que son visage.

— Que t'ont-ils fait ? Que lui avez-vous fait ? s'écria-t-elle en se retournant vers Plamathée.

Devant son air ahuri, Ériana comprit que la Mage n'était au courant de rien.

— J'appelle un guérisseur, dit Plamathée d'une voix presque inaudible.

— Gabrielle, qui t'a fait ça ? poursuivit Ériana.

— A... Abra... Abram, finit-elle par dire.

Ériana se tourna vers Plamathée, interrogative. La Mage, qui avait achevé son *inha'roh*, secoua la tête.

— Je ne connais malheureusement pas le nom de chaque mage et serviteur de cette Tour, mais je vous promets que je le retrouverai. Je suis désolée, Ériana. J'aurais dû me douter de quelque chose. Ces quelques fois où je suis venue lui rendre visite, de même qu'en ce début de nuit, j'avais trouvé qu'elle se cachait souvent derrière cette couverture. Je croyais qu'elle avait froid. Elle me répondait toujours en souriant et en disant que tout allait bien.

La détresse de Plamathée était sincère et Ériana en avait désormais suffisamment appris pour savoir qu'elle n'autoriserait jamais une telle chose.

— Vous savez pourquoi ils ont fait ça ?

— Je pense qu'il vaudrait mieux le demander à votre amie, si elle est en mesure de vous répondre.

— Quand votre guérisseur arrive-t-il ?

— Je crois que c'est lui que j'entends dans le couloir.

Effectivement, quelques instants plus tard, un homme enjambait les gardes. Si la présence des deux corps allongés l'étonna, il ne le montra pas. Il se mit aussitôt à sortir fioles et pots de son sac et s'activa en silence autour de sa patiente.

— Gabrielle, reprit Ériana alors que le guérisseur nettoyait sa plaie à la tempe, j'ai besoin de savoir pourquoi ils t'ont fait ça.

Gabrielle grimaçait dès que le guérisseur la touchait. Il était maintenant passé aux bras.

— Vous ne pouvez pas lui donner quelque chose pour lui éviter la douleur ? demanda Ériana.

— Si, mais elle risque de s'endormir très rapidement.

— Tant pis, faites-le.

L'homme attrapa un flacon et vida le contenu dans la bouche de Gabrielle. Celle-ci sembla aussitôt aller mieux.

— Ils voulaient *Erae*, gémit-elle. Ériana, je… je le leur ai donné…

Et elle éclata en sanglots.

Ériana resta figée. Puis son esprit se remit en marche.

— Explique-moi tout. Depuis le début.

Gabrielle hocha difficilement la tête en déglutissant.

— Dès qu'ils m'ont emmenée ici, ils ont commencé à me demander où se trouvait *Erae*. Ils m'ont menacée, Ériana. Je te promets que je ne voulais pas que ça arrive, mais ils m'ont menacée. Ils disaient que si je ne leur révélais pas où était *Erae*, ils allaient s'en prendre à Val et au reste de l'équipe. Quand ils ont vu que je ne dirais rien, ils m'ont dit ce qui était arrivé à Lyne, qu'elle était malade.

— Comment ont-ils pu apprendre ça ? s'étonna Plamathée.

— Les trois mages que vous avez envoyés pour essayer de comprendre un peu mieux le bouclier. L'un d'entre eux a dû parler.

Ériana donna aussitôt un violent coup de coude dans les côtes du guérisseur qui s'occupait de Gabrielle et le plaqua contre le mur. Elle avait déjà attrapé une flèche dans son carquois pour la placer juste sous la gorge de l'homme. Le guérisseur la regardait, à la fois sérieux et apeuré.

— Vous croyez vraiment que je serais venu seul et aussi vite si j'étais contre vous ?

— Qui me dit que vous n'avez pas déjà établi un *inha'roh* pour les prévenir ? grogna-t-elle en appuyant davantage sur la pointe de sa flèche.

— Rien. Mais elle a besoin de mon aide, dit-il en désignant Gabrielle des yeux.

La réponse suffit à convaincre Ériana et elle relâcha sa pression.

— Vous êtes sûre de vous ? lui demanda Plamathée, encore sur la défensive. Je croyais faire confiance à chacun des trois et pourtant, l'un d'eux m'aurait trahie.

— Mon instinct me dit que oui. S'il n'était pas de votre côté, il aurait essayé de me tuer.

— Nous sommes deux mages dans cette pièce, chuchota Plamathée en la prenant à part. Il sait peut-être qu'il n'a aucune chance contre nous.

— Votre conseil n'a pas peur de vous en ce qui concerne vos capacités, je suis désolée de vous le rappeler. Le garde devant cette porte n'avait pas de *inha* et il nous a pourtant défiées. Ce guérisseur dispose de toute son énergie et il n'a rien fait, pourtant il en aurait déjà eu plusieurs fois l'occasion.

— Quand vous aurez fini de parler de moi comme si je n'étais pas là, intervint le guérisseur, je voudrais juste vous montrer ça.

Il avait relevé le bas de la couverture et remonté le pantalon de Gabrielle. Gabrielle, presque endormie, n'avait rien remarqué. Ses jambes étaient rouges et des ecchymoses commençaient à se former.

— Ça remonte au début de la nuit, mais pas davantage, dit-il. Je vais lui donner de quoi l'aider à gérer tout ça, mais comme elle n'est pas des Eaux, je ne pourrai pas faire mieux. Il faudrait faire descendre Armia.

Ériana fut surprise que l'homme appelle Armia par son prénom, mais ils avaient peut-être déjà passé beaucoup de temps à parler de Lyne et avaient dû apprendre à se connaître.

— Je ferai en sorte qu'elle puisse venir, répondit Plamathée. Peu importe si mon conseil n'est pas d'accord avec moi.

— Vous devriez penser ça plus souvent, dit le guérisseur.

— Je vous demande pardon ?

— Si je peux me permettre, vous devriez vous affirmer devant votre conseil plus souvent.

— Vous pensez que je ne suis pas assez ferme avec eux ?

Le guérisseur n'hésita pas un instant avant de répondre.

— Oui.

Ériana glissa un regard à Plamathée.

— Une raison de plus pour avoir confiance en lui.

Le guérisseur continua à s'affairer autour de Gabrielle. Il tentait d'utiliser ses derniers instants de conscience pour lui faire avaler de multiples remèdes. Ériana n'avait pas non plus beaucoup de temps pour tout ce qu'elle comptait faire.

— Gabrielle, écoute-moi. J'ai besoin que tu me confirmes que ce sont eux qui ont *Erae*.

Gabrielle ouvrit péniblement le seul œil qui pouvait effectuer le mouvement et hocha la tête.

— Je ne l'ai gardé que quelques instants. Plamathée était à peine sortie d'ici qu'Abram venait déjà pour me le prendre. Ils m'ont frappée encore plus quand je le leur ai donné. Ils m'avaient promis. Promis qu'ils donneraient son remède à Lyne pour qu'elle aille mieux.

— Nous n'avons pas encore trouvé de remède, Gabrielle. Je doute réellement qu'ils en aient un. Je suis désolée, mais ils ont dû te mentir.

— Mais Lyne va mourir ! Pourquoi m'auraient-ils menti ?

Ériana se tourna vers le guérisseur, le regard glacé.

— Est-ce que ce qu'elle dit est possible ? Est-ce que Lyne pourrait mourir ?

— Nous avons envisagé cette éventualité, il a bien fallu, répondit-il gravement. Pour l'instant, rien ne montre que Lyne est menacée d'un tel danger, mais je ne saurais prédire la façon dont ses symptômes vont évoluer. Armia en est parfaitement consciente et elle fera tout pour que sa fille reste en vie jusqu'à ce qu'on trouve un remède. Nous gardons espoir

— Tu as entendu, Gabrielle ? C'était très certainement un mensonge. Tu n'as plus besoin de protéger personne, désormais.

— Je suis désolée... de leur avoir donné...

— Elle s'est endormie, dit le guérisseur. Je vais continuer à la soigner jusqu'à ce qu'Armia arrive.

— Merci, répondit Ériana. Je pense que vous serez la personne à qui Plamathée transmettra l'information au sujet du remède pour Lyne, n'est-ce pas ? Je me rends dans un lieu où quelqu'un pourra peut-être nous aider. Je dois y apprendre à utiliser mon *inha* des Eaux.

Le guérisseur haussa les sourcils.

— Je ne comprends pas.

— Les Eaux ne sont pas mon élément de naissance, expliqua Ériana. Je suis des Vents. Et pour être initiée aux autres éléments, j'ai besoin de subir une certaine forme d'apprentissage. La personne que je vais rencontrer là-bas est là pour ça et c'est d'elle que j'espère obtenir les informations sur le remède.

— Mais je ne vois toujours pas pourquoi vous voulez faire un tel voyage pour apprendre à vous servir de votre énergie. Vous êtes en train de la manipuler depuis tout à l'heure.

Ériana fixa le guérisseur avec incrédulité puis se ressaisit.

— L'élément existe déjà en moi, c'est certainement ce que vous devez percevoir.

— Je ne perçois rien du tout, répondit l'homme. Je vois.

Il désignait le flacon renversé qui avait servi pour Gabrielle. La petite flaque qui s'était formée avec les dernières gouttes se comportait de façon étrange. Le liquide coulait en direction de Gabrielle et remontait le long de ses jambes jusqu'à ses brûlures.

Ériana secoua la tête comme si elle ne croyait pas ce qu'elle voyait. Les gouttes cessèrent tout mouvement et coulèrent comme elles auraient normalement dû le faire.

— Et là, vous avez arrêté de vous en servir, reprit le guérisseur. Vous ne me croyez toujours pas ? Vous êtes forcément une messagère des Eaux !

— C'est impossible… murmura Ériana. Ça devait être sous l'impulsion, je fonctionne souvent de cette façon, ajouta-t-elle en tentant elle-même de se convaincre.

— Pourtant, vous venez de le faire. Et le symbole sur votre insigne prouve que vous êtes de notre élément et qu'il vous est acquis au même titre que les Vents.

— Ce symbole est apparu sans que je comprenne comment. Il ne se révèle normalement qu'au moment où l'artefact reconnaît ma présence et mon existence. Sauf que je ne l'ai jamais eu entre les mains. Il n'a fait que m'appeler pour me faire comprendre où il était et…

Ériana se mit à douter et le trouble qui l'avait saisie sur la dune lui revint en mémoire. Le tumulte dans son *inha* avait cessé instantanément après sa chute, après qu'elle eut entendu son prénom, comme si elle avait tenu l'artefact entre ses doigts et qu'il l'avait reconnue.

Mais cela n'avait pas été le cas. Les seules personnes qui avaient eu l'artefact en leur possession au moment où elle avait ressenti cet appel étaient Plamathée et…

— Gabrielle… L'équilibre… Gabrielle crée l'équilibre entre Mesline et moi !

Tout prenait soudain du sens, au point qu'Ériana en fut presque étourdie. Si Gabrielle était bel et bien cette troisième prétendante assurant l'équilibre entre les deux autres, alors elle était elle aussi en lien avec les artefacts.

— Ériana ? s'inquiéta Plamathée en l'entendant parler toute seule.

— Je dois y aller, dit-elle en se relevant d'un bond.

— Mais… et l'artefact ?

— Je n'en ai plus besoin. En réalité, je n'en avais plus besoin depuis le début de la nuit, quand nous n'étions pas encore entrés dans Arden. Pourtant, c'est à partir de ce moment-là que je n'ai plus eu soif. J'aurais dû m'en rendre compte plus tôt.

— De quoi parlez-vous ?

— Je n'ai pas le temps de vous expliquer, dit-elle en se dirigeant vers la porte. Vous, lança-t-elle au guérisseur, quand Gabrielle se réveillera, vous lui direz qu'elle n'a aucun souci à se faire pour l'artefact. Bien au contraire, son aide m'a été très précieuse. Elle nous a fait gagner du temps à tous. Plamathée, aidez-moi à déplacer ces corps dans une autre cellule puis guidez-moi jusqu'à la sortie dont vous m'avez parlé.

La Mage hocha la tête et, à elles deux, elles déplacèrent les soldats dans la cellule d'en face. Ériana aurait préféré les mettre plus loin, mais elles n'en avaient pas le temps.

— Vous allez devoir remuer la totalité de votre Tour, Plamathée, dit-elle en suivant la Mage dans le passage secret que celle-ci lui faisait emprunter à grands pas.

— Je vais déjà commencer par faire sonder tous les membres de mon conseil.

— Non, ne faites surtout pas ça.

Plamathée s'arrêta pour défaire un des multiples boucliers qu'elles avaient déjà rencontrés en chemin. Seul le *inha* de la Mage pouvait les rompre. Ériana n'aurait jamais pu passer sans elle. Le passage secret les menait droit à l'extérieur d'Arden, d'une façon bien plus rapide que de traverser la cité. Les autres membres de l'équipe, ainsi qu'Erkam, devaient l'y retrouver directement.

— Je suppose que vous avez une excellente raison de me dire ça, soupira Plamathée.

— Vous devez laisser planer les apparences le temps de réunir toutes les informations dont vous aurez besoin. Ne renversez pas votre conseil demain. Attendez d'être remontée le plus haut possible.

Plamathée poussa la porte qui avait été dissimulée par le bouclier. L'air marin s'engouffra dans le passage.

— Vous n'avez plus qu'à descendre l'escalier et à passer la dernière porte. Elle n'est pas verrouillée, personne ne sait qu'elle existe à part moi. Et vous. Et maintenant Erkam et votre équipe. Mais je sais que le secret sera bien gardé. Soyez prudente, les escaliers sont encore glissants de la marée haute… J'espère vous revoir bientôt, Ériana.

— Moi aussi, mais je crains d'avoir besoin d'un peu plus de temps que ça. En attendant, trouvez vos preuves et agissez au moment opportun.

— Quand saurai-je que le moment est opportun ?

— Vous le sentirez au fond de vous. Suivez votre instinct. C'est le meilleur conseil que j'ai à vous donner.

— Je tâcherai de m'en souvenir, répondit Plamathée. Je suis juste démunie d'être aussi seule.

— Vous n'êtes pas seule. L'équipe de l'Ouest peut encore vous aider. Ce guérisseur aussi, et je pense qu'il n'est pas l'unique mage à être de votre côté. Si vous cherchez du monde pour soutenir votre projet, je pense que vous en trouverez au cinquième étage de votre Tour.

— Vous dites ça comme si vous compreniez ce que je ressens.

Ériana avança vers la sortie. Les marches mal taillées brillaient de l'eau qui s'en était retirée il y a encore peu de temps.

— J'ai été seule toute ma vie, jusqu'à les trouver, eux, dit-elle en désignant les silhouettes qu'elle pouvait apercevoir en bas de l'escalier. Je ne dis pas que vous ne vous sentirez plus jamais isolée, mais quelqu'un m'a montré que je ne serai plus jamais seule, et, malgré le fait qu'il ne soit plus là aujourd'hui avec moi, je sais qu'il avait raison.

— Je pense qu'il s'agit d'un de vos parents.

— Non, répondit Ériana sans hésitation. Il s'agit du fils de Hajul et d'Armia.

— Je suis désolée, dit Plamathée. Ça doit expliquer pourquoi ils sont si inquiets pour Lyne.

— Oh, ne vous en faites pas, Setrian est toujours vivant. J'aimerais seulement le revoir un jour et avoir la chance de lui dire tout ce qu'il représente pour moi.

— S'il vous a déjà entendue parler ainsi, il doit forcément le savoir.

Ériana leva les yeux vers le ciel, tentant d'apprécier le scintillement des étoiles.

— Nous n'avons malheureusement pas eu le courage ni le temps d'utiliser les mots. Aujourd'hui, je doute qu'il croie encore en moi, mais je ferai tout pour lui montrer qu'il avait raison de le faire dès le début.

— Ériana, dit Plamathée après un court silence, ce sera mon conseil en retour du vôtre. Cette leçon me vient d'une personne noble, mon père, Dris Anathé : ne doutez jamais.

Ériana faillit perdre l'équilibre en entendant le nom que Plamathée avait prononcé. Elle réalisait à présent pourquoi le prénom de la Mage lui avait semblé familier dans ses consonances. Mais ce détail serait pour une autre fois.

— Je m'en souviendrai, dit-elle en lançant un dernier regard en arrière. Encore une chose, dites à Hajul que l'équilibre de Gabrielle est la clef. Gabrielle doit toucher l'artefact pour que celui-ci me reconnaisse à travers elle. Dites-lui que Mesline doit malheureusement elle aussi profiter de ce contact. L'information est capitale, surtout s'ils finissent par quitter la Tour pour les Feux avant que nous ne soyons revenus. Peut-être même que Gabrielle peut subir le transfert pour moi.

Elle n'attendit pas que Plamathée lui réponde. L'appel viscéral pour le sanctuaire des Eaux la submergeait soudain, noyant ses pensées sous une nouvelle évidence. Elle savait où aller.

Elle dévala l'escalier et rejoignit les quatre silhouettes qui l'attendaient dans la nuit, prêtes à s'éloigner de la cité d'Arden pour une zone encore assez floue mais sûre.

Le nord, à cinq jours de marche. C'était tout ce qu'elle était capable d'identifier pour l'instant, mais elle avait confiance en son instinct. Elle trouverait le sanctuaire.

43

— Tilène, laisse-le tranquille.
— Je veux rester près de lui.
— À t'agiter comme ça, tu vas plus le fatiguer qu'autre chose.
— Il dort tout le temps, comment est-ce que je pourrais le fatiguer ?

Setrian émergea du sommeil au grommellement de Brom. Ses sens lui revenaient progressivement mais il ne voulait pas ouvrir les yeux. Le simple fait de se redresser pouvait raviver la douleur.

— Il n'arrive pas à se reposer quand il est dans sa charrette, les Friyens me l'ont dit.
— Tu parles avec eux ? s'étonna Tilène. Depuis quand ?
— Depuis que j'ai eu à le ramener dans sa tente et qu'ils étaient les seuls à l'avoir en permanence sous les yeux. Il a fallu que j'en convainque un pour qu'il s'occupe de lui. Il n'était pas vraiment heureux de le faire, alors j'ai passé un marché. C'est comme ça que j'ai pu faire en sorte qu'il reste dans notre tente.
— Quel marché ?

Brom soupira.

— Tu es insupportable, Tilène !
— Excuse-moi de m'inquiéter pour lui !

— Tu sais très bien que tu ne t'inquiètes pas entièrement pour les bonnes raisons. Tu vas te faire du mal à force de te comporter comme ça.

— Quoi ? Parce que je suis trop jeune ? Je m'en fiche !

— Ce n'est pas une histoire d'âge, rétorqua Brom. Setrian ne pourra jamais éprouver ce que tu espères de lui.

— Et que penses-tu que j'espère de lui ?

— Ne cherche pas à me provoquer, Tilène. Tout le monde sait ce que tu as en tête.

Il se passa un court instant de silence avant que Tilène ne réponde.

— Tout le monde ? demanda-t-elle d'une petite voix.

— Tout le monde, répéta Brom. Même lui.

Setrian ne voulait pas entendre l'échange. Il voulait se rendormir pour ne ressentir aucune des brûlures qui lui couvraient le dos et les bras. Il ne voulait pas sentir sa peau résister à ses mouvements parce qu'elle était en train de cicatriser. Il ne voulait presque même plus respirer. Mais la discussion entre Brom et Tilène le concernait. Il n'arrivait pas à s'en détacher.

— Et tu as très bien entendu ce qu'il a dit dans son sommeil, reprit Brom.

— C'est peut-être un membre de sa famille, répondit Tilène d'une voix encore plus faible. Ou une personne qu'il a croisée avant d'arriver ici.

— Arrête avec ça ! Tu ne rends service à personne et sûrement pas à toi-même.

— Mais tu m'as dit qu'il m'avait appelée le premier soir !

— Il était au bord de l'inconscience et il voulait savoir si tu allais bien ! Tu as vu ce qu'il a fait pour toi ? C'était la moindre des choses que de lui dire que son sacrifice avait été utile.

— Justement, il m'a protégée ! s'emporta Tilène. Ce n'est pas un signe de ce qu'il ressent ?

— Tu es encore si jeune, soupira Brom. Tu mélanges tout. J'aurais pu faire la même chose que lui. Il se sentait responsable de ce qui t'arrivait. C'est pour ça qu'il a pris ta défense.

— Mais tu ne l'as pas fait, toi ! C'est bien la preu…

— Ce n'est pas ton prénom qui est sorti de sa bouche pendant ces derniers jours ! C'était Ériana. Tu l'as entendu aussi bien que moi. Ériana ! Pas Tilène !

Le silence s'installa sous la tente puis des hoquets et des pleurs jaillirent. Des bruits de pas courus, le son d'un tissu qu'on laisse retomber. De nouveau le silence, puis quelques murmures.

— Il fallait que quelqu'un le lui dise, Brom, dit une autre voix masculine.

— Vous auriez pu m'aider ! Je n'ai pas eu d'enfants à éduquer par rapport à leurs sentiments.

— Pourtant, tu avais l'air de bien t'en sortir.

— Aric… menaça Brom.

Un léger rire parcourut la tente et Setrian comprit qu'ils étaient au moins cinq réunis dans le petit espace. Il refusait toujours d'ouvrir les yeux mais son esprit était maintenant trop alerte. De plus, son estomac se tordait de faim. La sensation était presque plus intense que les brûlures. Il pouvait peut-être essayer de bouger.

— Brom, appela-t-il doucement.

477

— Ah, Setrian ! Tu es réveillé. Que quelqu'un aille lui chercher à manger.

— Je m'en occupe, dit Aric en se levant.

Aric semblait avoir beaucoup moins de mal à se déplacer. Ses blessures avaient eu le temps de cicatriser. Setrian se demandait combien de temps il lui faudrait pour atteindre le même état sans l'aide d'un guérisseur des Vents.

— Évite de bouger, dit Brom en le voyant commencer à pousser sur ses mains pour se redresser. Il y a encore toute cette pâte que tu as sur le dos.

— Cette quoi ? s'étonna Setrian.

— C'est un remède que… quelqu'un a apporté. Elle a dit que ça aiderait pour cicatriser.

— Nous avons une nouvelle guérisseuse chez les prisonniers ?

— Pas vraiment…

Brom évitait manifestement son regard.

— Brom, qui est venu ?

Il hésita avant de répondre puis se tourna vers Setrian avec une grimace d'excuse.

— Leona.

Setrian trouva la force de pivoter la tête pour s'appuyer sur son front en soupirant. Si la Mage avait pris le risque d'aider à sa guérison, c'était qu'elle avait quelque chose en tête. Toutes les idées de Leona étaient aussi calculées les unes que les autres. Une seule autre particularité les unissait, la menace qui pesait derrière chacune.

— Qu'est-ce que vous avez dû faire en échange ?

— J'ai pris ta place à son service et à celui d'Ernest, répondit Brom. Le mage n'était pas spécialement content d'avoir un Na-Friyen à son service, mais je l'ai fait.

Setrian se détendit légèrement. Si c'était la seule chose que Leona avait exigée, c'était finalement assez tranquillisant. Mais l'inquiétude le reprit soudainement quand il comprit ce que Brom avait dû faire.

— Tu as monté leur tente ?

— Oui. Et étalé leurs tapis, insista Brom.

— Et... Qu'as-tu fait avec ces tapis ? demanda Setrian, le cœur battant à toute allure.

— Je les ai mis par terre, comme on est censé le faire à chaque fois. Je n'ai curieusement jamais eu besoin des deux derniers.

Brom le fixait avec un regard sévère, montrant clairement qu'il attendait des explications une fois qu'ils seraient seuls. Mais ce moment risquait de tarder un peu étant donné qu'il faisait nuit et que les personnes réunies sous la tente allaient bientôt dormir.

— Je ne savais pas qu'on stockait également les rebuts d'outils dans cette malle, ça nous aurait peut-être facilité la tâche, intervint l'un des autres prisonniers.

— Elle est déjà pleine, coupa Brom. C'est pour ça que je vous ai dit d'en trouver une autre. Hé, vous deux, vous pourriez aller voir pourquoi Aric met autant de temps ? Je ne voudrais pas qu'un de ces mages lui ait demandé quelque chose en chemin. Setrian a besoin de manger et je trouve que ça traîne.

— Depuis quand est-ce que tu nous donnes des ordres ?

— Depuis que j'ai été le seul à réagir quand Setrian est allé défendre Til.

— Tu nous as tous mis en danger en demandant à ce qu'il vienne dans notre tente !

— Leona ne nous fera rien tant qu'il sera ici.

— Tant qu'il sera ici, tu l'as dit, répéta le prisonnier. Qui sait ce qui nous arrivera après ?

— D'ici là, elle nous aura oubliés. Et je ne compte pas rester dans ce campement encore longtemps. Toi non plus, il me semble. À moins que tu aies changé d'avis ?

Le prisonnier ne répondit pas et Brom fit un geste pour lui indiquer de sortir. Le second suivit, indifférent à l'altercation qui venait de se produire.

— Je peux tout t'expliquer, dit Setrian dès que les deux prisonniers furent partis.

— Il y a plutôt intérêt, répondit Brom en croisant les bras.

Aric pénétra à ce moment-là sous la tente. Il tenait un bol de soupe fumant dans ses mains.

— J'ai croisé les deux autres, dit-il en s'asseyant à côté de Brom. Je leur ai dit que les soldats avaient besoin de leurs services.

— C'est vrai ? demanda Setrian.

— Les soldats ont toujours besoin de nos services, répondit Aric en levant un sourcil.

— Ne t'éloigne pas du sujet, Setrian, reprit Brom. Qu'est-ce que c'est que cette chose que j'ai trouvée dans la malle de Leona ?

Setrian se redressa doucement. La pâte sur son dos semblait assez solide pour ne pas s'effriter. Il resta néanmoins penché en avant.

— Tu me fais confiance ?

— Oui, je te fais confiance. Aric aussi, mais il serait temps que *tu* aies confiance en nous.

— Alors, vous me croirez si je vous dis que je ne peux pas vous révéler ce qu'est cet objet ?

Brom et Aric échangèrent un regard.

— Ça ira pour cette fois, répondit Aric. Mais tu dois nous expliquer ça.

Il sortit un tissu blanc de sa poche. Setrian se décomposa en voyant son insigne des Vents. Il pouvait raconter un mensonge de plus, dire qu'il avait pris cet insigne sur quelqu'un. Après tout, c'est ce qu'il avait fait avec celui des Terres. Mais il savait que les deux prisonniers ne le croiraient pas.

— C'est mon insigne, avoua-t-il.

— Et ce bracelet que tu as en ce moment autour du poignet ?

— C'est celui d'un mage prisonnier du *Velpa* qui est mort devant moi.

— Tu as volé l'insigne d'un mage ?

— Il était mort, se défendit Setrian.

— Tu l'avais tué ?

— Non, le voyage qu'il avait effectué depuis le milieu de la Na-Friyie, ainsi qu'Irina, s'en étaient déjà chargés.

— Attends... Tu es en train de parler du messager qui a apporté le courrier nous disant de rejoindre l'ouest du territoire ? Celui avec lequel tu nous as dit être arrivé ?

Setrian fut surpris que Brom se souvienne de ce détail mais il ne le resta pas très longtemps. Depuis le début, Brom et Aric avaient montré de grandes capacités d'observation.

— C'est ça, répondit Setrian en hochant la tête.

— Qui es-tu ? demanda sérieusement Brom.

— Un messager. Des Vents, ajouta-t-il en désignant l'insigne.

— Comment est-ce qu'on dit déjà... *Aynetiel* ? Setrian, pourquoi nous as-tu caché ça ? À moins que ce ne soit pas ton véritable prénom mais aussi celui du mage à qui tu as emprunté son insigne.

— Non, c'est mon nom. Je ne vous ai pas menti là-dessus.

— Sur quoi d'autre nous as-tu menti ?

Setrian prit une profonde inspiration. Concrètement, il n'avait pas eu à inventer beaucoup de choses. Il s'était passé de révéler certains détails.

— Je suis entré dans ce bataillon pour comprendre le lien entre l'armée et le *Velpa*.

— Pourquoi voudrais-tu découvrir ça ? s'étonna Brom. Ils travaillent ensemble depuis le début, ces mages et cette armée. Je n'ai jamais vu un seul bataillon sans eux !

— Depuis le début ? s'inquiéta Setrian.

— Ça fait facilement trois ans qu'on s'est fait prendre, non ?

Aric approuva silencieusement. Setrian sentit des frissons lui parcourir le dos.

— Qu'est-ce que vous savez de plus à ce sujet ?

— Qu'est-ce que *tu* sais de plus à ce sujet, Setrian ?

Brom avait raison, ils ne pourraient pas avancer si tout n'était pas dévoilé. Setrian repensa au mage prisonnier avec lequel il avait à peine eu le temps de partager quelques informations avant d'avoir à le tuer. Il ne voulait pas que le même sort soit réservé à Brom et à Aric. Mais il lui fallait des réponses.

— Le *Velpa* est un groupe de mages souhaitant raviver le *inha* réducteur, commença-t-il. C'est une énergie qui a été supprimée il y a…

— On sait très bien ce qu'est le *inha* réducteur, coupa Aric.

— Vous savez ?

Setrian était ahuri. Pour lui, la majorité des prisonniers étaient des Na-Friyens incapables de savoir à quel élément ils appartenaient.

— Comment ? fut la seule chose qu'il réussit à formuler.

— Parce qu'on l'a tous entendu, répondit Brom d'une voix douloureuse. Pour ceux qui s'en souviennent et qui n'en sont pas morts ensuite.

— Vous avez entendu parler du *inha* réducteur, mais vous ne saviez pas pour les éléments et les cités ?

— Setrian, c'étaient les termes que nous entendions le plus souvent dans nos têtes. Nous n'avons pas gardé beaucoup de souvenirs des *inha'roh*. C'est ce qui m'a marqué et c'est aussi ce qui a marqué Aric. À chaque fois, on était un peu plus vidés, mais peut-être qu'on se trompe.

Setrian secoua la tête. Ce que disait Brom n'avait aucun sens.

— Tu parles de *inha'roh* comme si tu savais de quoi il s'agissait. Pardonne-moi, mais je trouve ça assez incroyable.

— Je ne suis pas sûr de savoir vraiment ce que c'est, répondit Brom, mais je sais que j'y ai participé.

Aric aussi. Presque tous les prisonniers dans ce camp ont participé à ces conversations, même si nous n'étions pas tous au même endroit.

— Que savez-vous de ces conversations ? demanda Setrian en cherchant à savoir si Brom et Aric n'étaient pas en train de se tromper.

— Qu'elles sont faites par la pensée, à distance, et qu'il avait besoin d'un très grand nombre de prisonniers pour parvenir à combler cette distance.

— Qui ça, il ?

— Celui qui établissait les *inha'roh*. Les personnes avec lesquelles il parlait l'appelaient le Maître, mais nous ne l'avons jamais vu. Nous étions tous entassés dans une pièce. Nous devions nous tenir les mains ou les pieds, ou n'importe quoi d'autre. Tout ce qu'il fallait c'était être en contact physique les uns avec les autres. L'un d'entre nous portait une chaîne autour du bras et cette chaîne passait dans un trou dans le plafond de la salle où nous étions. Je suppose que c'était lui, ce Maître, qui tenait l'autre extrémité, car on pouvait tous bizarrement ressentir sa présence. Et si on n'était pas encore inconscient, on pouvait aussi entendre ce qu'il racontait. Dans nos têtes.

Setrian écarquilla les yeux. Toutes les conditions nécessaires au lien de pensée regroupant plusieurs sources de *inha* avaient été décrites.

— Il vous utilisait pour des *inha'roh* groupés, dit-il enfin. Mais pour contacter qui ?

— Les autres mages du *Velpa*.

— Vous avez retenu des noms ? s'empressa-t-il de demander. Mesline, par exemple ?

— Ça ne me dit rien. Et toi, Aric ?

Aric nia de la tête. Setrian réalisa sa bêtise en effectuant un léger calcul. Mesline n'avait intégré le *Velpa* qu'il y a très peu de temps. C'était bien trop récent pour les deux prisonniers.

— Et où étiez-vous ? poursuivit-il.

— En Na-Friyie, répondit Brom. Où voulais-tu qu'on soit ?

— Un endroit particulier en Na-Friyie ?

— La capitale, Naja.

Setrian tenta de se souvenir de la carte des quatre territoires. La Na-Friyie faisait le triple des territoires des Eaux, des Vents et des Terres réunis. Celui des Feux se situait en dessous. Contacter un mage dans n'importe quel territoire depuis la capitale requérait une quantité incroyable de *inha*.

— Vous étiez combien, à chaque fois, dans ces salles où ils vous demandaient d'être en contact ?

— Une quarantaine, peut-être. Nous n'avions pas de lumière. Si tu avais entendu les enfants... Pour la plupart, ils avaient été séparés de leurs parents. C'étaient eux qui mouraient les premiers.

Setrian serra les poings en entendant cela. La répression en Na-Friyie s'expliquait enfin. Ce Maître désirant éveiller le *inha* réducteur avait eu besoin de sources d'énergie pour ses contacts à distance. Il lui avait suffi de demander aux mercenaires de les trouver pour lui.

— Combien de temps êtes vous restés là-bas ?

— On ne sait pas vraiment. Nous n'étions pas dans la même salle lorsqu'ils se servaient de nous. Mais je pense que j'ai dû y rester bien plus d'un an.

— Une année complète, pour moi, compléta Aric. Mais d'autres y étaient depuis déjà un certain temps. Au fur et à mesure que les gens mouraient, ils étaient remplacés. Heureusement pour nous, nous sommes arrivés lorsqu'ils commençaient à manquer de prisonniers. Les autres me disaient qu'ils avaient ralenti la fréquence des *inha'roh*. Et puis, d'un coup, ils ont à nouveau trouvé beaucoup de personnes. À partir de là, ils ont fait un tri. Tous ceux qui étaient là depuis plus d'un an devaient rejoindre l'armée, les autres restaient en tant que source. C'est comme ça qu'on est arrivés là, avec Brom.

Setrian sentit son visage pâlir. La menace du *Velpa* prenait une tout autre ampleur.

— Lorsque je vous ai appris l'existence des *inha* de chaque élément, reprit-il, je vous ai précisé qu'ils ne pouvaient pas interagir les uns avec les autres. Comment cet homme pouvait-il faire pour contacter chaque territoire ?

— Je ne sais pas, répondit Aric. Les termes de *inha* réducteur, *Geratae*, et Abram, je suppose que c'est un prénom, sont les seules choses qui ont marqué mon esprit. Pour le reste, nous étions tous beaucoup trop faibles pour retenir quoi que ce soit.

— *Geratae*… répéta Setrian. Cela signifie réducteur des Eaux. Et vous dites que vous n'étiez pas tous les deux dans la même pièce ?

Les deux hommes hochèrent la tête. Setrian avait besoin d'informations supplémentaires.

— Je suppose que je peux te le dire, à présent, Brom. Tu es des Vents. Je l'ai su dès que je t'ai vu, mais je ne pouvais pas te le révéler sans compromettre ma fausse identité. Les mages qui vous détenaient à Naja ont dû vous faire passer une sorte de test avant de vous répartir dans ces pièces.

— Si par test, tu entends te retrouver devant un comité qui te dévisage avant de hurler « troisième salle » au soldat derrière toi, alors oui, nous avons passé un test.

— Ils avaient besoin de savoir à quel élément vous apparteniez.

— Tu veux dire que nous étions classés par affinité ?

Setrian commença à réfléchir à la question d'Aric mais Brom l'interrompit.

— Est-ce que *Geratiel* signifierait quelque chose pour toi ?

— C'est le terme ancestral pour désigner un mage réducteur des Vents.

— Alors je pense que c'est ce que j'ai entendu.

— Un prénom, peut-être ? tenta Setrian. Ethan ? Céranthe ? Peryl ? Évandile ?

— Tu peux répéter le deuxième ?

— Céranthe.

Brom hésita un moment. Setrian ne savait pas pourquoi son pouls s'emballait. Il savait déjà que Céranthe était membre du *Velpa*, mais il avait la sensation que la confirmation de ce prénom l'aiderait à y voir plus clair.

— Je ne suis pas sûr.

— Ça n'est pas important, le rassura Setrian. En revanche, ce qui m'inquiète, c'est que celui ou celle qui établissait les *inha'roh* était de l'élément correspondant à ceux entassés dans la pièce en dessous. Ce qui me fait redouter la seule conclusion que je peux apporter.

— Je crois que tu nous la dois, cette conclusion, souleva Aric, aussitôt approuvé par Brom.

Les deux hommes avaient raison. Avec tout ce qu'ils venaient de lui révéler, Setrian s'en voulait d'avoir gardé le silence aussi longtemps mais il n'aurait jamais pu savoir que la plupart de ses réponses étaient sous ses yeux. Il se demandait presque s'il pouvait réunir les prisonniers pour leur demander de chercher dans leurs souvenirs. Peut-être que Tilène en saurait davantage, mais il sentait que la jeune fille ne serait plus très disposée à lui répondre.

— Ce n'est qu'une supposition, soupira-t-il, mais c'est la seule que j'ai à donner.

— Si ça peut nous aider à mieux comprendre ce qui se passe ici…

— Vous étiez tous répartis dans quatre pièces différentes, mais vous parlez tous du même Maître. Ce n'est pas possible. Je ne connais qu'une seule personne qui détient le *inha* des quatre éléments et elle ne les a que depuis le premier jour du printemps.

— Serait-ce la même personne que celle dont tu nous as déjà parlé ? Cette femme qui a réussi à rejoindre la Friyie en traversant les Havres Verts ?

— Oui, c'est elle, mais ce n'est pas le sujet. La seule raison expliquant ce tri à Naja est que vous deviez tous être du même élément que la personne vous utilisant. Vous avez été répartis dans quatre pièces, une pour chaque élément. Il ne peut pas y avoir un seul Maître. Il y en a forcément quatre.

Setrian était désespéré de voir à quel point le *Velpa* était développé. La menace s'étendait au-delà de leurs frontières, impliquant même la Na-Friyie.

— Ça n'a pas l'air de t'affoler tant que ça, souleva Brom.

— Qu'ils soient quatre ou un seul ne change rien, répondit-il, défaitiste. Il faudra quand même les empêcher de faire aboutir leur plan.

— Et tu sais comment t'y prendre ?

Setrian attrapa son insigne et le passa à son poignet. Le bracelet de tissu n'était qu'un moyen de se concentrer mais son contact était réconfortant. Il se sentait d'ailleurs davantage en lien avec Ériana lorsqu'il le portait. Elle allait bien, il le percevait au fond de lui. Le reflet était calme et apaisé. Il y avait cependant une nouvelle saveur, assez inexplicable.

— J'ai *quelqu'un* pour ça, répondit-il.

— Ériana ?

Setrian hocha la tête, content que Brom ait fait le rapprochement aussi rapidement.

— Elle est en train d'apprendre à manier les quatre éléments. Elle est notre seule chance.

Brom et Aric, qui s'étaient penchés au fur et à mesure de la conversation, se redressèrent d'un coup en entendant du bruit à l'entrée de la tente. Setrian sursauta en voyant les deux prisonniers qu'Aric avait éloignés le temps qu'ils puissent discuter. Il attrapa le bol de soupe qu'Aric avait apporté et en vida la moitié pendant que les deux hommes rejoignaient leur matelas de fortune.

— Je crois qu'à tes yeux elle représente bien plus que notre chance, vu la façon dont tu l'appelais pendant ton sommeil, murmura Brom avec sérieux. Ce qui me fait revenir à Leona. Je ne sais pas quel marché tu as conclu avec elle, mais il est évident qu'elle te tient pour responsable de quelque chose et qu'elle veut obtenir des réponses. Je sais à quel point certaines situations sont parfois désespérées et...

— Brom, viens-en au fait.

Le prisonnier se mordit les lèvres avant de répondre puis détourna le regard comme pour s'excuser.

— L'une des raisons pour lesquelles elle a accepté que tu restes ici avec nous était de t'envoyer à elle dès que tu te réveillerais. Je ne voulais pas t'en parler avant d'être certain que tu pouvais tenir debout, mais là, nous ne pourrons plus prétendre très longtemps. Elle savait de toute façon que le baume qu'elle t'a appliqué te ferait aller mieux. Elle t'attend.

44

Setrian remit son insigne des Vents dans sa poche et frissonna. Son torse nu était exposé à l'air glacial. Seul son dos, couvert de baume, ne ressentait rien. Il était devant la tente de Leona et des soupirs provenaient de l'intérieur. Il reconnaissait les grognements d'Ernest et le souffle de Leona lorsqu'ils partageaient un moment d'intimité. Il recula avec dégoût. Il ne voulait pas être témoin de leurs ébats une fois de plus.

Il était en train de repartir lorsque le râle d'Ernest lui parvint aux oreilles. Le mage, aussi discourtois que cela l'était, serait sorti dans quelques instants. Si Setrian voulait passer inaperçu, il n'aurait d'autre choix que de courir. Mais il lui faudrait tôt ou tard affronter Leona. Maintenant qu'il était là, il ferait mieux d'y aller.

Comme il s'y attendait, Ernest sortit presque immédiatement de la tente. Il n'accorda même pas un regard à Setrian qui attendait, immobile, à côté de l'entrée. Setrian hésita une dernière fois à s'en aller puis se reprit. Le moment était idéal. Leona ne voudrait pas traîner.

— Mage Leona ? tenta-t-il.

Il entendit un froissement de couvertures et quelques mouvements rapides. Il se demandait ce qu'elle faisait pour mettre autant de temps à lui répondre.

— Entre, dit-elle enfin.

Setrian obéit et laissa le rabat de la toile se refermer derrière lui. Une lampe éclairait le centre de l'espace confiné. Leona était assise sur son matelas, la poitrine à nu, sa couverture posée sur ses jambes.

— Te voilà réveillé. Je me doutais que tu ne tarderais pas.

— Merci pour le remède, se força-t-il à dire.

— J'y étais obligée si je voulais que tu reviennes à toi plus vite. Alors, qu'as-tu observé ?

Il retint son soupir. Tout ce qu'il voulait voir d'elle, c'était son cadavre et pourtant, il devait prendre le temps de lui répondre.

— J'ai découvert où elle portait son insigne.

Le visage de Leona s'illumina. Il avait rapidement compris que, pour elle, l'information était capitale, même s'il ne voyait pas vraiment ce qu'elle comptait en faire. Lui s'en moquait pas mal. Il avait réuni les informations qu'il souhaitait. La surveillance d'Irina lui avait été plus que profitable.

— Alors ? demanda-t-elle avec avidité.

— Il est au niveau de son pied...

— Je le sais ! s'emporta-t-elle. Si je n'avais voulu apprendre que ça, je n'aurais jamais fait appel à tes services ! Tu ne m'es d'aucune utilité, avec si peu.

— Si vous me permettiez de terminer, peut-être que vous seriez davantage satisfaite !

Il s'était enflammé au-delà de ce qui lui était permis. Leona se leva d'un bond, négligeant de maintenir sa couverture sur elle, et se retrouva entièrement nue devant lui. Elle lui asséna deux gifles.

— La première était pour ton insubordination. La seconde pour ne pas avoir détourné le regard. Continue, maintenant.

Elle se rassit et jeta de nouveau la couverture sur ses jambes. Il ne comprenait pas pourquoi elle ne prenait pas la peine de recouvrir sa poitrine. Il fixa ses yeux dans les siens, il ne comptait pas lui laisser une occasion supplémentaire de lui faire du mal.

— Il s'agit d'un bracelet de tissu simi...

Il s'interrompit de justesse. Il avait été sur le point de citer son propre insigne en exemple. Leona ne connaissait de lui que le bracelet des Terres qui pendait à son poignet.

— Pourquoi t'arrêtes-tu ? s'énerva-t-elle.

— Je cherche le meilleur moyen de vous le décrire.

— Eh bien dépêche-toi !

— Peut-être que cela irait plus vite si mon esprit n'était pas encore nébuleux, mentit-il. Dois-je vous rappeler que c'est à cause de vous que je suis dans cet état ?

Il n'arrivait plus à contenir sa haine. Le supplice qu'elle lui avait fait endurer, l'humiliation, aussi, n'étaient plus supportables. Il aurait voulu l'étrangler de ses propres mains à l'instant même.

— Si tu ne t'étais pas interposé pour défendre une moins que rien, tout cela n'aurait jamais eu lieu ! Qu'avais-tu en tête ? Cette gamine aurait-elle usé de ses charmes sur toi ? Imbécile que tu es. Les prisonniers comme toi ne valent rien. Vous n'êtes destinés qu'à notre usage et nous disposons de vous à notre guise. Tu crois sincèrement que j'ai le moindre remords à t'avoir châtié ainsi ? Détrompe-toi. Tu n'es qu'un rat de plus. Un misérable qui n'a même pas la force de se rebeller.

Setrian serra les poings. Sa rage bouillait en lui. Il ne devait pas la laisser éclater au grand jour, sans quoi les représailles seraient encore plus douloureuses que celles qu'il endurait à l'instant. Il devait même impérativement se calmer. S'il ne se contrôlait plus, son *inha* pourrait, d'une façon similaire à Ériana, prendre le dessus et se manifester.

— Tu as de la chance que j'aie demandé à Ernest de me laisser faire, continua-t-elle. Si cela avait été lui, tu serais probablement mort à l'heure qu'il est.

Il ne savait pas si elle mentait, mais se permit de douter. Elle pouvait parfaitement avoir inventé ce détail en espérant que cela déclencherait quelque chose en lui, sauf que la seule chose qu'elle avait réussi à faire était de le rendre encore plus amer. Si elle espérait le convaincre de sa générosité d'une façon aussi abjecte, elle se trompait.

— Je suis peut-être censé vous remercier, alors, dit-il, les dents serrées.

— Je n'ai que faire de ta gratitude. Je veux mes informations.

Elle s'était relevée, laissant cette fois délibérément tomber sa couverture à ses pieds, comme pour vérifier qu'il allait baisser les yeux. Il n'en fit rien mais elle posa malgré tout sa main dans son dos et planta ses doigts dans le baume jusqu'à ce que ses ongles l'aient transpercé. Setrian laissa sa bouche s'arrondir mais ne s'autorisa aucun son.

— Tu es peut-être le plus résistant de tous ces misérables, murmura-t-elle, venimeuse.

— Et vous êtes sûrement la pire de tous les mages de ce bataillon, répondit-il. Si jamais Irina venait à périr, ils n'auraient pas à chercher bien loin pour la remplacer.

À ces mots, Leona retira sa main et recula d'un pas, presque le sourire aux lèvres. Setrian resta perplexe. Sa remarque était loin d'être un compliment mais elle semblait l'avoir pris comme tel.

— Voilà enfin que tu fais preuve d'un peu d'intelligence. Allez, dis-moi où Irina porte son insigne.

Voir Leona aussi proche alors qu'il ne pouvait rien faire le mettait hors de lui. Elle semblait complètement délaisser le fait qu'il était un homme capable de l'immobiliser par ses simples muscles. Leona devait avoir une confiance totale en son *inha*. Il était vrai que le peu qu'il en avait vu avait montré à quel point elle le maîtrisait.

Elle ne s'était jamais rendue aussi vulnérable. Nue, presque collée à lui, il pouvait sentir sa poitrine contre son torse à chacune de ses inspirations. Peut-être était-ce un moyen de lui montrer qu'il était encore sous son contrôle. Même si ce n'était pas réellement le cas, il était encore obligé de feindre.

— C'est un bracelet de tissu gris avec le symbole des Terres brodé. Il est passé autour de son pied au niveau de sa voûte plantaire. Personne ne le voit jamais car il est dissimulé par sa chaussure. Je crois qu'elle ne le quitte jamais. À l'exception peut-être de la nuit, mais je n'ai pas eu la possibilité de la surveiller à ces occasions.

Leona avait presque cessé de respirer. Ainsi immobile, elle donnait l'impression d'être la plus parfaite statue de marbre. Mais une statue ne pouvait pas dégager autant de haine.

Lentement, elle se hissa sur la pointe des pieds et approcha sa bouche de son oreille. Maintenant que leurs corps étaient en contact, il pouvait la sentir trembler. Sauf qu'il ne s'agissait pas de peur, mais de la plus pure excitation.

— Tu vas te débrouiller pour savoir si elle le quitte la nuit, murmura-t-elle. Je me fiche de la façon dont tu t'y prends mais il n'est plus question que tu te mettes dans des situations comme celle qui t'a menée à cet état. Je ne pourrais plus intervenir pour prendre ta défense.

Il se retint de dire qu'il ne comptait vraiment pas sur elle pour cela et se contenta de hocher la tête quand une douleur soudaine lui transperça le lobe de l'oreille. Leona y avait brusquement planté ses dents. Elle s'attelait maintenant à promener sa langue juste en dessous, récupérant le sang chaud qui devait couler de la morsure.

— En gage de ce nouveau marché, dit-elle en se remettant face à lui.

— Un marché implique généralement que les deux parties soient gagnantes, gronda Setrian.

— La gamine pourrait en pâtir, répondit Leona, un sourcil levé.

Setrian se pinça les lèvres pour éviter de répondre et Leona afficha le sourire le plus vil qu'il lui avait jamais vu. Il était à deux doigts de tout lâcher lorsque Ernest déboula sous la tente.

— Qu'est-ce que tu fais ?

La voix d'Ernest ne l'avait jamais autant soulagé. Il ne savait en revanche pas à qui la remarque était adressée. À voir le mouvement de recul de Leona et la façon dont elle s'essuyait les lèvres, elle l'avait prise pour elle.

— Je vérifiais qu'il était capable de poursuivre son travail. J'en ai assez de ces Na-Friyens trop rustres pour savoir ce qui doit réellement être fait.

Setrian pesa chaque mot. Il était évident que le message lui était destiné. Mais d'après sa façon langoureuse de le regarder, Leona prévoyait également autre chose et se moquait parfaitement qu'Ernest puisse le comprendre.

Il eut presque un haut-le-cœur. Il était hors de question de se prêter au jeu qu'elle semblait avoir en tête. Son corps excité et ses pupilles dilatées n'auraient pu l'être que de la nouvelle qu'elle venait d'apprendre au sujet d'Irina, mais il voyait bien que sa bouche entrouverte réclamait davantage.

— Retourne à ta tente, ordonna Leona en se dirigeant vers son lit. Tu reprends ton service demain matin, dès l'aube.

Setrian s'inclina en signe d'acquiescement et attendit qu'Ernest se soit écarté pour sortir.

À peine fut-il dehors qu'il se mit à courir. Il voulait mettre le plus de distance possible entre Leona et lui et frotta même le torse comme si se débarrasser de l'odeur qu'elle avait laissée sur lui pouvait l'éloigner davantage.

Il s'arrêta, essoufflé, en bordure du campement où plusieurs sentinelles montaient la garde. Un des soldats commença à s'avancer lorsqu'il le vit arriver, mais Setrian fit signe qu'il ne comptait pas aller plus loin. Trois pas suffiraient à le voir mort, ces hommes étaient presque aussi doués avec leurs arcs qu'Ériana avec le sien. Ils ne le manqueraient pas, malgré tous les Vents qu'il pourrait mettre en place pour dévier les flèches.

Il posa ses mains sur ses genoux et relâcha la tête en avant. Le froid était encore plus mordant que lorsqu'il s'était rendu dans la tente de Leona et aida à faire passer la nausée qui l'avait pris juste avant de partir. Le regard languissant l'avait révulsé, mais il était certain qu'il n'était pas la cause du remous viscéral qu'il ressentait dans son ventre.

Non, il y avait autre chose, et cette raison se trouvait à l'autre bout du territoire.

Le *inha* d'Ériana était en plein tumulte.

45

Ériana s'assit pour faire passer les crispations de son ventre. Noric était déjà prêt à côté d'elle, un remède entre les mains. Elle repoussa gentiment sa proposition. Cela faisait trois fois qu'elle avalait l'étrange liquide. Cette fois, elle n'était pas certaine qu'il resterait dans son estomac.

Les autres montaient la garde. Seul Erkam hésitait entre s'inquiéter pour elle et scruter les environs.

— Vous êtes certaine que vous ne voulez pas reprendre ce remède ? dit-il, penaud.

— Erkam ! Cessez de vous tracasser pour moi ! répondit-elle, passablement énervée. Et dites-moi plutôt si vous reconnaissez cet endroit !

Le passeur s'écarta comme si elle lui avait fait peur et se mit à tourner autour du petit groupe. Ériana desserra les dents en sentant la nausée passer.

— C'est bon, ça va mieux, dit-elle à Noric en relevant la tête.

— Je ne sais pas si je dois te croire. Tu disais déjà ça tout à l'heure. De même qu'hier et le jour précédent. En fait, je pense que tu dis ça depuis que nous avons quitté Arden.

— Et comme les autres fois, je t'assure que c'est passé.

Ériana se détendit alors que son malaise s'effaçait. En dehors des pas d'Erkam, la forêt était d'un silence imperturbable.

Ils s'y étaient engagés dès l'aube après leur départ de la cité. Ériana n'avait jamais cru qu'il pouvait exister une telle forêt au nord d'Arden, mais elle s'était trompée. Elle avait l'impression de se retrouver dans une réplique des Havres Verts. Seul avantage, elle sentait qu'ils arrivaient au terme de leur voyage.

— Je suis désolé, répondit Erkam. Ça ne me rappelle rien de ce que j'ai pu voir dans le livre de notre bibliothèque.

— Ne vous excusez pas, marmonna Ériana en se levant. C'est moi qui devrais demander votre pardon pour m'être emportée comme ça. C'est déjà un miracle que vous ayez entendu parler de l'existence de ce sanctuaire.

Ériana avait été soulagée d'apprendre que le sanctuaire des Eaux n'était pas qu'une affabulation de son esprit. L'endroit existait réellement, sauf qu'il avait été apparemment délaissé par sa communauté, de la même façon qu'il en avait été pour les Terres.

— Je ne suis cependant pas certain que nous allions dans la bonne direction, dit Erkam.

— Et c'est bien la seule chose dont je sois sûre, répondit Ériana. Mon *inha* est engourdi depuis un bon moment déjà.

— Mais ces nausées que vous avez, ces vomissements, ils ne seraient pas la preuve que vous vous trompez ?

— Ces symptômes ne sont pas du tout liés à la direction que nous suivons, croyez-moi. Je ne sais en revanche pas pourquoi ils sont là. Ce n'est peut-être dû qu'à quelque chose que nous avons mangé.

— Nous avons tous mangé la même chose, fit remarquer Erkam.

Ériana ne répondit pas. Elle avait déjà eu la même conversation avec Noric. Elle n'avait pas envie d'en reparler. De plus, elle était certaine de ce qu'elle avançait. Ils allaient bientôt arriver au bon endroit.

Elle avait même envie de dire qu'ils y étaient déjà, mais le lieu ne ressemblait en rien à ce qu'Erkam avait décrit du sanctuaire. Elle avait envie de le croire sur ce point. Le sanctuaire des Eaux devait au moins comporter une source et il n'y avait pas la moindre trace d'eau dans les parages.

La nausée la reprit brutalement. Elle posa ses mains sur son ventre et Noric lui tendit le flacon violet. Elle l'attrapa, décidant qu'elle devait au moins essayer, et en vida le contenu. Le liquide était âpre mais elle se força à l'avaler.

— Merci, dit-elle à Noric en lui rendant le flacon. Je ne sais pas si ça servira vraiment à quelque chose, mais j'aurais au moins essayé.

— Je n'aime pas cet endroit, intervint Jaedrin.

— Je crois qu'aucun d'entre nous ne se sent à l'aise dans cette forêt, dit-elle en réajustant son sac, mais nous devons quand même trouver ce sanctuaire.

— Que te disent tes sensations ?

— Par là, près de ce gros arbre.

Maintenant qu'elle y prêtait attention, elle trouvait que l'arbre était vraiment plus volumineux que les autres. Il avait aussi quelque chose d'intrigant, mais quand elle l'examina, rien ne lui parut différent.

— Voilà, nous y sommes, dit-elle en accompagnant ses mots d'un geste las. Je n'ai plus aucune sensation me poussant à avancer nulle part. Mon *inha* est plus engourdi que jamais et je n'ai qu'une envie : m'asseoir.

La frustration la gagnait. La nausée commençait même à revenir. Elle cacha sa grimace pour éviter d'inquiéter Noric. Son remède n'avait aucun effet. Elle savait pertinemment que les symptômes étaient dus à son *inha* qui remuait en tous sens. Celui des Vents et des Terres, imbriqués l'un dans l'autre, tournoyaient harmonieusement. C'était dans la dernière saveur, distincte et maladroite, que naissait le haut-le-cœur.

L'autre problème était cette sensation d'être arrivée au sanctuaire alors que rien ne montrait qu'ils s'y trouvaient.

Elle jeta un regard par-dessus son épaule. Le trajet retour jusqu'à Arden prendrait quelques jours à Erkam. Elle devait se hâter de rencontrer Erae et de lui demander un remède pour Lyne. Mais encore une fois, la seule chose que son corps lui dictait était de s'asseoir.

À bout, elle jeta son sac et s'appuya sur l'arbre dont une zone était creuse. Avec un tel volume, le résineux montrait de nombreuses faiblesses.

— Comment ça s'était passé, avec... Dar ? demanda Erkam, resté auprès d'elle alors que les autres arpentaient les environs.

— Il y avait eu la brume pour nous perdre. Nous avancions sans vraiment savoir où aller. Nos pas étaient en fait guidés. Nous avons choisi une grotte, ou plutôt je crois que je l'ai choisie. J'ai trouvé Dar au fond parce que je sentais qu'il fallait que je l'explore.

— Et qu'est-ce que vous sentez, là, à l'instant ?

— J'ai juste envie de m'asseoir, répondit-elle.

— Vous êtes déjà assise.

Elle baissa les yeux sur elle comme si elle ne le croyait pas et découvrit qu'elle était effectivement sur une racine. Pourtant, ses jambes criaient leur désir de la faire descendre d'un niveau.

— Peut-être faut-il que vous soyez directement par terre ? suggéra Erkam.

— Ça m'étonnerait que ce soit aussi simple, mais je veux bien essayer, soupira-t-elle en se laissant glisser. Toujours pareil, dit-elle après un temps de pause.

— Que voulez-vous dire par là ?

Erkam la fixait avec sérieux. Il avait ôté son uniforme émeraude et avait été libéré de l'*empaïs* sur son tatouage grâce aux dernières gouttes d'antidote que Noric avait pu récupérer. Il avait retrouvé ses facultés de messager avec une joie si immense qu'il n'avait cessé de manipuler son *inha* pendant toute la première journée de voyage. Maintenant qu'il s'était calmé, Ériana trouvait qu'il utilisait ses talents d'une façon de plus en plus subtile. D'une façon qui lui rappelait Setrian.

— J'ai toujours autant envie de m'asseoir et je trouve ça curieux, répondit-elle.

Elle voyait dans le regard d'Erkam qu'il partageait son avis. Noric, Jaedrin et Desni étaient trop éloignés pour prendre part à la conversation.

— Quelle est l'exacte sensation que vous éprouvez en ce moment ?

— *Les* sensations, vous voulez dire, dit-elle en passant sa main sur son ventre. En dehors de la nausée, toujours cette envie de m'asseoir.

— Quoi d'autre ?

Elle ferma les yeux pour se concentrer. Erkam était messager. Il la guidait dans son raisonnement. Son *inha* étant des Eaux, l'écouter avait de plus en plus de sens.

— En fait, je crois que tout mon corps veut s'asseoir.

— Je ne suis pas certain que s'asseoir soit le terme approprié, puisque vous êtes déjà assise.

— Je devrais m'allonger ? proposa-t-elle.

— Je ne sais pas, répondit Erkam en haussant les épaules. C'est à vous de voir.

Ériana s'étendit sur le côté, évitant les racines de l'arbre gigantesque. Elle leva les yeux vers le ciel dont une petite partie était visible au travers du faîtage. De son point de vue, elle trouvait que l'arbre offrait confort et protection aux alentours.

— Et maintenant ? demanda Erkam.

Elle ne répondit pas tout de suite et se concentra à nouveau. Elle était toujours remuée de l'intérieur. Quant aux sensations, elle n'avait qu'une seule envie, descendre encore plus bas. Mais sous elle, il n'y avait que la terre.

Elle soupira en lâchant sa tête de côté. Un bruit de remous lui parvint alors à l'oreille. Elle se redressa brusquement.

— C'est en dessous, dit-elle à Erkam en fixant le sol.

— Pardon ?

— Le sanctuaire, il est en dessous de nous, répéta-t-elle. C'est pour ça que j'ai l'impression qu'il ne nous sert à rien d'aller plus loin. Où sont les autres ?

— Ils sont partis par là, je crois, répondit Erkam en désignant un endroit sur sa droite.

Ériana tenta aussitôt un *inha'roh* avec Jaedrin. Lorsque son lien lui revint sans réponse, ce fut la confirmation qu'ils étaient vraiment au bon endroit. Cette même particularité avait eu lieu lorsqu'elle s'était perdue dans la brume avec Setrian, cette incapacité totale à contacter les autres membres de l'équipe. L'âme des Eaux devait être en train de provoquer le même phénomène. Seule exception, Erkam. Peut-être son appartenance à l'élément l'immunisait-il.

— Il faut trouver comment passer dessous, dit-il.

Il commençait à envisager d'utiliser le *inha* des Terres d'Ériana mais elle avait une autre solution en tête. Ce n'était pas par hasard si ses pas l'avaient guidée vers cet arbre. Ce n'était pas par hasard si elle l'avait considéré comme point d'arrivée au sanctuaire. Il était leur moyen d'accès à la zone inférieure où coulait l'eau perçue au travers du sol.

Elle se mit debout et attrapa Erkam par la manche. Le passeur balbutia quelque chose d'incompréhensible puis se tut lorsqu'elle le plaça devant la fente béante du tronc. Rien n'était visible mais son instinct la poussait à y aller. Après tout, c'était ainsi qu'elle avait trouvé Dar, en suivant son instinct.

Elle se pencha par la fente et aperçut un trou presque lisse. Pas la moindre racine traversant l'espace vide, pas le moindre relief dû à une ramification interne. L'arbre était creux jusqu'au sol, au-delà, plus rien n'était visible.

Ériana attrapa son sac et le jeta à l'intérieur.

— Donnez-moi le vôtre, dit-elle à Erkam.

Le passeur s'exécuta sans rien dire. Il comprenait son raisonnement, sûrement parce qu'il était messager. Sa présence, alors que les autres avaient été écartés, s'expliquait peut-être par cette nature commune.

Dans la Vallée Verte, Setrian avait été avec elle. Ils avaient été deux messagers, elle à subir son transfert, lui à l'accompagner. Erkam allait peut-être endosser ce rôle ici en l'absence de Setrian.

Elle jeta les sacs dans la fente et commença à l'enjamber. Erkam l'aida à s'y glisser en la tenant par les mains. Elle échangea un dernier regard avec lui avant de le lâcher. Elle savait qu'il la suivrait.

Sa chute fut indolore et elle heurta le sol plus tôt qu'elle ne l'aurait cru. L'impact lui fit rouvrir les yeux et elle eut la surprise de découvrir une zone plutôt lumineuse. Étant donné la situation souterraine, elle s'était attendue à se retrouver dans le noir.

Son sac et celui d'Erkam gisaient à côté et elle les dégagea pour laisser la place à Erkam d'atterrir. Il arriva quelques instants après, les yeux ronds de stupeur.

— C'est ici, murmura-t-il, ébahi. C'est le dessin que j'ai vu dans le livre.

Ériana se retourna pour mieux observer ce qui rendait son visage si radieux, et le sien s'illumina.

46

Le sanctuaire des Eaux était l'endroit le plus magnifique qu'elle ait jamais vu. Même la splendeur de la Tour d'Émeraude ne pouvait égaler le lieu enchanteur qu'elle avait sous les yeux.

La source de lumière était inexplicable. Elle leva la tête vers le sol qu'ils venaient de traverser.

Le plafond de terre était parcouru par une incroyable quantité de racines, pour certaines d'une largeur conséquente. Elles étaient l'unique soutien du plafond, véritable matrice permettant à la végétation d'exister au-dessus. Mais c'était aussi grâce à elles que les lieux étaient éclairés. La sève qui y circulait brillait étrangement, comme si elle reflétait le moindre rai de lumière capté à la surface, d'une façon similaire aux cristaux de quartz de Lapùn.

Ériana fit quelques pas en avant, la semi-pénombre laissant place à une clarté plus intense. Plus elle avançait, plus le réseau de racines se densifiait, lui révélant progressivement l'ampleur de la cascade dont elle avait déjà perçu le bruit. La chute d'eau prenait naissance au niveau du plafond pour se terminer dans un bassin naturel. La provenance de l'eau restait un mystère.

L'environnement ne ressemblait en rien à ce qui se trouvait au-dessus. Avec l'humidité, la végétation prenait une riche couleur verte, l'effet rendu saisissant par l'éclairage bleuté des racines. Ériana avait la sensation de se retrouver au milieu d'une gemme émeraude.

L'eau du bassin était d'une limpidité parfaite. Une zone moins profonde était tapissée d'une mousse d'un gris inhabituel.

Ériana s'écarta du bassin. Erkam était tout aussi épaté qu'elle. Ses yeux allaient de droite et de gauche avec un sourire extatique. Il était certainement le premier mage des Eaux depuis trois mille ans à voir le sanctuaire de son élément.

Ils commençaient à se rapprocher lorsque la diminution soudaine du bruit de la cascade les alerta. Très lentement, ils se retournèrent et restèrent cois.

Là où quelques instants plus tôt il n'y avait eu personne se tenait une petite fille blonde vêtue d'une robe et d'un gilet émeraude. Elle ne semblait pas avoir plus de dix ans, pourtant, ses yeux, assortis à la couleur de ses vêtements, montraient une sagesse suprême.

Les longues vagues dorées de ses cheveux remuaient comme si elles étaient animées du même mouvement que l'océan. Ses petites mains restaient serrées devant son ventre. Un scintillement persistant se répandait sur toute sa silhouette, donnant l'impression qu'une impressionnante quantité de gouttes d'eau renvoyait la lumière comme des perles. Ériana savait qu'il s'agissait en réalité de l'aspect revêtu par les personnes contenues dans les artefacts. Elle n'avait pas un corps face à elle, mais une âme.

— Erae... murmura-t-elle.

— Je vous attendais, répondit la petite fille.

— Je suis...

— Je pensais que vous auriez trouvé le chemin plus vite.

Ériana fut prise de court par la remarque mais évita de le montrer. Erkam, à côté d'elle, avait la bouche grande ouverte. Elle lui fit signe de se reprendre.

— Je suis désolée, cela a été plus évident pour les Terres, dit-elle.

— Vous êtes passée par l'instructeur des Terres avant moi ?

— Oui, répondit Ériana. Le messager s'appelait Dar.

— Je ne le connais pas.

Ériana comprit alors ce qui la dérangeait. Plus que le ton qu'elle utilisait depuis le début, c'était l'âge de son instructrice qui la gênait. Son apprentissage nécessitait un transfert de connaissances. Erae ne donnait même pas l'impression d'être une apprentie secondée.

— Je sais très bien ce que vous vous dites, énonça alors la petite fille comme si elle avait lu en elle. Que je suis bien trop jeune pour avoir beaucoup de choses à vous transmettre. Détrompez-vous, je réunis les connaissances d'une douzaine d'*Aynetae* qui me les ont eux-mêmes communiquées par transfert.

— Mais pourquoi ont-ils choisi quelqu'un d'aussi jeune ? s'étonna-t-elle.

— Vous n'avez pas confiance en toutes ces connaissances qu'ils m'ont données ?

— Si, mais je ne comprends pas pourquoi ils vous ont demandé un tel sacrifice.

La petite fille parut surprise de la question. Ériana savait que les âmes introduites dans les artefacts abandonnaient leur vie pour se mettre à son service. Pour Dar, le choix avait été assez logique, mais Erae semblait être en pleine forme.

— J'étais la seule enfant de la lignée des Grands Mages à être de nature messagère.

— Ça n'excuse pas le choix qu'ils ont fait en vous privant de votre enfance.

— Vous dites ça comme si vous saviez ce que ça fait.

— Je ne prétends pas avoir dû faire un tel sacrifice, mais je sais ce que c'est que d'être privée de sa jeunesse.

— Nous avons un transfert à réaliser, déclara Erae pour clore le sujet. Je pense que je n'ai pas besoin de vous expliquer les détails étant donné que vous en avez déjà subi un. Vous êtes venue avec votre messager, c'est l'essentiel.

Ériana passa sur le fait qu'elle n'estimait pas qu'Erkam soit *son* messager. Elle avait d'abord une chose plus importante à régler.

— Attendez, nous avons une question avant de commencer. C'est au sujet d'une amie.

— Et en quoi pourrais-je lui être utile ? Je ne suis là que pour vous, Ériana.

— C'est au sujet de l'artefact.

— La spirale ?

Ériana ne savait pas quoi répondre, elle n'avait pas eu l'occasion de voir l'artefact des Eaux, seulement son symbole.

— Oui, il a été nommé après vous, il porte votre nom.

— Qu'y a-t-il au sujet de cet artefact ?

— Il est protégé.

— Je ne sais pas. Pourquoi me dites-vous ça ? Vous n'avez pas pu le toucher ? Pourtant, si vous êtes là, avec votre *inha* éveillé, c'est bien que vous êtes entrée en contact avec lui.

— À vrai dire, je ne l'ai pas touché. Mais une personne l'a en quelque sorte touché pour moi.

— Je n'ai pas été mise au courant des détails de la prophétie vous concernant.

— Vous n'avez subi que le transfert des connaissances des *Aynetae* ? s'inquiéta Ériana.

— Exactement. On m'a seulement enseigné la procédure à suivre pour vous les transmettre. Je ne sais rien d'autre.

— Donc vous ne saurez pas comment guérir la personne qui a touché le bouclier protégeant l'artefact ?

Erae la fixa un instant, déconcertée par la question, puis secoua la tête comme si la réponse était évidente. Les espoirs d'Ériana s'effondrèrent. Leur dernière tentative de trouver un remède au malaise de Lyne venait d'échouer. Elle pouvait toujours essayer de décrire les symptômes, mais elle avait le sentiment qu'Erae ne ferait pas beaucoup d'efforts pour les aider.

— Vous êtes certaine que vous ne savez rien au sujet du bouclier ? Cherchez un peu dans votre mémoire !

La petite fille sursauta à cet ordre. Pour la première fois, Ériana trouvait qu'Erae revêtait exactement l'expression capricieuse d'une enfant de son âge.

— Si, il y a peut-être quelque chose que j'ai entendu au sujet d'un bouclier, finit-elle par dire après un moment de silence assez désagréable. Un de mes frères était *Ploritae*, il parlait de me protéger. Il travaillait souvent avec mes deux autres frères. L'un était botaniste, l'autre alchimiste. Ils étaient en désaccord avec mon père. Je crois me souvenir d'une discussion qu'ils avaient eue tous les quatre alors que j'étais cachée derrière la porte du bureau de mon père. Mais mon frère n'avait pas réussi à obtenir satisfaction.

— Satisfaction sur quoi ?
— Sur les effets du bouclier, il me semble.
— Quels effets ?

Erae plissa les yeux comme pour s'aider à réfléchir.

— Je crois qu'ils espéraient tuer quiconque s'emparerait de moi, enfin, de l'artefact, qui ne serait pas vous. Mais je ne peux rien garantir. Je ne sais pas si leur projet a abouti et, de toute façon, mon père n'était pas d'accord avec eux. C'est pour ça que je n'ai pas d'informations à vous donner sur un quelconque bouclier. Pour moi, il n'y en avait pas.

La petite fille continuait à s'expliquer, mais Ériana n'écoutait plus. Si les suppositions d'Erae étaient vraies, si ses frères avaient réussi à établir le bouclier qu'ils avaient souhaité, alors Lyne était condamnée.

Elle se tourna vers Erkam. Il la regardait avec une telle peine qu'elle sentit son cœur se déchirer. Ils n'auraient aucune information à fournir à Armia, ni aux mages des Eaux qui l'aidaient à trouver un remède. Ils n'avaient plus que d'horribles suppositions. Résignée, elle fit de nouveau face à Erae qui s'était arrêtée de parler.

— Vos énergies n'ont pas fusionné, dit soudain la petite fille.

Ériana reste bouche bée devant une telle affirmation.

— Je le sens à votre *inha*. Il est dans un état lamentable. Vous n'en avez pas pris soin et je pense qu'il vous rend malade. Je ne suis pas guérisseuse, donc je n'en suis pas sûre, mais vous ne devez pas vous sentir très bien.

Ériana approuva silencieusement, étonnée par les capacités de la jeune âme s'adressant à elle.

— Pourquoi n'ont-elles pas fusionné ? poursuivit Erae.

— Je ne sais pas, répondit Ériana. Elles devraient ?

— Oui, elles devraient. C'est une des conditions pour que le transfert se passe correctement.

— Que dois-je faire pour qu'elles fusionnent ?

— Servez-vous de votre protecteur ! s'exclama Erae avec impatience.

— Vous êtes au courant de ça ?

La petite fille descendit du rocher sur lequel elle était perchée et se rapprocha d'Ériana. Elle lui arrivait tout juste à la poitrine, mais cela ne semblait absolument pas la gêner.

— On m'a dit que pour ce transfert vous deviez être accompagnée d'un messager et que ce messager serait votre protecteur, que c'était grâce à lui que vos *inha* auraient fusionné et que je pourrais accomplir ma tâche. Alors servez-vous de lui, qu'on se dépêche de faire ce transfert !

Ériana avait envie de dire à Erae qu'Erkam n'était pas son protecteur et qu'elle ne voyait pas comment une telle chose pouvait être possible. Elle ne pouvait pas croire qu'un parfait inconnu puisse la protéger. Elle avait toujours cru que Setrian était cette personne, qu'il verrait l'erreur dans son jugement. Elle ne pouvait pas se résoudre à faire un choix qui pourrait l'éloigner de lui.

Mais Setrian avait déjà fait ce choix pour elle. Elle n'avait d'autre solution que de s'en remettre à Erkam. Heureusement, celui-ci l'avait écoutée parler du transfert au cours du voyage, il devait se souvenir de l'essentiel. Il semblait en revanche déconcerté par le fait de devenir soudain un protecteur à part entière.

— Co… Comment dois-je faire ? balbutia-t-il alors qu'elle l'entraînait par le bras pour l'éloigner d'Erae.

— Je n'en sais rien, répondit Ériana à voix basse.

— Comment aviez-vous fait pour les Terres et les Vents ?

Le souvenir était encore vif et Ériana retint son émoi. À ce moment-là, elle se trouvait dans la partie interne de la cité, avec Setrian, en contemplation devant le ciel de granit, en pleine harmonie avec l'élément des Terres. Ils s'étaient tenus par la main et avaient failli s'embrasser. Ériana n'avait réalisé qu'au dernier moment ce qu'elle s'était apprêtée à faire.

Après réflexion, elle avait essayé d'analyser ce moment avec plus de précision et avait émis l'hypothèse que c'était en réalité le contact de son insigne avec celui de Setrian qui avait déclenché cette fusion. Elle n'en était toujours pas sûre, mais c'était la seule éventualité qu'elle parvenait à envisager.

Elle releva les yeux vers Erkam et comprit alors le problème qui se dressait devant eux. Erkam n'avait pas d'insigne. En tant que serviteur, il n'avait jamais eu droit à cette distinction. Lorsqu'elle lui fit part de ce détail, le passeur commença à retirer sa chemise puis désigna le tatouage au-dessus de son omoplate. Même dénué d'*empaïs*, le symbole des Eaux était toujours parfaitement dessiné. C'était peut-être la chose qui ressemblait le plus à un insigne.

Ériana hocha la tête en enfilant le gant où se trouvait le symbole des Eaux. Elle passa ensuite derrière Erkam et celui-ci retint sa respiration. Elle ignora le fait qu'elle avait inconsciemment fait de même et pressa sa main contre l'épaule d'Erkam.

Le monde changea soudain.

Elle se tenait au milieu de l'océan, d'abord seule puis en compagnie de quelqu'un. Cette personne s'éloigna puis une autre présence s'imposa. Elle aperçut vaguement Erkam et cligna des yeux pour être sûre mais quand elle les rouvrit, elle se trouvait en plein cœur d'une tempête.

La force du vent lui fit aussitôt fermer les paupières et lorsqu'elle les releva, elle se tenait au beau milieu d'une plaine. En dehors d'Erkam à ses côtés, il n'y avait que de la terre. De la terre et du sable à perte de vue. Elle n'arrivait même pas à savoir si ce qui se trouvait au-dessus d'elle était réellement le ciel.

Le sol se déroba alors sous leurs pieds et un tourbillon de couleurs les attira vers le bas. Ériana ne put résister à la force des éléments qui s'enroulaient autour d'elle. Eaux, Vents, Terres. Ses trois énergies fusionnaient. Elle venait de plonger au cœur de son *inha*.

Elle se sentit chavirer puis heurta quelque chose de dur, comme si elle était enfin revenue dans son corps. Ses sens reprirent brutalement leur activité. Les visions quittèrent son esprit.

Les doigts de sa main étaient crispés, son poing appuyant fortement sur un matériau dur. Sa bouche était ouverte, ses dents en contact avec quelque chose de plus souple. Son corps était plaqué contre une forme qui l'épousait presque parfaitement.

Elle n'entendit d'abord rien d'autre que le silence, puis la respiration haletante d'Erkam. Et son esprit comprit.

Tout son corps était serré contre celui d'Erkam, ses dents plantées dans les muscles de son dos, sa main gantée pressant fermement le tatouage sur son omoplate. De la salive coulait de sa bouche ouverte. Elle recula d'un bond en s'essuyant la bouche.

Erkam se retourna vers elle, le souffle court. Elle n'avait aucun doute, il avait vécu les mêmes instants qu'elle.

— Je crois que ça a marché, dit-il. Je sens cette espèce de reflet dont vous avez parlé la dernière fois. Mais... qu'y a-t-il ?

Il tendit une main pour essuyer la larme qui coulait sur sa joue et elle ne le repoussa pas. Elle était trop horrifiée par ce qu'elle venait d'accomplir.

Erkam était devenu son protecteur. Setrian ne l'était plus. Elle n'aurait plus aucun moyen de le convaincre de revenir auprès d'elle. Ses dernières chances de lui prouver son rôle venaient de s'envoler. Tout était fini.

Erkam tenta de la prendre dans ses bras pour la réconforter mais elle recula d'un pas, conservant une distance raisonnable entre eux.

— Le transfert, dit-elle en se tournant vers Erae.

La petite fille hocha la tête en désignant un espace près du bassin. Ériana s'y dirigea aussitôt.

Plus vite Erae aurait commencé, plus vite elle pourrait oublier.

Oublier les sensations, la douleur.

Oublier Setrian et le vide effrayant qu'il laissait derrière lui.

47

— Non !

Le cri de Setrian couvrit momentanément le bruit des chevaux et de la charrette. Les cavaliers se tournèrent dans sa direction, cherchant des yeux le responsable. Les prisonniers devaient rester silencieux pendant le trajet, Setrian venait de déroger à la règle. Sur le moment, il ne s'en était même pas souvenu. Pas plus que de l'endroit où il se trouvait, pas plus que de la raison pour laquelle il était là.

Ses voisins détournèrent le regard pour ne pas attirer l'attention sur eux et un des soldats le frappa à la tête pour lui intimer de se taire mais il sentit à peine le coup.

Il ne sentait plus rien, rien d'autre que l'absence immense et déroutante au sein de lui.

Son expression aurait pu être celle d'un homme poignardé en plein cœur. C'était presque ce qui venait de lui arriver sauf que le sien battait encore. Sa bouche était encore béante de son cri mais plus rien ne s'en échappait. Même son souffle était court.

Désarçonné, Setrian plongea dans son énergie. Il n'avait que faire du flou de son *inha* en activité que tous pourraient percevoir dans ses yeux.

Ce n'était pas possible. Le reflet ne pouvait pas s'être éteint. Ériana ne pouvait pas avoir disparu comme ça, en un instant, après toutes les sensations qu'il avait récemment perçues d'elle. Même si son *inha* avait été mal en point, il ne pouvait pas s'être effacé ainsi.

Mais il ne le sentait plus. Plus de reflet, plus de lien. Ériana était hors de sa portée, hors de lui, elle qui avait toujours été présente jusqu'au plus profond de son âme.

Une seule raison pouvait expliquer ce phénomène. Une seule cause était possible. Il refusait d'y croire. Il ne pouvait se résoudre à l'envisager, pas après tout ce qu'ils avaient vécu ensemble, pas après les épreuves qu'ils avaient traversées. Les choses ne pouvaient pas s'arrêter ainsi, alors qu'il était si loin d'elle.

Il chercha frénétiquement en lui, remuant son énergie comme s'il avait pu y mettre les mains. Chaque instant devenait plus douloureux que le précédent. Il ne percevait rien d'autre que lui-même. Seulement son propre *inha* qui s'évertuait à chercher quelque chose qui n'était pas là.

Quelque chose qui n'existait plus.

Son monde s'effondrait. Sa vie n'avait plus de sens. Sans elle, il n'avait plus aucune raison de lutter, de survivre. Plus de raison de prévenir les Tours de ce qu'il avait découvert. Plus de raison de la retrouver pour s'assurer qu'elle avait trouvé un protecteur.

Le chagrin laissa place à un regret démesuré. Il n'aurait jamais dû s'engager dans cette folle mission en la laissant seule. Il n'avait jamais été certain de sa sécurité, il n'avait fait qu'avoir confiance en elle et en leurs amis. Mais il n'avait été sûr de rien. À une telle distance, c'était impossible. La confiance ne faisait pas tout. La présence était parfois indispensable et il l'avait abandonnée.

Il lui avait failli une fois de plus. Et cette fois était la dernière. Il ne pourrait plus se rattraper. Il ne pourrait plus être pardonné. Il avait fait s'effondrer le tout dernier espoir de la Friyie et il s'était anéanti en même temps. Il ne méritait pas de vivre. Il ne méritait plus rien.

Un prisonnier lui donna un léger coup dans les côtes. Setrian cligna des yeux comme si sa vue lui revenait lentement. L'homme le regardait avec reproche mais il resta impassible. Quand son voisin comprit qu'il ne parviendrait pas à le faire culpabiliser, il lui tourna le dos.

Indifférent aux regards des autres occupants, Setrian se laissa aller en arrière jusqu'à s'adosser à la ridelle de la charrette.

Il avait perdu Ériana. Il s'était perdu en même temps.

— Hé, descends de là, toi !

Setrian sursauta en entendant la grosse voix. Il fut encore plus surpris lorsqu'il reconnut le Commandant. Aucun prisonnier n'avait pris la peine de lui adresser la parole depuis son cri.

La charrette était désormais vide et à l'arrêt, en bordure d'un large campement. Il crut d'abord que toutes les tentes avaient été montées sans lui mais leur nombre réduit l'intrigua. De plus, ils n'étaient qu'à la mi-journée alors que le bataillon s'arrêtait généralement juste avant le coucher du soleil. Et au loin, un étrange scintillement jaune formait une bande continue. *Elpir*. Ils étaient enfin arrivés.

Son courage surgit à nouveau, comme si son devoir le rappelait à l'ordre. Les conditions étaient enfin réunies pour s'évader. Il commença à descendre de la charrette dans le faible espoir que l'évasion lui ferait oublier l'atroce sensation de vide qui le submergeait.

— Où vas-tu ?

La voix du Commandant le fit s'arrêter. Il se retourna, tout en gardant les yeux baissés.

— Je suis au service de mage Leona et de mage Ernest.

— Tu es friyen ?

Setrian hocha la tête.

— Leona est satisfaite de ton travail ?

— Je suppose, répondit-il, assez surpris par la question. Mais je n'en suis pas certain étant donné le châtiment que j'ai reçu pendant le voyage.

— Ah, je me disais bien que je reconnaissais tes cheveux. Tu es celui qui est intervenu pendant la punition de cette fille ?

Setrian acquiesça tout en levant les yeux. L'insistance du Commandant était assez intrigante.

— Tu as du cran. Je pense que c'est ce qu'il me faut, dit-il en l'attrapant pour le traîner de l'autre côté de la charrette. Tu vas aller voir Irina et lui dire que désormais, tu es à son service.

Setrian afficha ouvertement sa confusion. L'armée ne prenait jamais de décision pour le *Velpa*. Même la punition de Til avait eu lieu avec l'accord d'Irina.

— Et comment fais-je pour Mage Leona ? demanda-t-il.

— Je me charge d'elle. Tu diras à Irina que tu es envoyé pour t'occuper des nouveaux. Ils ont débarqué récemment et n'appartiennent à aucun bataillon. Mon homologue est dans le flou, du coup moi aussi, et je n'aime pas ça.

— Les nouveaux ?

— Je ne sais pas qui ils sont et c'est ce que j'aimerais justement savoir.

Setrian commença à hésiter. Si les deux commandants se sentaient mal à l'aise vis-à-vis du *Velpa*, il avait très envie de les laisser dans l'embarras. Mais il était maintenant curieux lui aussi. Si le Commandant prenait la peine d'émettre une telle demande à un prisonnier, c'était que ces gens qui venaient d'arriver avaient de l'importance.

— Il va de soi qu'Irina ne doit absolument pas être au courant de ce petit arrangement, poursuivit le Commandant. Je pense que cette jeune fille que tu as sauvée la dernière fois pourrait très bien disparaître étrangement.

— Cette précision n'était pas nécessaire, répondit Setrian en serrant les dents.

Il était las des moyens perfides utilisés par ses ennemis. Il ne risquait cependant pas grand-chose avec cet ordre. Il voulait lui aussi savoir ce qui se tramait.

— Va-t'en, maintenant.

Le Commandant le repoussa si fortement que n'importe qui à proximité aurait pu croire qu'il venait de se faire rabrouer. Setrian le regarda partir avec un mélange de satisfaction et de détermination. Malgré le désespoir qui le rongeait, il pouvait accomplir une dernière chose. Alimenter les doutes du Commandant mettrait certainement en péril l'équilibre déjà précaire qui régnait entre l'armée et le *Velpa*. Si les choses pouvaient se renverser d'elles-mêmes...

Le soldat était déjà en train d'attraper d'autres prisonniers pour les rediriger vers la tente de Leona. Setrian ne perdit pas de temps.

Il trouva rapidement les tentes des mages et repéra celle d'Irina, installée en plein centre. Deux prisonniers friyens montaient la garde, à la fois terrifiés et vigilants. Il les salua comme s'il les connaissait et se plaça devant l'entrée. La toile était à moitié relevée et la voix sèche d'Irina se faufilait par l'ouverture. Puis celle de Leona prit le dessus.

Alors qu'il allait s'annoncer, quelqu'un bouscula Setrian. Il crut d'abord qu'il s'agissait des prisonniers de garde mais deux silhouettes féminines lui passèrent devant. L'une était très mince, l'autre plus ronde. Le rabat de la tente s'abaissa juste après leur passage.

Setrian pesta à voix basse. De chaque côté, les prisonniers le fixaient avec ahurissement. Ils semblaient même alarmés de le voir s'obstiner à vouloir entrer. Setrian les ignora. Leur résignation le dégoûtait de plus en plus. Il se racla la gorge pour signaler sa présence et remercia le hasard d'avoir mis Leona dans la tente.

— Mage Leona ? appela-t-il.

Sous la tente, la discussion s'arrêta brusquement. Irina grommela quelque chose et Leona sortit, le front creusé. Lorsqu'elle le découvrit, son expression se transforma mais Setrian ne parvenait toujours pas à savoir si elle se retenait de le gifler ou de le remercier de sa présence. Les deux prisonniers s'écartèrent, d'abord un peu, puis davantage lorsque Leona leur lança un regard meurtrier.

— Que fais-tu là ? demanda-t-elle avec hargne. Notre tente est déjà montée ?

— Je ne suis plus à votre service. J'ai été envoyé pour parler avec Mage Irina.

— Qui donc aurait décidé d'une telle chose ? s'étonna-t-elle d'une voix dont il n'arrivait toujours pas à interpréter le ton.

— Le message est passé par quelqu'un que je ne connaissais pas, mentit Setrian. Il m'a juste dit que Mage Irina m'attendait. Ça avait l'air assez urgent. Quand j'ai entendu votre voix, je me suis dit que je devais vous en informer d'abord, puisque vous êtes...

Il laissa volontairement sa phrase en suspens. Leona le regardait suspicieusement, comme si elle tentait de repérer une tromperie dans ses dires, mais elle ne pouvait nier que la situation l'arrangeait. S'il pouvait se rapprocher d'Irina et tenter de découvrir son dernier secret, les désirs de Leona seraient enfin assouvis.

— Tu dois rester à mon service, dit-elle. Mais si tu as été appelé par Irina, je ne me risquerai pas à la faire attendre. Et si elle apprend que je veux te garder avec moi, elle fera tout pour te récupérer. Je n'ai pas besoin de t'expliquer ce qui est arrivé au dernier prisonnier dans ce cas.

Setrian se demanda pourquoi Leona prenait la peine de lui révéler ce détail. De plus, elle proférait à son égard des menaces équivalentes mais il se garda de le lui faire remarquer.

— Reste ici, je reviens, dit-elle en retournant à l'intérieur. Irina ?

La suite de la conversation lui échappa, mais il y avait une tension dans les voix. Finalement, Leona lui ordonna d'approcher et lorsqu'il passa l'entrée, les yeux baissés, une étrange sensation lui parcourut les épaules mais il la délaissa, trop inquiet de ce qui allait advenir de lui.

D'après le peu qu'il voyait en gardant la tête inclinée, Irina se trouvait devant lui, Leona juste à côté, curieusement nerveuse. La mage n'était pourtant pas du genre à se laisser faire. Sur leur droite se tenait un homme et, à l'opposé, deux femmes, certainement celles qui étaient entrées avant lui. Il n'était pas assez redressé pour distinguer leurs visages, mais leur intérêt lui piquait déjà la nuque.

— Que fais-tu ici ? demanda Irina de cette même voix sèche et désintéressée.

— On m'envoie pour être au service des mages qui seraient sans assistance, répondit Setrian.

— Épargne-moi tes mensonges, je sais très bien que c'est le Commandant qui t'a ordonné de venir. S'il croit que je n'ai pas vu ses manœuvres... Mais tu devrais nous être utile, finalement, poursuivit-elle sur un ton mesquin. Et redresse-toi ! Tu me donnes mal au dos à force de te pencher ainsi.

Setrian obéit et croisa brièvement son regard. Il n'avait presque jamais eu affaire à elle mais il était évident qu'Irina n'était pas une femme à mettre en colère. À côté, Leona paraissait hors d'elle, les poings serrés le long de ses cuisses. Il se demanda ce qui avait pu se produire pour qu'elle change aussi vite d'attitude. Il tourna alors les yeux vers les deux femmes qu'il n'avait pas encore identifiées et se décomposa.

— Tiens tiens... Mais si ce n'est pas ce cher Setrian Huyeïl.

48

Setrian n'eut pas le temps de réagir qu'un rempart d'air l'entoura aussitôt. Il appela quand même à lui son *inha* des Vents pour se dégager, mais ses efforts furent vains. Il avait compris trop tard.

L'étrange sensation perçue en pénétrant dans la tente s'expliquait enfin. Il n'avait pu s'agir que d'un bouclier, sauf qu'aucune des femmes auxquelles il faisait face n'était protectrice. Il venait de reconnaître les deux dernières et leurs natures étaient loin de protéger quoi que ce soit. L'une violait les pensées alors que l'autre s'emploierait un jour à les détruire. Seul l'homme devait être en mesure de l'enclaver dans un mur d'air. Celui-ci lui restait inconnu, mais cela n'avait plus d'importance. Son identité venait d'être révélée. Par les dernières personnes qu'il aurait voulu croiser à ce moment-là.

— Céranthe, qui est-il, exactement ? demanda Irina.

— Setrian Huyeïl. Un messager des Vents.

— Tu disais qu'il était des Terres ! s'écria Irina en se tournant vers Leona.

Leona resta muette, foudroyant Setrian du regard. Si elle avait pu le réduire en cendres, il ne serait déjà plus qu'un petit monticule de braises. Elle hocha simplement la tête en désignant l'insigne qu'il portait au poignet.

— Je le connais très bien, poursuivit Céranthe. Il est devenu le chien de garde de la deuxième prétendante. Où est-elle d'ailleurs ? S'est-elle, elle aussi, laissée attraper ?

Setrian resta silencieux, mais au fond de lui tout bouillonnait. Il avait devant lui l'une des *Rohatiel* les plus puissantes du *Velpa*. Céranthe n'avait pas besoin de poser de questions pour trouver les réponses ; fouiller son esprit suffirait. Pourtant, il ne pouvait pas lui laisser avoir accès à ce qu'il savait, à ce que les autres savaient et à tout ce qui avait été mis en place pour contrer le *Velpa*. Il ne pouvait pas ruiner les efforts de tous.

Il comprit alors sa bêtise. Leurs efforts étaient déjà ruinés. Il n'y avait plus de prétendante à protéger, plus de complot à affronter. Ils étaient finis, mais, ça, le *Velpa* ne devait pas le savoir. Et il n'était pas question de les laisser se réjouir de la disparition d'Ériana s'ils n'en étaient pas la cause. Céranthe n'avait pas l'air d'être au courant, ce qui amoindrissait un peu sa peine.

Sa décision était prise, il leur mentirait jusqu'à son dernier souffle.

— Elle ne s'est pas fait prendre, répondit-il en luttant pour respirer tant l'air autour de lui était compact.

— Dommage, répondit Céranthe avec une moue. J'aurais particulièrement aimé m'occuper d'elle. Je suis en revanche curieuse de savoir comment tu as fait pour te faire attraper. Tu es bien trop doué pour ça. Et ceux qui te servent d'amis n'auraient certainement pas laissé faire une telle chose.

Setrian tenta d'inventer une excuse mais Céranthe se rapprocha trop vite. Le *Ploritiel* avait déjà adapté la forme du bouclier pour n'y enserrer que les membres de Setrian, si bien que Céranthe n'eut aucun mal à lui attraper la tête. Dès que le contact physique fut établi, ce fut comme si une flèche lui transperçait le crâne.

C'était la première fois que son esprit était sondé mais Jaedrin lui avait expliqué le principe. La manipulation coûtait en énergie au contacteur comme à la victime et les sensations ne dépendaient que de la façon dont le tout était réalisé.

Céranthe n'y mettait aucun ménagement, fouillant violemment, repoussant avec sauvagerie chaque pensée non associée à sa question. Malgré tout, il aurait souri si chaque fibre de son corps n'était pas concentrée sur le déchirement interne que subissait son esprit. Céranthe cherchait de quelle façon il s'était fait prendre. Elle ne trouverait rien, en tout cas pas pour cette question.

Quand elle le comprit, la mage le rejeta brutalement en arrière et Setrian tomba à la renverse, aussitôt immobilisé sous une nouvelle masse d'air. Céranthe jura à voix haute, sa patience à bout.

— Que se passe-t-il ? demanda Irina. Il est récalcitrant ?

— Non, cracha Céranthe. Je n'ai juste pas cherché le bon fil de pensée.

— Qu'est-ce que tu as cherché ?

— La façon dont vous l'aviez attrapé. Il faudrait peut-être que je parte du fait que vous n'êtes pas responsables de sa capture puisque la plupart de vos prisonniers vous sont envoyés. Mais comment aurait-il bien pu se retrouver en pleine Na-Friyie, tout seul ?

Céranthe le dévisageait comme s'il était la chose la plus repoussante au monde. Leona le fixait avec une haine démesurée. La dernière femme n'avait toujours rien dit. Elle était d'ailleurs bien plus jeune que les autres mais son aura dégageait presque plus de détermination.

Mesline.

La future *Geratiel*, celle qui pourrait asservir la Friyie et tous ses habitants.

Il aurait dû sentir une rage profonde monter en lui, pourtant il n'éprouvait pas la moindre rancœur. Il était complètement dépassé et l'expression de Mesline faisait écho à la sienne.

Il n'y avait ni sournoiserie ni méchanceté en elle. La jeune fille était simplement abasourdie de le voir ici.

Au milieu de sa confusion, il réussit toutefois à capter quelques bribes de conversation entre Céranthe et Irina. L'air se faisait si dense autour de lui que seuls quelques mots lui parvenaient, mais il blêmit en comprenant que le *Velpa* avait tout découvert, ou presque.

D'une façon ou d'une autre, ils avaient compris qu'Ériana était la seule arme de la Friyie contre le *inha* réducteur et ils avaient l'intention de la tuer. Sauf qu'ils ne savaient pas que cette option n'était plus nécessaire.

Son moral oscillait aussi vite que les battements de son cœur. Il passait du soulagement à la douleur, puis tout se figea soudain sur la douleur lorsque le bouclier s'effaça mais que deux lames acérées pointèrent dans ses côtes.

— Nous allons le mettre avec les autres le temps de trouver la bonne formulation, dit Céranthe à l'attention des deux soldats qui appuyaient leur lance sur Setrian. Tu as d'autres *Rohatiel* parmi les tiens ?

— Un seul, répondit Irina. Mais je ne le mets à ta disposition qu'à l'unique condition que tu aies tout prévu avant de commencer à sonder l'esprit de ce bon à rien.

— Il s'appelle Setrian Huyeïl, lui rappela Céranthe.

— Je me fiche de savoir comment il s'appelle.

— Pourtant, tu ferais bien de t'en souvenir.

— Pourquoi ça ? Tu crois vraiment que j'ai l'intention de le laisser filer après ton interrogatoire ? Plus vite on sera débarrassées de lui, mieux ce sera.

— Au contraire, il fait un appât idéal. Et je pense que le Maître serait content de le voir.

— Il est seul. Les autres l'ont certainement abandonné. Mais ça, on le saura lorsque tu l'auras sondé. Et peut-être que vous pourrez partir à la recherche de cette Ériana pendant que je resterai coincée ici à attendre que vous vous amusiez en Friyie !

Setrian resta bouche bée. C'était donc ce qui opposait les deux femmes. Irina était jalouse de la liberté de Céranthe alors qu'elle était bloquée au milieu d'un bataillon.

— Je ne vais pas pouvoir le laisser avec un *Ploritiel* en permanence, ronchonna Céranthe en regardant le protecteur qui semblait commencer à fatiguer.

— J'ai de l'*empaïs*, dit Irina encore plus sèchement que d'habitude. Mais je suppose que son véritable insigne a disparu depuis un bon moment.

Le soulagement le gagna tant qu'il en ferma momentanément les yeux. Il avait enfin accepté de se séparer de son insigne et l'avait remis à Brom. Le prisonnier avait promis de le garder en lieu sûr et Setrian n'avait rien voulu savoir.

— Depuis quand est-on forcé de passer par les insignes ? s'exclama Céranthe.

— Parce que tu as un artiste avec toi ?

— Bien sûr ! Et j'ai même un second *Theratiel* qui pourra sans problème se charger de tes prisonniers, puisque j'ai cru comprendre que tu ne maintenais tes Na-Friyens en laisse que grâce à des vêtements. C'est pitoyable.

— Mon Maître n'a pas jugé bon de m'envoyer un artiste, rétorqua Irina.

— Mon Maître a jugé bon de m'envoyer, moi, pour résoudre tous les problèmes que tu laisses derrière toi. Et celui-ci en est la preuve ! persifla-t-elle en désignant Setrian. Un mage des Vents en liberté dans ton campement, sans aucune emprise de l'*empaïs*, qui se fait passer pour un…

Céranthe s'arrêta brusquement et Setrian sentit un frisson lui remonter dans le dos. Ce qu'il avait craint prenait forme sous ses yeux. Il avait cru la mage trop bornée pour comprendre les véritables raisons de sa captivité. Un messager aurait deviné dans l'instant ; mais elle n'était que contactrice. Il l'avait sous-estimée.

— Irina ? appela Céranthe.

— Quoi ? rétorqua la mage, au bord de la fureur.

— Pourquoi un mage des Vents, entièrement apte à manipuler son *inha*, serait encore dans ton campement en tant que prisonnier sachant que je n'ai trouvé aucune pensée sur la façon dont il a été capturé ?

Les yeux d'Irina se plissèrent d'abord puis s'arrondirent soudain. Elle s'approcha de Setrian, signalant au *Ploritiel* de remettre son bouclier en place. La précaution était plutôt inutile car, seul contre cinq mages, il ne pouvait rien espérer.

— Tu nous as infiltrés, espèce de…

Elle le gifla si violemment qu'il en resta étourdi.

— Tu as intérêt à trouver exactement tout ce qu'il a appris sur nous, dit-elle en se relevant. Je t'envoie un alchimiste avec de l'*empaïs*.

— Ce n'est pas nécessaire, répondit Céranthe. J'ai une fiole qui en contient assez pour ce que j'ai à faire.

Une rencontre fructueuse faite en chemin, déclarat-elle avec un sourire en coin. Toi, lève-toi, lança-t-elle à Setrian.

Il serra la mâchoire tout en se remettant debout. Céranthe était celle qui avait contrôlé le *Velpa* à Myria, celle qui avait enrôlé Évandile. Elle était l'une des personnes les plus recherchées dans le territoire des Vents et il était impuissant.

— Tu as raison, tais-toi, dit-elle. Ça me fera plus de choses à aller chercher.

Le ton de sa voix ne laissait aucun doute sur la façon dont elle comptait s'y prendre.

— Vous deux ! hurla-t-elle en levant le rabat de la tente. Que l'un d'entre vous emmène Mesline à sa tente et que l'autre aille me chercher mon *Theratiel* !

— Où se trouve-t-il, mage ? demanda l'un des prisonniers.

— Si je le savais, je te l'aurais dit ! Dis-lui de nous retrouver dans ma tente.

L'homme s'enfuit, de façon presque pitoyable. Le second tremblait de la tête aux pieds en indiquant à Mesline de le suivre.

— Leona, tu restes ici.

La voix d'Irina n'avait jamais été aussi menaçante.

Avant de quitter les lieux, Mesline s'attarda une dernière fois sur Setrian, plus résolue qu'étonnée. Puis un des soldats le poussa dans le dos et il se mit à avancer, ses pas cependant restreints par le bouclier toujours en place.

Le trajet fut si court qu'il n'eut pas le temps de s'imaginer le sort qui lui serait réservé. Heureusement pour lui car son cœur faillit s'arrêter en découvrant l'artiste que Céranthe avait convoqué. Celui-ci les attendait déjà, un flacon d'*empaïs* à la main et une aiguille dans l'autre.

49

Il faisait nuit lorsque le rabat de sa tente fut brusquement soulevé. Quelqu'un fut poussé à l'intérieur et se retrouva à genoux. L'homme était jeune, il fixait son poignet avec insistance. Une étrange trace, comme une cicatrice encore fraîche, s'y trouvait.

Friyah se demanda pourquoi l'homme observait la blessure avec une telle intensité. Il promenait son pouce au-dessus, sans toucher la peau, puis remonta lentement sa main devant lui. Le mouvement fit remuer ses cheveux blancs désordonnés.

L'inconnu se tourna vers lui, semblant enfin remarquer sa présence. Friyah recula devant le regard perçant. Les yeux bleus lui rappelaient quelque chose, ou plutôt quelqu'un, de même que les cheveux. Il n'arrivait pas à savoir qui exactement. Ses souvenirs étaient trop flous, ou alors la rencontre avait été éphémère.

— Comment peuvent-ils s'en prendre à des enfants... murmura l'homme en lâchant enfin son poignet.

533

Friyah ne répondit pas mais dévisagea ouvertement son nouveau compagnon qui s'était mis à arpenter la tente d'un pas lourd.

— Ils ont quand même édifié un bouclier, soupira-t-il en se rasseyant. Malgré tout cet *empaïs*, ils ont rajouté une protection.

Ses yeux étaient d'un bleu si envoûtant qu'il fallut un moment à Friyah pour s'apercevoir qu'il ne les avait pas lâchés. Les cheveux blancs aux reflets argentés l'intriguaient également.

— Vous êtes friyen ? osa-t-il enfin demander.

L'inconnu hocha la tête en soulevant son poignet endolori.

— Des Vents.

— Moi aussi !

L'homme lui adressa un sourire triste. Il devait croire qu'il était un habitant non détenteur de *inha* vu l'absence de reflets dans ses cheveux. Il n'avait qu'une seule mèche argentée et le manque de lumière ne permettait pas de la distinguer. Il prit néanmoins la peine de préciser qu'il était apprenti de la Garde.

— Quand es-tu arrivé à Myria ? s'étonna l'inconnu.

— Au printemps.

Friyah se mordit la langue. Sa réponse était vraie, mais elle était aussi étrange et il le savait.

— Qu'est-ce que tu fais là ? demanda l'homme en fronçant les sourcils.

Il ne savait pas à quel point il pouvait parler. L'inconnu était peut-être envoyé par Céranthe pour tenter de découvrir ce qu'il cachait.

Matheïl et lui avaient été séparés dès qu'ils s'étaient fait attraper. Par la suite, ils avaient inventé mensonge sur mensonge pour ne pas révéler la véritable raison de leur présence à la frontière du territoire des Eaux. Il ne savait pas si la femme y avait cru. Elle avait fini par les menacer de la façon la plus simple possible. S'ils ne disaient pas la vérité, elle irait fouiller directement dans leurs esprits.

Friyah redoutait le moment où Céranthe viendrait le chercher. Chaque soir, il avait craint qu'elle mette sa menace à exécution, mais pour l'instant, elle n'avait rien fait. Matheïl aussi semblait être encore en sécurité, grâce à cet insigne qui avait pourtant révélé son statut d'apprenti. Le seul avantage du tissu blanc était qu'en lui recouvrant la moitié du visage personne ne l'avait reconnu.

Ils vivaient dans la peur depuis des jours. Cet homme semblait aussi désespéré qu'eux. Il pouvait peut-être lui faire confiance.

— Mon ami et moi avons été capturés à la frontière entre les deux territoires.

— Tu étais avec un autre apprenti de la Garde ? s'alarma l'inconnu.

— Il n'est pas de la Garde. Nous avons été séparés dès qu'ils nous ont trouvés.

— Qu'est-ce qu'un apprenti comme toi faisait en pleine Friyie, de plus à la frontière ?

— Je rentrais chez moi, mentit Friyah.

— Dans le territoire des Eaux ? s'étonna l'homme en haussant un sourcil.

Friyah se mordit la lèvre et détourna le regard pour décider quoi faire mais l'homme ne le lâchait pas des yeux. Ses cheveux et la qualité de son regard lui étaient vraiment familiers, pourtant il n'arrivait toujours pas à se souvenir où il les avait vus.

Si, maintenant qu'il y réfléchissait davantage, les cheveux lui rappelaient un peu ceux de Mage Judin, mais ce dernier les avait plus gris que blancs. Et il n'avait croisé qu'une seule personne ayant des cheveux aussi clairs et des reflets similaires. Le messager Hajul Huyeïl, qu'il avait rencontré dans les Havres Verts. Hajul avait dit avoir un fils, mais c'était impossible. Ce fils était censé se trouver avec Ériana, pas captif au milieu d'une armée collaborant avec le *Velpa*.

— Qui êtes-vous ? demanda Friyah.

— Il me semble que c'est moi qui ai posé une question, répondit l'homme en souriant.

— Je ne répondrai que si vous me dites qui vous êtes, répéta Friyah, sûr de lui.

— Dans ce cas... soupira l'inconnu. Je crois que je ne perds plus rien à révéler ma véritable identité. Ils le savent déjà, de toute façon. C'est pour cette raison qu'ils m'ont fait ça, dit-il en désignant l'étrange cicatrice qui lui lacérait le poignet.

Maintenant que l'homme lui montrait véritablement ce qui lui était arrivé, Friyah reconnut le symbole des Vents. La trace était rouge et noir, mêlée de blanc. Il n'aurait jamais cru qu'il aurait pu à ce point détester une représentation de l'élément. Il était habitué aux dessins bleus des mages et à ceux, blancs, de la Garde de la Tour d'Ivoire. Le résultat obtenu sur le poignet était repoussant.

— Je m'appelle Setrian Huyeïl, et je suis un messager des Vents. Ou je l'étais, plutôt.

— J'en étais sûr! s'exclama aussitôt Friyah. Je savais que vous aviez un lien avec Lyne et Hajul!

— Tu connais mes parents?

— Je les ai rencontrés dans les Havres Verts. Ils m'ont envoyé à Myria pour faire passer un message et...

Friyah fut interrompu par la main de Setrian plaquée sur ses lèvres. Il tenta de se débattre mais Setrian plaça son doigt sur sa propre bouche pour lui signifier de se taire.

— Je veux tout savoir, mais je pense vraiment que tu ne devrais pas parler aussi fort, Friyah.

— Vous savez qui je suis? demanda-t-il à voix basse lorsque Setrian eut retiré sa main.

— Je viens juste de le comprendre. Ériana m'a parlé de toi et nous avions aussi reçu un message nous indiquant que l'équipe de mes parents t'avait intercepté dans les Havres Verts. J'ai l'impression que ta présence à la frontière entre les territoires des Eaux et des Vents n'était pas un hasard.

Friyah hocha vigoureusement la tête, trop heureux d'avoir enfin trouvé un allié, et pas des moindres. Il avait avec lui l'une des personnes en qui Ériana avait le plus confiance mais il ne comprenait toujours pas pourquoi Setrian était prisonnier dans ce campement alors qu'il aurait dû se trouver auprès d'elle.

— Matheïl et moi devions retrouver les équipes de l'Est et de l'Ouest à la cité des Eaux.

— Matheïl est l'apprenti qui a été envoyé avec toi? Où est-il?

— Avec une autre mage du *Velpa*.

— Tu sais de qui il s'agit ?

— Je n'ai pas entendu son prénom et elle parle très peu, contrairement à Céranthe.

— À quoi est-ce qu'elle ressemble ?

La question le désarçonna légèrement. Il y avait d'autres choses bien plus importantes à aborder.

— Elle est blonde avec des reflets rouges, ça fait très bizarre. Elle est assez jeune, aussi. Plus jeune que vous mais moins que Lyne.

— Mesline... murmura Setrian.

En entendant le prénom, Friyah pâlit. L'angoisse de Matheïl s'expliquait. La jeune fille avait voulu disposer de lui à la Tour des Vents. Il avait eu l'espoir que Matheïl ne soit pas identifié grâce à son insigne mais ses espérances venaient d'être anéanties. Mesline l'aurait forcément reconnu. Mais elle semblait n'avoir rien révélé au *Velpa*, ce qui était encore plus inquiétant.

— Que se passe-t-il ? demanda Setrian.

Quand Friyah expliqua ses pensées, le messager devint pensif.

— Je ne comprends pas le comportement de Mesline, finit par avouer Setrian. Elle n'a absolument pas réagi comme j'aurais pu le prévoir en découvrant que j'étais là. Et le fait qu'elle cache l'identité de Matheïl... Il y a quelque chose d'étrange dans tout ça.

— Il n'y a rien d'étrange ! Elle est notre ennemie et elle va faire du mal à Matheïl si nous ne parvenons pas à nous enfuir. Sans parler de ce qu'elle pourrait aussi faire à Jlamen.

À ces mots, Setrian se raidit.

— Jlamen est ici ?

— Il était avec nous. Mage Judin voulait qu'il nous accompagne.

— Après réflexion, ça ne me surprend plus tant que ça. Judin ne vous aurait jamais laissés partir sans protection. Tu sais où il se trouve, maintenant ?

— Ils sont tous les deux avec elle.

Friyah le vit serrer les poings. Il avait enfin la réaction qu'il voulait voir chez son allié.

— Il faut faire quelque chose ! poursuivit-il.

— Friyah, tu vois cette marque ? soupira Setrian. C'est le symbole des Vents, je suis sûr que tu l'as reconnu. Les traces blanches sont de l'*empaïs*. C'est une matière…

— Je sais ce qu'est l'*empaïs*, coupa Friyah. Matheïl me l'a expliqué. Il en avait même une énorme quantité sur lui. Pareil pour l'antidote.

— Ça expliquerait comment Céranthe a pu mettre la main sur un tel flacon… Donc tu comprendras que je n'ai aucun accès à mon *inha* et que je suis complètement démuni face au *Velpa*.

— Je n'ai pas de *inha* et j'ai quand même l'intention de me battre, protesta Friyah en croisant les bras.

Setrian se redressa un peu en entendant sa remarque.

— Ne t'inquiète pas, m'évader de cette armée est la seule raison pour laquelle je respire encore. Mais je ne suis pas sûr que le cas de Mesline soit aussi simple. Ériana m'avait prévenu depuis un moment. Je crois que cette trêve entre elles va au-delà de ce que nous imaginions. Ériana me disait qu'elle n'avait pu se résoudre à l'éliminer. Je pense que ça n'a pas changé aujourd'hui.

L'expression de Setrian se ternit, comme si un souvenir douloureux lui hantait l'esprit.

— Où est Ériana ? demanda Friyah. Je sais qu'elle est en danger, je devais lui dire que le *Velpa* était après elle et c'est finalement moi qui me suis fait attraper.

— Comment cela est-il arrivé ?

Friyah soupira de frustration. Setrian faisait tout pour éviter de lui répondre mais il sentait que le messager avait besoin de comprendre ce qui se passait.

— Nous allions bientôt arriver à la frontière entre les deux territoires. Nous sommes descendus de cheval et nous avons continué à pied. J'ai laissé la piste derrière nous pour trouver un endroit plus discret que la route. Nous nous doutions que nous pourrions y croiser des gens.

— Mage Judin t'avait laissé une carte ?

— Oui, mais plus très détaillée à cet endroit-là. Comme je ne voulais pas rester sur la route en arrivant à la frontière, j'ai trouvé un autre chemin. Je ne sais pas comment j'ai fait, mais je l'ai trouvé, poursuivit-il devant le regard sceptique de Setrian.

Il comprenait parfaitement sa surprise. Il avait lui-même été déconcerté par sa propre certitude. Son instinct l'avait poussé en direction du sud mais malheureusement, dès qu'ils avaient franchi la frontière, plus rien ne lui était venu et ils avaient croisé la route du *Velpa*.

— Comment as-tu fait pour traverser *Elpir* ? poursuivit Setrian.
— Quand Hajul m'a envoyé à Myria ? J'avais...
— Non, cette fois-ci, quand tu es arrivé avec ceux du *Velpa*, coupa Setrian.
— Nous sommes passés par la zone transparente. Ils n'ont même pas eu besoin de réciter l'incantation, se pressa-t-il d'expliquer.

Il en avait assez de raconter son histoire, il voulait savoir pourquoi Setrian n'était plus avec Ériana. Une nouvelle mission en était sûrement responsable. Il voulait la connaître.

— Pourquoi est-ce que vous n'êtes pas avec Ériana ?

Setrian le regarda, assez surpris.

— Judin t'a mis au courant de l'avancée de l'équipe de l'Est par l'intermédiaire de Tebi mais pas du fait que j'avais volontairement quitté cette équipe ?

— Non, il ne m'a rien dit, répondit Friyah qui commençait à ne pas apprécier d'être tenu à l'écart d'informations importantes à ses yeux.

— J'ai infiltré cette armée pour tenter de découvrir pourquoi le *Velpa* collaborait avec elle.

— Et vous avez trouvé ?

— Oui.

Encore une fois, l'information restait incomplète. Friyah croisa les bras en fixant le messager aussi sévèrement qu'il le pouvait. Il savait que, du haut de ses douze ans, il ne pouvait pas espérer quoi que ce soit d'un mage, mais il avait été envoyé pour aider Ériana et ne comptait pas rester dans le flou à ce sujet. Contre toute attente, Setrian prit la parole avant même qu'il ait besoin de le faire.

— Ériana n'est pas avec moi parce que je me suis lancé seul dans cette mission.

— Je croyais que vous deviez la protéger ?

— Je le croyais aussi, mais j'avais tort.

— Comment est-ce qu'on peut avoir tort à propos d'une chose pareille ? On protège quelqu'un ou on ne le protège pas !

— Tu es trop jeune pour comprendre, répondit tristement Setrian en détournant le regard.

Friyah en avait assez de cette excuse. Il savait qu'il n'était qu'un apprenti de la Garde, de surcroît depuis très peu de temps, mais deux des messagers les plus talentueux du territoire des Vents avaient eu confiance en lui.

— Où est Ériana ?

— Je crois que tu... commença Setrian.

— Où est Ériana ! s'emporta Friyah en oubliant de contrôler le volume de sa voix.

Setrian releva les yeux et Friyah blêmit en voyant les iris bleus floutés. Sauf qu'il ne s'agissait pas d'une manipulation de *inha*. Setrian n'aurait pas pu s'en servir avec l'*empaïs* gravé dans sa peau.

— Où est Ériana ? répéta Friyah moins sévèrement.

Setrian ouvrit la bouche pour prendre une inspiration mais resta muet. Dans l'attente, l'esprit de Friyah s'embruma en s'imaginant l'unique raison pour laquelle Setrian Huyeïl, l'un des meilleurs *Aynetiel*, celui qu'Ériana avait considéré comme son protecteur et son plus cher allié, pouvait montrer une telle faiblesse. Il secoua la tête pour chasser l'atrocité qui commençait à y naître. Rien n'était fixé tant que Setrian n'avait pas parlé. Il pouvait mal interpréter.

— Ériana est...

Le rabat de la tente se releva à ce moment-là et Setrian se retourna en un instant. D'instinct, il se plaça devant Friyah avant que celui-ci n'ait pu faire le moindre mouvement. Deux personnes entrèrent alors, la première, de petite taille, poussée par une autre plus grande derrière.

La première avait le visage à moitié recouvert et ses lèvres étaient crispées dans une grimace d'effroi. La seconde avait des reflets rouges dans les cheveux et un regard curieusement assorti.

50

Setrian tendit le bras de côté, comme si son geste pouvait empêcher Mesline d'attraper Friyah. Il n'avait plus accès à son *inha* mais il lui restait toujours son corps.

— Assieds-toi là, Matheïl, dit Mesline en désignant un endroit sur sa gauche.

Le garçon s'exécuta. S'il n'avait pas su qu'il s'agissait de l'apprenti prophète, Setrian aurait mis du temps à le reconnaître sous son insigne.

Dans son dos, il sentit Friyah remuer mais l'empêcha de bouger. Mesline examinait consciencieusement la tente, s'attardant sur une zone de terre étrangement vaporeuse que Setrian avait déjà interprétée comme source du bouclier.

— Ils ont même pris cette peine, s'étonna-t-elle avant de se tourner vers lui.

Mesline avait grandi. Son visage s'était affiné et son corps s'était adapté au voyage. La dernière fois qu'il l'avait vue, elle était *Sintiel*. Aujourd'hui, elle était un quart de *Geratiel*. Il avait envie de la considérer comme si elle était moins que ça mais voulait surtout comprendre pourquoi elle se comportait de façon si étrange. Il ne comptait pas la laisser partir sans avoir réussi à tirer au moins un renseignement d'elle.

— Impressionnant, comme ce loup a presque les mêmes yeux.

Setrian retint sa surprise : il ne voulait pas laisser croire à Mesline qu'elle pouvait le manipuler.

— Où est Jlamen ? demanda-t-il.

— Enchaîné dans ma tente. Mais ce sera la seule question à laquelle je répondrai. En revanche, il va falloir m'éclairer sur certains points, dit-elle en s'asseyant tranquillement.

— Je n'ai rien à dire, lança Setrian.

Mesline releva enfin les yeux sur lui et Setrian ne put retenir un souffle de surprise. Les iris marron étaient striés de rouge, comme du sang frais sur une tache ancienne. Elle cligna plusieurs fois des paupières, rendant l'effet encore plus saisissant, puis se releva pour attraper la lampe au-dessus de sa tête et la poser devant elle. Une fois rassise, elle laissa ses mains autour du verre. Setrian s'attarda à nouveau sur ses iris. Les traces rouges avaient disparu.

— Où est Ériana ?

Un petit rire sortit de ses lèvres en entendant la question que Friyah lui avait déjà posée trois fois.

— Tu n'espères tout de même pas que je te réponde, rétorqua-t-il.

— J'avais effectivement peu d'espoir pour cette question, mais je vais la reformuler autrement, et je suis certain que tu pourras m'aider. Pourquoi n'es-tu pas avec elle ?

— En quoi est-ce que ça t'intéresse ?

— J'ai dit que je ne répondrais plus à aucune question.

— Alors je ne vois pas pourquoi je le ferais.

Mesline jeta un regard vers Matheïl.

— Pourquoi n'expliques-tu pas à quel point j'ai été gentille avec toi depuis votre capture ?

Matheïl hésita avant d'ouvrir la bouche puis finit par hocher la tête. Setrian l'examina de la tête aux pieds. Comme Friyah, le garçon semblait n'avoir subi aucun sévice ni autre châtiment ou brutalité. Ils ne se plaignaient même pas d'avoir faim.

— Satisfait ? reprit Mesline en se mettant de nouveau face vers lui.

— Ça ne prouve rien.

— Personne ne sait encore qui il est. C'est peut-être plus clair comme ça ?

— Qui me dit que tu ne les tueras pas de toute façon, peu importe que je parle ou non ?

— Personne.

Il avait senti Friyah se raidir derrière lui et Matheïl s'était encore plus crispé qu'il ne l'était déjà. Malgré la présence des deux enfants, il ne pouvait surveiller ses mots. Mesline ne ferait preuve d'aucune clémence. Il tenait à savoir jusqu'où elle serait capable d'aller.

— Donc je répète ma question, reprit-elle. Pourquoi n'es-tu pas avec elle ?

— Je me suis engagé dans cette mission tout seul.

— Je le vois bien ! s'impatienta Mesline. Mais pourquoi l'as-tu laissée ? Tu étais censé la protéger ! Que va-t-il lui arriver maintenant que tu l'as abandonnée ? Comment va-t-elle faire pour réunir les autres artefacts si tu n'es pas là pour l'aider et assurer sa sécurité ?

Setrian resta bouche bée. Il avait face à lui la pire ennemie de la Friyie, celle qui pourrait anéantir chaque trace de *inha* dès que les quatre éléments auraient fusionné en Ériana et pourtant, elle s'inquiétait de la survie de sa plus farouche adversaire.

— Tu sais très bien ce que je veux dire ! s'énerva Mesline devant son silence. Elle et moi sommes liées. Nous…

Mesline s'interrompit d'un coup alors qu'une quinte de toux la secouait violemment. Setrian hésita. Tant qu'elle toussait, elle était vulnérable, mais il ne savait pas à quel point. Elle se calma trop rapidement pour lui permettre d'élaborer un plan. Sa main était tachée de sang et elle l'essuya machinalement sur sa robe. Puis elle plaça à nouveau ses doigts autour de la lampe et releva les yeux. Ils étaient redevenus rouges.

— Je sais qu'Ériana doit trouver les quatre artefacts pour contrer mon *inha* réducteur. Et celui-ci ne sera complet qu'à la condition qu'elle y parvienne. Je ressens les mêmes besoins qu'elle. Heureusement, cette soif atroce s'est arrêtée il y a plusieurs jours. Mais si je veux survivre, il me faut le dernier artefact.

— Pourquoi ne pas aller le chercher toi-même ? répondit Setrian d'une voix lasse.

— Parce que l'artefact doit l'avoir reconnue avant moi ! Ça a fonctionné avec *Dar*, mais ça ne marchait pas avec *Eko*. C'est pour ça que je le lui ai laissé. À présent, il faut que je le récupère. La seule chose étrange concerne celui des Eaux. J'ai l'impression que l'artefact a accepté de me reconnaître sans que j'aie besoin de le toucher, mais peu importe.

— Comment est-ce que tu peux savoir une telle chose ?

— Les sensations. Ça avait commencé par cette envie de me rouler par terre dès que j'en avais l'occasion, juste après le transfert. Heureusement, ça n'a duré qu'une journée, puisque j'avais *Dar* avec moi. Pour les Eaux…

— C'est la soif, compléta Setrian. Perpétuelle, permanente. Comme si tu te déshydratais au moindre geste alors que tu viens pourtant de vider une gourde pleine.

Mesline hocha la tête.

— Elle les ressent aussi ? demanda-t-elle.

— Oui, mais je n'ai jamais été témoin de ses symptômes pour les Vents.

— Ce sont presque les plus terribles, répondit Mesline.

Setrian se souvenait que l'artefact des Vents avait reconnu Ériana à Lapùn, dans la Tour de Quartz. Peut-être son organisme avait-il été concentré sur les Terres et les Eaux avant ça, car elle n'avait jamais manifesté une réelle appétence pour les Vents, ou alors le simple fait d'être entourée d'air lui avait suffi. Cela ne semblait pas être le cas de Mesline.

— Je ne les connais pas, répondit-il, mais j'imagine que tu dois avoir envie de respirer plus rapidement.

— Suffoquer est le terme exact. Et il se cumule à celui des Feux qui me brûle les poumons et la gorge à la moindre occasion. La sensation se propage parfois jusque dans mes yeux tant l'appel est fort. Mais je ne peux tout de même pas me mettre au milieu d'un brasier pour me calmer.

Il comprenait maintenant pourquoi Mesline semblait se raccrocher à la lampe comme à une raison de vivre. La brûlure du besoin des Feux se manifestait jusque dans ses iris. Pour que du sang se glisse à cet endroit-là, il n'osait pas imaginer les souffrances qu'elle devait endurer. Pour autant, il ne ressentait pas la moindre pitié.

— Donc tu as besoin qu'elle réunisse les quatre artefacts pour toi, reprit Setrian.

— Exactement. Et comme sa vie à elle en dépend également, explique-moi pourquoi vous n'êtes pas tous les deux en train de faire ça !

Tout s'expliquait, désormais. L'étrange attitude de Mesline. Pourquoi elle s'était affolée en le voyant dans la tente d'Irina. Pourquoi elle prenait la peine de l'interroger en personne. Pourquoi elle avait laissé *Eko* à Ériana.

Mais Ériana n'était plus là. Elle n'avait plus aucun moyen de réunir les artefacts et Mesline allait mourir elle aussi.

Il n'arrivait même pas à se satisfaire de la situation. Pourtant, si les quatre éléments ne fusionnaient pas, l'énergie réductrice ne naîtrait pas. Le *inha aht gerad* ne serait plus qu'un mauvais souvenir, comme il l'avait été depuis des millénaires. Peut-être était-ce la raison pour laquelle Ériana avait disparu. Si elle avait découvert que son sacrifice était la seule solution pour éviter au *inha* réducteur de renaître, elle aurait pu prendre cette décision.

— Céranthe n'est pas au courant ?
— Céranthe n'est qu'un pion, rétorqua Mesline.
— Les maîtres sont au courant ?

À voir sa surprise, il ne put retenir un rictus de victoire. Elle venait de lui confirmer ses doutes au sujet des quatre Maîtres. Il avait déjà eu un semblant de confirmation en entendant Irina et Céranthe parler plus tôt, mais avec l'expression de Mesline, il en était désormais certain.

— Le nôtre sait.

Cela expliquait la raison pour laquelle Céranthe et ses acolytes avaient rejoint cette armée plutôt que de se rendre directement à Arden. Il n'était absolument pas nécessaire d'aller chercher l'artefact des Eaux tant qu'Ériana ne l'avait pas eu entre les mains. Un rire nerveux s'échappa de ses lèvres et il sentit des larmes sur ses joues.

— Qu'y a-t-il de si drôle ? s'énerva Mesline.

— Tu ne sais pas... Tu ne sais pas que tout est fini.

Les mots sortirent étranglés de sa bouche. Il avait l'impression de les vomir tant admettre la réalité à voix haute lui coûtait. Son visage se tordit en une indéchiffrable grimace. Mesline lâcha la lampe qu'elle avait entre les mains et se jeta sur lui pour l'attraper par le col de sa chemise.

— Comment ça, tout est fini ?

Ses yeux étaient redevenus rouges. Setrian se laissa faire, continuant à rire spasmodiquement. Mesline le fixait, alarmée, terrorisée. Il aurait aimé se réjouir de son état mais la folie l'emportait.

— Ériana...

Il ne parvint pas à dire plus que son prénom. Quand Mesline comprit la fin de la phrase sans qu'il ait besoin de la prononcer, elle le lâcha et il tomba lourdement au sol. Son corps n'était plus qu'un enchevêtrement de membres, de liquides organiques et d'émotions chaotiques qu'il ne contrôlait pas.

Mesline, elle, était en pleine panique. Il l'entendait respirer de plus en plus vite. Elle se mit même à tousser et il se surprit à espérer qu'elle meure ici, devant ses yeux. Il savait que ça ne ramènerait pas Ériana, mais il voulait que celle qui lui avait mis le fardeau de la prophétie sur les épaules, même si elle n'en était pas directement responsable, disparaisse. Il aurait voulu l'étrangler pour que ça aille plus vite, il n'en avait même pas la force.

Son vœu ne s'exauça pas. Mesline se calma progressivement. Ses iris étaient si rouges qu'il avait l'impression qu'ils étaient entièrement injectés de sang.

Puis il sentit Friyah lui taper dans le dos. Il le repoussa immédiatement. Il n'avait envie de parler à personne. La main du garçon trouva à nouveau son chemin jusqu'à son épaule et il la rejeta encore.

Quand Friyah tenta une dernière fois d'attirer son attention, Setrian se retourna avec véhémence mais le regard du garçon le poussa à s'interrompre. Il n'y percevait aucune tristesse.

— Quoi ? s'exclama-t-il.

— Je crois… je crois que vous avez tort.

— Où ça ? Où est-ce que j'aurais tort ? Ériana est morte. Morte ! Qu'est-ce que tu ne comprends pas là-dedans ?

— Parlez moins fort ! s'emporta Friyah en tentant de se défaire des mains de Setrian qui l'avait attrapé par les épaules pour le secouer.

— Mais puisque je te dis qu'elle n'est plus là ! Elle n'est plus là, je ne la sens plus. J'avais un lien avec elle et ce n'est plus le cas. Elle a disparu. Elle n'existe plus. Et j'en suis la cause. Où est-ce que j'ai tort ?

— Quand est-ce que vous avez compris ça ? hurla Friyah.

Setrian fut davantage secoué par le ton sévère qu'il ne l'avait été par tout le reste. Friyah le fixait avec détermination. Il devait prendre la peine de l'écouter.

— Il y a un peu plus de huit jours, répondit-il en le lâchant. Où est-ce que tu veux en venir ?

Friyah se mit à pleurer, éteignant aussitôt le dernier espoir qu'il avait eu en le voyant lutter pour attirer son attention. Mais lorsque le garçon esquissa un sourire au milieu des larmes, son cœur s'emballa.

— Vous avez tort, répéta Friyah. Elle n'est pas morte, ce n'est pas possible. Et j'en ai la preuve.

51

— Friyah… Comment pourrai-je jamais te remercier ?

Setrian fit glisser sa main sur le tapis. Le léger renflement était presque imperceptible si l'on ne savait pas qu'une flèche y était cachée. Il n'arrivait toujours pas à y croire. Pourtant, le garçon le lui avait assuré : si la lumière de la flèche pulsait, Ériana était forcément vivante.

— En le sortant d'ici au plus vite, dit Mesline. Je me charge de l'éloigner de cette tente, tout comme lui, dit-elle en désignant Matheïl. Je les mets à l'abri, je te fournis l'antidote et tu pars rejoindre Ériana avec eux.

Entendre Mesline récapituler son plan d'évasion le dépassait, mais elle était prête à tout pour survivre, y compris l'aider à échapper au *Velpa*. Malgré tout, il avait encore des réserves.

— Je me charge de trouver ce prisonnier, Brom, poursuivit-elle. Et de lui transmettre tes directives. Il t'amènera un cheval, je ne veux pas que tu traînes en chemin. Tu dois la retrouver le plus tôt possible.

— Quand saurai-je à quel moment appliquer l'*empaïs* ?

— On trouvera un moyen de te faire passer un signal.

— Mais lequel ?

— Je ne sais pas ! s'exclama-t-elle. Et nous n'avons pas le temps de nous mettre d'accord ! Céranthe viendra bientôt sonder ton esprit. Tu crois que je vais faire les cent pas dans ce bataillon pour t'aménager une évasion facile ? Je veux que tu partes d'ici au plus vite, et c'est ce que tu vas faire. Sinon, ces deux-là risquent de ne plus jamais revoir la lumière du jour, dit-elle en tournant la tête vers Friyah et Matheïl.

Setrian serra les dents. Mesline ne les aidait pas par compassion, seulement parce que sa vie en dépendait. Et elle n'hésitait pas à marchander avec celle des autres.

— Cesse de ruminer, dit-elle. Tu sais que tu n'as pas le choix. Je t'offre la liberté de la rejoindre et de révéler ce que tu sais. Il est logique que je conserve une assurance de mon côté, non ? Tu devrais déjà t'estimer heureux qu'ils puissent s'enfuir avec toi. Maintenant, vous deux, suivez-moi. Et toi, tu attends sagement qu'un autre prisonnier t'apporte l'antidote. Je ne pourrai pas revenir en personne, cela paraîtrait trop suspect.

Elle attrapa Friyah et Matheïl sans ménagement et les poussa au-dehors, puis se retourna une dernière fois avant de sortir, le fixant de son regard rouge.

— Ne cherche pas à me doubler, sinon tu sais ce qu'il adviendra d'eux.

Les mots de Mesline résonnèrent dans sa tête jusqu'à ce qu'un prisonnier arrive avec l'antidote qu'il cacha dans sa poche. À partir de là, il resta en alerte, guettant le moindre signal. Mais rien ne se passait et il commença à s'impatienter.

Mesline était seule à faire le relais entre les prisonniers au courant du projet d'évasion et il s'imaginait facilement leur surprise en la voyant débarquer afin de les aider dans leur plan. Brom et Aric devaient être les plus méfiants, mais s'ils acceptaient la contribution de Mesline, le reste des insurgés suivrait sans discuter. Cependant, Mesline ne s'était pas inquiétée des détails et il craignait qu'elle ne profite de sa supériorité pour détourner leur projet.

Elle l'aiderait à s'évader, ça, il en était certain. Mais à quel prix ?

Le rabat de sa tente se leva soudain et son pouls s'emballa à l'idée qu'il s'agissait du signal tant attendu. Malheureusement, ce n'était que Leona mais l'expression qu'elle affichait ne laissait rien présager de bon. Vu les marques sur ses joues, elle venait de sortir de la tente d'Irina. Il ne savait pas ce que celle-ci lui avait demandé, mais Leona ne lui avait jamais semblée aussi résolue. Il entreprit de se lever pour la saluer : il devait maintenir les apparences jusqu'au bout.

La première gifle le surprit à peine mais le coup dans le ventre le fit se plier en deux. Elle le poussa finalement en arrière et il chuta par terre. Deux filets de sable s'enroulèrent aussitôt autour de ses mains et se raidirent. Il n'avait même pas besoin de les tester pour savoir que les liens étaient aussi solides que de la roche. Leona était concentrée à l'extrême, ses yeux floutés par son *inha*, son pendentif luisant de l'excès de demande d'énergie.

— Quel dommage, murmura-t-elle. Mais Irina a raison.

Cela ne faisait plus aucun doute. Leona avait été envoyée pour le tuer. Elle semblait en revanche peu pressée et immobilisa ses chevilles de la même façon. Il lui aurait pourtant suffi de reproduire la chose sur son cou pour l'étrangler. Le comportement de Leona était plus qu'étrange.

Dans le silence, elle le toisa puis se mit à déboutonner le haut de sa robe, laissant apparaître le pendentif entre ses seins. Plus les attaches se défaisaient, plus l'horrible évidence s'affirmait. Elle ne le tuerait pas avant d'avoir profité de lui jusqu'au dernier instant.

Paniqué, Setrian tira sur ses membres pour se défaire de l'emprise des Terres mais ses poignets et ses chevilles restèrent fixés au sol. Indifférente à ses efforts, Leona commença à lui défaire sa chemise, laissant traîner ses doigts sur les cicatrices qu'elle avait elle-même causées. Il devait trouver un moyen de l'arrêter. Si elle continuait ainsi, elle trouverait l'antidote glissé dans sa poche. Il serait toujours immobilisé lorsque le signal lui serait donné et le plan serait alors anéanti.

Une légère morsure le ramena à lui. Leona s'était penchée sur son torse et s'employait à remonter dans son cou. Setrian tenta d'isoler ses pensées pour se concentrer sur son évasion, mais le corps de Leona sur le sien entravait sa réflexion.

Elle arrivait à sa mâchoire, laissant ses mordillements glisser sur sa joue, puis elle redescendit lentement sur ses lèvres et l'embrassa. Setrian resta de marbre.

Devant son absence de réponse, elle lui mordit la lèvre inférieure. Le réflexe de douleur de Setrian la fit s'agiter plus encore. Elle semblait y prendre plaisir.

Elle redescendit sur son buste, laissant ses mains errer sur son ventre. Setrian serra les dents. Il la haïssait plus que jamais et se haïssait en même temps. Son corps était un brasier de colère mais sa peau frémissait à chaque contact.

Une nouvelle sensation détourna son attention. Le sable qui enclavait sa main gauche au sol coulait de chaque côté, la dégageant de son emprise. Leona attrapa alors ses doigts et les pressa contre sa poitrine. Elle venait de le libérer dans un but bien précis.

Setrian n'avait pas besoin de plus pour comprendre ce qu'elle attendait de lui, mais il avait besoin de temps. La flèche d'Ériana représentait son unique salut et restait encore hors de portée.

Écœuré, il laissa ses doigts glisser sur la peau fraîche de Leona, mais son esprit n'était concentré que sur le tapis à côté de lui. S'il voulait atteindre la flèche, Leona devait défaire les autres emprises. Elle venait juste de lui montrer à quelle condition elle accepterait de le laisser partiellement libre de ses mouvements. Il n'arrivait pas à croire qu'il allait devoir faire ça.

Aussi délicatement qu'il le pouvait, il passa sa main dans le dos de Leona et la pressa contre lui.

Elle cessa aussitôt de bouger et un filet de sable commença à lui entourer le cou.

— Non! s'exclama Setrian. Je ne voulais pas! C'est juste que, quitte à mourir...

Ses mots sonnaient si faux dans sa bouche qu'il ne put même pas terminer. Leona était aveuglée par son désir et laissa le sable retourner au sol. Il était enfin libre de bouger, d'agir et de conclure. Il retint son haut-le-cœur en embrassant Leona.

Sa bouche et sa peau hurlèrent du contact forcé qu'il s'imposait et qui semblait ne plus finir, mais il poursuivit jusqu'à sentir ses chevilles libérées à leur tour. Soulagé, il replia une jambe entre celles de Leona et garda l'autre allongée pour pouvoir accéder à la flèche.

Leona prit son mouvement pour un regain de désir et se pressa sensuellement contre lui. Toute colère semblait avoir disparu. Seul restait un mélange de désir et de frustration. Cet aveuglément le rassurait, malgré sa deuxième main fixée au sol. Il avait assez de mobilité pour attraper la flèche d'Ériana et il étendit sa jambe pour tirer le tapis vers lui. La flèche roula avec et Setrian souffla de soulagement. Leona le prit pour un soupir de satisfaction et émit un petit rire.

D'un coup, Setrian glissa la main sous le tapis tout en plaquant Leona contre lui. Leur contact devint encore plus intime et Leona appuya sa bouche sur la sienne. Aussi repoussant le baiser fût-il, il savait qu'il n'aurait pas là de meilleure chance d'agir et il y répondit passionnément.

Au moment où il dégagea la flèche, un énorme fracas retentit au-dehors. En entendant la détonation, Leona se redressa brusquement et Setrian pâlit en reconnaissant le signal qui lui était adressé. Il ne pouvait plus attendre.

Heureusement pour lui, Leona n'avait pas vu la flèche et ne la découvrit que lorsqu'elle lui transperça la poitrine. Son cri se perdit au milieu du tumulte qui jaillissait du dehors.

Setrian donna plusieurs secousses jusqu'à être sûr que le cœur perforé ait cessé de battre. Lorsque l'emprise des Terres sur son poignet se défit, il comprit que sa tâche était accomplie.

Il repoussa le cadavre puis se leva, tirant violemment sur la flèche pour l'extraire de Leona. L'instant d'après, l'antidote coulait sur l'abominable cicatrice qui lui déformait le poignet. Il grimaça de douleur, ses chairs donnant l'impression de se consumer de l'intérieur malgré la joie de retrouver l'accès à son *inha*.

Au-dehors, tout n'était que chaos. Soldats et mages se précipitaient vers la zone où avait eu lieu l'explosion. Setrian tenta une main au travers du rabat et souffla de soulagement. Mesline avait promis de le débarrasser du bouclier qui le retenait prisonnier. La détonation avait dû rameuter l'ensemble des forces du campement.

Il jeta un dernier coup d'œil derrière lui avant de se faufiler à l'extérieur. Dans la panique, personne ne s'inquiéta de le voir sortir. Personne, même, ne lui accorda un regard. Tous couraient vers le fond du campement tandis que lui se dirigeait à l'opposé, en direction d'*Elpir*. Le seul soldat qui s'en soucia n'eut pas le temps de respirer avant d'être assommé par une masse d'air.

Lorsqu'il aperçut une silhouette blonde à côté de laquelle une autre plus petite semblait gigoter, il commença à ralentir. Mesline se tenait près du bouclier percé, le bras de Friyah fermement serré entre ses doigts. Plus personne ne rôdait aux alentours, à tel point qu'il s'en alarma.

— Comment as-tu fait pour venir jusqu'ici sans être repérée ? demanda-t-il.

— J'ai mes moyens, répondit Mesline.

— Où est Brom ?

— Il est retenu. C'est pour ça que je l'ai amené, lui. Comme ça, je respecte ma part.

— Et Matheïl ? Qu'en as-tu fait ?

— Mon sauf-conduit. Nous en avons un chacun.

Elle poussa Friyah vers lui et Setrian le rattrapa avant qu'il ne tombe. Il s'était fait doubler.

— Et les autres prisonniers ? Est-ce qu'ils vont réussir à s'échapper ?

— Ça ne dépend que d'eux. Tu savais très bien qu'ils ne s'en tireraient pas tous.

Setrian tourna la tête en direction de l'énorme confusion puis revint sur Mesline. Ses iris étaient moins rouges mais elle paraissait extrêmement fatiguée et du sang perlait au coin de ses lèvres. Même si elle avait calmé son appétence pour les Feux et les Vents, peut-être grâce à ce qu'elle avait déclenché, l'acte avait dû lui coûter une incroyable quantité d'énergie. Il aurait pu profiter de sa faiblesse pour l'attaquer mais il ne pouvait pas. Elle détenait encore Matheïl et sa présence était la seule chose qui le maintenait en vie.

— Que leur as-tu fait ?

— Rien, ils ont fait leur propre choix. Elle aussi, d'ailleurs.

— Til...

— Elle s'est proposée d'elle-même, coupa Mesline.

— Je ne peux pas croire que tu l'aies laissée faire une chose pareille ! Elle est encore plus jeune que toi !

— Je n'ai pas à justifier sa volonté ! rétorqua Mesline.

— Est-ce qu'au moins elle a réussi ?

— Je n'ai pas pris le temps de vérifier mais d'après ce que j'ai entendu, Irina n'aurait été que blessée. Gravement, mais seulement blessée.

Setrian retint son cri de frustration. Tilène avait dit qu'elle éliminerait Irina par tous les moyens. Il ne voulait pas que son sacrifice soit vain. Il se jura alors au fond de lui que si Irina se remettait de ses blessures, il la tuerait de ses propres mains.

— Alors ? reprit Mesline avec impatience.

Il avait espéré qu'elle oublie leur accord, mais Mesline ne comptait pas le laisser partir sans avoir récupéré son autre assurance de survie.

— Dans la malle de Leona, soupira-t-il. Dissimulé sous les deux derniers tapis.

— Tu sais ce qui arrivera à Matheïl si *Eko* ne s'y trouve pas.

— C'est bien pour ça que je te dis la vérité !

— N'oublie pas ton dernier engagement, même si je n'ai aucun moyen de vérifier que tu le respectes.

Mesline s'était détournée avant même d'avoir terminé sa phrase. Au loin, le chaos s'estompait déjà. Ils n'avaient plus de temps à perdre.

Setrian attrapa Friyah par le bras et l'entraîna avec lui au travers de la zone affaiblie d'*Elpir*. Le garçon se mit à courir presque aussi vite que lui puis bifurqua soudainement sur leur droite. Lorsqu'ils atteignirent une jument sellée pour deux personnes avec un sac de vivres, Setrian n'en crut pas ses yeux.

— Elle a dit qu'elle gardait Jlamen en paiement pour tout ça, dit Friyah qui avait déjà commencé à monter à cheval.

— Mesline a fait ça ?

— Elle a dit que plus vite on arriverait vers Ériana avec toutes nos forces, plus vite on pourrait la protéger. Je ne pense pas qu'elle fera du mal à Jlamen.

Setrian monta à son tour, devant Friyah qui lui avait laissé la place, et mit aussitôt la jument au trot. Non seulement Mesline lui avait rappelé qu'il était impératif de retrouver Ériana mais elle avait en plus pris la peine, au milieu de toute cette diversion, de leur assurer un voyage confortable. Son comportement était plus déroutant que jamais.

Il avait du mal à croire que la future détentrice du *inha* réducteur puisse à ce point respecter ses engagements mais il ne pouvait y accorder une pensée de plus. Il sortit la flèche qu'il avait glissée dans sa botte et la passa à Friyah. Le garçon le serra fermement dans sa main avant de l'examiner.

— Droit vers le nord, lança-t-il. Je suis content d'avoir pu garder cette flèche. J'ai l'impression d'avoir un peu d'Ériana avec moi.

Setrian hésita à dire qu'il en était désormais de même pour lui. Dès qu'il avait compris qu'elle était en vie, il s'était juré de ne plus jamais la quitter. Pour ça, il fallait d'abord la retrouver. La retrouver et tout lui expliquer.

Il savait exactement quelle serait la première chose qu'il lui dirait et cela ne concernerait ni le *Velpa*, ni les artefacts, ni une mission. Cela ne les concernerait qu'eux et il pria pour que ce soit suffisant.

52

Ses poumons étaient en train de hurler leur besoin en air, pourtant quelque chose les remplissait. Ériana ouvrit brusquement les yeux, sa vision floue. Un visage s'agitait au-dessus du sien, les sons lui parvenaient étouffés.

Elle était en train de suffoquer.

Soudain, une de ses énergies s'anima et expulsa le liquide qui lui envahissait les narines. Tout autour d'elle, un mur d'eau s'éleva et s'abattit sur la personne qui lui enserrait le cou. Sa gorge se contracta en spasmes et elle roula de côté pour tousser, cherchant le calme et, surtout, l'endroit exact où elle se trouvait.

Au-dessus de sa tête, un étrange bruit d'eau imitait de petites fontaines en activité. Elle poussa sur ses mains et resta bouche bée. Elle venait de s'extirper du bassin, mais, au lieu d'occuper tout l'espace, l'eau s'arrêtait au milieu, bloquée par un mur invisible. Le rempart d'énergie se disloqua dès qu'elle tenta de comprendre comment la chose était possible et l'eau reprit ses droits dans le bassin.

À sa droite, Erkam était recroquevillé sur la mousse verte du sanctuaire, lui aussi en train de tousser. Quand elle se précipita pour l'aider, il la repoussa violemment, son geste déclenchant aussitôt un écho de ce qui s'était produit lors du transfert des Terres avec Setrian. À la fois déçue et pressée de savoir ce qui avait pu se passer pour qu'il la rejette ainsi, elle choisit de patienter et sonda son énergie.

Elle était désormais *Aynetae*, elle le sentait au plus profond d'elle. Le transfert avait été réalisé. Tout un savoir était à sa disposition, sans qu'elle en ait pourtant l'impression. Elle reconnaissait cet instinct dont lui avait parlé Dar. Les capacités étaient là et amenaient avec elle un intense soulagement.

Ce qui était en revanche beaucoup moins fascinant était le regard noir que lui lançait Erkam. Dans ses souvenirs, Setrian n'avait pas été aussi furieux lorsqu'elle avait repris connaissance, même s'il avait mis du temps avant de comprendre qu'elle était redevenue elle-même.

— C'est moi, Erkam, s'empressa-t-elle de dire. Le transfert est terminé.

Erkam se mit à hurler si fort qu'elle recula.

— Ça fait déjà trois fois que tu me le dis ! Tu ne m'auras pas cette fois ! Je comprends pourquoi l'autre messager n'est pas resté auprès de toi !

Sa colère monta d'un coup et elle sentit son visage devenir rouge.

— Je n'ai jamais demandé à être prétendante ! Ce n'est pas moi qui ai proposé le transfert ! Et par-dessus tout je t'interdis de parler de lui comme ça ! s'écria-t-elle en s'approchant d'Erkam. Tu ne sais pas ce qui l'a poussé à prendre cette décision !

— Oh si, je crois que je sais parfaitement, répondit Erkam en lui attrapant les poignets avec une force dont elle ne l'avait jamais soupçonné. Mais tu ne te souviendras de rien en te réveillant. Erae me l'a dit et...

— Mais je suis réveillée !

— Et ça fait déjà trois fois que j'entends cet argument !

— Je ne m'en souviens pas !

— Arrête de mentir. Tu ne fais que ça depuis deux jours, si deux jours sont effectivement passés. C'est devenu une véritable torture. Rien de surprenant à ce qu'il ait eu besoin d'être remplacé.

Elle cessa aussitôt de lutter. Elle devait trouver un moyen de faire entendre à Erkam qu'elle était de nouveau elle-même. Elle voulait aussi savoir ce qui s'était passé pour qu'il soit dans une telle colère. Mais la douleur qui lui envahit l'esprit bloqua toute résolution.

— Tu ne pourras jamais le remplacer, dit-elle faiblement.

La furie d'Erkam s'évanouit soudain. Il desserra sa prise et la dévisagea longuement, ses yeux oscillant de chaque côté comme s'il cherchait une autre personne cachée juste derrière elle.

— Je te crois, dit-il en la lâchant pour de bon.

— Ça y est ? soupira-t-elle avec soulagement. Tu réalises que c'est moi ?

Il s'effondra par terre, la tête entre les mains.

— À quel moment t'es-tu réveillée ? demanda-t-il sans relever les yeux.

— Juste avant d'envoyer la moitié du bassin contre cette chose qui m'étouffait.

— C'était moi, souffla Erkam.

Elle avait cru le comprendre et s'en mordit les lèvres. Puis ses réflexes refirent surface et elle adopta une posture défensive.

— Je ne te ferai plus rien, s'excusa-t-il en voyant sa réaction. Mais, comme lui, je crains de ne pas être celui qu'il te faut.

— Parce que tu voulais me noyer ? Comment en es-tu arrivé là ?

— Tu as tout fait pour... Sauf que tu n'en as pas le moindre souvenir. Tu ne te rappelles pas les atrocités que tu m'as dites, ni ces moments où tu as essayé de me tuer. Tu ne te rappelles pas les mensonges que tu as voulu me faire croire. Tu ne te souviens de rien et sincèrement, je crois qu'il le vaut mieux pour toi. Si tu savais ce que ton corps est capable de faire alors que tu n'es pas consciente...

Des larmes avaient commencé à couler sur chacune de ses joues et il retenait visiblement un sanglot. Ériana attrapa délicatement ses mains derrière lesquelles il cherchait à cacher son visage. Il sursauta mais se laissa faire.

— Erkam, qu'est-ce que j'ai fait ?

— Tu m'as brisé, répondit-il avec un temps de silence. Et je crois que tu as fait de même avec lui.

Ériana pâlit, son cœur battant à une vitesse infime.

— Tu… Tu veux bien m'expliquer… en détail ? demanda-t-elle, presque sans voix.

— Tu n'as qu'à regarder, répondit-il en montrant l'espace autour d'eux.

Ériana tourna enfin les yeux sur le reste du sanctuaire. Ses lèvres s'entrouvrirent d'effroi.

La moitié de ce qu'elle voyait était recouvert d'une fine couche d'eau, reliquat d'une inondation plus importante. Les arbres étaient déchiquetés, leurs branches gisaient sur le sol. Au-dessus, les racines tombaient depuis le plafond végétal lui-même percé en certains endroits. La lumière du jour passait au travers, compensant la disparition du réseau de sève lumineuse.

Une grosse portion du plafond s'était abattue sur la cascade, ne laissant plus que la matrice des quelques racines qui avaient réussi à tenir le choc. L'écoulement de l'eau était considérablement réduit par un énorme rocher ayant glissé au milieu. La mousse avait été pulvérisée. L'eau du bassin était trouble.

— C'est moi qui ai fait tout ça ? s'exclama-t-elle, horrifiée.

— J'ai un peu contribué lorsque j'ai eu besoin de me défendre, répondit tristement Erkam. La majorité de l'eau que tu vois en dehors du bassin est mon œuvre. Pour le reste, les arbres, le plafond, c'est effectivement toi. Tu manipules les Terres à la perfection, déclara-t-il sans aucune note de compliment dans la voix.

Elle se souvenait parfaitement de l'éboulement provoqué dans le sanctuaire des Terres mais n'aurait jamais cru mettre celui des Eaux dans un tel état. Le lieu magnifique n'était plus que désastre et désolation. Elle avait du mal à contenir sa peine, d'autant plus qu'elle en était responsable. Mais autre chose l'inquiétait encore.

— Quels sont les mensonges que je t'ai fait croire ?

Erkam garda le silence, fuyant son regard.

— J'ai besoin de savoir, plaida-t-elle. Je pourrai peut-être comprendre la décision de Setrian grâce à toi. Il a toujours refusé de me dire ce qui s'était passé pendant les deux derniers jours du transfert et…

— Je pense qu'il a eu raison, coupa Erkam.

— Tu ne veux vraiment pas m'en dire plus ?

— Tu es certaine de vouloir savoir ?

Son regard était douloureux mais Ériana hocha la tête. Elle devait affronter la vérité.

— L'espèce de conversation que nous avons eue juste après que tu as repris conscience pour de bon, nous l'avions déjà eue trois fois. La même, mot pour mot. Sauf que les trois fois précédentes, quand je te disais qu'il n'y avait rien d'étonnant à ce qu'il ait eu besoin d'être remplacé, tu m'as répondu…

Erkam baissa la tête pour lui faire face.

— Tu m'as répondu que je pourrais le remplacer. À tout point de vue.

Ériana plaça ses mains sur sa bouche, ses doigts s'enfonçant progressivement dans ses chairs. Elle ne pouvait pas avoir dit une telle chose. C'était impossible. Malgré toutes les décisions de Setrian, elle n'avait jamais renié les sentiments qu'elle éprouvait pour lui.

— Erkam, commença-t-elle, paniquée. Nous nous connaissons depuis à peine six jours ! Et je ne compte pas ces deux derniers. Comment as-tu pu croire une chose pareille ? Je suis vraiment désolée, je... je ne peux pas éprouver ce genre de sentiments pour toi !

— La proximité peut parfois nous jouer des tours, répondit-il sans bouger.

— Comment ça ? Tu avais pourtant compris que Setrian était... enfin, avant...

Elle n'arrivait pas à terminer sa phrase. Setrian l'avait physiquement abandonnée mais elle sentait toujours un engagement poignant envers lui. Elle avait l'impression qu'elle le trahirait si jamais elle osait prononcer l'inéluctable.

— Tu as des moyens très convaincants pour persuader quelqu'un, Ériana, dit Erkam en posant ses doigts près des lèvres d'Ériana et en les faisant glisser dans son cou.

Elle lui attrapa la main avant qu'il ait le temps d'aller plus bas, prenant enfin la peine de l'observer attentivement. En dehors des éraflures sur ses joues et de l'eau qui le recouvrait, la seule chose sortant de l'ordinaire était le désordre de sa tenue. Un désordre hâtif et explicite qui semblait exister chez elle également.

— Jusqu'où suis-je allée ? demanda-t-elle, la gorge serrée.

— Tu as essayé de me tuer cinq fois, il me semble, soupira-t-il en examinant les alentours comme si chaque trace pouvait expliquer une tentative.

— Je ne parlais pas de ça, dit-elle en remettant sa main à côté de ses lèvres.

Erkam la fixa un bref instant avant de détourner à nouveau le regard.

— Je ne te répondrai pas. Et tu ne me feras pas changer d'avis, ajouta-t-il en ôtant sa main de sa joue. Je te dirai tout sauf ça. Je t'expliquerai pour quelle raison Setrian a hésité à rester ton protecteur, parce que je pense hésiter de la même façon que lui. La seule chose que je demande en retour, c'est que tu ne me poses plus cette question.

Elle s'apprêtait à rejeter sa proposition quand la raison prit le dessus. Erkam ne lui laissait pas vraiment le choix. Elle ne saurait jamais ce qui était survenu pendant le transfert. Elle ne saurait jamais à quel point elle l'avait brisé. En échange, il lui révélerait toutes les horreurs qu'elle avait pu dire ou commettre, à l'exception de celle qui semblait être la pire de toutes.

— Tu es certain que... commença-t-elle.

— Ne me tente pas !

Colère et tristesse se mêlaient dans sa réponse. Elle avait l'impression qu'il pourrait craquer à tout moment et enfin accepter de lui dire jusqu'où ses pulsions inconscientes l'avaient menée. Quelque part au fond de lui, il devait encore croire aux mensonges qu'elle avait proférés.

— Je suis désolée, dit-elle en baissant la tête.

— Ne t'excuse pas. Tu as tous les droits quand on sait ce que tu es face au *inha* réducteur. C'est à nous de nous plier à tes exigences, même si elles nous semblent insurmontables. Et maintenant, il va nous falloir surmonter celle-ci, dit-il en désignant le plafond.

Erkam se dirigea vers leurs sacs, miraculeusement secs. Ériana aurait bien voulu profiter d'un peu de repos pour se remettre de tout ce qu'elle venait d'apprendre mais Erkam avait raison : ils devaient repartir.

Sortir du sanctuaire ne posa aucun problème avec l'effondrement du plafond qui prodiguait une rampe terreuse vers la surface. Juste avant d'émerger, Ériana chercha une dernière fois derrière elle mais Erae était introuvable. Elle avait espéré que l'âme se manifesterait à nouveau à son réveil, comme Dar, or la petite fille semblait s'être déjà volatilisée. Moins curieux, le reste de l'équipe avait lui aussi disparu, pourtant Ériana était sereine. À tel point, qu'Erkam s'en inquiéta.

— Tu penses savoir où ils sont passés ?
— Ils sont retournés à Arden.
— Comment le sais-tu ?
— Ça.

Elle désigna une branche à ses pieds dont la forme rappelait particulièrement celle d'une flèche. Le signe était devenu une sorte d'habitude au sein de l'équipe.

— C'est assez vague. Tu ne veux pas plutôt tenter un *inha'roh* ? Jaedrin avait l'air d'être un excellent contacteur, il pourrait stabiliser le lien pour toi.

— Pas besoin de prendre ce risque pour si peu. Je connais mon équipe. Nous avons déjà été séparés et nous avons procédé ainsi. J'espère simplement que nous n'aurons pas à recommencer.

Mais ses espoirs étaient minces et, pour la première fois, elle espéra que son instinct avait tort.

53

Ériana aurait vraiment voulu découvrir la cité d'Émeraude de jour, mais ses pas semblaient toujours l'y faire arriver de nuit. Cette fois-ci, des nuages encombraient le ciel et l'obscurité ralentissait leur progression. Cela leur permettrait au moins une plus grande discrétion.

Erkam avait renfilé son uniforme de passeur depuis qu'ils étaient sortis de la forêt. L'*empaïs* avait à nouveau une faible emprise sur lui, mais ce n'était que le temps de les faire entrer dans la cité et de rejoindre la Tour. Leur surprise fut grande lorsqu'ils arrivèrent au niveau du rempart.

Aucun garde ne patrouillait devant les portes. Les postes et l'alcôve avaient été abandonnés. Il en était de même à l'intérieur, et les ruelles étaient désertes.

— C'est plus qu'étrange, chuchota-t-elle. C'en est presque inquiétant.

— Ça a l'avantage de nous éviter les ennuis.

Il lui fit signe d'emprunter la première ruelle sur leur gauche et ils passèrent le recoin juste au moment où un cavalier pénétrait doucement dans la cité. Aucun d'eux n'y prêta attention.

— Tu sais ce qui pourrait expliquer leur absence ? demanda-t-elle alors qu'ils hâtaient le pas en direction de la Tour.

— Quelque chose d'important a dû se produire pour que l'ensemble des gardes soit réquisitionné, surtout qu'il n'y a personne non plus dans les rues, même s'il fait nuit.

— Suffisamment important... Comme une révolution ?

Erkam ne répondit pas. Elle savait qu'il pensait à la même chose qu'elle. Ils avaient quitté la cité des Eaux depuis plus de dix jours, maintenant. Plamathée avait largement eu le temps de révéler les terribles nouvelles : l'existence du *Velpa* au sein de leurs murs et la façon dont le groupe menait la rébellion alors que celle-ci était initialement inoffensive.

Ils gardèrent le silence jusqu'à la place au pied de la Tour. Nulle colonne d'eau ne sortait du sol ; seul le gigantesque lac calme et plat recouvrait la pierre. Les fenêtres éclairées s'y reflétaient. Pour cette heure de la nuit, il y en avait d'ailleurs beaucoup trop.

À l'autre bout de la place, la Tour se dressait, ses deux portes grandes ouvertes. À en juger par le bruit qui en sortait, la confusion régnait. Au milieu d'un tumulte humain, Ériana aperçut quelques uniformes émeraude mais ne sut si elle devait les associer à des soldats de la Garde ou à des serviteurs. Les deux étaient peut-être même réunis au même endroit.

Plusieurs silhouettes noires passèrent dans son champ de vision mais elle les ignora pour se concerter avec Erkam. Ils avaient mieux à faire que de se lancer à la poursuite d'inconnus.

— Pas besoin d'emprunter le passage des serviteurs, conclut-il en restant médusé. Nous n'aurons aucun problème à nous fondre dans l'agitation. Ce sera même plus simple. Si c'est bien la rébellion qui prend forme, les escaliers des serviteurs seront les premiers endroits surveillés par la Garde.

Pour Ériana, aucun passage ne semblait plus sûr qu'un autre. Il était clair que les escaliers de service seraient ciblés par les soldats mais elle n'était pas non plus rassurée par la mêlée qui avait lieu dans le grand hall de la Tour.

Aucune colonne ne se forma lorsqu'ils traversèrent la place, leurs chaussures claquant dans l'eau à chaque pas. Lorsqu'ils arrivèrent, un cheval hennit à l'autre bout et Ériana se retourna un bref instant avant de pénétrer dans la Tour. Dans l'obscurité, elle n'en était pas certaine, mais il lui semblait avoir perçu quelque chose de clair.

Ses doutes au sujet des vêtements se confirmèrent au premier coup d'œil dans le hall. Les tenues émeraude appartenaient à la fois aux gardes et aux serviteurs, mais ces derniers étaient presque tous en train de retirer leur uniforme, de leur plein gré ou forcés par les rebelles déterminés. Il y en avait déjà un amas conséquent du côté des portes. Erkam et Ériana se faufilèrent à l'opposé pour ne pas attirer l'attention.

Alors qu'ils se déplaçaient, Ériana se rendit compte qu'Erkam portait toujours le sien. Elle lui cria de l'enlever mais, dans la cohue, il ne la comprit pas. Un rebelle arracha alors son sac des épaules d'Erkam et entreprit de lui enlever son uniforme. Pris dans le mouvement, Erkam se laissa faire et Ériana fit comme si elle n'était qu'un autre serviteur déjà convaincu. Elle aida même une femme qui avait du mal à ôter sa tenue, tout en examinant les alentours.

Depuis la balustrade, des mages observaient la scène, nombre d'entre eux apparemment démunis. Certains, tout de même, discutaient farouchement avec leurs voisins. D'autres s'étaient lancés dans des altercations au corps-à-corps parfaitement ridicules. Le sujet du statut des serviteurs n'avait pas encore fait consensus.

En dessous, elle distinguait à nouveau la tache claire déjà aperçue à l'extrémité de la place. Elle resta perplexe. Les silhouettes noires qui avaient quitté la Tour ne pouvaient être que du *Velpa* mais elle ne comprenait pas pourquoi cette personne ne prenait pas la peine de se cacher et se risquait à revenir dans le hall. De plus, elle avait l'impression de reconnaître l'étrange couleur blanche. Elle se dressa sur la pointe de ses pieds pour voir davantage. Son souffle se coupa.

— Setrian !

Son cri lui résonna dans les oreilles, mais avec le chaos qui régnait, même son voisin le plus proche n'avait pas dû l'entendre. Setrian s'était arrêté juste un instant en l'apercevant. Il écartait à présent énergiquement chaque personne se mettant en travers de son chemin. Il se retournait de temps à autre pour vérifier quelque chose derrière lui, mais son objectif était clairement fixé. Il voulait la rejoindre.

Ériana commença immédiatement à pousser ceux qui se dressaient sur son passage, ignorant les directives des rebelles qui la croyaient des leurs. Elle ne pouvait cependant pas faire de même avec les soldats qui s'en prenaient aux serviteurs et tentait de les désarmer au fur et à mesure de son avancée. Dans une telle cohue, il lui était impossible de se servir de son arc et utiliser son *inha* était hors de question. Elle perdit son chemin à plusieurs reprises, les courtes luttes la faisant tournoyer autour de ses adversaires.

Alors qu'elle pensait avoir enfin un peu de répit, un soldat l'attrapa par la taille. Un second lui vint en aide et elle commença à ressentir l'emprise de l'*empaïs* alors qu'ils s'évertuaient à l'enrouler dans un uniforme émeraude. Elle devait agir avant que son énergie ne soit bloquée.

Elle était en train d'amasser son *inha* lorsque le second soldat fut brusquement envoyé en arrière. Elle profita de la surprise du premier pour se retourner et le mettre rapidement hors d'état de nuire. En quelques coups, les deux hommes furent à terre et elle put enfin croiser le regard de celui qui l'avait assistée.

Le bleu qu'elle avait tant espéré voir la paralysa. Setrian semblait lui aussi sous le choc, pourtant, ils ne s'étaient même pas touchés. Il murmura quelque chose qu'elle n'entendit pas, mais son expression avait suffi.

— On ne peut pas rester ici ! s'écria-t-elle, frustrée de ne pouvoir profiter de leurs retrouvailles.

Setrian, dont les yeux s'étaient floutés, redevint brusquement sérieux. Ériana fit volte-face, prête à attaquer. De justesse, elle stoppa son geste. Erkam désignait un endroit derrière lui et elle approuva d'un hochement de tête. Quand elle se décala pour montrer qu'elle n'était pas seule, la cohue sembla à nouveau se figer autour d'eux.

Erkam et Setrian s'observaient sans sourciller. Ils n'exprimaient ni colère ni ressentiment. Peut-être de la compréhension mais l'un comme l'autre avaient les poings serrés et les membres tendus. Aucun n'ouvrit la bouche, pourtant elle était certaine qu'ils communiquaient d'une certaine façon.

Setrian rompit le contact visuel le premier et se retourna pour attraper quelque chose derrière lui. Ériana crut d'abord qu'il était en train de se défendre contre un autre garde. Lorsqu'elle découvrit celui qu'il s'évertuait à faire passer devant lui, elle ne put retenir un cri de surprise.

— Friyah ?

Le visage du garçon s'illumina mais elle n'eut pas le temps de partager sa joie. Erkam attirait à nouveau leur attention pour qu'ils quittent la foule.

Lorsqu'ils atteignirent enfin une zone moins bruyante, Ériana comprit que rien n'était fini. L'agitation s'était propagée dans les escaliers de service et les soldats étaient encore nombreux à se déplacer en tous sens. Une demi-douzaine de silhouettes se précipitaient d'ailleurs vers eux, dernier rempart avant un couloir vide où le calme semblait avoir été réinstauré.

Pour leur éviter d'être attaqués, elle hésita à mettre son insigne en évidence, mais agir ainsi mettrait les rebelles à leurs trousses. Elle n'arrivait pas à savoir à quel camp appartenaient ceux qui couraient vers eux. Dans un cas comme dans l'autre, ils devraient lutter et elle se prépara à utiliser son *inha*. Setrian et Erkam durent remarquer sa soudaine résolution car ils s'arrêtèrent et lui attrapèrent chacun un bras. Friyah buta contre elle.

— On ne peut pas rester ici plus longtemps, lança-t-elle à Erkam. Et le passage est bloqué, ajouta-t-elle en direction de Setrian.

Elle jeta un nouveau regard au-devant alors que ses deux compagnons la lâchaient. Il leur restait peu de temps avant un affrontement direct. Puis elle reconnut les visages et se détendit d'un coup. Toute son équipe venait à sa rencontre.

— Il va falloir que tu m'expliques ce que tu fais ici, lança Jaedrin en attrapant Setrian par l'épaule. Et la prochaine fois, essaie de trouver mieux que « Urgence dans le hall, suis mon *inha* pour me repérer ». Je ne sais pas si c'est une bonne chose que tu te sois rendu aussi vulnérable pendant quelques instants, mais heureusement, Val a fini par comprendre où Erkam comptait vous faire sortir.

— Nous sommes dans le territoire des Eaux, répondit Setrian. Qu'est-ce que je craignais en tant que mage des Vents ?

— C'est là que tu te trompes, dit Val en arrivant à son tour. Il y a beaucoup de personnes dans cette Tour qui n'ont absolument rien à y faire.

— Le *Velpa* ? demanda Setrian en attrapant Ériana de sa main libre pour la rapprocher de lui.

Le geste, d'une telle banalité tant ils avaient déjà partagé ce contact, la secoua jusqu'au plus profond d'elle-même. Elle resta figée, ne sachant comment réagir.

— Il faut qu'on quitte cet endroit au plus vite, répondit Val. Plamathée a déclenché la rébellion, elle ne pouvait plus attendre. Pas même le retour d'Ériana.

— Où sont les autres ? demanda-t-elle.

— Dans la bibliothèque. Il y existe un autre passage secret pour sortir de la cité mais il faut qu'on se dépêche. La marée ne nous sera bientôt plus favorable. Nous étions sur le point de partir lorsque Jaedrin a reçu le *inha'roh* de Setrian.

— Je n'ai pas l'intention de nous faire perdre plus de temps, dit Setrian.

— Tu n'avais même pas besoin de le préciser, dit Val en décrochant enfin un sourire. Suivez-moi. Ton père a beaucoup de choses à te dire, déclara-t-il alors qu'ils se mettaient tous à courir dans la direction opposée au grand hall.

— Comment va-t-il ? Et ma mère ? Et Lyne ?

Ériana remarqua l'hésitation de Val, puis l'affreuse résignation qui prit le relais. Il avait compris qu'elle n'avait aucun remède avec elle. Elle n'avait même qu'une terrible supposition qu'elle refusait toujours d'admettre.

Setrian dut assimiler le silence à un simple effet de leur course effrénée car il ne s'obstina pas. Val venait de leur faire passer un angle et ils continuaient à se précipiter dans son sillage ; Noric et Desni vérifiaient les intersections en amont, Jaedrin et Friyah couraient côte à côte. La présence du garçon était une surprise ; Setrian avait vraiment beaucoup de choses à lui révéler. Tout autant qu'elle, sûrement. Sa main l'étreignait toujours, avec une détermination touchante et rassurante.

Val désigna soudain l'entrée de la bibliothèque dans laquelle tous s'engouffrèrent. Lorsqu'elle passa deux grandes portes et que celles-ci furent instantanément refermées, Ériana se retourna pour découvrir deux autres alliés.

— Plamathée ! s'écria-t-elle en lâchant la main de Setrian.

La mage soufflait encore de l'effort de la poussée de la porte, mais elle avait le sourire.

— Il faudrait vraiment que je respecte votre conseil en ce qui concerne les techniques de combat. J'ai déjà quelqu'un en vue pour cette instruction, mais je suis navrée de ne l'avoir même pas encore prévenu.

Le gros soldat à côté semblait surpris, mais pas autant que Setrian qui se rapprocha après avoir brièvement salué son père. Hajul semblait être le seul Huyeïl présent dans cette partie de la bibliothèque.

— Je te présente Plamathée, Grand Mage de la communauté des Eaux, dit Ériana à Setrian.

— Nous n'avons pas le temps pour les formalités, répondit Plamathée en interrompant le salut de

Setrian, même si je ne peux cacher combien Ériana m'a aidée à être ce que je suis aujourd'hui. Ériana, des embarcations vous attendent. Vous devez profiter de la marée tant qu'elle peut encore vous aider. Je suis désolée de n'avoir pas plus de temps à vous consacrer, mais vous devez partir tout de suite. Cette rébellion ne vous concerne plus. Je m'en occupe seule, maintenant.

Les autres commençaient déjà à traverser l'immense bibliothèque en suivant le soldat. Seul Setrian restait avec elle. Plamathée les attrapa tous les deux et les poussa vers le fond.

— J'ai fait ce que vous m'avez dit de faire, poursuivit-elle. J'ai suivi mon instinct. J'ai prévenu le conseil et une partie a accepté de me croire. Mais pour que les mages du *Velpa* se révèlent, j'avais besoin de déclencher la rébellion. Comme vous me l'avez dit, j'ai trouvé amplement de quoi appuyer ma position au cinquième étage. Je ne savais même pas que j'avais autant de serviteurs dans ma Tour. Pour la plupart, ils m'ont avoué qu'ils attendaient que j'agisse de la sorte depuis longtemps. Ils m'ont presque tous soutenue. Ils sont malheureusement en train d'en payer le prix dans ce hall, mais j'espère qu'ils sauront se montrer convaincants envers le conseil. Je n'ai pas encore réussi à renverser les opinions des derniers récalcitrants. La manœuvre était surtout là pour découvrir qui faisait partie du *Velpa*. Je crois que nous en avons isolé quelques-uns grâce à Val.

— Certains se sont échappés, dit Ériana en songeant aux silhouettes noires aperçues avant d'entrer dans la Tour.

— Nous savions très bien que nous ne les aurions pas tous... soupira Plamathée. Nous en avons au moins identifié plusieurs et, si ce que Crayn m'a dit est vrai, je crois bien que nous avons pu récupérer l'artefact. Ériana, je vous suis tellement reconnaissante à vous et à vos équipes. Et je suis heureuse que vous l'ayez enfin retrouvé, dit-elle en désignant Setrian de la tête.

— Je crois que c'est plutôt lui qui m'a retrouvée, hésita-t-elle sans oser regarder Setrian. Vous êtes sûre que tout ira bien pour vous ?

— Je ne peux pas l'affirmer, mais ce qui compte à l'instant c'est que vous fuyiez. Lyne, Armia et Gabrielle sont déjà dans les barques. Elles vous y attendent, précisa-t-elle en les arrêtant devant une trappe.

Le passage donnait directement sur l'eau. Au travers de l'ouverture, Ériana aperçut quatre embarcations dont trois déjà occupées par les membres des équipes. Une échelle de corde permettait d'atteindre la dernière. Setrian s'employait déjà à descendre.

— Merci Plamathée, dit-elle. Si vous saviez...

— Il y a beaucoup de choses que nous ne savons pas encore l'une sur l'autre, coupa Plamathée. Mais nous nous reverrons. Alors gardez vos adieux et hâtez-vous !

Un énorme bruit résonna soudain dans l'entrée de la bibliothèque et Plamathée pressa Ériana par la trappe. Elles n'eurent que le temps d'échanger un bref regard avant que le passage ne soit refermé par le Premier Crayn, puis Ériana dévala l'échelle.

Elle atterrit dans la barque où Setrian et Val l'attendaient. Au-devant, Erkam tenait compagnie à Lyne et Gabrielle. Le passeur semblait devoir les guider une dernière fois hors de sa cité. Le reste des équipes se répartissait dans les deux autres embarcations.

— *Erkam*, appela-t-elle par *inha'roh*, *où nous emmènes-tu ?*

— *Le plus loin possible grâce aux courants. Et je suis sûr que tu sais toi aussi comment faire.*

Une image filtra dans sa tête et elle comprit ce qu'il attendait d'elle. Il avait raison, elle savait comment procéder, même si ce n'était pas elle qui l'avait appris mais une personne ayant vécu il y a des millénaires.

Elle plongea une main dans l'eau et perçut le *inha* messager d'Erkam. Son énergie était devenue familière depuis qu'ils partageaient le reflet.

— *Dans quelle direction va-t-on ?*

— *Vers le sud. Je connais les courants marins aux alentours de la cité. Pour la suite, il va falloir me faire confiance car je n'y vois absolument rien. La nuit est trop noire.*

Ériana approuva et agita doucement la main. Le contact de pensée se rompit mais le lien entre eux persista. Erkam la gardait à proximité. Il était son protecteur, désormais.

54

Le silence de l'océan contrastait avec le chaos de la rébellion. Ériana laissa sa main plongée dans l'eau pour ne pas perdre le fil d'Erkam.

— Tu te sers de ton *inha* ? demanda doucement Setrian.

Elle acquiesça en silence, ne voulant pas s'éterniser sur ce sujet délicat.

— Tu étais en *inha'roh* avec lui, tout à l'heure, n'est-ce pas ?

Leur barque remua lorsque Val tenta de s'éloigner mais l'espace était trop restreint pour leur laisser beaucoup d'intimité. Ériana soupira discrètement. Elle ne voulait pas avoir cette conversation, pas maintenant. Elle avait besoin de se concentrer sur son *inha*. Mais Setrian semblait déterminé et posa à nouveau sa question.

— Avec Erkam, oui, avoua-t-elle.

— J'ai cru comprendre qu'il s'appelait ainsi. Il a l'air d'être messager lui aussi.

— Quand je suis arrivée à Arden, il n'était que passeur.

— Passeur ?

— Il était serviteur. Je pense que Val t'expliquera mieux que moi.

Les efforts de Val pour les laisser seuls étaient effectivement inutiles car le protecteur comprit qu'il devait fournir quelques renseignements. Un silence pesant s'installa lorsqu'il eut terminé.

— J'ai l'impression que tu es devenue proche de lui, dit soudain Setrian.

De surprise, elle perdit sa concentration. Leur barque, de même que celle qui se trouvait devant eux, dévia légèrement de sa trajectoire. Elle rétablit aussitôt le lien avec son énergie et se remit dans l'axe.

— Il est devenu le protecteur qu'il me fallait pour le transfert des Eaux, dit-elle une fois sûre qu'elle se contrôlait.

— Il l'est encore ? demanda nerveusement Setrian.

— Il m'a dit qu'il ne se sentait plus capable d'assumer ce rôle depuis le transfert. Malgré tout, il reste mon protecteur, même si je n'ai jamais cherché personne pour te remplacer.

De nouveau, le silence. L'océan était d'un calme presque inquiétant et l'obscurité de la nuit ne leur offrait aucun point de repère. Seuls son *inha* et celui d'Erkam les faisaient avancer. Le messager tenait un rôle prépondérant dans cette fuite, mais elle ne voulait pas insister.

— Que s'est-il passé, alors ? continua-t-elle.

— De quoi parles-tu ?

— De ce que tu as découvert dans cette armée où tu t'es infiltré.

— Ah… Dans ce cas… J'y ai découvert des choses terribles qui dépassent tout ce que nous avions prévu. Tu tiens à les entendre maintenant ?

Elle sentait qu'il aurait préféré parler d'elle mais elle ne pouvait plus s'y résoudre, pas dans ces conditions. De plus, ce qu'il avait à leur apprendre avait son importance et elle préférait obtenir les informations le plus tôt possible.

— Je te passe les détails, commença-t-il devant son hochement de tête, mais...

— J'aimerais pourtant les connaître.

— Pas aujourd'hui.

Son ton était net : il ne dirait que le nécessaire. Elle ne le brusqua pas ; elle avait elle aussi des moments qu'elle préférait garder secrets. Il prit une profonde inspiration, comme s'il s'accordait un dernier instant pour résumer la situation.

— Le *Velpa* est dirigé par quatre Maîtres, un pour chaque élément. Ils se servent de l'armée pour rassembler des porteurs de *inha* afin de pallier leur manque d'énergie. Pour des *inha'roh* groupés, par exemple. Les Maîtres doivent tous être contacteurs.

Elle ne savait pas comment il avait bien pu découvrir de tels renseignements, mais la perspective d'avoir à affronter quatre factions au sein du *Velpa* l'empêcha d'en demander plus.

Setrian avait raison, cela dépassait tout ce qu'ils avaient pu imaginer. Ils savaient que tous les territoires avaient été unis dans le *Velpa*, mais jamais elle n'aurait cru que quatre personnes distinctes le dirigeaient. L'issue se compliquait à mesure qu'ils progressaient dans leur lutte.

— Dès que nous trouvons une solution, une nouvelle barrière se met en travers, grogna-t-elle.

— Détrompe-toi. Tout est déjà mis en place chez eux, nous manquons simplement de temps.

— Et de moyens, soupira-t-elle. Compte-nous. À peine dix, si j'écarte Friyah. Naëllithe doit reconstruire son territoire et Plamathée a une révolution à gérer. Judin nous dirige depuis Myria mais sait-il vraiment tout ce que nous faisons ? Nos actes sont désordonnés, et même ridicules, comparés à l'organisation à laquelle nous sommes confrontés. Nous n'agissons que selon nos découvertes et elles sont plutôt minables.

— Tu voudrais contrer le *Velpa* d'une autre façon ?

— J'en ai assez de contrer. Il serait temps de passer à l'offensive.

— Et comment comptes-tu faire ? demanda Setrian, insolent.

— Le *Velpa* a une armée, qu'attendons-nous pour faire de même ?

— Leur armée est na-friyenne ! Les Na-Friyens ont déjà choisi leur camp.

— Il serait temps que la Friyie choisisse le sien ! s'emporta-t-elle.

Toutes les têtes se tournèrent dans leur direction depuis les autres barques. Un *inha'roh* d'Erkam lui rappela de rester aussi silencieuse que possible.

— Regarde-nous, murmura-t-elle entre ses dents. Deux équipes malmenées qui patrouillent d'un territoire à l'autre. Qu'est-ce que Judin espère ?

— Je te rappelle que nous avons été envoyés dans le seul but de prévenir les autres communautés, souleva Setrian.

— Les règles ont changé !

— Et tu es la seule à pouvoir les modifier à nouveau. Ériana, rends-toi compte de ton potentiel ! Tu réunis les quatre éléments en toi. Tu peux faire face au *inha* réducteur.

— Tu ne comprends vraiment rien, s'énerva-t-elle.

— C'est toi qui ne veux rien entendre ! Vois les énergies qui t'habitent, ce don qui te permet de les unir. C'est notre chance ! *Tu* es notre chance !

— Setrian, quand comprendras-tu que je ne suis qu'un outil dans tout ça ? D'après toi, pourquoi nos ancêtres se sont-ils démenés pour me transmettre leurs connaissances ? Pourquoi ont-ils tout fait pour que je sois armée de chaque élément ?

— Je ne sais pas ! s'écria Setrian en s'attirant à nouveau les regards foudroyants des autres. Et peu importe ! La prophétie te désigne comme unique chance de nous en sortir, cela n'est-il pas suffisant ? Tu dois développer chacune de tes énergies, les maîtriser et les appliquer.

— J'en ai assez de ces prophéties ! Les prophètes se sont déjà trompés dans leur analyse une fois. Aujourd'hui, je suis presque certaine que nous avons encore tort.

— Tort ? Mais de quoi parles-tu ? Dar te l'a prouvé. Les éléments vont fusionner en toi.

— En moi, oui, c'est certain. Sauf que cela ne présente aucun intérêt.

Setrian fut si abasourdi qu'il en resta muet quelques instants.

— Aucun intérêt… Où veux-tu en venir ? demanda-t-il en secouant la tête.

— Quel est l'intérêt que je possède les quatre éléments ? répéta-t-elle. Quelle situation pourrait nécessiter cette particularité ?

— Le *Velpa* doit avoir une arme qu'il n'a pas encore utilisée ! Peut-être que Mesline n'a pas encore développé tous ses talents de *Geratiel* ! C'est le cas, de toute façon, tant que tu ne seras pas totalement instruite.

— Écoute-toi, tu viens juste de le dire. Mesline sera *Geratiel*. Réductrice, oui, mais des Vents. Que crois-tu ? Que si elle supprime mon *inha* des Vents j'aurai simplement la chance d'en conserver trois autres ? Ça n'a aucun sens. Ce qui est intéressant, en revanche, c'est l'autre façon dont nous pouvons utiliser les quatre éléments.

— Ériana, je ne comprends rien à ce que tu racontes. Tu es notre seule solution en les unissant en toi.

— Non, pas en moi.

Il s'était préparé à rétorquer mais s'interrompit. Elle le sentait enfin prêt à l'écouter et se lança :

— Je sais que tu vas me dire que c'est une interprétation, mais j'ai vraiment eu cette impression en échangeant avec Plamathée. Regarde les liens que nous avons créés entre les communautés depuis notre départ de Myria. Les deux Grands Mages des territoires voisins sont désormais des alliées. Naëllithe et Plamathée nous suivront quoi qu'il en coûte, à condition que nous le leur demandions. Certes, elles sont très occupées pour l'instant, mais leurs situations sont dues au *Velpa*. Les Terres et les Eaux sont déjà impliquées dans cette lutte. Nous les avons unies à celle des Vents. Il ne s'agit pas d'énergie, Setrian. Le fait que je détienne quatre *inha* n'est finalement qu'un détail, qu'une preuve à apporter aux Friyens pour leur prouver que je suis des leurs. Ce sont les communautés que nous devons unir. Et je crois que j'en suis l'instrument.

Pour une fois, Setrian ne chercha pas à la contredire. Il paraissait même peser ce qu'elle avançait avec beaucoup de sérieux. Elle en profita pour poursuivre :

— Je ne suis pas une source d'énergie qui va agir dans chaque territoire comme si je détenais leur élément. Je fais le lien. Je *suis* le lien. Il a fallu que je parle de Naëllithe à Plamathée pour le comprendre. Et je ne suis que ça. Je rassemble. Pour le reste... Je suis comme chaque Friyen doté d'un *inha*.

— Cesse de te dénigrer, tu es une mage tout à fait compétente.

— Compétente... Ma force apparaît essentiellement sous impulsion et la quasi-totalité de mes connaissances provient de sources ayant vécu il y a trois mille ans, ironisa-t-elle. Il faut être honnête, Setrian. Pour l'instant, je ne représente aucun danger pour le *Velpa*.

— Mais qu'est-ce que tu...

— Trouve-moi une seule fois où le *Velpa* s'en est directement et délibérément pris à moi.

Setrian ouvrit la bouche pour répondre mais aucun son n'en sortit. Elle imaginait tout à fait les images qu'il devait se passer en tête et aussi sa désillusion à se rendre compte qu'elle avait raison. Jamais le *Velpa* ne s'était attaqué à elle. Ils s'en étaient pris à presque tous les autres membres de son équipe, mais jamais à elle. Pour eux, elle n'était pas un risque, juste une présence collatérale. D'autres avaient en revanche beaucoup plus d'importance.

— Alors tu es encore en vie parce qu'ils n'auraient pas réalisé ta capacité à unir les quatre territoires ?

— Je te rappelle qu'il y a quelques instants tu croyais encore que je ne ferais que fusionner des énergies. Et tu es celui qui me connaît le mieux ici. Le *Velpa* n'est pas près de découvrir cette particularité et je compte bien faire en sorte qu'il l'apprenne le plus tard possible.

— Il faut qu'on te protège, lança aussitôt Setrian.

Elle lui lança un regard cinglant, le mettant au défi de poursuivre.

— Il le faut et même si ce n'est plus moi, dit-il avec fermeté. Je ferai tout pour qu'Erkam le reste. Comment a-t-il fait pour le devenir, d'ailleurs ?

— Seuls nos insignes sont nécessaires. Je pense que tu es devenu le mien au sommet de la Tour d'Ivoire. Pour Erkam, c'était au sanctuaire des Eaux. Que se passe-t-il ? ajouta-t-elle devant son regard peiné.

— Je n'ai plus mon insigne, murmura-t-il.

— Pardon ?

— Je n'ai plus mon insigne. J'ai été forcé de le laisser derrière moi.

Elle retint sa stupeur autant que possible. Sa déception également. Elle avait espéré qu'il redeviendrait son protecteur. L'amertume lui envahit la bouche. Le messager qu'elle avait connu n'aurait jamais abandonné son insigne. Il ne l'aurait jamais abandonnée non plus. Pourtant, c'est ce qu'il avait fait. À moins que…

— Tu devais certainement avoir une bonne raison, dit-elle, résignée.

— Je suis tellement désolé. Pour l'insigne… Et pour toi.

Il venait de relever les yeux sur elle. Même dans l'obscurité, elle était certaine qu'ils la transperçaient.

— Je savais que je te perdais en te laissant vers *Elpir*. Mais j'espérais aussi que tu pourrais le trouver, celui qui serait digne de te protéger. Quand j'ai senti, il y a quelques jours, que tu n'étais plus en moi… Quand j'ai compris que je ne percevais plus le reflet de ton énergie, j'ai cru… j'ai cru que tu étais…

Elle se raidit en comprenant ce qu'il avait pu imaginer. Elle se représentait parfaitement ce qu'elle aurait ressenti si elle avait été à sa place. Tout se serait écroulé, elle n'aurait plus cru en rien.

— Mais ce n'est pas le cas, dit-elle d'un ton qui se voulait rassurant.

— Je ne comprends pas pourquoi je n'ai pas pensé au nouveau protecteur. Je crois que j'étais trop secoué par tout ce que je vivais dans le bataillon.

— Tu ne veux toujours pas m'en dire plus ?

— Je ne préfère pas.

— Pourquoi ça ?

— Je t'aime, Ériana. Est-ce que cela pourra te suffire, pour l'instant ?

Leur barque oscilla dangereusement, puis Ériana inspira pour se calmer. Jamais ils n'étaient parvenus à passer par les mots, préférant communiquer par leur *inha* messager.

— Je… commença-t-elle.

— Ne te force pas, coupa-t-il.

— Non ! s'offusqua-t-elle. C'est juste que je suis surprise. On dirait presque que tu t'excuses. Ce sont des mots… Enfin, je le savais déjà mais… Je ne les avais jamais entendus.

— Je te les ai déjà dits, mais tu ne t'en souviens pas.

Elle fut prise de court. Jamais elle n'aurait pu oublier une telle chose. Puis, lentement, l'évidence s'imposa. Si, elle aurait pu. Une seule raison pouvait expliquer ce défaut de mémoire mais elle refusait d'y croire.

— C'était pendant le transfert ?

— Oui, répondit simplement Setrian.

La réponse lui brûla la poitrine. Elle craignait de le meurtrir davantage, mais elle avait besoin de savoir, alors elle poursuivit :

— Comment en es-tu arrivé là ?

— Tu me provoquais, c'était insupportable. Je te refusais ce que tu désirais tout en essayant de te convaincre que je n'étais pas un ennemi. C'était mon dernier argument pour te prouver que j'étais réellement de ton côté.

— Et que s'est-il passé, ensuite ?

— Pourquoi demandes-tu ça ?

— J'essaie de comprendre. Depuis le transfert, Erkam a une attitude similaire à la tienne. Il conçoit parfaitement la façon dont tu t'es désengagé et cherche presque à faire de même, mais il n'est pas non plus entré dans les détails et je veux en savoir plus.

— Erkam...

Elle ne savait pas s'il y avait de la rancœur ou une infinie tristesse dans sa voix mais Setrian semblait abattu au-delà du possible.

— C'est affreux de réaliser que, finalement, je l'ai dit à d'autres avant toi, alors que tu étais l'unique personne à devoir l'entendre, soupira-t-il. Il y a d'abord eu Dar, qui est venu me voir juste avant de disparaître dans le sablier. Puis Brom, un prisonnier rencontré dans l'armée... Et il y a eu Mesline, aussi.

— Mesline ?

Son sursaut interrompit son contact avec l'océan. Elle remit aussitôt la main dans l'eau.

— C'est elle qui m'a permis de m'échapper. Je sais que quelque chose vous lie toutes les deux. Apparemment, il y aurait eu un événement particulier avec l'artefact des Eaux, il l'aurait reconnue sans qu'elle ait besoin de le toucher.

Ériana eut un sourire de victoire. L'hypothèse qu'elle avait formulée se confirmait enfin. Elle s'apprêtait à expliquer le rôle de Gabrielle lorsque son *inha* perçut quelque chose d'étrange et elle immergea immédiatement la totalité de son bras. L'altération du flux lui avait semblé profonde. Son sang se glaça lorsqu'un tumulte énergétique ébranla son *inha*.

— Erkam ! s'écria-t-elle. Il y a...

L'eau s'abattit sur eux avec une telle violence qu'elle perdit le lien avec son énergie. La barque se retourna.

Emportée par les remous déchaînés, Ériana lutta pour saisir le *inha* de l'eau, mais le chaos était trop intense et le flux l'emportait plus profondément à chaque vague. Son énergie s'amassait tout de même de façon impulsive, tentant de repousser la masse d'eau qui l'entourait.

Puis une autre vague la secoua et quelque chose remua à côté d'elle. Une douleur soudaine la prit à la tempe et elle perdit connaissance.

La première chose qui la frappa fut l'odeur d'humidité. Puis elle entendit des bruits de pas, des respirations haletantes, dont une vraiment laborieuse. Une porte claqua lourdement et les pas se rapprochèrent mais elle n'y prêtait déjà plus attention. Son esprit venait de se focaliser sur une sensation insupportable et elle poussa un cri de rage.

— Pas besoin de s'énerver ainsi. Dès que tu auras fait ton choix, tu sortiras d'ici et je sais très bien qu'ils auront de quoi le dissoudre.

Elle ne reconnaissait absolument pas le timbre masculin et ouvrit lentement les paupières. Lorsque ses yeux s'habituèrent à la pénombre bleutée, semblable à celle des cellules de la Tour de Quartz, elle découvrit une pièce vide, faite entièrement de pierre. Puis un homme arriva dans son champ de vision et lui attrapa la mâchoire.

Les yeux les plus pâles qu'elle eût jamais vus la fixaient dans un visage à la peau presque blanche. Le reste était dissimulé par un manteau dont le capuchon était relevé de façon à assombrir le front et les contours du visage. Un souffle glacial s'échappait du nez.

Elle voulut reculer devant le froid inexplicable mais ses mouvements furent entravés. Elle était ligotée à une chaise, les mains liées dans le dos. D'après les fourmillements, tous les symboles de ses insignes étaient recouverts d'*empaïs*.

— Te voilà parmi nous, poursuivit l'homme en lui lâchant le menton. C'est parfait, nous ne perdrons pas de temps.

— Qui êtes vous ? grogna-t-elle.

— Je ne suis pas certain que tu sois en position de poser des questions.

— Qui êtes-vous ? répéta-t-elle plus fort. Et pourquoi suis-je ici ?

— J'admire ta persévérance ! Peut-être vais-je répondre à ta première question. La deuxième ne sera même pas nécessaire, tu auras la réponse d'ici peu.

Il parlait si bas qu'elle entendait à peine le son de sa voix. Heureusement, la pièce était silencieuse, en dehors des halètements dont elle n'avait toujours pas identifié la source. Deux autres personnes semblaient partager les lieux mais aucune n'était visible.

Elle ne savait pas depuis quand elle était là, mais son intuition penchait pour peu de temps. Pourtant, ses vêtements étaient à peine humides et ses cheveux, parfaitement secs. Quelqu'un maîtrisant les Vents l'avait forcément séchée pour être sûr qu'elle ne serait pas incommodée. Étrange précaution étant donné sa captivité.

L'homme recula, son long manteau dévoilant momentanément des vêtements aussi blancs que la Tour d'Ivoire ainsi qu'une tache bleue localisée au niveau du ventre. Quelque chose dans sa tenue lui rappelait Myria, puis l'évidence lui sauta aux yeux. L'homme était *Ploritiel*. Le vêtement était son insigne.

— Je suis le Maître des Vents, dit-il avec un sourire narquois.

Elle serra les dents pour éviter de manifester sa colère.

— Donc Setrian avait raison en disant que vous étiez quatre.

— Oh, le messager aurait donc compris cela ? À se demander si je vais vraiment te laisser le choix… ajouta-t-il en lançant un regard par-dessus son épaule.

Ériana tourna la tête pour voir ce qu'il observait si attentivement mais n'aperçut rien d'autre que les murs. Les souffles qu'elle percevait ne devaient être que le murmure de l'air au travers des pierres, pourtant elle y sentait quelque chose d'humain.

— Que me voulez-vous, alors ? demanda-t-elle. Si vous aviez voulu me tuer, vous l'auriez déjà fait, et je sais maintenant que Mesline ne survivra pas si je meurs. Alors pourquoi suis-je ici ?

— Je vois que la prophétie n'a pas choisi sa prétendante au hasard. En même temps, tu n'aurais pas pu être moins intelligente que ça. Ça a été un soulagement quand nous avons compris que tu étais celle qui pouvait contrer l'énergie réductrice. Non initiée, quelle chance ! Tu ne représentes aucun risque pour nous ! Juste ce détail de te faire attraper les artefacts avant Mesline. Mais ce n'est qu'un petit détail insignifiant qui te permet de rester en vie. En revanche, les autres commencent à poser problème.

— Quels autres ?

— Oh, les Huyeïl, essentiellement. J'ai observé cette lignée et ils sont bien trop fidèles à Myria à mon goût. Mais cela ne devrait plus nous freiner très longtemps, enfin en ce qui te concerne. Si seulement nous ne nous étions pas trompés de barque... Mais avec la nuit...

Ériana ne comprenait pas pourquoi le Maître prenait la peine de lui révéler une partie de son plan. Peut-être pour la faire paniquer. Si c'était le cas, il y parvenait plutôt bien car elle sentit son sang quitter son visage et ses mains en comprenant qu'elle n'était pas la seule à être détenue.

— Qui d'autre est là ? demanda-t-elle, presque sans voix.

— Dans la même situation que toi ? Eh bien, le seul que mon confrère pouvait maîtriser.

— Votre confrère ?

— Malgré notre manque cruel de coopération, j'avais besoin des services d'un mage des Eaux. Alors je te laisse réfléchir sur l'identité de celui qui aura bientôt le même choix à faire que toi.

— Mais de quel choix parlez-vous ? s'écria-t-elle.

Le Maître la fixait, amusé. La rage monta en elle. L'hideux sourire l'horripilait plus que tout.

— Trouve qui est assis dans la pièce adjacente et je te révélerai le petit jeu que je vous réserve à chacun.

Ériana prit à peine le temps de réfléchir. Une seule réponse était possible. Elle n'avait pas envie de rentrer dans la menace du Maître, mais c'était son unique moyen d'obtenir des informations.

— Seul Erkam et moi sommes des Eaux, rétorqua-t-elle.

— Parfait ! Donc tu auras compris qu'il s'agit bien de lui. Maintenant, voici mon petit arrangement. L'autre ressort d'ici vivant à l'unique condition qu'un de ces deux-là paye à ta place.

En terminant sa phrase, l'homme avait dessiné un long huit devant lui. Lorsqu'il acheva son mouvement, Ériana vit comme un mur apparaître puis disparaître, floutant brièvement le fond de la pièce. Ce qu'elle aperçut ensuite, bien nettement, la fit chavirer.

Elle n'était pas seule. Il y avait bien deux personnes avec elle, dans une situation similaire à la sienne. Un muret les séparait l'une de l'autre. Leurs mains étaient ligotées à l'arrière des chaises, orientées de façon à ne pas pouvoir la voir. Mais elle connaissait parfaitement les deux silhouettes, de même que les reflets de leurs cheveux pour savoir de qui il s'agissait.

Lyne.

Et Setrian.

55

Ériana cria leurs prénoms à tous deux jusqu'à ce que le rire du Maître des Vents résonne dans la pièce.

— Ils ne t'entendent pas ! dit-il avec, pour la première fois, une voix forte, toujours accompagnée de son rire glacial. Ils ne t'entendent pas, ils ne s'entendent pas entre eux et ne m'entendent pas non plus, en tout cas pas pour l'instant. Je dois dire que je suis plutôt talentueux en ce qui concerne mes boucliers.

Il ne faisait à présent aucun doute que le Maître des Vents était *Ploritiel*. Cela n'était pourtant pas cohérent avec ce que Setrian avait expliqué.

— Pourquoi n'êtes-vous pas *Rohatiel* ?

— Pourquoi devrais-je l'être ? s'étonna le Maître.

— Les contacts avec le *Velpa*. Setrian a dit que...

— Oh, il a aussi compris ce détail ? Eh bien non, vois-tu ! J'ai dû... remplacer mon précédent collègue lorsqu'il a pris une fâcheuse décision.

— Comment faites-vous pour les *inha'roh*, alors ?

— Je ne vois pas vraiment pourquoi je devrais te répondre, mais je suppose que je ne risque rien à le faire. Après tout, vous avez peut-être mérité cette explication, puisqu'il a réussi à en deviner autant. Vois-tu, il me faut simplement plus de sources d'énergie, le double pour être exact, et aussi l'aide d'un *Rohatiel* pour établir le premier contact.

Il avait répondu en haussant les épaules comme si le fait d'utiliser des dizaines de personnes pour établir un lien de pensée n'était qu'une formalité.

— Mais cessons de parler de cette nature, elle n'est pas celle que j'affectionne. C'est d'ailleurs pour ça que j'essaie de limiter les contacts. Revenons-en à mes boucliers, si tu le veux bien.

Il désigna à nouveau Lyne et Setrian derrière lui.

— Est-ce qu'ils me voient ? demanda Ériana.

— Ils te tournent le dos, ma chère, répondit le Maître avec un large sourire.

— S'ils n'étaient pas dans cette position, me verraient-ils ? s'impatienta-t-elle.

— Oui, ils te verraient. Mais ils n'ont aucune raison de le faire puisqu'ils ne nous entendent ni toi ni moi. Et de toute façon, ils n'y parviendraient pas.

— Mais ils peuvent ressentir notre présence !

— Pas avec l'*empaïs*. Voyons, Ériana... Tu me déçois.

Elle se doutait depuis un moment que le Maître connaissait son prénom et n'avait pas envie de savoir pourquoi il ne l'utilisait que maintenant. Quelque chose la surprenait dans ce qu'il venait de dire. Le bandeau bleu et blanc de Lyne lui cintrait le front, mais Setrian avait dit ne plus avoir son insigne avec lui.

— Setrian n'a plus d'insigne.

— Il n'a plus celui que la communauté lui a créé mais le symbole des Vents est gravé en lui, fit remarquer le Maître. Regarde un peu mieux.

Elle plissa les yeux dans la direction qu'il indiquait. Les mains de Setrian étaient liées au niveau des poignets. Elle avait du mal à distinguer l'endroit où il portait généralement son insigne, mais il lui semblait effectivement apercevoir une trace rouge foncé, comme si la chair avait été meurtrie. La cicatrice faisait peine à voir.

— Qu'est-ce que c'est ? demanda-t-elle, inquiète.

— Une autre façon de contrôler le *inha* d'un porteur. Le symbole lui a été tatoué sur la peau.

Elle frissonna en comprenant le silence de Setrian sur les détails de son séjour dans l'armée. Le tatouage paraissait avoir été imposé et terriblement douloureux. Elle n'en pouvait plus de le savoir en souffrance.

— Laissez-les partir ! Ils n'ont rien à voir avec la prophétie ! s'écria-t-elle en tentant de se dégager de ses propres liens.

— En l'occurrence, si, puisque ce messager semble être destiné à te protéger. Quoique celui dans la salle adjacente donne l'impression d'occuper ce poste pour l'instant. Enfin, tout dépend de son choix à lui aussi.

— Vous voulez dire que...

Ériana pâlit en saisissant les implications du Maître.

— Combien d'autres personnes avez-vous capturé ? grogna-t-elle entre ses dents.

— Vous êtes six au total, répondit-il avec amusement. J'aime particulièrement le fait que cette troisième prétendante soit présente. Le dernier est un *Ploritiel*.

— Gabrielle... Et Val. Mais qu'attendez-vous de nous ?

— Oh, le messager des Eaux doit simplement faire la même chose que toi. Choisir.

— Mais choisir quoi ?

— Lequel des deux sortira vivant.

Sa gorge se contracta douloureusement au souvenir du pacte qu'elle avait déjà entendu. Erkam était face au même de son côté.

— Je... je ne peux pas, dit-elle en lâchant la tête.

601

— Oh si, tu pourras ! À moins que tu ne préfères laisser ton protecteur mourir ?

— Je ne pourrai jamais faire ça !

— Alors tu vas devoir choisir.

— Mais je ne peux pas non plus ! s'égosilla-t-elle.

À côté, un cri retentit. Ériana crut reconnaître la voix d'Erkam, mais à cause de l'épaisseur des murs, elle n'en était pas certaine.

— Qu'est-ce que vous lui faites ?

— Moi ? s'étonna le Maître. Rien. C'est mon collègue des Eaux qui est en charge, là-bas. Mais je ne pense pas qu'il ait commencé quoi que ce soit.

— Alors pourquoi Erkam crie-t-il comme ça ?

— Je pense qu'il vient de comprendre la même chose que toi. Qu'il s'apprête à faire un choix assez délicat. Et que sa vie va peut-être s'écourter radicalement en fonction du tien.

— Erkam ! hurla Ériana. Je promets de ne rien laisser t'arriver ! Erkam !

Le Maître se frotta le front en marmonnant.

— On perd du temps, Ériana. Tu crois sincèrement qu'il peut t'entendre ?

— Alors comment le puis-je ?

— Le même bouclier que celui que j'applique sur ces deux-là, dit-il en désignant quelque chose derrière lui. Tu les entends, ils ne t'entendent pas. Maintenant, je te conseille de faire rapidement ton choix, sinon ce protecteur va voir sa peur justifiée. Pendant que tu te décides, je vais mettre au courant nos deux amis ici présents. Ne cherche pas à leur parler, ils n'entendront que moi.

Ériana se mit à trembler sur sa chaise. Elle ne pouvait pas croire qu'elle avait à faire un choix pareil. Elle ne voulait même pas envisager duquel des trois elle pouvait disposer. Erkam était son protecteur, Setrian, ce qu'elle avait de plus précieux et Lyne était devenue comme une sœur. Elle ne pouvait priver aucun d'eux de sa vie et savait qu'elle ne pouvait pas se sacrifier pour eux. Le Maître tenait absolument à ce qu'elle reste en vie pour compléter l'éveil du *inha* réducteur. Elle ne pourrait jamais négocier de cette façon.

Pendant qu'elle luttait contre les spasmes d'angoisse qui menaçaient de l'envahir, le Maître défit son bouclier. Lorsque sa voix résonna dans la pièce, Lyne et Setrian sursautèrent.

— Je me présente, je suis le Maître de votre élément dans l'organisation du *Velpa*. Je ne perdrai pas de temps à vous expliquer les détails, mais voici le dilemme auquel votre amie Ériana est confrontée. Afin d'assurer la survie de son protecteur Erkam, l'un de vous deux doit mourir. Ériana est présente ici même et vous entend. En revanche, vous ne pourrez pas l'entendre. Savourez ce moment, ce sont peut-être vos derniers instants.

Ériana hurla de rage. Ce qui l'horrifiait par-dessus tout était que Setrian et Lyne savaient désormais qu'elle était là. Ils allaient forcément chercher à communiquer avec elle. Setrian fut le premier à réagir.

— Ériana ! cria-t-il. Tu sais très bien ce que je…

— Ériana ? coupa Lyne. Tu es là ? Tu es là et tu m'entends ? Il…

— ... ne peux pas la choisir, elle, Lyne est...
— ... Setrian est important, ne...
— ... je t'en supplie...

Ériana n'arrivait pas à distinguer la moitié de ce qui était dit. De toute façon, elle était trop effrayée. Elle ne voulait pas affronter ce choix. Elle ne voulait plus rien entendre, mais ses mains étaient liées, elle ne pouvait rien bloquer.

— Doucement vous deux, intervint le Maître. Je sais que vous ne vous entendez pas l'un l'autre non plus, mais il faudrait essayer de ne pas parler en même temps. J'aimerais d'abord savoir ce que la jeune apprentie a à dire.

— Espèce de... commença à crier Setrian.

— Je t'interromps tout de suite, messager, menaça l'homme. Je ne perdrai pas mon temps dans cette histoire. Si je vous trouve trop indisciplinés, je prendrai la décision à sa place.

Setrian se tut mais contenait visiblement sa fureur. Ses épaules étaient contractées et ses poings serrés. De son côté, Lyne tremblait. Ériana avait envie de pleurer. Lyne était déjà malade. Se trouver dans une telle situation ne devait pas aider.

— Ériana, je sais que tu m'entends, appela Lyne en redressant légèrement la tête.

Sa voix était aussi vacillante que son corps. Lyne était épuisée par la maladie qui la tenait depuis son contact avec *Erae*. Aucun remède n'avait été trouvé pendant leur absence, et Ériana n'avait aucune nouveauté à apporter. Elle sentait Lyne prête à utiliser cet argument. Elle en était écœurée à l'avance.

— Je sais que nous n'avons aucun remède. J'ai bien vu ce soir, quand tu es revenue avec Erkam. Vous n'aviez rien à nous dire.

— Nous n'en avons pas eu le temps, mais tu as raison, murmura Ériana, même si elle savait que Lyne ne l'entendrait pas.

— Tu ne peux pas laisser mourir Erkam, continua Lyne. Je ne sais pas ce qu'est cette histoire de protecteur, mais ça doit être important. Et Setrian est censé te protéger, lui aussi. Et puis, je crois que vous… Enfin, je ne pourrais jamais te demander de le faire mourir pour moi.

— Il va me demander exactement la même chose, soupira Ériana en retenant ses larmes.

— Je suis malade, Ériana. Je suis faible. Personne n'a trouvé ce à quoi cette plante pouvait bien me mener. On ne sait rien à part ça, mais c'est ainsi et je dois l'avouer. Je… Je crains de toute façon de finir par mourir.

Lyne s'était mise à sangloter. Ériana serra les dents en donnant une violente secousse sur ses liens. Les cordes ne lui lacérèrent que davantage la peau.

— Tu n'as trouvé nul remède au sanctuaire, continua Lyne. C'est sûrement qu'il n'en existe aucun. Ou alors, s'il y en a un, nous ne le trouverons pas à temps. Je… je te demande de me sacrifier. S'il te plaît, Ériana. Je sais que tu m'entends. Ne les laisse pas mourir. Ne laisse pas mourir Setrian. Il a le droit de vivre. Il n'est pas malade. Et il t'a, toi. S'il te plaît. Je…

Ériana sentait ses larmes couler sur ses joues.

— Je ne peux pas, Lyne. Ne me demande pas une telle chose…

605

Elle voyait la logique dans le raisonnement de Lyne. Elle avait même un argument supplémentaire à apporter. Ce qu'elle avait découvert auprès d'Erae, cette hypothèse selon laquelle le bouclier mis au point par ses frères aurait eu pour but de détruire celui qui déroberait l'artefact. Mais elle n'était sûre de rien. Même Erae avait douté.

— Ériana ? appela Lyne. J'ai peur…

Le sanglot d'Ériana se transforma en un hoquet de douleur. Elle ne pouvait pas, c'était impossible. Lyne n'avait que seize ans. Même si elle était malade, elle méritait de vivre, quelque temps seulement. Et ils pourraient peut-être trouver le remède qu'il lui fallait.

— Ça suffit, j'en ai assez entendu, annonça le Maître, qui était resté en retrait derrière Ériana. Messager, c'est à ton tour.

Ériana fit immédiatement aller ses yeux sur Setrian. L'énergie qu'il dégageait n'était en rien similaire à celle qu'avait exprimé Lyne. Il n'y avait aucune peur, que de la détermination.

— Ériana ! Erkam doit survivre ! Lyne aussi ! Il n'est même pas envisageable de penser autrement !

— Setrian, je ne peux pas ! répondit Ériana alors qu'elle savait qu'il ne l'entendrait pas. Je… Je…

C'était à son tour de ne plus pouvoir trouver ses mots. Sa respiration était entrecoupée de soubresauts. Elle venait à peine de le retrouver, elle ne pouvait pas le sacrifier.

— Je sais, tu vas te dire que je dois rester, l'interrompit Setrian, plus serein, comme s'il tentait de la raisonner. Mais je n'ai plus mon insigne et je ne sais pas quand je pourrai le retrouver. Je ne pourrai pas redevenir ton protecteur avant un long moment...

— Si, tu as cette cicatrice ! plaida Ériana. Nous aurions dû essayer dans cette barque. Tu peux redevenir mon protecteur, tu peux...

— ... mais Erkam peut le rester.

Ses paroles lui firent l'effet d'une sentence et Ériana interrompit tout. Sa respiration, ses larmes, ses mouvements.

Setrian avait préparé ses mots pendant que Lyne parlait. Il avait trouvé les tournures pour la convaincre. Ses déductions étaient d'une logique parfaite. Erkam était toujours son protecteur. Il ne voulait pas le rester parce qu'elle avait Setrian, mais si celui-ci disparaissait, le passeur se sentirait obligé de conserver ce rôle. Sauf qu'elle ne pouvait pas envisager de tuer la personne à qui elle tenait plus que tout au monde.

Setrian s'était tu pour de bon. Il savait qu'elle l'avait entendu et que ses mots étaient suffisants. Il savait qu'elle ferait son choix à l'issue de son intervention. Elle fut surprise de l'entendre prendre à nouveau une inspiration mais le Maître le coupa avant qu'il n'ait pu commencer.

— C'est terminé. Ta décision.

Elle releva les yeux sur Lyne et Setrian. Ils s'étaient tous deux redressés. Ils avaient entendu. Ils savaient qu'elle allait faire son choix. Elle l'avait déjà fait, sans parvenir à s'y résoudre.

— Pitié, plaida-t-elle. N'importe quoi. N'importe quoi, mais pas ça.

Le Maître ne répondit pas. Il était passé devant elle et la fixait de ses yeux clairs.

— Si tu ne me dis pas, ils mourront tous les trois.

Elle n'avait aucun doute qu'il mettrait sa menace à exécution. Elle n'avait plus le choix. Elle devait parler.

— Alors ? Lequel des deux survit ?

Sa bouche s'ouvrit et se referma plusieurs fois sans qu'aucun son n'en sorte. Son cœur battait à toute allure dans sa poitrine, sa tête pendait en avant. Ses poignets étaient presque insensibles aux liens sur lesquels elle tirait sans plus s'en rendre compte, son esprit s'embrumait. Un violent courant d'air lui redressa le menton avant de le laisser retomber en avant.

— Alors ? hurla le Maître qui perdait clairement patience. Hâte-toi ! Ou ils…

— Non ! Non ! Attendez ! supplia-t-elle. Je vais vous le dire. Je vais… vous le dire.

Et, dans un dernier hoquet, elle prononça le prénom.

L'homme se détourna et tendit une main devant lui. Ériana releva aussitôt la tête et vit le corps de Lyne se figer pendant un moment qui sembla durer une éternité. Puis tous ses membres se détendirent d'un coup. La tension dans ses bras et ses jambes s'évapora comme un soupir. Sa tête tomba sur le côté, inanimée, ses cheveux aux reflets orangés glissant de chaque côté.

Ériana se coupa de ses sens. Elle ne voyait plus rien, n'entendait plus rien. Le chagrin l'aveuglait. Elle voulait tuer ce Maître des Vents qui venait de se remettre face à elle avec un sourire narquois. Elle voulait le rattraper avant qu'il n'ait le temps de quitter la pièce. Ou alors elle voulait mourir et ne plus avoir à affronter la réalité.

— Ton choix est lucide, Ériana, murmura-t-il. J'aurais préféré que tu élimines le messager, mais finalement, tu l'auras tellement blessé que ce sera comme si tu l'avais tué lui aussi. Je le laisse en vie pour cette unique raison. Vous nous serez bien plus utiles ainsi.

Cette phrase lui fit reprendre ses esprits et elle eut juste le temps de le voir quitter la pièce en empruntant un étroit escalier en colimaçon. Un horrible sanglot lui parvint alors aux oreilles, mais elle ne reconnut pas celui d'Erkam. Celui-ci était féminin et le soulagement la gagna.

— Gabrielle… dit-elle doucement. Tu es en vie.

Puis un murmure se diffusa dans sa propre cellule. Le Maître était pourtant parti, mais en relevant les yeux Ériana comprit que tous les boucliers avaient été rompus. Setrian l'avait entendue. Et la détresse dans sa voix lui déchira le cœur.

— Ériana, qu'as-tu fait ?

56

Une larme lui coulait sur la joue. Jamais elle ne pourrait se pardonner.

— Autant mourir, murmura-t-elle.
— Ériana ?

Cette fois, la voix de Setrian résonna distinctement. Son ton avait changé, comme s'il avait mis ses émotions de côté.

— Oui ? réussit-elle à dire.
— Où est Lyne ?

Les boucliers s'étaient effectivement envolés. Dans la cellule adjacente, une autre conversation naissait. En comparaison, la leur était d'un silence oppressant. D'un silence de mort.

— De l'autre côté du muret, répondit-elle en sentant à nouveau les larmes lui monter aux yeux.

Setrian tira alors violemment sur les liens qui lui enserraient les poignets et les jambes. Le mouvement le fit chuter, encore ligoté à la chaise, et il commença à ramper de côté. Elle n'avait aucun moyen de croiser son regard et se doutait qu'il cherchait à l'éviter.

— Setrian ? tenta-t-elle. Je suis désolée. Si tu...
— Tu as fait ton choix.

La froideur de son ton la glaça jusqu'au sang. Même si elle lui expliquait pourquoi elle avait choisi de le privilégier, il ne la croirait jamais. Elle se demandait même s'il l'écouterait.

— Lyne était... commença-t-elle.
— Tais-toi !

Son cri retentit dans la pièce. Les voix à côté cessèrent un instant, puis reprirent. Quoi qu'elle dise, il ne la laisserait jamais se justifier. Elle ne pouvait plus rien faire. Elle venait de tuer sa sœur.

Setrian se mit à remuer sur place et elle perçut un bruit de frottement. Il avait dû trouver une pierre suffisamment rugueuse pour espérer rompre ses liens. Ériana regarda frénétiquement autour d'elle, se reprochant de n'y avoir pas pensé plus tôt. Une surface acérée pourrait faire l'affaire et elle se laissa tomber sur le côté. Lorsque sa chaise heurta le sol, Setrian cessa de bouger.

— Qu'est-ce que tu fais ?
— La même chose que toi, répondit-elle.

Il reprit ses mouvements et Ériana entreprit de l'imiter. Quelques instants plus tard, il soufflait profondément en agitant ses mains libérées. Il détacha ensuite ses pieds et Ériana fut surprise de le voir se diriger vers elle avant tout autre chose. Elle s'immobilisa pour lui faciliter la tâche qu'il effectua en silence. Puis il retourna vers Lyne.

Elle hésita à lui proposer de l'aide, mais Setrian ne semblait pas souhaiter la voir ni lui parler, alors elle se dirigea vers la pièce adjacente. L'unique porte n'était même pas verrouillée. Quand elle l'entrouvrit, Gabrielle, toujours ligotée, ne lui laissa pas le temps de commencer.

— Ériana ! Tu es en vie ! Nous n'étions pas sûrs qu'il respecterait son engagement. Nous avons entendu quelqu'un crier tout à l'heure mais je n'avais pas l'impression que c'était toi.

— C'était Setrian, répondit-elle en s'approchant de son amie pour la libérer.

Les nœuds avaient l'air moins serrés que les leurs mais elle prit le temps de les défaire sans se hâter. Non loin, le corps de Val nécessitait lui aussi d'être délivré, mais elle détourna les yeux. Elle ne voulait pas voir le cadavre. Pas plus que celui qui se trouvait dans la pièce adjacente.

— Qui est... commença Gabrielle.
— Lyne, coupa Ériana.

L'inspiration que prit son amie lui poignarda le cœur. Erkam ne trahit aucune réaction, le regard errant dans le vide.

— Le choix a dû être terrible, murmura-t-elle.
— Autant que le tien, renchérit Gabrielle. Erkam a sérieusement hésité à se sacrifier, mais Val a réussi à le convaincre. Il savait qu'il était devenu une sorte de protecteur pour toi. Je n'y comprends rien, il est pourtant messager, non ?

La voix de Gabrielle était lourde d'émotions. Ériana l'invita à se lever mais son amie resta paralysée sur sa chaise jusqu'à ce qu'elle accepte enfin de répondre.

— Je... Il y a beaucoup de choses que nous devons vous apprendre au sujet de la prophétie.
— Jaedrin a pu nous en expliquer une partie. Je croyais que Setrian était celui qui devait rester auprès de toi. Il y a quelque chose qui m'échappe.
— Il fallait que je le remplace. Erkam a rempli ce rôle.
— Mais... Et Setrian ?
— Il a fait ses choix et j'ai dû faire les miens, dit-elle en se levant.

Erkam était toujours affalé sur sa chaise, les yeux cette fois rivés sur elle. Un à un, elle détacha les nœuds qui lui enserraient les poignets et les chevilles. Derrière, Gabrielle s'occupait de Val. Elle pouvait l'entendre sangloter.

— J'ai été contraint, murmura Erkam d'une voix à peine audible.

— Je sais.

C'était la seule chose qu'elle pouvait dire et Erkam comprit en croisant son regard que leurs dilemmes avaient été aussi douloureux l'un que l'autre.

— Il était amoureux d'elle.

Ériana s'interrompit brutalement et se retourna vers Gabrielle. Elle était agenouillée et défaisait les liens des chevilles de Val. Son attitude ne montrait pas d'attachement particulier mais l'épreuve qu'ils venaient de traverser les avait tous transformés.

— C'était évident mais je crois qu'elle ne l'a compris que tardivement, continua Erkam. Il s'est sacrifié pour elle. Mon choix était aussi... logique que le tien. Mais il était atroce à faire.

Ériana reprit sa tâche en silence. Quand Val fut délivré, Gabrielle les rejoignit, les yeux rouges.

— Je sais que vos choix ont été douloureux, dit-elle, mais vous avez fait les bons. Hajul et Armia comprendront, Setrian aussi. Lyne était gravement malade, nous le savions tous. Et quand vous êtes revenus sans remède, nous avons tous compris qu'elle était en...

— Il ne sait pas, coupa Ériana.

— Qui ça ?

— Setrian.

— Setrian ne sait pas que Lyne était malade ?

613

Gabrielle avait les yeux écarquillés. Ériana hocha la tête.

— Dis-le-lui.

— J'ai essayé, mais je n'ai pas réussi.

— Ça explique le cri que l'on a entendu, alors...

Ériana prit un peu de recul pour observer son amie. Gabrielle aussi avait crié lorsque Val était tombé. Il était impossible qu'elle l'ait déjà oublié. Sûrement tentait-elle de faire bonne figure.

— Il finira par comprendre, soupira Gabrielle.

— Je ne suis pas sûre. J'ai tué sa sœur.

— Et Erkam a tué celui que j'aurais pu aimer mais je ne l'ignore pas pour autant ! s'écria Gabrielle, les larmes aux yeux.

Au même instant, Setrian entra avec le corps de Lyne dans les bras. Il dévisagea Gabrielle, atterré. Ériana sentit son cœur se broyer. Il ne lui adressa même pas un regard.

— Tu as choisi Val ? demanda-t-il à Erkam en fixant le corps inerte du *Ploritiel*.

— N'essaie même pas de lui reprocher son choix ! intervint brusquement Gabrielle. Et tu n'as pas non plus le droit d'en vouloir à Ériana. Lyne était malade, nous n'avions aucun remède pour elle. Qui sait jusqu'à quand son corps aurait supporté les symptômes avant qu'on puisse trouver de quoi la guérir ? Et ne cherche pas à répondre à cette question ! Nous ne savions pas quel était le but du bouclier qui a provoqué cette maladie.

Ériana se sentait si mal qu'elle n'eut pas la force d'intervenir. Elle avait peut-être une réponse à apporter, aussi terrible fût-elle. De toute façon, personne ne l'écouterait, alors elle préféra garder le silence.

Setrian n'avait pas réussi à glisser un mot depuis que Gabrielle avait commencé. Son regard était toujours figé sur elle, comme pour s'éviter de tourner les yeux vers Ériana. Il commençait même à trembler, le corps de sa sœur dans ses bras devait peser.

— Je pense que ça suffit, dit Ériana en posant une main sur le bras de Gabrielle.

— Il doit comprendre que tu n'y es pour rien !

— Écoute, reprit-elle douloureusement, j'ai... Lyne... Je...

— Tu n'as tué personne, Ériana ! Ce Maître a tué quelqu'un ! Toi, tu en as sauvé deux ! Et il serait temps que Setrian le comprenne !

Elle releva les yeux sur lui et son corps se disloqua. Il acceptait enfin de la regarder, mais ses yeux étaient si vides qu'elle aurait préféré qu'il ne le fasse pas. Heureusement, le mouvement d'Erkam leur fit tourner la tête à tous les trois. Le messager était en train de jucher Val sur son épaule.

— Nous devrions sortir d'ici, dit-il.

Setrian approuva muettement et Gabrielle se précipita pour aider Erkam. Ériana se retrouva seule à les observer alors qu'ils se dirigeaient vers les escaliers jumeaux de ceux de sa cellule. Seul Erkam lui adressa un regard avant de monter.

— *Gabrielle a raison, il finira par comprendre*, entendit-elle par *inha'roh*. *Et il pourra redevenir ton protecteur*.

— *C'est impossible*, répondit-elle en suivant le groupe.

— *Crois-moi, il est trop attaché à toi pour t'abandonner ainsi.*

— *Il l'a pourtant déjà fait. Et maintenant que tu es là, plus rien ne l'y oblige.*

— *Même si je lui dis que je ne veux plus de cette fonction ?* s'étonna Erkam.

— *Lyne est morte. Je crois que ça change tout. Et de toute façon, il n'a plus d'insigne.*

— *Tu as une mage artiste avec toi. Se procurer un nouvel insigne n'est pas un problème.*

— *Même si nous parvenons à mettre la main sur les matériaux nécessaires, je crois que l'insigne n'est pas le souci. Setrian ne voudra plus jamais assurer ma protection.*

— *Je n'en suis pas si sûr*, répondit Erkam alors qu'ils débouchaient sur l'extérieur.

Ériana comprit d'emblée la raison du bruit régulier qu'elle avait perçu en montant les escaliers. Ils se trouvaient dans une zone rocheuse perdue entre deux bancs de sable. L'océan léchait la base des rochers.

La nuit tirait sur sa fin. À l'opposé de l'océan, une lueur verte commençait à dessiner l'horizon, laissant apparaître le faîtage d'arbres qu'Ériana associa aux Havres Verts. Ils se situaient au sud d'Arden, probablement à mi-chemin entre la cité et le bouclier. La lumière lui permit aussi de distinguer plusieurs silhouettes qui accouraient vers eux et elle saisit enfin la remarque d'Erkam. Setrian s'était décalé devant elle, Lyne toujours dans ses bras. Il reprenait cette posture défensive qu'elle lui avait souvent vue. Peut-être les habitudes les rapprocheraient-ils à nouveau.

Par réflexe, Ériana tendit le bras par-dessus son épaule, mais plus aucun carquois ne s'y trouvait. Le désespoir la submergea. Si le raz-de-marée n'avait pas détruit arc et flèches, elle était certaine que les Maîtres s'en étaient chargés. Il ne restait rien dans les cellules ; toutes leurs affaires avaient disparu.

Quand les six silhouettes se précisèrent et que les visages des membres de leurs équipes apparurent, Setrian reprit sa place aux côtés d'Erkam. Malgré son soulagement de retrouver les autres, Ériana ne put contenir sa douleur. Elle ne savait comment ils avaient échappé à la gigantesque vague ni comment ils s'étaient retrouvés aux abords de l'endroit où eux étaient détenus. Elle savait seulement qu'ils s'expliqueraient en les rejoignant et qu'elle n'aurait pas la force de les écouter.

Ils arrivèrent un à un. Les yeux d'Armia et de Hajul étaient rivés sur le corps inerte de leur fille. Ériana ne voulait pas assister à ça et laissa son esprit divaguer. Elle ignorait si quelqu'un lui avait adressé la parole mais si cela fut le cas, elle ne répondit pas. Même Noric ne parvint pas à lui arracher un mot en versant l'antidote sur ses insignes.

Les premiers émois passés, elle s'isola du reste du groupe et ne se releva que lorsque Hajul vint la chercher.

— Ton *inha* des Terres pourrait nous être utile, dit-il, les lèvres serrées et les joues humides, en désignant le sable derrière lui.

Tous les autres attendaient. Ériana avança sans rien dire et posa une main au sol. Elle identifia rapidement une zone parfaite au sommet de la dune. Val et Lyne méritaient de rester au contact de leur élément.

Lentement, elle guida chaque grain de sable jusqu'à former deux creux suffisamment larges. Le travail aurait été bien plus élégant avec un bâtisseur mais c'était ce qu'elle pouvait faire de mieux. Une fois les corps déposés, elle renvoya le sable à sa place et le tassa au maximum. Gabrielle traça le symbole des Vents sur le dessus mais celui-ci semblait trop éphémère.

Ce fut leur première projection en symbiose. Main dans la main, Gabrielle et elle figèrent le symbole dans le sable sans vraiment comprendre comment elles y parvenaient. Une fois qu'elles eurent terminé, elles surent que le temps n'aurait aucune emprise sur l'œuvre qu'elles venaient de créer.

Puis ceux qui avaient encore un sac le remirent sur leur dos. Hajul évoqua le territoire des Feux et les autres acquiescèrent doucement. Même la voix de Friyah se fit brièvement entendre.

Ériana perçut tout cela de loin et se mit à suivre le groupe, restant en retrait avec Gabrielle qu'elle n'avait toujours pas lâchée. Leurs doigts s'entrelaçaient avec force dans un besoin mutuel de s'accrocher l'une à l'autre.

Dans sa tête, elle pouvait entendre les vingt coups de cloches qui auraient résonné à Myria pour Lyne et Val. Puis elle discerna un son réel, clair et limpide, et s'arrêta pour regarder autour d'elle. Tous les autres s'étaient immobilisés et la fixaient avec stupeur.

Quand elle releva le pied pour avancer, le tintement cessa, ne laissant qu'une faible vibration dans le sable. Les regards se baissèrent sur ses jambes et Ériana comprit d'où venait le son.

Elle fit un nouveau pas en se concentrant sur son *inha* et ses trois énergies s'activèrent dès l'instant où elle toucha le sol. La vibration du sable provoqua un chuintement que l'humidité transforma en un son plus net. L'air le transporta au-delà de la surface, jusque dans la brise marine qui les accompagnait.

Gabrielle serra sa main et murmura alors que les autres se retournaient pour reprendre leur marche.

— Je compte.

Et Ériana se perdit dans la voix de Gabrielle jusqu'à ce que le premier rayon du soleil pointe à l'horizon.

57

Gabrielle venait de compter le treizième coup lorsque Ériana se figea brutalement.

— Que t'arrive-t-il ? Tu commences à fatiguer ?

Ériana secoua la tête puis tourna les yeux sur sa gauche. Les autres avaient déjà fait de même et se rassemblèrent par réflexe.

— Il y en a des Vents, dit aussitôt Hajul, inquiet. Desni, combien en comptes-tu ?

— Quatre.

— Non, cinq, dit Setrian. Ériana, y a-t-il d'autres éléments ?

C'était la première fois qu'il lui adressait la parole depuis qu'ils étaient sortis de l'abri souterrain. Il avait retrouvé son attitude d'*Aynetiel*, la première qu'elle lui avait connue, celle du mage en mission. Elle le lui confirma après avoir projeté son *inha*.

— Trois des Eaux, peut-être quatre. Un des Terres. C'est assez confus, j'ai l'impression qu'ils arrivent les uns après les autres, comme s'ils avaient essayé de se cacher jusqu'à présent.

— C'est parce que c'est ce qu'ils ont fait, s'affola Setrian. Les Vents sont six, maintenant !

Dissimuler son *inha* était à la portée de tout mage expérimenté et Ériana savait désormais le faire pour les Terres et les Eaux. Ceux qui les épiaient depuis la forêt et qui chevauchaient vers eux avaient utilisé ce stratagème pour ne pas être repérés. Désormais perceptibles, Ériana ne comptait pas moins d'une quinzaine de silhouettes.

— Ernest… Le *Velpa*, grogna Setrian.

Elle ne savait pas qui était Ernest, mais il devait s'agir du premier cavalier qui approchait. Ériana chercha désespérément autour d'elle. Ils n'avaient d'autre moyen que d'affronter la troupe qui se précipitait vers eux.

De chaque côté, le sable les entourait. L'accès à la forêt était bloqué par leurs ennemis et l'océan à l'arrière n'était certainement pas un atout. Ils ne pouvaient même pas espérer courir jusqu'à *Elpir*, ils en étaient bien trop loin et les mages les rattraperaient sans problème puisqu'ils étaient tous à cheval.

Les équipes s'organisèrent rapidement. Gabrielle et Armia furent mises à l'arrière. Desni et Erkam se postèrent de chaque côté, Friyah avec eux. Au devant, Hajul et Setrian formaient le dernier rempart. Ériana se glissa entre eux.

Setrian avait un couteau dans la main. Elle ignorait où il se l'était procuré, mais il avait dû le récupérer depuis qu'ils avaient repris la route. Elle aperçut brièvement la cicatrice à l'intérieur de son poignet et retint un frisson.

Les quinze personnes ralentirent jusqu'à s'arrêter. Une seule descendit de cheval et commença à approcher.

— Mesline, grinça-t-elle entre ses dents.

Dans la lueur de l'aube, les reflets rouges de Mesline étaient saisissants. En arrière, Ériana repéra Céranthe. Les autres lui étaient inconnus. Setrian, lui, avait déjà pu associer un prénom, tout comme Erkam, qui pointait trois mages vêtus de noir, murmurant quelque chose en rapport avec la rébellion.

— Je veux te parler, dit Mesline en jetant un arc et un carquois devant elle.

Ériana fut prise de court en reconnaissant ses armes. Le plus déconcertant restait néanmoins la demande de Mesline.

— C'est trop dangereux, dit Setrian en l'attrapant par le bras.

— Elle ne me fera rien.

C'était sa seule certitude. Sa dernière entrevue avec Mesline remontait à Lapùn où une sorte de trêve avait été convenue.

— Elle, non. Les autres, je ne suis pas sûr.

Les doutes de Setrian ne faisaient que confirmer les siens. Elle balaya à nouveau des yeux les mages du *Velpa*, apercevant çà et là quelques insignes.

— Erkam peut peut-être venir avec moi, dit-elle en se tournant vers le messager.

— Il ne la connaît pas autant que moi, répondit Setrian.

— J'en déduis que tu ne me laisseras pas y aller seule ?

Setrian secoua la tête avec détermination. Elle ne savait pas si c'était le messager, l'ancien protecteur ou encore celui qu'elle aimait qui lui parlait. Elle avait envie qu'il soit tout à la fois, mais leurs relations avaient été trop ébranlées. Elle était néanmoins rassurée qu'il tienne à l'accompagner alors qu'elle n'avait rien demandé. Il devait avoir délaissé son chagrin devant l'urgence de la situation.

Mesline ne fut pas surprise et fut même plutôt satisfaite de les voir s'approcher tous les deux. Quand ils s'arrêtèrent près d'elle, ses yeux avaient une note de couleur particulière, mais dans la pénombre, Ériana n'arrivait pas à savoir laquelle.

— Il manque du monde, dit Mesline en désignant les équipes du menton.

— Tu devrais déjà le savoir, rétorqua Ériana dont les émotions étaient encore vives. Nous avons été captifs de tes Maîtres. Nous n'avions qu'une seule façon de sortir vivants.

Setrian faillit se laisser emporter. Ériana avait bien vu la crispation de son bras et en avait ressenti une similaire. Ils avaient subi la perte de Lyne trop récemment pour rester insensibles aux propos de Mesline, qui semblait complètement indifférente sans pour autant être satisfaite.

— Qu'est-ce que tu fais là ? lança Ériana sans plus attendre.

— Je suis venue faire passer un message.

— Depuis quand es-tu *Aynetiel* ? cracha Setrian.

Mesline ignora la remarque et poursuivit :

— Mon Maître est heureux que tu aies privilégié la survie de tes protecteurs.

— Mes protecteurs ? releva Ériana. Je n'ai qu'Erkam.

— C'était une façon de parler.

— Et il n'aurait pas pu me le dire lui-même ? s'énerva Ériana.

— Je suis également contente que tu aies fait ce choix, continua Mesline.

— Quel contentement peut-on éprouver devant une telle chose ?

— Si tu n'avais pas laissée mourir la jeune *Rohatiel*, cela aurait été l'un ou l'autre de tes protecteurs. Et qui sait, si un jour celui des Eaux disparaît, Setrian pourra reprendre sa place. Sans protecteur tu es en danger. Sans toi, je meurs. En résumé, c'était la *Rohatiel* ou moi. J'ai été assez claire ?

Ériana serra les poings. Mesline n'avait montré aucune hostilité mais ses propos étaient intolérables. Le calme nerveux qui régnait entre les membres du *Velpa* et ceux des équipes n'était dû qu'à la tranquillité apparente de leur conversation. Au moindre signe, les deux groupes lanceraient l'affrontement. Ériana préférait repousser ce moment au maximum.

— Val fait lui aussi partie des victimes. Tu vas peut-être t'en vanter ? Il n'avait rien à voir là-dedans !

— Je ne savais pas, répondit Mesline. Je ne suis au courant de ce qui se passe qu'avec mon propre Maître. Celui des Eaux parle avec eux, là, derrière, ajouta-t-elle en pointant le pouce par-dessus son épaule. Je n'ai pas le privilège d'être au courant de tout.

Une légère amertume perçait dans sa dernière phrase. Il était normal que Mesline ne puisse pas converser par *inha'roh* avec le Maître des Eaux. Sa mise à l'écart restait cependant surprenante. Son existence était le but même du *Velpa*.

— Heureusement que tu ne l'as pas tué lui, dit-elle en désignant Setrian. Il est bien trop utile à notre cause.

— Notre cause ? répéta Ériana avec dégoût.

— Notre survie, si tu préfères.

— Setrian n'est plus mon protecteur.

— Arrête avec ça ! Tu sais très bien que l'autre ne remplira jamais aussi bien sa tâche que lui.

— Qu'est-ce que tu veux dire ? coupa Setrian.

— Et toi cesse de faire comme si tu ne comprenais pas ! s'impatienta Mesline en levant les yeux au ciel. Nous avions un contrat, tous les deux. Tu devais la retrouver pour la protéger. On ne peut pas dire que tu aies respecté ta part du marché.

Ériana se tourna brusquement vers Setrian, le regard foudroyant.

— C'est une des choses qu'elle a exigé en échange de ma liberté, se défendit-il. Te protéger.

— Et tu ne le fais que parce qu'elle l'a exigé ?

Elle se trouvait ridicule de poser pareille question dans un moment aussi tendu, mais elle devait savoir.

— Je le fais parce que je l'ai décidé, répondit-il après un silence inconfortable. Et ce n'est pas parce que je ne perçois plus ton reflet que je ne dois plus agir dans l'objectif de la mission. Toute l'équipe est censée s'assurer de ta sécurité, moi le premier. Mes engagements remontent à il y a bien longtemps.

— Donc on y revient, dit Ériana avec amertume. Tu es à nouveau *responsable* de moi ?

Setrian tenta de formuler une phrase cohérente mais quand rien ne lui vint, il se tourna en furie vers Mesline.

— Tu n'es pas là que pour nous adresser des remerciements ?

— Non, effectivement, dit Mesline, qui ne semblait ni se complaire ni s'inquiéter de la dispute qui avait lieu sous ses yeux. Je suis venue vous transmettre une demande de mon Maître. Il souhaite récupérer la troisième prétendante.

Ériana et Setrian restèrent bouche bée.

— Gabrielle était détenue avec nous il y a quelques heures de ça. Qu'est-ce que ça veut dire ? demanda Setrian.

— Gabrielle était détenue par le Maître des Eaux. Pas par le mien.

— Mais ça n'a aucun sens ! s'exclama Ériana.

— Je n'ai pas dit que ça en avait. Je fais simplement passer le message.

— Pourquoi veulent-ils Gabrielle ?

— Je le répète, seul mon Maître souhaite l'avoir. Celui des Eaux n'en a que faire.

625

— Et eux, ils veulent aussi quelque chose ? demanda Setrian en désignant les mages des Eaux, vêtus de noir pour la plupart.

— Il me semble, oui, mais je ne sais pas quoi.

— Certainement moi, réponditÉriana.

— Ça serait tout à fait possible, mais je n'en suis pas certaine.

Le jour commençait à se lever. Ériana discernait de mieux en mieux l'étrange couleur des yeux de Mesline mais elle n'osait pas encore la qualifier tant elle en était étonnée.

— Le comportement de ces Maîtres est insensé, soupira Setrian. Si vous voulez Gabrielle, pourquoi nous en demander la permission ? Vous espérez vraiment que nous allons vous la remettre sans nous défendre ?

— Non, répondit Mesline, mais j'aurai essayé de vous convaincre. C'est moi qui ai insisté pour vous parler. Le Maître a ordonné aux autres de me laisser une chance. S'ils me voient revenir sans elle, ils attaqueront. Et j'ai la forte impression que ceux des Eaux en profiteront par la même occasion.

Ériana se retourna. Dans son dos, les équipes s'impatientaient. Elle pouvait deviner le flou du *inha* dans les yeux de la plupart.

— Pourquoi nous préviens-tu ? demanda Setrian.

Mesline fronça les sourcils et désigna Ériana.

— Ce n'est pas évident ? Les mages d'éléments différents n'ont pas l'habitude de coopérer, surtout lorsqu'ils reçoivent des ordres discordants. Je ne veux pas qu'elle meure pendant ce qui va se produire d'ici peu car je sais très bien que vous ne me remettrez pas Gabrielle. Je voulais te rappeler ton rôle.

— Je sais parfaitement quel est mon rôle, rétorqua Setrian en se décalant devant Ériana. Je n'ai pas besoin de toi pour ça. Je serai auprès d'elle dès qu'elle aura réuni ses quatre éléments. Elle ne sera pas seule pour t'affronter. Je te tuerai de mes propres mains si je le peux. Je me demande même pourquoi je n'ai pas déjà essayé de le faire ici.

— Matheïl se porte bien, mais ça pourrait ne plus être le cas, répondit Mesline. Et puis, il y a les quatorze autres derrière moi qui n'attendent que ça, que l'un d'entre vous lève la main sur moi.

— Tu prétends vouloir nous aider et tu nous menaces encore ? As-tu jamais fait autre chose que de mépriser les autres au point de vouloir les tuer dès qu'ils ne t'étaient plus d'aucune utilité ?

Assez curieusement, Mesline prit le temps de réfléchir. Lorsqu'elle rouvrit la bouche, sa voix était à peine plus forte qu'un murmure.

— Je n'ai toujours connu que ça.

Le premier rayon de lumière les frappa par-dessus l'épaule de Mesline. Ériana vit enfin ce qui la gênait dans le regard de la jeune fille. Les iris marron étaient striés de rouge. L'effet était à la fois beau et terrifiant. Mais plus terrifiant que cela, il y avait la réponse que Mesline venait de donner. La passivité dans ses mots était effrayante. Mesline proférait des menaces aussi naturellement qu'elle respirait pour la simple raison qu'elle n'avait jamais eu la possibilité d'expérimenter autre chose. Ce genre de personnes faisait partie des plus dangereuses car elles étaient intimement persuadées de la nécessité de se comporter ainsi. Pour Mesline, ses choix étaient vitaux et elle ne manqua pas de le faire remarquer encore une fois.

— C'est toi ou moi, dit-elle en fixant Ériana. Si je dois menacer une communauté tout entière pour rester en vie, je le ferai.

— Pourquoi as-tu décidé de transférer le *inha* réducteur en toi ? demanda Ériana, à court d'arguments.

— Parce qu'il me l'a demandé.

— Le Maître des Vents ? Tu n'es pas obligée de l'écouter ! Tu pourrais nous rejoindre. Nous pourrions t'aider à redevenir *Sintiel*, il y a forcément un moyen.

— Il n'y a plus aucun moyen. Je vais devenir *Geratiel* parce que tu auras réuni tous ces éléments et ensuite…

Elle ne termina pas sa phrase. Ses yeux devinrent soudain plus rouges et ses lèvres se tordirent d'une grimace de douleur. Elle fixa Ériana, puis passa à Setrian. Quand elle rouvrit la bouche, ce ne fut que pour prononcer deux mots :

— Préparez-vous.

Et elle commença à reculer, seule.

58

Ériana eut juste le temps de bander son arc avant que le premier courant d'air ne lui caresse la joue. La réponse des équipes vint immédiatement après et ses cheveux volèrent dans l'autre sens. Elle décocha sa flèche, soutenant sa concentration pour atteindre les membres du *Velpa*.

Alors que la flèche volait, Setrian et elle entreprirent de rejoindre les autres, mais ils n'en eurent pas le temps. Deux mages du *Velpa*, dont le seul appartenant aux Terres, se précipitaient vers eux. Ils n'avaient d'autre choix que de les intercepter.

Mesline avait seulement fait quelques pas à reculons avant de se retourner et de courir vers sa monture. Elle patientait à présent à cheval, un peu à l'écart du groupe. Son *inha* étant encore incomplet, elle ne pouvait pas s'en servir.

La flèche d'Ériana se logea dans la poitrine du mage appelé Ernest. Setrian poussa un cri de victoire qu'elle ne lui reconnut pas. Jamais elle ne l'avait vu se comporter ainsi. Le mage avait dû être son tortionnaire le plus farouche. Derrière, Desni s'employait à protéger Armia et Gabrielle. Son bouclier leur avait pour l'instant épargné toute attaque.

Ériana encocha sans délai une seconde flèche pour viser l'autre mage accourant vers eux, mais un mur d'air aussi solide que de la roche fit irruption. La flèche heurta le bloc et se fendit avant de tomber au sol. Le mage désintégra son rempart l'instant suivant et le traversa pour se jeter sur elle.

Setrian sauta sur lui juste avant qu'il ne la touche, la percutant au passage. Ériana termina sa course dans le sable et se releva en trébuchant. Son arc avait été expulsé plus loin. Setrian et le mage se perdaient dans une lutte mêlant poings, jambes et *inha*.

L'appel de Jaedrin la fit se retourner. Il se tenait juste derrière elle, entouré de son propre *inha*, les Vents provoquant une tempête autour de lui. Le sable se mêlait à la circulation de l'air, formant un rempart presque opaque. Jaedrin lui hurla à nouveau quelque chose et se mit à tousser.

Comment n'y avait-elle pas pensé plus tôt ? L'océan était trop loin pour qu'elle puisse espérer s'en servir de façon efficace et avec le lever du jour, l'humidité renfermée dans le sable s'évaporait déjà, mais elle avait suffisamment de matière pour faire des deux autres éléments une arme puissante.

Jaedrin interrompit brièvement sa tempête pour lui attraper la main et l'attirer à lui. Il rétablit aussitôt sa projection et se pencha pour crier à son oreille :

— Je gère les Vents, tu t'occupes des Terres.

Elle hocha la tête, n'osant se risquer à ouvrir la bouche. Le simple fait d'avoir parlé avait lancé Jaedrin dans une nouvelle quinte de toux

Brusquement, Jaedrin propulsa l'air au-devant. Ériana se concentra sur la trajectoire du sable. La tempête nébuleuse se dispersa pour submerger les membres du *Velpa*. Seuls trois mages la franchirent. Les autres restèrent en retrait, curieusement immobiles, tentant de maintenir leurs montures en place.

Deux de ceux qui étaient passés furent interceptés par Hajul et Setrian, qui avait enfin réussi à se débarrasser de son adversaire. Malheureusement, l'homme avait dû feindre sa défaite car il lui sauta à nouveau sur le dos et le plaqua au sol. Setrian se retourna tant bien que mal pour lui faire face, ayant apparemment décidé de renoncer à l'approche énergétique.

Ériana se détacha de Jaedrin pour se précipiter vers Setrian. Dans la bourrasque de sable, il avait perdu son couteau. Il scintillait à quelques pas de lui, mais il ne pouvait l'atteindre. Alors qu'elle allait s'en emparer, un autre élément luisant tomba à ses pieds. Elle reconnut enfin ce qu'elle avait vu dans les mains de Friyah. Il s'agissait d'une de ses propres flèches, celle qu'elle lui avait offerte, mais son scintillement était inexplicable.

L'instant d'après, Friyah était à côté d'elle et lui tendait son arc. Le sable l'obligeait à plisser les paupières et Ériana lui hurla de rester auprès de Desni. Les autres avaient manipulé leur *inha* des Vents pour épargner leurs yeux. Elle remarqua qu'elle avait fait de même par impulsion.

Elle attrapa son arc et encocha aussitôt la flèche luisante. Elle en avait encore quelques-unes dans son carquois mais n'était pas certaine de leur état depuis qu'elle était tombée. Elle visa le mage qui s'acharnait à étrangler Setrian. La flèche trouva sa cible quelques instants plus tard.

Setrian repoussa le corps et se mit d'un bond sur ses pieds. Elle l'attrapa et le tira en arrière alors que Hajul les dépassait pour intercepter la dernière adversaire ayant traversé la tempête de sable. Trébuchant au dernier instant, il fut percuté par la femme qu'il avait cherché à atteindre. Noric vint à son aide.

Deux autres silhouettes apparurent et Ériana projeta violemment sable et air dans leur direction. Les mages des Eaux ne bougeaient toujours pas, de même que Céranthe qui restait auprès de Mesline.

Dès que le vent se fut dispersé, Ériana et Setrian rejoignirent le bouclier de Desni. À l'intérieur, tout était étouffé. Même les images étaient floues. Desni était dans un état de concentration intense, sa gemme brillait au travers de ses vêtements. Ériana se demanda s'il les avait vus pénétrer le bouclier mais elle était certaine qu'il les avait sentis et avait reconnu leur énergie, sinon, jamais il ne les aurait laissés entrer.

À l'intérieur, Armia retenait Friyah qui s'entêtait à vouloir se battre. Gabrielle piétinait sur place, impuissante. Un seul mage des Vents luttait encore avec Hajul et Noric. Jaedrin était un peu plus loin avec Erkam, tous deux haletants, mais surtout désarçonnés par le comportement de leurs opposants. Ceux-ci retournaient en courant vers leurs collègues.

Ériana commença à s'inquiéter pour de bon. Il n'y avait aucune peur dans leur course mais quelque chose de bien plus étrange. Le *Velpa* avait pourtant ordre de les attaquer et de s'emparer de Gabrielle, du moins pour ceux qui relevaient des Vents. Le groupe des Eaux n'était toujours pas intervenu. Ce n'était pas normal.

Soudain, ses pieds se mirent à trembler. Elle examina les autres autour d'elle. Aucun ne semblait subir les mêmes effets et aucun ne montrait plus de frayeur que celle due au combat. Peut-être s'agissait-il d'un élément qu'ils ne pouvaient pas interpréter.

Elle jeta un regard en dehors du bouclier et ce qu'elle vit la fit chavirer. Mesline était en train de s'éloigner en compagnie de Céranthe, comme si tout était fini, comme s'ils avaient déjà réussi à capturer Gabrielle.

Mais ce n'était pas possible : Gabrielle était encore avec eux, sous le bouclier. Elle était en sécurité, le *Velpa* n'avait aucun moyen de l'atteindre. Ni elle ni qui que ce soit d'autre, à l'exception peut-être de Hajul, Jaedrin et Noric qui regardaient fuir leurs adversaires, éberlués. Ce fut alors qu'elle comprit.

Leurs adversaires ne fuyaient pas. Ils se réunissaient.

Si elle avait été plus près, elle aurait pu voir le *inha* danser dans leurs yeux. Car elle en était désormais certaine : le tremblement sous ses pieds, cette peur qui la faisait chanceler, étaient dus à une manipulation de *inha* conjointe. La moindre parcelle d'eau subsistant dans le sable allait s'élever. Elle ne savait pas exactement à quoi toute cette humidité allait pouvoir servir, mais elle ne voulait pas attendre de le découvrir.

Le souvenir de la foudroyante projection de Setrian à la frontière des Terres obstrua soudain toute pensée, comme s'il avait été ramené à la surface par une action extérieure. Par un messager qui aurait guidé ses pensées. Elle ne savait si c'était son instinct qui parlait ou si Dar et Erae en étaient responsables, mais elle s'en moquait, finalement.

Une seule chose était sûre. Si elle voulait s'en sortir, il n'existait qu'une seule façon de contrer autant d'énergie. Son protecteur devait la croire en danger.

Elle tourna les yeux vers Erkam, mais il était trop loin pour qu'elle lui explique la manœuvre. En

633

revanche, Setrian saurait. Il comprendrait tout de suite, sauf qu'il n'était plus son protecteur.

Son regard passa alors sur la cicatrice à son poignet et, sans prendre la peine de lui demander, elle plaqua dessus son insigne des Vents. Elle put seulement croiser son regard avant de perdre pied.

La première fois où elle rouvrit les yeux, elle se tenait au milieu d'un océan. Une présence se fit sentir à ses côtés et elle attrapa la main qui passait devant son visage. La deuxième fois, elle était dans le désert, cette même plaine aride qu'elle avait déjà aperçue avec Erkam. Setrian se tenait juste à côté d'elle et elle lui attrapa à nouveau la main qu'elle avait dû lâcher lors du changement d'élément. Elle referma les yeux et se concentra pour le dernier changement.

Une tempête prit le relais. Mais lorsqu'elle comprit que celle-ci était réelle et non due à l'établissement du lien entre Setrian et elle, elle poussa un cri de surprise. Ils avaient été coupés au milieu de la construction du reflet.

Setrian le comprit lui aussi, sa mine plus que confuse. Le bleu étincelant de ses yeux fut la dernière chose qu'elle aperçut de lui.

Le vent lui arracha Setrian. Le bouclier de Desni n'avait pas tenu. Ériana se retourna, espérant trouver Gabrielle, Armia et les autres. À la place, elle ne vit qu'une étrange lumière, puis une bourrasque la repoussa brutalement en arrière et elle sut comment ils avaient pu être séparés. Le vent était d'une force telle qu'il était presque impossible de lui résister. Ériana planta ses mains dans le sol anormalement gelé et s'y ancra grâce à son *inha* des Terres. Le sable se mit à briller comme s'il scintillait d'une infinité de gouttes d'eau.

Lorsqu'elle vit s'élever les perles transparentes, elle sut que c'était exactement ce dont il s'agissait. Le tremblement qu'elle avait perçu venait d'arriver à son accomplissement. Les mages des Eaux avaient réussi à extraire toute l'eau du sol et à la faire s'élever dans les airs, insoumise à la force du vent.

La scène aurait pu être splendide si son instinct ne lui disait de s'enfuir, mais avant qu'elle parvienne à faire quoi que ce soit, la lumière s'effaça et les gouttes cessèrent leur ascension. La gravité reprit possession d'elles juste le temps que d'autres bourrasques s'en emparent. Ériana se sentit geler jusqu'aux os. Les gouttes se transformaient en flocons.

Elle avait espéré distinguer les environs mais avec la tempête de neige faisant rage à présent, elle ne discernait rien d'autre que son propre corps. Elle se roula en boule pour lutter contre le froid. Elle n'aurait aucune chance de tenir debout. Le vent restait d'une puissance incroyable, maintenant l'environnement glacial. Elle n'osait pas imaginer la quantité d'énergie qui avait été nécessaire pour faire émerger les gouttes d'eau, ni celle encore utilisée pour assurer les conditions propices à la neige.

Elle ne sut combien de temps elle resta ainsi, mais lorsque l'air cessa enfin de tournoyer et que les flocons redevinrent liquides, elle projeta immédiatement son *inha*. Deux personnes à proximité répondirent et elle crut reconnaître l'énergie de Jaedrin et de Noric. Les autres étaient trop loin pour être identifiées.

La pluie finissait de s'abattre en fines gouttelettes. L'environnement redevenait peu à peu normal. Ériana tourna la tête et vit les membres des équipes se relever, tous dispersés et éloignés les uns des autres.

Il ne lui fallut qu'un regard pour réaliser que les membres du *Velpa* avaient réussi leur double enlèvement.

Gabrielle n'était visible nulle part.

Pas plus que Setrian.

*Du même auteur
aux éditions Lattès :*

Les Messagers des Vents
1. Les Messagers des Vents, 2015
3. Gardiens des Feux, 2017
4. Le Cinquième Artefact, 2017

Je suis là, 2015

Le Livre de Poche s'engage pour l'environnement en réduisant l'empreinte carbone de ses livres. Celle de cet exemplaire est de : 1,1 kg éq. CO₂
Rendez-vous sur www.livredepoche-durable.fr

Composition réalisée par Lumina Datamatics, Inc.

Imprimé en France par CPI
en avril 2018
N° d'impression : 2036084
Dépôt légal 1ʳᵉ publication : juin 2017
Édition 02 - avril 2018
LIBRAIRIE GÉNÉRALE FRANÇAISE
21, rue du Montparnasse - 75298 Paris Cedex 06

81/9418/1